Nicholas Luard, geboren in London, aufgewachsen im Iran und in Kenia, begann seine schriftstellerische Laufbahn mit Krimis und schrieb später Fachbücher über Afrika. 1988 gelang ihm mit dem Abenteuerroman »Gondar« der Durchbruch zur Bestsellerliste. 1990 folgte »Kala«. Nach Weltreisen und mehreren Expeditionen lebt er heute wieder in London.

Yeti. Iona ist die vernachlässigte Tochter reicher Eltern. Dreizehn ist sie, nicht mehr Kind und noch nicht Frau. Tagsüber ist sie einsam, nachts quälen sie Träume von gorillaähnlichen Ungeheuern, die um ihr Bett schleichen. Aus den Scheidungskämpfen ihrer Eltern soll sie herausgehalten werden, und deshalb schickt man sie mit ihrem Paten, einem Botaniker, auf eine Expedition nach Nepal.
Hundert göttliche Zeitalter, sagt ein Sprichwort aus dem Sanskrit, würden nicht reichen, um alle Wunder des Himalaya zu beschreiben. Auch in der atemberaubenden Landschaft auf dem Dach der Welt ist Iona nicht gegen ihre Alpträume gefeit. In panischem Schrecken flieht sie vor den nächtlichen Ungeheuern aus dem Zelt, gerät in einen rasenden Schneesturm – und stürzt ab. Als sie wieder zur Besinnung kommt, sind ihre Ängste und ihre Traumgestalten Wirklichkeit geworden: ein leibhaftiges Monstrum kniet über ihr. Sie ist unter die Yetis gefallen, die »fürchterlichen Schneemenschen« des Himalaya.
Für die Yetis ist das gefangene Menschenkind ein Talisman, eine magische Kraft im Kampf zwischen den beiden verfeindeten Stämmen – und vielleicht ihre Rettung. Nach und nach zeigen sich die unterschiedlichen Charaktere der Yetis. Der undurchschaubare, brutale Wengen sieht in Iona einen gefährlichen Eindringling, Manu der Kluge, sein Gegenspieler, ist indes überzeugt, das von den Sternen geschickte Kind könne die Stammeskämpfe beenden. Der Winter rückt näher, die Wolkenzeit steht bevor. Einer nach dem anderen ergreifen auch die übrigen Yetis Partei und kämpfen um ihr eigenes und Ionas Überleben.

Nicholas Luard

YETI

Roman

Aus dem Englischen
von Barbara Schaden

Fischer Taschenbuch Verlag

Ungekürzte Ausgabe
Veröffentlicht im Fischer Taschenbuch Verlag GmbH,
Frankfurt am Main, April 1995

Lizenzausgabe mit freundlicher Genehmigung
des Ehrenwirth Verlag GmbH, München
Die englische Originalausgabe erschien
unter dem Titel ›Himalaya‹
bei Random Century Group, London

Druck und Bindung: Clausen & Bosse, Leck
Printed in Germany
ISBN 3-596-12290-2

Gedruckt auf chlor- und säurefreiem Papier

1

Iona schrie im Schlaf.
Als sie einen Augenblick später erwachte, hatte sie noch ihre Stimme im Ohr, den Schrei, der durch den oberen Stock des Hauses gellte. Ihre Hand fuhr zum Mund. Sie wollte den Ton ersticken und biß sich mit aller Kraft auf den Daumen, fast bis aufs Blut.
Zitternd lag sie im Dunkeln und lauschte.
Sie empfand jetzt eine zweifache Furcht. Die erste, der panische Schrecken, den der Alptraum ihr eingejagt hatte, war bereits am Abklingen. Er würde wiederkommen – er kam immer wieder. Einstweilen aber hatten sich die zähnefletschenden Gestalten, die im Dunkel lauerten, in ihr Versteck verzogen. Die zweite war die Angst, daß jemand sie gehört haben könnte, und diese Angst war heftig und nadelscharf.
Iona sah auf die Uhr neben ihrem Bett. Dem Winkel nach, in dem die dünnen Leuchtzeiger standen, war es zehn Uhr. Erleichtert schloß sie die Augen. Wenigstens konnte die Mutter sie nicht gehört haben. Die Mutter war ausgegangen, zum Tanzen, und würde erst lang nach Mitternacht zurückkehren, vielleicht noch viel später.
Es waren freilich auch andere Leute im Haus. Cummer, der Butler. Hartley, die Zofe der Mutter. Und Kate, die Tochter eines der Landpächter von Mainwarden, die man mit nach London genommen hatte, damit sie sich um Ionas Kleider kümmerte. Die mondgesichtige Kate lag gewiß im Tiefschlaf, sie schlief immer wie eine Tote. Und Cummer saß, wie immer, mit seiner Whiskyflasche in der Speisekammer im Souterrain: wenn er den Schrei überhaupt gehört hatte, dann würde er nicht weiter darauf achten.
Blieb also nur Hartley. Hartley war bestimmt wach und sah fern. Gerissen und spitzzüngig war sie, unendlich wißbegierig und außerdem eine Unruhestifterin. Wenn Hartley sie schreien gehört hatte, würde sie wissen wollen, was geschehen war, und ungeachtet Ionas Beteuerungen alles der Mutter hinterbringen. Iona konnte nur hoffen, daß der Fernseher ihren Schrei übertönt hatte.
Sie begann zu zählen: wenn sie bis fünfzehn kam, ohne Schritte auf dem Flur zu hören, war sie in Sicherheit. Bei neun erstarrte sie. Draußen erklang, unverkennbar, das Geräusch näherkommender

Füße. Der Türknauf drehte sich, dann fiel ein Lichtkeil über den Boden.

»Liebling!«

Es war nicht Hartley. Mit Bestürzung und jäher Übelkeit erkannte Iona die Stimme ihrer Mutter. Einen Augenblick dachte sie daran, sich unter der Decke zu verkriechen und zu tun, als schliefe sie. Aber es war zu spät. Die Mutter hatte bereits das Zimmer durchquert und stand neben dem Bett.

»Kind, um Himmels willen, was ist denn los?«

Mrs. Howard setzte sich und drückte Iona eine Weile an sich. Dann beugte sie sich vor und schaltete die Nachttischlampe ein.

Iona blinzelte in der plötzlichen Helligkeit, bis ihre Augen sich an das Licht gewöhnten; dann sah sie die Mutter an, und der Atem stockte ihr. Wenn Mrs. Howard ausging, pflegte sie Iona aus dem Kinderzimmer zum Gutenachtkuß zu holen. An diesem Abend mußte sie es eilig gehabt haben, denn sie hatte Iona nicht kommen lassen, bevor sie das Haus verließ.

Dorelia Howards Erscheinung war für das Kind immer verwirrend. An diesem Abend, als sie so unvermutet aus der Dunkelheit heraus Gestalt angenommen hatte, bot sie einen Anblick von atemberaubender Schönheit. Sie trug ein schimmerndes Kleid in dunklem Waldgrün, das sich zwischen den Brüsten zu einer tiefen Schlucht öffnete. Um den Hals lag eine dünne Kette aus Smaragden, in Altgold gefaßt. Im strahlenden Grün der Juwelen setzte der tiefe Ton des Kleides sich fort, während das dunkle Gold den Glanz ihres Haars wiederholte, das sich in sorgfältig gelegten Locken auf dem Kopf türmte.

Zwischen zweifachem Grün und zweifachem Gold, Stoff und Stein, Metall und Haar, blickten Mrs. Howards Augen auf ihre Tochter herab. »Ich habe dich etwas gefragt, Liebling«, sprach sie weiter. »Was ist passiert?«

Iona starrte sie an und schwieg. Sie konnte nicht antworten – sie *wollte* nicht antworten.

»Es war schon wieder dein idiotischer Alptraum, stimmt's?«

Die Stimme der Mutter klang gereizt und vorwurfsvoll. Mrs. Howard wartete. Iona nickte kläglich.

»Um Himmels willen, Iona, was ist denn nur mit dir los! Du warst doch früher nie so. Du bist in einem großen, absolut sicheren Haus, es gibt hier beileibe nichts, wovor du dich fürchten müßtest!«

Iona antwortete nicht direkt. »Ich dachte, du wolltest ausgehen«, sagte sie.

»Natürlich. Ich werde tanzen gehen – wie ich dir sagte. Aber beim Abendessen fiel mir ein, daß ich meine Schlüssel vergessen hatte, deshalb kam ich zurück, um sie zu holen, so lange Cummer noch auf ist.«
»Geht Dad nicht mit dir?«
»Nein, er ist beschäftigt. Er hatte noch einiges zu tun. Er ist in seinem Club.«
»Ist Sean auch dort, bei deinem Tanz, meine ich?«
Mrs. Howards zögerte kurz. »Du lieber Himmel, Kind, das weiß ich doch nicht! Weshalb fragst du?«
»Ich mag ihn sehr gern.«
Iona mochte Sean keineswegs. Sie verabscheute ihn: ein Amerikaner irischer Herkunft, untersetzt, nein: dick, mit ewig zerwühltem Haar und Biergeruch; aber sie wußte, daß es in diesem Augenblick das Beste war, was sie sagen konnte.
»Wenn ich ihn sehe, werde ich es ihm sagen«, sagte die Mutter und lächelte. Sie warf einen Blick auf die Uhr, eine winzige Muschel aus Silber, diamantenbestückt. »Mein Liebes, ich muß jetzt wirklich gehen. Du wirst vernünftig sein, nicht wahr? Keine dummen Alpträume mehr, versprochen?«
Iona nickte.
»Bist doch mein gutes Mädchen – «
Mrs. Howard legte den Arm um ihre Tochter, dann hielt sie inne. Sie betrachtete das Kind eine Weile schweigend.
Iona war zwölf, beinahe dreizehn. Dünn und langbeinig war sie und hatte einen drahtigen, schmalknochigen Körper, der kräftiger war, als er aussah, und die grünen Katzenaugen ihrer Mutter, aber das Haar vom Vater. An Stelle der kurzen goldenen Locken der Mutter war Ionas Haar rabenschwarz, dick und lang – vielmehr war es lang gewesen, bis Iona es mit der Schere abgesäbelt hatte, in Mainwarden.
Ein paar Monate war das her, kurz nachdem die Alpträume begonnen hatten. Ihre Tat hatte zu dem schlimmsten Streit geführt, denn sie je hatten; aber Mrs. Howard sah zwischen den Schreien in der Nacht und dem absonderlich geschorenen Schopf, der ihr eines Morgens beim Frühstück präsentiert wurde, keinen Zusammenhang. Es wächst sich heraus, stellte Dorelia Howard jetzt mit Befriedigung fest. Bald würde die Tochter von neuem wenn nicht eine Zierde, so zumindest präsentables Beiwerk in ihrem Leben sein.
Die Alpträume waren nervenzermürbend, besonders wenn sie in Mainwarden Gäste übers Wochenende hatten. Hier in London war das nicht

so schlimm – außer den Dienstboten war niemand im Haus. Das Kind war offenbar nicht in der Lage, eine Erklärung zu geben, und so schob Mrs. Howard die Schuld auf die bevorstehende Pubertät. Was immer aber die Ursache sein mochte, sie hoffte inständig, daß die Sache bald ausgestanden sei. Manchmal mußte sie ihre ganze Langmut zusammennehmen, um das Kind nicht zu ohrfeigen.

»Schlaf gut, Liebes – « Sie drückte Iona noch einmal an sich, dann löschte sie die Lampe und stand auf. An der Tür drehte sie sich um.

»Und denk dran: du hast keinen Grund, dich zu fürchten.«

Die Tür fiel ins Schloß, der Lichtschein vom Flur erlosch. Iona lag in der Dunkelheit und starrte an die Decke.

Rings um das Bett hing der Duft der Mutter in der Luft. *»Joy«* hieß er und stammte aus Fläschchen mit der Aufschrift *Patou*. Es war der erste Geruch, an den Iona sich erinnerte, über ihrer Wiege war er geschwebt, als sie ein Baby war, und hatte seither stets die Anwesenheit der Mutter begleitet, jedenfalls bezeugt, daß sie dagewesen war.

Iona sog ihn tief durch die Nase, um ihn festzuhalten in ihrem Inneren, ihn am Entkommen zu hindern. Der Duft war sicher. Solange er bei ihr war und sie tröstete, war sie vielleicht auch sicher. Wenn sie ihn verlor, war sie erneut in Gefahr. Die Mutter irrte sich – Iona hatte sehr viele Gründe, sich zu fürchten.

Zwischen den tiefsten Schatten in der Finsternis jenseits des Bettes lauerten die Ungeheuer. Sie kamen ihr am nächsten, wenn sie schlief: dann erlebte sie, was die Mutter ihre »idiotischen Alpträume« nannte. Was die Mutter nicht wußte, war, daß die Ungeheuer nicht verschwanden, wenn sie aufwachte. Sie wichen nur zurück und verbargen sich, bis die Dunkelheit wiederkehrte, dann kamen sie hervor und umzingelten sie von neuem.

Das wußte niemand außer Iona. Es gab ja niemanden, dem sie es hätte erzählen können. Oft schien es ihr, als lebte sie allein in einer eigenen, privaten Welt, Seite an Seite mit der anderen Welt, in der die übrigen Menschen lebten. Sie konnte hinüberschauen und dem geschäftigen Treiben dort zusehen – sie sah die Mädchen, mit denen sie zur Schule ging, die Eltern und deren Freunde, die Landwirte in Mainwarden und das Personal in London – aber sie konnte nicht mit ihnen sprechen; selbst wenn sie schrie, hörten sie nicht, waren getrennt von ihr durch eine unsichtbare, aber undurchdringliche Mauer.

Iona hatte immer gewußt, daß sie anders war; aber sie wußte nicht, warum. Manchmal dachte sie, es sei wegen ihrer Art zu reden. Die Mäd-

chen in der Schule machten sich oft über ihren Akzent lustig – eine englisch-amerikanische Mixtur aus dem Bostoner Tonfall der Mutter und dem ausgefeilten Oxfordakzent des Vaters, der sich gelegentlich ein gutturaler Klang beimischte, wenn ihr die eine oder andere Floskel unterkam, die sie in Suffolk oder auf dem schottischen Landgut ihres Onkels aufgeschnappt hatte. Aber manche der Mädchen sprachen noch merkwürdiger, die dicke kleine Mercedes Allende zum Beispiel, die Tochter des peruanischen Botschafters, – doch davon nahm offenbar niemand Notiz.
Die Sprache war es nicht. Es war aber auch nicht ihr Aussehen. Es konnte nur irgend etwas in ihrem Inneren sein, etwas, mit dem sie auf die Welt gekommen war. Das mußte der Grund sein, weshalb sie keine Freundinnen hatte. Nie brachte sie ein Mädchen zum Essen nach Hause, nie verbrachte eine Klassenkameradin die Ferien bei ihr, wie das bei den anderen üblich war. Für die Mutter war es ein weiteres Ärgernis, aber Iona hatte sich nie Gedanken darüber gemacht. Allein war sie glücklicher.
Sie hatte Misty. Eine Einzelgängerin, ungebunden wie Iona selbst, war die Katze eine viel bessere Gefährtin als irgendeines der Mädchen – jedenfalls bis vor einem halben Jahr: da waren die Ungeheuer in Ionas Leben eingefallen, und alles war anders geworden. Zum ersten Mal spürte Iona eine fast verzweifelte Sehnsucht, die unsichtbare Mauer niederzureißen und mit einem Menschen auf der anderen Seite zu sprechen. Aber das war so unmöglich wie je.
Früher war sie allein gewesen, aber in Sicherheit. Jetzt war sie allein und hatte Angst.
Das Befremdlichste und Bestürzendste an diesen Ungeheuern war der Ort, von dem sie kamen: er war friedlich und still, die einzigen Laute Vogelgezwitscher, die einzigen Bewegungen das Flattern eines Schmetterlingsflügels hinter der Fensterscheibe oder eines Turmfalken hoch oben am Himmel. Iona wußte es doch, sie war ja dort zwischen ihnen herumspaziert. Sie hatte ihre riesigen Körper gesehen und ihre ruhigen Augen. Damals hatten sie nichts Bedrohliches gehabt. Ernst und feierlich waren sie gewesen, nachdenklich, beinahe sorgenvoll.
Mr. Simpson, der Gärtner, hatte sie ihr gezeigt. Er respektierte sie. Er betrachtete sie, hatte er Iona einmal erzählt und dabei leise in sich hineingelacht, als seine stillen Freunde. Sie waren auch ihre Freunde geworden. Aber dann hatten sie sich auf einmal verändert, plötzlich, unerklärlich. Iona konnte sich nicht denken, weshalb, – sie wußte nur, daß

etwas Schreckliches geschehen sein mußte. Und während der Duft der Mutter sich langsam verflüchtigte, versuchte Iona fieberhaft, Mr. Simpsons Gesicht heraufzubeschwören.

In der Welt jenseits der Mauer war niemand wirklich zuverlässig, aber ein paar Menschen boten wenigstens ein gewisses Maß an Sicherheit, hatten etwas, dem sie vertrauen konnte. Die Mutter hatte ihren Duft. Bei Mr. Simpson war es das Gesicht, alt und bärtig, knorrig wie die Wurzeln des Dornstrauchs, die er in seinem Garten ausgrub, aber unverrückbar: beruhigend. Mr. Simpson konnte zwischen ihr und dem Entsetzen stehen, in das die Wesen sich verwandelt hatten.

Iona nahm den zerrupften, einäugigen Teddybären, der neben ihr auf dem Kissen lag, fest in den Arm. Sie lag vollkommen reglos und konzentrierte sich auf den alten Gärtner.

2

»Es ist ein Geheimnis«, sagte Mr. Simpson, »deswegen darfst du's niemand erzählen.«
Iona kreuzte die Arme über der Brust. »Nicht einmal an der Schwelle des schwarzen Todes«, antwortete sie inbrünstig.
Sie konnte sich nicht entsinnen, wie sie zu diesem Ausdruck kam, aber die Worte hatten ihr einen tiefen Eindruck gemacht. Es war ein echter Schwur. Geheimnisse mußten geschützt werden. Was es war, wußte sie freilich nicht; aber sie spürte, und es lief ihr dabei kalt über den Rücken, daß zu seinem Schutz ein Schwur am Platz war.
Der alte Gärtner lachte leise. »Soviel verlang ich gar nicht«, sagte Simpson in seinem weichen, gutturalen Schottisch. »Aber es wußte nur dein Großpapa Bescheid, und so sollte es auch bleiben, fand ich, seitdem der alte Herr hinübergegangen ist.«
»Darf Misty mitkommen?« fragte Iona.
Die Katze, weiß und auf einem Auge blind, kauerte hinter ihr auf dem Boden. Iona hatte sie so getauft: Misty stand für »mysteriös«. Sie hatte das Kätzchen verlassen im Wagenschuppen gefunden und mitgenommen, und als Misty größer wurde, folgte sie Iona überallhin, fast wie ein Hund. Jetzt fixierte sie Iona mit ihrem einzigen hellblauen Auge.
»Wenn du schweigst, dann wird wohl auch die Katze nichts ausplaudern.« Wieder ein glucksendes Lachen. »Also kommt, ihr zwei.«
Der alte Mann machte sich auf den Weg durch den Garten, und Iona folgte ihm, Misty dicht auf den Fersen.
Es war ein früher Sommerabend. Hinter ihnen lag Mainwarden: ein Herrschaftshaus im elisabethanischen Stil, ein Backsteinbau, dunkelrot glühend in der untergehenden Sonne. Die Bleiglasscheiben der Fenster flammten im Licht, und aus den hohen Schornsteinen stieg Rauch empor – von der Küche und von den Feuern, die man in der großen Halle und den oberen Schlafzimmern angezündet hatte. Dahinter lagen die sanft fließenden, waldigen Hügel von Suffolk.
Iona liebte Mainwarden, das ihr wahres Zuhause war, viel mehr, als es das große elegante Londoner Haus je sein würde. Aber ihre Mutter bestand darauf: Mainwarden sei nur fürs Wochenende, ihr eigentlicher Wohnort sei die Stadt. Mainwarden gehörte Ionas Vater, Michael, dem

jüngeren der beiden Söhne des Großvaters. Er hatte Haus und Grund beim Tod seines Vaters geerbt, lange vor Ionas Geburt, noch bevor er Dorelia geheiratet hatte. Das viel größere Haus und die Ländereien in Schottland waren an seinen älteren Bruder gefallen, der nie geheiratet hatte, so daß das schottische Erbe zu gegebener Zeit ebenfalls an Michael übergehen würden. Unterdessen hatte er Mainwarden.

Dorelia hatte das Haus nie gemocht. Es war in einem fürchterlichen Zustand gewesen, als sie es zum ersten Mal gesehen hatte, einen knappen Monat vor ihrer Heirat mit Michael. Kalt, feucht, modrig – ein Sinnbild für alles, was Dorelia am britischen Landleben verabscheute. Als Hochzeitsgeschenk für Michael – und in ihrem eigenen Interesse – ließ sie das Haus vom Keller bis zum Dach renovieren. Es gefiel ihr danach nicht besser. Suffolk war tot, »am Ende der Welt«, und Mainwarden noch viel schlimmer: es blieb einsam und bedrückend, gebeugt durch sein Alter und seine Geschichte.

Sehr anders war das Haus in den Boltons, der reichsten, vornehmsten Gegend von London, – Dorelias Hochzeitsgeschenk an sich selbst. Ein Zuhause wurde es nie – nichts konnte ihr Manhattan ersetzen, wo sie aufgewachsen war, oder Martha's Vineyard in Massachusetts, wo sie ein Sommerhaus hatte, – aber das hohe, stilvolle Haus in South Kensington war zumindest eine angemessene Entschädigung.

»Hier entlang.«

Am anderen Ende des Gartens öffnete Mr. Simpson eine Tür. Dahinter begann ein schmaler Pfad, von Gestrüpp überwuchert, der durch ein dichtes Unterholz dunkelblättriger Kermeseichen führte. Simpson trat Dorngebüsch und Brennesseln nieder und ging voraus. Iona folgte seiner Spur, darauf gefaßt, zurückschnellenden Zweigen auszuweichen. Endlich blieb der alte Mann stehen. Iona stand neben ihm, stutzte, dann staunte sie sprachlos.

Nie hatte sie sich so tief in die Wälder jenseits der Gartenmauer gewagt. Der Pfad, auf dem sie gekommen waren, mündete in eine Lichtung, die, anders als der Weg, vom Gestrüpp freigeräumt worden war. In der Mitte stand ein reichgeschmückter Pavillon mit gläsernen Wänden und Türmchen auf dem Dach. Die Türmchen und das geschnitzte Balkenwerk waren in einem tiefen, leuchtenden Blaugrün gestrichen: es war, obwohl angeschlagen und stellenweise abgeblättert nach jahrelangem Einfluß von Wind und Wetter, noch immer die eigentümlichste und eindringlichste Farbe, die Iona je gesehen hatte.

Der Duft von frischgemähtem Gras lag in der Luft, in den Sonnenstrah-

len, die zwischen den Bäumen hindurchfielen, flatterten Schmetterlinge, ringsum sangen und zwitscherten die Vögel, und hoch oben am Himmel stand rüttelnd ein Falke. Im gleißenden Licht, das sich in den Scheiben spiegelte, schien der Pavillon ein verlassener Feenpalast.
Mr. Simpson deutete auf den kurzgeschnittenen Rasen und brummte zufrieden: »Hab deinem Großpapa versprochen, immer alles schön in Ordnung zu halten.«
»Was ist das?« flüsterte Iona.
»Ach, das möcht ich manchmal auch gern wissen«, antwortete Simpson. »Dein Großvater hat es selber entworfen, jawohl. Die Farbe hat er sich aus dem Garten von irgendeinem französischen Maler abgeschaut. Hat er mir jedenfalls gesagt. Es mußte was Besonderes sein wegen dem, was er hineintun wollte. Und es war ihm ernst, wie du gleich sehen wirst.«
Simpson überquerte die Lichtung und blieb vor der Tür des Pavillons stehen. Aus der Tasche zog er einen schweren Schlüssel und steckte ihn ins Schloß. Es gab ein rostig kratzendes Geräusch, dann ging die Tür auf. Iona trat ein und mußte für einen Moment die Augen schließen, so sehr blendete sie das Licht, das durch die Glasscheiben hereinfiel. Dann erstarrte sie. Auf ihren Armen sträubten sich die Haare, und sie mußte an sich halten, um nicht laut zu schreien.
Iona war umgeben von Ungeheuern.
Sie umringten sie von allen Seiten – riesige, schwerfällige, monströse Kreaturen, deren Leiber von einem dichten schwarzen Pelz bewachsen waren, mit kalten, harten Augen und finster drohender Miene. Draußen bewegte ein Wind die Zweige, Schatten und Licht glitten über die Wesen hin, und sie schienen sich zu bewegen, schleichend näher zu kommen. Iona fuhr herum, bereit, davonzustürzen in panischem Entsetzen. Dann merkte sie, daß Misty sich gleichmütig an ihren Beinen rieb und der alte Gärtner abermals zufrieden brummte.
Irgendwie gelang es ihr, sich zu beruhigen, und mit wild klopfendem Herzen zwang sie sich zu schauen. Die Ungeheuer umringten sie wie zuvor, aber sie bewahrten ihren Abstand. Sie zwinkerte. Die Wesen hatten sich nicht bewegt, und auf einmal wußte sie, warum, – sie waren präpariert, wie die Tiere im Naturhistorischen Museum in Kensington, in der Abteilung, die sie den »ausgestopften Zoo« zu nennen pflegte.
»Mottenkugeln«, sagte Simpson. »Gibt nichts Besseres, um einen Pelz zu erhalten, wie der liebe Gott ihn gemacht hat.«

Ionas rasendes Herzklopfen ließ allmählich nach. »Was ist das?« fragte sie.
Es waren Ungeheuer, kein Zweifel, das konnte jeder sehen. Aber sie mußten doch einen Namen haben.
»Verdammte Riesenaffen, wenn du mich fragst«, antwortete Simpson. »Aber nicht für deinen Großvater. Er sagte, es sind Gorillas. Er hat sie irgendwo in Afrika geschossen, vor dem Krieg, jawohl. Hat sie in London ausstopfen lassen. Dann hat er dies hier gebaut und sie hergebracht. Und es war sein ganzer Stolz und seine Freude.«
Langsam ging Iona auf sie zu.
Es waren im ganzen neun oder zehn Gorillas, einige männlich, andere weiblich, und einer, wesentlich kleiner als die anderen, war offenbar in sehr zartem Alter erlegt worden. Von nahem betrachtet, wirkten sie ganz anders als bei ihrem ersten panischen Blick. Ihre Größe und ihre Kraft waren noch immer furchterregend, aber sie sahen nicht bedrohlich aus, und auch die Augen waren weder kalt noch hart. Sondern freundlich und traurig.
Vor dem größten männlichen Tier blieb Iona stehen. Der Gorilla hatte massige, hängende Schultern, Arme wie Baumstämme und auf dem Rücken einen silbergrauen Pelz. Scheu streckte sie den Arm aus und berührte ihn und ließ die Hand eine Weile auf dem gewaltigen Brustkasten ruhen. Es war, als starrte er sie aus seinem breiten, dumpf brütenden Gesicht an – nicht bedrohlich, sondern nachdenklich, beschützend fast.
In diesem Augenblick verschwand ihre Furcht vollends. Die Kreaturen waren Ungeheuer, kein Zweifel. Was so aussah, konnte nicht anders genannt werden. Aber bis jetzt hatte Iona alle Ungeheuer für böse und gefährlich gehalten – das war ein Irrtum gewesen: diese waren freundliche Ungeheuer, das wußte sie jetzt, und es war Misty, die ihr den letzten Beweis dafür lieferte. Mit einem Satz sprang die Katze vom Boden auf den Arm des Gorillas, stieg hinauf auf seine Schulter, ließ sich dort nieder und begann zu schnurren.
»Warum sind sie ein Geheimnis?« fragte Iona.
»Als junger Herr war er ein gewaltiger Jäger, dein Großpapa«, antwortete Simpson hinter ihr. »Dann hat er seine Ansichten geändert. Es gibt nur noch ganz wenig wilde Tiere auf die Welt, hat er gesagt, und denen, die noch da sind, darf man nichts zuleide tun. Ich glaube, es hat ihm vielleicht ein kleines bißchen leid getan, daß er diese hier erschossen hat, obwohl es so scheußliche Viecher sind, ich hab nie kapiert, wieso. Aber

dann hat er sein Gewehr weggeschafft und sich diesen Ort hier angelegt, nur für sich, und vor aller Welt geheimgehalten – «
Er verstummte. »Also, wenn du genug gesehen hast – ich möchte gern wieder absperren, ich muß nach Haus zum Tee.«
Iona fuhr herum. »Ach bitte, kann ich nicht hierbleiben?«
»Machen sie dir nicht angst?«
Sie schüttelte heftig den Kopf. »Schön sind sie!«
Simpson sah sie belustigt an. Sie ist selbst ein komisches kleines Wesen, dachte der alte Gärtner. Die wenigen Besucher, die er zu Lebzeiten des alten Herrn hierhergeführt hatte, waren bei dem unerwarteten Anblick der Gorillas im gedämpften Licht des Glaspavillons vor Angst schier gestorben. Die meisten hatten nur fortgewollt, auf der Stelle. Iona nicht. Nach der ersten Überraschung war das Kind zwischen den großen Affen so furchtlos herumspaziert, als hätte sie ihr Leben lang nichts anderes getan.
Vielleicht, überlegte Simpson, hat sie dieses Zutrauen von ihrem Großvater geerbt. Ihm kam das Kind manchmal wie eine Vogelscheuche vor, gebeutelt vom Wind, blaß und dünn und unbeholfen. Ihrem Großvater hätte ihre struppige Mähne einen Schlag versetzt, – der Himmel mochte wissen, weshalb sie das getan hatte – empört wäre er gewesen; aber ihre magere, sehnige Gestalt hätte er anerkannt und die Unerschrockenheit ihres Blicks bewundert. Der alte Herr hatte hübsche Gesichter immer gern betrachtet. Wenn Ionas Wangen rot waren und das Lachen in ihren großen grünen Augen blitzte, dann war sie das entzückendste junge Mädchen, das er je gesehen hatte.
Simpson langte in die Tasche und gab Iona den Schlüssel. »Du mußt aber gut abschließen! Wir wollen ja nicht, daß hier irgendwelche Leute herumlaufen, die nicht wissen, was sie erwartet. Am Ende trifft sie der Schlag.« Er ging davon.
Als die Tür sich hinter ihm schloß, setzte Iona sich mit gekreuzten Beinen auf den Boden und sah zu den gewaltigen Geschöpfen hinauf, die rings um sie erstarrt auf ihren Sockeln standen.
Viel später wurde ihr bewußt, daß jemand nach ihr rief. Iona schüttelte den Kopf, als tauchte sie aus einer Trance auf. Sie sah auf die Uhr – es war Zeit fürs Abendessen. Schuldbewußt stellte sie fest, daß sie und Misty ganze zwei Stunden fortgewesen waren. Sie rief nach der Katze, dann stand sie auf, sperrte die Tür zu und rannte nach Hause.
In dieser Nacht träumte Iona zum ersten Mal von den Ungeheuern. Und wie es im Augenblick des Erwachens oft so ist, konnte sie sich an

den Traum nicht erinnern, sie wußte nur, daß es eine friedliche, heitere Stimmung gewesen war. Sie erzählte niemandem von den Gorillas, nicht einmal ihrer Mutter; aber nach diesem Tag holte sie sich oft von Mr. Simpson den Schlüssel. Gefolgt von Misty, ging sie zum Pavillon und setzte sich dort nieder, und sie staunte über diese großen starken Tiere, während die Katze auf der Schulter des riesigen Männchens in der Sonne schlief.

Nach solchen Besuchen träumte Iona von den Gorillas. Es gelang ihr nie, sich zu erinnern, aber immer waren die Träume schön, so wie der erste. Morgens wachte sie lächelnd auf.

Und dann, ohne Vorwarnung, wurde eines Nachts alles anders. Die Kreaturen sahen aus wie immer, aber freundlich waren sie nicht mehr. Irgend etwas hatte sie befallen, eine finstere, drohende Wut ging von ihnen aus. Mit einem Mal waren sie zu skrupellosen, beutegierigen Raubtieren geworden, und die Beute, die sie jagten, war Iona. Sobald die Dunkelheit hereinbrach, saßen sie und lauerten, und dann pirschten sie sich an von allen Seiten.

In dieser Nacht wurden die Träume zu Alpträumen.

3

»Nein, das werde ich nicht akzeptieren!« fauchte Dorelia Howard. Charles Lefanu, ihr Anwalt, der neben ihr saß, hob mit einer heftigen Bewegung den Kopf. Aber seine Miene verriet nicht, ob er angesichts der Reaktion seiner Klientin Überraschung empfand.

»Das ist natürlich nur ein Entwurf, in groben Zügen sozusagen«, sagte Lefanu. »Aber wir dachten, wir könnten damit einen Weg bahnen...«

»Ich habe meine Meinung geändert«, unterbrach ihn Dorelia. »Jedesmal wenn ich einen Fingerbreit nachgebe, fordert man die ganze Hand. Jetzt ist Schluß damit! Es reicht mir!«

Mr. Greenburgh, der auf der anderen Tischseite saß, sah die Niederlage seines Gegners. Er beugte sich gespannt vor.

Zu acht saßen sie unter dem hohen Gewölbe des Konferenzraumes: auf der einen Seite des langen Mahagonitisches Dorelia Howard, Lefanu und seine beiden Assistenten, auf der anderen die Anwälte ihres Mannes, Greenburgh und zwei seiner Mitarbeiter. Michael Howard, der sich wie stets von allem distanzierte, was ihm widerlich war, lehnte sich in seinem Stuhl am anderen Ende des Tisches zurück und streckte zwanglos die langen Beine von sich. Wiederholt entwich ihm ein Gähnen ostentativer Langeweile.

»Würden Sie sich bitte deutlicher erklären, Mrs. Howard?« sagte Greenburgh.

Dorelia setzte zu einer Antwort an, aber bevor sie das erste Wort sprach, hatte Lefanu sich von seiner Verlegenheit erholt und stand auf.

»Ich denke, dies wäre ein geeigneter Augenblick für eine kurze Pause«, fiel er rasch ein.

Michael Howard am Tischende sagte etwas Unverständliches und stimmte sein teilnahmsloses, höhnisches Gelächter an. Lefanu sah, wie Dorelias Nüstern sich zornig blähten. Schnell griff er nach ihrem Arm.

»Ich wünsche unter vier Augen mit Ihnen zu reden«, fügte er in ruhigem Ton hinzu.

Lefanu war beinahe siebzig und sein Haar seit langem weiß, aber das Alter hatte ihm nichts von seiner natürlichen Autorität genommen, und er war stark und kräftig wie je. So gelang es ihm, sie aus dem Zimmer zu

manövrieren. Als die Tür hinter ihnen ins Schloß fiel, erscholl Michael Howards Gelächter von neuem.
»Der Bastard – !« Dorelias Augen verengten sich, und ihre Stimme sprühte kaltes Gift. »Dieser arrogante, gierige Kriminelle! Ausgespielt hat er! – jetzt geh ich und sag ihm, er kann mich am Arsch lecken!« Sie riß sich los und wollte an dem Anwalt vorbei zurück ins Zimmer stürzen. Lefanu stellte sich ihr in den Weg.
»Was wollen Sie denn wirklich?« fragte er. »Ihre Tochter – oder Ihren Gatten beschimpfen?«
Dorelia starrte ihn an. Einen Augenblick lang schien es, als wollte sich der geballte Haß, der durch ihren Körper tobte, über die alte, gebeugte Gestalt vor ihr ergießen. Doch sie besann sich, drehte sich auf dem Absatz um und ging davon, bebend vor Wut. Lefanu folgte ihr.
»Hier, bitte«, sagte er.
Neben einer Tür auf halbem Flur blieb er stehen. Mit einem Wink bedeutete er seinen beiden Kollegen, sich zurückzuziehen, dann schob er Dorelia in einen zweiten, kleineren Konferenzraum.
»Setzen Sie sich, meine Liebe«, sagte er. »Sagen Sie jetzt nichts. Versuchen Sie einfach nur, wieder ruhig zu werden.«
Dorelia gehorchte ihm ausnahmsweise. Der alte Anwalt setzte sich ihr gegenüber und sah sie an.
Wie lang kannte er sie schon? Wenn Iona jetzt fast dreizehn war, mußten es ein paar Jahre mehr sein, Dorelia war damals knapp zweiundzwanzig gewesen. Um ihre Familienangelegenheiten in Amerika kümmerte sich eine Anwaltskanzlei, mit deren Vertretung in London Lefanu und Kompagnon betraut waren. Wenige Wochen nach ihrer Ankunft in Großbritannien hatte sie ihn wegen irgendeiner Sache von geringer Bedeutung aufgesucht, und seither war er ihr Anwalt.
Als Klientin war sie für die Kanzlei von beträchtlichem Wert, vielleicht war sie überhaupt die wertvollste private Klientin, die er je gehabt hatte. Bereits mit zweiundzwanzig war Dorelia Carnethy, wie sie damals hieß, unermeßlich reich gewesen. Ein Jahr später, als ihr verwitweter Vater starb und Dorelia, das einzige Kind, sein Vermögen erbte, wurde sie eine der reichsten jungen Frauen der Welt.
Aber für Lefanu war sie viel mehr als nur eine Klientin. Er kannte ihre Vorgeschichte, schon bevor sie zum ersten Mal zu ihm gekommen war. Die stürmische Kindheit – der Vater ein Schwerenöter, die Mutter, die trank und spielte und Selbstmord beging, als Dorelia sieben war – und der gewaltige Reichtum auf beiden Seiten der Familie, der, wenn er

nicht Ursache des Elends war, zumindest die Maßlosigkeiten begünstigte, die damit einhergingen.
Lefanu, ein freundlicher, toleranter Mann, war bereit gewesen, ihr Anteilnahme entgegenzubringen. Nicht vorbereitet war er auf die Erschütterung seines Herzens in dem Augenblick, als sie sein Büro betrat. Fünfundfünfzig war er damals gewesen. Er war aufgestanden, als seine Sekretärin die Tür geöffnet hatte, war um den Schreibtisch herumgegangen und hatte die Hand ausgestreckt – und war mitten in der Bewegung erstarrt.
Er wußte, daß Dorelia schön war. Er wußte es von den endlosen Klatschkolumnen samt Pressefotos in seinen Akten, aber die Fotografien wurden ihr nicht einmal annähernd gerecht. Sie zeigten nicht ihre Verletzlichkeit, die ängstliche Unschuld in ihren Augen, die so groß und leuchtend waren, die wundervoll gemeißelten Züge ihres Gesichts, die Linien ihres Körpers, das strahlende Lächeln, das sie ihm – selten genug – schenkte, als sie begannen, miteinander zu reden.
Später hatte Lefanu sich oft voll Bitterkeit eingestanden, daß er sich in seinem Leben nicht einmal verliebt hatte, worauf seine gesamte Erziehung ihn vorbereitet hatte, sondern zweimal. Das erste Mal in seine Frau; das zweite Mal in Dorelia.
Nachdem er sich fünfzehn Jahre lang immer mehr um Dorelias Angelegenheiten gekümmert hatte, wußte er einiges über sie. Das meiste davon, räumte Lefanu insgeheim freimütig ein, gereichte ihr nicht zur Ehre. Häufig und mit den Jahren immer öfter war sie anmaßend bis an die Grenze der Herrschsucht. Sie war eigensinnig und halsstarrig; sie änderte ihre Meinung von einem Moment zum anderen, ohne Rücksicht auf irgend jemanden; ihre Zunge war spitz und ihr Ton voller Hohn. Je nach Laune konnte sie kalt, skrupellos und grausam sein – gedankenlos, sinnlos grausam.
Und vor allem war sie selbstsüchtig. Sie hatte die Gewohnheiten ihrer Eltern übernommen oder geerbt, deren Neigung zur Maßlosigkeit und Ausschweifung. Dank ihrem Erbe konnte sie solchen Neigungen uneingeschränkt frönen, ganz nach Geschmack und Belieben. Was immer Dorelia wollte, bekam sie; und gnade Gott der Kreatur – Mensch, Tier, selbst Kind –, die ihr im Weg stand.
Lefanu hatte sie über die Jahre hinweg beobachtet. Er hatte alles gesehen und miterlebt, was an ihr zum Vorschein gekommen war und sich gefestigt hatte, auch das Schlimmste. Seltsamerweise, wie er sich manchmal mit Bedauern eingestand, änderte es nichts daran, wie er

empfand – ja, in gewisser Weise liebte er sie noch mehr. Mit siebenunddreißig Jahren war ihre Schönheit sprühender, herzzerreißender, ihr Leib sinnlicher und verlockender als jemals zuvor. Schärfer war ihr Verstand, und ihr Geist, wenn er einmal durch kurze Anwandlungen von Großmut gemäßigt wurde, sprühte vor Witz und Lebendigkeit.

Und nun *dieses*. Es war nicht die Scheidung – das gehörte zu seinem Geschäft als Anwalt. In jeder Woche des Jahres hatte Lefanu mit Scheidung und den damit verbundenen Schwierigkeiten zu tun. Dorelias Scheidung von Michael Howard mochte zwar bitter, kompliziert und ungeheuer kostspielig sein, aber im Grunde war sie nichts anderes als eine Trennung von Eheleuten, wieder eine, die vor Gericht entschieden wurde.

»Dieses« war ein Kind namens Iona.

Lefanu und seine Frau waren kinderlos. Endlosen medizinischen Untersuchungen hatten beide sich unterzogen, aber niemand hatte je herausgefunden, wo die Ursache des Problems lag. Alles, was Lefanu wußte, war, daß er, im Kopf und im Herzen, gleichwohl ein Kind hatte. Sein Kind war Dorelia Howards Tochter.

Wenn Dorelia einen Fehler hatte, den er ihr nur schwer verzeihen konnte, dann die Art, wie sie Iona behandelte. Ihre Nachlässigkeit dem Kind gegenüber war genauso schlimm wie die ihres Gatten – und der war, dachte Lefanu manchmal, der einzige Mann in Großbritannien, der ihr, was die Selbstsucht anlangte, ebenbürtig war. Seitdem Iona auf der Welt war, hatten die beiden nicht mehr Interesse für sie bekundet, als sie einem Haustier entgegengebracht hätten.

Iona war – sofern von Erziehung die Rede sein konnte – von den Dienstboten der Familie aufgezogen worden, die Michael Howard geerbt hatte und die von Dorelia bezahlt wurden. Indes, als die beiden sich zur Scheidung entschlossen, wurde ihre Tochter zum Streitgegenstand – womit Lefanu wahrhaftig am allerwenigsten gerechnet hatte. Tatsächlich wurden die erbittertsten Kämpfe um Iona geführt. Aus Gründen, die Lefanu durchaus nicht verständlich waren, die jedoch, wie er annahm, mit egoistischem Stolz und dem beiderseitigen Wunsch nach Rache zu tun hatten, waren beide gleichermaßen grimmig entschlossen, das Sorgerecht für das Kind zu erringen.

Ein Bild kam ihm in den Sinn, Iona, wie er sie einmal gesehen hatte. Wieder einmal verspätet, lief sie über den Rasen vor dem Haus in Mainwarden, wo Lefanu ein Wochenende verbrachte. Es war Sommer, und Lefanu beobachtete sie von einem der Fenster in der Empfangshalle aus.

Barfuß war sie und trug zerrissene Jeans und ein T-Shirt, das in noch schlimmeren Fetzen hing. Früher hatte er sie immer für unbeholfen und linkisch gehalten. Das tat er nie wieder.
Iona bewegte sich mit der Grazie eines jungen Rennpferdes, das seine Schnelligkeit und seine Geschicklichkeit prüft. Sie sprang über Lavendelhecken, wich in eleganten Kurven den Kirschbäumen aus, dann setzte sie an zum Spurt und rannte in geradem Lauf auf das Haus zu. Wie eine Fahne im Wind wehte das schwarze Haar, und ihr Gesicht war blaß, es war immer blaß, aber ihre großen grünen Augen – die Augen, die sie von Dorelia hatte – funkelten vor Eifer und Lust.
Sie wußte nicht, daß sie beobachtet wurde. An der Terrasse angelangt, nahm sie mit einem Satz die Steinbalustrade, wie ein Windstoß fegte sie darüber hinweg. Einen Augenblick später stand sie neben Lefanu in der Halle und keuchte nicht einmal. Flüchtig lächelte sie ihm zu, dann waren schon Michael und Dorelia zur Stelle: Als sie den Raum betraten, verschloß sich das kindliche Gesicht, als wäre eine Jalousie herabgelassen worden. Höflich küßte sie ihre Mutter, murmelte etwas und verschwand. Lefanu sah sie vor seiner Abreise nicht wieder.
Er schüttelte den Kopf und empfand leise Wehmut bei der Erinnerung. Eines Tages würde das Mädchen nicht nur eine große Schönheit sein, sondern auch eine große Erbin. Und nicht um ihre Schönheit ging es jetzt, sondern um ihr Erbe. Das sie von beiden Elternteilen bekommen würde, aber vor allem von Dorelia.
»Denken Sie jetzt wieder mit Ihrem praktischen Yankee-Hirn oder noch immer mit den Kniescheiben?« fragte Lefanu.
Dorelia Howard warf ihm einen raschen Blick zu. Sie lächelte. »In Ordnung«, sagte sie. »Ich hab mich abgeregt.«
»Gut. Dann wollen wir uns einmal Punkt für Punkt ansehen, was sie vorgebracht haben.« Abwehrend hob Lefanu die Hand. »Nein, gehen Sie nicht auf mich los. Sagen Sie mir einfach die Wahrheit. Wer ist dieser Sean Ryan, den sie ins Spiel bringen wollen?«
Dorelia errötete. Dann sagte sie: »Ein amerikanischer Schriftsteller, ein sehr guter. Er lebt in New York, und er ist ein Freund von mir.«
Lefanu schwieg. Er sah auf die Akte, die vor ihm lag.
»Diese Unterlagen wurden mir vom Anwalt Ihres Gatten, Mr. Greenburgh, übergeben«, sagte er. »Natürlich will er Druck machen und seine Sache durchsetzen. Aber es gibt hier eine Menge Fotos von Ihnen und Mr. Ryan. Venedig, Sevilla, hier in London, zehn Tage ist's her – Sie kommen gerade aus Annabel's Nachtclub...«

Er zögerte. »Der Eindruck, den diese Fotos vermitteln würden – einem Richter jedenfalls –, ist, daß Mr. Ryan ein sehr enger Freund ist.«
Dorelia fuhr auf. Jedem anderen hätte sie eine Obszönität hingeworfen mit der Aufforderung, er möge sich um seinen eigenen Kram kümmern. Lefanu war aber nicht irgend jemand. Sie starrte den Anwalt an, kämpfte ihre Wut nieder, dann senkte sie den Blick und nickte.
»Okay«, sagte sie, »er ist mein Liebhaber. Ich meine das nicht in diesem dummen, banalen Sinn. Ich meine ...« Sie zögerte, suchte nach Worten. »Ich meine, er ist ein großartiger Mann. Er liebt mich, glaube ich.« Das bezaubernde, ein wenig zweifelnde Lächeln huschte über ihr Gesicht. »Jedenfalls – ob das bei ihm so ist oder nicht, ich liebe ihn.«
»Hier steht jedoch«, hakte Lefanu vorsichtig nach, »daß Mr. Ryan wegen Drogenbesitz und Nötigung vorbestraft ist.«
»Um Himmels willen, Charles, das ist doch völlig idiotisch!« Jetzt ging sie doch auf ihn los. »Das war Ende der Sechziger! Damals hatte jeder was mit Drogen zu tun. Verdammt viele Leute waren außerdem politisch engagiert, wie Sean, in radikalen Gruppierungen. Sie sind mit der Polizei aneinandergeraten. Aber das ist mehr als zwanzig Jahre her – Sean war ja noch ein Kind damals.«
»Und diese anderen Anklagen, unter die Mr. Ryan gestellt wurde, was ist damit? Sexuelle Nötigung und versuchte Vergewaltigung? Das ist nur vier Jahre her.«
»Charles, wie können Sie diesen Mist nur glauben!« stieß sie hervor. »Das war ein abgekartetes Spiel von Anfang bis Ende. Das Mädchen war eine Schauspielerin, irgendeine oberflächliche Bekannte von Sean. Sie bat ihn, ihr eine Rolle in einem Film zu verschaffen, den jemand nach einem seiner Bücher drehte. Sean versuchte es, aber es wurde nichts daraus, und das hat das Miststück ihm nicht geglaubt. Aus reiner Bosheit ging sie zur Polizei und erzählte diesen Scheiß: er sei über sie hergefallen – «
Dorelia schwieg eine Weile. »Auf jeden Fall«, setzte sie triumphierend hinzu, »wurde der Fall vom Gericht abgewiesen.«
Lefanu schüttelte den Kopf. »Er kam gar nicht erst vor Gericht«, sagte er. »In dieser Instanz macht das einen erheblichen Unterschied. Nach Anhörung beider Seiten beschloß der Staatsanwalt, das Strafverfahren auszusetzen. Wie ich in dem Bericht lese, wurde ihm glaubhaft versichert, daß Mr. Ryan dem Mädchen eine finanzielle Entschädigung angeboten habe, welche angenommen wurde. Deswegen hielt es der Staatsanwalt für eine Verschwendung öffentlicher Gelder, die Sache

weiterzuverfolgen. Er fügte jedoch hinzu, daß im Hinblick auf das künftige Verhalten Mr. Ryans aus Gründen der Vorsicht die Anklage nicht aus den Akten gestrichen würde.«
Dorelia funkelte ihn an. »Na und?«
»Ich will es Ihnen sagen, Dorelia.« Lefanu verschränkte die Arme auf dem Tisch. »In dieser Angelegenheit geht es vordringlich um das Sorgerecht. Für die Anwälte Ihres Mannes ist Ihre Beziehung zu Mr. Ryan ein triftiges Argument: Wenn Sie das Sorgerecht erhielten, würde Mr. Ryan zu Iona in der Rolle eines Vaters stehen. Die Gegenpartei wird seine Vorstrafen wegen Drogenmißbrauch und Gewaltanwendung ins Feld führen und außerdem darauf hinweisen, daß wegen sexueller Nötigung und Vergewaltigung eine Klage ansteht – «
Lefanu schüttelte den Kopf. »Kommen Sie, Dorelia, Sie sind doch eine intelligente Frau. Ich muß Ihnen nicht schildern, welche Wirkung dies alles auf den Richter haben wird.«
Dorelia schwieg. »Auf wessen Seite stehen Sie eigentlich?« fragte sie dann grimmig.
Lefanu lächelte vage. »Wenn jeder gewissenhafte Rechtsanwalt für jede derartige Frage eines Klienten einen Penny bekäme«, antwortete er, »dann wären wir alle reiche Leute. Gewiß stehe ich auf Ihrer Seite, aber nicht nur auf Ihrer. Ich habe, als natürliche Folge in diesem Fall, auch das Interesse einer zweiten Person zu vertreten.«
Dorelia runzelte die Stirn: »Wen meinen Sie?«
»Iona. Sie steht im Mittelpunkt bei dieser ganzen Streiterei.«
»Wollen Sie damit sagen, daß ich, um das Sorgerecht für Iona zu bekommen – für meine eigene Tochter, wohlgemerkt! – daß ich dafür auf Sean verzichten muß, nur wegen diesem Dreck, dieser ekelhaften Lüge über seine Vergangenheit?«
Lefanu schüttelte den Kopf. «Es würde mir nicht im Traum einfallen, Ihnen Derartiges nahezulegen, meine Liebe», sagte er. »Um so weniger, als ich, offen gestanden, Zweifel hege, ob ein Richter Ihnen glauben würde, wenn Sie Mr. Ryan als Ihren neuen Gefährten auf einmal verleugneten.«
»Was meinen Sie also?«
Lefanu blickte zur Seite mit gerunzelter Stirn. Als er zu sprechen anhob, wählte er seine Worte mit Sorgfalt.
»Unsere Gerichte sind traditionell immer eher geneigt, der Mutter das Sorgerecht zuzusprechen«, sagte er. »Ich denke, wir können das Sorgerecht für Iona erlangen. Das wird aber nicht einfach sein. Angesichts der

unnachgiebigen Haltung Ihres Mannes und des Zündstoffs, den Mr. Ryan ihm bietet, werden wir in der Tat um jeden Zentimeter kämpfen müssen. Und nachdem Sie beide sehr stark im Rampenlicht der Öffentlichkeit stehen, fürchte ich, daß Presse und Fernsehen ausführlichst über Ihren Fall berichten werden.«

»Damit kann ich leben – sofern ich den Bastard am Ende unterkriege.«

»Das können Sie zweifellos, Dorelia«, gab Lefanu geduldig zurück. »Aber wie steht es mit Iona?«

»Iona?« Dorelia musterte ihn erstaunt. »Diese Sache betrifft Michael und mich. Was hat das mit ihr zu tun?«

Lefanu schwieg. Dorelias Herzlosigkeit und Arroganz, ihre blinde Weigerung, die Gefühle anderer überhaupt zur Kenntnis, geschweige denn darauf Rücksicht zu nehmen, verschlug ihm manchmal die Sprache.

»Ihre Tochter wird allem, was über Sie und Michael berichtet wird, gnadenlos preisgegeben sein«, antwortete er. »Und ich nehme an, die Berichterstattung wird höchst unerfreulich sein. Ihre Schulfreundinnen, ja alle ihre Freunde, überall, werden sie mitverfolgen. Kinder sind bekanntlich grausam. Für Iona kann das eine traumatische Erfahrung sein.«

»Dann schicke ich sie halt in Gottes Namen fort, bis es vorbei ist.«

»Vorzügliche Idee.« Lefanu rieb sich nachdenklich das Kinn. »Es muß freilich sichergestellt sein, daß sowohl der Ort als auch die Betreuung für Ihren Gatten akzeptabel sind.«

»Für den?« schnaubte Dorelia höhnisch. »Wozu das denn? Was geht das den Bastard an?«

»Michael, mit welchem Attribut auch immer Sie ihn ansonsten bezeichnen wollen, ist Ionas Vater. Sein Einverständnis wäre zumindest sehr wünschenswert. Im schlimmsten Fall könnte er unter den gegebenen Umständen das Gesetz in Anspruch nehmen, um Iona hierzubehalten.«

Dorelia erstarrte, Lefanu aber ließ ihr keine Gelegenheit zu protestieren, sondern fuhr fort:

»Gibt es jemanden, den Sie als zeitweiligen informellen Vormund des Kindes vorschlagen könnten?» fragte er. »Jemand, den Sie beide als neutral akzeptieren könnten. Jemand, der in der Lage ist, sie von diesem ganzen Theater mit Gerichtsverhandlung und öffentlichem Aufsehen und so weiter fernzuhalten. Jemand, dem Iona, würde ich meinen, auch zugetan ist?«

Dorelia senkte die Augen und starrte auf den Tisch: Mahagoni, schönes, poliertes Holz, darauf ein weiches Leder mit Goldprägung an den

Rändern. Die Wirkung war beeindruckend. Genau so, wie ein Konferenztisch einer berühmten Londoner Anwaltskanzlei auszusehen hatte. Irgendwie vermochte allein dieser Anblick, dieses Symbol für Robustheit und Beständigkeit, die von neuem in ihr aufkeimende Wut einzudämmen.

»Die einzige Person, die mir einfällt, ist ihr Taufpate, mein Onkel Robert Cabot«, sagte sie in ausdruckslosem Ton.

Lefanus Brauen hoben sich interessiert. »Mr. Cabot, der Botaniker und Autor? Ich wußte nicht, daß er Ionas Pate ist.«

Dorelia nickte. »In gewisser Weise war er ein Vater für mich. Ihn zum Taufpaten von Iona zu machen, war eine Art Dank dafür, nehme ich an.«

»Mag Iona ihn?«

Dorelia nickte wieder. »Er ist jetzt ein alter Mann und ein bißchen verschroben. Aber Kinder mögen das, und er ist zu ihr immer sehr nett gewesen.«

»Wahrscheinlich lebt er in Boston? Meines Wissens sind dort alle versammelt, die so heißen.» Lefanu lächelte. »Könnte Iona denn eine Weile bei ihm bleiben?«

»Ja, natürlich – « Dorelia verstummte. »Es sei denn... Ich glaube, er bereitet gerade wieder eine seiner botanischen Expeditionen vor. Er hat mir vor ein paar Wochen geschrieben, er käme auch nach London. Ich glaube, er will nach Nepal, in den Himalaya, irgendwo in die Gegend.«

»Würde das Kind mit ihm gehen?«

Verblüfft starrte Dorelia ihn an.

Es war eine Sache, Iona für eine Zeitlang nach Boston gehen zu lassen; eine ganz andere war es, sie nach Nepal zu schicken. Dorelia war sich nicht einmal sicher, wo Nepal eigentlich lag, sie wußte nur, daß es sehr weit fort war. Einen Augenblick lang war ihr ein wenig beklommen zumute. Dann schob sie dieses Gefühl beiseite.

Robert Cabot liebte sein Patenkind sehr, mehr noch: er war der tüchtigste und zuverlässigste Mensch, den Dorelia je kennengelernt hatte. Nichts konnte Iona zustoßen, solange sie in seiner Obhut war.

»Ich wüßte keinen Grund, weshalb nicht«, antwortete sie.

»Ich kann mir keinen besseren Ort als Nepal vorstellen – wenn er tatsächlich dorthin will«, sagte Lefanu. »Iona würde auf diese Weise von der Auseinandersetzung nichts mitbekommen. Man könnte die Sache durchaus auch als erzieherisches Experiment ansehen. Wie schätzen Sie die diesbezügliche Ansicht Ihres Gatten ein?«

»Es kratzt mich verdammt wenig, was der Scheißkerl von irgendwas hält...«
Lefanu hob langsam die Hand, aber sie war bereits verstummt.
Wild starrte Dorelia ihren Anwalt an. Sie war im Begriff, ihren maßlosen Haß gegen Michael Howard auf Lefanu zu übertragen: das war ihr bewußt, und sie wollte sich beherrschen. Irgendwie gelang es ihr auch, ihre Gefühle im Zaum zu halten. Sie stand auf, trat ans Fenster, kam wieder zurück. »Verzeihen Sie, Charles – «
Sie vertraute Lefanu mehr als irgend jemandem, dem sie in ihren fünfzehn unseligen britischen Jahren begegnet war. Jetzt sehnte sie sich unendlich danach, dieses Land zu verlassen. Diese ganze Episode war ein einziger entsetzlicher Fehler gewesen, eine ausgedehnte und sinnlose Unterbrechung ihres Lebens, eine Zeitverschwendung. Alles, was sie wollte, war, nach New York zurückzukehren, und diesmal an der Seite des lebenssprühenden, machtvollen, faszinierenden, heißblütigen Mannes, den sie liebte.
»Merkwürdigerweise mag sogar mein Mann Onkel Robert«, fuhr sie fort. »Er ist der einzige von allen meinen Freunden und Bekannten, den er leiden kann. Ich denke, er wird einverstanden sein.«
»Ausgezeichnet.« Erneut lächelte Lefanu in seiner ausweichenden, zurückhaltenden Art. »Ich denke, es ist nun der rechte Augenblick, um zurückzukehren und unsere Diskussion mit der Gegenpartei fortzusetzen.«
Er stand auf und öffnete ihr die Tür. Als Dorelia über die Schwelle trat, fügte er hinzu: »Weiß Iona eigentlich von diesem Konflikt?«
Dorelia blieb stehen. »Auf keinen Fall!« Heftig schüttelte sie den Kopf. »Das ist das einzige, worin der Bastard und ich derselben Meinung waren. Wir haben beschlossen, sie aus allem herauszuhalten.«
»Sehr vernünftig, sehr vernünftig, in der Tat«, stimmte Lefanu ihr zu. »Eine Scheidung kann ein Kind zutiefst verstören.«
»Aber eines sage ich Ihnen: wenn es vorbei ist, dann werde ich ihr alles erzählen über dieses arrogante, sadistische Schwein, das sie ihren Vater nennt – « Während sie zum Konferenzraum zurückgingen, flammte Dorelias Ärger von neuem auf.
»Zweifellos, meine Liebe«, unterbrach Lefanu sie sanft. »Im Augenblick freilich sollten wir uns darauf konzentrieren, das Sorgerecht zu bekommen, sonst werden Sie dazu keine Gelegenheit haben.«

4

»Liebes, ich habe eine Überraschung für dich!«
Iona sagte nichts. Stumm stand sie vor ihrer Mutter. Dorelia Howard saß in ihrem Lieblingssessel an ihrem bevorzugten Aufenthaltsort, dem Salon im ersten Stockwerk des Londoner Hauses. Ein riesiger Raum war es – fünfzehn Meter maß der Abstand von einer Fensterfront zur anderen, zwischen der Straßenseite und dem Garten.
Dorelia hatte eine ihrer New Yorker Freundinnen mit der Einrichtung des ganzen Hauses betraut. Der Salon war eine Kombination zeitgenössischer funktionalistischer Stahl-Glas-Möbel und reich gemusterter Stoffe und Tapeten florealen Designs aus dem letzten Jahrhundert. Die Bilder, die im Überfluß die Wände zierten, wiederholten und betonten diesen Kontrast: neben Seestücken und pflanzlichen Stilleben aus dem achtzehnten Jahrhundert hing Postmodernes, das Dorelia bei der Eröffnung der Manhattan-Ausstellung erstanden hatte, – wild ausladende Streifen von Farbe in fahlroten Tönen, barbarisch über die Leinwand geworfen.
Blumen schufen eine Verbindung zwischen den Extremen. Es war Dorelias einzige Anweisung zur Einrichtung gewesen: »Mach, was du willst«, hatte sie gesagt, »aber schaff mir Platz für Blumen, überall will ich sie haben, ich kann ohne sie nicht leben.« Die Innenausstatterin hatte getan, wie man sie geheißen hatte, und jede Ecke, jeden Winkel, jeden Raumteiler mit einem Tischchen, einem Sockel oder Bord für eine Vase geschmückt. Selbst an diesem späten Nachmittag im Februar, als es draußen vor den Fenstern bereits dunkelte und ein Eisregen gegen die Scheiben prasselte, erglühte der Raum in allen Farben und Düften des Sommers.
Iona wußte wohl, daß der Salon elegant und schön war. Das hätte sie auch gewußt, wenn Dorelia ihr weniger häufig erklärt hätte, welche Meisterleistung Devon, die Innenausstatterin, vollbracht und wie sie ihr Werk im einzelnen geschaffen hatte. Iona liebte Blumen wie ihre Mutter, und normalerweise waren ihre Besuche in dem duftenden Salon ein sinnliches Vergnügen, das ihr zu Kopf stieg, beinahe betäubend.
Nicht heute. Schon bevor sie den Raum betreten hatte, war sie argwöhnisch und auf der Hut gewesen, und beim Anblick der mütterlichen

Miene hatte der Argwohn sich zur Gewißheit erhärtet. Dorelia trug ihr wärmstes, offenstes, zärtlichstes Lächeln zur Schau. Das bedeutete, wie Iona aus langer Erfahrung wußte, daß die Mutter ihr etwas erzählen würde, was nicht stimmte.

»Eine wirklich großartige Überraschung«, fügte Dorelia hinzu.

Sie schwieg, und auch Iona sagte kein Wort. Verstohlen ließ sie den Blick durch den Raum schweifen, um festzustellen, ob der Vater anwesend war.

Oft – obwohl in letzter Zeit weniger häufig – traten die Eltern gemeinsam auf, wenn es galt, eine Entscheidung über Ionas Leben zu treffen – ein Schulwechsel, ein Ferienaufenthalt in den Staaten, in Neuengland oder in Schottland, im Haus ihres Onkels. Michael Howard beteiligte sich nie an der Diskussion, er saß lediglich dabei, irgendwo in der Tiefe des Raumes, in einem Lehnstuhl vergraben, die langen Beine weit von sich gestreckt, und hörte schweigend zu, was seine Frau sagte.

Heute waren alle Lehnstühle leer, Michael Howard fehlte. Vermutlich war er in seinem Arbeitszimmer ein Stockwerk höher. Ionas Blick kehrte zur Mutter zurück.

Ob der Vater anwesend war oder nicht, machte freilich kaum einen Unterschied. Seit jeher war das so gewesen. Immer hatte die Mutter beschlossen, was geschehen sollte. Ein einziges Mal hatte Iona sich an ihn gewandt, als eine Verfügung getroffen wurde, die ihr zutiefst widerstrebte, aber Michael Howard hatte nur die Achseln gezuckt. »Deine Mutter kann das besser beurteilen als ich, und es wäre sicherlich klug von dir, auf ihren Rat zu hören«, hatte er gesagt und nach seinem Buch gegriffen, das neben dem Sessel lag, die Brille aufgesetzt und zu lesen begonnen. Nie wieder hatte Iona sich von ihm Unterstützung erhofft.

»Willst du nicht wissen, was es ist?«

Das Lächeln auf Dorelias Gesicht wurde eine Spur zurückhaltender. Sie hatte mit Schwierigkeiten gerechnet, aber daß Iona derart bockig sein würde, hatte sie nicht erwartet. Dieses Mädchen konnte sie manchmal zur Weißglut bringen – und wenn sie diese koboldhaften grünen Augen sah, die alles zu durchdringen schienen, geradewegs bis auf den Grund, dann trieb es ihr das Grausen in den Nacken.

Iona zuckte die Achseln. »Ja, schon...«

Dorelia starrte ihre Tochter an und sah nichts als dieses leere, weiße, abweisende Gesicht. Sie mußte sich sehr zusammennehmen, um sich nicht schon wieder aus der Fassung bringen zu lassen.

»Ein großes Abenteuer wartet auf dich, Liebes«, sagte sie. »Onkel Ro-

bert unternimmt wieder eine seiner botanischen Expeditionen, diesmal in den Himalaya. Weißt du, wo das ist?«
Iona schüttelte den Kopf.
»In Nepal, glaube ich, irgendwo in der Gegend. Jedenfalls ist der Himalaya das größte und höchste Gebirge der Welt. Onkel Robert nimmt Träger und Zelte mit und alles, was man sonst braucht. Und du, stell dir vor, begleitest ihn.«
»Kommt ihr auch mit, du und Dad?« fragte Iona.
»Nein, natürlich nicht, Liebes.« Dorelia lachte. »Was um Himmels willen sollten Daddy und ich im Gebirge?«
»Dann will ich auch nicht hin«, sagte Iona.
»Warum nicht? Du magst doch Onkel Robert, oder?«
Iona nickte. »Aber das ist nicht dasselbe wie mit dir und Dad.«
Dorelia streckte die Arme nach Iona aus und drückte sie an sich. Jedesmal, wenn sie das dringende Bedürfnis verspürte, Iona vor Wut zu ohrfeigen, machte das Kind irgendeine Bemerkung, die sie entwaffnete; jedenfalls für den Augenblick.
»Ach, Kind, du bist entzückend, wirklich!« Sie küßte sie und zerzauste ihr das Haar, dann schob sie sie von sich. »Aber hör mir zu, Liebes. Es ist nur für ein paar Wochen. Du wirst eine phantastische Zeit erleben. Und wenn du zurückkommst, wirst du uns Geschichten erzählen, die uns vor Neid erblassen lassen.«
»Was ist mit der Schule?«
»Iona, diese Expedition ist viel wichtiger als die Schule. Onkel Robert ist einer der berühmtesten Pflanzenexperten der Welt. Für ein intelligentes junges Mädchen wie dich ist das die Chance des Lebens. Ich habe mit Miß Forbes gesprochen. Sie ist völlig einverstanden.«
Iona starrte ihre Mutter an. Miß Forbes war die sehr ferne Leiterin der Schule, die man kaum kannte. Näher und viel wichtiger war Miß Arnold, Ionas Klassenlehrerin.
»Ich wette, du hast nicht mit Miß Arnold gesprochen«, sagte Iona. »Sie sagt, ich muß sehr viel zu Haus lernen, wenn ich in Geschichte aufholen will.«
»Iona, um Himmels willen!« brach es aus Dorelia hervor. »Miß Arnold ist nur eine Lehrerin. Sie ist ja selber fast noch ein Mädchen. Was zählt, ist das, was Miß Forbes sagt. Und vor allem, was ich sage.«
»Wann soll ich fahren?«
»Nächste Woche. Ich weiß, es ist alles ziemlich kurzfristig. Onkel Robert hat seine Reise natürlich schon lange geplant, seine Expeditionen müs-

sen ja mit der Blütezeit der Pflanzen zusammenfallen. Kaum hatten wir davon erfahren, fanden wir beide, daß es für dich eine einmalige Gelegenheit ist, die du auf keinen Fall versäumen darfst.«

»Onkel Robert ist so oft hier«, sagte Iona. »Warum hat er denn nicht früher davon gesprochen?«

»Iona, bitte! Stell nicht solche ärgerlichen Fragen. Du erhältst eine großartige Chance, also nimm sie an und sei dankbar.«

»Ich will nicht dort hin, Mama.«

Dorelia betrachtete ihre Tochter stumm. Sie hatte die schafsköpfige Kate gebeten, Iona in den Salon zu schicken, sobald sie aus der Schule käme, und so hing ihr der Schulranzen noch über der Schulter. In dem Augenblick, als das Kind den Raum betreten hatte, war Dorelia klargewesen, daß sie Schwierigkeiten haben würde. Ionas Gesicht war nicht mehr leer und abweisend, es lag eine gewisse Aufsässigkeit darin.

Wieder wallte in Dorelia der Ärger auf. Wieder kämpfte sie ihn nieder. Sie unternahm einen letzten Versuch.

»Iona, du magst Onkel Robert«, sagte sie. »Genau wie er magst du Pflanzen und Blumen – ich habe dir so oft zugesehen, wie du dich in Mainwarden um den Garten gekümmert hast, zusammen mit diesem ewigen alten Nörgler Simpson. Und du magst auch die Wildnis – ich hab dich doch gesehen, wie du dort durch die Wälder gelaufen bist. Ich hab dich auch beobachtet in Schottland, während der Ferien in Onkel Harrys Haus. Du magst auch die Berge. Und jetzt bekommst du die Chance, alles das auf einmal zu haben. Aber du willst nicht – « Dorelia hielt inne. »Warum nicht, Liebes?«

»Weil – « Iona verstummte. Ihr Blick glitt fort von der Mutter und durch den Raum.

Als sie den Salon betreten hatte, war von der Straße draußen noch das Zwielicht des Abends hereingefallen. Jetzt war das Licht verschwunden, und hinter jeder Blumenvase, hinter jedem Möbelstück, in jeder Mauernische und jeder Zimmerecke lagen tiefe Schatten. Schatten wie Höhlen. Ungeheuer leben in Höhlen.

Die Ungeheuer waren jetzt mit ihr im Zimmer. In Augenblicken der Verzweiflung dachte Iona, sie würden immer bei ihr sein, für den Rest ihres Lebens. Manchmal, wenn die Ungeheuer sie beobachteten, wenn sie ihre Augen sah und den lauernden Blick, dann kam ihr der Gedanke, sie hätte sie sogar selbst hervorgebracht.

Bis jetzt wenigstens hatten sie immer Abstand gehalten. Iona dachte, das müsse irgendwie damit zu tun haben, daß die Eltern in der Nähe waren – was ihr merkwürdig vorkam, denn in jeder anderen Hinsicht waren die Eltern so fern wie alle übrigen Menschen, getrennt von ihr durch die unsichtbare Wand. Manchmal sahen sie einander sogar wochenlang nicht, endlose Wochen. Vor allem der Vater war nie mehr als eine schemenhafte Gestalt in ihrem Leben, unbestimmbar und fremd. Das war immer so gewesen, aber bis jetzt hatte Iona sich nichts daraus gemacht: sie hatte einfach ihr eigenes Leben geführt. Aber sie waren immer noch ihre Eltern, und sie waren da, und wie alle Eltern bedeuteten sie Sicherheit – soviel Sicherheit jedenfalls, daß sie, auch wenn sie es nicht wußten, die Ungeheuer ans Ende ihres Bettes zu bannen vermochten.

In den Bergen würden die Eltern weit weg sein, nichts mehr konnte Iona von den Kreaturen trennen. Dann würde es ihnen gelingen, zu ihr ins Bett zu kommen.

Iona schauderte, und vor ihren Augen wurde es dunkel. Sie begann zu schwanken. Krampfhaft versuchte sie, sich aufrecht zu halten, um sich ja nichts anmerken zu lassen.

»Iona!« Scharf drang die Stimme der Mutter zu ihr. »Du zitterst ja! Ist alles in Ordnung, Liebling?«

Iona trat einen Schritt zurück. Sie hatte ihr Gleichgewicht wiedergefunden und nickte. »Es ist nichts, Mama. Mir ist einfach so kalt gewesen auf dem Heimweg.«

»Du wolltest etwas sagen. Was war es?«

»Nichts, Mama. Ich werde mit Onkel Robert fahren.«

Dorelia lächelte. »Ach Liebes, du kannst so entzückend sein, wenn du willst. Ich freu mich so. Du wirst eine wunderbare Zeit haben. Hör zu, ich sag dir, was wir noch alles besorgen werden, bevor du fliegst...«

Dorelia legte wieder die Arme um Iona. Während ihre Mutter weitersprach und aufzählte, was sie für die Reise kaufen wollte, sah Iona an ihr vorbei und hörte kaum zu. Sie starrte durch das Fenster hinaus in den Garten. Draußen war es dunkel. Vor dem Haus gab es wenigstens das Licht der Straßenlaternen. Hinten war nichts, nur schwarze Dunkelheit. Iona wußte, was in der Dunkelheit auf sie wartete.

5

»Darf ich sie jetzt wieder aufmachen?« fragte Iona.
»Erst wenn ich's dir sage.«
Iona preßte die Augenlider noch fester zusammen. Sie lauschte auf das Dröhnen der Flugzeugmotoren und wartete.
Die Anweisung stammte von Onkel Robert. Hätte irgendein Mensch auf der Welt (Mr. Simpson ausgenommen) ihr befohlen, mit geschlossenen Augen im Flugzeug zu sitzen, während sie unterwegs zum Himalaya war, – sie hätte ihn schlicht ignoriert. Onkel Robert war aber nicht irgendein Mensch. Und so hatte sie folgsam die Augen geschlossen.
Er hieß Robert Cabot. Er war eigentlich nicht ihr Onkel, sondern der Onkel ihrer Mutter, und er stammte aus Boston. Er war unendlich groß, hinkte leicht und stützte sich beim Gehen auf einen Stock, dessen Knauf ein aus Horn geschnitzter schlafender Otter bildete. Er hatte weißes Haar und blitzblaue Augen, blau wie die Glockenblumen in Schottland, und ein zerfurchtes Gesicht mit halb spöttischem, halb fragendem Ausdruck – es schien immer leicht aufwärts gewandt, als wollte er den Himmel prüfen, die Vögel beobachten, die über ihm flogen, oder das herannahende Wetter erkunden. Er trug Tweedanzüge mit Fischgrätenmuster, roch schwach nach verbranntem Herbstlaub, und Iona liebte ihn.
Es war die Art, wie er sie ansah, wenn sie ihn etwas fragte: dann äugte er zu ihr hinab, runzelte die Stirn, kniff die Augen zusammen und rieb sich mit dem Handrücken das Kinn, und schließlich antwortete er ihr in seinem ausdruckslosen amerikanischen Tonfall, und seine Miene war so unbewegt, daß Iona nie wußte, ob es ihm ernst war oder ob er sie zum besten hielt. Normalerweise haßte sie es, wenn man sich über sie lustig machte; bei Onkel Robert machte es ihr nicht das geringste aus. Selbst wenn er sie neckte, behandelte er sie als Erwachsene. Das tat sonst niemand.
Er liebte die Tiere genauso wie sie, alle Tiere – sogar die kleine einäugige Misty: auch das verband sie miteinander. Ionas Mutter hielt Misty für häßlich und schmutzig. Onkel Robert nicht. »Sei nicht so verdammt überheblich, Dorelia«, hatte er die Mutter einmal angeschnauzt, als Misty mit einer toten Maus aufgekreuzt war und sich unmäßige Be-

schimpfungen zugezogen hatte. »Katzen riechen nicht, sie sind die saubersten Geschöpfe auf Gottes Erdboden. Und wenn diese hier ein Auge verloren hat, dann tut das ihrem Jagdgeschick nicht den mindesten Abbruch, wie man sieht, – und fürs Mäusefangen hat der liebe Gott sie erschaffen. Sie ist so schlau und so gewandt wie ein Leopard.«

Seine Rede hatte die Mutter nicht zu beeindrucken vermocht, aber Iona vergaß sie ihm nie. Und niemals hätte sie klein beigegeben und sich nach Asien schicken lassen, wäre es nicht Onkel Robert gewesen, der sie dorthin mitnahm. Sein schroffes Auftreten wirkte ungemein beruhigend, ein Schild, das sie vor fast allem schützte – außer vor den Ungeheuern.

Der Magen krampfte sich ihr zusammen.

Achtzehn Stunden war es her, seit sie mit Onkel Robert London verlassen hatte. Der Abschied von den Eltern war eine der schlimmsten Erfahrungen ihres Lebens gewesen. Nicht allein der Abschied – Iona hatte ihn oft genug erlebt: immer wenn die Eltern eine ihrer ausgedehnten Geschäftsreisen unternahmen oder Urlaub machten. Sie konnte es nicht ertragen, wenn sie verreisten; dann biß sie sich auf die Lippen und bemühte sich, das Weinen zurückzuhalten, das ihr in der Kehle saß. Diesmal war sie es, die abreiste. Sie hatte nicht geweint, aber dieser Abschied war noch schlimmer gewesen.

Früher waren sie alle drei zusammengewesen; diesmal nicht. Der Vater war in seinem Büro, die Mutter im Salon. Iona war zuerst ins Büro gegangen und hatte ihren Vater geküßt, dann in den Salon, um sich von der Mutter zu verabschieden. Als Onkel Roberts Wagen vor dem Haus vorfuhr und die Hupe ertönte, kam die Mutter mit auf die Straße, aber der Vater blieb im Haus.

Iona hätte ihn so gern gerufen und gebeten, herunterzukommen. Aber das konnte sie natürlich nicht, nie wäre sie dazu imstande gewesen. Er war wohl zu beschäftigt. Iona umarmte ihre Mutter zum letzten Mal und stieg ins Auto. Als sie losfuhren, drehte sie sich um. Die Mutter war fort, aber die Haustür stand noch offen, und jetzt sah sie ihren Vater auf der Treppe stehen. Er sah dem Wagen nicht nach. Er schaute angestrengt in die andere Richtung. Dann ging er davon, die Straße hinab.

Der Wagen bog um die Ecke, der Vater verschwand aus ihrem Blickfeld. Langsam drehte Iona sich wieder nach vorn. Onkel Robert sprach mit ihr, aber sie hörte nicht, was er sagte. Der Vater war keineswegs beschäftigt gewesen – er hatte einfach keine Lust gehabt, ihr zu winken,

genausowenig wie die Mutter. Sie hatten sie aufgegeben wie ein Päckchen bei der Post – hatten zur Sicherheit noch gewartet, bis der Wagen anfuhr, und waren dann eilig ihrer Wege gegangen, jeder seinen eigenen Angelegenheiten nach.
Iona kauerte starr und stumm auf dem Sitz, während neben ihr die polternde Stimme ihres Paten sprach und sprach.
Zwei Stunden später saßen sie im Flugzeug und flogen durch die Nacht Richtung Delhi. Gegen Mitternacht war Iona eingeschlafen. Der Rumpf des Flugzeugs war ein brummender, vibrierender Kokon, warm und hell, und sie glaubte sich in Sicherheit, aber das war ein Irrtum – die Ungeheuer verließen sie nie. Sie kamen aus der Dunkelheit draußen und umringten sie mit gierigen Augen, nicht anders als in London.
Als das Flugzeug über Delhi zur Landung ansetzte, wachte Iona auf. Instinktiv fuhr ihre Hand zum Mund, um den Schrei zu ersticken, der ihr in der Kehle emporstieg. Sie blinzelte ins Licht und sah sich um. Hier im Flugzeug fanden die Kreaturen keinen Platz, sich zu verstecken, aber sie wußte, daß sie da waren. Sie waren mit ihr an Bord gegangen und begleiteten sie, wohin immer sie reiste.
Neben ihr beugte Onkel Robert sich vor und spähte in die Dunkelheit. Unter ihnen erschienen die Lichter von Delhi. Iona streckte die Hand aus und hielt sein Handgelenk fest. Robert Cabot wandte sich zu ihr. Er grinste sie schief an und legte sein Gesicht in Falten.
»Kardamom, Kuhscheiße und Kanäle«, sagte er, »das ist Indien. Ich riech es schon in dieser Höhe, und jedesmal freu ich mich wie ein Schneekönig. Wie haben Sie geschlafen, mein Fräulein?«
Iona lächelte matt. »Gut.«
»Fein. Jetzt stehen uns nämlich vier Stunden Langeweile im Flughafen bevor. Und im Morgengrauen geht es weiter nach Katmandu.«
Iona hatte noch immer eine nur sehr nebelhafte Vorstellung von ihrem Reiseziel. In der Schule war Geographie nie ein Lieblingsfach gewesen, und mit dem Atlas, in dem die Mutter ihr die Reiseroute gezeigt hatte, konnte sie nichts anfangen. Sie wußte lediglich, daß sie zuerst nach Indien flog und dann weiter nach Norden in das kleine Königreich Nepal. Katmandu, so hieß anscheinend die Hauptstadt von Nepal.
Der Atlas an sich war nichtssagend – aber Landkarten hatten sie seit jeher fasziniert. Mit ihren bleichen Pastelltönen und den geheimnisvollen kleinen Zeichen kamen sie ihr vor wie sonderbare abstrakte Bilder, gemalt in einem Code. Und die Landkarten von Nepal und dem Himalaya waren die merkwürdigsten, die Iona je gesehen hatte: statt der üblichen

hellgrünen, hellgelben und orangebraunen Töne gab es hier schiefergraue und dunkelbraune Flächen, die stellenweise fast schwarz wurden.
Beim Anblick dieser Karte war es Iona kalt über den Rücken gelaufen, und es hatte sie geschüttelt wie im Fieber. Sie wußte wohl, daß die dunklen Farben die gewaltige Höhen der Berge darstellten. Aber für Iona bedeuteten sie mehr – es war, als seien hier die äußersten Ränder der Welt eingezeichnet: jenseits von Grau, Braun, Schwarz gab es nichts mehr – nur Sterne und Leere und den Beginn der Zeit.
Die Ungeheuer kamen von dort, wo die Zeit begann.
»Gleich ist es so weit, kleines Fräulein – «
Iona hörte die Stimme ihres Onkels. Nach den vier Stunden am Flughafen von Delhi waren sie in die Maschine nach Katmandu gestiegen, und nach einer Stunde Flug hatte Cabot ihr befohlen, die Augen zu schließen. Seinen Angaben nach waren sie jetzt irgendwo über der nordindischen Hochebene.
»Achtung, der Countdown beginnt«, fuhr Cabot fort. »Fünf, vier, drei, zwei, eins. Jetzt: mach die Augen auf und schau!«
Mit einem Ruck fuhr Iona hoch und riß die Augen auf.
Durch das kleine Fenster erblickte sie wirbelnde Wolkenstreifen, graue Fetzen von Nebel. Im Augenblick war das alles. Angestrengt starrte sie hinaus. Noch immer sah sich nichts als Wolken, und ein Gefühl von Verwirrung und Enttäuschung stieg in ihr auf. Dann aber sah sie die Berge, und der Atem stockte ihr.
Wolken und Nebel teilten sich, und wie Speere brach weißes Licht durch das Grau. Die Speerspitzen prallten gegeneinander, bündelten sich, rissen sich wieder los und verschmolzen endlich zu gleißenden Gipfeln aus Schnee und Eis. Dahinter öffnete sich ein Himmel von einem Blau, wie Iona es nie zuvor erblickt hatte, tief und strahlend und unendlich weit, blauer noch als der Himmel über dem Meer, der schottischen Küste, den Hebriden. Und doch war es nicht der Himmel, der Iona verzauberte und faszinierte: es waren die Berge.
Nebel umschlang sie wie der Schleier die Hüften einer tanzenden Zigeunerin, und sie schienen zwischen Himmel und Erde zu schweben. Sie waren noch immer in weiter Ferne, und rund herum gab es nichts, woran man sie hätte messen können, aber Iona spürte und erkannte, wie mächtig sie waren – größer und erhabener und gewaltiger als alles, was sie je erblickt hatte, ja sich überhaupt vorstellen konnte. Was sie vor allem erstaunte, war dieser strahlend weiße Glanz. Lila und honiggelb

geädert und durchzogen von Wellen türkisfarbener Schatten, glitzerten die schneebedeckten Bergflanken in gefrorenem Feuer wie Diamanten. Je länger sie schaute, desto deutlicher sah sie die Festungswälle, die Türme und Zinnen einer riesigen Burg aus Eis – sie gehörte den Göttern vom Anfang der Welt. Die Berge waren alterslos. Sie waren schon dagewesen, als die Welt entstanden war, und sie würden noch dasein, wenn es die Welt nicht mehr gab. In ihrem Inneren, das wußte Iona mit augenblicklicher und absoluter Gewißheit, verwahrten sie das älteste aller Geheimnisse.

Sie kniff die Augen zusammen und drückte die Nase an die Scheibe, als könnte sie die Berge dadurch näherbringen, aber so unerwartet wie zuvor kehrten Wolken und Nebel zurück, und der Zauber war verschwunden. Heftig überkam sie die Enttäuschung, aber das Bild der furchteinflößenden Pracht stand noch vor ihren Augen und blendete und betäubte sie, und sie ließ sich in den Sitz zurückfallen.

Eine halbe Stunde später landete die Maschine in Katmandu. Seit der Abreise waren sie achtzehn Stunden unterwegs gewesen, und Iona vermochte kaum noch die Augen offenzuhalten. Sie erhaschte einen flüchtigen Eindruck von den hölzernen Wänden des Flughafengebäudes, sah alte Rauchglaslampen und Trauben von Menschen, kleinen, hastigen Nepalesen mit mahagonifarbener Haut und dunklen, strahlenden Augen.

Sie stolperte unbeholfen, Onkel Robert rief laut, und jemand lief herbei, ein stämmiger Inder, der sie offenbar erwartet hatte. Sie hörte, wie er einer Gruppe von Gepäckträgern etwas zuschrie, woraufhin sich etliche daraus lösten und herbeieilten, um ihre Koffer aufzuheben. Ungeachtet ihrer heftigen Proteste nahm der Inder sie auf den Arm, und der kleine Zug begab sich ins Freie.

An nichts sonst erinnerte sich Iona, bis sie am nächsten Morgen im Hotelzimmer erwachte.

»Das ist Roschan«, sagte Robert Cabot. »Roschan, ich mache dich mit meinem Lieblingspatenkind bekannt, Iona.«

Es war am nächsten Tag. Iona stand unter einem Sonnensegel im Garten des Hotels mitten im Zentrum von Katmandu und schüttelte dem Mann, dem Cabot sie vorgestellt hatte, die Hand.

Ungefähr vierzig mochte er sein. Er hatte dieselbe dunkle nepalesische Haut wie die Leute vom Hotel, aber er war größer und muskulöser. Er trug leichte Stiefel, ausgewaschene Jeans, ein Hemd mit offenem Kra-

gen und eine gesteppte, blumenbestickte ärmellose Weste. Seine Augen waren fast schwarz, und das Lächeln, mit dem er Iona begrüßte, war das wärmste und freundlichste, das sie je gesehen hatte. Iona mochte ihn auf der Stelle.
»Roschan ist ein Serdar – was du mit ›Anführer‹ übersetzen könntest«, fuhr Cabot fort. »Er hat alle meine Expeditionen geleitet. Die wievielte ist es jetzt?«
»Die fünfte, Sir«, antwortete Roschan.
»Sein Englisch ist nicht nur hervorragend, wie du festgestellt haben wirst, kleines Fräulein«, sagte Cabot, »sondern es ist nur eine von den unglaublich vielen Sprachen, die er spricht. Wie viele insgesamt, Roschan?«
»Neun, Sir.« Roschan lachte. »Bei den vielen verschiedenen Stämmen, die es bei uns in den Bergen gibt, ist das für einen Serdar notwendig, Miß«, erklärte er Iona.
»Außerdem«, setzte Cabot hinzu, »ist er nicht einfach ein Serdar, und nicht nur der allerbeste im ganzen Land, sondern er ist ein echter Scherpa-Serdar. Roschan, erklär der jungen Dame, was das heißt.«
Wieder lachte Roschan. »Wenn jemand ein Serdar wird, nennt man ihn Scherpa, egal, von welchem Stamm er ist. Aber die echten Scherpas sind ein eigener Stamm. Sie kommen vom Everest. Dort wurde ich geboren.«
»Soviel zu den Formalitäten«, sagte Cabot. »Für den nächsten Monat werden wir beide, Iona, uns der Obhut von Roschan und natürlich seiner Gruppe anvertrauen. Wie viele Leute haben wir, Roschan?«
Roschan zählte im Geist, dann antwortete er: »Fünfzehn. Acht normale Träger. Zwei, die An Sering mit dem Essen helfen. Dirdar und Tek Bahdur als Hilfsträger. Dann ich selber und, jedenfalls für die ersten zwei Wochen, meine Frau.«
Cabot brummte zufrieden.
Die Träger und Leute für die Küche stellten immer ein gewisses Risiko dar. Sie kamen im allgemeinen aus verschiedenen nepalesischen Stämmen, Roschan pflegte sie auf dem örtlichen Treckingmarkt selbst auszusuchen; so gewiß auch diesmal. Der Scherpa war ein erfahrener Menschenkenner, mit allen Wassern gewaschen; aber selbst er konnte für die Verläßlichkeit aller seiner Leute nicht garantieren. An Sering, der Koch, und Dirdar und Tek Bahdur waren schon früher mit Cabot gereist. Obwohl sie nicht vom Everest selbst stammten, galten sie als Scherpas und wurden als solche bezahlt. Cabot kannte sie alle drei. Er

mochte sie und vertraute ihnen. Er wußte auch, daß sie vor Roschan die größte Achtung hatten.
Roschans Frau Scharma war ein neuer Faktor bei einer Expedition. Cabot hatte nie eine Frau unter seinen Trägern gehabt, aber er kannte Scharma – in all den Jahren war er ihr in Roschans Haus in Katmandu oft begegnet. Sie war eine rundliche, liebenswürdige, immer lächelnde Frau, so stark und geschickt und ausdauernd wie ihr Mann. Nun würde sie also für die ersten zwei Wochen mitkommen, denn sie wollte ein weit abgelegenes Dorf besuchen, in dem ihre Großmutter lebte.
Cabot lächelte. An Scharma zweifelte er so wenig wie an ihrem Mann. »Okay, Roschan«, sagte er, »dann wollen wir uns jetzt setzen und die junge Dame darüber aufklären, wohin wir gehen und was wir tun.«
Unter dem Sonnensegel standen etliche Tische und Stühle, an einem davon setzten sie sich nieder. Cabot breitete eine Landkarte aus.
»Wir sind hier, Iona«, sagte er. »Unser Ziel ist dort – «
Cabots Hand fuhr quer über die Karte, und Iona folgte ihr mit den Augen: der Finger des Paten war auf einem der wüsten dunkelbraunen Gürtel mit zerklüfteten Umrissen stehengeblieben, irgendwo nordöstlich von Katmandu.
»Das Gebiet wird Helambu genannt«, fuhr er fort. »Es zieht sich hinauf bis zur tibetischen Grenze und weiter über das große Hochland auf der anderen Seite. Einen Teil der Strecke bin ich schon früher gegangen. Ich hätte es vorgezogen, den ganzen Weg zu Fuß zu gehen, wie sonst immer, aber dieser Teil des Helambu ist verdammt weitläufig, und ich werde nicht jünger. Deshalb werden wir ein bißchen mogeln und uns von einem Helikopter zumindest hinbringen lassen. Na ja, wir sind auch schon früher mit diesen Höllenmaschinen geflogen, stimmt's nicht, Roschan?«
Roschan nickte. »Die Träger, der Proviant, die Ausrüstung sind im Lauf der letzten Woche schon hingebracht worden. Dirdar und Tek Bahdur haben die Zelte aufgestellt und An Sering seine Küche eingerichtet. Sie erwarten uns.«
Cabot betrachtete den Scherpa über den Rand seiner Brillengläser hinweg. »Und Scharma?«
»Sie ist auch dort. Es wird ein sehr gutes Lager. Es wird eine außergewöhnlich gute Küche haben.« Roschan lachte in sich hinein.
»Fein. Dorthin also brechen wir morgen früh auf, gleich bei Tagesanbruch. Ein paar Tage zur Akklimatisierung, und dann machen wir uns auf den Weg...«

Cabot sah Iona an. »Orchideen. Das ist es, wonach wir suchen, jedenfalls habe ich das dem Washingtoner Museum, der Smithsonian Institution erzählt. Was die senilen Hanswürste von der Kommission allerdings nicht wissen, ist, daß ich in Wahrheit hinter etwas ganz anderem her bin – nämlich der Primula himalayensis, einer Mutante der Bergprimel: sie ist nicht weiß, sondern von einem tiefen, rötlichen Violett. Sie ist nur ein einziges Mal nachgewiesen worden, aber die Beschreibung war ausgezeichnet und spezifisch bis auf die Färbung der Kelchblätter. Wenn wir die finden – das wäre allerdings eine phantastische Sache!« Cabot hielt inne und wandte sich wieder an den Serdar. »Wie schätzt du unsere Chancen ein, Roschan?«

Roschan breitete die Arme aus. Er stieß sein glucksendes Lachen aus, das ihn Iona immer sympathischer machte, je öfter sie es hörte.

»Sie kennen unsere Redensart, Sir. Der Mann mit den offenen Augen findet in den Bergen alles, was er sucht.«

Während Roschan sprach, schob sich eine Wolke über die Sonne. Der Hotelgarten war bis dahin so heiß und hell gewesen, daß sie nirgendwo anders hätten sitzen können als unter dem Sonnensegel. Mit einemmal aber fegte ein frostiger Wind von den Bergen herab durch das Katmandutal, das Hotelpersonal eilte herbei und fing an, Schutzwände rund um die Tische aufzustellen.

Cabot fröstelte. Er griff nach seinem Stock und stand auf. »Die Einzelheiten besprechen wir drinnen«, sagte er und ging hinkend davon

Roschan erhob sich ebenfalls. Er zog höflich Ionas Stuhl zurück, als sie aufstand, und forderte sie mit einer Handbewegung auf, ihrem Paten zu folgen. Als sie auf die Tür zuging, die in die Eingangshalle führte, sah Iona, wie sich unter den Büschen rund um den Rasen schwarze Tümpel bildeten.

Mit Gewalt riß sie ihren Blick los und eilte ins Haus.

6

Iona starrte angestrengt durch das zerkratzte Seitenfenster des Hubschraubers.

Vor gut einer Stunde waren sie von Katmandu gestartet. Robert Cabot saß vor ihr, neben dem Piloten, Roschan kauerte auf dem Notsitz hinter ihr. Während des Fluges hatten beide abwechselnd immer wieder auf die eine oder andere Besonderheit unten auf dem Boden gezeigt und versucht, ihr zu erklären, was es war, aber der Lärm der Rotoren schluckte alle Worte, und Iona konnte nur die Achseln zucken, lächeln und mit den Augen der Richtung des ausgestreckten Arms folgen. Was sie sah, verblüffte sie.

Ein außergewöhnliches, bizarres Panorama entfaltete sich unter ihrem Blick, kaum hatten sie das Katmandutal hinter sich gelassen. Iona hatte nie etwas Vergleichbares gesehen – von Mainwarden bis an die schottischen Grenzen und von ihren Ferienaufenthalten in Neuengland her war sie an Landschaften gewöhnt, die vorwiegend flach waren. Wohl gab es ab und zu einen Hügel oder ein Tal, selbst ein paar kleinere Berge, aber im allgemeinen war das Land, das sie zeit ihres Lebens gekannt hatte, gleichmäßig eben.

Hier indes schien die Welt um neunzig Grad seitwärts gekippt. Der einzige vertraute Anblick waren die Täler, aber selbst diese waren hier viel enger und steiler als alle, die sie je gesehen hatte, – das waren keine Täler, sondern schroffe, sich schlängelnde, jäh abfallende Schluchten, tief und schwarz in die Erde gegraben. Überall sonst schien das Land, das sich rings umher erhob und sie überragte, in Spalten und Scheiben geschnitten und senkrecht auf einem uralten Felsenbett in der Tiefe übereinander geschichtet.

Irgendwie hatten die Nepalesen eine Methode gefunden, die turmhohen Wände und Bergflanken zu besiedeln und zu bebauen. In früheren Zeiten war wohl das ganze Gebiet von der Talsohle bis hinauf zur Baumgrenze einmal bewaldet. Die meisten Bäume waren mittlerweile verschwunden, nur vereinzeltes Gestrüpp hatte überdauert und wuchs hier und dort aus dem kargen Boden, und dazwischen stiegen in schmalen Terrassen, eine Reihe über der anderen, winzige, mit Steinen eingefaßte Felder in die Höhe.

Von oben, fand Iona, sahen diese Terrassen wie eine gewaltige Freitreppe aus, erbaut von einem Riesen, der über diese Stufen zu seiner Burg in den Wolken gelangte – oder vielmehr zu seinen Burgen. Denn es gab nicht nur eine Treppe, sondern viele und immer mehr – erst waren es nur ein Dutzend, dann hundert, dann tausend, je weiter der Hubschrauber flog, und Iona, die am Anfang versucht hatte, sich wenigstens eine annähernde Vorstellung von ihrer Zahl zu machen, drehte sich bald der Kopf.

Wie Ameisen, aber stärker noch und unerbittlicher, hatten die Nepalesen die Berge erklommen. Monat für Monat, Jahr für Jahr, Jahrhundert für Jahrhundert hatten sie den grünen und goldenen Mantel des Gebirges geschnitten, gestutzt, herausgerissen, hatten Steine geklaubt und zu Stapeln getürmt, Terrassen angelegt und ihre Himmelsgärten gepflanzt.

»Nur ist jetzt fast nichts mehr übrig...«

Iona schaute auf.

Es war die Stimme ihres Paten. Robert Cabot mußte schon eine Weile mit ihr gesprochen haben. Sie hatte seine letzten Worte nur deshalb verstanden, weil die Tonhöhe, in der die Propeller rotierten, sich verändert hatte: der Pilot hatte den Motor gedrosselt und ging langsam tiefer.

»Sie können nichts dafür, die armen Teufel«, fuhr Cabot fort. »Sie leben in einer der unwirtlichsten Gegenden der Welt. Sie müssen sich schließlich ernähren, und das ist ihnen hervorragend gelungen. Sie sind tüchtig und vielseitig und so erfinderisch wie Leonardo da Vinci. Und jeder von ihnen schuftet wie zehn Pferde...«

Während der Helikopter über seinem Landeplatz schwebte, spähte Cabot mit dem Fernglas nach unten. »Aber sie begehen Matrizid, ohne es zu wissen. Falls dir der Begriff nicht vertraut ist: das bedeutet, die Mutter umbringen, die dich geboren hat und dich ernährt. Denn das ist es, was die Nepalesen ihrem Land antun.«

Die Kufen des Helikopters berührten den Boden. Eine Zeitlang sah Iona nichts mehr, denn die noch immer rotierenden Propellerflügel wirbelten eine dichte Wolke von Staub und Kiefernnadeln auf. Dann wurden sie langsamer, und endlich standen sie, die Staubwolke verzog sich in der morgendlichen Brise. Der Pilot öffnete die Tür, und Iona kletterte hinter ihrem Paten aus der Kabine.

Cabot runzelte die Brauen und warf einen kritischen Blick rund herum. Unterdessen stand auch Roschan auf festem Boden. Er wirkte gespannt, und seine Augen waren auf Cabots Gesicht geheftet. Iona begriff, daß er das Urteil ihres Paten mit einiger Sorge erwartete. Nun sah auch sie sich um.

Der Hubschrauber war in einer kleinen Senke auf einem hochgelegenen Bergrücken gelandet. In der letzten halben Stunde des Flugs hatten sie das verzweigte Netzwerk der sich emporschraubenden Terrassen auf den kahlen Hängen nördlich von Katmandu hinter sich gelassen und waren dreißig oder vierzig Kilometer weit über eine Landschaft geflogen, die immer gleich steil und abschüssig war, aber noch wie in Urzeiten bewaldet.

Nach Süden hin fiel der Berg jäh ab, durchfurcht von einer Reihe mäandrig gewundener Schluchten. Tief in den Boden gebohrt wie die bloßgelegten Wurzelgänge eines vom Sturm gefällten Baumes, schienen diese Schluchten in ein tiefer gelegenes Becken hinabzuführen: aber die oberen Ränder dieses Beckens waren selbst jetzt am Vormittag in dichten Nebel gehüllt und die Konturen des unten liegenden Landes nicht auszumachen. Die Gipfel, die gegenüber im Norden aufragten, markierten die Grenze zu Tibet. Dahinter zogen sich auf beiden Seiten ausgedehnte Tannen- und Rhododendrenwälder.

Viel näher, am Rand der Senke, dem Landeplatz des Hubschraubers, standen mehrere Zelte. So hoch lag der Platz, daß die Zelte zu schweben schienen wie Papierdrachen am Himmel. Zwischen den drei größten Zelten und den übrigen brannte ein Feuer, das bereits hell loderte. Ungefähr fünfzehn Menschen standen im Kreis zwischen dem Hubschrauber und dem Feuer.

Cabot inspizierte den Lagerplatz. »Okay, Roschan, zur Not, denke ich, wird's schon gehen.«

Er grunzte und machte sich auf den Weg zum Camp. Einen Augenblick später begrüßte er die Scherpas und Träger, die er von seinen früheren Expeditionen her kannte, und schüttelte auch den neu dazugekommenen die Hand.

Iona hörte, wie Roschan hinter ihr erleichtert seufzte. Er grinste und wollte Cabot nacheilen, doch gleich darauf blieb er stehen und drehte sich um.

»Miß, Sie müssen die Leute auch kennenlernen«, sagte er und lächelte. »Solange Sie und der Sahib hier sind, wird es auch Ihr Zuhause sein.«

Mit einer einladenden Geste winkte er sie zu sich, und Iona machte sich auf den Weg. Gemeinsam stießen sie zu der aufgeregt durcheinanderredenden Gruppe, die ihren Paten umringte. Als die braunen Hände sich eifrig ihr entgegenstreckten, um sie zu begrüßen, fühlte Iona sich einen Augenblick lang benommen.

Nur eine Woche war es her, seit sie durch dunkle, regennasse Großstadtstraßen von der Schule nach Hause gestapft war. Dann hatte man sie, praktisch ohne Vorwarnung, aus der feuchten Kälte des Londoner Winters jäh herausgerissen, ins Flugzeug gesetzt und um die halbe Welt geschickt und schließlich hier abgeladen, auf einem sonnigen Bergrükken im Himalaya. Ihre Mutter behauptete, dies sei »erzieherisch wertvoll« und eine nicht zu versäumende Gelegenheit.

Iona war indes überzeugt, daß sie nur die halbe Wahrheit gesagt hatte. Sie liebte ihre Mutter sehr, aber sie wußte aus langer Erfahrung, daß nichts genau so war, wie Dorelia es darstellte. Es mußte einen zweiten Grund geben, weshalb man Iona hierher geschickt hatte. Sie konnte sich nicht vorstellen, was dieser Grund sein mochte, und im Trubel des Aufbruchs und der Reise hatte sie keine Zeit gehabt, darüber nachzudenken. Jetzt, als eine Traube fremder Menschen sie umringte, die in unverständlicher Sprache schrien und auf sie einredeten, fühlte sie sich plötzlich einsam, verwirrt und ängstlich.

Verschreckt schaute Iona sich um und sah, daß Onkel Robert in einiger Entfernung stand, von ihr getrennt durch ein Grüppchen schwatzender Träger. Im selben Augenblick sah er zu ihr herüber, und sein Blick begegnete dem ihren. Da stützte er sich auf seinen Stock und bahnte sich einen Weg durch die Leute bis zu ihr.

»Wir sollten so was nicht mehr sagen, aber sie machen wirklich soviel Krach wie ein Haufen gottverdammter Affen, findest du nicht?« sagte er. »Du mußt mich ein bißchen beschützen, junge Dame, bevor ich noch taub davon werde, und das ist ein Befehl.«

Er langte hinunter und nahm ihre Hand in die seine. Iona drückte sie dankbar. Ihr Gesicht mußte ihm etwas verraten haben. Onkel Robert, dachte sie, hat es gemerkt, und er ist so höflich, daß er so tut, als sei er es, der Angst hat, und nicht ich. Iona fühlte sich gleich viel ruhiger, und sie lächelte scheu und stand neben ihm, während die Nepalesen um ihn herumwirbelten.

»Amaye!«

Der Aufschrei klang halb empört, halb ängstlich, aber es schwang auch noch ein spitzes, quiekendes Kichern darin mit. Iona und Robert Cabot, die am Feuer saßen, fuhren beide auf und drehten sich gleichzeitig um.

Es war bereits dunkel, die fünfte Nacht im Lager auf dem Bergrücken war angebrochen – die letzte Nacht der »Akklimatisierungsfrist«, wie Cabot das genannt hatte. Das Camp lag dreieinhalbtausend Meter hoch. Das sei, hatte er Iona erklärt, die maximale Höhe, in der ein Mensch von normaler Konstitution und Gesundheit beginnen könne, sich allmählich an die Anforderungen der dünneren Luft im Hochgebirge anzupassen, ohne unter der Höhenkrankheit zu leiden – eine Folge von Sauerstoffmangel.
Cabot war übervorsichtig gewesen. Die ganzen fünf Tage hindurch hatte er Iona lediglich kurze Spaziergänge vom Camp aus gestattet, und nur in Begleitung eines Scherpas. Beim geringsten Anzeichen von Schwindel oder Benommenheit hätte Cabot sie auf der Stelle etliche hundert Meter tiefer bringen lassen – für solche Fälle standen genügend Leute zur Verfügung. Und im allerschlimmsten Fall gab es die tägliche Funkverbindung mit Katmandu: dank dem Einfluß und dem Ansehen, die er in der Hauptstadt genoß, konnte ein Hubschrauber – für jeden anderen ein außergewöhnlicher und kostspieliger Luxus – innerhalb von neunzig Minuten bei ihnen sein.
Die Vorsichtsmaßnahmen erwiesen sich indes als überflüssig. Das Kind war, wie Cabot vermutet hatte, stark wie ein Ochse – oder vielmehr: sie schien die Lungen eines nepalesischen Gebirgswasserbüffels zu haben, zumindest die des erfahrensten Trägers der Expedition. Bereits Stunden nach ihrer Ankunft war sie in der Lage, den Scherpas überallhin zu folgen, während Cabot gezwungen war, sich vorläufig nur innerhalb des Camps aufzuhalten.
Cabot blickte über das Feuer hinweg zu seinem Patenkind.
Es gab zwei Feuer im Lager. Das eine war das »Sahibfeuer«: das symbolische Hauptfeuer neben dem Verpflegungszelt, das sein und Ionas Nachtquartier beschützte; das andere gehörte den Scherpas, ein hellloderndes Reisigfeuer, das Licht und Wärme spendete und zugleich Kochstelle des Camps war. Von dort war der sonderbar kichernde Schrei gekommen.
»Amaye!«
Schon wieder der Aufschrei. Iona erkannte die Stimme von Scharma, Roschans rundlicher kleiner Frau. Im Licht der Flammen sah sie, wie Scharma ausholte und einem der Träger eine klatschende Ohrfeige versetzte.
»Was ist los?« fragte Iona. »Streiten sie?«
»Das glaube ich nicht«, erwiderte Cabot.

Er rief etwas in Gurkhali. Scharma antwortete, und es schwang ein Lachen in ihrer Stimme. Cabot schmunzelte. »Es ist dieser kleine Schlingel Perem«, sagte er. »Er versucht Scharma zu ärgern und ihr mit Geschichten über die Yetis Angst einzujagen – und es hört sich so an, als hätte er damit Erfolg.«

Perem war der jüngste Träger, ein magerer Sechzehnjähriger mit schelmischem Gesicht.

»Was ist ein Yeti?« fragte Iona.

»Du lieber Himmel, du kennst die Yetis nicht? Na, dann gibt es keinen Besseren als Roschan, um dich aufzuklären.«

Wieder rief er etwas. Roschan kam zu ihnen herüber und hockte sich neben das Feuer. »Ja, Sir?«

»Iona hat noch nie vom Yeti gehört, Roschan«, sagte Cabot. »Erklär ihr doch, wer das ist.«

Der Scherpa lachte und sah Iona an. »Ein Yeti, Miß Iona, ist, wie man sagt, ein wilder Schneemensch. Er lebt hier heroben, wo es hoch ist. Er tötet Yaks und Wasserbüffel, davon ernährt er sich. Er kommt nur in der Nacht heraus. Ganz wenig Menschen haben ihn gesehen, aber manchmal finden sie seine Fußspuren im Schnee, wenn er wieder weg ist.«

Iona zog die Brauen zusammen. Sie war sich nicht sicher, ob Roschan sich einen Jux mit ihr machte oder die Wahrheit erzählte. Seine Schilderung des Yetis klang sehr nach den Gespenstergeschichten, mit denen ihr Kindermädchen, eine alte Hochlandschottin, sie einst zu erschrekken pflegte.

»Gibt es ihn wirklich?«

Roschan lachte wieder. Er zuckte die Achseln, aber gab keine Antwort.

»Ich meine, hast du ihn je gesehen?« fragte Iona.

Roschan schüttelte den Kopf. »Nein, Miß, nie.«

»Allerdings«, mischte Cabot sich ein, »hat die Tochter deiner Tante ihn gesehen, stimmt's?«

Roschan ließ sich auf die Fersen zurückfallen, und seine Schultern bebten vor Lachen. Aber als er sich wieder vorbeugte und die Hände den Flammen entgegenhielt, sah Iona eine argwöhnische Wachsamkeit in seinem Blick.

»Damals war sie noch klein, Sir.«

»Trotzdem, erzähl Iona die Geschichte«, wies Cabot ihn an.

Roschan blinzelte zu Iona hinauf. Seine Miene war vergnügt, und er sah aus, als mache ihm die Sache Spaß, aber hinter der unerschütterlichen

Lebensfreude und dem Humor des Scherpas spürte Iona zum ersten Mal eine Unsicherheit. Es war wie zuvor das kurze Zögern in seinem Blick. Der Sahib hatte ihm befohlen zu sprechen. Als guter Serdar gehorchte er natürlich, aber er gehorchte widerstrebend.

»Dieses Mädchen«, sagte Roschan, »sie ist von meiner Tante zum Holzsammeln geschickt worden. Auf dem Everest, wo ich herkomme, ist das normal. Es ist Mädchenarbeit. Am Abend ist sie nicht zurückgekommen. Meine Tante hatte Angst. Es war schon zu dunkel zum Suchen, aber am nächsten Tag haben wir alle vom Dorf uns versammelt, um sie zu suchen – «

Roschan zog einen glühenden Zweig aus dem Feuer. Mit gerunzelter Stirn betrachtete er die glimmende Spitze, und er schwieg eine Weile. Dann fuhr er fort.

»Wir sind weit gegangen, haben sie aber nicht gefunden. Ein paar von uns – ich war nicht dabei –, die weit hinauf gestiegen waren bis in den Schnee, haben Spuren gefunden. Nicht die von dem Mädchen, aber vielleicht von einem Yeti. Sie sind umgekehrt. Es war schon fast dunkel, es hat zu schneien angefangen, und sie haben nichts mehr gesehen. Der Schneesturm hat die ganze Nacht gedauert. Am nächsten Tag war alles weiß – «

Roschan zuckte die Achseln. »Wir haben nicht weitersuchen können. Das Mädchen ist vielleicht vom Weg abgekommen, haben wir gedacht, sie ist abgestürzt, sie ist tot. Fünf Tage später kommt sie ins Dorf zurück. Sie sagt meiner Tante, ein Yeti hat sie mitgenommen...«

Wieder hielt der Scherpa inne. Er sah Cabot an, dann Iona, dann wieder Cabot, und man merkte ihm an, daß er sich innerlich vor Verlegenheit wand.

Cabot schob die Brille auf die Stirn. »Roschan, sie ist keine von den puritanischen alten Weibern mit blaugefärbten Haaren, wie du sie sonst zu führen pflegst«, sagte er schroff. »Das Mädel ist auf dem Land aufgewachsen. Sie hat Tieren bei der Paarung zugeschaut. Sie kennt sich aus in der Biologie – «

Er sah zu Iona hinüber. »Du kannst es glauben oder nicht, junge Dame, nepalesische Mädchen werden manchmal schwanger ohne den Segen der Gesellschaft oder der Kirche«, sagte er. »Aber im Gegensatz zu anderen jungen Damen in allen anderen Gesellschaften und Kulturen – wo derlei natürlich nie passiert – haben sie eine durchaus annehmbare Erklärung dafür: sie seien von einem Yeti entführt und geschwängert worden...«

Cabot schwieg eine Weile. »Was Roschan sagen will«, fuhr er dann fort, »ist, daß dem Verschwinden und der Rückkehr seiner Cousine neun Monate später die Geburt eines Kindes hätte folgen müssen. Dem war aber nicht so, stimmt's, Roschan?«
Roschan schüttelte den Kopf.
»Und außerdem, als das Mädel später tatsächlich schwanger wurde, schwor ihr Mann Stein und Bein, daß sie bei der Eheschließung war, was unsereiner eine ›virgo intacta‹ nennen würde – mit anderen Worten: eine unberührte Jungfrau. Sie hatte also keineswegs die übliche Ausrede gebraucht.«
Roschan, noch immer starr vor Scham, nickte langsam.
»Aber wie hat der Yeti ausgesehen?« fragte Iona.
»Mein Volk sagt, es gibt zwei Arten von wilden Menschen«, erwiderte Roschan zögernd. »Die eine, die man nicht oft sieht, ist sehr groß mit dunklen Haaren am ganzen Körper. Manche sagen, sie haben rote Haare, andere sagen, braune. Die zweite Art ist kleiner, mit helleren Haaren. Die sieht man öfter. Einer von denen war es, der die Tochter meiner Tante mitgenommen hat.«
»Wohin hat er sie gebracht?«
»In eine Höhle.«
»Und das war alles?« fragte Iona verwirrt.
»Ja, Miß.« Roschan warf Cabot einen raschen Blick zu. »Sie wissen ja, Sir, das sagen die Mädchen immer.«
Cabot nickte. »Okay, Roschan, jetzt lassen wir dich in Frieden und zurück zu deinem Feuer, damit der freche Perem endlich aufhört, deine Frau zu quälen.«
Iona sah ihm nach, während er davonging. Sie war noch immer ein wenig verstört. »Ich versteh das nicht«, sagte sie. »Ist das ein Märchen? Oder gibt's wirklich Yetis? Sind das denn Menschen? Sogar Roschan ist sich offenbar nicht sicher.«
»Nein, ist er nicht«, erwiderte Cabot. »Als Kind war er von der Existenz der Yetis bestimmt fest überzeugt. Aber dann wurde er älter und hatte das Glück, eine Schulbildung zu bekommen. Er zog fort vom Everest, ging nach Katmandu und wurde ein Serdar. Jetzt weiß er nicht mehr, was er davon halten soll. Ich übrigens auch nicht, keiner weiß es, außer vielleicht ein paar alte Leute vom Berg – « Cabot schwieg. Dann holte er Atem und setzte zu einer Erklärung an.
Er erzählte Iona von den frühen Entdeckern, die sich, als das Britische Reich von Indien aus nach Norden expandiert war, nach Nepal vorge-

wagt hatten. Und dort vernahmen sie sonderbare Geschichten: Berichte von großen, affenähnlichen Wesen, die im Himalaya lebten – der Beschreibung nach eine Sorte Neandertaler. Lange Zeit hatte man diese Geschichten als Hirngespinste eines primitiven und abergläubischen Volkes abgetan.

Dann aber, viel später, zogen die höchsten Gipfel des Himalaya kühne Bergsteiger an; und diese stießen regelmäßig auf unerklärliche Spuren im Schnee, ähnlich dem Abdruck des nackten menschlichen Fußes, jedoch in Höhen, die, soweit bekannt, kein menschliches Wesen mehr durchwandern kann – barfuß! –, geschweige denn bewohnen.

»Die berühmtesten wurden von einem britischen Bergsteiger namens Eric Shipton gefunden«, sagte Cabot. »Shipton war der Leiter einer Expedition auf den Everest. Bis zum Gipfel kam er nicht, aber auf dem Weg dorthin fanden er und ein Gefährte diese Spuren. Sie fotografierten sie. Das war 1951, auf dem Menlung-Gletscher, in fünftausendachthundert Meter Höhe. Bisher konnte niemand mit Sicherheit sagen, wer oder was diese Spuren hinterlassen hat – «

Er blinzelte. »Erinnerst du dich, daß ich dir einmal ein paar alte Fotos von Elfen in einem viktorianischen Buch gezeigt habe?«

Iona nickte. Sie konnte damals nicht älter als fünf gewesen sein, aber diese Bilder hatte sie nie vergessen.

Die Elfen waren leuchtende Wesen, die wie winzige Geister zwischen den Büschen und Bäumen am Rand eines ausgedehnten Gartens hervorlugten. Sie war entzückt und überwältigt gewesen und hatte vorbehaltlos an sie geglaubt. Später, als Onkel Robert erklärte, sie seien nicht echt, und ihr zeigte, auf welche Weise der Fotograf die Täuschung zustande gebracht hatte, nämlich mit Hilfe von Silhouetten aus Pappe und einer sehr geschickten Manipulation des Sonnenlichts, – war sie wie vor den Kopf gestoßen. Mehr noch, sie war empört und bitter enttäuscht. Sie sehnte sich so sehr danach, an Elfen zu glauben, aber sie wußte, daß ihr Pate ihr die Wahrheit sagte.

»Shipton und seine Kameraden waren keine Betrüger«, fuhr Cabot fort. »Sie waren anständige und ehrliche Männer. Ihre Fotografien sind echt – daran zweifelt niemand. Das Problem ist ein anderes: bisher hat man sich nicht einigen können, was sie eigentlich zeigen. Fußspuren, ja, das ist sicher – aber von wem? Von einem Hochgebirgsbären? Einem Panda? Einem Languren, einem indischen Schlankaffen? Oder von einem tibetischen Schamanen? Möglich wäre das alles, aber keine Lösung paßt so recht – nicht einmal mit den nötigen Abstrichen aufgrund von

Sonneneinwirkung, Schneeschmelze, Verwehungen und so weiter. Der Eindruck, die Umrisse entsprechen keinem einzigen bekannten Modell.«

Sie schwiegen beide.

Auch auf der anderen Seite des Camps, wo die Träger ums Feuer saßen, war die Unterhaltung beinahe verstummt. Die schlaksige Gestalt des jungen Perem war nicht mehr zu sehen – anscheinend war er es müde geworden, Scharma zu necken, und hatte sich in dem winzigen Zelt, das er mit drei seiner Gefährten teilte, unter die Decke verkrochen. Scharma war noch auf, sie stand und reckte sich, gähnend, und wartete auf Roschan, der zum letzten Mal Holz für die Nacht auf die Glut legte und noch einmal das Feuer anfachte.

Nur An Sering, den Koch, hörte man noch mit Töpfen und Pfannen hantieren und seinen zwei Gehilfen unwirsche Anweisungen geben. An Sering war ein vorausschauender Mann und wollte für den nächsten Morgen immer alles schon am Abend vorher bereit haben. Aber selbst An Sering würde bald ins Bett verschwinden.

Iona sah ihren Paten an. »Und was denkst du, Onkel Robert?«

»Über die Yetis – ?«

Cabot nahm die Brille ab und polierte sie lange und gründlich mit seinem seidenen Taschentuch, das er, selbst hier, stets in der Brusttasche seiner Jacke trug.

»Hast du von dem Ungeheuer in Loch Ness gehört?«

Iona nickte: natürlich, wie denn nicht. Jeder, der einmal in Schottland gewesen ist, weiß Bescheid über das Ungeheuer von Loch Ness – und sie hatte, so lange sie sich zurückerinnern konnte, beinahe alle Ferien im Haus ihres Onkels in Schottland verbracht. Die Vorstellung von einem schuppigen Riesenwesen, das es auf rätselhafte Weise geschafft hatte, im dunklen Wasser des Sees seit Urzeiten zu überleben, hatte ihre Phantasie heftig beschäftigt. Wie jedes Kind hatte der Gedanke daran sie abwechselnd fasziniert und abgestoßen.

»Unser wissenschaftlich logisches Jahrhundert schaut natürlich mit Hohn auf das Ungeheuer von Loch Ness herab«, sagte Cabot. »Eine Chimäre, ein Überbleibsel aus einer abergläubischen, heidnischen Vergangenheit, sagen wir. Jedenfalls die übergroße Mehrheit von uns. Komischerweise aber nicht diejenigen, die an der Spitze der Forschung stehen, die Vorreiter, die angeblich uns allen den Weg in die Zukunft weisen sollen, – kurz: die Wissenschaftler, wie wir uns selber gern nennen. Wir messen Wahrscheinlichkeiten nach anderen Kriterien – «

Cabot setzte die Brille wieder auf die Nase und starrte vor sich hin. »Als mein Freund Sharon, Zoologieprofessor in Harvard, über das Ungeheuer von Loch Ness befragt wurde, sagte er folgendes: ›Es ist nicht die Aufgabe der Wissenschaft, Gerüchte zu widerlegen. Auf Grund der berichteten Beobachtungen und der Fülle begleitender Details müßte jeder verantwortungsbewußte Wissenschaftler antworten: Die Wahrscheinlichkeit, daß das Ungeheuer existiert, ist größer als die Wahrscheinlichkeit, daß es nicht existiert.‹«

Cabot verstummte. Iona verharrte lange Zeit schweigend. Sie hatte nicht wirklich begriffen, was er meinte, aber sie kannte ihn immerhin so gut, daß sie es zu erraten glaubte.

»Das heißt also, daß es die Yetis vielleicht genauso wirklich gibt wie das Ungeheuer von Loch Ness?« sagte sie schließlich.

»Als Wissenschaftler und einer, der gelegentlich auf die Rennpferde deiner Mutter setzt, würde ich nicht dagegen wetten ...« Cabot lächelte ihr zu, was höchst selten geschah. »Meinen Einsatz auf die Pferde habe ich nicht oft verloren.«

»Aber wenn die Yetis existieren«, beharrte Iona, »sind sie dann Monster wie das Ungeheuer von Loch Ness?«

Cabot sah sie an. Er hatte wieder jenen fragend-spöttischen Blick, halb ernst, halb ironisch, den sie so gut kannte.

»Die Wissenschaft der Zoologie kennt keine Monster«, erwiderte er. »Sie arbeitet ausschließlich mit dem Begriff Lebewesen – die sich in Jahrmillionen aus sehr viel primitiveren Lebensformen entwickelt haben. Der Mensch ist nur ein Beispiel dafür. Irgendwo in einer weit zurückliegenden Vergangenheit haben wir Ahnen. Der Yeti, sofern er existiert, könnte einer von ihnen sein – «

Er hielt kurz inne. »Ob er auch ein ›Monster‹ ist, das hängt davon ab, was du als Monster ansiehst. Das kannst allein du entscheiden ... Aber dazu müßtest du natürlich erst einmal einem begegnen.«

Cabot lehnte sich zurück und rieb sich die Hüfte. Dann griff er nach seinem Stock, stemmte sich hoch und ging hinkend hinüber zu seinem Zelt. »Gute Nacht!« rief er über die Schulter zurück.

Iona blieb reglos sitzen und starrte in die Flammen. Wenn ihre Mutter dagewesen wäre, hätte sie jetzt auch zu Bett gehen müssen, aber sie wußte, daß Onkel Robert nichts dagegen hatte, wenn sie noch aufblieb – seinetwegen konnte sie die ganze Nacht neben dem Feuer verbringen.

»Aber hab mir ein Auge auf die Sterne, ja? Und lern die verschiedenen

Eulenarten an ihren Schreien erkennen«, sagte er manchmal, bevor er sich zurückzog.

Iona lächelte. Sie zog die Knie enger an die Brust und sah zum Himmel hinauf. Die Sterne funkelten und stürzten herab in phosphoreszierenden Wirbeln und Spiralen, und die Schreie der Eulen ertönten von allen Seiten.

Sie schob die Füße näher ans Feuer, bis sie die Wärme der Glut fühlte, und dachte an die Yetis.

7

In dieser Nacht, der ersten, seit Iona London verlassen hatte, kehrten die Ungeheuer zurück.
Mit einem Schlag war sie wach und fuhr auf. Einen Augenblick lang wußte sie nicht, wo sie war. Sie blinzelte und spähte in die Dunkelheit. Sie hörte den Wind pfeifen und ein Rauschen, das wie Wasser klang. Sie dachte zuerst, sie sei in Mainwarden, wo der Fluß, der den Park kreuzte, so nah an ihrem Fenster vorbeifloß und der Wind, der vom Moor herüberwehte, oft an den Fenstern und Läden rüttelte, – aber in Mainwarden gab es immer zumindest einen schwachen Lichtschimmer hinter den Vorhängen. Hier war nichts, nur pechschwarze Dunkelheit.
Dann fiel es ihr wieder ein: sie war in ihrem Zelt auf dem Bergrücken, und sie hatte ihren quälenden, immer wiederkehrenden Alptraum gehabt. Sie dachte mit Grausen daran. Der Traum war anders als früher – und noch grauenvoller. Zu Hause hatten die Wesen sie stets in einem Zimmer bedroht: dort hatte sie wenigstens die Zuflucht ihres Betts gehabt, eine schützende Insel, eine Freistatt, in der sie ihr nichts tun konnten. Jetzt wurde sie am hellichten Tag gejagt und im Freien, wo sie sich nirgends verstecken konnte.
In ihrem neuen Alptraum war sie auf einem schmalen Pfad einen Gebirgsgrat entlanggewandert, rechts und links ging es steil bergab über schroffe Felswände. Während sie ging, wurde sie gewahr, daß etwas sich an sie heranpirschte, etwas Dunkles, Geducktes, das hinter ihr grunzte und schaubte. Jäh blieb sie stehen und fuhr herum und erhaschte gerade noch einen Blick auf eine Gestalt – aber da war sie schon verschwunden, hatte sich hinter den zerklüfteten Felsen versteckt. Iona wußte sofort, was es war – eines der Ungeheuer, und es war wieder hinter ihr her, und es holte sie ein.
Iona versuchte zu atmen. Sie mußte entkommen, und sie brauchte Luft zum Laufen, aber ihr Mund war so trocken, daß ihr der Atem in der Kehle steckenblieb und sie erstickte. Keuchend und würgend, mit brennendem Hals, taumelte sie vorwärts und kam kaum voran. Schwere Gewichte hingen an ihren Füßen und nagelten sie fest. Sie zog die Beine nach, hievte sie eins nach dem anderen über Felsblöcke, stolperte und fiel, rappelte sich wieder auf und schaute zurück.

Nicht nur ein Monster verfolgte sie jetzt, zehn oder zwölf waren es, eine ganze Meute, und ihre gewölbten Schädel hoben sich schwarzschimmernd gegen den hellen Horizont ab. Schwere, massige Leiber, die Arme schleiften über den Boden, aber sie bewegten sich erschreckend behende. Dann verteilte sich die Meute: sie bildeten ein Hufeisen und begannen sie einzukreisen. Schwarz waren sie und hungrig, und sie rannten so schnell, wie die Schatten der Wolken über die Bergflanken rasten.

Auch Iona rannte, und abermals stolperte sie. Als sie nach vorn aufs Gesicht schlug, konnte sie den Atem der Kreaturen riechen. Sie schrie.

Iona wußte, daß sie in diesem Augenblick aufgewacht sein mußte. Schweißfeucht war ihre Haut trotz der Eiseskälte rings umher. Sie erinnerte sich, daß sie geschrien hatte, aber aus irgendeinem Grund schien niemand sie gehört zu haben. Sie begriff zuerst nicht, weshalb. Onkel Robert war in seinem Zelt, nur wenige Meter entfernt, und auch die Zelte der Scherpas und Träger standen nicht weit. In jäher Panik suchte sie nach der Taschenlampe, fand sie, knipste sie an und ließ den Lichtstrahl kreisen. Auf einer Seite war die Zeltplane flatternd einwärts gebläht.

Iona lauschte.

Rund um das Camp heulte der Wind mit einer Lautstärke wie das donnernde Rauschen eines Wasserfalls. Das war es, was sie auf den Gedanken gebracht hatte, sie sei in Mainwarden. Ein Sturm war ausgebrochen und fegte über den Bergrücken, auf dem das Lager aufgeschlagen war, und das Getöse mußte ihren Schrei übertönt haben. Iona begann sich zu beruhigen, aber ein neuerlicher Schreck fuhr ihr in die Glieder, und sie saß wie gelähmt mit wild klopfendem Herzen. Im Strahl der Taschenlampe sah sie eine dunkle Gestalt, die entlang der Zeltwand am Fuß ihres Bettes entlangkroch. Mit dem nächsten Windstoß verschwand sie; aber einen Augenblick später war sie wieder da.

Mit kaltem Grauen starrte Iona auf die Kreatur. Ein Teil ihres Verstandes sagte ihr, die Erscheinung sei nur der Schatten der Zeltwand, an der eine Windbö reißt. Aber alles andere in ihr schrie eine Warnung: eines der Monster! In ihrem Alptraum, kaum zu Ende, waren sie ihr näher und näher gekommen, drohender als je zuvor. Jetzt krochen sie hervor aus dem Reich des Schlafs und drangen in die Wirklichkeit ein.

Der Wind wechselte die Richtung, und wieder wallte die Zeltwand und blähte sich knatternd und schlug gegen die Stange. Da war die Kreatur wieder, und jetzt waren es zwei! Sie glaubte etwas zu hören, ein Schnaufen, ein Grunzen und Brummen, als teilten sie einander etwas mit, dann drehten sie sich um und begannen schlurfend sich ihr zu nähern, entlang ihrem Bett. Iona leuchtete sie mit der Taschenlampe an. Das Licht mußte sie verwirrt haben, denn für einen Augenblick verschwanden sie.

Iona saß reglos. Sie waren noch da, das wußte sie mit Sicherheit. Sie lauerten ganz in ihrer Nähe, vielleicht sogar unter dem Bett, – jede Sekunde konnten sie wiederauftauchen. Sie mußte fort, hinaus aus dem Zelt. Sie hielt den Lichtstrahl fest auf die Stelle geheftet, an der die Gestalten verschwunden waren, und wand sich vorsichtig aus dem Schlafsack; dann sprang sie auf den Boden.

Sie wußte genau, was sie tun mußte. Sie würde zu Onkel Roberts Zelt laufen. Sie konnte ihm nicht sagen, weshalb. Die Monster waren eine Heimsuchung, die ihr allein galt; sie war dafür verantwortlich, niemand sonst. Sie würde sich eine Geschichte ausdenken müssen, um ihr Erscheinen mitten in der Nacht zu rechtfertigen, aber bei ihrem Paten würde sie wenigstens bis zum Morgen in Sicherheit sein. Bei Sonnenaufgang würden die Kreaturen sich zurückziehen und bis zur nächsten Nacht versteckt halten, – und auf ihrer Uhr konnte Iona sehen, daß der Morgen nicht mehr weit war.

Sie zog die schwere leinene Berghose an und schnallte die wasserdichte Gürteltasche mit der Überlebensausrüstung um, auf der Onkel Robert bestand, sie band sich die Stiefel zu und schlüpfte in die Daunenjacke. Dann machte sie einen Schritt auf den Eingang zu, blieb stehen und schaute zurück.

Auf ihrem Kissen lag der kleine zerlumpte Teddybär, den sie überallhin mitnahm, wo immer sie schlief. Einäugig war er wie die Katze. Er hatte keinen Namen, er hieß einfach nur Bär, und er hatte Iona zeit ihres Leben begleitet. Gegen die Ungeheuer war der Bär machtlos, aber gegen jede andere Gefahr war er ihr Talisman und ihr Schutz. Sie hob ihn auf und stopfte ihn in die Tasche, dann bückte sie sich und schlüpfte rückwärts hinaus.

Als sie sich draußen in der Dunkelheit wieder aufrichtete, schwankte und taumelte sie. Nichts von dem, was innen im Zelt zu hören gewesen war, hatte sie auf die Gewalt des Sturms vorbereitet. Es traf sie mit der Wucht eines brutalen Schlags ins Gesicht. Die Nachtluft war voll wirbelnder, peitschender Schneeflocken, und der Orkan warf sie beinahe um. Krampfhaft hielt sie sich an der Spannschnur fest und fand ihr

Gleichgewicht wieder, aber einen Augenblick später riß ihr eine noch wildere Bö die Taschenlampe aus der Hand und schlug sie zu Boden. Iona ließ das Seil los und wurde rückwärts geschleudert.
Mehrmals drehte sie sich um die eigene Achse, bis es ihr endlich gelang, sich auf Hände und Knie aufzurappeln. Sie hielt Ausschau nach der Taschenlampe und entdeckte den Lichtstrahl, aber bevor sie mühsam kriechend dort anlangte, war das Leuchten verschwunden, begraben unter den Schneemassen. Sie grub verzweifelt danach, aber das Licht war fort. Iona hob den Kopf und suchte in der Dunkelheit nach den Umrissen von Onkel Roberts Zelt.
Die Scherpas hatten sein Zelt in knapp zehn Meter Entfernung von ihrem eigenen aufgestellt, aber sie sah es nicht. Das dichte Schneetreiben bildete eine undurchdringliche Wand aus grauer, stechender Kälte. Rings umher pfiff, heulte, brüllte der Wind. Iona wischte sich die Flokken aus den Augen und begann in die Richtung zu kriechen, in der sie das Zelt ihres Onkels vermutete. Ein paar Minuten später hielt sie an. Da war keine Spur von einem Zelt, nur derselbe eisige Vorhang, den der Sturm über den Bergrücken trieb.
Sie mußte die falsche Richtung eingeschlagen haben. Sie drehte sich um und versuchte, ihre Spuren wiederzufinden.
Es war sinnlos. Schnee und Sturm verwischten jede Spur im selben Augenblick, in dem sie entstand. Gekrümmt und niedergedrückt vom Angriff des Windes, begann sie systematisch zu suchen, von einer Seite zur anderen: wenn sie Onkel Roberts Zelt nicht fand, dann mußte sie zumindest auf ein Scherpazelt stoßen – deren Unterkünfte standen doch nur ein paar Meter weiter.
Zehn Minuten später hatte Iona noch immer nichts gefunden.
Heftig schlugen ihre Zähne aufeinander, und die bitterkalte Luft ließ ihre Augen tränen. Ihr Gesicht war wund und brannte, und sie konnte kaum noch die Füße aus dem Schnee ziehen, der mit jedem Augenblick tiefer wurde. Sie fühlte sich einsamer, als sie in ihrem Leben je gewesen war. Die ganze materielle Welt, die Felsen und Bäume, die Sonne, die Erde und die Sterne, die Menschen, alles war ihr mit einem Mal gewaltsam entrissen worden. Statt dessen gab es nur noch diesen eisigen Mahlstrom und mörderisch heulendes Chaos.
Sie kam nicht weiter. Sie war verloren. Dennoch machte sie eine letzte verbissene Anstrengung: nicht aufgeben. Der Lagerplatz konnte nur wenige Meter von der Stelle entfernt sein, an der sie kauerte. Wenn sie es noch einmal versuchte, mußte sie ihn finden. Zu Tode erschöpft und

schluchzend, aber mit entschlossen zusammengebissenen Lippen machte sie sich von neuem auf den Weg.
Sekunden später spürte Iona, wie sie den Boden unter den Füßen verlor. Sie drehte sich, fiel auf den Rücken und begann zu rutschen. Was danach geschah, begriff sie nie wirklich: denn sie stürzte in die Tiefe, schneller und schneller. Über und unter ihr und rings um sie war Schnee, der Wind brauste ihr in den Ohren, Äste schrammten sie und rissen ihr die Haut auf, sie prallte gegen Felsen und schlug sich grün und blau. Ein Stein erwischte sie seitlich am Kopf. Betäubt und krank vor Schmerz, spürte Iona, wie es ihr schwarz vor den Augen wurde.
Sekunden bevor sie das Bewußtsein verlor, wurde ihr in einem Anfall von panischem Schrecken klar, daß sie offenbar über den Rand des Bergrückens geraten war und jetzt über den nahezu senkrechten Berghang stürzte, der zu dem darunter liegenden, immer nebelverhangenen Becken hinabführte. Während sie durch Schnee und Finsternis tauchte, wußte sie in einem Augenblick blitzartiger Erkenntnis, daß sie über den Rand der Welt fiel.
Danach gab es nur noch Schwärze.

8

Manu blieb stehen. Langsam schwang er den Kopf von einer Seite zur anderen und sog witternd die Luft in die Nase.
Er flehmte. Das hatte er in den letzten achtzehn Stunden alle paar Minuten getan: er tat es instinktiv, ohne zu denken, wann immer er sich mehr als hundert Schritt von der Insel entfernte. Scharf waren Manus Augen, aber seine Witterung war noch viel schärfer. Was dem Jagdfalken die Augen, das waren ihm seine Nüstern.
Unter der Sonne war ein Nest von Himalayaprimeln aufgeblüht. Die Blumen wuchsen weit von hier im Schutz eines trockenen Bachbettes, – er sah sie nicht, aber der Wind trug winzige Teilchen von Blütenstaub zu ihm, und Manu roch sie deutlich, er roch sogar die Farbe ihrer Blüten: es war die blaue Sorte, nicht die violette. Ein Paar Muntjakhirsche äste irgendwo im Gebüsch außer Sichtweite, aber die Absonderungen ihrer Lendendrüsen drangen bis zu ihm. Irgendwo machten Geier sich über ein Stück Aas her. Manu schnüffelte. Nach dem scharfen Geruch von Harnsäure am Ansatz der Schwungfedern zu schließen, waren es Weißkopfgeier. Wieder witterte er. Der Aasgeruch entströmte dem Kadaver eines jungen Keilers.
Viel mehr Information brachte ihm der Wind. Er hatte sich dauernd gedreht, und die Botschaften hatten ihn die ganze Nacht und den Vormittag hindurch erreicht. Manu empfing sie alle: was die Luftströmungen ihm mitteilten, war normal und gehörte sich so für die Tages- und für die Jahreszeit.
Manu senkte den Kopf und sah sich um.
Die Leopardin war ihm dicht auf den Fersen gefolgt, als er stehengeblieben war, und eigentlich müßte sie jetzt hinter ihm wartend im Gras kauern; aber sie war verschwunden. Manu ließ suchend den Blick umherschweifen, doch entdeckte er nicht eine Spur von ihr. Es überraschte ihn nicht weiter. Sie war ein Schneeleopard, aber wenn sie auf der Jagd war, konnte sie sich auch im Gras und Gestrüpp der Täler unsichtbar machen. An anderen Tagen hätte Manu sie jagen lassen – heute ging das nicht. Heute hatten sie es eilig.
»Babilla« rief er und machte ihren Namen zu einem ungeduldigen Knurren.

Zweimal noch rief er. Babilla tauchte zwischen dem niedrigen Buschwerk auf: steil ragte ihr Schwanz in die Höhe, und die Ohren waren gespitzt. Sie kam zu ihm, schlang sich um ihn und rieb ihr Gesicht an seinen Schenkeln. Manu kraulte ihr den Rücken, den weichen, hellen Pelz mit blaßroten Flecken. »Komm, Babilla«, sagte er, »wir müssen weiter.« Seine Hauptwahrnehmung wechselte, ohne daß er es wußte, vom Geruchs- zum Gesichtssinn. Manu schritt voran, immer dem gewundenen Lauf des Flusses folgend. Es war ihm wichtig, die Insel so bald wie möglich zu erreichen. Es war eine lange Wanderung gewesen, und es drängte ihn nach Hause.

Manu war jung und stand kurz vor der Höhe seiner Kraft. Er wußte nicht, was Müdigkeit ist, ja, er kannte nicht einmal den Begriff. Er hielt sich für unermüdlich. Und doch wußte er jetzt zum ersten Mal in seinem Leben, daß er erschöpft war – seine Muskeln schmerzten, und er strauchelte ein- oder zweimal. Es war gar nicht so sehr die Länge seiner Wanderung; viel anstrengender war das gnadenlose, immer gleichbleibende Tempo gewesen, und auch der Weg, den er hatte nehmen müssen.

Er wanderte oft zwischen den Revieren der beiden Stämme hin und her. Der Hinweg vom Tal hinauf zu den Kämmen erforderte eine lange strapaziöse Kletterei, aber er genoß diesen Aufstieg, immer; und ganz besonders in der Wärme des Sommers. Es war eine einzige Freude und Belebung. Er liebte die Herausforderung, die Leistungen seines Körpers, die Kraft und die Geschicklichkeit, die zur Überwindung von Felsspalten und senkrechten Platten notwendig waren, die Geräusche und Gerüche des jungen Lebens, das bei jedem Schritt ringsum hervorbrach und ans Licht drängte. Er liebte die Frische der Bergluft, liebte sie um so mehr, je höher er stieg, und die durchdringende Klarheit der Sterne, wenn die Nacht hereinbrach.

Und vor allem liebte Manu den Rückweg ins Tal, zu den Gründen der Niedergelassenen, wie sie die nannten, die unten lebten, und er liebte ihn nicht nur, weil es bergab ging, sondern weil er dorthin zurückkehrte, wo seine Hütte stand, die ihm seine wahre Heimat geworden war, ein Zuhause viel mehr als die Höhle, in der er geboren war, die er jetzt wieder hinter sich ließ.

Diesmal war es anders gewesen. Da war zuerst der Grund seiner Wanderung – ein undurchsichtiger, beunruhigender Grund, aus dem der alte Yerto ihn hinauf zu den Gipfeln geschickt hatte. Einige Antworten hatte Manu jetzt bekommen: sie würden auf jeden Fall einen Schatten

auf seine Rückkehr werfen; aber die zornige Antwort, die Manu von den anderen, den Wanderern, zurückbrachte, war noch nicht alles. Neue Fragen gab es, von denen weder der alte Yerto noch Gaggau, der Häuptling der Wanderer, etwas ahnten – obwohl es Gaggau gewesen war, der sie, ohne es zu wissen, aufgeworfen hatte.
Der alte Yerto sagte, es sei unmöglich, daß alles Wild aus den Jagdgründen der Wanderer innerhalb eines einzigen Sommers verschwände. Das war die Botschaft, die Manu zu den Gipfeln gebracht hatte. Er selbst hielt dies für wahr, aber es stand ihm nicht zu, es auszusprechen. Gaggau indes war fest überzeugt, daß der andere Stammesführer vom Tal unten unrecht hatte.
Gaggau hatte Manu angewiesen, nicht auf dem üblichen Weg zurückzukehren – der direkte Abstieg ins Tal hätte gerade so lang gedauert, wie das Tageslicht hielt –, sondern die Bergkämme in westlicher Richtung zu umrunden und nach Spuren von Jagdvieh Ausschau zu halten. Gaggau hatte nicht gesagt, wie weit nach Westen Manu gehen sollte, bevor er umkehrte und abstieg: das überließ er Manus eigenem Urteil – freilich hing es vor allem davon ab, was er unterwegs fand.
Gaggau zweifelte, daß er irgend etwas finden würde. Der Alte war zornig, verbittert und ohne Hoffnung. Seine Überlegung, aus der heraus er Manu befahl, im Westen zu suchen, war folgende: Wenn Manu nichts fand – und Gaggau war sicher, daß dem so sein würde, – dann waren in der Tat alle Tiere fort. Manu hatte die Tiere nicht gefunden. Er hatte aber etwas anderes gefunden, etwas, wonach er nicht gesucht hatte.
Er war viel weiter den Grat entlanggewandert, als er ursprünglich vorgehabt hatte, aber als er eben den Gebirgskamm verlassen und absteigen wollte, war der Sturm ausgebrochen. Wenn im Himalaya ein Schneesturm tobte, waren Manu weder seine Augen noch seine Nase von Nutzen, und so verzog er sich in den Windschatten eines Felsens und wartete das Ende des Sturms ab.
Der Schneesturm dauerte nicht lang, eine Stunde vielleicht, und als er in Richtung der nördlichen Gipfel abzog, stand Manu auf. Eine plötzliche Eingebung, die auf keine Witterung und keine Beobachtung zurückging – denn die Luft war noch voller Schneegestöber, und die Kälte hatte sämtliche Gerüche eingefroren –, befahl ihm, zuerst den messerscharfen Grat entlangzugehen, bevor er umkehrte.
Eine halbe Stunde später stieß er auf die Spuren: frische Spuren, obwohl das letzte Schneetreiben vor dem Abzug des Sturms sie bereits halb zugedeckt hatte. Von seinen Gefährten aus dem Tal hätte keiner sie be-

merkt. Dort unten im Tal war Manus neues Zuhause – geboren war er hoch oben auf den Gebirgskämmen, und obwohl er schon seit so vielen Jahren fort war, blieb er doch ein Jäger mit allen Instinkten, die ein Jäger braucht. Ihm fielen die kaum merklichen Grate und Erhebungen unter der Schneedecke auf, und er kniete sich nieder. Mit derselben Behutsamkeit und Sorgfalt, mit der er winzige Vogeleier aus dem Nest nahm, benutzte er jetzt seine spachtelförmigen Finger, um die Schneeflocken beiseite zu fegen und die Abdrücke bloßzulegen.
Manu kniete lange davor und studierte sie mit gerunzelter Stirn. Dann stand er auf. Er wandte dem Bergkamm den Rücken zu und machte sich durch die nächstgelegene Schlucht auf den Weg ins Tal. Gefolgt von der Leopardin, die von einem Felsen zum anderen sprang, stieg er mit atemberaubender Geschwindigkeit hinunter zur Talsohle, dann marschierte er mit großen Schritten auf die Insel zu.
Seine Miene war düster und angespannt. Die Antwort von den Gipfeln war an sich schon schlimm genug – eine Last war sie, und seit er sie entgegengenommen und die Höhlen verlassen hatte, sehnte er sich danach, die Bürde an Yerto weiterzugeben. Was er aber auf dem Bergkamm entdeckt hatte, war unendlich viel befremdlicher und bedrohlicher. Für kurze Zeit gehörte das Wissen darum ihm allein, und es drückte ihn zu Boden, verlangsamte seine Schritte und ließ seine Schultern schmerzen, als müßte er allein einen ganzen Bärenkadaver zur Insel schleppen.
Manu hatte während einer einzigen Wanderung bereits soviel Bestürzendes und Furchterregendes erlebt, daß er nicht glaubte, es könnte ihm noch etwas zustoßen. Er irrte sich. Im Tal erwartete ihn etwas, das noch viel schlimmer war.
Er lief durch eine Sumpfwiese nahe dem Fluß, als er jäh stehenblieb, und sein Kopf fuhr ruckartig hoch. Da war etwas vor ihm, ganz nahe, etwas Fremdes, das da nicht sein sollte. Mit den Augen suchte er die Gegend ab. Er sah das Talbecken mit dem Fluß, der mitten hindurch floß, die nahezu senkrechten Bergflanken, die das Becken bildeten, und hoch oben seinen schneebedeckten Rand, die scharfen Kämme. Alles, was in seinem Gesichtskreis lag, war vertraut und sicher. Er hob die Nase und prüfte mißtrauisch witternd die Luft: der Wind verkündete ihm dasselbe.
Nichts.
Manu zögerte. Einen Augenblick lang glaubte er, geträumt zu haben. Dann bemerkte er, daß die Haare auf seinen Handgelenken und Schul-

tern sich gesträubt hatten und bebten wie die Fühler der Eintagsmotten vom Berg. Seine Haut reagierte auf etwas, das weder seine Augen noch seine Nase zu registrieren vermocht hatten. Verwirrt ging Manu weiter. Einen Augenblick später sah er es. Es lag zu seiner Rechten auf der schrägen Böschung am gegenüberliegenden Ufer, oberhalb der seichten Stelle im Fluß: ein flaches, ausgestrecktes Bündel. Manu starrte hinüber. Das Ding hatte die gekrümmte, schlaffe Gestalt eines ertrunkenen Tieres, von einer Art freilich, die Manu nie zuvor gesehen hatte, weder im Tal noch oben auf den Gipfeln. Wenn es ein Tier war, dann konnte es jedenfalls noch nicht lange ertrunken sein. Manus Nüstern waren so empfindlich, daß er die Veränderungen, die in einem toten Körper alsbald stattfinden, sofort hätte wahrnehmen müssen; aber in der Luft, die vom Wasser her wehte, war keine Spur vom Geruch des Todes.
Manus Gesicht legte sich in ratlose Falten. Vorsichtig tat er den ersten Schritt in den Fluß und hielt inne; dann watete er vorwärts. Er erreichte das andere Ufer und sah auf das Bündel hinab. Mehrere lange Minuten stand er so, sprachlos vor Verblüffung, und das Wasser schwappte um seine Knöchel. Endlich zwang er sich, seine Erkenntnis zu akzeptieren. Das Ding, das da vor ihm lag, war ein junges Schumbi.
In der Sprache von Manus Volk ist ein Schumbi ein Mensch.
Manu kannte solche Wesen nur aus Schilderungen. Wie die meisten von seinem Volk hatte er nie zuvor eines gesehen, aber er wußte, ohne zu fragen, was es war. Verwirrt und aufgeregt bückte er sich und ließ seine Fingerspitzen über die Haut des Schumbis gleiten. Dann hob er den Kopf und prüfte die Umgebung, diesmal mit Augen und Nase zugleich. Dann kehrte sein Blick zu dem Schumbi zurück.
Manus Geist war von dem Augenblick an, in dem seine Haut zu prikkeln begonnen hatte, in Unsicherheit gefallen. Als er die Gestalt am Ufer entdeckt hatte, waren noch mehr Fragen aufgetaucht und hatten ihn vollends aus der Fassung gebracht. Mittlerweile hatte er auf die meisten eine Antwort gefunden. Erwachsene Schumbis, insbesondere die Männchen, verströmen einen heißen, ungesunden, widerwärtigen Geruch, der irgendwo zwischen Aas und der vibrierenden Aufladung der Luft unmittelbar vor einem Gewitter liegt, und er ist über große Entfernungen wahrnehmbar: deshalb kann man ihnen stets aus dem Weg gehen. Junge Schumbis – wie die meisten Jungtiere – riechen praktisch nicht, und am wenigsten die jungen Weibchen. Die Witterung weiblicher Schumbijungen ist schwächer als die eines Vogels.
Dieses Schumbi war ein Junges, und es war weiblich – deshalb hatte

Manu es erst wahrgenommen, als er bereits davorstand. Er wußte auch, woher das Schumbi kam, denn der Pelz, der es umhüllte, triefte vor Nässe. Auf dem Ufer rund herum waren keine Spuren, aber oben auf den Bergrücken hatte er Schumbispuren gefunden.
Ja, es waren diese Spuren gewesen, die Manu so verstört hatten, als er nach dem Schneesturm auf sie gestoßen war. Er hatte nur die Spuren von erwachsenen Schumbis entdeckt, aber dieses Kind mußte bei der Gruppe gewesen sein – die schweren Fußtritte der Erwachsenen hatten die leichteren ausgelöscht. Vermutlich war sie vom Sturm über die Kante in den Abgrund gestoßen worden und war an der Stelle in den Fluß gefallen, wo er auf halber Höhe der nahezu senkrechten Wand aus dem Felsen heraustritt, und der Fluß hatte sie bis hierher ins Tal geschwemmt.
Manu wußte jetzt, weshalb es keinen Verwesungsgeruch gab – das hatte er festgestellt, während er den Schumbikörper untersuchte: als seine Hände über ihn hingleiten ließ, hatte er unter der Haut des Wesens einen Pulsschlag gefühlt. Das Schumbi lebte.
Manu kauerte sich nieder und beugte sich vor. Das Schumbi bewegte sich und hustete, aus seinem Mund floß torfbraunes Flußwasser. Dann schlug es die Augen auf und starrte ihn an.
Iona schrie.

Als der Entsetzensschrei aus den tiefsten Tiefen ihres Wesens hervorbrach, wurde ihr klar, daß sie nicht träumte.
Sonne schien auf ihre Haut, und sie roch Torf und Blumen. Ihr Körper fühlte sich an wie zerschlagen, steif war sie und konnte sich vor Schmerzen kaum rühren, und sie schmeckte Blut, das von einem Schnitt auf der Innenseite der Lippe herrühren mochte. Ihre Kleider waren naß, und Wolken, echte Wolken, rasten über sie hinweg.
In den Alpträumen geschah nichts dergleichen. Sie lebte, und sie war wach, und im Gesicht spürte sie den Wind. Aber die beiden Welten, das Reich der Dunkelheit und der Träume und die Welt des Lichts, waren miteinander verschmolzen, – die Grenze, die den einen Bereich vom anderen getrennt hatte, gab es nicht mehr. Die Kreaturen der Nacht waren herausgekrochen in den Morgen.
Und über ihr hockte ein Monster und schaute auf sie herab.
Iona drehte sich auf den Bauch und versuchte sich auf Hände und Knie hochzustemmen. Sie hatte keine Ahnung, wo sie war, keine Ahnung, wie sie hierhergekommen war, sie wußte überhaupt nichts – außer daß

sie am Ufer eines Flusses lag, rings um sie Schlamm und vor ihr ein Monster.
In blinder Panik versuchte sie, auf die Füße zu kommen, um zu fliehen. Es war aussichtslos – sie war selbst zum Stehen zu schwach. Ihre Beine knickten ein, und sie fiel zurück in den Morast. Sie riß den Mund auf, um von neuem zu schreien, aber sie schloß ihn wieder, ohne einen Laut von sich zu geben. Sie war gelähmt vor Furcht und kaum fähig zu denken, aber durch ihre Benommenheit drang eine plötzliche Erkenntnis: Schreien konnte das Wesen provozieren, und dieses Risiko wollte sie auf keinen Fall eingehen. Sie biß sich auf die Lippen und zwang sich zum Schweigen. Sie zitterte heftig, und Wellen von Übelkeit flossen durch ihren Körper. So saß sie, klein, verletztlich und nach Luft schnappend, und starrte über das Wasser.
Das Wesen war bei ihrem Schrei in den Fluß zurückgewichen. Es stand schenkeltief im Wasser und beobachtete sie. Und allmählich begann Iona, seine Gestalt zur Kenntnis zu nehmen. Es war sehr groß, über und über mit einem dunkelbraunen Pelz bewachsen, der schimmerte wie die frischen, feucht glänzenden Kastanien im Herbst. Seine Unterschenkel sah sie nicht, aber sie nahm an, daß das Wesen mindestens so groß war wie Onkel Robert, vielleicht sogar größer – wohl an die zwei Meter. Es hatte breite, hängende Schultern und unendlich lange Arme. Sein Gesicht sah grimmig aus, zerklüftet und wild; tief lagen die Augen in den Höhlen, die Stirn war hoch, aber fliehend, und die Nase breit mit geblähten Nüstern.
Es war ein gewaltiger Affe. Ein Menschenaffe. Auf den ersten, flüchtigen Blick hätte man meinen können, ein lebendes Ebenbild der ausgestopften Gorillas von Mainwarden vor sich zu haben. Aber Iona erkannte, obwohl sie vor Entsetzen betäubt war, daß dieser anders war – keineswegs ein Gorilla. Er war zwar stark wie sie, aber viel größer und schlanker, und sein Knochenbau war leichter. Die Gorillas waren steif und massig; während dieses Wesen, dessen Silhouette sich gegen die Sonne über dem glitzernden Wasser so deutlich abzeichnete, biegsam und geschmeidig war – seine Muskeln unter dem Pelz schienen in ständiger Bewegung.
Der auffälligste Unterschied waren die Augen, die sie mit einer bohrenden Eindringlichkeit betrachteten. Von goldgelber Farbe waren sie und musterten ihren Körper von oben bis unten mit demselben starren Blick wie eine Nachteule, ohne je zu blinzeln oder auszuweichen. Endlich aber verharrten sie auf ihrem Gesicht. Diese Augen waren wild und bar-

barisch, aber zugleich war in ihnen etwas Menschliches; die Neugier war es, mit der das Wesen sie prüfte.
Iona starrte zurück: versteinert, hypnotisiert. In diesen Augen lag eine Intelligenz, die weder die eines Tiers noch die eines Menschen war, sondern eher eine, die sich von beiden unterschied – oder irgendwo dazwischen schwebte.
Das Wesen öffnete seine Lippen. »Schumbi«, sagte es mit einer tiefen, kehligen Stimme. Sie sah seine Zähne, lang und gelblich-weiß wie die Fänge eines Wolfes oder eines großen Pavians.
Iona überlief es eisig, und sie sank zurück in den Schlamm. Das war kein tierischer Laut. Das war ein Wort in menschlicher Sprache. Sie konnte sich nicht vorstellen, was es bedeutete, aber der Klang der Stimme trug weithin über das Wasser und hallte in ihrem Kopf nach, und auf einmal fiel ihr alles wieder ein.
Ihr Pate. Das Lager hoch in den Bergen. Das Gespräch am Feuer, Roschan, der lächelnd neben den Flammen kauerte, während Onkel Robert ihn ausfragte. Der Sturm, die schleichenden Schatten vor der gebauschten Zeltwand, der tosende Wind und der Schnee in der Dunkelheit draußen, als sie den Kreaturen zu entkommen suchte, die sie jagten. Sie wußte nicht mehr, was danach geschehen war, aber sie wußte, was dieses Wesen war.
Es war das, was die Scherpas einen Yeti nannten. Irgendwie war sie einem der Ungeheuer in die Hände geraten, die in den Weiten des Himalaya ihr Unwesen trieben! Während ihr dies zu Bewußtsein kam, begann das Geschöpf vorwärts zu waten, auf sie zu. Hinter ihm war etwas, das plötzlich ihre Aufmerksamkeit erregte, und sie spähte über seine Schulter.
Auf einem Erdwall saß ein Leopard. Er hatte ein dickes, fast weißes Fell, und er saß reglos. Aber als sie ihn ansah, warf er den Kopf zurück, riß das Maul auf und brüllte. Dann stand er auf, bewegte zuckend den Schwanz hin und her – und schlich langsam auf sie zu.
Iona glitt seitlich in den Fluß und verlor das Bewußtsein.

9

Manu durchwatete platschend das seichte Wasser, erklomm die Uferböschung und jagte über die Wiese. Es war noch weit bis zur Insel. Mit dem Schumbi auf den Schultern beeilte er sich heimzukommen.
Als Manu sie aufgehoben hatte, war das Schumbi wieder schlaff geworden. Abgesehen von der Tatsache, daß Schumbis gefährlich sind, weswegen man ihnen unbedingt aus dem Weg gehen muß, wußte Manu nichts über ihre Gewohnheiten oder ihr Verhalten. Er hatte indes oft beobachtet, wie die kleinen Tiere des Tals vor Schreck starr wurden, wenn eine Gefahr drohte, – dann sahen sie aus wie tot. Vielleicht galt das auch für kleine Schumbis. Manu wußte es nicht. Er wußte nur, daß er es so rasch wie möglich zu den anderen bringen mußte. Sein Auftauchen war von noch größerer Tragweite als die Spuren, die er oben auf dem Kamm gefunden hatte, oder die betrübliche Nachricht, die er vom den Wanderern mitbrachte. Manus Geist war schon einige Male in Erregung gewesen. Jetzt war er in Aufruhr.
So lange, wie der älteste der Stammesgenossen sich zurückerinnern konnte, hatte kein Schumbi je das Tal betreten. Schon in normalen Zeiten wäre die Ankunft dieses Kindes ein außerordentliches Ereignis gewesen; aber die Zeiten waren nicht normal. Sie waren verdüstert durch Schwierigkeiten und Gefahren und Zwietracht, mit denen nicht einmal der alte Tonemetapu umzugehen wußte, der weiser Seher, von dem es hieß, er sei älter als der Baum, der ihm als Unterkunft diente.
In solchen Zeiten konnte das angeschlagene kleine Wesen, das am Flußufer aufgetaucht war, nur ein böses Vorzeichen sein: es rückte die Bürde, die sie gemeinsam zu tragen hatten, in ein neues, bestürzendes Licht. Manu war als Botschafter zum Bergstamm geschickt worden, aber auch als Vermittler. Jeder, und vor allen anderen der alte Yerto, klammerte sich an die schmale Hoffnung, daß er zumindest mit dem Ansatz einer Lösung zurückkehren würde. Manu brachte nichts.
Was er zurückbrachte, war ein Problem, das unendlich schwerer wog als alle, mit denen er sich auf den Weg gemacht hatte. Mit sorgenvoll gerunzelter Stirn schritt Manu voran.

Iona schlug die Augen auf und fand sich wie eine erlegte Antilope um die Schultern des heimkehrenden Jägers gelegt. Manu hatte zum Teil recht gehabt, als er Ionas Schlaffheit als eine Art Totstellreflex deutete. Gewiß war der Hauptgrund ihrer Ohnmacht der Schrecken und die Angst, die sie überwältigt hatten, als er sich zu ihr hinabbeugte. Wovon er freilich nichts wußte, das war Ionas vollkommene Erschöpfung und die Unterkühlung. Er hatte einfach angenommen, Ionas Kleider seien ein Pelz wie sein eigener, der sie vor der Eiseskälte des Quellwassers selbstverständlich schützte.

Im Gegenteil. Triefend naß, wie ihre Kleider waren, lagen sie, als sie endlich am Flußufer gestrandet war, fest am Körper an und hielten die Sonne von ihrer Haut fern. Als Iona den jungen Yeti erblickte, war es nicht nur Furcht, was sie von neuem die Besinnung hatte verlieren lassen, sondern auch die Tortur, die hinter ihr lag – der Sturz vom Berg und die Landung im eisigen Fluß und die weite Strecke, die er sie mitgerissen hatte. Jetzt, zwei Stunden später waren ihre Kleider halbwegs trocken, auf den Yetischultern begann ihr Körper langsam wieder warm zu werden.

Iona blinzelte und hob den Kopf. Mehrere Sekunden lang war sie so verwirrt wie zuvor. Sie hatte keine Ahnung, wo sie sich befand und was mit ihr geschehen war. Noch bevor sie fähig war, irgend etwas aufzunehmen, fühlte sie Struppiges, Stachliges an den Armen, und sie schaute hinunter. Dunkelbraunes Haar. Und darunter der Boden, der im Rhythmus von Schritten auf und ab wippte. Jemand trug sie auf der Schulter. Zum zweiten Mal fiel ihr alles wieder ein. Das letzte, woran Iona sich erinnerte, war der Leopard, der durch das Wasser auf sie zukam. Sie mußte das Bewußtsein verloren haben. Jetzt trug das Wesen sie irgendwohin.

Panik überkam sie und würgte sie mit solcher Macht in der Kehle, daß sie glaubte, sich übergeben zu müssen. Sie schluckte mehrmals, aber ihr Mund war ausgedörrt, ihr Kopf drehte sich. Sie kämpfte die Panik nieder. Sie war viel zu schwach, um an Flucht zu denken, also mußte sie die Ruhe bewahren und zu überlegen versuchen. Während ihr Kopf immer wieder auf der Schulter des Wesens aufschlug, erkundete sie die Gegend.

Das Wesen trug Iona über die Sohle eines breiten, flachen Tals. Das Land verlief in Wellen, die sanft auf und nieder führten. Nebel hing über dem Boden: ein Schleier wie überdimensionale Fahnen aus weichem, grauem Dunst, die sich in der Ferne verloren. Als sie den Kopf hob und in die Höhe schaute, sah sie rings umher nichts als schneebedeckte Bergkämme und Gipfel, die in der Sonne glitzerten.

Einer der Berge, dessen zweifacher Gipfel wie ein Fischschwanz aussah, kam ihr irgendwie bekannt vor; genauso die sonderbaren Nebelfetzen. Dann wich ihre Verwirrung, und sie begriff: sie hatte dieselben Berge aus einem anderen Blickwinkel vom Lager auf dem Bergrücken aus gesehen. Der Nebel rings herum, das waren die wirbelnden grauen Schwaden, die sie von oben gesehen hatte – deshalb war das Tal ihren Blicken entzogen gewesen. Irgendwie mußte sie vom Bergrücken herab- und ins Tal gelangt sein, das viele hundert Meter tiefer lag.

Sie spähte zum Horizont hinauf. Irgendwo dort oben waren Onkel Robert, Roschan, die Zelte, die anderen Scherpas und Träger und das Lagerfeuer. Sie hielt Ausschau nach einer Rauchsäule, einem aufblitzenden Licht – dem Reflex der Sonne in einem Fernglas, den Umrissen einer Gestalt. Aber die Entfernung war viel zu groß, es war nichts zu sehen – nur die frostige, dräuende, eindrucksvolle Erhabenheit der eisbedeckten Gipfel und darüber der unendlich weite Himmel.

Verzweifelt ließ Iona den Kopf wieder sinken. Tränen stiegen ihr in die Augen; aber sie durfte sich auf keinen Fall erlauben zu weinen, um das riesige marschierende Wesen unter ihr nicht zu reizen. Sie biß sich auf die Zunge und versuchte sich erneut, sich zu konzentrieren.

Onkel Robert hatte mittlerweile bestimmt gemerkt, daß sie verschwunden war, und er, Roschan, alle anderen suchten sie. Sie würden bald feststellen, daß sie auf dem Bergrücken nirgends war, und sich denken, daß der einzige Ort, an dem sie sonst sein konnte, das Tal unter ihnen war, und sie würden hinunterklettern und sie finden.

Die Sonne stieg höher, die Luft erwärmte sich, und der Nebel begann sich zu verziehen. Das Wesen unter ihr schritt in seinem ausdauernden, gleichmäßigen, hypnotisierenden Rhythmus voran – Iona fielen die Augen zu. Sie dämmerte erschöpft vor sich hin. Aber bevor sie endgültig einschlief, zuckte ein Gedanke durch ihren Kopf, der ihr Unbehagen verursachte. Vom Lager auf dem Bergkamm aus hatte sie gesehen, daß die Felswände, die zum Tal hinabführten, nicht nur senkrecht in die Tiefe fielen, sondern offenbar vollkommen unbegehbar waren. Irgendwie war sie ja heruntergekommen – aber vielleicht deshalb, fiel ihr plötzlich ein, weil der Yeti sie getragen hatte. Ihr Pate und die Scherpas würden einen anderen Weg finden müssen – und soviel sie von der Talsohle aus sehen konnte, schlossen auf allen Seiten dieselben senkrechten

Wände das Tal ein. Es konnte Tage dauern, ja Wochen, bis sie endlich bei ihr waren.
Iona war zu müde, zu entsetzt, zu verängstigt, um über diese Aussicht noch länger nachzudenken. Unbewußt überließ sie sich ihren körpereigenen Schutzmechanismen: sie schlief ein.

Das Rauschen von Wasser weckte Iona auf. Vorsichtig hob sie den Kopf und blickte um sich.
Ihre Glieder waren steif und schmerzten, und sie hatte das dringende Bedürfnis, sich zu bewegen, zu strecken, aber sie lag noch immer um die Schultern des Wesens: seit einer Ewigkeit, schien ihr. In Wahrheit, vermutete Iona, als sie den Stand der Sonne betrachtete, waren es höchstens fünf Stunden – es war der alte Duncan gewesen, Pirschjäger bei ihrem Onkel in Schottland, der ihr beigebracht hatte, wie man die Sonne als behelfsmäßige Uhr benutzt.
»Stell sie dir als einen Uhrzeiger vor, der über den Himmel wandert«, hatte er gesagt, als er sie einmal mit ins Moor nahm. »Der Zeiger läuft von Ost nach West. Du mußt natürlich wissen, wann auf der einen Seite das Morgengrauen beginnt und auf der anderen Seite die Abenddämmerung. Aber wenn die Sonne am höchsten steht, ist immer Mittag. Mit ein bißchen Übung, und vielleicht auch mit ein bißchen Raten, sagt sie dir, wie spät es ist.«
Bei der Begegnung mit dem Yeti hatte die Sonne gerade den Bergkamm beleuchtet. Dann war es, wie Iona im Camp bemerkt hatte, ungefähr sieben Uhr. Jetzt stand sie eindeutig im Zenit. Fünf Stunden. Bei gleichmäßigem Wandertempo schafft ein Mann an die sechseinhalb Kilometer in der Stunde – auch dieses Wissen stammte vom alten Duncan. Mit seinen federnden Schritten war der Yeti freilich um einiges schneller als Duncan – er mußte mittlerweile also weit über dreißig Kilometer zurückgelegt haben.
Die ganze Zeit über war er immer dem gewundenen Flußlauf durch das Tal gefolgt. Der Fluß war zuerst schmal und reißend gewesen, wurde aber bald breiter und floß langsamer. Jedesmal, wenn sie aus ihrem unruhigen, schaukelnden Schlaf für eine kurze Weile erwachte, hatte sie nichts als Gras und Schilf gesehen, gelegentlich eine Baumgruppe, und ein- oder zweimal hatte sie einen flüchtigen Blick auf ferne Gipfel geworfen. Jetzt war es also Mittag. Und in diesem Augenblick bog das Wesen ab und lief mit seinem geschwinden, mühelosen Schritt über die Böschung und in den Fluß. Es watete hinein, bis das Wasser tiefer wur-

de, dann begann es zu schwimmen: stemmte sich mit erhobenem Kopf gegen die Strömung, und seine Arme paddelten schnell und kräftig.
Iona zuckte zusammen, als sie an den Beinen die nasse Kälte fühlte. Dann hörte sie hinter sich ein Platschen und schaute zurück. Der Leopard war ebenfalls in den Fluß gesprungen und schwamm im Kielwasser des Yetis. Iona starrte das Tier an.
Wann immer sie während des Transports erwachte, war das erste, was sie sah, der Leopard, der hinter ihr hertrottete. Er machte ihr fast mehr angst als der Yeti. Der Yeti war derart sonderbar, so unerhört fremd und andersartig, daß er ins Grenzland zwischen Wirklichkeit und Alptraum gehörte. Mit Leoparden war das anders – die kannte man, die waren real.
Leoparden waren große, wilde Katzen und zählten zu den effizientesten und am schwersten faßbaren Raubtieren der Welt, soviel war Iona bekannt. Den Menschen griffen sie selten ohne Grund an, aber wenn sie in die Enge getrieben wurden, konnten sie rasender und tödlicher sein als ein Löwe. Dieser hier mußte zu den Schneeleoparden gehören – der seltensten Leopardenart, wie Iona von Onkel Robert wußte.
Das Tier, das ihr wie ein Schatten folgte, hatte ein fast weißes Fell wie ein Hermelin und war übersät von rötlichen Flecken, der Zeichnung aller Leoparden. Es bewegte sich lautlos und schnell, die Schwanzspitze schwang hin und her, und unter der Haut spielten die Muskeln. Manchmal, wenn es gähnte, sah Iona zwei Reihen gelber, spitziger Zähne: sie staken in Kiefern, die so mächtig waren, daß sie einen Elefanten in Stücke reißen konnten.
Aber es waren vor allem die Augen des Tiers, die sie in Bann schlugen. Kalt und starr funkelten sie in seinem Gesicht wie ovale, grün gesprenkelte Achate. Furchteinflößend waren sie, aber sonderbarerweise auch vertraut, und erst jetzt, als der Yeti durch den Fluß schwamm und der Leopard hinterher, wurde Iona klar, weshalb: das Tier hatte dieselben Augen wie Misty (der freilich nur eines geblieben war). Es benahm sich auch genauso – es folgte dem Yeti auf Schritt und Tritt, genau wie Misty ihr folgte.
Für Iona war das eine außerordentliche Erkenntnis. In einem einzigen Augenblick hatte der Leopard von einer blutgierigen Bestie, einer lebensbedrohenden Gefahr in ihrem Rücken, sich in eine schlichte Katze verwandelt, die einfach ein bißchen größer war als ihre eigene. Und noch etwas kam ihr: der Leopard verfolgte sie gar nicht, geschweige denn machte er Jagd auf sie. Er folgte dem Yeti.

Katzen, hatte Onkel Robert erzählt, sind die ersten Tiere, die sich dem Menschen angepaßt haben und seither von ihm leben. Sie akzeptieren nur einen Menschen als Herrin oder Herrn. Dieser Leopard ging nicht ihr nach, sondern dem Yeti.

Der Fluß wurde tiefer und Iona nässer, und sie schauderte vor Kälte auf den Yetischultern. Sie wandte den Kopf und schaute vorwärts. Kurz zuvor hatte der Fluß sich in zwei Arme geteilt; dazwischen lag eine breite, flache Insel, der sie sich rasch näherten, und eh sie sich's versah, spürte sie, daß der Yeti festen Boden unter den Füßen hatte.

In den letzten fünf Stunden hatte die Sonne ihre Kleider getrocknet, und ihr Körper war, obwohl zum Sterben müde, soweit warm geworden, daß sie wenigstens zeitweilig hatte wach bleiben können. Jetzt waren ihre Kleider schon wieder naß, und sie fühlte, wie ihre Haut und ihr Körper von neuem erstarrten. Sie hievte sich höher auf den Schultern des Wesens und versuchte sich von der eisigen Flut möglichst fern zu halten.

Hinter Gras und Schilfrohr am Rand des Flusses sah sie eine schräge Böschung, über die ein Pfad zu einer Lichtung hinaufführte. Weitere dreißig oder vierzig Wesen derselben Sorte waren dort versammelt oder drängten sich auf dem Pfad zum Ufer. Ihr Haar war von hellerer Farbe als das Fell des Yetis, der sie trug, aber sie waren offensichtlich von derselben Rasse. Sie kamen herbei und musterten sie eingehend, und Iona erschrak. Der Ausdruck in ihren Gesichtern war feindselig und bedrohlich.

Iona wandte sich ab. Sie versuchte, ihren Kopf hinter dem Yeti zu verbergen, als er aus dem Fluß stieg. Sie sah, wie auch der Leopard ans Ufer sprang, sah seine kalten, leeren grünen Augen und sein Maul, aus dem das Wasser troff. Sie hörte den Leoparden knurren und ein leises Murmeln von den versammelten Yetis, und irgendwo schrien Eulen in der Sonne.

Iona drehte sich der Kopf. Sie klammerte sich an den Nacken des Yetis, aber ihre Hände hatten keine Kraft mehr. Halb erfroren, erschöpft und gelähmt vor Furcht, trieb sie von neuem in die Bewußtlosigkeit.

10

Manu watete ans Ufer und schüttelte sich das Wasser aus dem Pelz. Dasselbe tat neben ihm die Leopardin. In einem funkelnden Sprühregen stoben die Tropfen nach allen Seiten, und Manu fühlte das Gewicht des Schumbis auf seinen Schultern. Verglichen mit dem Hirsch, den er manchmal von seinen Jagdausflügen mit den Wanderern zurückbrachte, wenn er die Berggipfel besuchte, war das Schumbikind so leicht, daß er für einen Augenblick fast vergessen hatte, daß es da war.
Manu langte hinauf und hob es von den Schultern. Er hielt es in den Armen und schaute auf. Von der Lichtung her kam ein Zischen aus vielen Kehlen, die scharf Atem holten.
Alle Mitglieder des Stammes der Niedergelassenen hatten sich auf der Lichtung versammelt. Sie wußten seit einer Stunde oder mehr, daß er zurückkehrte, denn sie hatten ihn gerochen, wie auch er sie immer stärker gerochen hatte, je näher er der Insel kam. Er sah, wie sie alle auf das Schumbi starrten. Sie standen in kleinen Grüppchen, in der Ordnung und Reihenfolge, wie die Stammeshierarchie es gebot.
An der Spitze standen die alte Raina, die Gefährtin des Patriarchen, die schon grau wurde, aber noch schön und anmutig war, und ihr großer starker Sohn Wengen mit seinem schlauen, unergründlichen Gesicht und den merkwürdig blassen Augen. Knapp hinter den beiden standen die Stammesältesten, die Männer und Frauen jenseits des zeugungsfähigen Alters; es folgten die Paare mit Kindern, halbwüchsigen und kleinen bis hin zu neugeborenen, und ganz hinten standen die unbeweibten Männer und die geschlechtsreifen, aber nicht befruchteten oder unverpaarten Frauen – die schmale Kekua mit ihren blicklosen Augen, neben ihr die schwangere Churinga, dann Bitta, Kanena und die anderen.
Lange bevor sie ihn erspähten, hatten ihre Gesichter eine böse Vorahnung widergespiegelt. Die Anwesenheit des geruchlosen Schumbis war ihnen genauso entgangen wie Manu, der das fremde Wesen erst bemerkt hatte, als er direkt vor ihm stand. Aber ihre Haut, der gesträubte Pelz hatte sie vor etwas Furchtbringendem gewarnt. Als Manu aus dem Wasser watete und die Stammesältesten die Natur des Wesens erkannten, das er auf seinen Schultern trug, verwandelte sich die Vorahnung in Schrecken und Bestürzung. Wie Manu hatte keiner von

ihnen je zuvor ein Schumbi erblickt, aber sie wußten alle, was er da mitgebracht hatte.
Die Bestürzung wich Furcht, die in Windeseile um sich griff. Innerhalb von Sekunden, noch bevor Manu und der Leopard sich trockengeschüttelt hatten, entrang sich allen Mündern ein Stöhnen und Jammern, selbst die Kleinsten begannen zu wimmern. Ein Yetikind hatte freilich keine Vorstellung davon, was ein Schumbi war, doch sogar die Winzlinge begriffen, daß irgend etwas Schreckliches vor sich ging.
Manu stand am Ufer. Er sah die Sorgenfalten in jedem Gesicht, die Frage, die auf allen Lippen lag. Er konnte ihnen keine Antwort geben, solange Yerto nicht eingetroffen war. Mehrere Minuten vergingen, dann teilten sich die hohen Gräser, und der Patriarch erschien. Alt war Yerto, sein Pelz verblaßt zu silbrigem Weiß, und er bewegte sich langsam und steif. Die meiste Zeit konnte er noch aufrecht gehen, aber manchmal, wenn er sehr müde war, ließ er sich nach vorn fallen und benutzte die Arme genauso wie die Beine, um seinen großen, verbrauchten Körper zu stützen.
Jetzt war Yerto müde. Auf allen vieren stieg er zum Flußufer hinab, und seine Miene war ernst und sorgenvoll. Der Alte hat in seiner Hütte gelegen, dachte Manu. Ohne zu schlafen. Je mehr Winter verstrichen, desto weniger schlief er. Er legte sich nur nieder, um auszuruhen, und das mußte er immer öfter tun. Aber Yerto war und blieb der Patriarch und verantwortlich für den Stamm der Niedergelassenen. Solange er Manu nicht begrüßt hatte, durfte es zwischen Manu und den anderen zu keinem Gespräch kommen.
Bis Yerto zum Stehen kam, hatte Manu das Schumbi auf die Erde gelegt. »Paß auf!« befahl er über die Schulter der Leopardin.
Die Katze legte sich flach auf den Boden und den Kopf auf die Vorderpfoten. Aus schmalen Augenschlitzen beobachtete sie Ionas regungslosen Körper.
Als Manu sich wieder aufrichtete, wurde ihm bewußt, daß er zum ersten Mal der Leopardin den Befehl gegeben hatte, ein Wesen zu bewachen, das nicht tot war: normalerweise schützte sie erlegte Beute vor anderen Räubern. Aber es gab hier keine Raubtiere, nur die versammelten Stammesmitglieder. Manu versuchte herauszufinden, weshalb er das getan hatte.
Durch seinen Geist zuckte ein Bild: der erste Anblick des Schumbis. Als er es entdeckt hatte, war es ihm fremdartig und beinahe furchteinflößend erschienen. Aber beim Näherkommen hatte es verletzt ausgese-

hen und sehr zerbrechlich. Diese Gestalt, die der Fluß halb ertrunken ans Ufer gespült hatte, ließ ihn an das Vogeljunge denken, das aus dem Nest gefallen war, bevor es fliegen gelernt hatte. Er war noch ein Kind damals, und er fand den Vogel am Wasser, halb tot, im ersten Sommer, den er auf der Insel verbrachte. Er hätte ihn packen und aufessen sollen – jeder andere vom Stamm hätte es getan. Manu nicht. Er nahm das Vögelchen in die Hände und trocknete ihm das Gefieder, und dann trug er es zu seiner Hütte. Er fütterte es mit zerstoßenen Samenkörnern und Insekten, die er in der hohlen Hand fing. Der Vogel überlebte und wuchs. Eines Tages nahm er ihn mit hinaus in die Sonne, und er flog von seinen Händen auf und davon. Manu lachte, als er ihm nachsah, wie er zwischen den Bäumen verschwand. Er sah ihn nie wieder, aber es machte ihm nichts aus – der Vogel lebte, weil er ihn beschützt hatte. Auf eine unerklärliche Weise fühlte er dasselbe Schutzbedürfnis gegenüber dem Schumbikind – Manu wollte, daß es am Leben blieb.

Jetzt stand Yerto ihm von Angesicht zu Angesicht gegenüber. Für den Augenblick entließ er das Schumbikind, den verletzten Vogel, aus seinen Gedanken und konzentrierte sich auf den alten Patriarchen.

Yerto ließ sich aufs Gesäß nieder, die Fersen an den Körper gezogen. Manu beugte sich vor und ließ sich fallen. Gestützt auf die durchgedrückten Arme und die abgebogenen Finger, wie der Patriarch es getan hatte, ging er auf ihn zu und hielt den Kopf gesenkt. Vor dem Alten blieb er stehen. Ohne den Kopf zu heben, streckte er den Arm aus und kratzte Yertos Nase. Yerto grunzte und kratzte seinerseits Manus Nase. Danach standen beide auf – Manu zuerst: er half dem alten Patriarchen auf die Füße.

Yerto senkte den Kopf und betrachtete das Schumbi eine lange Zeit, dann bückte er sich steif und berührte sein Gesicht. Der Leopard fuhr auf, fletschte die Zähne und knurrte.

»Halt!« gebot Manu. Auf seinen Befehl ließ das Tier sich wieder zu Boden sinken, aber der Schwanz zuckte heftig hin und her.

Yerto ließ seine Finger über die Haut des Kindes gleiten. Dann richtete er sich mühsam wieder auf. »Wo hast du das gefunden?« fragte er.

»Am Fluß, auf dem Rückweg«, antwortete Manu.

Yerto kratzte sich das Kinn. »Also weiß Gaggau nichts davon?«

»Nein, es war, nachdem ich ihn längst verlassen hatte.«

»Und doch bringst du Kunde von ihm?«

Manu nickte.

Ein Schweigen trat ein. Manu wußte, was dem Patriarchen durch den

Sinn ging. Zwischen dem Erscheinen des Schumbis, Gaggaus Behauptungen über das Verschwinden der Beutetiere und Manus Auftrag als Botschafter bei den Wanderern mußte es eine Verbindung geben. Es war undenkbar, daß derart außerordentliche Ereignisse nicht miteinander zusammenhingen – und doch wußte der Patriarch ganz offensichtlich genausowenig wie Manu, worin dieser Zusammenhang bestehen sollte.

»Wir gehen zu meiner Hütte.« Yerto drehte sich um und begann das Ufer hinaufzuklettern. »Ich muß alles wissen. Vor allem über das Schumbi. Es ist noch keines hierher ins Tal gekommen.«

Manu hob das Schumbikind auf und folgte dem silbernackigen Patriarchen, und vor ihnen teilte sich die versammelte Menge. Als sie die viel größere Rodung in der Mitte der Insel erreichten, auf der im Kreis die Hütten standen, legte Manu das Schumbi auf den Boden.

Es rührte sich nicht. In feuchten Strähnen hing ihm das dunkle Haar über das Gesicht, und die bleiche Haut war von Flecken übersät: sie hatten dieselbe graublaue Farbe wie der Magen eines sterbenden Tiers. Das Schumbi war selbst dem Tod nahe. Nur seine Brust, die sich kaum merklich hob und sank, zeigte, daß es noch am Leben war. Besorgt sah Manu auf es hinab.

»Überlaß es mir!«

Er schaute auf. Es war die blinde Kekua, und sie kniete neben dem Kind nieder, während sie sprach. Manu wußte, daß es in Kekuas Händen so sicher sein würde wie der Vogel einst in den seinen.

Er drehte sich um und folgte Yerto in die Hütte.

11

»Fang an!« befahl Yerto. Der alte Yeti starrte die viel jüngere, dunkelfellige Gestalt vor ihm an.

Sie saßen einander im Halbdunkel der Hütte gegenüber: der Patriarch, an ein Polster gelehnt, auf seinem Lager aus trockenem Schilf und Gras, auf dem er zu ruhen pflegte, und Manu auf der Erde kauernd. Er hob ratlos die Schultern. Wo denn anfangen? Es gab so viel zu erzählen, so viel Unerhörtes, nie Dagewesenes, Ungelöstes. Er mußte einen Weg finden, um das alles zu berichten und nichts auszulassen, aber sein Geist war aufgewühlt und voll Unsicherheit, und er wußte nicht, womit er beginnen sollte. Instinktiv hob er die Hände.

Obwohl er seit seiner Kindheit auf der Insel gelebt hatte, nahm Manu in schwierigen, quälenden oder aufregenden Augenblicken stets Zuflucht zu den Verhaltensweisen der Wanderer, des Stammes, für den er geboren war. Bei den Inselbewohnern waren Worte, Rufe die wichtigsten Ausdrucksformen, und mit den Jahren war ihm die Rede in Fleisch und Blut übergegangen. Auch oben auf den Gipfeln benutzte man die Rede, aber für Manu konnte kein Wort je so ausdrucksvoll und so vielsagend sein wie die Gebärden der Wanderer.

Gesten waren die erste Sprache, die Manu gelernt hatte, und er hatte sie nie verlernt, genausowenig wie seine Fähigkeiten als Jäger. Mit Händen und Fingern konnte er nahezu jede Botschaft über nahezu jede Entfernung mitteilen. Über kurze Strecken konnte er den Ruf des Fasans nachahmen, indem er den Daumen gegen den Zeigefinger trommeln ließ – er war sogar fähig, den Vogel zu einem bestimmten Baum zu locken und seinen Jagdgefährten daraufhin mitzuteilen, wo die Beute saß. Über größere Strecken benutzte er die Handflächen – er wölbte und drehte sie auf eine Weise hin und her, daß sie das Licht der Sonne oder der Sterne zurückwarfen, und seine Botschaften wurden weithin empfangen.

Als Kind war Manu einmal von den Wanderern fortgelaufen. Der ganze Stamm war hungrig gewesen, auch er. Eine Woche lang hatten die Jäger keine Beute gefunden und nichts erlegt. Manu hielt sie alle für dumm, er wußte, daß er besser war, und war überzeugt, daß er, ganz allein, imstande war, eine Beute zu finden. Vor allem aber war er am Verhungern, und er wollte leben.

Als die Sonne zweimal untergegangen war, erspähte Manu fern von den heimischen Jagdgründen einen Moschushirsch oberhalb der Schneegrenze. Noch war der Bock dick und rund, aber er hatte sich verlaufen. Manu hätte ihn mit Leichtigkeit zur Strecke bringen und für sich behalten können. Er tat es nicht. Er stieg hinauf zum Bergkamm, dem der verirrte Bock folgte, und begann ihn mit dem kurzen hohlen Bellen des brünftigen Moschustiers zu rufen – auch dies ein Geräusch, das er mit seinen Händen hervorbrachte.

Manu rief ihn so den ganzen Tag und lockte ihn Schritt für Schritt in die Richtung, in der die Jagdgründe seines Stammes lagen. Als er das Tier hatte, wo er es wollte, drehte er sich um. Unterdessen war es Abend geworden. Er nahm beide Hände zu Hilfe, um das Licht der untergehenden Sonne einzufangen, und sandte Zeichen dorthin, wo er die Jäger zum letzten Mal gesehen hatte. Einer von ihnen entdeckte den schwachen Lichtschein in der Ferne und vernahm die Botschaft. Die Jäger machten sich auf den Weg zu ihm. Als der nächste Morgen graute, waren sie zur Stelle und töteten den Bock. Manu half ihnen, das Fleisch zu den Höhlen zu bringen.

Bei den Wanderern wurde Geschichte von Manu und dem Moschushirsch zur Legende: über sieben Gipfel hatte das Kind die Entdeckung einer Beute gemeldet. Seine Heldentat wurde in der Wolkenzeit geprüft. Die Unterredungen bestätigten, was der ganze Stamm der Wanderer bereits wußte, und mittlerweile wußten es auch die Niedergelassenen: nicht einmal der Beste und Erfahrenste unter den erwachsenen Jägern hätte fertiggebracht, was dem kleinen Jungen gelungen war. Das zeichnete ihn vor allen anderen aus.

Manu hörte den Wortwechsel der Wolkenzeit schweigend. Viel später wurde ihm bewußt, daß er, indem er den Bock nicht für sich allein getötet hatte, nur den Banden gehorchte, die beide Stämme unauflöslich zusammenhielten. Diese Bande waren lebensnotwendig, niemand konnte sich ihnen entziehen. Manu nahm das hin; aber sie hatten sein Leben in einer Weise verändert, wie er es nie gewollt hatte.

Als die Wolkenzeit die Entscheidung über den Austausch zwischen Wanderern und Niedergelassenen brachte, mußte die Wahl notwendigerweise auf Manu fallen. Er sollte hinunter ins Tal: seine Tat machte auf einzigartige Weise deutlich, was diese Bande bedeuteten.

Manu hatte seither stets mit den Niedergelassenen gelebt. Aber selbst jetzt noch, viele Jahre später, kam es vor, daß seine Hände auf einmal ein Eigenleben zu führen begannen, sich erhoben und an Stelle seines Mundes sprachen. So auch jetzt. Wider Manus Wissen und Willen schon auf halber Höhe der Brust, woben sie Muster in die Luft, fingen das trübe Licht in der Hütte ein, verschlossen es in der Handfläche, gaben es frei und ließen es sprechen – jede noch so geringe Veränderung in der Stärke des Lichts, das zwischen den Fingern und durch die Haut hindurch schimmerte, drückte eine Botschaft aus. Auf diese Weise hatte sein Volk, die Jäger vom Stamm der Wanderer, seit jeher miteinander gesprochen.

Manu ballte die Fäuste; er löschte das Licht: als zerquetschte er eine Handvoll Glühwürmchen. Er war nicht bei seinem Volk, er war bei den Niedergelassenen. Yerto verstand seine Stimme viel besser als seine Hände.

Also hob er zu sprechen an. »Das junge weibliche Schumbi« sagte er. »Ich habe sie am Fluß gefunden. Ein kurzes Stück unter dem Gipfel.« Er beschrieb, wie er die leblose Gestalt am Ufer gefunden hatte, wie sie keinerlei Geruch verströmt hatte und er nur aus purem Zufall auf sie gestoßen sei.

Der alte Yeti nickte. So war das bei den Kindern der Schumbis, das hatte er schon gehört, vor langer Zeit.

»War kein anderer Schumbi bei ihm?« fragte Yerto. »Keine Fährte, die zeigt, daß es womöglich zurückgelassen wurde?«

»Keine Fährte im Tal. Aber auf dem Gipfel. Viele Fußspuren.«

Sorgfältig wählte Manu seine Worte und ließ sich Zeit und beschrieb den Weg, den seine Gedanken gegangen waren, nachdem er das Schumbi gefunden hatte, und die Folgerung, die er daraus gezogen hatte, die zurück zu der Stelle auf dem Bergrücken führte, von der aus er ins Tal abgestiegen war. Als er zu Ende gesprochen hatte, grunzte Yerto zustimmend.

Der alte Yeti gehörte zum Stamm der Niedergelassenen und Manu zu den Wanderern. Die Niedergelassenen waren Sammler, die Wanderer waren Jäger. Aber die Fähigkeiten und Kenntnisse der beiden Stämme griffen ineinander über, und selbst als ein lebenslanger Sammler verstand Yerto die Fährten anderer Lebewesen auf dem Boden zu lesen und zu deuten. Aber Yerto wußte, daß er trotz seines hohen Alters und seiner Erfahrung im Vergleich zu Manu nichts als ein Anfänger war. Manu war kein gewöhnlicher Jäger. Schon vor vielen Sommern, entsann sich Yerto, als Manu fast noch ein Kind war, hatte es in der Wolkenzeit geheißen, er sei einer der besten Jäger, die der Berg jemals hervorgebracht habe. Überraschend war das nicht, denn er war Burras

Sohn. Wie Gaggau: es fiel Yerto nur manchmal schwer zu glauben, daß die beiden, der Patriarch der Wanderer, und die dunkelfellige Gestalt, die jetzt vor ihm hockte, Brüder waren. Eine ganze Generation, ein Fortpflanzungsalter trennte sie – aber ihre Mutter hatte freilich stets nach ihren eigenen Gesetzen gelebt und sich ihre Besamer gewählt, wann und wie sie wollte.
Das hatte keine Frau je getan. Aber es hatte auch niemals eine Frau wie Burra gegeben, in keinem der Stämme. Sie war die größte Jägerin aller Zeiten. Schon lange war sie tot – Manu konnte seine Mutter kaum gekannt haben, aber seine außerordentlichen Fähigkeiten hatte er von ihr. Was Tiere anging – und dieses Schumbi war ein Tier -, so vermochte Manu Dinge zu sehen, die der Patriarch niemals hätte sehen können, nicht einmal in seinen besten Jahren. Selbst bei der geringsten, schwächsten Fährte auf dem Boden wußte Manu nicht nur zu sagen, welches Tier sie hinterlassen hatte, sondern er erkannte auch, von welchem Geschlecht und Alter es war und in welcher Verfassung es sich befand, woher es kam, wohin es ging und wo es jetzt war.
»Also sind Schumbis in den Bergen«, sagte Yerto. »Viele. Und dieses junge Schumbi war bei ihnen. Irgendwie ist es uns gegeben worden.«
Manu nickte. »Ich denke, das Schumbi ist abgestürzt. Der Fluß hat es ins Tal heruntergeschwemmt.«
Yerto schwieg eine Weile. »Du kannst recht haben«, sagte er endlich. »Aber du denkst als Jäger. Du siehst das Schumbi als Hirsch, und du denkst nach, wie es gekommen ist, daß du den Hirsch dort findest, wo du ihn gefunden hast. Das Schumbi ist ein Tier. Aber kein Hirsch. Es kann andere Gründe haben, hier zu sein – « Er stockte. »Du hast gewiß bemerkt, daß es nicht wie andere Schumbis ist.«
Manus Stirn furchte sich. Er begriff nicht, was der Alte meinte. Manu hatte nie zuvor ein Schumbi gesehen, aber selbst dieses kleine Wesen entsprach in jeder Hinsicht allen Beschreibungen, die er je davon gehört hatte. Yerto selbst hatte es auf den ersten Blick als Schumbi erkannt. »Sicher sind sie in Alter und Geschlecht verschieden. Aber sonst sind sie alle gleich – «
»Nein«, unterbrach ihn Yerto. »Unter dem Fell ist die Haut von Schumbis dunkel. Sie hat die Farbe von Baumrinde im Winter. Das Schumbi, das du gebracht hast, hat eine Haut wie Schnee im Frühling.«
Manu sah ihn verblüfft an. Es war ihm tatsächlich nicht aufgefallen, daß er von dem Augenblick an, in dem er es gefunden hatte, nur auf die Form und die Beschaffenheit des Kindes geachtet und gedacht hatte,

wie es an das Ufer gelangt war und daß er es jetzt zu den Niedergelassenen mitnehmen mußte. Nicht einen Blick hatte er für die Farbe seiner Haut gehabt – aber freilich, wenn er es recht bedachte, mußte er zugeben, daß Yerto recht hatte: in allen Beschreibungen von Schumbis hieß es, sie seien dunkelhäutig. Nicht dieses. Wie Yerto richtig festgestellt hatte, war die Haut des Kindes nahezu weiß.
»Was für eine Sorte Schumbi ist es also?« fragte Manu verwirrt.
»Ich weiß es nicht«, antwortete Yerto. »Darüber muß Tonemetapu entscheiden. Was ich aber schon jetzt vermuten kann, und zwar bevor Tonemetapu sein Urteil spricht, ist, daß sie ein Teil von allem anderen ist. Ich habe es mit meinen eigenen Augen gesehen, und du hast mir von den Spuren auf dem Berg berichtet. Du hast mir noch nicht von den Wanderern berichtet. Das aber war der Grund deines Fortseins – « Der Patriarch zögerte; nachdenklich sprach er dann weiter: »Gaggau hat ins Tal eine Botschaft geschickt. Er müsse dringend mit uns sprechen, so sagte er. Die Beutetiere seien von den Gipfeln verschwunden. Ich habe dich zu ihm geschickt, damit du mehr herausfindest. Nicht nur, weil du sein Bruder bist und ein Wanderer, sondern weil ich dir vertraue, daß du mir die Wahrheit bringst.«
Manu starrte auf den Boden. Er mußte dem alten Yerto abermals recht geben. Die außerordentlichen Ereignisse der letzten Stunden hatten Manu beinahe vergessen lassen, aus welchem Grund er hinauf zu den Gipfeln geschickt worden war und welche Nachrichten die Wanderer ihm anvertraut hatten. Jetzt war er gezwungen, sich daran zu erinnern.
»Die Wanderer können sich nicht mehr ernähren«, sagte er. »Die Tiere sind fort.«
»Es hat schon öfter solche Sommer gegeben. Sie gehen vorbei. Die Tiere kommen zurück.«
»Gaggau sagt, es sei nie so schlimm gewesen wie jetzt. Es gibt nirgendwo Tiere.«
Yerto grunzte verächtlich. »Gaggau ist faul. Ist er immer gewesen. Jetzt wird er alt und kann nur noch in der Nähe der Höhlen jagen. Aber der alte Jäger muß seinen Stolz schlucken und die jungen Jäger für sich arbeiten lassen. Vielleicht müssen sie eine Zeitlang weiter wandern als früher. Die Tiere kommen zurück. Wer weiß? Vielleicht wird Gaggau selbst wieder jagen und töten, bevor er am Ende zur Wolkenzeit in Schlaf fällt.« Yerto lachte kollernd.
Manu zögerte lange mit seiner Antwort. Er wußte wohl, daß die beiden Patriarchen, der eine vom Berg und der andere vom Tal, einander nicht

leiden konnten. Er wußte von alten Feindschaften und Eifersucht zwischen den Alten beider Stämme, selbst innerhalb eines Stammes herrschten oft Argwohn und Mißgunst. Aber Manu spürte, daß es diesmal anders war – und es spielte keine Rolle, daß Gaggau sein Bruder war.

Außerhalb des weiten Talbeckens und jenseits der hohen Gipfel, die es beschützten und bewachten, geschah etwas. Er hatte es selbst gesehen und war zutiefst erschrocken. In seinem ganzen Leben, auf seinen ungezählten Wegen hinauf zu den Gipfeln und wieder zurück ins Tal hatte er niemals so wenig Fährten gefunden wie jetzt. Er hatte mit den jüngeren Jägern lange darüber gesprochen. Widerwillig und verwirrt, aber unmißverständlich hatten sie es ihm bestätigt: die Tiere wichen zurück.

Manu faßte sich ein Herz. »Ich denke, das ist wirklich anders«, sagte er vorsichtig. »Vielleicht kommen die Beutetiere der Wanderer wieder zurück, aber vielleicht erst nach sehr langer Zeit. Bis dahin sieht Gaggau eine Hungersnot voraus, die schlimmer ist, als der Stamm ertragen kann.«

»Was schlägt er also vor?« fragte Yerto.

Manu wandte den Kopf ab. Das war die Frage, die er befürchtet hatte, von der gewußt hatte, daß Yerto sie früher oder später stellen würde, die eine Frage, auf die er keine Antwort geben wollte. Jetzt blieb ihm keine andere Wahl.

Er hob den Kopf und sah Yerto starr an. »Er will an der Ausbeute des Tales teilhaben«, antwortete er.

Yerto fuhr auf. »An dem, was wir hier im Tal sammeln – ?« Und er schüttelte wütend und ungläubig den Kopf. »Gaggau spricht nicht im Ernst. Sein Geist ist nutzlos geworden wie seine Füße. Die Niedergelassenen können kaum für sich selber genug sammeln.«

»Gaggau sagt, er wird seine Jäger zum Helfen schicken«, sagte Manu tonlos.

»Seine Jäger!« Der Alte stieß ein barsches, kehliges Gelächter aus. »Was verstehen die jagenden Wanderer vom Sammeln? Was hast du davon verstanden, als du hierher gekommen bist? Nichts! Du bist vor achtzehn Sommern gekommen. Ja, du fängst langsam an zu lernen. Aber verglichen mit den jüngsten Frauen der Niedergelassenen, ja selbst mit den kleinsten Kindern – wie beurteilst du dich, sag?«

Manu sagte nichts. Darauf gab es keine Antwort. Achtzehn Sommer nach seiner Ankunft im Tal konnte er noch immer nicht mehr als die kleinsten Sammler auf der Insel.

»Aber selbst das ist nicht wichtig«, fuhr Yerto aufgeregt fort. »Gaggaus Jäger könnten die geschicktesten Sammler sein, es wäre dasselbe! Die Weidegründe geben nicht genug her für uns alle, so eifrig wir auch sammeln. Für die Niedergelassenen reicht die Ernte. Die Wanderer können nicht auch noch davon leben.«
Yertos Stimme war, während er sprach, immer lauter geworden. Mühsam stemmte er sich auf seinem Schilfgrasbett hoch, bis er aufrecht saß und in Manus Augen hinunterstarrte.
»Du kommst von den Wanderern«, sagte er grimmig. »Du mußt dorthin zurückkehren. Du mußt noch einmal mit deinem Bruder sprechen. Du mußt ihm sagen, daß sein Begehren Wahnsinn ist. Vielleicht müssen seine Jäger weiter wandern als je früher. Sie müssen die Tiere finden und ihre eigene Rettung. Im Tal ist kein Platz für sie.«
Manu erwiderte den Blick des Patriarchen, und er holte tief Atem. Das Schlimmste hatte er noch nicht gesagt. Bis zum Schluß hatte er gehofft, es ließe sich umgehen. Jetzt nicht mehr. Es war ein eitler, dummer Wunsch gewesen, und Manu machte sich Vorwürfe, daß er überhaupt solche Gedanken gehabt hatte.
»Gaggaus Jäger sind weit gewandert«, sagte er, und sein Ton war ruhig. »Vor neun Tagen fand einer von ihnen auf dem südlichen Gipfel einen verirrten Wasserbüffel. Er hat ihn getötet. Dann rief er seine Gefährten. Sie waren noch unterwegs, und er war dabei, den Büffel zu schlachten, da kam ein Oduna – « Manu fuhr sich mit beiden Händen übers Gesicht, als könnte er, was er zu sagen hatte, damit weniger qualvoll machen. Sinnlos. Der Schmerz, die Widerlichkeit, die Wunde – das war alles immer noch da, und es brannte.
»Gaggaus Jäger und der Oduna kämpften um den Kadaver des Büffels«, fuhr Manu fort. »Sie haben den Oduna erschlagen.«
Yerto war starr vor Entsetzen und stumm. »Du sagst, wir haben einen Oduna getötet?« fragte er endlich, und seine Stimme klang wie ein Stöhnen.
Manu nickte. Der Schmerz in seinem Gesicht war nichts im Vergleich zu dem, was er in den Zügen des alten Patriarchen sah.
Die Odunas lebten jenseits der Grenzen des Tals, keiner wußte genau, wo. Man wußte von ihrer Existenz, wie man wußte, daß es Schumbis gab, aber man sah sie nie. Fünfzig Sommer konnten vergehen, ohne daß sich einer von ihnen zeigte. Aber anders als bei den Schumbis – die ein Geheimnis waren, eine eigene Art – wußte jeder, was die Odunas waren und woher sie kamen. Sie waren Geächtete, einstige Stammesange-

hörige entweder der Wanderer oder der Niedergelassenen. Sie hatten die schlimmste Yetistrafe erlitten, die Verbannung aus dem Tal. Keiner, nicht einmal Tonemetapu, konnte sagen, wann der erste Oduna ausgestoßen worden war. Jedenfalls waren der ersten Verbannung, wann und aus welchem Grund immer sie verhängt worden war, weitere gefolgt.

Seit damals und über die Generationen, hieß es, hätten die Odunas sich gelegentlich mit Banden umherziehender Schumbis zusammengetan und bei ihnen Schutz gesucht. Sie hätten mit ihnen gejagt und gesammelt und gelegentlich, so besagte eine der düstersten Wolkenzeitgeschichten, hätten Oduna und Schumbis sich sogar miteinander fortgepflanzt. Deshalb nannte man sie auch Halbblut. Aber ob es stimmte oder nicht, die Odunas waren Fremde geworden, schmachvolle und verachtete Schatten des Volkes. Und wenn die Gerüchte über die Artenvermischung stimmten, dann waren sie zu Bastarden verkommen – kleiner waren sie ohnehin und ihre Pelze dünner und heller als bei einem echten Yeti. Aber in ihrer eigentlichen Natur, im inneren Kern ihres Wesens lebte in ihnen noch immer das Erbe des alten Stammes.

Sie waren Yetis.

Von allen Regeln und Tabus, die das Leben der Wanderer und der Niedergelassenen bestimmen, darf ein Gesetz niemals gebrochen werden, ist eines unverletztlich: Kein Yeti, nicht einmal ein Oduna, darf getötet werden.

»Wir werden Tonemetapu aufsuchen«, sagte Yerto ruhig. »Wenn die Tiere von den Bergen verschwunden sind und die Wanderer ein Halbblut erschlagen haben, besteht ein Zusammenhang – «

Er hielt inne. »In allen Sommern, die ich erlebt habe, sind Ereignisse wie diese niemals vorgekommen. Und im Kern dieser Ereignisse steht das Schumbikind, das du gefunden hast. Tonemetapu wird uns sagen, was damit zu geschehen hat.«

Mit grimmiger und schmerzerfüllter Miene erhob sich der alte Patriarch und verließ hinkend die Hütte.

12

Draußen auf der Lichtung kniete Kekua neben dem kleinen Schumbi, wie Manu sie zurückgelassen hatte.
Die blinde Yetifrau hatte das Kind in ein Hirschleder gewickelt und auf ein Lager aus Heu gebettet. Mehrere Stunden waren Manu und Yerto in der Hütte gewesen und hatten gesprochen; jetzt fielen die letzten Strahlen der Sonne auf die Insel, bald würde die Nacht hereinbrechen; aber in der Zwischenzeit hatten Leder, Heu und die Wärme des Nachmittags die blaugraue Blässe von der Haut des Schumbis vertrieben. Noch war das Kind ohne Bewußtsein, aber es atmete kräftiger.
Als Manu aus der Hütte trat, sah er den ganzen Stamm im Kreis um Kekua und das Schumbi versammelt. Sie standen und beobachteten sie mit einer Aufmerksamkeit und Spannung, ja Gebanntheit, wie Manu sie nie zuvor an ihnen gesehen hatte. Selbst die Jungen waren still. Die Ankunft des Schumbis war das außergewöhnlichste, das aufwühlendste Ereignis in der Geschichte des Stammes, und die Stimmung der Alten übertrug sich auf die Jungen. Nicht einmal das kleinste Kind gab einen Laut von sich. Sie standen oder kauerten und starrten voller Furcht und Verwirrung auf das fremdartige kleine Wesen, das der Fluß ihnen ins Tal geschwemmt hatte wie ein böses Vorzeichen von den Bergen.
Der Patriarch winkte mit der Hand, Manu bückte sich. Er hob das Schumbikind auf und legte es sich in den Arm: so leicht war es, es fühlte sich an wie einer der ertrunkenen Vögel, die man nach den Regenstürmen im Frühjahr gelegentlich aus dem Fluß fischte. Yerto wandte sich um und machte sich auf den Weg zur äußersten Spitze der Insel, Manu hinter ihm her, und die Augen aller folgten ihnen. Der ganze Stamm wußte, wohin die beiden gingen, und in den Blicken lag Beklommenheit und Vorahnung.
Es war beinahe dunkel: die Stunde des Tages, die Manu sonst am meisten liebte – es war für alle die beste Zeit; dann war die Arbeit getan, das Sammeln und Jagen und Werken vorbei, bis anderntags die Sonne wieder aufging, die Gerüche im Tal waren noch intensiv und deutlich, aber in der Dämmerung des Abends konnte man sie wittern und in Muße bedenken, ohne sogleich handeln zu müssen: die Botschaften, die sie brachten, konnten bis zum nächsten Tag warten. Mit dem Morgen-

grauen begann etwas Neues, aber die Abenddämmerung bedeutete Ruhe, Frieden. Der Abend war Befriedigung. Muskeln entspannten sich. Gelächter ringsum und Geschichten und Berührungen. Scherzen und Spielen und Nachdenken. Die Dämmerung war die Stunde, in der die Mühen des Tages ein Ende hatten, und sie brachte den Lohn für den Aufwand an Kraft und Energie.

Nicht an diesem Abend. An diesem Abend war die Dämmerung erfüllt von der Anwesenheit dieses zerbrechlichen und gleichwohl furchteinflößenden Bündels in Manus Armen, für das allein Tonemetapu eine Erklärung finden konnte.

»Ich bin es, Yerto«, sagte der alte Patriarch etliche Minuten später, als sie am Ende der Insel angelangt waren. »Ich bin mit Manu gekommen. Er bringt ein Schumbi.«

Sie standen vor einem unendlich alten Wacholderbaum. Seine Wurzeln gruben sich tief in die Erde – er stand dort verankert wie am Heck eines Schiffs: genau an der Stelle, an der die beiden Flußarme nach der Insel sich wieder vereinigten und in einem gewaltigen Strom abwärts flossen, nach Süden. Schwarz hob der Baum sich gegen den Abendhimmel ab, schwärzer noch war der Schatten am Fuß seines Stammes, eine finstere Höhle.

Yerto stützte sich schwer auf seinen Stock, einen abgebrochenen Ast, den er beim Gehen benützte. Er wartete. Hinter ihm stand Manu und wartete ebenfalls. Den reglosen Schumbikörper auf seinen Armen spürte er kaum, er schien zu schweben.

»Leg es nieder.«

Der Befehl kam aus der Finsternis vor ihnen. Manu legte das kleine Schumbi auf eine helle, sternenbeschienene Stelle vor dem Baum, dann trat er zurück. Er konnte Tonemetapu nicht sehen, aber das Geruchsfeld, das den ältesten aller Yetis umgab, sagte ihm – so deutlich, als wäre es hellichter Tag –, daß er am Fuß des Stammes kauerte. Und auch Tonemetapu hatte gespürt, daß sie kamen und wer da kam: er hatte sie gerochen wie sie ihn.

»Wie und wo hast du es gefunden?«

Tonemetapus Stimme klang dünn und heiser wie der erste schwache Laut eines neugeborenen Samburhirsches. Er konnte nicht gewußt haben, was sie da brachten, denn das Kind war ohne Geruch, – aber es lag keine Überraschung in seiner Frage.

Manu berichtete vom Schneesturm in den Bergen, von seinem Abstieg ins Tal, von seiner Entdeckung am Flußufer.

»Da ist noch mehr.«
Keine Frage. Eine Feststellung. Manu sah bestürzt drein. Dann fiel ihm ein, was Tonemetapu meinte: Manus Auftrag, der ihn hinauf in den Schnee geführt hatte, und die traurige Botschaft, die er von den Wanderern zurückbrachte.
»Ja«, sagte Manu, und er berichtete vom Tod des Oduna, vom Verschwinden des Jagdwilds aus den Bergen und Gaggaus Bitte an die Sammler, ihre Ernte mit den hungrigen Jägern zu teilen.
Als er geendet hatte, herrschte Schweigen. Der letzte Schimmer des Abends war verloschen. Bald würde der Mond aufgehen: noch war er verborgen, aber in der Ferne leuchteten schon die schneehellen Bergkämme in seinem Licht. Die Sterne funkelten, und die Luft ringsum war erfüllt von den Rufen der Nachtvögel. Motten schwirrten um ihre Gesichter, und einmal brüllte ein Leopard, der irgendwo in der Weite an den Berghängen sein Revier markierte: es klang nicht lauter als ein fernes Flüstern in der Nacht. An anderen Tagen wäre dies alles in Manus Bewußtsein eingedrungen, und er hätte es kaum bemerkt, aber in dieser Nacht waren jedes Geräusch, jeder Geruch bedeutsam. Als Manu das Brüllen des Leoparden vernahm, stellte sich knisternd jedes Haar auf seiner Haut auf – wie aus Sympathie mit Babilla, die mit gesträubtem Fell neben ihm stand. Babilla jagte in der Nacht, während für Manu die Dunkelheit Ruhe bedeutete. In dieser Nacht aber war er mit dem Leoparden eins.
»Tonemetapu – «
Es war Yerto, der endlich das Schweigen brach. Er beugte sich vor, auf seinen Stock gestützt, und spähte in den schwarzen Schatten, in dem Tonemetapu saß. »Sprich: Ist es denn wahr, daß sie der Kern von allem ist?« fragte er.
Das Schweigen unter dem Baum hielt an. Endlich begann Tonemetapu zu reden. »Der Schwierigkeiten?« antwortete er. »Ja, es ist wahr. Sie treibt auf ihnen einher, wie sie im Fluß getrieben ist, der sie gebracht hat. Vielleicht ist sie Ursache, vielleicht ist sie Abhilfe.«
»Wie finden wir das heraus?« fragte Yerto. »Was sollen wir mit ihr tun?«
Die Ratlosigkeit, die sich in seinem Gesicht spiegelte, klang auch in seiner Stimme an. Sein Kummer war so heftig und so offensichtlich, daß Manu den Blick, den er auf das Geruchsfeld in der Dunkelheit vor ihm geheftet hatte, abwenden und den Patriarchen ansehen mußte.
Tonemetapu war die Verbindung zwischen dem Stamm und dessen Ursprung – zwischen allen Yetis und ihrem Ursprung; er bestimmte und

deutete für beide Stämme die Wolkenzeit und war für jedermann die letzte und höchste Autorität, gewiß. Aber Yerto war der Patriarch der Niedergelassenen. Yerto kümmerte sich um die praktischen Dinge des Lebens, in den Händen des Alten lag das unmittelbare Schicksal des Stammes, die Nahrungsbeschaffung und die Verteidigung ihres Bodens, die Zeugung und Aufzucht der Jungen, der Zusammenhalt der Gemeinschaft.

Ihre Sicherheit stand auf dem Spiel. Die Nahrungsknappheit in den Bergen, Gaggaus Forderungen, die Tötung des Oduna, die Ankunft des Schumbis – lauter Ereignisse, von denen jedes für sich eine Gefahr darstellte. All dies zusammen brach nun über sie herein und bedrohte sie in einer Weise, wie der Stamm nie zuvor bedroht worden war. Gequält und ratlos und außer sich, bat der Patriarch der Insel um Hilfe, denn er wußte nicht, wie er sein Volk retten sollte.

»In dem Schumbi liegt die Antwort«, drang Tonemetapus Stimme aus der Dunkelheit. »Manu denkt, er hat einen Falken auf dem Arm getragen, der nicht fliegen kann, – so schwach sieht es aus. In Wahrheit ist es stark wie der Ast, der Felsblöcke bewegen kann und darunter den Honig findet – «

Tonemetapu verstummte. Manus Augen wurden groß vor Erstaunen. Zweimal hatte er in Gedanken das Schumbikind mit einem Vogel verglichen, so leicht und zerbrechlich war es ihm vorgekommen. Als einen Falken hatte er es nie gesehen. Doch jetzt erinnerte er sich an die Augen, die ihn angesehen hatten, grün und starr und goldgesprenkelt; und er wußte, daß der ehrwürdige Greis die Wahrheit gesehen hatte. Das Kind hatte die Farben eines Falken. Es hatte geweint, als es ihn gesehen hatte, aber da war auch noch die Kühnheit des Falken gewesen, er hatte sie gespürt – hinter den Tränen hatte er sie in dem unverwandten Blick gesehen.

Die Äste, die sie benutzten, um Felsbrocken hochzuheben, unter denen die Bienen des Himalaya ihre Stöcke und Waben bauten, stammten vom härtesten aller Gebirgsbäume. Wenn das Kind so stark war wie das Holz dieses Baums, dann war es stärker als alle Lebewesen im Tal.

»Wir werden dem Schumbi beistehen und es ernähren«, fuhr Tonemetapu fort. »Wir werden es lehren, mit uns zu sprechen. Wenn es das kann, werde ich mit ihm reden. Durch seine Antworten werde ich entscheiden.«

»Sprechen?« sagte Yerto. »Wie soll ein Schumbi sprechen lernen?«

»Gebt es Kekua. Laßt Kekua das Schumbi unterrichten.«

Yerto staunte. »Kekua? Sie kann ja nicht einmal sehen.«
»Aus der Dunkelheit ihrer Augen heraus sieht Kekua weiter als jeder andere des Stammes«, erwiderte Tonemetapu. »Churinga soll Kekuas Augen sein. Miteinander werden sie das Schumbikind lehren: und dann, wenn es sprechen kann, bringt es noch einmal zu mir – « Wieder brach er ab.
Manu sah nicht, was er tat, aber er spürte, daß Tonemetapu das Kind auf dem Boden untersuchte. In der Stille, die nun herrschte, bedachte Manu die Worte des Sehers. Die Vorstellung von einem Schumbi, das sich in der Sprache des Volkes ausdrückte, war im Grunde undenkbar. Aber wenn es notwendig war... Je länger Manu über Tonemetapus Anweisungen nachdachte, desto weiser schienen sie ihm.
Die blinde Yetifrau Kekua war ein Rätsel in der Welt der Niedergelassenen. Die wenigen Yetis, die blind geboren waren wie sie, waren ohne Ausnahme schon in jungen Jahren gestorben, aber Kekua hatte aus irgendeinem Grund überlebt. Schlank, schön und anmutig war sie und im selben Alter wie Manu, und jetzt, als Erwachsene, war sie die beste Sammlerin des Stammes. Für das fehlende Augenlicht entschädigte sie eine unübertreffliche Fähigkeit: sie konnte allein durch ihre Witterung Ernteplätze aufzuspüren, die alle anderen Stammesmitglieder übersehen hatten. Ihre Blindheit aber bedeutete, daß sie unverpaart und unbesamt blieb – keiner der Männer würde mit einer Frau, die unter einem solchen Gebrechen litt, Nachkommen zeugen –, aber ihre Kenntisse und Fertigkeiten hatten ihr die uneingeschränkte Achtung des ganzen Stammes eingetragen. Churinga hingegen war eine starke, breite, gutmütige Frau, zum Gebären wie geschaffen. Sie lebte unverpaart, aber sie war besamt worden, und ihr Kind würde bald zur Welt kommen. Churinga war Kekuas ideale Gefährtin für die Unterweisung des kleinen Schumbikindes.
»Das Schumbi ist ein Geschenk vom Schnee«, sprach Tonemetapu. «Ein solches Geschenk ist uns nie zuvor zuteil geworden. Ob die Gabe mit dem Gift der Kobra oder der Wärme der Sonne erfüllt ist, das kann nur der Fluß und der Stern ohne Namen uns sagen. Der Fluß kann nicht sprechen, aber der Stern wird durch das Kind sprechen, wenn es an der Zeit ist. Unterdessen sorgt gut für das Schumbi – vielleicht hängt das Leben und Sterben des ganzen Volkes von ihm ab.»
In der schwarzen Dunkelheit unter dem Baum blitzte ein schwacher Lichtschimmer auf, und Manu erkannte, daß es der Widerschein von Tonemetapus Hand war, als er ihnen das Zeichen gab, das Kind fortzu-

nehmen. Manu beugte sich nieder und hob sie auf. Er drehte sich um, und während er zurück zur Lichtung ging, rang er mit sich, denn es widerstrebte ihm, die Folgen hinzunehmen, die das Wort des Sehers hatte. Wenn Tonemetapu recht sah, dann trug Manu in diesem Augenblick das unentschiedene Schicksal beider Stämme in seinen Armen.
Steif und mühsam trottete Yerto hinter ihm her, während Manu weit ausschritt. So sorgsam und vorsichtig trug er das Kind, als hielte er das Ei eines Bergfalken in den Händen.

13

Iona schlug die Augen auf.
Sie lag auf dem Rücken. Über sich sah sie den Himmel, still, blau und wolkenlos. Iona fand dies sonderbar. Ihre letzte verschwommene Erinnerung war eine schwarze, enge Finsternis gewesen, durch die wie Peitschenhiebe weiße Nadeln aus Eis jagten. Aber befremdlich war nicht nur das – über ihrem Gesicht schwebte etwas, das sie einen Augenblick lang für den Ast eines Baumes hielt.
Iona blinzelte und sah sich die Sache genauer an. Kein Ast – es war ein Arm, ein mit dichtem hellbraunem Haar bewachsener Arm. Und jetzt fiel ihr alles wieder ein. Sie war in einem Tal, gekidnappt von einem Monster. Von einem Yeti.
Iona war zu erschöpft – sie versuchte gar nicht erst zu schreien. Vor Entsetzen betäubt lag sie reglos auf der Erde. Der Arm bewegte sich und verschwand, dann näherte sich von oben eine riesige, haarige Spinne, kam auf ihr Gesicht zu. Iona sträubten sich die Haare, und sie war schon wieder nahe daran, das Bewußtsein zu verlieren. Schweiß brach ihr aus allen Poren, und sie schloß die Augen. Dann war die Spinne in ihrem Gesicht, und sie spürte sie über ihre Haut kriechen, spürte die Beine tasten und drücken, forschend wanderten sie vor und zurück.
Es würgte sie. Iona hielt den Atem an. Aber es war doch etwas Merkwürdiges an dieser Spinne, sie verschwand nicht, wieso verschwand sie nicht. Diese Bewegungen schienen ihr auf einmal sonderbar vertraut, und sie öffnete wieder die Augen und sah, daß es keineswegs eine Spinne war, was sie da fühlte, sondern eine Yetihand. Das Monster untersuchte mit den Fingern ihr Gesicht. Dann entfernten sich die Finger.
Lange lag Iona, ohne sich zu rühren. Das Wesen war noch da – sie hörte es irgendwo in ihrer Nähe atmen –, aber es berührte sie nicht mehr. Das Herz schlug ihr bis zum Hals. Zentimeterweise begann sie den Kopf hin- und herzubewegen, und schließlich kam das Wesen in Sicht.
Als erstes erkannte sie, daß es nicht dasselbe Monster war, das sie hierhergebracht hatte: jenes war größer und breiter, und sein Fell viel dunkler. Außerdem war es unbestreitbar männlich. Dieses hier war kleiner und hellbraun und war, gleichermaßen unverkennbar, weiblich. Iona sah Brüste und zwischen den Beinen ein weibliches Geschlecht.

Als zweites fiel ihr auf, daß das Wesen blind war. Die Augen des ersten Yetis waren wach und lebendig und scharf gewesen, goldbraun, und sie hatten sie gemustert, entsann sie sich, mit dem durchdringenden, starren, prüfenden Blick einer Eule. Dieses Weibchen hingegen hatte milchig trübe, undurchsichtige Augen. Es saß, wenige Schritte entfernt, auf seinem Hinterteil, die Beine angewinkelt, starrte blicklos vor sich hin und kratzte sich versonnen die rechte Achselhöhle.
Ionas Brauen zogen sich zusammen. Sie dachte darüber nach, was das Wesen mit ihr getan hatte. Dann begriff sie: es hatte sie abgetastet. Iona schloß für einen Moment die Augen. Zum ersten Mal, seit ihre Alpträume aus der Dunkelheit in den Tag eingebrochen und wirklich geworden waren, durchzuckte sie ein unerklärliches, beinahe tröstliches Gefühl. Ihre schottische Großtante Flora war ebenfalls blind, und Iona hatte sie oft beobachtet, wie sie die Gesichter von Menschen mit den Fingern auf ganz dieselbe Weise erforschte. Iona mochte ihre Großtante sehr – lustig war sie, lachte viel, hatte immer Bonbons in der Rocktasche, und sie roch gut.
Iona zögerte, dann begann sie sich vorsichtig aufzurichten.
Sie hatte sich noch kaum bewegt, da fuhr der Kopf des Wesens herum und in ihre Richtung. Iona wußte ja, daß dieses Yetiweibchen blind war, und doch war es, als starrten die leeren, trüben Augen sie an, nein, mehr noch: als sähen sie in sie hinein, als könnte das Wesen jede ihrer Bewegungen vorausfühlen, noch bevor sie geschahen. Iona erstarrte. Das Wesen stand auf, kam zu ihr herüber und kauerte sich neben sie. Es streckte den Arm aus und kratzte sanft Ionas Nase. Dann nahm es ihre Hand, hob sie zu seiner eigenen Nase und hielt abwartend inne. Verstört und bebend wußte Iona, das sie etwas tun mußte. Einen Augenblick lang war ihr Gehirn leer, nichts fiel ihr ein. Dann begriff sie – und sie streckte die Finger aus und kratzte ihrerseits die Yetinase.
Das Wesen grunzte.
Iona war mit Tieren vertraut, sie hatte seit frühester Kindheit mit ihnen gelebt. Da war natürlich Misty, ihre engste Freundin, aber es gab auch die Kühe und Schafe in Mainwarden, die Hunde und Ponies in Schottland, die Pferde, die die Freunde ihrer Mutter auf ihren Farmen in Maine und Massachusetts hielten: Iona kannte die Stimmen der Tiere und ihre Laute und wußte, was sie bedeuteten, Hunger, Angst, Freude, Genuß. Der Laut, den das Yeti von sich gegeben hatte, war unbestreitbar ein Grunzen der Zufriedenheit. Was allerdings als nächstes geschah, brachte Iona völlig aus der Fassung.

Das Yetiweibchen ließ Ionas Hand los, ließ sich nach hinten fallen, bis es saß, und schaute sie aus blinden Augen an. Dann hob es die Hand, zeigte auf seine Nase und öffnete den Mund.
»Kekua.«
Iona wurde starr.
Yetis waren Tiere! – daran war nicht zu rütteln. Aber dieser Laut war kein tierisches Grunzen oder Bellen oder Pfeifen gewesen, er hatte geklungen wie ein ein Wort, ein menschliches Wort. Das Wesen hatte gesprochen. Und jetzt entsann sich Iona, wie auch der dunkelfellige Yeti am Flußufer einen Laut geäußert hatte, den man für ein Wort hätte halten können. Vom Donner gerührt, starrte Iona das Wesen an.
Wieder streckte es den Arm aus, ergriff Ionas Hand und legte sie an seine Nase. »Kekua«, wiederholte es.
Iona schluckte. Benommen versuchte sie zu begreifen. Das Tier, das Yetiweibchen, redete mit ihr. Es – sie – nannte Iona ihren Namen. So war es, es konnte nicht anders sein. Fieberhaft dachte sie nach, was sie zu tun hatte. Ihre Hand lag in der Hand der Yeti und berührte deren Nase. Iona kratzte sie noch einmal.
»Kekua«, sagte Iona.
Vorsichtig wand sie ihre Hand aus dem Griff der Yeti und langte, noch vorsichtiger – kaum wagte sie zu atmen –, nach deren Handgelenk und zog den Arm an ihr eigenes Gesicht. »Iona«, sagte sie, und drückte die bepelzte Hand an ihre Nase. »Iona.«
Noch einmal wiederholte sie ihren Namen, sehr langsam, und sprach jeden Vokal deutlich aus. Die Stirn legte sich in Falten. Der Mund tat sich auf, die Zunge fuhr zwischen die Zähne, und ihr Atem ging schneller. Die Yeti schien sich gewaltig anzustrengen, um sich den Klang einzuprägen und wiederzugeben. Dann schlossen die Lippen sich jäh.
Iona sank das Herz. Einen Augenblick lang hatte es so ausgesehen, als könnte sie sich mit dem Wesen bekannt machen. Sie war gescheitert. Ihr Name war zu schwierig zu wiederholen. Niedergeschlagen starrte Iona in das Gesicht der Yeti.
Minuten vergingen in tiefem Schweigen, das endlich durch ein tiefes, grollendes Geräusch unterbrochen wurde. Iona fuhr zusammen. Zuerst glaubte sie, die Yeti habe das Geräusch verursacht – ein neuer Versuch, mit ihr Verbindung aufzunehmen. Aber es grollte wieder, und Iona begriff, daß der Ton nicht von der Yeti stammte, sondern aus ihrem eigenen Magen kam. Gleichzeitig fühlte sie einen hohlen Schmerz in ihrem Inneren.

Iona hielt sich den Bauch. Sämtliche Eingeweide waren in Aufruhr, und sie wußte auch, warum. Dem Stand der Sonne nach zu urteilen, war es wieder Vormittag. Sie hatte also volle vierundzwanzig Stunden lang in Tiefschlaf oder Bewußtlosigkeit gelegen, seit der Yeti sie gefunden hatte, und weitere zwölf Stunden früher war sie in den Schneesturm hinausgelaufen. Seit sie aus dem Lager fort war, hatte sie nichts mehr gegessen: eineinhalb Tage war das her. Jetzt fühlte sie sich am Verhungern – laut und schmerzhaft brachte ihr Magen sich in Erinnerung. Als das Knurren nicht aufhörte, musterte die Yeti das Kind mit ihren blinden Augen, dann rutschte sie näher heran und fuhr mit der Hand zielsicher über Ionas Zwerchfell.
»Vatsankipuja«, sagte die Yeti, und ihre Hand strich kurz über Ionas Gesicht, eine freundliche Geste, fast ein Streicheln. Sie stand auf und schritt davon.
Iona blieb sitzen. Sie hatte keine Ahnung, was »vatsankipuja« heißen mochte, aber sie ahnte, daß es etwas mit Essen zu tun haben mußte – sie hoffte es inständig. In diesem Moment war ihr alles andere gleichgültig, selbst die Angst vor den Wesen war verflogen. Sie hatte ihre Mutter vergessen, Onkel Robert, Roschan, das Lager auf dem Bergrücken – nichts mehr wußte sie. Alles, was sie wollte, war essen.
So saß sie, zitternd und schwach vor Hunger, und wartete.

14

Zehn Minuten mochten vergangen sein, als sie hinter sich das Gras rascheln hörte und Kekua, wie Iona das blinde Yetiweibchen bei sich bereits nannte, zurückkam.
Diesmal erschien sie in Begleitung einer anderen Yeti, die dasselbe blaßbraune Fell hatte, aber jünger wirkte als Kekua, und sie war eindeutig nicht blind. Außerdem war sie trächtig. Mit einem gewissen Stolz trug sie ihren gewölbten Bauch vor sich her, und sie ging sehr aufrecht, ein wenig zurückgeneigt, mit vorsichtigen Schritten.
Schon von weitem, während die beiden auf sie zukamen, musterten die Augen der zweiten Yeti Iona mit durchdringendem Blick. Kekua blieb abwartend stehen, ihre Gefährtin hockte sich mit gespreizten Beinen vor Iona nieder und streckte die Hand aus. Iona schaute hinunter. Die Yeti hielt ein kleines pralles Päckchen in der Hand, eine Art Beutel, aus Blättern gewickelt und sorgfältig mit Pflanzenfasern verschnürt. Die Blätter waren offenbar mit Wasser befeuchtet worden, denn das Päckchen glänzte und glitzerte in der Sonne.
Iona sah es an, und es kam ihr entfernt bekannt vor. Dann fiel es ihr wieder ein: in solchen Blatthüllen baut der nepalesische Webervogel sein Nest. Iona waren die Nester unterwegs aufgefallen, die wie Früchte von den Bäumen am Straßenrand herabhingen, und sie hatte Onkel Robert gefragt, was das sei. Während sie den kleinen Beutel jetzt zweifelnd betrachtete, zog die Yeti an einem Ende die Blätter auseinander, hielt ihn ihr mit einer einladenden Geste noch näher hin.
Ermutigt nahm Iona ihn entgegen und spähte hinein. Der Beutel war gefüllt mit einer dickflüssigen grauen Paste, wie Haferbrei sah es aus. Iona tauchte einen Finger hinein und schleckte ihn ab. Es schmeckte trocken und hölzern und fühlte sich rauh auf der Zunge an, aber die Mixtur schien ihr sauber und durchaus appetitlich. Noch einmal tauchte sie ihren Finger hinein, und ein drittes Mal, und dann schaufelte sie sich gierig den gesamten Inhalt auf die Handfläche und hatte ihn im Nu verspeist.
Die beiden Yetis sahen ihr gespannt zu, und als sie fertig war, gab Kekua ihrer Gefährtin etwas anderes, woraufhin diese sich wieder Iona zuwandte und ihr ein Stück Baumrinde reichte, geformt wie ein Teller und

gefüllt mit Nüssen und Samen. Die Nüsse waren geschält, aber die Samenkerne steckten noch in ihrer schützenden Schale.
Iona nahm eine Nuß und biß vorsichtig hinein. Sie schmeckte süß und köstlich, und eine Woge von Aroma stieg auf, als ihre Zähne sie zerteilten. Dann griff sie nach einem Samenkorn und schälte es mit den Fingern und versuchte auch dieses mit ein wenig Argwohn. Der Kern schmeckte salzig und ölig und erinnerte sie entfernt an die Sesamkörner auf den Kringeln, die ihre Mutter ihr in Manhattan kaufte, wenn sie unterwegs nach Martha's Vineyard waren. Iona stellte den Rindenteller auf den Boden vor sich und machte sich über seinen Inhalt her.
Fünfzehn Minuten später war sie satt. Das Grollen in ihrem Bauch hatte aufgehört, der Hunger war vergangen. Iona schob den nun leeren Rindenteller beiseite und sah auf. Die beiden Yetis waren noch da, Kekua stand, die andere kauerte. Als Iona sie ansah, trat Kekua auf sie zu. Sie ging an der anderen Yeti vorbei, bückte sich und tastete nach Ionas Hand, dann zog sie das Mädchen auf die Beine und führte sie mit sich. Sie gingen durch hohes, wogendes Gras, dann eine schräge Böschung hinab, bis sie am Flußufer standen. Kekua blieb stehen, kratzte noch einmal Ionas Nase und wiederholte ihren Namen. »Kekua«, sagte sie.
Iona zögerte. Dann streckte sie, versuchsweise, ebenfalls die Hand aus und tat dasselbe und sagte ihren Namen wie zuvor. »Iona.« Es war fast ein Flüstern.
Diesmal versuchte Kekua nicht, das Wort zu wiederholen. Sie lauschte mit äußerster Aufmerksamkeit, den Kopf schiefgelegt und die weißen Augen auf Ionas Gesicht geheftet. Eine ganze Weile lang stand die Yeti so, regungslos, aber merklich angespannt. Dann drehte sie sich um, watete in den Fluß hinein und blieb erst stehen, als ihr das Wasser bis über die Hüften reichte.
Kekua drehte ihr den Rücken zu, aber durch das Gluckern und Gurgeln des Wassers hindurch hörte Iona die murmelnde Stimme der Yeti. Kekua sprach mit sich selbst. Einmal lauter, einmal leiser, manchmal übertönt vom rauschenden Wasser, hielt das Murmeln recht lange an; dann hörte es mit einem Mal auf. Kekua watete ans Ufer und stellte sich vor Iona.
Dreimal öffnete die Yeti den Mund, und die Zunge erschien zuckend zwischen den Zähnen, aber es kam kein Laut. Dann sprach sie. «Iona», sagte sie, klar und deutlich.
Iona starrte sie verdattert an. Vor nicht einmal einer Stunde hatte sie gedacht, ihr Name sei zuviel für die Artikulationsfähigkeiten der Yetis –

aber irgendwie hatte Kekua es geschafft, sich im Fluß den Klang einzuprägen. Jetzt gab sie ihn nahezu perfekt wieder.
Zum ersten Mal in sechsunddreißig Stunden schaffte es Iona zu lächeln.
»Iona«, wiederholte sie bestätigend.
Jetzt nahm Kekua ihre Hand und hob sie an die Nase der anderen Yeti.
»Churinga«, sagte sie.
Iona kratzte die Nase des zweiten Wesens. »Churinga«, wiederholte sie.
Zur Antwort kratzte Churinga Ionas Nase; dann ging sie ins Wasser wie Kekua. Dort stand sie lange und murmelte vor sich hin. Endlich kletterte sie heraus und kam zurück ans Ufer.
»Iona«, sagte Churinga. Die Laute, die sie hervorbrachte, waren nicht annähernd so klar, wie Kekua sie zustande gebracht hatte, aber Iona erkannte sie dennoch als ihren Namen. Noch einmal lächelte Iona zaghaft, und Churinga lächelte zurück.
»Iona!« Wieder sprach Kekua zu ihr.
Sie wandte sich um. Die blinde Yeti starrte sie an, und in ihrem Gesicht spiegelten sich Eifer und Inbrunst. Kekua beschrieb mit beiden Händen einen Kreis um Ionas Körper. Dann hob sie die Hand, berührte sich an den Lippen und Ohren und zeigte auf ihre Brust. Dann wandte sie sich Churinga zu. Sie zeigte auf Churinga, und ihre Fingerspitzen berührten Churingas Augen. Dann zog sie wieder einen Kreis um Iona.
Es dauerte mehrere Minuten, bis Iona langsam zu begreifen begann, was Kekua ihr zu sagen versuchte: sie sollte unterrichtet werden. Kekua würde ihre Lehrerin sein, ihre Stimme und Ohren und Intelligenz – und Churinga die Augen. Bei ihnen beiden sollte Iona die Lebensweise der Yetis erlernen.
Diese Erkenntnis stellte Ionas Willen und Vorstellungskraft auf die äußerste Probe. Sie war Ungeheuern in die Hände gefallen: Ungeheuer waren es, die sie gefangengenommen hatten. Das war ihre einzige Gewißheit. Soweit sie überhaupt fähig war zu denken, hatte Iona die feste Überzeugung, daß sie zuerst getötet und später wahrscheinlich aufgefressen werden sollte. Ungeheuer taten so etwas – das hatten ihre Alpträume sie auf brutale Weise gelehrt.
Kekua war ein Ungeheuer. Selbst wenn sie einen Namen hatte, *mußte* sie ein Ungeheuer sein – Iona brauchte sie nur anzusehen, um das zu wissen. Und ein Ungeheuer war auch ihre Gefährtin, die hochschwangere Churinga. Und der dunkelhaarige männliche Yeti, der am Flußufer über ihr gekauert war und sie hierher verschleppt hatte, den sie seither nicht mehr gesehen hatte, – ein Monster. Sie alle waren Kreaturen der

Finsternis, die Iona so gut kannte. Nur gab es jetzt einen Unterschied: es genügte ihnen nicht, daß sie aus der Nacht hervorgekrochen und sich des hellen Tages bemächtigt hatten, nein, sie wollten sie mit sich zurück in die Dunkelheit nehmen.

Jenseits der Sterne und der Schwärze des Alls hatten sie ihr eigenes Leben, ihre Gewohnheiten, ihre Sprache. Sie wollten Iona zu einem Teil davon machen. Sie sollte die Sprache der Tiere lernen.

Die Vorstellung war so grauenvoll, daß Iona bei dem Gedanken daran der Schwindel erfaßte. Der Aufruhr und die Verwirrung in der Zeit, die zwischen ihrem Verschwinden aus dem Lager und ihrer mühsamen Kontaktaufnahme mit den beiden Wesen von der Insel lag, hatten sie zutiefst verstört, und sie begriff nicht wirklich, was mit ihr geschah. Sie sehnte sich nach Onkel Robert. Sie klammerte sich an den Glauben – soweit sie fähig war, irgend etwas zu hoffen oder zu glauben –, daß er sie retten würde. Auf die Idee, daß sie imstande sein könnte, aus eigener Kraft zu flüchten, kam sie nicht.

Als die blinde Yeti sie herbeiwinkte, trat Iona folgsam zu ihr. Churinga stellte sich auf ihre andere Seite. Weit überragten sie die beiden Yetis: sie schauten auf sie herunter und faßten sie bei der Hand und führten sie fort durch das Gras.

Iona zitterte, aber hungrig war sie nicht mehr. Ihr Magen war gefüllt, und in der Gesellschaft der beiden Yetiweibchen fühlte sie sich auf eine fragwürdige Weise sicher. Im Augenblick zählte nur eins: daß sie überlebte.

15

»Sir! Sir!«

Robert Cabot hob mit einem Ruck den Kopf. Der Ruf kam von irgendwo oben. Suchend glitt sein Blick über die Bergkämme, aber überall lag der Schnee glitzernd und funkelnd und blendend weiß in der Morgensonne, seine Augen tränten, und alles, was er sah, waren dunkle Baumgürtel und die Steilflanken der zerklüfteten Gebirgslandschaft, scharf abgetrennt gegen die gleißende Helligkeit, die alles ringsum wie ein Mantel einhüllte.

»Hier, Sir!«

Wieder rief es: gedämpft wegen der großen Entfernung, aber unverkennbar dringend. Cabot spähte nach oben und suchte nervös nach dem Rufer. Da, endlich sah er ihn, eine winzige Gestalt, bis zu den Schenkeln im Schnee, in einer Lücke zwischen den Bäumen. Es konnte nur Roschan sein.

Cabot hastete los. Alt war er und lahm, aber er schwang seinen Stock wie eine Krücke und zwang sich zu laufen, zum ersten Mal seit vielen Jahren.

Er humpelte und schwankte von einer Seite zur anderen, weil er sein arthritisches Bein nachzog, aber er hielt auf die kleine Hochebene zu, auf der er den Scherpa gesehen hatte. Cabot war es gleichgültig, was Roschan entdeckt hatte – alles war besser als diese Unsicherheit: gar nichts zu wissen.

Zweihundert Meter legte Cabot zurück, dann strauchelte er und fiel. Er wischte sich den Schnee aus dem Gesicht und rappelte sich mühsam auf die Beine. Wieder schaute er hinauf und sah, daß Roschan ihm entgegenrannte – jetzt erkannte er den Scherpa deutlich. Dann entdeckte er eine zweite Gestalt, die in einiger Entfernung langsamer folgte, und sein Herz begann wild zu schlagen. Er kniff die Augen zusammen und starrte angestrengt.

Eine Sekunde später erfaßte ihn eine Welle von Verzweiflung. Die zweite Gestalt, von der er nur die Umrisse gegen die Schneehelle wahrnahm, war viel zu groß, um Iona zu sein, – und zu alt. Es konnte nur ein anderer Mann sein. Keuchend und mit verzerrtem Gesicht stand Cabot und wartete.

Die letzten beiden Tage waren die schlimmsten seines Lebens gewesen. Am Morgen nach dem Sturm hatte ihn An Sering, der Koch, wie üblich mit einer Schüssel heißem Wasser geweckt. Als An Sering den Kopf ins Zelt steckte, stand Roschan mit fassungsloser Miene hinter ihm.
»Ist Miß Iona bei Ihnen, Sir?« fragte der Scherpa.
»Nein, natürlich nicht«, antwortete Cabot. »Sie wird wohl in ihrem eigenen Zelt...« Die erste kalte Nadel der Angst fuhr ihm ins Herz. »Ist sie doch, oder?«
Roschan schüttelte den Kopf. »Nein, Sir.«
Cabot zog sich einen Pullover über und stürzte hinaus. Er lief die wenigen Meter hinüber zu Ionas Zelt und spähte hinein – es war leer, offensichtlich verlassen, Roschan hatte sich nicht getäuscht. Cabot zog den Kopf zurück und sah sich um.
Der Frühlingssturm, der während der Nacht über den Bergrücken hinweggetobt war, hatte Cabot mehrmals aufgeweckt. Nie in den über dreißig Jahren, die er den Himalaya kannte, hatte er einen so wilden, gnadenlosen und lauten Sturm erlebt. Die Zeltplanen blähten sich und flatterten und schlugen, und er hatte Angst, der Wind könnte am Ende doch noch die tief in den Boden gerammten Pflöcke herausreißen. Irgendwann aber, als es nicht mehr weit bis zum Morgen war, ließ der Sturm nach – das wußte Cabot, weil er auf die Uhr gesehen hatte, als er zum letzten Mal aufgewacht und danach beruhigt wieder eingeschlafen war.
Jetzt lagen auf dem Bergrücken fünfzehn Zentimeter Schnee. Innerhalb des Lagerplatzes hatten die Füße der Träger rund ums Feuer und zwischen den Zelten Bahnen getreten, und es führten Fußspuren zu den Latrinen und zum Holzstapel, aber sonst war die Schneefläche überall unberührt, so weit Cabots Auge reichte.
»Ich habe bereits gesucht, Sir.« Roschan bestätigte, was Cabot dachte, bevor er es aussprechen konnte. »Es gibt keine Spuren. Niemand hat das Lager verlassen, seit es aufgehört hat zu schneien.«
»Was ist mit dem Lager selbst?« fragte Cabot. »Hast du es durchsucht?«
»Ja, Sir, überall habe ich gesucht. Sie ist nicht hier. Und sie *kann* nirgends sein.«
Eine Weile verharrte Cabot reglos und schweigend. Er war bestürzt und vollkommen ratlos.
Roschan hatte recht. Innerhalb des Lagers gab es keinen Ort, an dem Iona stecken konnte – nicht, daß Cabot auch nur eine Sekunde daran

dachte, sie wolle sich verstecken: dazu hatte sie keinen Grund. Wenn sie fortgegangen war, bedeutete das Fehlen jeglicher Spuren im Schnee, daß sie vor Ausbruch des Sturms gegangen war, jedenfalls solange noch Schnee fiel.
Aber das machte ja auch keinen Sinn. Cabot hatte sie immer wieder vor der Unberechenbarkeit des Wetters im Himalaya gewarnt, und Iona war viel zu vorsichtig und zu verantwortungsbewußt, um seine Belehrungen in den Wind zu schlagen, daran zweifelte er nicht im geringsten. Und wenn sie im Schlaf aufgestanden wäre, dann hätten der Sturm und das eisige Schneegestöber sie am Zeltausgang mit der Plötzlichkeit und Brutalität eines Schlags ins Gesicht aufgeweckt, – und sie hätte sich geduckt und sich sofort ins Innere zurückgezogen.
Sie konnte auch nicht zu den Latrinen gegangen sein. Sie hatte von Anfang ihren eigenen Nachttopf im Zelt stehen und keine Hemmungen gehabt, ihn zu benutzen, auch in der ruhigsten Nacht – und erst recht, wenn ringsum ein Schneesturm tobte. Es wäre ja auch kaum möglich gewesen, der brüllenden Wildheit entfesselter Gewalt draußen standzuhalten.
Vielleicht war das Kind durch den Aufruhr derart verängstigt, daß sie bereit war, dem Ansturm von Schnee und Eis zu trotzen, um sein Zelt zu erreichen? Aber selbst das war unwahrscheinlich. Cabot kannte Iona seit ihrer Geburt. Ihre Mutter behauptete, sie sei mitunter »schwierig«, aber Cabot hatte nichts davon bemerkt. Was er jedoch in all den Jahren erlebt hatte, war Ionas Unerschrockenheit angesichts der Natur, in welcher Form immer sie ihr begegnete. Iona war furchtloser als alle, die er kannte. Um ihr Angst einzujagen, brauchte es etwas unendlich viel Bedrohlicheres als einen Sturm.
»Roschan!«, rief Cabot und fuhr herum. »Alle müssen raus zum Suchen! Teil sie in Gruppen ein. Ihr sucht im Kreis: zuerst im Lager, dann außerhalb und in immer weiteren Kreisen bis zum Rand. Es kann sein, daß das Kind irgendwo liegt und halb unter dem Schnee begraben ist. Vielleicht sind Spuren weiter draußen auf den Felsen, wo der Schnee zum Teil weggeblasen ist. Ich weiß ja nicht – aber wir müssen sie finden! Um Himmels willen! Und jetzt geh und sag ihnen, sie sollen ihren Hintern in Bewegung setzen!« Die letzten Worte hatte Cabot fast schreiend hervorgestoßen.
Roschan nickte. »Ja, Sir!« Er fing an, den Trägern Anweisungen zuzubrüllen. Cabot humpelte zurück zu Ionas Zelt, trat ein und sah sich jetzt gründlicher um.

Der Schlafsack lag aufgeschlagen, verdreht, mit halb offenem Reißverschluß. Iona war, hatte Cabot festgestellt, bemerkenswert ordentlich für ein Kind ihres Alters. Das war eine der Eigenschaften, die sie zu einer so guten Lagergefährtin machten und bei den Scherpas so beliebt. Und deshalb schloß er aus dem Zustand des Schlafsacks, daß sie das Zelt nur kurz hatte verlassen wollen. Hätte sie beabsichtigt, längere Zeit wegzugehen, dann hätte sie den Reißverschluß zugezogen und den Schlafsack zusammengelegt.

Das war Cabots erster Eindruck. Der zweite, der unmittelbar darauf folgte, widerlegte den ersten. Der Campinghocker neben ihrem Bett, auf den sie ihre Kleider abzulegen pflegte, war leer. Cabots Gesicht furchte sich, während er sich zu erinnern versuchte, was sie am Abend getragen hatte. Es fiel ihm wieder ein: es war ungewöhnlich kalt gewesen – ein Zeichen, daß ein Sturm nahte. Iona hatte Jeans getragen, ein Hemd, zwei Pullover und ihre daunengefütterte Jacke, und sogar eine Mütze, eine tibetanische Wollmütze. Alle diese Kleidungsstücke fehlten, ebenso die Stiefel. Und das war nicht alles. Als Cabot näher ans Bett trat, sah er, daß die beiden Schlaufen an der Zeltwand neben dem Hokker lose herabbaumelten. Iona pflegte sonst an diesen Bändern die leinene Gürteltasche zu befestigen, die ihre Überlebensausrüstung enthielt. Also fehlte auch diese.

Iona konnte nicht in Panik wegen des Sturms sein Zelt gesucht haben: sie hätte ihre Überlebensausrüstung nicht mitgenommen, wenn sie nicht einen Ausflug plante.

Cabot schloß die Augen. Es war ein Alptraum. Nichts ergab einen Sinn. Alles, was er wußte, war – und das wurde ihm mit einem jähen Schmerz klar –, daß er seine Patentochter liebte – viel mehr als deren herrschsüchtige und eigensinnige Mutter, seine Nichte Dorelia. Er liebte Ionas Mut, ihre Heiterkeit, ihre schwer faßbare, kindliche Schönheit. Er liebte ihre Feinfühligkeit, die Art, wie sie seinen trockenen Humor verstand und ihn manchmal auslachte und ihrerseits auf den Arm nahm. Und vor allem liebte er die unausrottbare Zähigkeit des Kindes, widerstandsfähig wie Hickoryholz war sie: und wenn sie sich für etwas entschieden hatte, nahm sie es fest in die Hand und ließ nicht mehr locker, und nur ein Wunder hätte sie von ihrem Ziel abzubringen vermocht. Cabot wußte, woher sie das hatte – gewiß nicht von ihrer selbstsüchtigen Mutter oder ihrem lauen Vater; sie hatte es von ihm.

Seine Augen waren feucht, aber in seinem Gesicht stand eine grimmige Entschlossenheit, und er stützte sich auf seinen Stock, drehte sich um und verließ das Zelt. Er wußte noch nicht, was er tun konnte, aber selbst wenn er barfuß übers Eis in die Hölle gehen mußte, er würde das Kind finden.

Cabot stand, keuchend und beklommen, und wartete auf Roschan und den Mann, der ihm folgte: wohl ein Bergbewohner aus dem Himalaya.

16

Die Yetis lebten auf einer Insel.
Das war Ionas erste Erkenntnis, während sie hinter der blinden Kekua und der schwangeren Churinga einhertrottete. Aber es kam ihr vor, als wisse sie das bereits – irgendwo in den Tiefen ihres Gedächtnisses; und als sie zurückdachte und in ihrer Erinnerung forschte, fiel es ihr ein: das Letzte, was sie von ihrer Reise auf den Schultern des Yetis wußte, war eisiges Wasser, das ihr an den Rücken schwappte, während der Yeti den Fluß durchquerte.
Damals war rund herum Wasser gewesen. Auch jetzt war rund um sie Wasser: sie hörte es gurgeln und rauschen und plätschern, Wasser auf allen Seiten. Die Insel, die in der Mitte lag, mochte ungefähr achthundert Meter lang sein und etwa halb so breit. Iona wußte das, denn in dem Obst- und Gemüsegarten in Mainwarden hatte Mr. Simpson ihr beigebracht, wie man Land mißt.
»Guter Samen ist nicht billig«, pflegte er zu sagen. »Du kaufst mehr Saat, als du brauchst, und was du nicht brauchst, verkommt. Also miß lieber den Acker aus, auf dem du säen willst.«
Mr. Simpson konnte mit einem einzigen Blick bestimmen, wie groß ein Stück Land war. Dieses Können verdankte er jahrzehntelanger Erfahrung, und er hatte Iona gezeigt, wie sie auf dieselbe Weise, in der er selbst es vor langer Zeit gelernt hatte, sich ebensolche Fertigkeiten aneignen konnte: indem sie das Land abschritt. Natürlich hatte Iona an diesem ersten Tag auf der Insel, den sie bewußt erlebte, dazu keine Gelegenheit – sie benutzte ihre Augen, wie der alte Gärtner es getan hätte; aber später, als sie es wirklich tat und ihre Schritte zählte, stellte sie fest, daß ihre erste Vermutung gar nicht so falsch gewesen war.
Die Insel lag im Fluß wie ein niedriges Floß aus hohem, wogendem Gras, und in ihrer Mitte erhob sich ein länglicher, buckeliger Hügelkamm. Manchmal floß das Wasser ruhig, schwarz und tief, goldbraune Torfstückchen kreisten in kleinen Spiralen in der Strömung, und über der Oberfläche schwebten türkisfarbene Eintagsfliegen. An anderen Tagen, wenn es geregnet hatte oder von den Bergen herab das Schmelzwasser brauste, strömten reißende Fluten an der Insel entlang und überschwemmten das Ufer. Die beschauliche Ruhe des Flusses war dahin,

die tanzenden goldenen Torfstückchen verschwanden, und auf den Fluten trieb brauner Schaum. Aber die Insel sah immer gleich aus, ob der Fluß langsam und ruhig floß, oder ob er schlammiges Hochwasser führte und aufgewühlt war. Ein paar pfeilschnelle Vögel, so schien es, waren alles, was auf diesem niedrigen, verschlafenen Erdhügel lebte. Dieser Eindruck war, wie Iona sehr bald klar wurde, falsch: die Insel wimmelte und wuselte von Leben. Vögel gab es zuhauf – unendlich viel mehr, als sie an ihrem ersten Tag zu sehen bekommen hatte. Falken, Eulen, Milane, Eisvögel, Krähen, Raben und Dutzende anderer Arten hatten die Insel zu ihrer Heimat erkoren. Bienen gab es und Schmetterlinge, Mücken und Motten, Libellen aller Größen und Farben, und erstaunlich viele Säugetiere, von der winzigen, allgegenwärtigen Wühlmaus bis zum Hirsch, der auf seiner Wanderung zufällig hier vorbeikam und schwimmend einen Flußarm überquerte, um auf der Insel zu äsen. Fledermäuse, Fischottern und Schlangen gab es, – und über alldem stand, natürlich, die alles beherrschende Präsenz der Yetis.

Die Gemeinschaft der Yetis. Das war, nach den Namen Kekua und Churinga, das erste Wort, das sie in ihrer Sprache lernte. Es dauerte lang, bis sie den Laut halbwegs zufriedenstellend wiedergeben konnte, den ihr die beiden Yetiweibchen an diesem Tag immer wieder unter bedeutungsvollen Gesten vorsagten.

»Mürdscha«, sagten sie, immer wieder »Mürdscha«, und breiteten weit die Arme aus, zeigten auf den Boden, mimten Schlafhaltung und die Bewegung des Essens, und lächelten, und in ihrem Lächeln lag eine besondere Innigkeit und Wärme. »Mürdscha«, begriff Iona, war ihnen sehr wichtig. Und nach und nach wurde ihr klar, was es war.

Mürdscha war Heimat. Es bedeutete nicht nur das Stück Land, das sie mit ausgebreiteten Arme zeigten, es umfaßte auch alle Yetis. Mehr noch, es war ein Lebensraum, den sie sich geschaffen hatten und erhielten.

Mainwarden gehörte Ionas Vater. Seine Vorfahren hatten es aufgebaut. Es bot ihm und seiner Familie eine Unterkunft. Dort konnte man Nahrung anbauen, es war ein Ort der Sicherheit und eine Zuflucht – es war sein Besitz. Die Insel war der Besitz der Yetis.

Die Yetis lebten am Fuß des kleinen Hügels in der Mitte der Insel. Dort stand auf einer Rodung, verborgen durch das hohe Gras, das ringsherum wuchs, eine Reihe von Unterkünften – Hütten, dachte Iona; doch sie waren sehr verschieden von allen Sorten von Hütten, die sie je gesehen hatte. Selbst an der höchsten Stelle, am Eingang, waren sie nicht einmal eineinhalb Meter hoch. Von einem einzelnen gekrümmten Ast, der an beiden Enden zugespitzt und wie ein Bogen in die Erde gerammt war, fiel das Dach schräg nach hinten ab und verjüngte sich zu einem niedrigen Tunnel. Und nachdem diese Unterkünfte mit Schilfgras gedeckt waren, sahen sie großen, lose im Boden verankerten Vogelnestern verblüffend ähnlich. Sie waren nicht höher als das Gras ringsum und schon wenige Meter außerhalb der Rodung nicht mehr zu sehen. Iona dachte, man könnte ganz leicht an der Insel vorbeikommen und keine Spur von der sonderbaren Existenz der Yetis bemerken.

Die beiden dunklen Flußarme, das Floß aus wogendem Gras dazwischen, die nahezu unsichtbaren Vogelnester, die den Yetis als Unterkünfte dienten, zusammengedrängt in der Inselmitte am Fuß des buckligen Hügelkamms, der sie überragte: das war Ionas anfänglicher Eindruck gewesen. Sekundenlang stand sie auf der Lichtung, auf die Churinga und die blinde Kekua sie geführt hatten, und besah sich die Hütten, und sie schienen ihr verlassen. Erst allmählich begannen Ionas Augen, Lebewesen auszumachen, und bei der Entdeckung überlief es sie kalt. Ein Ungeheuer hatte sie gekidnappt, und jetzt stand sie zwischen zwei weiteren Ungeheuern, aber es gab noch mehr davon, viel mehr…

Es war später Vormittag, die Sonne stand hoch, warm war es, und es herrschte eine schläfrige Stimmung – die Yetis ruhten. Iona hatte einmal, in einer Welt, die ihr so fern schien, als gehörte sie zu einem anderen Leben, im Fernsehen einen Film über die Löwen der afrikanischen Kalahari-Wüste gesehen: auch die Löwen schliefen in der größten Hitze des Tages, und ihr Fell, goldbraun und lohfarben, hatte dem sommertrockenen Steppengras so ähnlich gesehen, daß man nur in der Nahaufnahme die Tiere von ihrer Umgebung unterscheiden konnte.

Genauso war es mit den Yetis. Ihr Fell war von demselben blassen Gelbocker wie das Gras, das auf der Insel wuchs. Iona blinzelte ungläubig, dann riß sie die Augen auf, als sie zuerst eine Gestalt erkannte, die in einem Fleckchen Schatten schlief, dann noch eine und noch eine – viele; sie begann zu zählen: fünfundzwanzig bis dreißig sah sie, manche männlich, manche weiblich, und eine ganze Reihe waren Junge – die Jungen verrieten sich wesentlich leichter als die Erwachsenen, denn sie gaben keine Ruhe, zappelten und sprangen hin und her und schnatterten ohne Pause.

Kekua und Churinga gingen jetzt auf die Mitte der Lichtung zu. Als sie näherkamen, verstummten die jungen Yetis und rannten furchtsam zu-

rück zu ihren Eltern, um sich zu verstecken. Die Erwachsenen, die einen Augenblick zuvor offenbar tief geschlafen hatten, fuhren auf und starrten Iona an. Ängstlich blickte Iona ihrerseits in die Runde.
Von ihrer ersten Begegnung her hatte sie die Gesichter der Yetis als feindselig und bedrohlich in Erinnerung. Jetzt waren sie ausdruckslos, aber ihr Blick schien eine Mischung aus Furcht und Neugierde. Während Iona sie anstarrte, kamen ihr zwei Gedanken: Sie war vermutlich der erste Mensch, den sie je sahen; daher ihre Neugierde. Die Furcht aber mußte eine andere Ursache haben, die sie sich nicht denken konnte. Tatsache war indessen, daß die Wesen ebensoviel Angst vor ihr hatten wie sie vor ihnen.
»Manu!« rief Kekua laut.
Das Gras raschelte, und ein junger Yeti kam in Sicht.
Iona erkannte ihn sofort. Ihr Magen zog sich zusammen, und ihr Herz begann zu rasen. Er war es. Er war das Ungeheuer, das sie gefunden hatte, der große junge Yeti mit dem Leoparden, der sie am Flußufer aufgelesen und auf die Insel verschleppt hatte. Iona beobachtete ihn, wie er näherkam, und hielt den Atem an. Langsam ließ das wilde Herzklopfen nach, und die Spannung wich. Das Wesen hatte ein sanftes, nachdenkliches Gesicht, beinahe freundlich war sein Ausdruck, und trotz seiner gewaltigen Körpergröße und Stärke lag in seiner Haltung nichts Bedrohliches.
Während Iona ihn betrachtete, kam ihr eine Lektion in den Sinn, die ihr Pate ihr einmal erteilt hatte. »Für einen Briefmarkensammler ist jedes Stück Papier, das die verdammte Post uns zu kaufen zwingt, verschieden«, hatte Cabot gesagt. »Es gibt Leute, die machen ein Vermögen damit, indem sie die Unterschiede entdecken. Lebewesen sind noch viel unterschiedlicher als Briefmarken. Schau sie dir genau an. Wenn du Unterschiede zwischen scheinbar gleichen Artgenossen entdeckst, dann wirst du zwar nicht reich damit, aber sie sind noch viel wichtiger und womöglich entscheidend.«
Zwar gehörte der junge Yeti vor ihr zu ganz derselben Art wie die anderen, aber er war offenbar von einer anderen Rasse. Wie sie schon früher bemerkt hatte, war sein Pelz dicker und dunkler, er schimmerte in einem tiefen Rotbraun wie die Mahagonimöbel in Mainwarden, während die anderen Yetis auf der Insel die Farbe von Walnußschalen hatten. Auch sein Körperbau war verschieden: die hellen Yetis waren meistens stämmig, manche geradezu beleibt; er hingegen war größer, dünner, beinahe hager, aber viel muskulöser, und er ging mit weit ausgreifenden,

federnden Schritten. Bei den hellen Yetis waren die Augen von einem blassen Steingrau – die Farbe des Morgenhimmels über dem Tal, dachte Iona; die seinen waren größer und goldbraun, und sie ertappte sich dabei, wie sie die Färbung mit den torfbedeckten Spalten und Ritzen verglich, die sich die Bergflanken hinauf bis zu den Gipfeln zogen.

Der männliche Yeti blieb vor ihnen stehen. Er streckte die Hand aus und kratzte Ionas Nase auf bekannte Weise, was, wie sie mittlerweile wußte, offenbar die übliche Yetibegrüßung war. Sie zwang sich, nicht zurückzuweichen, als seine Finger über ihre Nasenflügel fuhren.

»Iona«, sagte er ruhig.

Sprachlos staunte Iona ihn an. Sie war nicht annähernd so verblüfft gewesen, als Kekua nach dem Bad im Fluß sie beim Namen genannt hatte: immerhin hatte sie sich ihn ja viele Male vorsagen lassen. Aber mit dem Yetimann hatte Iona kein Wort gesprochen – sie konnte sich nur vorstellen, daß Kekua ihm irgendwie beigebracht hatte, wie sie hieß.

»Manu«, fügte der Yeti hinzu. Er nahm Ionas Hand und fuhr mit ihr langsam über sein Gesicht und seine Brust. »Manu«, wiederholte er. Er ließ ihre Hand fallen. Iona zögerte. Der Yeti sah sie erwartungsvoll an. Zitternd hob sie den Arm, reckte sich und kratzte seine Nase. »Manu«, sagte sie zweifelnd.

Der Yeti lächelte. Eine Welle der Erleichterung überflutete sie. Der Yeti hieß also Manu, und sie hatte das Richtige getan, als sie seinen Gruß erwiderte.

Zu mehr kam sie nicht, denn nun begann die blinde Kekua mit Manu zu sprechen. Es war das erste Mal, daß Iona einen Yeti eine zusammenhängende Rede führen hörte – bis jetzt waren es lediglich wenige einzelne Wörter gewesen, die an sie gerichtet und deshalb langsam und deutlich formuliert waren. Natürlich waren ihr diese Wörter fremd gewesen, aber sobald sie einmal ihre Bedeutung erfaßt hatte, konnte sie sich darunter eine Art Sprache vorstellen.

Im Gespräch jedoch klangen die Töne, die Kekuas Mund entströmten, nicht eigentlich wie eine Sprache, nicht einmal wie eine sehr ungewohnte, exotische, sondern wie ein sprudelnder Fluß schnalzender, grunzender, flötender Pfeiflaute. Hätte Kekua chinesisch gesprochen oder Kiswahili, so hätte Iona es immerhin als menschliche Sprache erkannt; aber die Klangflut aus dem Mund der blinden Yetifrau war von wesentlich anderer Art als alle Sprachen, die Iona in ihrem Leben gehört hatte. Stränge von Worten wob Kekua, ein ineinander verschlungenes Geflecht fremdartiger Laute, die von den Gräsern widerhallten und federnd über die sonnenüberflutete Lichtung hüpften und klangen wie ein unendlich komplizierter Tonteppich aus Vogelrufen und Tierschreien.

Dann hielt sie inne. Manu, der Yetimann, nickte. Kekua wandte sich zu Iona um und lächelte. »Mürdscha«, sagte sie.

Manu trabte bereits davon. Kekua nahm Ionas Hand und folgte ihm. Sie überquerten die Rodung und gelangten zu dem Ring von Hütten.

Eine Zeitlang suchte Manu zwischen den Hütten herum, lief hierhin und dorthin und prüfte den Boden mit dem Fuß. Einmal kniete er sich nieder und beroch die Erde. Endlich entschied er sich für eine flache kleine Erhebung, ein wenig höher gelegen als die anderen Unterkünfte. Er riß das hohe, schwankende Gras aus, das darauf wuchs, und legte die Halme übereinandergestapelt beiseite. Dann verschwand er. Ein paar Minuten später kehrte er zurück mit einem Armvoll frisch geschnittener Schößlinge und einem Büschel langer, breiter Blätter von Wasserpflanzen, wie Iona sie am Flußufer gesehen hatte. Er warf seine Last auf den Boden und machte sich mit einem Werkzeug, das wie ein Knochenmesser aussah, an die Arbeit. Iona brauchte nicht lang, um zu erkennen, was er da tat: Manu baute eine Hütte.

Der Yeti arbeitete schnell und mit außerordentlicher Geschicklichkeit. Er spitzte einen der Schößlinge an beiden Enden zu, krümmte ihn und rammte ihn bogenförmig in die Erde: das war der Hütteneingang. Dann nahm er ein halbes Dutzend weitere Schößlinge – die länger waren: an die zwei Meter, – und band sie mit einem Ende an dem Bogen fest, streckte sie und steckte das hintere Ende gleichfalls in den Boden; dann stabilisierte er dieses Gerüst mit grünen Weiden und deckte es mit den Blättern der Wasserpflanze, die er geschickt durch die Quer- und Längsverstrebungen flocht.

Während seiner Arbeit schaute der Yeti gelegentlich zu Iona und zeigte ihr, was er tat, – oder versuchte ihr zu erklären, warum er es tat. Iona war verwirrt. Sie sah wohl, wie geübt und handfertig er war, doch der Grund, weshalb er eine Weide in einer besonderen Position oder ein Dachblatt in einem ganz bestimmten Winkel ausrichtete, wurde ihr ganz und gar nicht klar.

Schließlich schnitt er die Grashalme in kleinere Stücke und breitete sie über den Boden der Hütte. Aber das reichte ihm noch nicht, und so schnitt er mehr Gras ab und baute ihr daraus ein Bett auf dem Boden und war erst zufrieden, als das Lager dick und weich und bequem war.

Da trat er zurück und betrachtete sein Werk kritisch, und dann sah er Iona an und lächelte.
»Mürdscha«, sagte er.
Er winkte sie näher zu sich. Eifrig und begeistert war seine Miene, fast stolz. Er berührte ihren Arm mit seiner großen starken Hand, und diesmal zuckte Iona nicht zurück. Sie sah zu ihm hinauf und lächelte ihn scheu an. Dann trat sie vor und spähte hinein.
Die kleine Hütte war so warm und sauber und – dem Anblick des Daches nach zu urteilen – so wasserdicht wie je ein Zelt gewesen war, in dem sie genächtigt hatte. Nicht einmal zwei Stunden hatte Manu gebraucht, um sie zu bauen. Neben Iona stand Kekua und lachte, und sie streichelte Manus Gesicht und sagte etwas zu ihm. Auch Churinga lachte und hielt ihren Bauch, der unter ihrem Gelächter erbebte. Dann legte Kekua den Arm um Ionas Schulter. »Mürdscha«, hörte Iona das Wort noch einmal.
Kekua zeigte auf sich selbst, dann auf Iona, dann auf die Hütte. Iona brauchte eine Weile, bis sie begriff. Die Hütte war nicht für sie allein: sie sollte sie mit Kekua teilen. Sie war also schon zu einem Teil der Gemeinschaft geworden.
Kekua nahm Ionas Hand. Sie bückte sich und kroch in die Hütte und zog das Kind durch den Eingang ins Innere. Iona folgte ihr.
Iona hatte ein Heim erhalten.

17

»Tattari!« rief Kekua Churinga nach.
Iona sah gespannt zu.
Eine Woche war vergangen, und Iona, die blinde Kekua und Churinga unternahmen jeden Tag von früh bis spät gemeinsame Lehrgänge auf der Insel – dieser Insel, die ihr mehr denn je vorkam wie ein Floß, das im Wasser trieb. An diesem Morgen standen sie am Bug, dort, wo der Fluß sich in zwei Arme teilt.
Mit jeder Schneeschmelze im Frühjahr schwemmt der Fluß Massen von Sand und Lehm von den Bergen ins Tal. Über die Jahrhunderte hatte dieser Schlick eine nährstoffreiche dunkle Erdschicht entlang den Flußufern und der sumpfigen Küste der Insel gebildet, und auf diesem äußerst fruchtbaren Boden war im Lauf der Zeit ein Teppich von Strauchwerk, Schilf und Gräsern gewachsen. Kekua hatte Churinga angewiesen, ihr einen Zweig von einer Pflanze zu bringen, und Churinga watete gehorsam hinaus in den Sumpf und kehrte mit schwarzgestriemten Schlammbeinen zurück. Sie reichte Kekua den Zweig und wartete.
Es war ein biegsamer Graswedel, aus dem in regelmäßigen Abständen schmale apfelgrüne Blätter herauswuchsen; an seinem Ende saß eine Traube gelblicher Beeren. Kekua hob ihn an die Nase. Mit Daumen und Zeigefinger streifte sie die Blätter ab, dann nahm sie den Stengel zwischen die Lippen und kaute ihn. Sie brach eine Beere ab, entfernte die lederähnliche Hülse und aß den fruchtigen Kern. Dann wandte sie sich an Iona. »Tattari«, wiederholte sie das Wort, das sie Churinga zugerufen hatte.
Kekua reichte Iona den Zweig. Churinga, die neben ihr stand, forderte sie mit eifrigen Gesten auf, es Kekua gleichzutun. Iona steckte gehorsam den Stengel in den Mund und zerkaute vorsichtig die holzigen Pflanzenfasern. Es schmeckte kalkig und ein wenig süß.
Iona schluckte. »Tattari«, sagte sie zögernd und fragend zu Kekua, aber die Laute, die sie hervorgebracht hatte, klangen anders als bei Kekua.
»Tattari«, wiederholte Kekua.
Iona versuchte es erneut, diesmal mit sichtlich größerem Erfolg, denn beide Yetis hoben die Hände und kratzten sich die Nasenflügel – Iona wußte schon, daß es eine beifällige Geste war.

Kekua streckte den Arm aus, und ihre Finger schwebten über Ionas Hand, während sie nach dem Zweig tastete. Sie fand ihn, brach eine zweite Beere ab und schälte sie. »Puolukoita«, sagte sie und reichte Iona die Beere.

Iona zerbiß den Kern und fand ihn sauer und bitter zugleich wie die Schale einer unreifen Zitrone. Sie öffnete den Mund und wollte die Frucht schon ausspucken, doch sie besann sich und kaute weiter. Der bittersaure Geschmack ließ nach, und statt dessen entfaltete sich ein starkes trockenes Aroma, das nicht unangenehm war. Es erinnerte sie an die unreifen Brombeeren, die sie – immer viel zu früh – in den Sommerferien in Schottland gepflückt hatte.

»Puolukoita«, sagte Iona.

Offenbar war ihr diesmal – zufällig – der Klang des neuen Wortes auf Anhieb nahezu perfekt gelungen. Einmütig kratzten die Yetis ihre Nasenflügel, und ihre Mienen hellten sich auf. Bis zu diesem Augenblick hatte sich in ihren Gesichtern keine Regung gezeigt: sie hatten den gespannten, wachsamen, starren Blick eines Raubtiers auf der Jagd.

Jetzt lockerten sich ihre Züge, die Augen wurden schmaler – wie bei Misty, wenn Iona sie streichelte. Sie lächelten. Kekua streckte den Arm aus, fand Ionas Gesicht und strich über ihre Nase. Ein kleines, zufriedenes Brummen drang aus ihrer Brust, und Iona war erleichtert.

Tief holte sie Atem. »Tattari«, sagte sie. »Puolukoita.« Sie hatte keine Vorstellung, was die beiden Wörter bedeuteten, aber sie waren offensichtlich die Bezeichnungen für eine schilfartige Pflanze und ihre Früchte. Die Yetis verstanden sie. Es war der Anfang einer Verständigung. Zaghaft erwiderte Iona das Lächeln.

Sprache. Das Wort hatte sich festgesetzt und ging ihr nicht aus dem Sinn. Es war Nacht, sie lag in der Hütte, die Manu gebaut hatte, neben ihr schlief Kekua. Iona hatte lange geweint und den kleinen einäugigen Bären im Arm gehalten.

Die ganze Woche lang war sie tagsüber viel zu beschäftigt gewesen, um zu weinen. Kekua weckte sie vor Sonnenaufgang, und gemeinsam mit Churinga, die in der Nachbarhütte wohnte, verspeisten sie im Zwielicht der Morgendämmerung eine Handvoll Beeren. Ringsum taten alle Yetis dasselbe. Und wenn das erste kalte Licht des himalayischen Morgen die Insel streifte, waren sie bereits auf dem Weg.

Systematisch durchkämmten sie die Insel, Kekua stets voran. Stunde um Stunde, mit unendlicher Geduld, erteilten die beiden Yetis ihr Unterricht – die eine schwanger, den geschwollenen Leib vor sich herschiebend, die andere blind. Wenn der Abend dämmerte, kehrten sie zur Lichtung zurück und aßen wieder. Anschließend kroch Iona erschöpft in die Hütte und legte sich auf das Schilfgrasbett, das Manu für sie gemacht hatte.

Dann erst fing sie an zu weinen, jede Nacht. Die Tränen flossen ihr lautlos übers Gesicht und in die raschelnden Halme ihres Lagers: sie unterdrückte das Schluchzen aus Angst, die Yetis womöglich zu reizen. Zuerst hatte sie nach ihrer Mutter geweint. Iona liebte ihren Vater, aber er war immer eine ferne, schattenhafte Gestalt am Rand ihres Lebens gewesen, in dessen Mittelpunkt die Mutter stand. In ihrem ersten und tiefsten Elend redete Iona sich ein, daß allein ihre Mutter sie von dem Ort wegholen könnte, an dem sie gefangen war. Sie sehnte sich nach dem betörenden Duft ihres Parfums, nach den lodernden Farben ihrer Kleider und dem Funkeln ihrer Juwelen. Sie sehnte sich nach dem Schutz und der Sicherheit, die sie in den starken mütterlichen Armen fand, und ihre Sehnsucht war so groß, daß es schmerzte.

Ihre Mutter glaubte nicht an die Existenz von Ungeheuern, ja, sie spottete darüber. Ihre Mutter irrte sich, aber das war gleichgültig. Angesichts ihrer Verachtung und ihres Hohns würden selbst diese – die lebenden Ungeheuer, nicht die geisterhaften, schleichenden Kreaturen aus Ionas Alpträumen – zurückweichen und sich verflüchtigen wie die Spukgestalten aus der Finsternis. Ihre Mutter würde Iona aus diesem Tal herausholen und sie in ihr Bett zurücktragen.

Ihr Bett: für die Mutter stand es in London, für Iona in Mainwarden. In ihrer Einsamkeit weinte Iona auch nach Mainwarden, nach dem barschen Mr. Simpson, nach ihrer Katze, nach dem Haus und den hohen Rauchsäulen aus den Schornsteinen, nach dem ummauerten Gemüsegarten und dem Pfad, der in den Wald führte, zu dem Pavillon mit den anderen, den erstarrten Ungeheuern.

Einsam, frierend und verängstigt, brach Iona beim Gedanken an Mainwarden von neuem in Tränen aus.

Doch je mehr Tage vergingen, desto realistischer begann sie ihre Lage zu sehen. Jetzt weinte Iona nach Onkel Robert. Die Mutter würde sie nicht retten – sie war am anderen Ende der Welt, und ohnehin wäre sie in der unwirtlichen Gebirgsgegend verloren. Onkel Robert indes war noch immer höchstens dreißig oder vierzig Kilometer von ihr entfernt; er war in der Wildnis des Himalaya zu Hause, er hatte Roschan und die anderen Scherpas zur Unterstützung, und – was am wichtigsten war –

er würde alles tun, was in seiner Macht stand, um sie zu finden. Iona war sich dessen so sicher, daß sie in der siebten Nacht zu weinen aufhörte. Sie stützte sich auf den Ellenbogen und wischte sich die Tränen aus dem Gesicht.

Auf einmal war ihr klar, daß Onkel Robert sie im Grunde mehr liebte als ihre Mutter, und während sie darüber nachdachte, wurde ihr auch klar, daß sie ihm viel mehr vertraute als ihrer Mutter. Die Mutter kam und ging, streifte kurz ihr Leben und verschwand in der Dunkelheit mit ihren Juwelen und Duftwolken. Onkel Robert jedoch, mit seinem Stock und seinen Kompassen, mit seinem herausragenden Wissen über Pflanzen und Tiere, seinen sarkastischen Bemerkungen und seinem trockenen Humor, – Onkel Robert verschwand nicht einfach, es gab ihn auch noch bei Tageslicht.

Das Tageslicht würde sie retten, nicht die Dunkelheit, die den Ungeheuern gehörte, und Onkel Robert lebte im Tageslicht. Auf ihn konnte sie sich mehr verlassen als auf die Mutter.

Es war eine bestürzende, beinahe empörende Erkenntnis. Aber eine Welle von Hoffnung strömte durch Ionas Körper. Und sie schniefte. Wütend. Die Wut richtete sich gegen sie selbst. Bleich war ihr Gesicht, und sie zitterte, aber ihre Züge waren mit einem Mal hart und entschlossen. Onkel Robert erwartete, daß sie zu ihrer Rettung ihren Teil beitrug – und mit Weinen erreichte man nichts. Im Augenblick war sie allein, und der einzige Mensch, der sie retten konnte, war sie selbst.

Die Angst fiel von ihr ab wie die alte, abgetragene Haut einer Schlange, die aus dem Winterschlaf in die warme Frühlingssonne emportaucht, und sie konnte wieder denken. Sprache. Immer wieder kam sie darauf zurück. Wenn sie sprechen konnte, dann konnte sie alles ändern. Die Sprache war ein Weg, durch sie konnte sie zurückfinden in die Welt, aus der sie kam. Sie konnte entkommen.

Iona betrachtete die schlafende Kekua. Nach wie vor schien ihr die blinde Yetifrau ungeheuerlich. Sie war riesengroß und bizarr, auf ihrer Haut wuchsen dicke, borstige Haare von der Farbe verdorrter Eichenblätter, und sie konnten sich sträuben! Kekua grunzte und kratzte sich, häufig legte sie sich nieder und döste, ohne daß man zuvor eine Spur von Müdigkeit an ihr bemerkt hätte. Und sie war blind. Die blicklosen Augen, undurchsichtig und bläulich-weiß marmoriert, starrten aus ihrem Gesicht, und Iona erschienen sie furchterregender als alle Ausgeburten ihrer Träume.

Kekua war ein Tier, und doch konnte Kekua sprechen.

Sprache.
Iona entsann sich, wie Onkel Robert vor langer Zeit einmal mit ihr gesprochen hatte; sie war damals noch jünger gewesen. Und er hatte ein Wort benutzt, das sie nicht verstand. Sie fragte ihn, was es bedeutete, und danach fragte sie ihn, was Worte überhaupt bedeuteten, woher sie kämen und woher die Menschen wüßten, wie sie zu benutzen seien.
Und Onkel Robert ging mit ihr durch den Park von Mainwarden spazieren und setzte zu einer Rede an. »Wahrscheinlich waren Gesten unser erstes wirkliches Mittel zur Verständigung«, sagte er. »Wir sprechen ja noch immer mit unserem Gesicht, mit den Händen und dem Körper. Gefahr, sei still, bleib weg, komm her, nimm das und iß – das sind alles Dinge, die wir ausdrücken können, ohne zu sprechen, und es gibt noch viel mehr davon. Bei den Tieren ist es genauso. Aber wie die Tiere haben wir nach und nach festgestellt, daß Gebärden nicht ausreichen. Eine Geste taugt nichts, wenn der andere sie nicht sehen kann – das ist ja oft der Fall. Also braucht man etwas anderes. Und jetzt kommt der Klang ins Spiel –
Tiere haben bestimmte Rufe entwickelt, jede Art ihre eigenen, spezifischen. Rufe können Entfernungen überwinden, eine Verbindung herstellen und aufrechterhalten und Botschaften übermitteln, wenn es keinen Sichtkontakt gibt. Sie sind reicher an Bedeutung und anpassungsfähiger als Gesten. Sie drücken eine Mitteilung viel genauer aus. Eulen und Wölfe, Frösche und Hirsche, alle Tiere benutzen Laute, um sich zu verständigen. Wir auch. Aber wir können unsere Laute außerdem zusammensetzen und fein artikulieren: das Ergebnis nannten wir Wörter, und so erfanden wir die Sprache. Mit der Sprache können wir ganze Pyramiden von Ideen bauen und sie an andere weitergeben. Das kann kein Tier. Das ist es, was den Menschen vom übrigen Tierreich unterscheidet.« Er verstummte eine Weile, und Iona wagte nicht, das Schweigen zu stören.
»Eines ist sonderbar an der menschlichen Sprache«, fuhr Onkel Robert schließlich fort. »Jahrhundertelang dachte man, der Mensch lernt sprechen, indem er seine Eltern nachahmt; aber heute sind die Wissenschaftler anderer Meinung. Sie haben Babys verschiedener Rassen in verschiedenen Teilen der Welt studiert und sind zu der Überzeugung gelangt, daß Kleinkinder, wenn sie zu sprechen anfangen, überall dieselben Grundmuster verwenden. Es ist also durchaus möglich, daß wir nicht eigentlich sprechen *lernen*, sondern vielmehr mit der Fähigkeit ge-

boren werden, die Sprache zu *benutzen.* Wenn das so ist, dann ist jeder, der sprechen kann, definitionsgemäß ein Mensch.«

Iona hatte damals nicht alles begriffen. Aber sie hatte Onkel Roberts Worte in deutlicher Erinnerung behalten, und jetzt gewannen sie eine andere, neue Bedeutung, an die sie damals nie gedacht hätte.

Kekua war kein Mensch, sie war eindeutig ein Tier. Aber genauso eindeutig war, daß sie sprechen konnte. Diese Fähigkeit war gleichermaßen erstaunlich und erschreckend, wie alles andere an den Yetis. Und erstaunlich und erschreckend war auch der Umstand, daß Kekua aus irgendeinem Grund fest entschlossen war, Iona die Sprache der Yetis beizubringen.

Iona wußte nicht, weshalb, aber das war jetzt auch ganz gleichgültig. Die ganze Woche über hatte Iona die Laute, die Kekua ihr vorgesprochen hatte, nachzuahmen versucht. Sie dachte nicht darüber nach. Zwischen Unterricht und Tränen kam sie sich vor wie eine Schlafwandlerin: einzig aus Überlebenswillen hatte sie sich die Worte eingeprägt. Das war jetzt anders. Jetzt wollte Iona lernen – mit der gleichen Entschlossenheit, wie Kekua sie lehren wollte.

Iona lernte schnell. Die Welt ihrer Mutter war kosmopolitisch, und Dorelia Howard hatte darauf bestanden, daß Iona vom ersten Schuljahr an Französisch und Spanisch lernte.

Iona hatte eine natürliche Begabung für Sprachen. Schon als kleines Kind war sie davon fasziniert gewesen – sie kamen ihr vor wie die Puzzlespiele, denen sie mit derselben Leidenschaft frönte: scheinbar zufällig zusammengewürfelte Teile so zu ordnen, daß sie ein Bild ergaben, das war eine Aufgabe, die sie entzückte.

Mit zwölf sprach Iona flüssig Französisch und Spanisch. Die Sprache der Yetis war freilich sehr verschieden. Sie war zugleich einfacher und unendlich komplizierter. Einfach war die Struktur, die Iona ohne größere Mühen begriff. Erhebliche Schwierigkeiten bereitete ihr der Wortschatz. Zum Beispiel der Graswedel, den Kekua ihr an diesem Tag vorgeführt hatte. Für Iona war Gras einfach Gras. Es gab dafür nur ein Wort, und sie wußte es in drei Sprachen. In der Sprache der Yetis gab es zwanzig, fünfzig, vielleicht hundert verschiedene Wörter für Gras, und Iona erkannte bald, weshalb. Wenn sie eine Wiese betrachtete, dann sah sie einfach eine grüne Fläche. Wenn ein Yeti dieselbe Wiese betrachtete, nahm er jedes einzelne Individuum aller Grasarten und -gattungen wahr: und alle hatten einen Namen.

Und nicht allein jedes Gras. Die Yetis hatten Namen für jede Pflanze in jedem Stadium ihres Wachstums: für den jungen Schößling, die ausgewachsene Pflanze, die blühende, die samentragende, die welke Pflanze im Herbst, selbst noch für die Wurzel, die übrigblieb, wenn der Winter nahte. Und Kekua fand, Iona müsse alle Namen kennen.

»Und was ist das?« fragte Kekua. Sie hielt eine Knolle hoch, die Churinga aus dem Uferschlamm ausgegraben und auf die Insel gebracht hatte. Iona betrachtete sie lange.

Seit ihrer Wandlung waren nur wenige Tage vergangen, aber Iona mußte nicht länger über die Bedeutung jedes Lautes, jedes Wortes nachdenken, das Kekua zu ihr sagte: allmählich fügten sie sich zusammen und bildeten Sätze, die Iona verstehen konnte. Sie war jetzt in der Lage, eine Frage zu erkennen und sich auf die Antwort zu konzentrieren. Sie besah sich die Knolle von allen Seiten. Rundlich war sie, birnenförmig und von demselben dunklen Purpur wie eine rote Rübe, ihre Schale war runzelig, und eine Schlammschicht umhüllte sie. Iona wischte den Schlamm fort, zog ein Stück Haut ab und kostete. Die Knolle war wachsweich und schmeckte süß.

Iona runzelte die Stirn. »Ammadian?« fragte sie unsicher.

»Nein«, sagte Kekua, »Ammadian ist es im Frühling, nachdem der Schnee geschmolzen ist: dann beginnt es aufzuwachen und ist klein und trocken. Dieses ist voll und rund und bereit, Blätter zu treiben. Jetzt nennen wir es…«

»Punajuuria!« unterbrach Iona. Ganz plötzlich war ihr der Name wieder eingefallen. »Punajuuria«, wiederholte sie langsam und deutlich.

Kekua nickte. »Und was machen wir damit?«

»Ihr sammelt es. Manches wird frisch gegessen, aber das meiste wird getrocknet für den Winter.«

Die Knolle, entsann sich Iona, war eine der ersten Pflanzen, die Kekua und Churinga ihr gezeigt und benannt hatten. Für die Yetis war sie außerdem eine der wertvollsten Früchte der Erde: nicht nur wegen ihres vorzüglichen Geschmacks, sondern auch weil sie getrocknet und als Wintervorrat aufbewahrt werden konnte.

»Sehr gut.« Kekua lächelte. »Zur Belohnung darfst du sie behalten. Aber suchen wir weiter, was wir sonst noch finden.« Und sie ging das Ufer entlang, Churinga folgte ihr dicht auf den Fersen, Iona in kurzem Abstand. Vor einer Woche hätte sie nicht gewußt, was Punajuuria ist, und noch viel weniger wäre sie imstande gewesen, die klebrige, schlammverkrustete Knolle zu finden. Jetzt zog sie die restliche Schale ab und biß hungrig in die dunkelrote Wurzel.

Im Gehen drehte Iona sich um und blickte zurück. Weit in der Ferne und hoch über ihr erkannte sie verschwommen die Gebirgskämme, tief eingegrabenen Schluchten und schneebedeckten Gipfel, die, wie sie mittlerweile wußte, das Tal mit der Insel in der Mitte kreisförmig abschlossen. Irgendwo dort oben, auf einem der Bergrücken, war Onkel Robert. Im Geiste sah Iona seine hochgewachsene, eckige Gestalt, sah ihn sich schwer auf den Stock stützen, die Augen hinter den Halbgläsern zu schmalen Schlitzen zusammengekniffen, und hinunterspähen in das Talbecken tief unter ihm; und sie stellte sich vor, wie Roschan bei ihm war, der dunkelhäutige, lächelnde Scherpa von den Hängen des Everest, und wie sie gemeinsam versuchten, unter den ewigen Nebelschleiern die Talsohle zu erkennen, und nach ihr Ausschau hielten, – und jetzt stiegen ihr die Tränen in die Augen und liefen ihr über die Backen, so sehr sehnte sie sich danach, zu rufen, laut zu schreien, auf und ab zu springen und zu winken, um ihnen zu zeigen, daß sie da war – daß sie so nah war. Sie biß sich auf die Lippen und schwieg still.
Es wäre sinnlos, und Onkel Robert würde auch nicht von ihr erwarten, daß sie sich »zum Affen machte«, wie er sich auszudrücken pflegte – wobei er nie vergaß hinzuzufügen, daß Affen in Wahrheit ausnahmslos würdevolle, gesetzte und feinfühlige Wesen seien: Affen leben in einer wilden, feindlichen Umgebung und überleben. Nichts Geringeres erwartete Onkel Robert von ihr.
Iona biß die Zähne zusammen und marschierte weiter.

»Jetzt!« sagte Kekua. »Habe ich recht?«
Iona löste den Blick von den fernen Gipfeln und sah die blinde Yeti verblüfft an. »Ja«, antwortete sie. »Es ist genau so geschehen, wie du gesagt hast. Wie kannst du das wissen?«
Es war früh am Abend und abermals eine Woche später. Die beiden standen auf dem kleinen Hügel in der Mitte der Insel. Kekua hatte Iona vom anderen Stamm der Yetis berichtet, den Wanderern. Iona hatte gefragt, wie sie lebten, woraufhin Kekua mit ihr auf den Hügel gestiegen war, um ihr die Bergesgipfel zu zeigen, in denen sie ihre Höhlen hatten. Als sie auf der Spitze des Hügels anlangten, war die Sonne im Begriff unterzugehen, und die blinde Yeti sagte, sie könne Iona ganz genau den Augenblick nennen, in dem sie hinter den Bergen verschwinde.
»Ich fühle es mit der Haut.« Kekua lächelte. »Meine Haut teilt mir viel mit. Manchmal zu viel.«

Das Lächeln schwand aus ihrem Gesicht. Sie langte nach Ionas Hand. »Wenn du genug gesehen hast, gehen wir zurück«, setzte sie hinzu.
Iona führte sie den Hügel hinab. Kekua war durchaus in der Lage, den Abstieg ohne fremde Hilfe zu bewältigen, – sie mußte diesen Weg im Lauf ihres Lebens viele Male allein gegangen sein. Aber wenn sie eine Hilfe bekommen konnte, freundliche, tröstliche Hilfe, dann, hatte Iona mittlerweile gelernt, nahm Kekua sie gern an.
Seite an Seite gingen sie zurück zu den Hütten. »Der Höhepunkt des Sommers ist vorbei«, sagte Kekua. »Heute ist die Sonne zehn Eulenschwingenschläge früher untergegangen als gestern. Und so geht es weiter.«
»Zehn Eulenschwingenschläge?« fragte Iona verwundert.
»Das ist eine meiner Meßweisen«, erwiderte Kekua und blieb stehen. »Hier, ich zeig's dir.«
Nebeneinander standen sie in der zunehmenden Dämmerung. Kekua nahm Ionas Hand und legte deren Finger an ihr Handgelenk, um sie ihren Puls fühlen zu lassen. Zehn Minuten oder mehr vergingen, und Iona trat rastlos von einem Fuß auf den anderen.
»Hab Geduld«, sagte Kekua ruhig. »Es ist ihre Zeit. Sie wird bald da sein. Auch das sagt mir meine Haut.«
Sie hatte kaum zu Ende gesprochen, als über ihnen die Eule erschien und lautlos auf sie zuschwebte.
Iona hatte sie schon oft gesehen, ohne sie eigentlich wahrzunehmen. Jetzt schaute sie auf und sah ihr nach, wie sie mit dem Wind über den Fluß segelte. An der Spitze der Insel machte sie kehrt und kam zurück. Auf dem Hinweg hatte sie sich einfach von der Luftströmung tragen lassen, die von den Bergen herabwehte. Jetzt, als sie zurückkehrte, mußte sie die Flügel benutzen, um vorwärtszukommen.
»Hörst du?« fragte Kekua.
»Nein«, sagte Iona. Sie hatte nie gedacht, daß man eine Eule »hören« könne, es sei denn, sie schrie. Diese Eule jedenfalls flog ohne einen Laut.
»Warte, bis sie näherkommt«, sagte Kekua. »Dann hör genau hin. Ich sag's dir.«
Die Eule glitt von ihnen fort über einen Flußarm und drehte eine Runde über dem Wasser. Dann kehrte sie um und steuerte wieder auf sie zu – diesmal würde sie direkt über ihre Köpfe hinwegfliegen.
»Jetzt!« flüsterte Kekua. »Zähl von einem Schlag zum anderen.«
Iona strengte ihren Ohren aufs äußerste an. Irgendwo über ihrem Kopf, irgendwo zwischen den Sternen und dem Wasser hörte sie aus den

unendlich vielen Tönen und Geräuschen der herannahenden Nacht einen fast unmerklich leise knackenden Laut heraus. Es hätte das Quaken eines Frosches sein können, ein raschelnder Grashalm, ein Blatt, das sich an einer sommertrockenen Frucht rieb. Es war nichts dergleichen. Unter Kekuas Anleitung erfuhr Iona, daß dieses beinahe tonlose Rascheln der Flügelknochen einer Eule war, der sich in der Gelenkpfanne drehte.

Iona hörte es, und sie begann zu zählen. Sie zählte langsam bis fünf, dann hörte sie es erneut. Unter ihrem Finger fühlte sie Kekuas Puls. Als sie zum zweiten Mal zählte, stellte sie fest, daß die dazwischenliegende Zeit, die sie im Geist gemessen hatte, exakt mit Kekuas Puls übereinstimmte. Sie zählte ein drittes Mal, dann war die Eule verschwunden. Der Vogel aber entfernte sich nur für einen Augenblick. Irgendwo stromaufwärts machte er kehrt und segelte zurück, über die Insel hinweg, und dann kam er wieder und flog schwingenschlagend den Fluß entlang. Als die Eule über ihnen war, begann Iona erneut zu zählen, und das Ergebnis war dasselbe – fünf Schläge von Kekuas Puls entsprachen genau einem Schlag der Eulenschwinge. Fünfzig Pulsschläge dauerten so lang wie zehn Eulenschwingenschläge.

»Stimmt es nicht?« fragte Kekua. »Du brauchst gar keine Augen. Üb es nur – dann bist du genauso imstande, mit Pulsschlägen und Eulenschwingen zu messen.« Sie lächelte Iona zu.

Als sie am Rand der Lichtung anlangten, kam Churinga ihnen entgegen. Sie sah, wie Iona die blinde Yeti anlächelte, und fragte, was sie getan hätten. Kekua berichtete, und Churinga lachte und stellte noch eine Frage, die Iona nicht verstand. Aber sie verstand Kekuas Antwort.

»Nein, sie ist noch nicht bereit«, sagte Kekua. »Aber das Schumbi fängt an zu lernen. Bald können wir es zu Tonemetapu bringen.«

18

»Das Schumbi fängt an zu lernen. Bald können wir es zu Tonemetapu bringen.«
Kekuas Sätze klangen noch in Ionas Kopf, als es längst Nacht war und sie in der Hütte lag.
Schumbi, das war sie selbst: es war das Wort, mit dem die Yetis Menschen bezeichneten. Den zweiten Satz aber begriff sie nicht – sie hatte keine Ahnung, wer oder was Tonemetapu war. Ihrem bisherigen Wissensstand zufolge konnte es entweder ein Ort oder ein anderer Yeti sein. Jedenfalls, was immer die Worte bedeuten mochten, sie flößten ihr eine unbestimmte Beklommenheit ein.
Langsam und zaghaft begann Iona Vertrauen zu Kekua zu fassen. Sie vertraute auch Churinga – aber das war viel einfacher. Von ihrer ersten Begegnung an hatte Iona gewußt, daß sie von dem jungen Yetiweibchen mit dem einfachen, offenen Gesicht und dem hochschwangeren Bauch nichts zu befürchten hatte.
Bei Kekua war das anders. Sie war sanft, freundlich und anmutig, viel graziöser als Churinga, die oft linkisch und unbeholfen war in einer Weise, die mit ihrer Schwangerschaft nichts zu tun hatte. Kekua war die Führerin. Sie kümmerte sich um alles, sie bestimmte, was sie aßen, wann sie aufstanden, wohin sie ihre Streifzüge über die Insel unternahmen, über welche Pflanzen und Tiere Iona an welchem Tag unterwiesen werden sollte. Churinga war, das hatte Iona gleich zu Anfang begriffen, kaum mehr als Kekuas Handlangerin – und, zu Unterrichtszwecken, auch deren Augen. Aber stets war es die blinde Yeti, die Entscheidungen traf.
Iona spürte, daß sie einen bestimmten Grund dafür hatte. Sie kannte ihn nicht, aber der Gedanke daran verursachte ihr zunehmend Unbehagen, und die Angst, die sie abgestreift hatte, kehrte zurück und quälte sie. Gewiß, die Yetis waren der Rede mächtig, aber nichtsdestoweniger waren sie Ungeheuer: unbekannte und unberechenbare Ungetüme. Ionas einzige Sicherheit lag darin, daß sie genau das tat, was sie von ihr wollten. Um sich zu schützen, mußte sie alles, was sie bewegte, in sich verschließen und durfte nichts davon, nicht das geringste Anzeichen nach außen dringen lassen – nicht ihre Angst, nicht die Tränen, die sie nach wie vor

heimsuchten, und nicht den brennenden Schmerz über den Verlust von allem, was sie gewesen war, bevor sie hinaus in den Schneesturm gelaufen war.

Und doch tat Iona, was sie sich vorgenommen hatte – sie lernte sprechen. Mit wahrer Verbissenheit stellte sie sich dieser Aufgabe, hartnäkkig und unermüdlich; jedes Wort grub sie in ihr Gedächtnis ein und wiederholte die Laute für sich, halblaut, wenn sie allein war, und im Geist, wieder und wieder, vom Morgengrauen, kaum war sie erwacht, bis in die Nacht, wenn sie sich neben Kekua auf dem Schilfgrasbett in der Hütte zum Schlafen niederlegte. Manchmal unterhielt sie sich sogar mit dem Bären in der Sprache der Yetis: flüsternd und nur wenn sie wußte, daß Kekua schlief.

Iona war felsenfest überzeugt, daß die Sprache ihre Rettung war, ihr Fluchtweg, – obwohl sie sich vorläufig nicht vorstellte, wie das zuwege gehen sollte.

Sie spürte jetzt schon einen Unterschied, und der Unterschied war gewaltig. Zwar ging Iona noch immer mit gesenktem Kopf, lächelte eifrig und pflichtbewußt, wann immer sie glaubte, es werde gewünscht, und wenn sie auf ihren Wanderungen über die Insel einer Gruppe von Yetis begegnete, schlug sie die Augen nieder. Aber allmählich erfaßte sie, was rund um sie vorging. Je besser sie die Sprache der Yetis beherrschte, desto mehr begann sie von der Gemeinschaft der Niedergelassenen zu begreifen.

Und sie beobachtete genau, wie die Yetis lebten, und achtete auf ihren Rhythmus.

Wenn die Dunkelheit in das Tal einzog, verschwanden die Yetis in ihren Hütten, streckten sich auf dem Lager aus trockenem Moos und Flechten aus und fielen alsbald in tiefen Schlaf. Nichts anderes hatte Iona ihr Leben lang getan – mit dem Unterschied nur, daß sie bis zu dem Tag, an dem die Alpträume begannen, ohne Unterbrechung acht Stunden oder mehr geschlafen hatte.

Bei den Yetis war das anders. Sie schliefen ein paar Stunden, dann wachten sie auf und gingen ins Freie. Dort trafen sie einander, kratzten sich gegenseitig, streichelten sich, unterhielten sich leise oder hockten sich einfach hin und betrachteten die Sterne. Manchmal stieg der eine oder andere auf den Hügel, stand lange dort oben und schnupperte die Nachtluft. Anschließend kehrten sie in ihre Hütten zurück und schliefen weiter. Zwei oder drei Stunden später fing das Ganze von vorne an. Selbst im Schlaf nahm Iona das Treiben in der Dunkelheit wahr. Dann wachte sie auf und lauschte, was dort draußen vor sich ging, den Geräuschen, Bewegungen, Stimmen, und je länger sie mit den Yetis lebte, desto schwerer fiel es ihr, wieder einzuschlafen. Eines Nachts, nachdem sie sich eine Zeitlang ruhelos auf ihrem Lager gewälzt hatte, schlug sie die Augen auf und setzte sich auf. Kekuas Bett neben ihr war leer.

Iona kroch ins Freie. Es schien kein Mond, aber die Nacht war sternenklar und hell. Iona sah sich im Kreis der Hütten um, zwischen denen das Gras niedergetreten war, sie entdeckte die Silhouetten mehrerer Yetis, und schließlich erkannte sie auch Kekua. Iona wußte, daß es nur Kekua sein konnte, denn sie hatte den Kopf gewandt, kaum war das Kind aus der Hütte getreten, und in ihren blinden Augen spiegelte sich matt das Licht der Sterne.

Iona ging zu ihr und kauerte sich neben sie. Eine ganze Weile verharrte sie so, starr und verlegen, bis sie auf einmal, aus einer jähen Neigung und ohne eigentlich zu wissen, was sie tat, den Kopf senkte und sich an sie lehnte und ihre Wange an Kekuas Gesicht legte. Kekua atmete leise aus und rieb ihrerseits ihre Wange an Iona.

»Komm, leg deinen Kopf auf mein Knie«, sagte Kekua.

Iona tat es und spürte mit Behagen, wie Kekua ihr das Haar zerteilte, und nach einem Augenblick fühlte sie die Finger, die sanft und schnell über ihre Kopfhaut huschten. Schon oft hatte Iona zugesehen, wie die Yetis solches miteinander taten, und sie hatte gedacht, sie kratzten sich gegenseitig. Aber dafür waren Kekuas Gesten viel zu behutsam und zu systematisch – und sanft: ihre Fingerspitzen berührten kaum Ionas Haut.

»Was machst du?« fragte Iona.

»Macht man das bei den Schumbis nicht?« fragte Kekua zurück.

Iona schüttelte den Kopf. Kekua gab den schnalzenden, kehligen Laut von sich, den Iona schon früher ein- oder zweimal vernommen hatte und der, wie sie mittlerweile wußte, Erstaunen und Befremden ausdrückt.

»Wir vom Volk tun das dauernd«, sagte Kekua. »Wir nennen es ›kleines Sammeln‹. Wir klauben uns die kleinen Tiere aus dem Fell, die aus den Wiesen kriechen und sich auf uns niederlassen und von uns leben wie die Fliegen und Käfer vom Aas. Wir müssen das tun. Sonst vermehren sie sich und nehmen überhand. Dann juckt es, und die Haut entzündet sich, und manchmal wird sie krank.«

Kekua fand etwas. Iona spürte ein kurzes, prickelndes Ziehen, als die Yetifinger das Wesen, was immer es war, von ihrer Kopfhaut entfernten.

Kekua hob die Finger an die Nase und roch daran, dann steckte sie sich das Tier in den Mund und schluckte geräuschvoll. Und fuhr fort, Ionas Haar zu durchsuchen.
Iona wußte jetzt, was Kekua tat. Sie erinnerte sich auch, wie Onkel Robert diese Verrichtung genannt hatte – nicht Kratzen, sondern Lausen. Tiere taten es: sie befreiten sich gegenseitig von Flöhen, Läusen, Zekken. »Es ist eine soziale Betätigung«, hatte er ihr erklärt. »Sie setzt Zusammenarbeit voraus und gegenseitige Sorge. Sie ist vor allem unter den höheren Säugetieren verbreitet, und insbesondere unter den Schimpansen und den Menschen.«
Iona lag reglos in der Dunkelheit, während Kekuas Finger fortfuhren, ihre Kopfhaut zu erforschen. Später – Iona hatte keine Vorstellung, wieviel später – gingen sie miteinander zurück zur Hütte, und Iona schlief sofort und leicht ein. Nach dieser Nacht ging sie, wann immer sie aufwachte, hinaus ins Freie, wie die Yetis. Manchmal war Kekua da, manchmal Churinga.
In ihrer Beziehung zu den beiden Yetis war eine Veränderung eingetreten. Iona beherrschte ihre Sprache inzwischen so gut, daß sie mehr als nur Worte wechselten – sie konnten sich jetzt auf einer tieferen, komplizierteren Ebene miteinander verständigen. Der Unterschied war schwer zu fassen, kaum zu bemerken; aber er war gewaltig.

Das waren die Nächte.
Die Tage folgten einem anderen Rhythmus. Die Mittagsstunden, wenn es heiß war und die Sonne brannte, verbrachte man im Dorf – wie Iona die Lichtung mit den Hütten bei sich nannte. Die Yetis schliefen entweder oder widmeten sich den vielen verschiedenen Aufgaben, die das Leben in der Gemeinschaft der Niedergelassenen mit sich brachte. Aber jeden Morgen und jeden Nachmittag verließen sie die Insel, um Nahrung zu suchen.
Das Ritual der Nahrungssuche änderte sich nie. Es geschah stets nach Anweisung von Yerto dem alten Patriarchen.
»Sag mir – «, begann Iona.
Churinga lachte und fiel Iona ins Wort, bevor sie ihren Satz sprechen konnte.
»Sag mir, sag mir, sag mir!« rief Churinga. »Ist das alles, was du sagen kannst? Jedenfalls sagst du fast nichts anderes, kleines Schumbi. Ich glaube, wir müssen dich Iona-sag-mir nennen!«
Iona wurde rot und verstummte. Es stimmte freilich. Seitdem sie festge-

stellt hatte, daß sie sich mit den Yetis wirklich verständigen konnte, statt sie einfach nur nachzuahmen, war »Akkaarn-ji« ihr Lieblingssatz geworden: Sag mir, erklär mir... Es gab eben soviel zu entdecken, soviel zu lernen, und sie wollte alles wissen.

Churinga ließ sich erweichen. »Was muß Iona-sag-mir denn diesmal wissen?«

»Yerto«, sagte Iona. »Wer ist er? Warum ist er so wichtig? Warum bestimmt er, wo und wie und was gesammelt wird?«

Iona hatte begonnen, Fragen zu stellen, die allmählich die Barriere zwischen ihr und den beiden Yetifrauen zum Einsturz brachten, und mehr noch: sie öffneten ihr einen Zugang zum Leben und zur Welt der niedergelassenen Yetis. Wenn sie zwischen den Hütten über die Lichtung ging, waren die Gesprächsfetzen, die sie aufschnappte, nicht länger unverständliche Geräusche für sie – sie folgten einem System und hatten eine Bedeutung, die Iona erfassen konnte. Sie verstand das Geschrei der Kinder, das Brabbeln der Alten, die langen, ernsten Unterredungen der jüngeren Erwachsenen, und sie konnte sich selbst mitteilen.

Iona war wach und empfänglich und feinfühlig. Sie hatte viel über die Gemeinschaft erfahren, einfach indem sie Augen und Ohren offenhielt, aber es gab noch immer Bereiche, die ihr verschlossen blieben. Dazu gehörte zum Beispiel die Rolle, die der silberfellige alte Yerto spielte. Jeden Morgen versammelten sich alle am Fluß und warteten auf sein Erscheinen. Obwohl es Iona noch nicht erlaubt war, den Fluß zu überqueren und mit der Gruppe die Sammelgründe aufzusuchen – ihre Nahrung brachten die anderen ihr mit –, führten Kekua und Churinga sie stets ans Ufer. Früher oder später kam der alte Patriarch und kletterte mit steifen Bewegungen die Böschung hinab. An guten Tagen, an trokkenen Tagen, wenn er seine Gelenke beugen und strecken konnte, ging Yerto aufrecht; aber häufiger mußte er sich nach vorn fallen lassen und sich mit gekrümmten Fingern abstützen.

Wenn Yerto das Ufer erreicht hatte, befragte er zunächst die Auswärtssucher – die jungen männlichen Yetis, die weite Wanderungen unternahmen und in Gebiete vordrangen, in die der Rest der Gemeinschaft niemals gelangte. Ihre Aufgabe war es, Kunde zu bringen über Fundorte von Pflanzen und Früchten, ihre Reife und ihre Menge, denn diese bildeten die Hauptnahrungsquelle der Gemeinschaft. Nachdem Yerto mit ihnen gesprochen hatte, wandte er sich an die Gruppe der alten Yetiweibchen.

»Ihr habt die Auswärtssucher gehört«, pflegte er dann zu sagen. »Kukkakaali keimt jenseits des flachen Hügels, Ruusukaalia ist in der Nähe des Bergpfades aufgeblüht, und dort, wo der Mondschatten vorüberzieht, sind die Früchte der Karviaismarjoja reif – «

Und immer, nachdem er die Auskünfte der Auswärtssucher wiederholt hatte, legte Yerto eine Pause ein, bevor er zum Ende kam. »Wo also suchen wir heute nach Nahrung?« fragte er schließlich.

Die Yetiweibchen berieten miteinander, dann teilten sie Yerto ihren Ratschluß mit. Yerto nahm ihn fast immer an, aber es gab auch Ausnahmen. Manchmal bestimmte er – aus keinem ersichtlichen Grund – eine andere Gegend zur Nahrungssuche, und wenn dies geschah, stellte niemand seinen Beschluß in Frage. Ihm allein oblag die Entscheidung.

»Yerto«, antwortete Churinga auf Ionas Frage, »ist die Stärke der Gemeinschaft. Und mit Tonemetapus Führung ist er auch unsere Sicherheit – er weiß, wohin wir uns wenden sollen, wenn Gefahr droht. Hast du nicht seine weißen Haare gesehen? Sie zeigen die Zahl seiner Sommer und die Größe seines Wissens. Deshalb ist er es, der die Sammler führt und ihnen gebietet.«

Eine Weile schwieg Iona und dachte nach. In vieler Hinsicht erinnerte Yerto sie an die riesigen männlichen Berggorillas, die sie in Filmen gesehen hatte: wie bei Yerto war ihr Rückenfell silbern, und wie Yerto führten sie ihre Großfamilien an. Aber Yertos Rolle war eine andere. Das Oberhaupt der Berggorillas verdankte seine Position seiner Körperkraft: wenn sie ihn verließ, verlor er auch seine Macht.

Yerto mußte einst sehr stark gewesen sein; jetzt war er im Grunde beinahe ein Krüppel: schwach, halb gelähmt, häufig auf fremde Hilfe angewiesen. Aber das schien nichts auszumachen – er war nach wie vor der unumstrittene Führer der Gemeinschaft, und jeder bezeugte Ehrfurcht vor seinem Alter und der Weisheit, die er mit den Jahren erlangt hatte. Dann gab es noch jenen Tonemetapu, dessen Namen sie nun schon zum zweiten Mal hörte: er mußte sich wohl auf einen Yeti beziehen, wenngleich sie sich noch immer nicht ganz sicher war. Sie wollte Churinga danach fragen, aber es war ihr nicht wohl dabei, und so schwieg sie lieber. Tonemetapu, das spürte sie, gehörte zu einem Teil der Yetiwelt, in die sie noch nicht einmal einen Blick geworfen hatte – zu einem dunklen, verborgenen Teil, vor dem Iona instinktiv zurückschreckte.

Statt dessen sagte sie zu Churinga: »Und Raina ist Yertos Gefährtin?«

Mit Ausnahme von Kekua, Churinga und dem dunkelfelligen Manu waren die meisten Mitglieder der Inselgemeinschaft für Iona nur un-

unterscheidbare, nebelhafte Gestalten ohne eigenes Gesicht. Den alten Yerto erkannte sie – er war unverkennbar. Genauso unverkennbar, wenngleich auf andere Weise, war die Yetifrau, von der Iona annahm, sie sei seine Gefährtin: Raina; diesen Namen hatte sie mehrmals gehört. Sie mußte einmal recht hübsch gewesen sein, kräftig und wohlgestalt wie Churinga. Jetzt war sie alt und gebeugt, ihre Brüste waren welk, und über ihrem Fell lag ein grauer Schleier – es war nicht das klare, glänzende Silber, in dem Yertos Rücken erstrahlte, sondern eine trübe und blasse Farblosigkeit, die an den Haarspitzen begann. Wenn die Beratungen am Ufer stattfanden, stand sie stets in seiner Nähe, und ihre Hütte lag neben der seinen.

Yertos gefurchtes Gesicht war immer ernst und nachdenklich, und oft, wenn er die Stirn runzelte, fand Iona, daß er traurig aussehe. Rainas Gesichtszüge wirkten viel ruhiger und friedlicher. Yerto lächelte nie, Raina hingegen hatte eine fröhliche Natur, manchmal genügte schon der geringste Anlaß – ein Yetikind, das herumrannte und ihr vor die Füße purzelte; dann lachte sie liebevoll, blieb stehen und hob es auf und herzte es. Aber Iona ahnte, daß auch Raina hinter Gelächter und Gelassenheit manchmal verstört war und traurig. Freilich, wenn dem so war, dann verstand sie es viel besser als der Patriarch, ihre Sorgen für sich zu behalten.

Churinga nickte. »So ist es. Raina ist Yertos Gefährtin.«

»Haben sie Kinder?« fragte Iona.

»Eines haben sie. Einen Sohn. Es ist Wengen.«

Wieder verstummte Iona und überlegte, und sie dachte als Schumbi: Wenn Yerto seine Position als Stammesoberhaupt nicht seiner Stärke verdankt, dann hat er sie vielleicht von seinem Vater geerbt, in welchem Fall der Sohn Wengen wiederum Yertos Nachfolger würde.

Iona stellte ihre Frage. »Churinga, sag mir. Wenn Yerto stirbt, heißt das, daß Wengen Anführer der Gemeinschaft wird?«

Churinga lachte. »Sag mir, sag mir, sag mir!«

Später, als Iona zurückdachte, fiel ihr auf, daß in Churingas Lachen ein gezwungener und unbehaglicher Unterton gewesen war; aber sie nahm ihn zuerst nicht wahr; sie wollte nur soviel wie möglich lernen und erfahren, und so bedrängte sie Churinga heftig.

»Bitte, sag's mir, Churinga.«

Die Yeti blieb stumm. Dann, nach langem Schweigen, sagte sie: »Vielleicht.«

Verwirrt sah Iona sie an. Churingas Miene war verschlossen, und Iona

hielt es für besser, nicht weiter zu insistieren, und fragte nur noch: »Welcher von ihnen ist Wengen?«
»Dort drüben ist er.« Churinga deutete auf die andere Seite der Lichtung.
Ein junger Yeti lümmelte dort im Schatten einer Hütte. Iona war er nie zuvor aufgefallen. Sie kniff die Augen zusammen und spähte durch das helle Morgenlicht hinüber.
Der Yeti war ein reifer Erwachsener. Selbst im Liegen erschien er ihr größer und stärker als die meisten seiner Gefährten. Auch war sein Fell glatter und glänzender, es schimmerte, als würde es nicht nur gelegentlich gelaust wie bei den anderen, sondern beständig gepflegt und gestriegelt. Sein Gesicht lag im Schatten, und Iona konnte seine Züge zuerst nicht erkennen.
Dann aber richtete sich der Yeti wie zufällig halb auf, stützte sich auf den Ellenbogen, und Iona zuckte zusammen. Seine Augen waren auf sie geheftet, und ihr wurde mit Schrecken bewußt, daß auch er sie fixiert hatte. Sie sah sein Gesicht und erstarrte. Es war an sich nichts Bemerkenswertes daran – bis auf die Massigkeit vielleicht: breite Wangenknochen hatte er, eine plumpe Boxernase und herabhängende Augenlider. Nein, es war der Ausdruck, der sie entsetzte: es lag eine Feindseligkeit und Böswilligkeit in diesem Gesicht, die sich eindeutig gegen sie richtete und die sie noch über die Entfernung hinweg erkannte und deutlich spürte. Iona erschauerte. Sie schmiegte sich eng an Churinga, legte den Arm um sie und kratzte ihre Nase. Aber Wengen starrte weiterhin über die Lichtung zu ihr herüber mit einem Blick, den Iona, wäre sein Gesicht ein menschliches gewesen, nur als unversöhnlichen Haß hätte deuten können.
Sie fühlte, wie eine Welle von Panik in ihr aufstieg und ihr die Kehle zuschnürte. Sie hatte geglaubt, sie wäre ihre Angst losgeworden, aber das war ein Irrtum. Die Angst war in dem Augenblick zurückgekehrt, als Kekua den rätselhaften Tonemetapu erwähnt hatte, und sie nahm zu, als Wengen sie mit seinem bohrenden, haßerfüllten Blick fixierte und sie gegen ihren Willen an sich bannte. Endlich aber riß Iona ihre Augen los und senkte sie zu Boden. Ihr Herz klopfte heftig.
Sie war von einer Sippe großer Affen gefunden und gefangengenommen worden: monströse Ungetüme – das waren sie nach wie vor. Gleichwohl war ihr die Welt der Yetis, so fremdartig und abnorm sie auch war, nach und nach wohlgeordnet und gesittet und durchaus friedfertig erschienen, eine Tierwelt, unberührt von den menschlichen

Leidenschaften, in der es keinen Zorn, keinen Ehrgeiz, keine Verbitterung und keinen Groll gab. Onkel Robert hätte von ihr erwartet, daß sie darauf so reagierte, wie er es getan hätte: gelassen und sachlich.
Iona hatte ihr Bestes getan. Sie hatte die Wesen beobachtet, ihr Verhalten studiert, hatte sich an ihren Rhythmus und ihre Lebensformen angepaßt. Dank ihres vorzüglichen Gehörs war sie auf dem besten Weg, die Laute und Rufe, die ihre Sprache ausmachten, zu verstehen und sogar wiederzugeben. Iona war sicher gewesen, daß diese Errungenschaft ihr irgendwie einen Weg in die Freiheit öffnen würde.
Und jetzt wurde ihr mit jähem Entsetzen bewußt, daß sie sich irrte. Die Welt der Yetis war nicht das, was sie schien. Schatten lagen auf der friedlichen Oberfläche ihres Daseins, und darunter brodelte es: unter den Schatten herrschten finstere und gewaltsame Strömungen.
Kekuas nahezu zwanghafte Besessenheit, ihr die Sprache der Yetis beizubringen – vor Sonnenaufgang begann sie damit und trieb sie unbarmherzig an, und wenn die Nacht hereinbrach, war der Unterricht noch längst nicht zu Ende. Der ängstliche Beiklang in Churingas Lachen. Die unverständlichen Hinweise auf einen gewissen Tonemetapu. Die Trauer in den Gesichtern des Patriarchen Yerto und seiner Gefährtin Raina. Der flammende Haß in Wengens Augen. Das alles gehörte dazu. Das Tal durchlebte seinen eigenen Alptraum. Sie selbst, argwöhnte Iona mit Grauen, hatte etwas damit zu tun.
In dieser Nacht weinte Iona nicht, trotz ihrer neuen Furcht. Sie dachte nicht an ihre Mutter, nicht an Mainwarden, nicht einmal an Onkel Robert. Sondern sie entdeckte, daß ihre Gedanken bei dem großen, dunkelbepelzten Yeti waren, der sie am Flußufer gefunden hatte. Dieser Yeti, Manu, war der einzige, der sie nicht mit Furcht gemustert hatte, der einzige, der nichts von ihr verlangte. Statt dessen hatte Manu ihr eine Hütte gebaut. Und er hatte sie angelächelt.
Mit dem Teddybären im Arm schlief Iona endlich ein, und die Erinnerung an Manus Lächeln wärmte ihr das Herz.

19

Wengen stand auf und ging davon. Er verließ die Lichtung und stieg auf die Spitze des langgestreckten Hügels, der wie eine knotige Wirbelsäule aus dem Rücken der Insel herauswuchs. Oben angelangt, hockte er sich nieder und starrte aus schmalen Augenschlitzen über den Fluß. Für einen Yeti aus dem Tal waren seine Augen ungewöhnlich hell, grauweiß, kalt und wäßrig: wie die Steine im Fluß; indes die anderen vom Stamm der Niedergelassenen dunklere, schieferblaue Augen hatten.
Gleißend lag die Sonne auf dem Wasser. Dort unten, in Ufernähe, sah er Manus Leopardin im Schatten schlafen.
Wengen wartete.
Manchmal schien es ihm, als habe er sein Leben lang nur gewartet. In den vergangenen drei Wochen jedenfalls hatte er gewiß nichts anderes getan als gewartet, Tag für Tag: seitdem Manu mit dem Schumbi auf den Schultern und der achatäugigen Mordbestie auf den Fersen durch den Fluß geschwommen war.
Dieser Leopard machte ihn wahnsinnig. Er ließ es sich natürlich nicht anmerken – er ließ sich nie etwas anmerken. Aber dieses Tier hatte hier nichts zu suchen, es gehörte in den Schnee, ins Gebirge, nicht ins Tal. Wengen haßte diese Kreatur und mißtraute ihr, so fremdartig und gefährlich, und er wußte, daß auch die Leopardin ihn verabscheute. Er spürte ihre Feindseligkeit, wann immer sie einander in die Quere kamen: dann sträubte sie das Fell, und ihre schwarze Schwanzspitze zuckte hin und her wie der Schwanz einer Schlange, und sie knurrte bedrohlich, bis Manu sie beruhigte.
Was ihn vor allem in Wut versetzte, war die Art, wie der Rest des Inselstamms sich diese Bestie gefallen ließ. Wengen war Yertos Sohn und sein Nachfolger als Oberhaupt der Niedergelassenen, und doch hätte er, Wengen, Thronfolger, niemals ein solches Untier auf die Insel bringen dürfen – niemand hätte seine Anwesenheit hingenommen. Aber Manu setzte offenbar alles durch, wonach ihm der Sinn stand. Selbst Raina – seine eigene Mutter! – war Manu öfter zu Diensten, als sie ihn lauste, ihren Sohn; und das war das untrüglichste, das unerträglichste Zeichen für die Bevorzugung seines Feindes.
Er, Wengen, Sohn des Patriarchen der Insel, Erbe des Entscheidungsträ-

gers und Herrn über das Sammeln und die Wolkenzeitberatungen, er war durch einen Fremden von den Bergen, einen lausigen Emporkömmling, an den Rand gedrängt worden. Manu der Eindringling war der Schwarm aller Frauen und der beste Jäger und selbst als Sammler nicht schlecht, und was am schlimmsten war: die jüngeren Stammesmitglieder schienen den Störenfried als ihren rechtmäßigen künftigen Anführer zu betrachten.

Wengen stieß ein Knurren aus. Er rutschte vor und zurück, kochend vor Wut. Aber er hatte sich in der Hand. Mit derselben eisernen, unbeirrbaren Beherrschung, die er anwandte, seit er denken konnte, brachte er sich wieder zur Besinnung und zu kühlem Denken.

Er unterschied sich von den anderen. Er konnte nicht sagen, inwiefern oder weshalb, nicht einmal seiner Mutter konnte er es erklären, und Yerto erst recht nicht. Aber er fühlte es tief in seinem Inneren und wußte es seit seiner frühesten Kindheit: er war anders als der Rest. Er sah weiter als alle anderen, sein Wille war stärker und ebenso sein Geist. Er war auch körperlich stärker, zumindest konnte er es sein, wenn er es wollte.

Mochten Manus Muskeln im Augenblick noch härter sein – das waren sie ohnehin nur, weil der Bergyeti stumpfsinnig darauf bestand, seinen Körper zu ertüchtigen, indem er jeden Tag mit den anderen sammeln ging. Wengen begnügte sich damit, auf der Insel zurückzubleiben, die Arbeit den Sammlern zu überlassen und zu verspeisen, was sie an Ausbeute mitbrachten. Das war sein Vorrecht als Yertos Sohn. Aber wenn seine Zeit erst gekommen war, dann würde er sogar Manu an Kraft übertreffen. Das wußte er wohl.

Wenn seine Zeit gekommen war... Es war jetzt nicht mehr weit bis dahin. Alles im Tal war in Veränderung. Das außerordentliche Geschehen, das mit der Ankunft des Schumbis über den Stamm hereingebrochen war, konnte nur Teil eines höheren Plans sein, zu dem auch das Verschwinden der Jagdwilds von den Bergen gehörte. Natürlich hatte ausgerechnet Manu das Kind finden müssen – wie denn nicht. Der Groll, den Wengen darüber empfand, übertrug er auf Iona. Sie war fremd und bedrohlich; aber seine Feindseligkeit war jetzt gemischt mit Faszination. Wengen wußte noch nicht, was die Entdeckung des Schumbis bedeutete, aber eines war sicher: nichts würde je wieder so sein wie zuvor. Manchmal hatte er das Gefühl, es sei dieses Kind, das ihm die Gelegenheit verschaffen würde, die er brauchte, – und im Ergreifen einer Gelegenheit war Wengen nie langsam gewesen. Er leckte sich die Lippen, als er an den Tag zurückdachte, an dem er zum letzten Mal zugegriffen hatte.

Im Vorjahr war es gewesen, der Sommer ging dem Ende zu, und die kleine Churinga erntete Dinkel. An diesem Tag hatte Wengen Lust verspürt, sich den Sammlern anzuschließen. Churinga war Manu versprochen, in der Wolkenzeit hatte man es beschlossen, aber Manu war wieder einmal unterwegs, Yerto hatte ihn in die Berge geschickt. Angezogen von den wogenden Halmen eines Getreidefeldes am anderen Ende des Tals, entfernte sich Churinga von den anderen. Wengen folgte ihr unbemerkt.

Er wartete, bis sie außer Sicht- und Hörweite der übrigen waren. Dann schlug er zu. Er nahm sie von hinten. Und er preßte ihr die Faust ins Gesicht, damit sie nicht schrie, und drückte ihr den Kopf in den Nacken, bis er an ihren Schläfen das Blut hämmern fühlte. Er drang mit brutaler Gewalt in sie ein und lockerte den eisernen Klammergriff seiner Hand gerade so weit, daß er sie wimmern hörte vor Schmerz, während er sie wieder und wieder rammte.

Danach waren Blutspritzer auf dem Gras – und auf den fetten Ähren des reifen Korns. Beim Gedanken daran fletschte Wengen die Zähne. Er war der erste gewesen, der sie bestiegen hatte – das war das Beste, der wahre Sieg: das frische, funkelnde Blut auf der Wiese. Bevor er ging, leckte er daran, und es schmeckte salzig und gut. Und er zog von dannen und ließ Churinga zusammengekrümmt und schluchzend auf der Erde liegen.

Er wußte, daß sie viel zuviel Angst vor ihm hatte, um irgend jemandem zu erzählen, was geschehen war. Natürlich hatte Manu sie seither bestiegen: er wußte freilich, daß er nicht der erste war, aber wer ihm zuvorgekommen war, das wußte er nicht. Und jetzt war Churinga schwanger, das Kind konnte jeden Tag zur Welt kommen. Wieder grinste Wengen mit gefletschten Zähnen. Manu konnte nicht wissen, von wem das Kind war. Eines Tages, wenn die Zeit reif war, würde er es ihm sagen. Unterdessen mochte der dunkelhäutige Bergyeti sich ruhig noch eine Weile mit seinen Zweifeln herumquälen.

Während Wengen auf Gesäß und Fersen vor- und zurückrutschte, hörte er vom Fluß herauf ein Plätschern, und er sah das Wasser aufspritzen. Die Sonne stand jetzt tief und schien ihm fast direkt ins Gesicht, und Wengen mußte beide Hände über die Augen legen, um erkennen zu können, was sich dort unten tat.

Es war das Schumbi. Es hatte seine regenbogenfarbene Haut abgelegt –

diese Haut, die es abnehmen konnte, wie es lustig war, anders als die Yetis ihren Pelz. Es stand in der Furt und wollte sich baden. Augenblicklich wurde Wengen zum Stein und saß und starrte unverwandt auf die winzige nackte Gestalt hinab.

Bis zur Taille stand Iona im Fluß und spritzte sich das kalte Gebirgswasser ins Gesicht und rieb sich hastig den Körper ab.
Ihre Haut prickelte. Sie tauchte den Kopf unters Wasser und wusch sich die Haare und schnappte nach Luft, als sie sich wieder aufrichtete. Zitternd vor Kälte watete sie an Land. Dort brach sie vom Ast einer Weide einen Zweig ab, schälte die Rinde ab, kniete sich am Rand des Wassers nieder, tauchte das Ende des Zweigs in einen Flecken weißen, sauberen, silbergeäderten Sand und fing an, sich damit die Zähne zu putzen.
Währenddessen ertönte von irgendwo oben ein tiefes Brüllen. Iona hob den Kopf. Mit den Augen suchte sie das Flußufer ab und sah Babilla die Leopardin: zehn Meter über ihr lag sie unter einer Bergerle, riß das Maul auf und brüllte noch einmal. Es klang gar nicht bedrohlich – es war Babillas Art, den herannahenden Abend und Ionas Bad im Fluß zur Kenntnis zu nehmen.
»Babilla!« rief Iona leise. »Magst du nicht kommen und mitbaden?«
Sie lebte nun schon drei Wochen bei den Yetis. Fast von Anfang an hatte die Leopardin Iona bei ihren täglichen Waschungen im Fluß Gesellschaft geleistet. Sie trabte neben dem Kind ins Wasser, paddelte wieder ans Ufer und begann sich zu putzen: mit derselben Grazie, derselben bewußten Selbstgefälligkeit wie eine gewöhnliche Hauskatze.
»Komm schon, Babilla!« Iona schlug einladend aufs Wasser und spritzte. »Heute ist es fast warm.«
Die Leopardin sah sie mit halbgeschlossenen, aber wachen Augen an. Sie knurrte leise, dann fiel ihr der Kopf auf die Pfoten zurück. Sie fühlte sich durchaus wohl so, wie sie war, ließ sich die Abendsonne auf den Pelz scheinen und empfand nicht die geringste Neigung, sich von der Stelle zu rühren.
Iona lachte. Genau wie Misty, dachte sie. Misty war dieselbe dickköpfige Einzelgängerin und tat nur, was sie wollte, und wenn sie nicht wollte, war alle Überredung vergeblich. Nicht anders war Babilla. Iona griff wieder nach ihrem Zweig und putzte sich weiter die Zähne, und jetzt hörte sie über sich ein Rascheln und sah auf. Einer der Yetis beobachtete sie, das spürte sie. Ihr Blick glitt den Hügelrücken entlang, stockte, kehr-

te zurück – da war etwas, halb verborgen hinter einem Grasgestrüpp, ein Schatten nur. Iona ließ ihn nicht aus den Augen.
Es war Wengen.
Seitdem Churinga ihr den Häuptlingssohn gezeigt hatte, war Iona sich bewußt, daß die bleichen Yetiaugen ihr überallhin folgten. Den Haß in seinem Blick, mit dem er sie am Morgen über die Lichtung hinweg angestarrt hatte, den vergaß sie nicht. Jetzt war dieselbe Feindschaft in seinen Augen, aber es lag noch etwas anderes darin – Gier. Iona sah, wie er sich mit zuckender Zunge über Lippen fuhr.
Es überlief sie kalt, und im Nacken sträubten sich ihr die Haare. Sie steckte ihren Zweig in eine Handvoll Moos, die sie als Schwamm benutzte, und verwahrte beides in einem Spalt im Stamm der Weide. Dann lief sie davon, den Hügel hinauf, fort von der stummen, drohenden Erscheinung über ihr, um Kekua und Churinga zu suchen.
Im Laufen dachte sie an die schwangere Yeti. Am Tag zuvor hatte Churinga Ionas Hände auf ihren Bauch gelegt, damit sie die Bewegungen des Babys fühlen konnte. Churinga tat, als wiegte sie ein Kind im Arm, und begann zu lachen, aber in dem Augenblick schlenderte Wengen über die Lichtung. Churinga erschrak und verstummte, und Iona hatte die Angst in ihren Augen gesehen.
Iona fragte, was los sei, aber Churinga schüttelte bloß den Kopf und wandte sich ab, ohne zu antworten. Jetzt war Iona entschlossen, die Wahrheit zu erfahren. Es war nicht nur Churinga, die vor dem Häuptlingssohn Angst hatte, – auch Iona fühlte sich bedroht.
Wengen richtete sich ein wenig auf und sah dem flüchtenden Schumbi nach, und unter seinen halbgeschlossenen Lidern blitzte es kurz. Noch war es nicht so weit. Aber bald, nur Geduld. Wieder leckte er sich die Lippen, und er schmeckte Blut auf Ähren.

Kekua und Churinga kauerten nebeneinander im Kreis der Frauen und Kinder und schälten Korn.
In vollem Lauf tauchte Iona hinter ihnen auf und blieb jäh stehen, verzagt auf einmal. Sie konnte jetzt nicht mit Kekua reden. Sie mußte warten, bis sie miteinander allein waren. Während sie noch unschlüssig stand, mußte Kekua ihre Gegenwart gespürt haben. Die blinde Yeti hielt in ihrer Arbeit inne und wandte den Kopf.
»Die Körner müssen herausgelöst und gesäubert werden«, sagte sie. »Erst dann können sie getrocknet und für die Wochen nach der nächsten Schneeschmelze aufbewahrt werden. Wenn man sie am Halm läßt,

werden sie feucht und verrotten. Komm, hilf uns. Churinga zeigt dir, wie man es macht.« Sie winkte, und Iona trat in den Kreis und kauerte sich neben ihr nieder.
Die Finger der Yetis, selbst der Kinder, bewegten sich mit erstaunlicher Schnelligkeit und Geschicklichkeit. Sie zogen die Früchte vom Halm und lösten die Körner aus den stachligen Hüllspelzen und schnippten sie auf den immer größer werdenden Haufen in ihrer Mitte. Iona versuchte es ihnen gleichzutun, aber ihre Finger waren langsam und unbeholfen, und die rasiermesserscharfen Blätter an den Halmen schnitten ihr die Haut auf, so daß sie bald blutete. Sie biß die Zähne zusammen, leckte das Blut ab und arbeitete weiter.
Etwa eine Stunde später waren sie fertig. Eines der jungen Weibchen ging und brachte einen kurzen ausgehöhlten Baumstamm, der an einem Ende mit getrocknetem Lehm versiegelt war. Sie füllten den Stamm voll Getreide und verschlossen auch das andere Ende. Zu dritt schleppten sie ihn ins Vorratslager, und die übrigen Yetis zogen sich einer nach dem anderen in ihre Hütten zurück. Churinga verschwand in eigener Sache irgendwohin, und Iona blieb mit Kekua allein.
»Was willst du wissen?« fragte Kekua.
Ionas Augen wurden groß. Kein Wort hatte sie gesagt, aber selbst wenn sie nichts sagte, wußte die blinde Yeti, daß Ionas Herz voller Sorgen und Fragen war.
»Wengen«, antwortete sie. »Warum hat Churinga Angst vor ihm? Warum haßt er mich? Ich habe auch Angst vor ihm.«
Ein langes Schweigen trat ein. Kekua starrte Iona mit ihren blinden Augen an. »Du wirst es von Tonemetapu erfahren«, sagte sie endlich.
»Wer ist Tonemetapu?« fragte Iona. »Immer wieder höre ich den Namen und weiß nicht, was er bedeutet.«
»Er wird es dir sagen.«
»Aber wann?« fragte Iona beharrlich. »Du selber hast gesagt, daß ihr mich zu ihm bringt, sobald ich sprechen kann – das habe ich gehört. Wie lange muß ich noch warten? Ich kann doch schon sprechen! Ich spreche mit dir!«
»Du sprichst gut«, sagte Kekua ruhig. »Aber da ist einiges, was du noch tun mußt. Du warst noch nicht beim Sammeln, außer mit Churinga und mir auf der Insel. Du warst nicht mit den anderen auf den Feldern.«
»Dann laß mich mit den Sammlern gehen. Du hast mir alles gezeigt, die Gräser, die Früchte, die Wurzeln. Ich kenne sie – ich weiß sogar, wie sie heißen!« Iona schüttelte enttäuscht den Kopf.

»Das stimmt. Es ist Zeit für dich, zum Sammeln zu gehen.«
»Wann? Morgen?«
»Ja, es kann morgen sein.«
»Und danach, was muß ich danach tun?« fragte Iona eifrig und dringlich.
Die blinde Yeti lächelte über die kindliche Ungeduld. »Danach«, sagte sie, »mußt du zeigen, daß du wahrhaft zu uns gehörst.«
Die Antwort bestürzte Iona so, daß sie verstummte. Wie konnte sie je zu den Yetis gehören? Sie war keine von ihnen, kein Tierwesen, sie war ein Mensch! Ihre Welt war Mainwarden, nicht diese sonderbare Insel mit ihren Vogelnesthütten, von einem Fluß umschlossen, mitten in einem von Schnee- und Eiswänden eingekesselten Tal... Wenn sie sich auf sie einließ und Teil von ihnen wurde, dann war es für immer.
In ihrer Angst und Verwirrung wehrten sich alle Instinkte in ihr allein gegen die Vorstellung, und die Panik ergriff sie wieder. Aber sie kämpfte sie nieder, wie so oft in der letzten Zeit, und sie redete sich zu: sie war kein Ungeheuer, niemals würde sie eines werden – niemals, was immer sie auch mit ihr anstellten. Sie war Iona, ein Mensch, und sie würde in die Welt zurückkehren, aus der sie kam, zurück zu den Menschen. Bis dahin mußte sie, selbst Kekua gegenüber, so tun, als hätte sie teil am Leben der Yetis.
»Was muß ich dafür tun?« fragte sie so ruhig wie möglich.
Kekuas Schultern hoben sich leicht, unmerklich fast, und sie breitete die Arme aus, die Handflächen aufwärts gewandt, um das Abendlicht einzufangen.
»Wenn es soweit ist, mußt du nicht fragen«, sagte Kekua. »Dann weißt du es.«

20

Am nächsten Morgen, als die Gemeinschaft der Niedergelassenen sich in der frühen Dämmerung am Flußufer versammelte, war Iona unter ihnen.
Jeden Tag war sie am Ufer gewesen, seit ihrer Ankunft, aber heute war es anders: zum ersten Mal durfte sie in die Sammelgründe mitgehen. Ein wenig beklommen war ihr zumute, und sie fröstelte in der morgendlichen Kälte, als sie alle zusammen auf das Erscheinen des Patriarchen warteten.
Und da kam er von der Lichtung herab. Mühevoll setzte er einen Fuß vor den anderen, jeder Schritt eine Plage. Er lauschte den Berichten der Auswärtssucher und besprach sich mit den alten Frauen. Danach überlegte er eine Weile, kratzte sich die silbergraue Brust und murmelte geistesabwesend vor sich hin. Schließlich hob er den Arm und erteilte seine Anweisungen.
»Heute gehen wir zu den Wiesen zwischen dem Erdwall, auf dem das Reh stand, und den Bäumen, die das Kind des dunklen Sturms vernichtet hat«, sagte er.
Von allen Seiten ertönte zustimmendes Grunzen bei seinen Worten. Iona wußte, daß jeder Fußbreit der Sammelgründe einen eigenen Namen hatte; das Gebiet, das Yerto diesmal auserkoren hatte, war offensichtlich beliebt. Jetzt watete der Sammeltrupp in den Fluß und begann zum anderen Ufer zu schwimmen, Kekua und Churinga eingeschlossen. Keine von beiden war auf die Idee gekommen, daß Iona Schwierigkeiten bei der Flußüberquerung haben könnte – jedes Yetikind konnte schwimmen, sobald es laufen konnte.
Iona blieb unschlüssig am Ufer stehen und beäugte die dunklen, gischtsprühenden, wirbelnden Fluten mit Mißtrauen. Sie schwamm recht gut, aber die Strömung war beängstigend stark und reißend; zudem war sie ohne einen Pelz, wie die Yetis ihn hatten, der Eiseskälte des Flusses schutzlos ausgeliefert, und sie hatte wenig Lust, mit den Kleidern ins Wasser zu springen und danach stundenlang die Nässe am Leib zu tragen.
Manu stieg als letzter in den Fluß, gefolgt von Babilla. Er schwamm ein paar Züge, dann schaute er zurück, sah Iona verzagt am Ufer stehen

und kehrte um. Lachend nahm er sie auf die Schultern und sprang erneut ins Wasser. Wenige Minuten später stand Iona, beinahe trockenen Fußes, am anderen Ufer.

Fast eine Stunde lang waren sie unterwegs. Am Ziel angelangt, stellten sie sich in einer Linie auf und begannen systematisch die Wiese zu durchkämmen. Iona sah zu: die Yetis sammelten die Ähren verschiedener Gräser in kleine geflochtene Weidenkörbe, die jeder mit sich trug. Wenn die Körbe voll waren, leerten die Sammler ihre Ernte auf ein Hirschleder, das am Rand der Wiese ausgebreitet war.

Zwei Wochen früher hätte Iona nicht gewußt, nach welchen samentragenden Gräsern sie überhaupt Ausschau halten sollte; jetzt erkannte sie die meisten und kannte auch ihre Namen. Eine Art sah wie grüner Fahnenhafer aus, eine andere hatte die langen, scharfen Grannen der Gerste, eine dritte schien ihr eine Sorte Weizen zu sein. Iona reihte sich hinter Kekua ein und begann ebenfalls mit dem Sammeln.

Wenige Minuten später waren ihre Finger von Schnitten übersät und bluteten – wie am Vortag, als sie die Körner aus den Spelzen geschält hatte. Sie hörte auf zu pflücken und leckte sich wütend ihre Wunden. Das Blut schmeckte nach Salz und Eisen und aus irgendeinem Grund nach Brombeeren. Sie verzog das Gesicht und fragte sich, weshalb. Dann fiel es ihr ein: Mr. Simpson. Er hatte sie in Mainwarden mitgenommen zum Brombeerenpflücken – »Dornbeeren« nannte er sie. Mr. Simpson hatte sie immer getadelt wegen ihrer Ungeduld: weil sie sich mitten hinein in die dornigen Büsche stürzte und gierig nach den schwarzen Früchten langte. »Sei doch vorsichtig!« hatte er sie geschimpft. »Halt dich zurück! Du mußt logisch vorgehen. Für alles, was man erntet, gibt es eine eigene Methode. Denk dran, wie wir auf den Feldern das Getreide ernten.«

Hier, auf der Talsohle, erinnerte Iona sich an Mr. Simpsons Ermahnungen. Sie wurde langsamer und bemühte sich, die Ähren zu pflücken, statt wahllos die ganzen Halme auszurupfen. Und es ging schon viel besser. Hinter Kekua und den anderen arbeitete sie sich langsam voran. Dann erregte etwas ihre Aufmerksamkeit, und sie hielt inne und richtete sich auf.

Die Yetis hatten unterdessen ein Stück Wiese erreicht, wo die Halme kürzer und kräftiger wuchsen, und als sie weiter vorrückten, scheuchten sie eine Anzahl kleiner pelziger Tiere auf, die in Angst und Schrekken davonstoben. Iona betrachtete sie stirnrunzelnd. Sie sahen aus wie die Kaninchen, die in Mainwarden vor dem Mähdrescher flüchteten.

Der alte Silas, der den Mähdrescher fuhr, pflegte Netze zu spannen, um sie zu fangen – »Nichts geht über Karnickelfleisch für einen anständigen Schmortopf zu Erntedank«, behauptete er und pflückte ein Kaninchen aus dem Netz und brach ihm mit einem Schlag seiner flachen Hand das Genick. Zack.

Unter der Sonne des Himalaya stand Iona und träumte von dem thymianduftenden Kaninchenbraten im Brotteig, den Margret, seine Frau, daraus machte, und das Wasser lief ihr im Mund zusammen. Margret hatte ihr immer ein besonders zartes Rückenfilet herausgeschnitten und ein Stück von der Brotkruste dazugelegt, triefend vom Bratensaft. Und während Iona sehnsüchtig an die Festessen in Margrets Küche dachte, fiel ihr auf, daß sie die Yetis nicht ein einziges Mal hatte Fleisch essen sehen.

Während sie in Gedanken halb bei den dampfenden Töpfen im Bauernhaus war und halb bei den Schnittern vor ihr, bemerkte sie Manu am Ende der Reihe. Wie stets folgte Babilla ihm auf dem Fuß. Auf einmal aber fiel sie flach auf den Bauch und erstarrte, die Ohren gespitzt, nur die schwarze Schwanzspitze zuckte. Babilla lauerte. Eines der kleinen Tiere, das vor den Schnittern davongelaufen war, kam zurück und hüpfte zwischen ihnen hindurch.

Das Tier glaubte sich wohl in Sicherheit; es wurde langsamer und trottete schnüffelnd durchs Gras. Und Babilla machte einen Satz. Ein heller Bogen aus Muskeln und Krallen und glänzendem, rosageflecktem Fell, schnellte ihr Körper empor und pfeilgeschwind zurück auf den Boden. Ein Quieken war zu hören, es gab einen kurzen, heftigen Kampf, dann war es still. Babilla hob den Kopf. Iona sah Blutspuren um ihr Maul. Eine Sekunde später sprang die Leopardin erneut.

Von den kleinen Tieren waren etliche dem ersten gefolgt, quer durch die Reihe der erntenden Yetis. Ihr Leben wollten sie retten und endeten in einer tödlichen Falle. Babilla erlegte ein drittes Tier und ein viertes, wieder und wieder stürzte sie sich auf eine Beute, und Iona hatte längst aufgehört zu zählen. Endlich hielt die Leopardin inne, schaute sich um und fauchte angriffslustig. Dann ließ sie sich nieder und fing an, ihre letzte Beute genüßlich zu verspeisen.

Manu lief zurück zu ihr. Babilla hatte ihre Jagd nur wenige Schritte von der Stelle beendet, an der Iona stand. Manu hob die toten Tiere auf, durchbohrte ihre Backen mit seinem Messer und knüpfte sie an das geflochtene Seil, das er um den Bauch gebunden hatte: viele waren es, zwölf oder fünfzehn. Dann ging er zu einem Felsblock am Rand der

Wiese und hockte sich dort nieder. Mit dem Knochenmesser und seinen nicht minder scharfen Schneidezähnen begann er, die Tiere sauber zu häuten. Er machte es nicht anders als Margret in Mainwarden mit ihren Kaninchen.

Und Iona erinnerte sich, wie die alte Margret ihr eine ihrer grundlegenden Lebensweisheiten verraten hatte, während sie mit geübten Fingern das Tier ausnahm. »Eins mußt du wissen, Mädchen, – das müssen alle jungen Frauen wissen. Nämlich, wie sie sich einen Mann fangen, der ein Kaninchen fangen kann. In der Reihenfolge, merk dir's! Was brauchen sie einen Mann, der keine Fallen stellen, Schlingen legen und nicht schießen kann? Das ist nix für dich, für mich auch nicht. Also, damit du dir auch wirklich einen Mann fängst, der fangen kann, mußt du erst lernen, was du mit den Viechern anfängst, die er heimbringt. Du mußt wissen, wie du seinen Bauch vollkriegst und ihm eine Jacke schneiderst, damit er es warm hat, wenn er wieder hinaus in die Kälte geht.«

Iona erinnerte sich mit Wehmut. Und ihr fiel ein, wie sie beim Kaninchenhäuten immer an ihre Mutter hatte denken müssen, wenn sie vom Tanzen heimkam und sich die langen Glacéhandschuhe abstreifte, und bei der Erinnerung stiegen ihr wieder die Tränen in die Augen.

»Iona – «

Mit dem Handrücken wischte sie sich übers Gesicht und sah auf. Manu war aufgestanden und kam zu ihr herüber. Er lächelte und berührte ihre Nase. »Komm mit mir«, sagte er.

Er nahm sie bei der Hand und führte sie zu seinem Felsen. Iona betrachtete die Tiere, Babillas Jagdbeute, die ihm um die Hüften baumelten. Sie kannte sie nicht, aber sie fand, sie sähen aus wie die Kreuzung zwischen einer großen Ratte und einem Krallenaffen.

Manu hockte sich wieder neben den Felsen. Von dem ersten enthäuteten Tier hatte er bereits gegessen, der Rücken und die Keulen fehlten. Unterdessen hatte Babilla ihr Mahl beendet, sie mußte für sich allein mindestens ein Dutzend dieser kleinen Geschöpfe vertilgt haben. Jetzt gähnte sie und begann sich mit trägen, genüßlichen Bewegungen zu säubern.

Mit dem Knochenmesser schnitt Manu vorsichtig einen langen Streifen Fleisch aus einem Tier und hielt ihn Iona hin. »Ich weiß nicht, ob Schumbis sammeln oder jagen. Aber nimm das. Iß es. Es ist gut.«

Dunkelrot glänzte das frische Fleisch und troff von Blut, und Iona spürte auf einmal einen Heißhunger nach Fleisch. Trotzdem war sie außerstande, das Tier roh zu essen, wie er es getan hatte. Es mußte gekocht werden! Die Yetis aber benutzten kein Feuer; alles, was sie erbeuteten, verspeisten sie roh; sie kannten das Feuer nur als zerstörerische Macht, als ein lebendiges Wesen, das Verderben brachte: sie nannten es das Kind des dunklen Sturms, und Iona führte den Namen darauf zurück, daß sie das Feuer nur erlebten, wenn ein Gewitter sich über dem Tal entlud und ein Blitz irgendwo einschlug und einen Brand entfachte. Gezähmt hatten sie es nie.

Iona wollte schon den Kopf schütteln und das Geschenk ablehnen; dann fiel ihr etwas ein: unter den zahlreichen nützlichen Dingen, die zu ihrer Überlebensausrüstung gehörten, befand sich eine wasserdichte Schachtel Streichhölzer. Sie hatte die Tasche freilich in der Hütte zurückgelassen. Aber auch wenn die Yetis kein Feuer machten, gab es keinen Grund, weshalb sie ebenfalls darauf verzichten sollte – sie würde ihre Streichhölzer benutzen, wenn sie wieder auf der Insel waren, eine Feuerstelle bauen, wie sie es gelernt hatte, das Fleisch auf einen Spieß stecken und braten, – und sie freute sich schon sehr auf die Rückkehr.

Dankbar lächelte sie Manu an und nahm den Streifen entgegen. Sie wikkelte ihn in ein großes Blatt und steckte ihn in ihr Hemd. Dann langte sie hinauf und kratzte seine Nase. Manu nickte feierlich. Er erwiderte ihre Geste, rief nach Babilla und stand auf.

Iona sah ihm nach, während er davonging. Die Sammler hatten unterdessen einen Kreis gebildet. Verglichen mit ihnen, den hellhaarigen, stämmigen Gestalten, die tief gebückt mit krummem Rücken die Wiese aberntcten, erschien ihr sein dunkler muskulöser Leib geschmeidig und flink, elegant – ja: edel. Und jetzt überquerte er das Sumpfland und sprang von einem Grasbüschel zum nächsten, ohne je zu stolpern oder daneben zu treten, so gelenkig und mühelos wie die Raubkatze, die ihm folgte.

Einmal schaute er zurück. Er sah, daß Iona ihn beobachtete, und tat etwas, das sie in Verwirrung stürzte. Er hob beide Hände, wölbte sie und fing das Sonnenlicht ein, und dann schien es ihr, als würfe er ihr das Licht zu – immer wieder hob und senkte er die offenen Handflächen. Er war schon zu fern, sein Gesicht konnte sie nicht mehr sehen, aber es war, als schickte er ihr ein Zeichen – so warm und hell und lebendig, daß es nur ein Lächeln sein konnte: ein Lächeln der Ermutigung und Unterstützung.

Danach wandte er sich ab. Iona sah noch, wie Babilla ihm nachsprang, dann verschwanden beide in einer Senke und aus ihrem Blick.

Iona ging, um sich wieder unter die Sammler einzureihen. Als sie bei

ihnen anlangte, sah sie, wie Kekua zu Churinga trat und sie am Ellenbogen ergriff. Churingas Bauch war prall gespannt und ihr Gesicht schmerzverzerrt, und sie krümmte sich. Iona erschrak und lief hinzu und nahm den anderen Ellenbogen.
Sie stützten sie noch, als die Tagesarbeit beendet war und sie sich auf den Weg zurück zur Insel machten.

Iona lag auf dem Hügel im Gras. Unter sich sah sie die dunklen Umrisse der Yetis, die rastlos die Lichtung auf und ab schritten. Niemand schlief. Churinga war die ganze Zeit, seitdem sie am Vortag vom Sammeln zurückgekehrt waren, in den Wehen gelegen, den ganzen Abend und die ganze Nacht. Kekua wich keinen Augenblick von ihrer Seite. Manu kam häufig zu ihr in die Hütte, selbst Yerto war erschienen und hatte die Hand auf den geschwollenen Leib der Gebärenden gelegt, hatte sorgenvoll den Kopf geschüttelt und sich wieder zurückgezogen.
Irgendwann war auch Wengen am Eingang der Hütte aufgetaucht. Mit unbewegter Miene starrte er Churinga lange an, dann drehte er sich um und ging ohne ein Wort davon, nicht einmal einen kurzen Gruß hatte er über die Lippen gebracht. Churinga war zu dem Zeitpunkt bereits so erschöpft, daß sie kaum noch bei Bewußtsein war; aber sie hatte Wengens Anwesenheit zur Kenntnis genommen, und Iona hatte gespürt, wieviel Angst sie vor ihm hatte.
Ein langer Tag war es gewesen und eine schlaflose Nacht. Um Churingas endlosen Wehen und der nervösen Spannung, die gepaart war mit einer hilflosen Ohnmacht und auf die ganze Gemeinschaft übergegriffen hatte, für eine Weile wenigstens zu entkommen, war Iona auf den Hügel gestiegen; es mußte wohl drei Stunden her sein – sie konnte es nur vermuten, denn ihre Uhr war eines der Dinge, die bei ihrem Sturz aus dem Lager verlorengegangen waren; aber ihre Vermutungen wurden immer genauer.
Ohne Uhr mußte sie andere Möglichkeiten finden, die Zeit zu messen. Zuerst hatte sie sich auf den Unterschied zwischen Tag und Nacht beschränkt. Später fing sie an, Dunkelheit und Licht in kleinere und immer kleinere Blöcke zu teilen: die Morgen- und die Abenddämmerung hatten ihre je eigenen Farben und Helligkeitsstufen, ebenso die Zeit vor dem allerersten Morgengrauen und der späte Nachmittag, bevor die Sonne unterging, die Mittagsstunden und die Zeit, in der die Nacht am schwärzesten war. Und bald wurden Sonne und Mond ihre Uhrzeiger, die Bergesgipfel das Zifferblatt.

Jetzt war die Dunkelheit vollkommen und das Gras naß vom Tau. Der Mond war hinter dem Orion verschwunden, und es war so finster, daß Iona keinen einzigen Gipfel erkannte. Das hieß, wenn sie sich nicht irrte, daß die Morgendämmerung nicht mehr fern war. In diesem Augenblick hob eine einzelne Lerche zu singen an.

Lauter und kräftiger wurde ihr Lied, hob sich über Schilf und Binsen, übertönte sogar das Rauschen des Wassers, stieg höher und höher in die Luft, und das Tal war erfüllt von ihrem Gesang. Und wie das Lied der Lerche lauter wurde, erschien im Osten der erste falbe Streif über den Bergen. Der Morgen zog herauf, die Lerche war sein Herold: Nacht und Tag berührten einander. Als nächstes würde der erste Fasan rufen. Iona wartete. Aus dem Gestrüpp jenseits der Insel drang der vertraute schnarrende, mißtönende Vogelruf zu ihr herüber. Sie lächelte. Nie würde sie den Lebensrhythmus im Tal mit so unfehlbarer Präzision bestimmen können wie Kekua mit ihrem Puls und den Eulenschwingenschlägen, aber sie lernte geschwind.

Einen Augenblick später stand sie auf, das Lächeln war aus ihrem Gesicht verschwunden.

Es mußte etwas geschehen, sie konnte nicht länger warten. Die ganze Nacht hatte sie sich versteckt, hatte sich der Angst und dem Elend entzogen, der Verzweiflung, von der die ganze Dorfgemeinschaft erfaßt war. Was dort vor sich ging, hatte mit ihr nichts zu tun; sie gehörte nicht dazu; sie war nur ihre Gefangene, ein Wesen aus einer anderen Welt – zufällig war sie unter sie geraten, den Ungeheuern in die Hände gefallen, und hatte nur überleben können, weil sie sich einen unsichtbaren Mantel übergeworfen hatte, den Mantel des Gehorsams: und sie hatte ausnahmslos allen Wünschen der Yetis Folge geleistet, stumm zuerst, später in stockenden Lauten.

In dieser Nacht fürchtete die Gemeinschaft der Niedergelassenen um Churingas Leben. Zu Recht. Churinga würde vermutlich sterben – auf jeden Fall ihr Kind. Iona wußte, weshalb. Das Kind lag verkehrt in ihrem Bauch, mit dem Steiß zuvorderst, und im Kampf um sein Leben würde es nicht nur sich selbst umbringen, sondern auch Churingas Leib zerreißen, und dann gab es keine Rettung für sie. Denn sie war ohne Hilfe und ohne Kenntnis dessen, was mit Mutter und Kind geschah.

Die Yetis hatten dieses Wissen offenbar nicht. Aber Iona hatte es. Sie wußte, was geschah, und sie wußte, was dringend getan werden mußte. Voraussetzung waren Kenntnis der Vorgänge bei der Geburt und kleine, kräftige, bewegliche Hände. Iona verfügte über beides.

Churinga war eine von Ionas Gefängniswärtern. Sie gehörte in eine Zeit, an einen Ort, die so fern waren, daß sie nicht einmal in den tief verschütteten Überresten der Vorgeschichte Spuren hinterlassen hatten. Nett war sie, aber auch sehr schlicht. Wäre sie ein schwangeres junges Mädchen gewesen, dem Iona auf dem Heimweg von der Schule auf einer Straße in London begegnet wäre, dann hätten sie vielleicht beide gelächelt und wären ihrer Wege gegangen.

Hier auf der Insel im Tal war alles anders. Churinga war Kekuas sehende Helferin gewesen, gemeinsam hatten sie Iona die Lebensgewohnheiten und die Sprache der Yetis gelehrt. Iona konnte nicht danebenstehen und zusehen, wie sie und ihr Kind starben.

Als sie zu den Hütten hinunterstieg, zitterte sie vor Aufregung und Sorge, auch vor Angst: konnte sie es noch einmal tun, und würde sie es richtig machen? Sie hatte es nur einmal getan, aber Säugetiere – ob Rindvieh, Ungeheuer oder Menschen – konnten doch nicht so verschiedenen voneinander sein? Sie war sich nicht sicher, ob es überhaupt gutgehen konnte, und vielleicht hatte sie auch schon zu lange gewartet – aber eins war ihr jetzt klar: sie mußte es versuchen. Sie setzte auf Churingas Robustheit und Jugend.

Sie dachte an die Geburt zurück, die sie erlebt hatte, ein Jahr war es her. Die mondgesichtige Kate hatte sie im Morgengrauen geweckt, hinter dem Stall hatte ein Fasan gerufen – ganz wie heute, merkwürdig. Kate hatte sie in den Kuhstall hinter der Molkerei geführt, wo die sanftäugige Jerseykuh Morgenstern am Kalben war; es war ihr erstes.

»Tut mir leid, Iona«, hatte Tom, Kates Bruder gesagt, »aber wir brauchen dich. Es ist eine Steißgeburt, und das arme Vieh ist fast am Ende. Wir brauchen jemand mit kleinen Händen, sie ist zu eng für uns. Kannst du's bitte versuchen? Du mußt in sie hineinlangen und das Kalb herumdrehen. Wenn du's nicht schaffst, geht sie ein.«

Voller Angst hatte Iona unter Toms Anweisungen beide Arme in den erschöpften Leib der Kuh getaucht, bis sie tief innen das weiche Fell des Kalbes spürte.

»Fühlst du die Krümmung des Beins? Dann zieh es lang, damit ich es zu fassen kriege – «

Iona zog und zerrte, stets in der Furcht, sie könnte dem Kalb einen Knochen brechen, – nichts geschah. Sie zog fester; und dann noch fester.

»Du kannst es kaum schlimmer machen, als es schon ist – sie stirbt, wenn wir das Kalb nicht rausholen«, murmelte Tom. »Wenn du das

Bein nicht ausstrecken kannst, schieb das Kalb zurück und versuch es nochmal bei der nächsten Wehe... Ja! Jetzt kommt's – «
Ein winziger, beinahe durchsichtiger Huf erschien in der schmalen Öffnung neben Ionas Arm. »Den zweiten auch noch. Ja, da kommt er, gut! Jetzt haben wir's!«
Und irgendwie schaffte es Tom auf wunderbare Weise, die beiden dünnen Beine zu fassen, und dann glitt das Kalb aus dem Leib der zu Tode erschöpften Kuh und lag im Stroh, im grauen Licht des frühen Morgens. Tom stieß einen Freudenschrei aus. Dann säuberte er dem Kalb das Maul, band die Nabelschnur ab und schnitt sie durch. Einen Augenblick später stand das Kälbchen auf wackligen Beinen.
Iona rappelte sich auf; bis über die Ellenbogen waren ihre Arme voller Blut und Schleim und zitterten unkontrollierbar, und sie war so erschlagen, daß sie nur noch ein schiefes Grinsen zustande brachte. Aber sie wußte, daß sie ein Leben gerettet hatte, vielleicht zwei.
Wenn sie es bei einer trächtigen Kuh geschafft hatte, dachte Iona, als sie die Lichtung erreichte, dann konnte es vielleicht auch bei Churinga gelingen... – Es mußte gelingen! Sie duckte sich und kroch in die Hütte. Kekua hob den Kopf. Sie sah abgehärmt aus, dumpf, ohne Hoffnung. Iona ging an ihr vorbei. Churinga keuchte und und bäumte sich auf und preßte – noch tat sie es: denn mit jeder Minute, die verging, wurde sie kraftloser, ihre Bewegungen schwächer.
Jetzt war es soweit, Iona wußte es.

21

Churinga hockte auf den Fersen, zusammengekrümmt, und wiegte sich von einer Seite zur anderen, immer wieder.

Verzweiflung und Erschöpfung hatten sie nahezu völlig niedergezwungen. Sie wand sich nicht mehr unter den Krämpfen, sie wimmerte nur noch matt. Ihr Pelz war schweißfeucht, und über dem blutgetränkten Heu auf dem Hüttenboden schwang der schwere Bauch hin und her. In beruhigendem Ton redete Iona auf sie ein: sie mußte Churinga dazu bringen, sich auf die Seite zu legen, damit sie mit der Hand prüfen konnte, ob es noch irgendeine Möglichkeit gab, das Kind herumzudrehen.

So behutsam, wie sie nur konnte, steckte Iona ihre Finger zwischen die schweißfeuchten, geschwollenen Schamlippen und tastete sich vorwärts, bis sie das harte Gabelbein des Beckengürtels spürte. Wieder begann eine Wehe, und die Muskeln des Geburtskanals zuckten in heftigen Krämpfen, preßten und stemmten und versuchten das verklemmte Hemmnis auszustoßen. Dann ließ der Krampf nach, und Iona gelang es, tief genug einzudringen, bis sie das Kind spürte: ein winziges kugeliges Knie und ein gekrümmtes Rückgrat.

Eine Hoffnung wallte in ihr auf: es lebte, es war noch nicht zu spät! – mit den Fingerspitzen spürte sie es pulsieren unter der weichen, haarigen Haut. Churinga ächzte, als Ionas Finger tiefer fühlten. Undeutlich wurde ihr bewußt, daß Kekuas Hände Churingas gequälten Bauch streichelten und rieben, und Iona fuhr mit der Hand durch den offenen Muttermund tief hinein in die Gebärmutter: überraschend leicht ging es, denn alles Gewebe war glitschig von Schleim und Blut und Fruchtwasser. Vorsichtig tastete sie über die zusammengedrückten Gliedmaßen des Kindes, bis sie den Kopf fühlte. Im Geiste hörte sie Toms ruhige Stimme: »Wenn du's nicht ausstrecken kannst, schieb es zurück und versuch's noch einmal. Du kannst es kaum schlimmer machen, als es ohnehin schon ist...«

Und Iona griff noch tiefer und versuchte, den unsichtbaren Körper, der sich ihr entzog, zu fassen zu bekommen, und dann spürte sie, daß Kekua bei ihr war, und fühlte sich ruhiger. Die blinde Yeti hatte begriffen, was Iona tat. Mit sanfter und sicherer Hand massierte Kekua den im

Krampf sich aufbäumenden Leib von außen, während Iona von innen schob und zog. Und jetzt geschah etwas: es setzte sich in Bewegung – etwas, das sich anfühlte wie ein formloser Sack aus Muskeln und Knochen –, es bewegte sich und drehte sich, und Iona half nach, so gut sie konnte, und jetzt rutschte es beinahe von allein, – und dann, endlich, fühlte sie den kugeligen Kopf: er lag unten und drückte gegen den Muttermund und heraus in den Geburtskanal.
»Schnell, Kekua!« rief Iona und zog ihren blutigen Arm aus Churingas Leib. »Wenn die nächste Wehe kommt, mußt du mir helfen!«
Sie kam, der Beckengürtel öffnete sich weit, und der Kopf des Kindes wurde sichtbar. Behutsam betastete die blinde Yeti die Form des Kopfes, und ein erleichtertes Lächeln trat in ihr Gesicht.
Wieder zog sich der Bauch im Wehenkrampf zusammen, stärker diesmal, und jetzt kam der Kopf ganz heraus, dann die Schultern, und innerhalb von Sekunden lag das Yetikind auf dem Boden der Hütte. Der erste Strahl der Morgensonne fiel herein.
Rasch leckte Kekua dem Kind den Mund sauber und drückte ihm mehrmals die Nase zusammen, um die Atemwege zu öffnen. Sie tastete nach der Nabelschnur, biß sie ab mit ihren scharfen Schneidezähnen und schlang einen Knoten, um den Blutstrom zu unterbinden. Dann ergriff die blinde Yeti das winzige Wesen und legte es der erschöpften Churinga an die Brust, und mit einem glücklichen Grunzen ließ sie sich zurückfallen. Einen Augenblick lang war nur das Atmen von Mutter und Kind zu hören; dann hatte das Kleine die Brust gefunden und begann gierig zu saugen.
Lange Zeit verharrten sie so, reglos, nur das Yetikind schmatzte. Iona fühlte eine unendliche Erleichterung. Schließlich wandte Kekua sich an sie und rieb ihr die Nase. »Du hast sie beide gerettet, kleines Schumbi«, sagte sie. »Die Gemeinschaft wird nicht vergessen, was du getan hast... Habe ich dir nicht gesagt, daß du es von selber wissen würdest, wann es soweit ist? Jetzt gehörst du zum Volk.«
Iona starrte sie an. Beinahe dieselben Worte hatte Kekua schon einmal benutzt. Damals war Iona voller Entsetzen und Abscheu zurückgeschreckt. Jetzt war sie sich über ihre Gefühle nicht im klaren. Sie schwieg. Tom fiel ihr ein und das neugeborene Kalb, das sich aufrappelte, mühsam zuerst, und endlich auf unsicheren Beinen stand.
»Der ist zäh, der Kleine«, hatte er gesagt. »Das wird einmal ein guter Stier, wenn er groß ist. Mit seinen Nachkommen werden die Leute noch züchten, wenn wir alle längst tot sind.«

Churingas Baby sah stark und gesund aus trotz seiner schweren Geburt, und Iona dachte, daß vielleicht tatsächlich Generationen später noch Yetis auf der Insel lebten, die von diesem winzigen Wesen abstammten; und wenn, dann geschah es dank Iona – ohne ihre Hilfe wäre das Kind gestorben. Ein fürchterlicher Gedanke; bei näherer Betrachtung indes fand Iona ihn durchaus reizvoll. Sie gehörte nicht zur Gemeinschaft der Niedergelassenen, nie würde sie dazu gehören, aber es machte ihr nichts mehr aus, wenn die Yetis sie als eine der Ihren betrachteten, die Vorstellung hatte ihren Schrecken verloren.
Sie lächelte Kekua an und kratzte ihr die Nase.

Iona kroch durch den Eingang der Hütte ins Freie. Draußen stand sie auf, gähnte und reckte sich in der Morgensonne.
Sie war fast betäubt vor Müdigkeit, wie auf Wolken schwebend fühlte sie sich, aber vor allem war sie hungrig. Sie hatte nichts gegessen, seit bei Churinga die Wehen begonnen hatten. In den Sammelkörben neben der Hütte gab es genug, Getreide, Wurzeln, Nüsse, aber sie verspürte einen unbezwingbaren Heißhunger auf etwas Deftigeres und Nahrhafteres, und das Fleisch, das Manu ihr geschenkt hatte, fiel ihr ein. Augenblicklich lief ihr das Wasser im Mund zusammen.
Verstohlen sah sie sich um. Unterdessen hatte die gute Nachricht sich allenthalben verbreitet, der gesamte Stamm war um Churingas Hütte versammelt und gab kleine Freudenlaute von sich. Iona ließ sie gern zurück. Sie erklomm den Hügel und stieg auf der anderen Seite wieder hinab bis zu ihrem Lieblingsplatz am Flußufer. Sie zog das Fleischstück aus der Tasche, legte es auf einen Stein und las trockene Weidenzweige auf, um ein Feuer zu entfachen. Dann suchte sie nach ihren Streichhölzern.
Iona hatte sie gezählt: dreißig Stück waren in der Schachtel. Es waren keine gewöhnlichen Streichhölzer wie die, mit denen Mr. Simpson seine Pfeife anzuzünden pflegte. Sie waren länger und dicker, und die knolligen Zündköpfchen hatten eine Wachsumhüllung, die sie vor Nässe schützte.
Iona nahm eines heraus. Sie wollte es schon anzünden, als irgend etwas ihr Einhalt gebot – ein unbestimmtes Gefühl, als hätte sie etwas vergessen, nicht bedacht... Sie sah Onkel Robert vor sich. Rauh und unergründlich wie immer, beugte er sich zu einem Feuer, ringsum war es dunkel, das Licht der Flammen zuckte über sein Gesicht und seine weißen Haare, und er erzählte ihr etwas.

Manchmal mußte Iona daran denken, daß sie ihr Leben lang so gut wie nichts von ihren Eltern gelernt hatte. Alles, was sie wußte, hatten andere Leute ihr beigebracht – der unwichtigste Teil davon stammte von den Lehrern in der Schule. Ihre wesentlichen Kenntnisse hatte sie von Mr. Simpson, von Silas, Margret und Tom in Mainwarden, von Duncan auf dem Gut ihres Onkels in Schottland, ja sogar von der Köchin ihrer Mutter, die Iona gezeigt hatte, wie man Brot bäckt. Die wahrhaft interessanten und die merkwürdigsten Dinge jedoch hatte sie von ihrem Paten gelernt.
»Feuer«, sagte er, beugte sich vor und stocherte in der Glut, »ist vielleicht die bemerkenswerteste aller Naturerscheinungen, die der Mensch sich für seine Zwecke nutzbar gemacht hat – « und verstummte.
Jetzt entsann sich Iona auch, wo und wann das gewesen war: im letzten Sommer, sie saßen vor Cabots weitläufigem, verschachteltem, schindelgedecktem Sommerhaus an der Küste von Massachusetts, nahe dem ehemaligen Walhafen von Martha's Vineyard. Cabot hatte selbst das Feuer gemacht und eine Muschelsuppe nach eigenem Rezept darauf gekocht.
Iona hatte Sommerferien, und eigentlich hätten die Eltern mit ihr die Ferien verbringen sollen. Ihr Vater hatte zwar zu kommen verspochen, war jedoch im letzten Augenblick zu einer Konferenz nach Cambridge gerufen worden. Und Dorelia Howard hatte ihre Tochter über den Atlantik begleitet und nach Boston gebracht, aber nach ein paar Tagen in ihrem Haus auf Martha's Vineyard hatte die Langeweile sie gepackt, und sie flog zurück nach New York.
Iona wurde an ihren Paten weitergereicht, der nur ein paar hundert Meter entfernt den Sommer verbrachte. An diesem Abend, dem letzten, bevor Iona wieder nach Hause mußte, saßen sie nach dem Abendessen zusammen am Feuer und lauschten den Wellen, die sich am Ufer brachen.
»Hast du gewußt, daß Feuer Tiere erschaffen kann?« fragte Cabot.
Iona starrte ihn verdattert an. Wie so oft wußte sie nicht, ob er es ernst meinte oder sie auf den Arm nahm. »Feuer erschafft nichts«, sagte sie mit leisem Zweifel. »Es verbrennt nur.«
»Bist du sicher?«
Sie war sich immer weniger sicher, aber sie nickte. Onkel Roberts Augen wurden schmal, in seinem Gesicht zuckte es, und er lachte kurz und trocken.
»Du hast natürlich recht, kleines Fräulein«, sagte er dann. »Aber ich habe

genauso recht. Nimm zum Beispiel Afrika. Afrika ist mit großer Wahrscheinlichkeit unser Entstehungsort, die Wiege der Menschheit. Außerdem hat der Mensch dort gelernt, das Feuer zu nutzen. Er hat es benutzt, um zu essen, oder vielmehr: er hat es zum Jagen benutzt, damit er zu essen hatte.«

»Wie kann man mit Feuer jagen?« fragte Iona.

»Vor langer Zeit entdeckten unsere Vorfahren, was wir heute natürlich alle wissen: daß Tiere Angst vor Feuer haben«, erwiderte Cabot. »In der afrikanischen Steppe zu jagen war bis dahin fürchterlich anstrengend, ein tagelanger Kampf, der von den Jägern wirklich das Letzte gefordert hat. Mit dem Feuer wurde alles anders. Wenn sie das Feuer klug einsetzten, konnten sie die Tiere hetzen, wohin sie wollten, – die Flammen erledigten die ganze Arbeit: sie trieben die Tiere zu der Stelle, wo man sie haben wollte, so daß man sie schnell und wirkungsvoll töten konnte.«

Iona begriff durchaus; was Onkel Robert sagte, erschien ihr logisch und vorstellbar. Es erklärte jedoch nicht seine Behauptung, Feuer könne Tiere erschaffen – sie sah nur, daß es sie in den Tod trieb.

Iona fragte ihn danach, und Cabot lachte wieder. »Das ist freilich das Paradoxe«, sagte er. »Die Antwort ist – wie die Antwort auf alle Paradoxa – ganz einfach, wenn du darüber nachdenkst. Die afrikanischen Herdentiere lieben die Grassteppe, Bäume haben sie weniger gern. Die Steppe ernährt sie, Bäume sind außerhalb ihrer Reichweite. Auf jede Tonne Tier im Wald kommen – so prosaisch das klingt – Hunderte Tonnen in der Steppe. Die Wälder hätten auf die Steppe übergegriffen, wenn die Urmenschen sie nicht am Vordringen gehindert hätten; indem sie das Feuer zur Jagd benutzten, drängten sie gleichzeitig auch die Bäume zurück – ein zufälliger Nebeneffekt. Feuer hat die Steppen vergrößert, so daß die Tiere mehr zu fressen hatten und sich infolgedessen vermehrten. Also hat das Feuer die Herden erschaffen, die noch heute die afrikanischen Steppen bevölkern – « Er hielt inne.

Iona beobachtete ihn scharf. Sie wußte, wieviel Spaß es ihm machte, ihr solche Rätsel aufzugeben. Er erklärte sie auch gern – in seinem Gesicht hatte sie ein schiefes und frohes Grinsen bemerkt, als er ihr die Lösung verraten hatte. Jetzt aber verschwand die Heiterkeit von seinen Zügen, und er wurde ernst.

»Vergiß aber nicht, daß das Feuer auch tödlich ist«, setzte er hinzu. »Die Urmenschen der afrikanischen Steppe haben es in aller Unschuld benutzt. Wir haben diese Unschuld schon längst nicht mehr. Wir nennen das Feuer Energie und plündern den ganzen Planeten leer, um Energie

zum Verbrauchen zu haben. Man kann heute wahrhaftig nicht mehr sagen, daß Feuer Tiere erschafft, im Gegenteil – jede Flamme, die wir heute anzünden, zerstört sie; das Feuer zerstört auch die Pflanzen – es zerstört alles, und uns am Ende auch.«
Es war die düsterste Äußerung, die Iona je von ihm gehört hatte. Kurz danach stand er auf. Normalerweise gab Iona ihm einen Gutenachtkuß auf die Wange, aber an diesem Abend kam sie nicht dazu. Er wünschte ihr kurz angebunden eine gute Nacht und ging davon in die Dunkelheit. Iona sah sich um. Die Wellen schlugen ans Ufer. Auf dem Boden stand der große eiserne Schmortopf, darin noch das Wasser, in dem Onkel Robert die Muscheln gekocht hatte, und Iona ergriff ihn aus einem plötzlichen Einfall heraus und goß das Wasser auf die Glut. Es zischte und qualmte und stank, das Feuer verlosch. Eine Zeitlang starrte sie auf die Dampfwolken, die von der Feuerstelle aufstiegen.
Dann stand sie ebenfalls auf. Während sie langsam zum Haus zurückging, sah sie Cabots Spuren dunkel und deutlich umrissen im Sand. Sie machte so große Schritte, wie sie nur konnte, und trat in seine Fußstapfen. Ein Feuer hatte sie ausgelöscht. Irgendeine dumpfe Ahnung, die sie nicht hätte begründen können, sagte ihr, daß es lebensnotwendig sei, weitere Feuer zu löschen.
Jetzt, am Flußufer auf der Yetiinsel, stand sie erstarrt mit dem Streichholz in der Hand und tauchte aus tiefer Versunkenheit auf. Ihr Blick fiel auf das Stück Fleisch auf dem Stein. Ein Blutstropfen war herausgeronnen, hatte eine fadendünne Spur hinterlassen und war im Sand versickert. Manu hatte das Fleisch roh gegessen, aber Iona wußte, daß sie dazu nicht in der Lage sein würde. Sie schaute auf die Pyramide aus Reisig, die sie aufgeschichtet hatte, und fühlte den bohrenden Hunger im Magen. Einen Augenblick lang war sie hin- und hergerissen.
Dann entschied sie sich. Sie riß das Streichholz an und hielt es an den Reisigstoß. Das Feuer flammte auf, die kleinen Flammen züngelten und leckten an den dürren Zweigen, und bald brannte es munter. Sie brach einen frischen Zweig von einem Weidenast, schälte das eine Ende ab und spießte das Fleisch daran auf. Jetzt, fand sie, fehlten nur noch ein paar größere Äste auf dem Feuer, damit die Glut auch heiß genug war, bevor sie ihren Bratspieß darüberhielt, und sie stand auf und hielt Ausschau.
Gleich darauf erstarrte sie.
Jemand beobachtete sie – hier, jetzt, auf der Insel. Sie schob alle Gedan-

ken an Onkel Robert beiseite und kehrte vollends zurück in die Gegenwart. Im ersten Schrecken dachte sie, es könne nur der verschlagene, bleichäugige Wengen sein, der ihr wieder gefolgt war. Mit den Augen suchte sie den Hügelkamm und den Hang ab, doch sie entdeckte nirgends eine Spur von ihm – selbst sein Lieblingsausguck in der Weidengruppe knapp unterhalb der Spitze war sichtlich verlassen. Und auch Babilla, das einzige andere Lebewesen, dem sie hier auf der Westseite der Insel regelmäßig begegnete, fehlte.

Es war niemand hier, die Küste war leer, so weit sie sehen konnte. Und doch spürte Iona mit aller Deutlichkeit, daß sie beobachtet wurde. Der Blick, der sie musterte, war nicht freundlich wie die Augen der Leopardin, auch nicht drohend und feindselig wie die des aalglatten Yetis. Es waren alte, ferne, unbewegte Augen, die ohne Urteil oder Teilnahme einfach nur beobachteten, was sie tun würde. Allessehende Augen, die geduldig abwarteten, die in ihrer Ungerührtheit viel furchteinflößender waren als die schmalen, wütenden Sehschlitze in Wengens Gesicht.

Iona stand unschlüssig. Dann stieß sie mit einer jähen Bewegung den Stapel brennender Zweige ins Wasser und schleuderte das Fleischstück hinterher. Es zischte, als das glühende Holz versank. Sie hob ihre Streichhölzer auf, stopfte sie zurück in die Tasche, kletterte hastig über den Hügelrücken und rannte auf der anderen Seite wieder hinunter und zurück zur Lichtung. Erst als sie fast mit Kekua zusammenstieß, hielt sie an, keuchend.

»Kleines Schumbi, ich habe dich gesucht.« Kekuas Stimme klang besänftigend, und sie hielt das bebende Kind mit beiden Armen. »Du mußt hungrig sein. Komm mit, ich habe dir eine Mahlzeit hergerichtet. Du mußt gut essen, denn es ist entschieden: du bist jetzt bereit, zu Tonemetapu zu gehen.«

22

Der Pfad führte auf der Westseite der Insel entlang. Ein schmaler Waldweg war es, der sich zwischen Baumgruppen und Gestrüpp hindurchschlängelte, – Kekua mußte ihn schon sehr oft gegangen sein, denn sie folgte ihm, ohne zu zögern, ohne auch nur ein einziges Mal stehenzubleiben, um sich zu orientieren. Endlich mündete der Pfad auf eine kleine Lichtung, und Iona erkannte, daß sie am vorderen Ende der Insel angelangt waren. Vor ihnen stand ein knorriger Wacholderbaum, dessen Äste tief herabhingen und auf drei Seiten fast das Wasser berührten. Kekua betrat die Lichtung; vor dem Baum blieb sie stehen und bückte sich unter die dichtbelaubten Äste, die den Fuß des Stammes in tiefen Schatten hüllten. Neugierig spähte Iona in den schwarzen Tümpel, und als ihre Augen sich an die Dunkelheit gewöhnt hatten, sah sie ein Geflecht knorriger Wurzeln, in dessen Mitte, ein Stück über dem Boden, sich ein Hohlraum befand, und dann erkannte sie die Umrisse eines männlichen Yetis, der mit gekreuzten Beinen in der Höhle saß.

Kekua kniete nieder, begrüßte den Yeti auf die übliche Weise und sprach: »Ich bringe dir das Schumbi, genannt Iona die aus den Wassern kam.«

Kekua langte nach hinten und tastete nach Ionas Hand. Sie zog sie näher zu sich, und Iona kniete ebenfalls nieder und begrüßte den Yeti. »Tonemetapu«, fügte Kekua hinzu. Dann stand sie ohne ein weiteres Wort auf und verschwand und ließ Iona allein in dem schwarzen Pfuhl.

Iona starrte in das Wurzelgeflecht. Sie sah jetzt besser: und sie sah, daß der Yeti das älteste Wesen war, dem sie je begegnet war. Außerordentlich dünn war er, ausgemergelt, und er saß vollkommen reglos. Sein Fell war seidig und beinahe völlig weiß, viel heller als Yertos silbergrauer Pelz – so weiß, daß es stellenweise fast grün aussah ... Einen Augenblick lang hielt Iona das Grün für den Widerschein der Blätter. Dann erschrak sie.

Es war kein Widerschein, es war Moos. Moos wuchs auf seinen Schultern, die eingesunkene Brust hinab und an den Beinen entlang. Wären nicht seine Augen gewesen, hätte Tonemetapu ein Stück von den uralten Baumwurzeln sein können, die von demselben weichen grünen Bewuchs überzogen waren. Tief lagen die Augen in den Höhlen und waren trüb vom Alter; aber sie sahen gut – das merkte Iona, als sie erkannte, daß er sie sehr aufmerksam musterte.

Dann sprach er. »Die Niedergelassenen sagen, der Fluß hat dich gebracht.«

Iona nickte. Kekua hatte sie angewiesen, dem ehrwürdigen Alten zu lauschen, aber nicht zu sprechen. Tonemetapu würde selbst reden.

»Manchmal, wenn der Schnee schmilzt und die Strömung reißend ist, schwemmt der Fluß Geschöpfe an«, fuhr Tonemetapu fort. »Adler sind von den Bergen heruntergespült worden. Auch Raben und Hirsche und einmal ein Bärenjunges. Wenn die Niedergelassenen beschließen, die Geschöpfe zu behalten, müssen sie zu mir gebracht werden und die Gesetze lernen, die Stammesbande. Raben habe ich sprechen gelehrt, so daß sie die Bande wiederholen können. Die anderen nicht, aber sie verstehen ...«

Er schwieg. Tonemetapu sprach sehr langsam. Seine Stimme war so dünn und altersbrüchig, daß sie klang wie gefrorenes Gras im Winter, wenn in der Ferne ein Nachtwind darüberstreicht.

»Nie zuvor ist ein Schumbi angeschwemmt worden. Mit den anderen Geschöpfen muß ich die Bande wieder und wieder üben und wiederholen. Aber du kannst sprechen wie die Raben und mußt nicht von mir unterrichtet werden. Kekua hat dich sprechen gelehrt.«

Iona nickte wieder.

»Ich bin Tonemetapu, also höre gut zu«, sagte der alte Yeti. Ich bin weder vom Stamm der Niedergelassenen noch vom Stamm der Wanderer, ich komme aus den Wolken dazwischen. Deshalb gehört mir die Wolkenzeit. Erst in der Wolkenzeit kannst du wahrhaft an die Gemeinschaft des Volkes gebunden werden. Bis dahin kann ich dir nur berichten, wie es geschah, daß die Wolken und das Volk erschaffen wurden, und kann dir von den Banden erzählen, die zwischen ihnen bestehen. Höre wieder gut zu.«

Die Stimme des alten Yetis war zu einem Flüstern herabgesunken, das hypnotisierend wirkte. Gebannt beugte Iona sich vor und lauschte.

»Am Anfang, bevor das Volk war, gab es nur Schnee«, sprach Tonemetapu. »Er bedeckte alles, sogar den Himmel. Am Himmel waren die Eissterne. Jeder Stern, bis auf einen, hatte einen Namen: Rabenstern, Hirschstern, Bärenstern, Geierstern und viele andere. Der Schnee machte die Sterne so hungrig, daß sie dem Tod nah waren. Der Stern ohne Namen aber wußte, daß er als erster sterben würde, denn selbst wenn es Nahrung gäbe, würde er übergangen und vergessen. Alles, was er hatte,

waren Träume. Er träumte von der Sonne, und sein Traum war stark; die Sonne kam, das Eis schmolz, und die Sterne fielen herab mit dem Wind und nährten sich von dem Grün, das die Sonne hervorbrachte...«
Mit Mühe hob Tonemetapu die Hand vom Knie und deutete ringsum in die Schatten, und Iona begriff, daß seine zitternde Geste mehr andeutete als nur den Ort unter dem Baum, sondern die Insel, das Tal und die Berge dahinter einschloß.
»Zuerst wurden die Sterne dick«, fuhr Tonemetapu fort. »Alle wurden dick, nur nicht der Stern ohne Namen. Er hatte von der Sonne geträumt, sie hatte das Eis zum Schmelzen gebracht und seine Gefährten gerettet, aber nicht ihn. Ohne einen Namen konnte er nichts zu essen finden. Dann nahm das Grün ab und ging zu Ende, und die Sterne wurden schwächer. So schwach wurden sie, daß sie nicht zurück in den Himmel steigen konnten. Der Stern ohne Namen war der schwächste von allen, denn er hatte ja nichts gegessen; aber er träumte wieder. Dieses Mal träumte er von Wolken, ja.« Tonemetapu nickte gedankenverloren.
Während Iona ihn beobachtete und den Schmerz sah, der plötzlich in seinen tiefen Augenhöhlen aufflackerte, begriff sie, daß er die Geschichte, die er erzählte, selbst erlebte; der uralte Yeti spürte tief innen die Angst und den Hunger des Sterns, und er litt.
»Die Wolken kamen, aber nicht schnell«, fing Tonemetapu wieder an. »Der Traum des namenlosen Sterns war jetzt nicht stark, denn er war schon beinahe verhungert. Die Wolken kamen über die Berge und quälten ihn. Sie wälzten sich vorwärts. Als sie schon ganz nahe waren, wichen sie zurück und legten sich über die Berge. Der Stern strengte sich noch mehr an und träumte fester als je. Dieses Mal zog er die Wolken bis zu sich herunter. Er legte sie über sich und hielt sie fest, bis sie leer waren. Als er die Arme öffnete und sie freiließ, war der Schnee fort, und das Land blühte von neuem.« Tonemetapu verstummte.
Iona hatte Kekua versprochen, nicht zu reden, aber während der Erzählung des alten Yeti mußte sie mehrmals sehr an sich halten, um ihn nicht zu stören, wenn er schwieg und nachdachte. Jetzt konnte sie sich nicht länger beherrschen.
Der Stern ohne Namen hatte die Sonne herabgeträumt und das Land vom Eis befreit: das konnte Iona sich vorstellen. Dann hatte er Regen geträumt und das Land von neuem zum Grünen gebracht. Auch das war klar. Aber was geschah mit dem Stern ohne Namen, der am Verhungern war?

»Bekam der Stern schließlich zu essen?« fragte sie.
»Nein«, sagte Tonemetapu. »Ohne Namen konnte er nicht essen. Die anderen Sterne aßen, sie gewannen ihre Kraft zurück, sie stiegen mit dem Wind wieder zum Himmel hinauf. Der Stern ohne Namen blieb.«
»Was ist mit ihm geschehen?«
»Die Wolken flogen fort, als der Stern sie losließ«, erwiderte Tonemetapu. »Die kleinste Wolke aber flog nicht schnell genug, und der Stern fing sie, und mit seiner letzten Kraft träumte er seinen dritten Traum. Der Traum wurde zum Fluß. Die kleine Wolke glaubte, sie könne fliehen, während er träumte, aber der Stern war klug und hielt sie fest. Als er erwachte, lag er im Wasser des Flusses, und seine Arme umfingen noch immer die Wolke. Der Stern bestieg sie im Wasser und besamte sie. Die Frucht wurde benannt: sie hieß das Volk.«
»Wer benannte sie?«
»Der Fluß. Die Wasser sagten dem Stern ihren Namen, und er wurde eins mit seiner Frucht. Seither werden alle, die vom Volk sind, von den Wassern benannt. Er erhielt seinen Namen und alle anderen auch.«
Iona schwieg und dachte zurück. Vor Wochen – vor vielen Wochen, sie wußte nicht mehr, wieviel Zeit seither vergangen war, – hatte sie Kekua ihren Namen genannt. Die blinde Yeti war hinunter zum Fluß gegangen und hatte sich ins Wasser gestellt und dort das Wort *Iona* wieder und wieder gesprochen und hatte jedesmal dem Rauschen der Strömung über den Steinen gelauscht. Und endlich hatte der Fluß ihr geantwortet, hatte den Klang, der aus ihrem Mund kam, zurückgeworfen, und Kekua hatte den Widerhall vernommen. Sie war zurückgekehrt, lächelnd, zufrieden: der Fluß hatte Iona angenommen. Er hatte ihr den Klang des Namens zurückgegeben. Der Name des Schumbikindes war der richtige. Sie war Iona.
»Was geschah dann?« fragte Iona aufgeregt. Ihr Versprechen gegenüber Kekua war vergessen. Tonemetapu hatte ihr vom Eis am Himmel erzählt, vom Stern ohne Namen, der die Sonne träumte und auf die Erde kam. Von den Wolken, dem Regen, dem Fluß und der Entstehung des Volkes.
Da war noch mehr. Es *mußte* noch mehr geben. Sehnsucht erfüllte Iona, die Sehnsucht zu wissen, alles zu erfahren.
»Viele Sommer lang lebte das Volk als eines«, antwortete Tonemetapu. »Die kleine Wolke sah zu und wurde wütend. Es waren ihre Kinder. Der Stern hatte sie ihr gestohlen und ihren Namen angenommen, damit er essen konnte. Deshalb bat die kleine Wolke die anderen Wolken, allen

Regen zurückzuhalten: dann würde das Volk den Stern verlassen und zu ihr zurückkehren. Die Wolken waren ihr zu Gefallen, im Tal vertrockneten die Gräser und die Früchte, die Tiere entkamen in die Berge, das Volk begann zu verhungern. Der Stern versuchte von neuem zu träumen, aber die Träume flohen ihn.«

Ein Roter Milan segelte durch die Morgenluft und ließ sich flügelschlagend auf einem Ast an der Spitze des Wacholderbaumes nieder. Der Vogel begann sein Gefieder zu glätten, mit dem Schnabel fettete er die glänzenden kupferfarbenen Schwungfedern. Tonemetapus Augen drehten sich aufwärts. Der Vogel erstarrte. Er schien den alten Yeti anzusehen. Dann flog er auf und verschwand.

»Der Hunger wurde schlimmer, und das Volk begann zu sterben«, fuhr Tonemetapu fort. »Dann stand eine von ihnen auf, eine Frau, Burra genannt. Viele wurden seither nach ihr benannt, aber sie war die erste Burra. Burra sagte: ›Es gibt hier zu essen, aber nur für die Hälfte von uns. Deshalb wollen wir uns in zwei Stämme teilen. Manche von uns sind besser im Sammeln, die anderen besser im Jagen. Laßt die Sammler hier im Tal bleiben und ernten. Laßt die Jäger mit mir in die Berge gehen, wohin die Tiere gegangen sind.‹ Das Volk war einverstanden. Burra führte die eine Hälfte fort. Sie gingen in die Berge. Aus ihnen wurden die Wanderer.«

Die Wanderer.

Iona hatte das Wort mehrmals gehört – Tonemetapu hatte es selbst benutzt, als er begonnen hatte, zu ihr zu sprechen. Irgendwie hatte sie nicht weiter darauf geachtet – so wie sie auch die Bezeichnungen für manche seltene Pflanzen alsbald wieder vergaß, die ganz unmöglich zu merken waren. Doch jetzt, in ihrem Eifer, dachte sie angestrengt nach und versuchte sich zu entsinnen, was Kekua ihr erzählt hatte.

Die Wanderer also. Sie waren genauso ein Teil der Yetiwelt, aber anders als die Niedergelassenen. Auf einmal kam ihr ein Gedanke. »Ist Manu ein Wanderer?« fragte sie.

»Ja«, sagte Tonemetapu aus der Finsternis.

Gut, jetzt wußte sie, weshalb Manu sich von den Talyetis unterschied, weshalb er einen dunklen Pelz und goldene Augen hatte, weshalb er und seine Raubkatze die kleinen Tiere jagten, während sie mit den Sammlern unterwegs waren.

»Aber wieso lebt Manu bei den Niedergelassenen?«

»Bevor Burra die Jäger fortführte«, sagte Tonemetapu, »beschloß das Volk, daß von jedem Stamm immer ein Kind beim anderen Stamm aufwachsen sollte. Um die Bande zwischen den Niedergelassenen und den Wanderern zu bewahren.«

»Die Bande...« sagte Iona versonnen.

»Das Volk hat sich in Niedergelassene und Wanderer geteilt, aber es ist immer noch ein Volk und untrennbar, verbunden auf Leben und Tod. Die Bande erinnern daran, daß sie, wenn es zum Schlimmsten kommt, wieder miteinander teilen müssen wie damals, als sie sich zwischen Berg und Tal aufteilten. Die kleine Wolke konnte die anderen Wolken nicht für immer zwingen, den Regen zurückzuhalten. Es kam der Schnee, das Eis, die anderen Wolken wurden ungeduldig. Als es wieder Sommer wurde, ließen die Wolken den Regen fallen. Das Volk überlebte.«

»Was geschah mit dem Stern ohne Namen?» fragte Iona. »Ist er bei den Niedergelassenen geblieben oder mit den Wanderern gegangen?«

Tonemetapu gab lange keine Antwort. Er saß so reglos, als wartete er darauf, daß die Wurzeln wüchsen und ihn überwucherten und am Ende in seinen Baum einmauerten. Endlich aber senkte er die Augen und blickte das Kind an.

»Ich bin der ungenannte Stern«, sagte er. »Verstehst du nicht, daß mein Name kein Name ist, kleines Schumbi?«

Ionas Augen wurden weit. Tonemetapu. Natürlich. Sie hatte die Yetis das Wort immer nur schnell aussprechen gehört, mit ihren Schnalz- und Stoßlauten, und nicht weiter darüber nachgedacht, was es bedeutete – sie war einfach davon ausgegangen, es sei ein Name wie Kekua oder Yerto. Irrtum. In der Sprache der Yetis bedeutete die Lautfolge: der Stern ohne Namen.

Iona ärgerte sich über ihre Dummheit. »Aber du kannst nicht selbst der unbenannte Stern sein?« beharrte sie.

Tonemetapus Kopf bewegte sich kaum merklich. »Es hat viele vor mir gegeben, wie es viele gab, die nach Burra benannt wurden. Als Burra die Jäger in die Berge führte, kam der Stern ohne Namen hierher in diesen Baum – «

Tonemetapu wies auf die Zweige ringsum, und wie er sich bewegte, fiel ein Lichtschein durch die Blätter auf ihn, und seine Haut sah darin so durchsichtig aus wie die Kehle eines frischgeschlüpften Vogeljungen.

»Er dachte an die Niedergelassenen und die Wanderer. Er dachte an das Tal und an die Berge. Vor allem dachte er an die kleine Wolke, die er befruchtet hatte. Er wollte Frieden mit ihr schließen, damit nicht wieder der Regen fernbliebe. Wieder träumte er. Diesmal träumte er die Wolke zu sich herunter. Sie kam, aber sie war zornig. Er nahm sie in die Arme,

er hielt ihre Hand, er ging mit ihr über Gipfel und Hochebenen, er machte sie ruhig. Dann sprach er von den Kindern, die er in sie gesät hatte, und es wurde friedlich zwischen ihm und der kleinen Wolke. Sie versöhnten sich – « Tonemetapu verstummte. Seine Stimme war immer heiserer und schwächer geworden.
»Nachdem sie Frieden geschlossen hatten«, fuhr er nach einer Weile mühsam fort, »kamen sie überein, sich die Kinder zu teilen, genau so, wie das Volk sich die Berge und das Tal teilt. Im Frühjahr und im Sommer sind sie mein, sagte der Stern, und mit dem ersten Schneefall dein. Also gehört das Volk, wenn der Schnee kommt, der Wolke, und der Stern darf nur zwischen dem Volk und der Wolke vermitteln.«
»Und das ist die Wolkenzeit, wie ihr es nennt?«
Der alte Yeti bewegte wieder seinen Kopf, es sah aus wie ein kurzes, mattes Nicken.
Iona begann zu begreifen. Die Ursprünge der Yetirasse in einer fernen Vergangenheit. Die Bedeutung, die der Fluß in ihrer Welt einnahm, denn er hatte sie geboren und sie benannt. Der Zorn und die Eifersucht der kleinen Wolke. Das Ausbleiben des Regens vor langer Zeit und die Teilung des Volkes in zwei Stämme, damit sie nicht Hungers starben. Die Bande, die sie unverändert fest zusammenhielten, die verlangten, daß Manu der Jäger bei den Niedergelassenen aufwuchs.
Und dann der Pakt, den der namenlose Stern mit der Wolke geschlossen hatte: deshalb gab es die »Wolkenzeit«, die begann, wenn der Schnee fiel und die eisigen Winterwinde über die Berge fegten und das Tal im Frost erstarrte. Die Wolkenzeit, geheimnisvoll und unbegreiflich, brachte die seßhaften und die jagenden Yetis zueinander und hielt die Welt zusammen, in der sie beide lebten.
Die Geheimnisse der Wolkenzeit waren die Geheimnisse der Yetis.
»Darf ich auch in die Wolkenzeit?«
Für einen Augenblick vergaß Iona alles. Sie vergaß die Ungeheuer, vergaß ihr Entsetzen und ihre Angst, sie vergaß ihren Plan, den sie in den einsamen Winkeln ihres Herzens mit unerschütterlicher Hartnäkkigkeit verfolgte, den Plan, die Sprache der Yetis zu lernen und irgendwie als Fluchtweg zu gebrauchen. Und jetzt vergaß sie selbst den Gedanken an Flucht. Gebannt saß sie und staunte und lauschte der Geschichte vom Stern ohne Namen, vom Fluß und dem Volk, und sie dachte nur daran, wie der Schnee fiel und die Yetis in der Wolkenzeit zusammenkamen.
Auf dem Flug nach Katmandu hatte sie die gewaltigen Gipfel gesehen

und sofort gespürt, daß diese eisigen Zinnen das erste und das letzte Geheimnis der Welt bargen. Sie war unter die einzigen Lebewesen geraten, die jene Geheimnisse mit den Bergen teilten. Sie wünschte sich nichts anderes, als bei den Yetis zu sein, wenn sie sich versammelten zur Wolkenzeit.

Sie war ihr nach wie vor rätselhaft, aber Iona war sich ganz sicher, daß ihr dann und nur dann die Geheimnisse offenbart würden.

»Du – ?«

Tonemetapu war zu alt, um zu lachen: es hätte ihm die verdorrten Rippen aus dem Leib gerissen und wie trockene Äste im Wind davongeschleudert. Aber es lief ein Beben durch seinen Körper, und er stieß den Atem rascher aus, und als er wieder zu sprechen anhob, zuckte ein Funken Belustigung in seinen Augen.

»Kleines Schumbi!« sprach er, und seine Stimme war freundlich und sanft. »Du mußt viel lernen, bevor beschlossen wird, ob du mit uns in die Wolkenzeit kommen kannst oder nicht. Du gehörst zu den Schumbis. Deine Leute können nicht träumen, aber sie sind stark. Sie können das Kind des dunklen Sturms herbeirufen und ihm gebieten. Wir sehen, wie es flackert, nachts, in ihren Unterkünften. Wir sehen, wie sie es benützen, um das grüne Fell des Berges zu vernichten, wo wir sammeln und jagen – « Wieder hielt der alte Yeti kurz inne.

»Wo immer sie sind, folgen Hunger und Tod ihnen nach. Sie haben keine Wolkenzeit, und sie können nicht lernen – deshalb gehen wir ihnen aus dem Weg. Jetzt haben sie soviel zerstört, daß sie näher und näher rücken, vielleicht sind sie bald im Tal. Du bist die erste, der Fluß hat dich gebracht. Ich weiß noch nicht, ob du geschickt worden bist, um das Leben zu bringen oder den Tod. Du hast Churingas Kind gerettet, aber du hast auch die Stäbe, die den dunklen Sturm rufen: ich habe sie in deinem Geist gesehen – «

Tonemetapus Ton wurde lauter und schärfer, und er beugte sich ein wenig vor. Zum ersten Mal sah Iona deutlich seine Augen, und sie erschrak. Sie erkannte diesen Blick. Das waren die Augen, die sie beobachtet hatten, als sie am Flußufer ein Feuer hatte anzünden wollen.

»Eines aber weiß ich: du bist nicht allein den Niedergelassenen geschickt. Das Volk ist eins, es ist unteilbar. Ob du gekommen bist, um uns zu beschützen oder uns zu vernichten, – wir müssen dich teilen mit den Wanderern. Erst wenn du in den Bergen gewesen bist, können wir wissen, ob du mit uns in die Wolkenzeit kommst oder ins Wasser geworfen wirst, damit der Fluß dich dorthin zurückbringt, wo du herkommst.

Von dir, kleines Schumbi, hängt das Leben des Volkes ab – « Seine Stimme war nur noch ein Raunen. »Ich habe gesprochen. Es ist vollbracht.« Dann schwieg er.
»Wer entscheidet darüber?« Wie in weiter Ferne war Tonemetapus Stimme verklungen, aber Iona flehte ihn an, weiterzusprechen, noch nicht zu verschwinden.
»Der Stern ohne Namen entscheidet«, flüsterte Tonemetapu. »Ich werde für den Stern sprechen. Wenn du bleibst, dann bleibst du für immer.« Der Kopf sank ihm auf die Brust herab, und er schwieg still.
Wie betäubt kniete Iona vor ihm. Ihr Herz und ihr Geist waren in Aufruhr, aber ihr Körper war wie gelähmt. Sie hörte nichts als Tonemetapus letzte Worte, und sie hallten wie Hammerschläge in ihrem Hirn: »Wenn du bleibst, dann bleibst du für immer.« Irgendwie gelang es ihr aufzustehen; zitternd und leichenblaß wich sie zurück, fort aus dem schwarzen Schacht.
Draußen schien die Sonne, und sie drehte sich um und fing an zu rennen. Aber schon nach ein paar Sätzen stieß sie gegen Kekua. Tränen liefen ihr übers Gesicht und nahmen ihr die Sicht, und sie hatte nicht gemerkt, daß die Yeti auf sie wartete. Iona prallte zurück, dann warf sie sich Kekua in die Arme und schluchzte.
»Ruhig, kleines Schumbi, ruhig«, sagte Kekua besänftigend und hielt sie fest und streichelte ihr übers Haar, und ihre blicklosen Augen starrten über Ionas Schulter in die Ferne. Als Iona sich beruhigt hatte, nahm Kekua sie bei der Hand und führte sie den Pfad entlang.
»Wohin gehen wir?« fragte Iona.
»Zurück zur Lichtung, zur Gemeinschaft«, erwiderte Kekua. »Dort verbringst du die Nacht. Morgen dann wirst du fortgehen – « Sie hielt inne. »Manu bringt dich in die Berge. Du gehörst nicht uns allein. Wie Tonemetapu gesagt hat: wir müssen dich mit den Wanderern teilen.«
Kekua sprach in einem Befehlston, wie Iona ihn bei ihr nie gehört hatte, und eine kalte Furcht ergriff sie.
Sie wußte nichts von den Bergen; aber irgend etwas in ihr warnte sie vor einer Gefahr: eisig, dunkel, drohend waren sie, unendlich gefährlicher als die Insel im Fluß, mitten in einem sonnenbeschienenen Tal. Die Inselyetis waren Sammler. Der Stamm der Wanderer jagte. Wer jagt, das wußte Iona wohl, der tötet.
Die Tränen waren versiegt, aber sie ließ den Kopf hängen und stapfte neben Kekua her, zitternd vor Kälte und vor Angst.

23

»Mrs. Howard, ich muß Sie leider noch einmal damit behelligen. Ihr Freund Sean Ryan hat dem Gericht gegenüber seine Vorstrafen zugegeben, und zwar wurde er verurteilt wegen – «
Der Mann trug eine schwarze Robe und auf dem Kopf eine gelbliche Perücke. Er verstummte für einen Moment und warf einen Blick in seine Notizen. Dorelia Howard saß im Zeugenstand. Angstvoll starrte sie zu ihm hinab, mit weißem Gesicht und zugeschnürter Kehle. An ihrem Hals klopfte sichtbar eine Ader.
Der Mann hieß Welieb. Er war klein, stämmig und rotgesichtig, sprach in ruhigem und zugleich vergnügtem Ton, als machte ihm die ganze Angelegenheit ungeheuer viel Spaß, und er hatte kleine, freundliche Augen hinter goldumrahmten Brillengläsern. Welieb vertrat Dorelias Gatten Michael als Anwalt vor Gericht. Ihr eigener Rechtsbeistand, Charles Lefanu, hatte sie noch vor Beginn der Vernehmung gewarnt.
»Lassen Sie sich von seinem Lächeln und seinem jovialen Auftreten ja nicht beeindrucken«, sagte Lefanu. »Welieb hat die Seele eines Straßenhändlers und den Jagdinstinkt eines Killerhais. Aber solang Sie das nicht vergessen und seine Fragen genau so beantworten wie besprochen, kann nichts schiefgehen.«
Dorelia indessen hatte gar nicht gehört, was Lefanu ihr sagte. Sie hatte ihre eigenen Vorstellungen von Anwälten im Gerichtssaal: hochgewachsene, schlanke Männer mittleren Alters mußten es sein, mit aggressiven, kantigen Gesichtern; sie prüften, zergliederten, reizten, verhörten ohne Gnade, waren schwierig und provokant, aber vor allem waren sie eins: sehr männlich. Sie waren genau die Art Männer, mit denen Dorelia ihr Leben lang souverän und selbstbewußt umzugehen verstanden hatte.
Dieser nicht. Alle Selbstverständlichkeiten, von denen Dorelia ausgegangen und überzeugt gewesen war, hatten sich innerhalb von Minuten nach Beginn des Kreuzverhörs in Nichts aufgelöst, eine erschreckend ungreifbare Leere. Dorelia war es gewöhnt, Menschen zu manipulieren. Seit einer Stunde wurde sie selbst manipuliert: in aller Ruhe, aber erbarmungslos. Jede Antwort, die sie ihm gab, flocht er zu Girlanden und reichte sie dem Richter zu dessen Vergnügen.

Mittlerweile empfand sie sich als unrettbar verloren. Sogar während Welieb seine Unterlagen konsultierte, fühlte sie sich ausgebeutet und benutzt. Welieb wußte genau, was Sean vor Gericht ausgesagt hatte. Genauso wie sie und jeder hier im Saal. Welieb aber verstand es, so beziehungsvoll zu schweigen, daß dem Richter der Ernst der Lage in aller Schärfe ins Bewußtsein dringen mußte.

»Ah ja, da hab' ich's.« Welieb äugte zum Richter hinauf und lächelte entschuldigend. »Verzeihung, Euer Ehren, dieses Register ist lang und ungewöhnlich, und ich konnte mich nicht aller Punkte entsinnen und mußte mein Gedächtnis erst auffrischen. Vielleicht genügt jetzt eine Zusammenfassung?«

Dorelia sah zum Platz des Richters hinüber: graues Haar und teilnahmslose Miene. Er nickte ohne weiteren Kommentar.

»Verurteilt wegen Kokainbesitzes«, las Welieb vor. »Verurteilt wegen gemeinsam begangenen Überfalls. Erneute Verurteilung wegen Kokainbesitzes sowie gewalttätigen Angriffs gegen einen Polizeibeamten. Verurteilt wegen Gewaltanwendung in der Ehe in Form einer tätlichen Attacke mit einem Messer gegen seine damalige Frau. Schließlich eine weitere Verurteilung wegen Gewaltanwendung gegen einen Polizisten...«

Welieb brach ab. Wieder sah er den Richter an. »In den Akten ist von weiteren Klagen wegen angeblicher sexueller Nötigung die Rede, Euer Ehren. Die Vorwürfe sind schwer und angesichts der Natur dieser Vernehmung und der zur Debatte stehenden Angelegenheit vielleicht von einiger Bedeutung. Da die Anklagen jedoch vor dem Gericht, dem sie vorgetragen wurden, bisher nicht verhandelt worden sind, ziehen es Euer Ehren im Augenblick vielleicht vor, nicht weiter darauf einzugehen.«

Bei dem Wort »bisher« war Weliebs Ton langsamer und schärfer geworden. Wieder nickte der Richter, und Dorelia überlief es kalt.

Welieb wußte ganz genau, daß die Behauptungen über Sean Ryan und die junge Frau, von letzterer in die Welt gesetzt, unhaltbar waren und nicht bewiesen: nichts als bösartige, giftige Lügen. Auf niederträchtige Weise, aber äußerst geschickt hatte er es fertiggebracht, dieses Gift in die Vernehmung einfließen zu lassen, aber sich selbst gleichzeitig von den Unwahrheiten zu distanzieren. Als der kleine Kerl im langen Talar sich wieder zu ihr wandte, warf Dorelia ihm einen haßvollen Blick zu.

»Mrs. Howard, wollen Sie dem Gericht tatsächlich weismachen, Sie

wüßten nichts von Mr. Ryans Verurteilungen, nachdem Sie ihn zum Gefährten für sich und Ihre Tochter gewählt haben?«
»Mr. Ryan ist nicht mein Gefährte, was immer Sie darunter verstehen«, fuhr Dorelia ihn an.
»Ach nein?« Welieb lächelte. »Als was würden Sie ihn denn bezeichnen?«
»Als Freund.«
»Als engen Freund?«
»Ja.«
»Ein Freund, der ab und zu in Ihrem Haus zu übernachten pflegt?«
Dorelia zögerte. Sie war sich bewußt, wozu Welieb sie bringen wollte. Er hatte lediglich ein Wort durch ein anderes ersetzt. Er würde auch ein drittes oder viertes Wort finden, wenn sie nicht sagte, was er hören wollte. Sie wußte es – und sie wußte, daß sie machtlos war.
»Ja.«
»Während Ihre Tochter zu Hause ist?«
Dorelia schüttelte den Kopf. »Sie ist nicht immer zu Hause. Manchmal bleibt sie bei einer Schulfreundin über Nacht.«
»Aber im allgemeinen ist sie zu Hause, nicht wahr? Ihr Gatte hat ausgesagt, sie sei ein sehr häusliches kleines Mädchen.«
»Ja, ich glaube, sie mag ihr Zuhause. Ich glaube, sie ist gern bei mir.«
»Und zu Hause ist nichts, was ihr angst macht, nichts, weswegen sie vielleicht lieber anderswo wäre?«
»Nein, natürlich nicht – « Zum ersten Mal fühlte Dorelia sich auf sicherem Boden. Zum ersten Mal konnte sie mit Selbstvertrauen und uneingeschränkter Überzeugung sprechen.
Iona liebte ihr Zuhause, das Londoner Haus war der Mittelpunkt ihres Lebens. Iona mochte auch Mainwarden, gewiß, aber das war nur eine Phase, das würde vorübergehen. Sie war doch ein Kind, und auf ein Kind mußten Tiere und die Gesellschaft so verschrobener Leute wie des dortigen Personals freilich eine große Anziehungskraft ausüben – wie denn nicht? Aber mit der Zeit würde ihr das vergehen: wenn sie erst älter war, würde sie sich für Boutiquen, Kleider, Diskotheken interessieren, für die Lichter der Großstadt, das tobende Leben, wie jeder Teenager. Es würde sie nach London ziehen, und später nach New York, Paris, Madrid.
All das konnte Dorelia ihrer Tochter ermöglichen. Sie würde es bald brauchen. Natürlich gab es nichts, wovor Iona sich fürchten mußte. Ihre absurden Alpträume waren zwar irritierend, aber, fand Dorelia, ledig-

lich ein Vorbote der herannahenden Pubertät, ein Anzeichen für die chemischen Veränderungen, die in ihrem Körper stattfanden. Daß sie sich die Haare abgeschnitten hatte, war zwar recht ärgerlich, aber es gehörte genauso dazu. Das arme Kind, es hatte ausgesehen wie eine Vogelscheuche, eine Gestalt aus einem Horrorfilm, und Dorelia hatte ihren Anblick nicht ertragen können und sie eine Zeitlang jedes Wochenende nach Mainwarden geschickt. Und als Ionas Haar allmählich nachwuchs, hatte eine Freundin sie darüber aufgeklärt, was es mit Pheromonen auf sich hatte.

Die Sache mit den Pheromonen war durchaus einleuchtend, sie erklärten alles, von der Pubertät bis zum Sex, vom Krieg bis zur Kunst, vom Zorn bis zur Liebe, und Dorelia erkannte dankbar, daß Iona in einer Wolke jugendlicher Pheromone steckte. Nicht ihre Schuld; früher oder später würde sie sich befreien und sich herausschälen wie ein Schmetterling aus dem Kokon: mit nachgewachsenem Haar, eine bezaubernde langbeinige Jungmädchenschönheit, die Dorelia überallhin mitnehmen konnte.

»Sie ist ein sehr glückliches Kind. Sie ist immer glücklich gewesen, wenn sie mit mir zusammen war«, schloß Dorelia.

»Mit Ihnen«, setzte Welieb übergangslos hinzu, als hätte sie gar nicht gesprochen, »und natürlich mit ihrem Vater, Ihrem Mann.«

»Iona ist ihrem Vater nie besonders nahegestanden«, sagte Dorelia nach kurzem Zögern. »Wie das bei Töchtern meistens ist. Bei einem Mädchen kommt es vor allem auf die Mutter an.«

»Der Vater ist also unwichtig?«

»Das habe ich nicht gesagt.« Dorelia war sich im klaren, daß er ihr wieder die Worte im Mund herumdrehen würde, wie so oft. »Ich meine, daß die Mutter einem Kind mehr bedeutet als der Vater. Selbstverständlich ist auch der Vater wichtig, aber auf andere Weise.«

»Als Vorbild für das idealtypische Rollenverhalten eines Mannes?«

»Ja.«

»Welches er durch seine Gegenwart im Haus und sein Auftreten in der Familie bekundet? Durch sein Benehmen, seinen Lebenswandel? Seine Werte und Maßstäbe als Mensch und als Mann?«

Welieb sprach auf einmal mit grimmigem Nachdruck; seine vorheriger Witz, seine Sanftmut waren verschwunden. Es war, als hätte er auf einmal einen grellen Scheinwerfer auf sie gerichtet, und Dorelia fuhr zusammen. Sie drehte den Kopf zur Seite und nickte hilflos.

»Ja, wahrscheinlich.«

»Aha – «

Welieb drehte sich von ihr fort. Für einen Augenblick war Dorelia erleichtert, weil sie dadurch seinem Blick entging, weil seine Augen sie nicht länger durchbohrten. Aber als er dann, an den Richter gewandt, wieder zu sprechen anhob, erstarrte sie.

»Euer Ehren, ich vertrete die Auffassung, daß Mrs. Howard ihren Standpunkt mit ihren eigenen Worten mehr als deutlich dargelegt hat. Sie erkennt die heraussragende Rolle des Vaters bei der Erziehung eines Kindes als nicht geringer als die der Mutter an. Das Gericht hat nichts gehört – nicht einmal durch meinem geschätzten Herrn Kollegen –, was darauf hindeutete, daß mein eigener Mandant, der leibliche Vater des Kindes, seine elterliche Verpflichtung nicht in beispielhafter Weise erfüllt hätte. Anf der anderen Seite haben Euer Ehren etliches über Mrs. Howards derzeitigen und künftig vielleicht ständigen Lebensgefährten vernommen – «

Welieb fuhr sich mit der Hand übers Gesicht, eine Geste, die sichtlich Ratlosigkeit und Betroffenheit signalisierte; dann runzelte er noch die Brauen und schob sich die Brille auf die Stirn. »Mr. Ryan ist wegen Drogenmißbrauches und wiederholter, auch sexueller Gewalttätigkeit zu mehrjährigen Haftstrafen verurteilt worden. Doch ist dies der Mann, der höchstwahrscheinlich Ersatzvater und männliches Rollenvorbild für die Tochter werden wird…« Er legte eine Pause ein.

»Normalerweise benutze ich nicht leichtfertig oder unbedacht Begriffe, die man häufig als emotionsgeladen empfindet, aber in diesem Fall, denke ich, ist ein solcher Begriff angebracht. Wir leben in einer aufgeklärten Gesellschaft, darin wird das Hohe Gericht gewiß mit mir übereinstimmen; und in einer solchen Gesellschaft kann ein Mann wie Mr. Ryan aufgrund seiner Lebensweise wohl kaum als ideale potentielle Vaterfigur angesehen werden. Tatsächlich könnte er einem leicht beeinflußbaren jungen Mädchen, das unerwartet mit der Ehescheidung der Eltern konfrontiert wird, – und wir stimmen gewiß alle darin überein, daß die Interessen des Kindes Vorrang haben, – durchaus als ein Ungeheuer erscheinen.«

Welieb drehte sich jäh um und ging zu seinem Platz. Aber noch bevor er saß, war Dorelias Anwalt aufgesprungen, um zu protestierten.

»Euer Ehren, ich erhebe Einspruch gegen die Wortwahl meines geschätzten Kollegen – «

Er sprach weiter, aber Dorelia nahm kaum wahr, was er sagte. Niedergeschmettert saß sie auf der Zeugenbank, reglos, wie vom Donner ge-

rührt. Die Unterstellung, Iona könnte Sean für ein Ungeheuer halten, war so falsch, so unfaßbar – eine so unverschämte und grauenhafte Lüge, daß es ihr die Sprache verschlug. Iona liebte Sean – sie hatte es oft genug gesagt. Es gab keine Ungeheuer in ihrem Leben. Die einzige Person, die eine derartige Bezeichnung verdiente, war Ionas Vater, aber das würde sie erst verstehen, wenn sie erwachsen war.
Dorelia schloß die Augen und empfand innige Dankbarkeit für Charles Lefanu. Sein Vorschlag, das Kind für die Zeit der Gerichtsverhandlung fortzuschicken, war der beste Rat, den ihr je ein Mensch gegeben hatte: in der Obhut ihres Paten war Iona sicher und beschützt, und einen Augenblick lang fragte sich Dorelia, wo sie wohl sein mochten, Cabot und ihre Tochter.
Lefanu war mit seiner Einwendung fertig, Welieb stand auf, und sie zwang sich, von neuem auf die Fragen des giftigen kleinen Mannes zu achten.

24

»Warum?« fragte Iona.
Churinga kauerte ihr gegenüber und sah kummervoll und unglücklich drein. »Weil Tonemetapu sagt, es muß so sein«, begann sie, »weil – « Sie stockte, und ihre Finger rupften nervös am Gras auf dem Hüttenboden. Tumba, das Neugeborene, lag neben ihr auf einem Lager aus weichem Heu und schlief satt und selig. Iona sah das Baby an, und die Tränen stiegen ihr in die Augen.
Draußen vor dem Eingang der Hütte hockte Kekua mit angewinkelten Beinen und starrte angestrengt in die Ferne, wie sie es oft tat, wenn sie über etwas nachdenken mußte. Dann wandte die blinde Yeti sich um und kam herein: nach vorn gebeugt, den Oberkörper auf die Arme gestützt, betrat sie die Hütte, weil das Dach viel zu niedrig war, um aufrecht zu stehen.
In dem dämmrigen Gang unter dem reetgedeckten Dach war sie für einen Augenblick nicht mehr Kekua, das menschenähnliche Wesen, als das Iona sie kennengelernt, zu dem sie Vertrauen gefaßt hatte: wie sie da auf allen vieren ging, sah sie aus wie ein Affe – ein Gorilla, dachte Iona, genau wie der silbernackige alte Yerto, wenn er morgens die Böschung zum Fluß herunterklettert, wo sein Sammlervolk ihn erwartet, und es wurde ihr unheimlich zumute. Aber die blinde Yeti tat den Mund auf und sprach und war wieder Kekua, die Freundin.
»Iona, kleines Schumbi«, sagte sie. »Du mußt tapfer sein.« Sie sah sie an mit ihren blicklosen Augen und rieb ihr die Nase.
»Kekua. Warum muß ich fort?« fragte Iona.
Ihre Wangen waren bleich, die Hände zitterten, und schon wieder liefen ihr die Tränen übers Gesicht. Mittlerweile hatte sie ihren Zeitbegriff vollends verloren, sie wußte nicht mehr, wann sie über die Bergkante in den Abgrund und in den Fluß gestürzt war, noch hatte sie eine Vorstellung, wie lange sie schon mit den Yetis lebte. Sie wußte wohl, daß die Yetis sich in ihrer Sprache »das Volk« nannten, und Iona selbst nannte sie so, aber in Augenblicken wie diesem wurden sie ihr wieder zu Ungeheuern. Und das ganze fragwürdige Vertrauen, das sie zu ihnen gefaßt hatte, geriet auf jähe und bestürzende Weise ins Wanken.
Nacht für Nacht hatte sie mit Kekua das Lager geteilt, war mit der Ge-

meinschaft auf Nahrungssuche gegangen, hatte folgsam alles getan, was man von ihr verlangte und noch mehr. Sie hatte es aus einem beharrlichen, unverwüstlichen Überlebenswillen heraus getan: wenn sie mit ihnen und ihrer Welt verschmolz, dachte sie, vergaßen sie vielleicht, daß sie da war – sie, das Schumbi, der Fremdkörper, – und ließen sie am Leben.

Aber sie hatte versagt. Man schickte sie fort, ohne Erklärung, stieß sie aus der Gemeinschaft aus. Sie sah die kleine Tumba an, und von neuem erfaßte sie eine Welle von Verzweiflung, Trauer und Elend. Sie hatte versucht, ihren Abstand zu wahren: sich von den Yetis fernzuhalten und sie als fremdartige Wesen zu sehen, die so anders waren, so verschieden von Menschen und Tieren, daß sie mit ihnen nichts zu schaffen haben konnte, und hatte sich eingeredet, daß auch das ihr helfen würde zu überleben. Aber dann hatte sie diese Steißgeburt auf die Welt gebracht, und jetzt konnte sie nicht mehr anders, jetzt war dieses winzige Wesen fast so sehr ihr Kind wie Churingas. Und sie konnte es doch nicht allein lassen!

»Warum, warum denn?« rief Iona und schüttelte Kekuas Handgelenk in plötzlicher Panik.

»Hör mir gut zu – « Auch in Kekuas Gesicht standen Schmerz und Sorge, doch ihre Stimme war fest. »Du hast gehört, was Tonemetapu gesagt hat. Du bist ein Schumbi, das von den Bergen gekommen ist, der Fluß hat dich ins Tal geschwemmt. Nie zuvor ist ein Schumbi bei uns gewesen. Du bist ein Geschenk vom Schnee, aber ein Geschenk kann nicht den Niedergelassen allein gehören – wir müssen es mit den Wanderern teilen, denn wir können uns nicht von ihnen lösen. So verschieden wir auch sind, wir sind ein Volk und müssen alles miteinander teilen, wie wir es immer getan haben. In diesem Sommer, zum ersten Mal seit Urgedenken, seit der Zeit des Sterns ohne Namen, wissen wir nicht, wie wir teilen sollen. Zwietracht und Streit sind ausgebrochen – « Kekua verstummte. Trauer lag in ihrer Stimme, als sie weitersprach. »Tonemetapu sagt, vielleicht bist du geschickt worden, um die Zwietracht zu beenden, aber vielleicht bist du auch als Warnung gekommen, wie die Vögel, die vor dem Sturm fliehen, oder das Gras, das gelb und welk und kraus wird, bevor der Schnee fällt. Solang du nicht auch den Wanderern gehört hast, weiß weder Tonemetapu noch irgendeiner von uns die Antwort. Solang die Wanderer nichts über dich wissen und dich nicht kennen, können wir in der Wolkenzeit nicht miteinander reden. Verstehst du das?«

Iona starrte Kekua an. Nein, sie verstand nicht. Der Grund, den Kekua ihr genannt hatte, erschien ihr nebensächlich, lächerlich, völlig trivial, und sie spürte einen Zorn in sich aufsteigen. Ja, sie hatte sich durch Tonemetapus Geschichten über namenlose Sterne und die Entstehung der Yetis kurzfristig betören lassen, aber der Zauber, den die Flüsterstimme des alten Sehers auf sie ausgeübt hatte, war alsbald verflogen: als sie merkte, wohin die Geschichte führte. Das einzige, was Iona begriff, war, daß sie die zweifelhafte Sicherheit, die sie in der Inselgemeinschaft gefunden hatte, jetzt auch noch verlieren sollte.
»Ich will nicht fort«, sagte sie grimmig. »Ich gehe nicht fort!«
Sie weinte. Sie fühlte, wie Kekua die Hand ausstreckte und ihre Wange berührte, dann umfingen sie die starken Yetiarme und wiegten sie – genau so, wie sie selbst am Morgen die kleine Tumba gewiegt hatte, als Churinga, erschöpft von der Geburt, im Tiefschlaf lag. Dieses kleine Wesen... Iona schluchzte.
»Schsch, kleines Schumbi. Was wird der starke Manu sagen, wenn er kommt, um dich abzuholen? Und Babilla, was meinst du, was sie tun wird, wenn sie sieht, daß du weinst?«
»Manu schickt mich nicht weg, das tut er nie! Und er läßt auch nicht zu, daß jemand anderes mich wegschickt!«
Ihre Stimme war immer lauter geworden, bis sie am Ende erbittert schrie, und sie riß sich aus Kekuas Armen und stürzte aus der Hütte und rannte davon, den Hügel hinauf und auf der anderen Seite wieder hinunter, bis sie am Flußufer angelangt war. Dort warf sie sich auf die Erde und hämmerte mit den Fäusten auf den Boden, bis sie sich an den Steinen die Haut aufriß.
Auf dem Hügel über ihr hockte Wengen. Seine farblosen Augen waren schmale, funkelnde Schlitze, die tief in den Höhlen lauerten.

Wengen hatte beobachtet, wie Kekua das Schumbi zur Spitze der Insel brachte. Wie alle Yetis wußte er natürlich, wohin sie gingen. Bei derart außerordentlichen Ereignissen wie der Ankunft eines Schumbis im Tal und die Entscheidung über dessen weiteren Verbleib konnte es keine Geheimnisse geben. Jetzt wurde sie also von Tonemetapu befragt. Innerhalb einer Stunde nach dem Ende der Anhörung wußte Wengen, wie jeder andere auch, was Tonemetapu beschlossen hatte.
Das Kind sollte zu den Wanderern geschickt werden.
Wengen hatte sich auf den Hügel zurückgezogen, um nachzudenken, was das bedeutete, als er sah, wie Iona an ihm vorbei über den Hügel

und hinunter zum Ufer rannte und sich dort schluchzend auf den Boden schmiß. Mehrere Minuten lang beobachtete er sie, dann stand er lautlos auf und ging zurück zur Lichtung auf der Suche nach seinem Vater Yerto.

Wengen fand den alten Patriarchen beim Essen, über einen Beutel Getreide gebeugt, den er mit Raina teilte, seiner Lieblingsfrau und Mutter seines einzigen Sohnes. Man durfte sich Yerto nur mit der gebührenden Achtung und Ehrfurcht nähern, selbst für seinen Sohn und rechtmäßigen Erben galt keine Ausnahme. Es hatte Wengen seit jeher empört, daß er keine Vorzugsbehandlung genoß, daß auch er in der geforderten Demutshaltung zu warten hatte, den Rumpf gekrümmt, den Kopf zwischen die Schultern gezogen, so lange, bis der Patriarch ihn zur Kenntnis zu nehmen geruhte, ihm das Begrüßungszeichen gab und sich ansprechen ließ.

Ein paar der anderen Jungen – Babu, der Halbbruder des schielenden Kalu, der rastlose Momuru und der stämmige Naku – spürten von weitem die Spannung in der Luft und ließen sich in der Nähe nieder: erwartungsfrohe Beobachter, außer Hörweite zwar, aber die Sicht war nicht schlecht. Auch Wengen wartete. Der Patriarch hatte es nicht eilig. Die Zeit verging. Und als die Sonne sich dem Horizont zuneigte, gab der alte Anführer seinem Sohn das Zeichen, daß er bereit sei, ihn zu empfangen.

Unterdessen kochte Wengen vor Wut; und er kochte um so mehr, als er außerhalb der Hütte zu warten hatte wie jeder Beliebige – er, Sohn und Erbe! –, wo alle ihn so sehen konnten (und lachen). Schmach und Demütigung! Aber er bezwang seinen Zorn, und er beugte den Kopf, wie das Gesetz es verlangte, und beobachtete wachsam seinen Vater aus dem Augenwinkel, als ihm endlich gestattet war, die Hütte zu betreten. Yerto war alt, gewiß, aber noch immer stark, und seine Macht über die Gemeinschaft der Niedergelassenen ungebrochen. Falls er in Wut geriet und seinen Sohn angriff, hatte Wengen nicht das Recht, Widerstand zu leisten oder gar sich zu wehren.

»Ich höre, Tonemetapu wünscht, das Schumbijunge zu den Wanderern zu schicken«, sagte Wengen. »Tonemetapu ist weise. Wir müssen das Geschenk aus dem Schnee mit den Bergbewohnern teilen, das ist recht und billig. Aber genauso recht und billig ist es, daß ich, Wengen, mit der Übergabe des Schumbis an Gaggau den Krüppel betraut werde, so daß die Wanderer ihre Entscheidung mit der deinen vereinen können.«

Der ergraute Patriarch sah seinen Sohn nachdenklich an, unergründlich

war seine Miene. Er schwieg lange. Und als er endlich zu sprechen anhob, war sein Tonfall traurig und zornig zugleich.
»Denke nicht, ich wüßte nichts von deinen Geheimnissen«, sagte er. »Denke nicht, ich wüßte nicht, wer der Vater von Churingas Kind ist, noch, auf welche Weise es gezeugt wurde. Wengen! Du belastest die Bande der Gemeinschaft bis zum äußersten. Churinga ist in der Wolkenzeit Manu versprochen worden. Sei gewarnt. Es ist gut für dich und gut für den Frieden auf der Insel, daß Manu von den Wanderern stammt und die Gedanken der Niedergelassenen nicht lesen kann – « Yerto hielt inne. »Trotzdem«, fuhr er langsam fort, »will ich dich mit dem kleinen Schumbi zu den Wanderern gehen lassen. Mein Bruder Gaggau wird sich geehrt fühlen, dich zu empfangen. Es wird ihm helfen, sein Urteil noch sorgfältiger zu erwägen. Aber – « Wieder unterbrach sich Yerto, und er hielt abwehrend die Hand hoch. »Du gehst nicht allein. Manu wird das Schumbi in die Berge bringen. Er kennt die Wege zu den Gipfeln weit besser, als du sie jemals kennen wirst. Er soll auch der Wächter über die Sicherheit des Schumbis sein. Manu ist vertrauenswürdig, in seine Obhut will ich das Schumbi legen. Du aber wirst ihnen nachfolgen und dein Lager abseits von dem ihren aufschlagen.«
Bei Yertos letzten Worten war Wengen wutentbrannt aufgefahren, und er wollte – Gipfel der Unbotmäßigkeit – Yertos Beschluß widersprechen, doch der Patriarch hatte nichts weiter hinzuzufügen: er wandte sich ab und befaßte sich mit der Pflege von Rainas Fell.
Wengen zog sich zurück, nach außen hin ruhig und beherrscht; niemand ahnte, daß hinter der scheinbar teilnahmslosen Miene sein Blut in den Adern kochte und hämmerte, sein Geist betäubt war vor Zorn, daß in ihm heiß die Mordlust brodelte.
Das Schumbi, Geschenk vom Schnee, hätte ihm allein anvertraut werden sollen. Manu war ein Fremder, ein Eindringling, viel zu lange schon geduldet, ein Thronräuber und niederträchtiger Einschleicher, – ein Pfahl in Wengens Fleisch, nein, schlimmer: ein Wurm, der an seiner Welt nagte und sie aushöhlte und zerstörte, so skrupellos wie alle Würmer, wie die Holzfresser, die das Mark der Erlen- und Wacholderstämme am Flußufer vertilgen, bis die Bäume nur noch tote, leere Hülsen sind.
Manu verführte die Jugend. Als Sammler war er nichts Besonderes, aber er hatte wache und scharfe Augen, und er kannte etliche Tricks. Er und diese abscheuliche Kreatur, dieses Leopardenvieh, fingen Tiere! Der Leopard jagte sie, Manu fing sie mit Fallen. Die Niedergelassenen hatten seit jeher ihre Ernährung durch kleine Vögel und Tiere bereichert, die

ihnen, selten genug, zufällig in die Hände gerieten. Aber Manu wußte es natürlich besser und brachte alles durcheinander – seit er auf der Insel war, hatte sich ein ganz neuer Lebensstil breitgemacht: Fleisch wurde beliebt, die jungen Männer waren versessen auf die Jagd – das war eine anspruchsvollere Beschäftigung als das Sammeln, verlangte andere Fähigkeiten, Geschicklichkeit und Können, und es war aufregend: eine Herausforderung. Fleisch war eine leichte, schnelle Beute, und doch nicht minder nahrhaft als die langsam und mühselig von den Sammlern geernteten Körbe voll Korn und Früchten.
Die jungen Männer liebten Manu nicht nur wegen seiner Fähigkeiten, sie verehrten ihn auf eine geradezu entwürdigende Weise. Starr vor Bewunderung waren sie, in Bann geschlagen von einem Bergyeti! Einem dunkelfelligen! Gewiß, er sah gut aus, ein beherztes, offenes Gesicht hatte er, kühne Augen, – und er grinste andauernd, das gefiel den Frauen. Er rannte schneller als alle anderen, das war bekannt, aber oft hielt er sich edelmütig zurück, damit die anderen mit ihm Schritt halten konnten. Er brachte den Jungen das Jagen bei und war unendlich geduldig, wenn sie sich dumm anstellten – natürlich stellten sie sich dumm an! –, überhaupt war er immer geduldig und gutgelaunt und freundlich, und er verrichtete immer alle Arbeiten auf der Insel, die ihm auch noch nach so vielen Jahren nicht recht vertraut und eigentlich nicht naturgemäß waren. Manu war der Größte, ja. Unschlagbar auf jedem Gebiet. Und Wengen hatte keine seiner Begabungen und war nicht annähernd so beliebt in der Gemeinschaft, und das wußte er, in aller Schärfe wußte er das, es ließ ihn nie los, das Bewußtsein seiner eigenen Unterlegenheit: und er haßte Manu.
Von Eifersucht und Groll zerfressen, stieg Wengen auf den Hügel. Dort hockte er sich nieder und brütete vor sich hin. Bis jetzt war Manu das einzige Ziel seines Hasses gewesen. Nun gab es auch noch das Schumbi, das der Bergyeti gefunden hatte.

Iona am Flußufer hatte sich unterdessen halbwegs beruhigt und zu schluchzen aufgehört.
Jetzt kauerte sie am Wasser und starrte düster in den Fluß und dachte an die Ereignisses des vergangenen Tages, dieses endlosen, aufregenden Tages, der mit Churingas schwieriger Niederkunft begonnen und mit Tonemetapus Geschichte von den fernen Ursprüngen des Yetivolkes geendet hatte. Der Stern, der die Sonne geträumt, aber nicht zu halten vermocht hatte, die ersten Wolken, die Regen gebracht und das Tal be-

grünt hatten, und die Furcht aller Yetis vor der besitzergreifenden, habgierigen, zerstörerischen Rasse der Schumbis und der Macht, die sie über das Kind des dunklen Sturms hatten: das Feuer.
Iona sah sich rasch um. Der Gedanke versetzte sie in Erregung: Feuer. Die Schumbis – Iona sah sich bereits selbst so, wie die Yetis sie sahen – hatten keine Angst vor dem Feuer. Sie, das kleine Schumbi, von den Bergen herabgespült, besaß das, was Tonemetapu die »Stäbe, die den dunklen Sturm rufen« nannte. Es war das einzige, was sie gegen die Yetis in der Hand hatte. Sie war ihnen gegenüber stets loyal gewesen, aber sie hatten sie hintergangen und verraten – selbst Kekua und Churinga.
Mit klopfendem Herzen wurde ihr klar, daß sie ein Mittel hatte, sich zu wehren. Sie würde ein Feuer machen – und nicht ein kleines Kochfeuer wie an diesem Morgen, das sie in Panik ins Wasser gestoßen hatte, als sie die unsichtbaren Blicke spürte und wußte, daß jemand sie beobachtete und daß es ausnahmsweise nicht der verschlagene Wengen war. Nein, diesmal würde sie ein richtiges Feuer machen, ein Feuer, mit dem sie allen Yetis, Tonemetapu eingeschlossen, ihre Macht beweisen würde. Sie wollte ihnen noch mehr Angst einjagen, als sie umgekehrt vor ihnen hatte! Dann würde keiner es wagen, sie in die Berge zu schicken, dann durfte sie auf der Insel bleiben.
Ionas verstörte Miene wurde ruhiger. Sie warf einen Kieselstein in das wirbelnde Wasser und sah ihm nach, wie er unterging und verschwand und am Ufer die Wellen über die moosbewachsenen Steine schwappten, glitzernd im goldenen Licht des Spätnachmittags.
Frohlockend griff Iona in die Tasche und zog die Streichhölzer heraus.

Manu stürzte sich in den Fluß und schwamm hinüber zur Insel, Babilla hinterdrein.
Den ganzen Tag waren er und die Leopardin auf der Jagd gewesen – es war etwas, das Manu selten tat. Wenn er mit den Sammlern ging, hielt er sich bei ihnen und entfernte sich nur gelegentlich, wenn Babilla eine Beute aufgespürt hatte: dann mußte er mitjagen. Er war machtlos dagegen. Es war ein Trieb, der älter und stärker war als seine Bindung an die Gemeinschaft der Niedergelassenen, und er rief ihn mit einer Dringlichkeit, der er nicht zu widerstehen vermochte.
Zu anderen Zeiten, wenn die Ernte schlecht und die Ausbeute spärlich war, verließ er die Sammler, flocht Schlingen und stellte Fallen auf, wie es auch die Wanderer in den Bergen taten; Manu tat es mit Langeweile.

Aber allein zu jagen, einen ganzen Tag lang, weit fort von der Insel und nur in Begleitung von Babilla, das war etwas anderes. Ab und zu mußte er es tun – immer dann, wenn er einen Kummer hatte, wenn etwas ihm Sorgen machte: dann ging er auf die Jagd – schon immer, seitdem er als Kind auf die Insel gekommen war. Jagen war das einzige Mittel, das er kannte, um seinen Kummer abzuwerfen: die körperliche Anstrengung ließ ihn alle sonstigen Widrigkeiten vergessen.
In der Nacht hatte er vor Aufregung und Sorge kaum geschlafen. Aber nachdem Churingas Kind glücklich geboren war, hatte er leise nach Babilla gerufen, und gemeinsam machten sie sich auf den Weg, über den Fluß in die Sammelgründe.
Recht wenig hatten sie gefangen, aber darauf kam es nicht an. Anderes war wichtig: die einsamen Freuden des Jägers hatten die quälenden Spannungen, die zwischen Wanderern und Niedergelassenen herrschten und Manus Geist gefangenhielten, zum Verschwinden gebracht. Gewiß, sie würden wiederkehren, sobald er das Ufer erreichte, aber eine Zeitlang wenigstens, einen ganzen Tag lang war er frei davon gewesen und glücklich. Jetzt war er erfrischt durch das kalte Bad im Fluß und beinah wieder zu Hause. Zu Hause – er fragte sich oft, was ihm das bedeutete. Die anderen wußten, wohin sie gehörten, – er war oft verwirrt und kannte sich nicht aus und hatte doch das Bedürfnis nach Klarheit. Vor allem nach einem Tag wie diesem. Nach den vielen Jahren, die er bei den Niedergelassenen verbracht hatte, kam es ihm vor, als gehörte die Insel mehr zu ihm als die Berge.
Aber immer wenn er anfing, so zu denken, kehrte er in die Berge zurück und besuchte die Wanderer. Er atmete die hohe, saubere Schneeluft und lag des Nachts nicht auf dem weichem Stroh und Heu aus dem Tal, sondern auf federnden Polstern von Bergheidekraut, aus denen der Hochlandstamm seine Lager baute, und betrachtete die Sterne durch einen Spalt im Felsgewölbe hoch über ihm. Er stand mit den Jägern auf und kletterte den ganzen Tag über eisige, sturmgepeitschte, zerklüftete Hänge hinauf und hinunter auf der Suche nach Fährten.
Gelegentlich stieß Manu zu den anderen, um ein Beutetier zu töten. Es machte ihm nichts aus, wenn sie keine Beute fanden: er hielt es tagelang ohne Essen aus. Worauf es ihm ankam, das war die Suche, die Verfolgung, die Jagd. Dafür und für die Frische der eisigen Winde in der Höhe würde er alles eintauschen. Die Winde gingen ihm nahe und mitten ins Herz.
Unterhalb der Berge gab es wenig Wind, und wenn, dann war er immer

sanft und warm. Was dort unten in der Talebene rund um die Insel wehte, genügte den Sammlern vollkommen.
Manu schwamm mit stetigen, kraftvollen Zügen. In der Mitte des Flusses rauschte das dunkelbraune, schaumflockige Wasser mit der Geschwindigkeit eines Sturzbaches dahin. Manu ließ sich dadurch nicht von seinem Kurs abbringen – er steuerte mit einer Unbeirrbarkeit das gegenüberliegende Ufer an, als überquerte er einen der kleinen, ruhigen Gebirgsseen. Und Babilla schwamm neben ihm, mit derselben ausdauernden Kraft.
Der Yeti und der Leopard erreichten gleichzeitig das Ufer und kletterten aus dem Wasser. Sie schüttelten sich, stiegen die Böschung hinauf, sie erreichten die Lichtung. Manu sah sich um. Der größte Teil des Stammes war offenbar noch bei der Ernte in den Sammelgründen. Mit Ausnahme der ältesten Yetis und einiger kleiner Kinder entdeckte Manu nur Kekua und Churinga, die ihr Kind säugte, vor ihren Hütten sitzen. Manu ging zu ihnen. Lächelnd kauerte er sich nieder und kratzte die winzige Nase des Neugeborenen, und seine Berührung war leicht wie ein Schmetterling auf der weichen, haarlosen Haut. Er sah sich um. »Wo ist das Schumbi?« fragte er, verwundert, denn normalerweise wich Iona fast nie von Kekuas Seite.
»Sie war bei Tonemetapu«, antwortete Kekua. »Tonemetapu hat lange mit ihr gesprochen. Er sagt, sie muß hinauf in die Berge gehen, denn wir müssen sie mit den Wanderern teilen. Du sollst sie hinbringen. Iona weigert sich. Sie will die Insel nicht verlassen. Sie ist wütend und traurig fortgelaufen, auf der anderen Seite zum Fluß hinunter.«
»Das heißt, sie kann es nicht verstehen!« sagte Manu bestürzt. »Ich werde sie suchen und mit ihr reden.«
Er stand auf und wollte zum Fluß hinuntergehen, aber Kekua hielt ihn am Arm zurück. »Manu«, sagte sie. »Laß sie allein. Du hast recht, sie versteht es nicht. Sie wird es lernen, aber sie muß es auf ihre Weise lernen.«

An der Spitze der Insel wärmte sich eine kleine Eidechse mit leuchtendgrünen, pumpenden Flanken auf einem Stein in der Abendsonne. Als der letzte Sonnenstrahl verschwand, huschte sie davon, über den Stamm des Wacholderbaumes hinein in die Höhlung und auf Tonemetapus Schulter.
Der alte Yeti saß so still, daß die kleine Eidechse keinen Unterschied zwischen dem Stamm und Tonemetapus Körper bemerkte. Sie ließ sich auf dem grünlichen, moosbewachsenen Fell nieder und ruhte sich aus. Ein

schwarzweißer Fliegenschnäpper, den Kropf gefüllt von der abendlichen Insektenbeute, landete auf Tonemetapus Knie und konnte genausowenig wie die Eidechse den Baum und den alten Yeti auseinanderhalten. Der Vogel beäugte die Eidechse eine Weile mit Mißtrauen, aber als sie sich nicht rührte, beruhigte er sich und begann mit der Verdauung seiner Mahlzeit.
Tonemetapu nahm so wenig Notiz von den beiden Tieren wie sie von ihm. Tonemetapu träumte.
Er träumte von Manu und dem Leoparden, die schwimmend zur Insel zurückkehrten. Er träumte von den Schwierigkeiten, die Manu hinaus in die Einsamkeit getrieben hatten, von denen er sich auf der Jagd freimachen wollte. Er träumte von der Drohung der Wanderer, von den Bergen herunterzukommen, um ihren Anteil an der Ernte des Tals zu beanspruchen. Er träumte von dem gequälten Patriarchen Yerto, der sich rastlos auf seinem Lager wälzte, und der sorgenvollen Raina, die geduldig an seiner Seite wachte.
Die Eidechse bewegte sich. Der lange smaragdgrüne Schwanz schnellte herum, sie veränderte ihre Position ein wenig und erstarrte von neuem. Der Fliegenschnäpper hatte unterdessen die im Kropf gesammelten Insekten vertilgt, und jetzt hockte er auf dem Yetiknie und pickte vorsichtig und sanft einen kleinen Vorrat Läuse aus den langen Haaren.
Tonemetapu träumte.
Er träumte von dem Schumbikind und den Flammenstäben, die es irgendwo in einer Pelzfalte verborgen hatte. Er hatte sie schon früher gesehen; jetzt noch deutlicher. Er träumte die Gedanken des Kindes und sah, was in seinem Herzen war: Flammen, prasselndes Feuer, das an den Hütten emporzüngelte und über die Lichtung kroch, Kekua, halb erstickt taumelnd in schwarzem Rauch, und Churinga mit der kleinen Tumba an der Brust, die laut schrie und sich ins Wasser stürzte; und die anderen, die heulend und brüllend auseinanderstoben und vor der näherkommenden Flammenwand flohen.
Das Schumbikind träumte ebenfalls. In ihrem Traum rief es das Kind des dunklen Sturms.
Tonemetapus Körper wiegte sich vor und zurück, wie ein Dornbusch, den ein Sturm von den Bergen zerzaust.
Die Eidechse spürte die plötzlichen Erschütterungen, und die Stacheln auf ihrem Rücken richteten sich vor Schreck und Entsetzen zu senkrechten Spießen auf. Wie ein Blitz sprang sie von Tonemetapus Schulter, rannte über die knorrigen Wacholderwurzeln und verschwand im

Gras. Der Fliegenschnäpper, gleichfalls aufgeschreckt, flog vom Knie des Yetis auf, drehte heftig flatternd eine zweimalige Runde unter den Ästen, dann entdeckte er eine Lücke im dichten Blattwerk und schoß himmelwärts davon.
Das Beben ließ nach, Tonemetapu träumte weiter.
Diesmal träumte er von seinem Urahn, dem Stern ohne Namen, der zuerst die Sonne herbeigeträumt hatte, dann die Wolken und schließlich den Fluß, der ihm endlich einen Namen gegeben und außerdem das Volk hervorgebracht hatte. Und der letzte Traum des Sterns hatte den Regen ins Tal zurückgebracht.
Im Schatten des Wacholderbaumes träumte Tonemetapu vom Regen.

Über das Tal und die Insel kroch die Dunkelheit, und die Nacht brach herein.
Iona kauerte in einem Dickicht schulterhoher Gräser am Flußufer. Sie rupfte eine Handvoll Stengel aus – das ging ganz leicht, denn es war Hochsommer, die Gräser hatten ihre kurze Blütezeit längst hinter sich, hatten Früchte getragen und ihre Samen, von der Sonne getrocknet, abgeworfen, und jetzt gingen sie ihrem Ende zu.
Iona bog die trockenen Halme zusammen, dann nahm sie ein Streichholz aus der Schachtel und hielt den wachsbeschichteten Zündkopf an die Reibfläche. Sie schaute auf.
Zu dieser frühen Abendstunde war der Himmel immer sternenhell, aber so leuchtend klar und funkelnd hatte Iona ihn nie gesehen – ein einziges flimmerndes, flirrendes Strahlen, das beinahe blendete. Die Sternbilder flossen ineinander wie leuchtende Federn und Feuerräder, und es war ein andauernder, riesiger und immer neu sich formender, feuriger Schauer schöner Bilder. Eulen und Fledermäuse auf der Jagd zogen vorüber und blendeten das Leuchten für Sekundenbruchteile aus, doch nur um so heller schien das Licht in ihrer Spur.
Iona blinzelte. Süß und warm zogen die Gerüche des Abends in Schwaden vorüber, die Düfte der letzten Blumen und das Aroma reifer Früchte. Der Wind wehte von den Bergen herab, aber der Hügelkamm hielt ihn auf und mit dem Wind die vielfältigen Gerüche und gab sie ihr zurück. Sie atmete tief. Wenn sie Feuer ans Gras legte, würden die Flammen sich auf der ganzen Westseite der Insel bis zum Fluß hinunter ausbreiten, aber der Wind mußte die Flammen irgendwo zwischen Hügel und Ufer aufhalten, umkehren und zurücktreiben, weiter bis zur Lichtung.

Dann würde das Feuer die Hütten verzehren.
Iona biß die Zähne zusammen. Sie wollte es nicht tun, es war ihr zutiefst zuwider. Aber es mußte sein, die Yetis hatten ihr Vertrauen mißbraucht und sie verraten. Rache. Dabei hatte sie doch alles getan, was von ihr verlangt wurde, sagte Iona sich wieder und wieder. Und wie sie sich bemüht hatte – sie war freundlich und willig gewesen, hatte gearbeitet und gesammelt und ein Kind auf die Welt gebracht und wie besessen diese verrückte Sprache gelernt. In ihrer rasenden Verzweiflung und Enttäuschung vergaß Iona, daß es ihr eigener Entschluß gewesen war, dies alles zu tun: war sie nicht überzeugt, daß darin der Schlüssel zu ihrem Überleben lag und zu ihrer Flucht aus dem Tal? Doch jetzt war alles, woran sie sich erinnerte, der Beschluß der Yetis, sie zu verstoßen – sie wollten sie im Stich lassen und an die unbekannten Wanderer abschieben: »ein Geschenk, das geteilt werden muß«. Sie war kein Geschenk, von niemandem, für niemanden. Sie war Iona: frei, zu tun, was sie wollte, und mächtig – und wie mächtig sie war, das würde sie ihnen jetzt begreiflich machen.
Iona riß das Zündholz an. Es flammte auf und blendete sie. Der beißende Schwefelgeruch stieg ihr in die Nase und in die Augen. Die Flamme fraß sich das Holz entlang. Sie hätte sie an die trockenen Grashalme halten sollen, aber eine Lähmung hatte sie erfaßt, und sie starrte gebannt auf die Flamme und wartete, bis sie am Ende angelangt war und ihr die Finger verbrannte. Sie zuckte vor Schmerz und erwachte aus ihrer Starre; dann warf sie das abgebrannte Streichholz ins Wasser.
Während Iona die Brandspuren auf ihrer Haut ableckte, wurde ihr zum zweiten Mal an diesem Tag bewußt, daß sie beobachtet wurde, und diesmal wußte sie, wem die unsichtbaren Augen gehörten: nicht Wengen, sondern Tonemetapu. Er konnte sie sehen: von seinem Loch in dem knorrigen Wacholderbaum aus, der weit entfernt von hier und außer Sichtweite stand, jenseits von Hügelkamm, Buschwerk und Gestrüpp, starrte der alte Yeti sie an.
Abscheulich und unglaublich.
Eine kleine Wolke zog heran, sie bewegte sich auf die Berge zu und verdunkelte den Himmel: dick, schwarz und tiefhängend – eine Regenwolke. Aber sie zog an der Insel vorüber, hinter ihr erschienen die Sterne wieder. Iona begriff in jäher Erkenntnis, weshalb: es war ja kein Regen nötig. Das Streichholz war abgebrannt, das Kind des dunklen Sturms war gestorben, noch bevor es auf der Welt war, die Gefahr des Feuers an der Insel vorübergegangen.

Iona brach in Tränen aus. Sie weinte vor Enttäuschung, Niedergeschlagenheit, Einsamkeit – den ganzen Weg zurück zur Hütte. Dort angelangt, stieß sie Kekua beiseite und warf sich schluchzend auf ihr Lager.

In der Dunkelheit sank Tonemetapus Kopf nach vorn auf die Brust. Der schwarzweiße Fliegenschnäpper war schon lange fort und hatte sich einem Unterschlupf gesucht, der sicherer war, und auch die grünäugige Eidechse hatte sich davongemacht und Schutz im hohen Gras gefunden. Nur noch die Eulen besuchten den Wacholderbaum und hockten sich kurz auf einen der oberen Äste, um zu rasten, bevor sie sich wieder auf Beutefang in ihre eigenen Jagdgründe hinabstürzten.
Tonemetapu hörte die Jagdrufe der Eulen nicht. Er schlief. Diesmal träumte er nicht.

Der Morgen graute, aber Iona rührte sich nicht, als Kekua von dem Lager neben ihr aufstand und auf die Lichtung hinaustrat, und sie merkte auch nicht, als Manu kurz darauf erschien. Erst als er sie ergriff und aufhob, wachte Iona auf. Sie riß die Augen auf, als sie erkannte, daß es Manu war, der sie anfaßte, und als sie begriff, was er vorhatte, – und sie schrie. Manu! Wenn es überhaupt einen Yeti gab, der vertrauenswürdig war, einen, von dem man erwarten konnte, daß er ihr helfen würde, – dann war er es, der große dunkelhäutige Yeti, der sie aus dem Fluß gerettet, ihr eine Hütte gebaut und Fleisch geschenkt hatte.
Statt dessen hatte Manu sich genau wie die anderen von ihr abgewandt. Und er hatte sie nicht nur im Stich gelassen, sondern schlimmer: er hatte sie verraten. Die Erkenntnis traf sie wie ein Schlag. Sie biß ihm ins Handgelenk vor Schmerz und Entsetzen. Aber sein Fell war zu dicht, ihre Zähne drangen nicht durch. Er hob sie sich auf die Schultern und trabte davon, zum Fluß hinunter.
Iona lag quer über seinem Rücken und schluchzte.

25

Geraint Hughes stand in der Dunkelheit und spähte nach Westen. Auf dem Helambu-Kamm in viertausend Meter Höhe lag die Temperatur weit unter dem Gefrierpunkt. Rauhreif lag auf seinem Haar, und der Nachtwind, der scharf wie ein Schwert die Luft durchschnitt und über die Kämme fegte, brannte ihm in den Augen. Hughes aber merkte es kaum. Er war schon seit langem nahezu unempfindlich gegen die Kälte. Irgendwo unter ihm öffnete sich das weite Becken des Helambu-Tals, aber jetzt war der Himmel bewölkt und das Tal nicht zu sehen.
Hughes wartete.
Die Wolken kamen aus dem Norden, von der tibetanischen Grenze her, sie zogen schnell heran, und hinter ihnen klarte der Himmel auf: weit in der Ferne erschienen schon ein paar Sterne. Eine halbe Stunde würde es wohl noch dauern, bis er sehen konnte, wonach er Ausschau hielt. Eine halbe Stunde. Nur ein Wahnsinniger würde sich eine halbe Stunde in der eisigen Nachtluft ungeschützt auf den Helambu-Kamm stellen. Genau das war er freilich: ein Wahnsinniger. Hughes grinste bei dem Gedanken.
Er war nicht immer wahnsinnig. Der Wahnsinn kam und ging. Manchmal war er wochenlang normal und gesund, jedenfalls kam es ihm so vor. Dann überfiel es ihn plötzlich wieder, ohne Vorwarnung, eine dunkelrote Welle, die über ihn hereinbrach. Es war unverkennbar, wenn es geschah. Aber es störte ihn nicht, im Gegenteil: er jubelte, er geriet in Ekstase, denn der Wahnsinn gab ihm seine ganze frühere Kraft zurück, ja verdoppelte sie. Er ließ ihn die Dinge mit einer alles durchdringenden Klarheit erkennen, einer Farbigkeit und Greifbarkeit wie sonst nie, und dann konnte er Wagnisse eingehen, die er in seinen gesunden Phasen niemals wiederholt hätte.
Vor allem aber fegte er die Jahre hinweg: wenn der Wahnsinn ihn im Griff hatte, wurde Hughes wieder zu dem, der er vor seinem ersten Anfall gewesen war. Er wußte auch, wann und wo der Wahnsinn ihn gepackt hatte, und jetzt wartete er darauf, daß er ihn sehen konnte: den Verursacher, den Ort, an dem es begonnen hatte, – so wie er beinahe jede Nacht dorthin starrte, seit vierzig Jahren: jede Nacht, in der der Himmel über dem Himalaya klar war.

Die Wolken zogen ab, und der Mond erschien, ein prächtiger Sommervollmond, rings um ihn drängten sich die Sterne, und die hohen Gipfel der großen Westkette nahmen alsbald Gestalt an und begannen zu leuchten, schneeweiß, eishell vor der Dunkelheit: als reckten sie sich empor zum Himmel. Und einer ragte über die anderen hinaus, dieser eine, einzige, der Hughes' entzündete, tränende Augen mit derselben unentrinnbaren Kraft an sich bannte wie beim allerersten Mal.
Der Berg hat viele Namen. Tschomolungma, Göttin der Mutter Erde, heißt er bei den Tibetern, Sagarmatha, Himmelskönig, bei den Nepalesen; die meisten Landkarten benennen ihn nach dem ersten europäischen Landvermesser. Für die Briten, die den ersten Besteigungsversuch unternahmen, ist er eine »Kathedrale aus Schnee«. Hughes indessen hatte ihm insgeheim einen privaten Namen gegeben, der viel bescheidener war, aber – für ihn – zugleich viel schrecklicher und bedrückender. Der Berg, der ihn fast vernichtet, der ihn wahnsinnig gemacht hatte, der ihn seither quälte und verfolgte und nie mehr zur Ruhe kommen ließ, war keine Kathedrale. Der Everest war eine walisische Kapelle.

Er hätte der erste Mensch sein können, der ihn bestieg – er hätte der erste sein sollen. Daß er der rechte Mann dafür war, das war ihm im Alter von acht, in dem walisischen Tal, in dem er geboren war, klargeworden.
Nicht im Tal von Rhondda, das ungefähr das einzige ist, von dem man man auch noch jenseits der walisischen Grenzen gehört hat. Nein, Hughes' Tal ist viel kleiner und liegt in Nordwales, nicht weit vom Mount Snowdon. Er hatte wenig Erinnerungen an seinen Vater, aber er entsann sich eines Tages im Winter, vier Jahre war er alt, und sein Vater war mit ihm spazierengegangen. Sie waren so weit gelaufen, bis sie den Gipfel des Snowdon gegen den kalten grauen Himmel erkennen konnten.
»Das ist der zweithöchste Berg in ganz Britannien, merk dir das, Junge«, sagte sein Vater, und in seiner Stimme schwang Stolz. »Und du, mein Sohn, bist an seinem Fuß gezeugt worden. Das ham nich viele, so einen Start ins Leben. Vergiß das nie.«
Ein Jahr später war sein Vater tot. Er war Förster auf einem der großen Güter, er kam einem umstürzenden Baum in die Quere und wurde zermalmt. Seine Witwe und Geraint, das einzige Kind, blieben völlig mittellos zurück.

Das war Anfang der Dreißiger. In der ganze westlichen Welt wütete die Wirtschaftskrise, in Wales nicht minder. Hughes erinnerte sich an die ausgemergelten, hohlwangigen Männer aus Merioneth, die sich zu den Hungermärschen nach London, zum Parlament, versammelten. Sehr viel deutlicher noch erinnerte er sich an den Hunger selbst. An guten Tagen gab es eine Schüssel Gerstengrütze mit Möhren, an schlechten zusammengebettelte Brotrinden und gelegentlich einen wäßrigen Eintopf aus einem Wildvogel, in der Falle oder mit Leim gefangen: meistens eine zähe, ranzig schmeckende Krähe.
An den schlimmsten Tagen gab es nichts.
Seine Mutter war eine energische und einfallsreiche Frau, die ein Kind durchzubringen hatte. Sie verabscheute Almosen, aber Geraint mußte essen. Und so durchkämmte sie sämtliche Täler in Nordwales nach bezahlter Arbeit, und schließlich fand sie eine Stelle als Küchenmädchen in einem Gasthaus. Der Weg dorthin war ein fast zweistündiger Fußmarsch, aber der unschätzbare Vorteil dieser Arbeit war, daß sie die Überreste aus der Küche gratis bekam. Jeden Tag nahm sie Geraint mit, einen Teil des Weges mußte er laufen, einen Teil trug sie ihn, wenn er müde wurde. Der Name des Gasthauses war *Pen-y-guraig.*
»Es gibt, wenn man so sagen darf, einen Ort, von dem das hochalpine Bergsteigen, dieser edle und kühne Sport, seinen Ausgang genommen hat«, schrieb einst ein britischer Autor über die Geschichte des Kletterns, »und dieser Ort ist Pen-y-guraig. Wo immer auf der Welt sich Männer fanden, die nach den höchsten Gipfeln strebten und sich anschickten, sie zu erobern, liegt zumindest ihr geistiger Ausgangspunkt, ob sie es wissen oder nicht, am Fuße des Mount Snowdon. Dort nahm das Bergsteigen seinen Anfang. Der Weg zum Gipfel des Everest beginnt in einer Taverne in einem walisischen Tal.«
In diesem Tal, genauer gesagt, im Gasthaus von Pen-y-guraig wurde Geraint Hughes zum Bergsteiger.
»In Ordnung, Junge, du kannst das Gepäck zum Schlitten rauftragen.« Der stämmige, rotgesichtige Mann gab Geraints inständigen Bitten also endlich nach.
»Danke, vielen Dank, Mr. Davies!«
Geraint rannte davon, bevor Mr. Davies es sich anders überlegen konnte. Er hob den ersten Sack auf. Der war so schwer, daß ihm unter dem Gewicht beinahe die Knie einknickten. Aber er schaffte es, sich den Sack auf die Schulter zu wuchten, und machte sich stolpernd und taumelnd auf den Weg hinaus in die Dunkelheit.

Es war fast Mitternacht, der Schnee lag hoch. Vor einer Stunde war die Bergrettungsmannschaft alarmiert worden, die man erst im Vorjahr ins Leben gerufen hatte: sie wurde Wegbereiter für viele ähnliche Gruppen, die in den Jahren danach entstanden. Ihr Leiter war Huw Davies, ein Hochlandförster und Freund von Geraints Vater. Jetzt wurde ein Bergsteiger vermißt, und die Truppe versammelte sich im Gasthaus von Pen-y-guraig.

Zu der Zeit durfte Mrs. Hughes mit ihrem Sohn unter der Woche in einer winzigen Dachkammer im Gasthaus übernachten. Der Junge schlief schon, als nach und nach die Wagen eintrafen, aber das Geräusch der Motoren hatte ihn geweckt, dann sah er das Licht der Scheinwerfer kreuz und quer über die Zimmerdecke streichen, und es hielt ihn nicht länger. Er zog sich seine Winterschulkleider an und rannte die Treppe hinunter.

»Nicht schlecht, Junge«, sagte Mr. Davies und tätschelte ihm lobend den Kopf, als Geraint das letzte Ausrüstungsstück auf dem Schlitten ablud. »Jetzt mußt du nur noch mit Steigeisen und Eispickel umzugehen lernen, dann kannst du bald mit uns in die Wand steigen.«

Geraint grinste übers ganze Gesicht, als der Schlitten mit der siebenköpfigen Mannschaft in die Nacht davonsauste. Er hatte das gesamte Gepäck aufgeladen. Von der Anstrengung war ihm schwarz vor den Augen geworden, und er keuchte schwer, aber es hatte sich gelohnt. Mr. Davies würde ihn nicht vergessen. Beim nächsten Mal – jedenfalls irgendwann in den nächsten Jahren würde er nicht mehr in Pen-y-guraig zurückbleiben müssen, wenn die Rettungsmannschaft in die walisische Dezembernacht aufbrach, um im Schneesturm nach einem verunglückten Bergsteiger zu suchen.

Geraint sah ihnen nach, bis die Signallampen des Schlittens im Schneegestöber verschwunden waren. Dann drehte er sich um, stieg die Treppe hinauf und legte sich wieder ins Bett, und als er einschlief, träumte er vom Berg und dem Tag, an dem er mit Mr. Davies über Schluchten und Felswände klettern würde.

Es geschah viel eher, als Geraint zu hoffen gewagt hatte.

Im diesem Winter wurde die Rettungsmannschaft wohl noch ein dutzendmal gerufen, und Geraint half jedesmal, den Schlitten zu beladen. Wenn die Männer zurückkamen, kümmerte Geraint sich um ihre Stiefel und die Kletterausrüstung, fettete das Leder, säuberte und schärfte Eispickel, hämmerte die verbogenen Metallzacken der Steigeisen gerade, die an den Schuhsohlen befestigt wurden, ölte die Kufen des Schlittens und lernte, durchgescheuerte Seilstücke zu spleißen.

»Das hättest du rausschneiden sollen«, sagte Davies tadelnd, als er am Ende des Winters Geraints Seilreparaturen begutachtete, und zeigte auf eine Stelle, an der die Jutefasern herausstanden. »Aber sonst hast du gute Arbeit geleistet, Bursche. Vielleicht ist es bald Zeit, daß du mit hinaufkommst.«

Davies lobte selten und sehr ungern, und Geraint wurde rot vor Stolz und Freude.

Davies hielt sein Wort. Ein paar Wochen später erschien Mr. Davies im *Pen-y-guraig* und rief nach Geraint.

»Zieh deine Stiefel an, Bursche«, sagte er. »Da ist ein Herr aus London, der behauptet, er hätte einen neuen Weg die Bwyelli-Wand hinauf gefunden. Das will ich mir anschauen. Du kannst mitkommen.«

Geraint rannte die Treppe hinauf und holte seine Stiefel.

Davies nahm ihn mit bis zum Fuß der Bwyelli-Wand an der Westflanke des Snowdon. Eine knappe halbe Stunde lang gab er dem Jungen Anweisungen; er zeigte ihm, wie die Haken plaziert werden: Stahlspitzen, die mit dem Hammer in Felsspalten geschlagen werden, um daran das Seil zu befestigen, mit dem der Kletterer sich sichert; er sagte ihm, daß ein Bergsteiger sich stets dreifach »verankern« müsse und nur mit der vierten Extremität, Hand oder Fuß, nach einem neuen Halt oder Ansatzpunkt suchen dürfe; und er erklärte ihm, wie eine Seilschaft funktioniert, wie man, mit einem Partner am Seil verbunden, abwechselnd die Führung auf dem Weg nach oben übernimmt.

Dann kletterte Davies über die Felsblöcke am Fuß des Berges und stieg in die Wand ein. Geraint wickelte das Seil ab und wartete, und als Davies ihn rief, folgte er ihm. In dem Augenblick, als seine Hand den ersten Felsvorsprung fand und sein Fuß den ersten messerdünnen Sims, war Geraint in seinem Element und fühlte sich zu Hause wie nie zuvor in seinem Leben. Wie ein Kleinkind, das ins Wasser fällt, instinktiv schwimmen kann, so wußte Geraint, wie man klettert. Er wußte es auf Anhieb, und es fiel ihm so leicht wie das Atmen. Die Route des Londoner Herrn war steil und technisch schwierig, und wenn Davies gewußt hätte, wie schwierig, dann wäre er niemals auch nur auf den Gedanken gekommen, den Jungen mitzunehmen. Er mußte immer wieder anhalten und nach einem Weg suchen, und wußte oft nicht, wie er den nächsten Abschnitt bewältigen sollte. Manchmal mußte er wieder ein Stück absteigen und einen anderen Weg nehmen.

Geraint zögerte nie, und er griff nie daneben. Einmal, als Davies nach einer besonders schwierigen Stelle, einem Überhang, besorgt nach dem Kind schaute, sah er, daß Geraints Blick auf einen Punkt irgendwo über ihm geheftet war.

»Wenn Sie nach links gehen, Mr. Davies«, sagte Geraint eifrig, »dann ist da eine Felsplatte, die schräg abfällt, mit ein paar Vorsprüngen, wo wir vielleicht einen Halt finden.«

Seine Augen glitzerten blaßblau und hatten denselben kalten Schimmer wie das Gefieder der Wanderfalken, die in der Höhe über ihnen ihre Kreise zogen.

Davies blickte nach links oben. Die Felsplatte lag im Schatten, so daß er sie zuerst gar nicht sah. Als er sie dann aber erkannte, stellte er fest, daß Geraint recht hatte. Dort gab es tatsächlich einige wenige fragwürdige Vorsprünge, auf denen der Kletterer einen Halt finden konnte, und selbst der englische Herr, ein berühmter Alpinist, der schon im Himalaya gewesen war, hatte sie nicht entdeckt. Davies wechselte die Richtung und stieg weiter.

Eine Stunde später hatte er den oberen Rand der Felswand erreicht und zog sich hoch. Keuchend drehte er sich um und wollte dem Jungen heraufhelfen, aber das erwies sich als unnötig. Flink wie eine Katze kletterte Geraint hinter ihm her und war alsbald bei ihm. Sein Atem ging kaum heftiger als sonst. Und ohne zu rasten, drehte er sich um und besah sich die Wand unter ihm.

»Ich glaub, der englische Herr hat sich geirrt, Mr. Davies«, sagte er. »Sehen Sie, wenn wir vor dem zweiten Spalt abgebogen wären und die kleine Schlucht dort bei dem Rabenhorst genommen hätten, dann wären wir mindestens zehn Minuten eher dagewesen...«

Er schwieg und sah Davies an. »Bestimmt, Sir«, fügte er ernst hinzu. »Könnten wir's nicht ausprobieren?«

Davies war sprachlos. Er, Davies, Mitglied der Bergwacht und Leiter der Rettungsmannschaft, war ein erfahrener Bergsteiger, stark, durchtrainiert, in Höchstform. Sein halbes Leben war er im Snowdon-Massiv herumgeklettert, er glaubte das walisische Hochland besser zu kennen, als irgendein anderer irgendein Gebirge auf der Welt kennen konnte. Und von diesem Rotzlöffel, diesem Kind, das nie zuvor geklettert war, mußte er sich anhören, daß es einen besseren, schnelleren Weg die Bwyelli-Wand hinauf gab, den weder er noch der englische Herr gefunden hatte?

Davies fing an zu lachen. Während er lachte, ging er in Gedanken noch

einmal den Aufstieg durch, und als er bei jenem zweiten Spalt in der Wand angelangt war, sah er die Alternative. Davies hörte auf zu lachen und erwog sie in Gedanken. Der Junge hatte recht. Wenn sie den Weg genommen hätten, den Geraint vorschlug, wären sie leichter und schneller ans Ziel gelangt.
Davies sah den Jungen an. »Du bist verdammt frech, Bürschlein«, sagte er, »das kann ich nicht ausstehen. Aber offenbar bist du eine Sorte Naturtalent, der geborene Bergsteiger. So, und jetzt gehen wir heim.«

Die dreißiger Jahre gingen zu Ende, die wirtschaftliche Not ließ nach, und es kamen immer mehr englische Bergsteiger ins Gasthaus von Pen-y-guraig, um den Snowdon zu besteigen und ihre Kletterkünste an den umliegenden Felswänden zu üben. Mit vierzehn verließ Geraint die Schule. Anders als die meisten seiner Altersgenossen mußte er sich nicht nach Arbeit umsehen, auf ihn wartete bereits eine Stelle – eine Stelle, die er sich selbst geschaffen hatte.
Mit vierzehn war er ein drahtiger, breitschultriger Junge mit muskulösen Händen und schmalen Keltenaugen, eisblau wie die schneebedeckten Nordhänge des Snowdon im Winter, und einer der meistgesuchten Bergführer von Wales: Davies empfahl ihn großzügig, und Geraints eigene Fähigkeiten taten das Übrige.
Dann kam der Krieg, *»Hitler's war«*, hieß es in Wales. Davies war zum Einrücken zu alt, aber als Geraint den Meldebefehl erhielt, gab Davies ihm ein Schreiben an die Rekrutierungsstelle mit, aufgrund dessen Geraint nicht einem der walisischen Infanterieregimenter zugeteilt, sondern im schottischen Loch Fyne als Teil einer Kommandotruppe ausgebildet wurde.
Von dort wurde er nach Norwegen abkommandiert. Er kämpfte und fuhr Ski und kämpfte wieder, als der verheerende Norwegenfeldzug zu Ende ging. Geraint wurde als einer der letzten aus den Fjords evakuiert und verbrachte den Rest des Krieges damit, Spezialeinheiten in einem Trainingslager nicht weit von Pen-y-guraig auszubilden. Als der Krieg vorbei war und Geraint entlassen wurde, zog er die Uniform aus und marschierte die fünfzehn Kilometer zurück zum Gasthaus am Fuß des Snowdon.
Dort angelangt, nahm er seine frühere Arbeit wieder auf. Das Nachkriegseuropa lag wie unter einem Leichentuch und litt unter Hunger, Krankheit und Gewalt, die fast schlimmer waren als der Krieg selbst. Der Alptraum erfaßte ganz Großbritannien, aber die Bergsteiger ließ er

anscheinend unberührt: in ihren dicken Tweedanzügen, mit ihren Eispickeln, ihren Steigeisen und ihren Scherzen strömten sie wieder nach Pen-y-guraig, als hätte der Krieg nie stattgefunden.
Zu der Zeit erkrankte Geraints Mutter; sie hatte Krebs und lag im Sterben. Geraint kümmerte sich nachts um sie und tagsüber um die Bergsteiger. Als seine Mutter starb, nahm er sich den Vormittag frei, um sie zu begraben. Am Nachmittag war er wieder zur Stelle und führte zwei englische Bankiers auf einer der leichtesten Routen zum Gipfel des Snowdon. Der Abend nahte, Nebel zog auf, und die Männer fanden endlich, wonach sie gesucht hatten, das prickelnde Gefühl von Abenteuer.
In der Dunkelheit brachte Geraint sie zurück nach Pen-y-guraig. Sie entlohnten ihn äußerst nobel und steuerten dann unter Gelächter und Heiterkeit die Schänke an. Geraint stand im Vorraum und zählte die Banknoten, die sie ihm in die Hand gedrückt hatten. Der Gastwirt erschien. Er schaute den beiden Städtern verächtlich nach, dann sah er Geraint an.
»Da ist eine Nachricht für dich, Mann«, sagte er. »Howe ist der Name des Herrn. Ganz anderes Kaliber als die beiden Amateure da. Mr. Gerry Howe will auf den Everest. Er schickt ein paar von seinen Leuten hierher zum Training, bevor sie sich in den Himalaya aufmachen. Er hat von dir gehört. Du sollst ihnen den Snowdon zeigen.«
Die beiden Bankiers riefen nach dem Wirt, die Unterredung war beendet.
Geraint schloß die Augen. Er hatte Howe nie persönlich kennengelernt, aber die Bergsteigergemeinde war klein, und man hörte viel von ihm. Howe war einer der besten und erfahrensten Alpinisten Europas. Außerdem war er reich. Wenn irgend jemand die Energie, das Können und die nötigen Mittel hatte, um eine Expedition auszurüsten, die eine realistische Chance hatte, den höchsten, noch nie bestiegenen Berg der Welt zu erobern, dann war es Gerry Howe.
Geraint hörte nicht den Lärm aus der Schänke noch den Frühlingssturm, der ums Haus pfiff. Er nahm überhaupt nichts von dem wahr, was rund um ihn vorging. Im Geist sah er einen einsamen weißen, eisigen Gipfel, der wie eine Speerspitze über die Wolken ragte, und dieser Gipfel war der Everest.
Geraint war nicht aufgefordert worden, sich der Expedition anzuschließen, – noch nicht: aber er rechnete fest damit. Und er war überzeugt, daß er der erste Mensch sein würde, der den Berg bestieg.

»Hughes!«
Geraint drehte sich um und äugte durch die Schneebrille. Normalerweise sah er mit den dunklen Gläsern ausgezeichnet, aber heute erschien ihm aus irgendeinem Grund alles nebelhaft und verschwommen. Geraint nahm die Brille ab, polierte die Gläser, dann setzte er sie wieder auf und hielt erneut Ausschau.
Das Glas war noch immer beschlagen, aber jetzt sah er eine Gestalt im Schnee unter ihm, es war der hohlwangige Expeditionsarzt Robin Carew. Geraint winkte, dann begann er zu ihm abzusteigen.
Nicht einmal fünf Monate war es her, seit Howe und seine Bergsteigertruppe nach Pen-y-guraig gekommen waren, um ihr letztes Training zu absolvieren. Was in den nächsten Tagen nach ihrem Einzug ins Gasthaus geschah, hatte Geraint ein wenig verwirrt, aber keineswegs überrascht.
Er führte sie in die Wand. Eine Woche kletterte er ihnen voraus, er führte sie alle, suchte Quergänge, schlug Felshaken ein und setzte die Seile. Am Ende der Woche nahm Howe ihn beiseite.
»Wo zum Teufel haben Sie klettern gelernt, Hughes?« fragte er ihn in scheinbar beiläufigem Ton.
»Hab mir hier und da was geholt, Sir«, antwortete Geraint.
»Wie? Klingt, als wären's die Masern!« brummte Howe. »Aber egal, woher Sie's können, ich kann Sie brauchen. Da gibt's einen Neuseeländer, der den Everest im nächsten Jahr packen will. Ich möchte ihm zuvorkommen. Ich denke, Sie sollten mit uns in den Himalaya kommen. Gezahlt wird nichts. Nur die Reise, Essen, und am Schluß vielleicht eine Flasche Schnaps – « Er sah ihn abwartend an. »Sind Sie dabei?«
Geraint grinste. »Den Schnaps bräuchte ich gar nicht, Mr. Howe.«
Seit fünf Wochen waren sie also auf dem Everest. In knapp dreieinhalbtausend Meter Höhe hatten sie das Basislager eingerichtet und sich dann nach und nach in die Höhe gearbeitet, bis vor sechs Tagen, als sie das siebte Lager aufgeschlagen hatten: nur ein paar kleine Zelte, vom Schnee fast begraben; bis zum Gipfel waren es nur noch fünfzehnhundert Meter. Von hier aus sollte der letzte Ansturm beginnen – sobald das Wetter besser war: denn seitdem sie die Zelte aufgestellt hatten, folgte ein Schneesturm auf den anderen.
Während Geraint vom siebten zum sechsten Lager abstieg und sich über seine verschwommene Sicht wunderte, dachte er an die vergangenen fünf Wochen zurück. Bis auf ihn waren alle Teilnehmer der Expedition Amateure. Das hieß nicht, daß sie nicht gut waren, gewiß nicht.

Wie Howe waren sie allesamt furchtlos, gut trainiert und hatten tausendmal mehr Erfahrung im hochalpinen Klettern als Geraint. Amateure, das hieß nur: sie verdienten weder ihren Lebensunterhalt damit, noch verbrachten sie den größten Teil ihrer Zeit im Gebirge. Geraint war ein Berufskletterer. In den vielen Jahren, seit er seine Leidenschaft betrieb, hatte er sich ein Wissen über Fels- und Eisverhältnisse erworben und vor allem ein Standvermögen, das ihnen fehlte.
Geraint zweifelte nicht im mindesten, daß Howe ihn, den einzigen Profi unter den Europäern, ausgesucht hatte, weil er ein zuverlässiges Arbeitstier war, das weiße Gegenstück zu den einheimischen Trägern. Und wenn er für den Aufstieg zum Gipfel tatsächlich in Betracht gezogen werden wollte, dann mußte er beweisen, daß er besser war als die Scherpas. Auch daran zweifelte er nicht.
Von dem Augenblick an, als sie das Basislager bezogen, hatte Geraint nichts anderes im Kopf, als Howe zu zeigen, was er zu leisten vermochte. Ihre Lager bildeten eine Leiter, die sich immer höher schob, und bei jedem neuerlichen Vorstoß meldete er sich freiwillig als Träger für Schwerlasten, zusammen mit den Scherpas. Er bot sich für die anstrengenden Erkundungsgänge an, um Schnee- und Eisverhältnisse zu prüfen. Als der Scherpakoch im fünften Lager an der Ruhr erkrankte und ausfiel, übernahm Geraint den winzigen eingefrorenen Gasbrenner und versorgte die anderen so lange, bis von unten ein Ersatzmann eingetroffen war.
Er trieb sich an, bis seine Lungen schmerzten und die Muskeln sich anfühlten wie aus Blei. Nachts wühlte er sich in seinen Schlafsack, nahm die Stiefel zwischen die Beine, um das Eis aufzutauen, und döste vor sich hin, wachte dabei immer wieder auf und fühlte sich wie betrunken. Am anderen Morgen war er der erste, der aufstand, noch vor den Scherpas. Er kroch aus dem Zelt, füllte Schnee in den Kessel und schmolz ihn für den Morgentee.
Die brutale, pausenlose Schinderei zahlte sich aus. Gegen Ende der fünften Woche auf dem Berg, im sechsten Lager, kam Howe in Geraints Zelt.
»Sie leisten wirklich gute Arbeit, Hughes«, sagte er. »Ein paar von uns leiden unter der Höhe. Ihnen scheint das nichts auszumachen, wie? Wie fühlen Sie sich?«
»Mir geht's gut, Sir«, antwortete Geraint.
»Gut genug, um morgen mit den Scherpas aufzusteigen und das siebte Lager zu beziehen?«

»Kein Problem, Mr. Howe.«
Howe nickte. »Gut, dann tun Sie das und bleiben gleich dort. Denn ich glaube, Hughes, ich werde Sie in der Hackordnung befördern und Sie für den ersten Versuch vorsehen – «
Howe schwieg und zupfte sich das Eis aus dem Bart. »Sie nehmen natürlich einen Scherpa mit. Es ist ihr gottverdammter Berg, und wir wollen ja nicht ihre patriotischen Gefühle verletzen. Aber was sagen Sie zu der Vorstellung, der erste Europäer zu sein, der auf dem höchsten Punkt der Erde steht?«
Geraint grinste. »Ich glaube, damit kann ich mich anfreunden, Sir.«
»Das hoffe ich auch! Denn wenn das Wetter hält, werden Sie genau das tun.«
Howe verließ das Zelt und verschwand in der Dunkelheit.
Achtundvierzig Stunden war es nun her, seit er das siebte vorgeschobene Lager bezogen hatte. Die ganze Zeit hatten Schneestürme getobt, und der Gipfel droben war immer in Wolken gehüllt, aber heute hatte es zum ersten Mal aufgeklart. Die Sonne schien, und die drei Scherpas, die mit Geraint das siebte Lager teilten, sagten, die Frühjahrsstürme hätten ein Fenster geöffnet, das mindestens noch ein paar Tage offenstehen würde.
Es war der ideale Augenblick, um den Gipfel zu nehmen. Und während er jetzt hinunterstieg, dachte Geraint darüber nach, welcher der Scherpas mit ihm zum höchsten und einsamsten Ort der Welt gehen sollte.
»Wie viele Finger?«
Carew hob die Hand, sobald Geraint bei ihm war. Geraint kniff die Augen zusammen und spähte durch die dunklen Gläser. Aus irgendeinem außergewöhnlichen Grund konnte er nicht erkennen, wie viele Finger Carew ihm hinhielt: die Hand war nur ein verschwommener Fleck.
»Zwei«, sagte Geraint aufs Geratewohl, während Carew vor ihm abwechselnd aus seinem Blickfeld verschwand und wieder auftauchte.
»Hughes, nehmen Sie bitte die Brille ab!«
Carew sprach in eindringlichem und besorgtem Ton. Geraint gehorchte und nahm die Brille ab, und das grellweiße Licht ließ ihn fast erblinden.
»Wie viele sind es?«
Er hörte wohl, wie Carew die Frage wiederholte, aber jetzt sah er nichts mehr, nichts als eine riesige, schmerzende weiße Fläche.
»Zwei«, sagte er wieder.
Ein ganz kurzes Wort nur, aber Geraint brachte es kaum heraus. Er

streckte die Arme aus und suchte nach einem Halt, aber er fand nichts. Er taumelte vorwärts und tastete nach irgend etwas, wonach er greifen konnte. Dann fiel er um, mit dem Gesicht in den Schnee.

Undeutlich hörte er Carew rufen. »Er hat die Höhenkrankheit, wir müssen ihn runterbringen! Herrgott nochmal, kann mir vielleicht einer helfen?!«

Geraint nahm Schritte im Schnee wahr, mit dem Geräusch ging der stechende, ranzige Geruch von gegerbter Tierhaut einher, ein Geruch, der nur von einem Scherpa stammen konnte. Er stieg ihm beißend in die Nase und brachte ihn kurzfristig ins Bewußtsein zurück. Es gelang ihm, den Kopf vom Boden zu heben. Mit blinden Augen suchte er nach den Scherpas.

»Laßt mich, laßt mich!« schrie er. »Bringt mich ja nicht fort! Ich steige auf den Everest!«

In letzter Verzweiflung stieß er die Worte hervor. Dann senkte die Finsternis sich auf ihn herab und erlöste ihn von dem quälenden, unerträglichen weißen Licht.

26

Fünfzehn waren es, acht Männchen, fünf Weibchen und zwei Halbwüchsige, ebenfalls männlich. Sie lagen durcheinander im Kreis um das Feuer, doch in respektvollem Abstand, so daß selbst hoch auflodernde Flammen sie nicht erreichen konnten. Jetzt, um Mitternacht, war das Feuer bis auf ein paar glimmende Holzstückchen niedergebrannt, die gerade genug Licht gaben, um die Gestalt zu beleuchten, die dem Feuer am nächsten lag, – sie nannten ihn Ma-na-kakua, das Wesen mit dem Winterflockenpelz.

Diesen Namen hatten sie ihm gegeben, als sie ihn zum ersten Mal gesehen hatten, lang bevor er sie entdeckte. Er hatte kein Fell wie sie. Seine Häute – die Haut um seinen Körper und die übrigen, abnehmbaren, in die er sich gewickelt hatte, – waren steifgefroren und weiß, auch sein Gesicht und seine Haare, und seine Augen waren hinter der Eiskruste um seine Augenhöhlen kaum zu sehen.

Viel Zeit war seitdem vergangen. Der Mann, den sie Ma-na-kakua nannten, versuchte später, nachdem er ihre Sprache gelernt hatte und verstehen konnte, wie sie ihn nannten, den Namen in seine eigene Sprache zu übersetzen, und kam auf »Schneemensch«, was ihm sehr gefiel. Die Vorstellung, für einen Schneemenschen gehalten zu werden, erheiterte ihn, und er machte sich den Namen zu eigen.

Der Schneemensch lag und schlief fest und reglos. Die anderen hinter ihm in der Dunkelheit dösten nur. Zum Teil war das Feuer daran schuld. Es war das Geschöpf des Schneemenschen, sein Begleiter. Er brachte es jede Nacht hervor und wachte darüber, und das tat er, seitdem er aus dem Schnee herab zu ihnen gestoßen war; mittlerweile hatten sie sich halbwegs daran gewöhnt. Sie wußten, wie wichtig das Feuer dem Schneemenschen war, welchen hohen Wert er ihm beimaß.

Das nahmen sie hin. Das Feuer selbst blieb unberechenbar und gefährlich. In den ersten Tagen nach der Ankunft des Schneemenschen waren ein paar von ihnen angefallen und gebissen worden: die Zähne des Feuers waren scharf wie der Eiswind auf den hohen Gipfeln, sie verursachten denselben Schmerz, dieselben Wunden, aber noch rascher und viel brutaler.

Der Atem des Feuers verstörte sie, diese zischenden hellroten und gel-

ben Sterne, die in wirbelnden Wolken aufstoben und in der Dunkelheit verlöschten, das störte sie selbst noch wenn sie schliefen, genauso wie seine Knochen, die knackten und krachten und zerbrachen, wenn das Geschöpf sich in seinem Bett herumdrehte. Sie hatten gelernt, sich von ihm fernzuhalten. Es war ein Wesen, das man am besten seinem Wächter überließ.
Der Schneemensch hatte freilich noch einen anderen Namen, den er nie preisgegeben und seit beinahe vierzig Jahren nicht benutzt hatte. Manchmal, wenn der Wahnsinn ihn gepackt hielt, mußte er sich durch den Nebel kämpfen, der sein Gehirn umwölkte, um sich zu erinnern, wer er war; und wenn ihm sein Name wieder einfiel, lächelte er erleichtert: solange er einen Namen hatte, einen richtigen Namen, war er nie ganz verloren. Und dann sprach er die beiden Wörter aus, ließ sie über die Zunge rollen und spie sie in den Wind des Himalaya.
Er war wahnsinnig und seine Augen scharlachrot und meistens blind, aber immerhin wußte er noch, wer er war. Geraint Hughes.

Geraint wachte auf. Er stand auf und stieg wieder hinauf zum Grat. Es war noch immer dunkel, und die Sterne standen am Himmel, aber der Morgen war nicht mehr weit; das spürte er, weil die Nachtluft eine Spur wärmer wurde und weniger dünn. Er stand und spähte nach Westen. Er wartete.
Um die tiefergelegenen Flanken des fernen Berges bildeten sich die ersten Morgenwolken, aber die Spitze ragte unangefochten und bedrohlich zum Himmel auf. Der Everest, der höchste Turm auf dem Dach der Welt, hielt einsam Wache über den Erdball, und sein letzter Posten war auf einem Bergkamm über dem Helambu-Tal.
Festlich begrüßte Geraint den Anblick des fernen Gipfels, der für wenige Sekunden aus dem blutunterlaufenen Nebel seiner zerstörten Augen tauchte und klar und erhaben vor ihm stand, bevor er zu wanken begann und verschwamm; und dann sah er nur einen roten Regen, der sein ganzes Gesichtsfeld erfüllte. Geraint schnaubte und wandte sich wütend ab.
Er schaute auf sein Lager hinunter. Jetzt, da er die schneehellen Bergflanken im Rücken hatte, sah er besser. In der Feuerstelle glühte es noch. Rings umher lagen, vom Schein der Glut schwach beleuchtet, die zusammengerollten Gestalten der Odunas. Zwei oder drei schnarchten, und der rasselnde Atem hallte weithin, über den Hang herauf bis zu ihm.

Geraint starrte voller Verachtung auf sie hinunter. In einem jähen Anfall von Wut bückte er sich, klaubte einen Felsbrocken aus dem Schnee und schleuderte ihn hinab. Der Stein prallte von der dunkel glänzenden Eisschicht auf dem Schnee ab, sprang hoch und traf einen Oduna in die Rippen. Jaulend fuhr das Wesen auf und sah mit wildem Blick in die Runde, aber gleich darauf fiel es um und war einen Augenblick später wieder eingeschlafen, schnarchend.
Geraint fluchte. Er humpelte hinunter zum Feuer; dort legte er sich nieder und zog sich die Felldecken über den Kopf, in denen er zu schlafen pflegte. In der Finsternis rings herum hörte er die Odunas im Schlaf sich bewegen und grunzen.
Die Odunas. In ihrer Sprache hieß das: die Geächteten. Es war das erste Wort, das er von ihnen gelernt hatte. Wie lang war das her? Geraint konnte sich oft nicht erinnern, aber heute nacht war sein Gehirn ruhig und klar, und er entsann sich ohne Mühe. Er lag wach und dachte zurück.
Was in den Wochen nach seinem Zusammenbruch im siebten Lager geschehen war, wußte er nicht. Als er zum ersten Mal wieder zur Besinnung kam, lag er in einem Krankenhausbett in Katmandu, und er hörte zwei Stimmen, die miteinander sprachen. Die eine Stimme kannte er: das war Howe; die andere sprach mit amerikanischem Akzent.
»Was ist Ihre Prognose, Doktor?« hörte er Howe fragen.
»Sieht schlecht aus«, antwortete der Amerikaner. »Höhenkranke haben wir selten; die Nepalesen sind ja an die Höhe gewöhnt und leiden kaum darunter. Aber dieser Fall ist von allen, die wir zur Behandlung hierhatten, mit Abstand der schlimmste. Ich fürchte, wir haben es mit einer irreparablen Hirnschädigung zu tun.«
»Könnte man denn in Europa irgend etwas für ihn tun?«
»Keine Ahnung. Aber versuchen Sie's, schaden wird es nicht. Man hat dort ganz andere Möglichkeiten, besser und fortschrittlicher als alles, was wir hier in Nepal haben.«
»Ich werde ihn so bald wie möglich wegbringen lassen – wenn wir Glück haben, mit dem Flug nach Delhi morgen – « Howe verstummte, und Geraint spürte, daß er zu ihm herschaute; und er hielt seine Augen fest geschlossen.
»Armer Kerl!« sagte Howe. »Er war einer der besten Kletterer, die ich je gesehen habe, im Felsen genauso wie im Eis, und es war beschlossene Sache, daß er es als erster versucht. Ich glaube zwar nicht, daß das noch eine Rolle gespielt hätte – an dem Tag, an dem es ihn erwischt hat, fin-

gen diese Stürme an, und wir mußten so oder so abziehen. Aber ich hoffe bloß, daß ich ihm vorher nicht zu stark zugesetzt habe.«
»Ich würde mir an Ihrer Stelle keine Vorwürfe machen, Mr. Howe«, sagte der Amerikaner. »Es kann jeden erwischen. Und der Everest hat seine eigenen Gesetze – dieser Berg ist ein Mörder, immer schon gewesen. Ich sage Ihnen, die einzige Methode, wie man ihn je packen wird, ist zusätzlicher Sauerstoff, Atemgeräte, und selbst dann braucht man noch eine anständige Portion Glück.«
Die beiden Männer verließen das Zimmer, Geraint versank von neuem in der Bewußtlosigkeit.
Als er das nächste Mal erwachte, war es Nacht. Durch das Fenster erkannte er die zerklüfteten schwarzen Umrisse der Berge rund um das Katmandutal, und darüber sah er die Sterne.
Eine Zeitlang lag Geraint mit weit offenen Augen auf dem Rücken. Dann drehte er sich um und stellte die Füße auf den Boden, stand vorsichtig auf und prüfte seine Beine. Zweimal durchquerte er den Raum. Er hatte kaum Kraft, und sein Kopf drehte sich, aber zumindest konnte er gehen. Er suchte nach seinen Kleidern und fand sie, säuberlich gefaltet auf einem Stuhl, darunter standen die Stiefel, und seine Kletterausrüstung lag daneben. In der Brieftasche in seiner Jacke steckte das Bündel nepalesischer Rupies, die er bei seiner Ankunft in Katmandu eingewechselt hatte.
Geraint zog sich schnell an. Er öffnete die Tür und stieg seelenruhig die Treppe hinunter bis zur Eingangshalle der Klinik, wo der Nachtwächter in der Portiersloge schlief. Auf Zehenspitzen durchquerte Geraint die Halle und trat auf die Straße hinaus.
Nicht einmal zehn Minuten waren vergangen, seit er die Augen geöffnet hatte. Er erinnerte sich deutlich an das Gespräch, das Howe mit dem amerikanischen Arzt geführt hatte, an jedes einzelne Wort. Was der Arzt über irreparable Hirnschäden gesagt hatte, war ihm gleichgültig. Er glaubte es nicht, er nahm es gar nicht zur Kenntnis – ohnehin stimmte es nicht: der Beweis war die Entscheidung, die er soeben getroffen hatte.
Es hatte also noch immer kein Mensch den Everest bezwungen. Und Howe wollte ihn morgen nach Europa zurückbringen lassen. Ganz bestimmt nicht! Wenn er jetzt fortging, würde er nie wieder herkommen, das wußte er. Er hatte die Chance erhalten, bis auf den Gipfel zu gelangen, und jetzt hatte man ihm die Chance wieder weggenommen. Er fühlte sich betrogen. Er spürte Groll und Bitterkeit und einen Zorn, der

in heißen, pulsierenden Wellen durch seinen Körper floß. Nein, er nahm nicht hin, was ihm geschah, – mit aller Gewalt und Wut lehnte er sich dagegen auf.
Die Stürme, von denen Howe gesprochen hatte, hätten ihn nicht abgehalten. Der Expeditionsleiter hatte offenbar den Mut verloren; *seine* Nerven aber hätten gewiß nicht versagt: er hätte auf jeden Fall weitergemacht, sich durch Schnee und Sturm gekämpft und als erster Mensch den Fuß auf den Gipfel gesetzt. Judas, hatte man ihm einst erzählt, sei es schon in der Kindheit bestimmt gewesen, Jesus zu verraten. Ihm, Geraint Hughes, war es in der Kindheit vorgezeichnet, den Everest zu erobern. Der Berg war noch da und unberührt. Er würde schon einen Weg finden, ihn zu bezwingen.
Geraint verschwand in der Nacht von Katmandu.

In den fünfziger Jahren war das kleine Gebirgskönigreich Nepal kraft königlichen Beschlusses gegen die ganze Welt abgeriegelt und für Ausländer verboten.
In der Praxis galt das königliche Gesetz außerhalb Katmandus nicht viel, oft wurde es überhaupt mißachtet, und gänzlich unbekannt war es im Norden, an der tibetischen Grenze. Geraint machte sich folglich auf den Weg nach Norden. Er sprach weder Gurkhali noch sonst eine der vielen Stammessprachen, aber wie alle Alpinisten war er recht erfinderisch und tüchtig. Er hatte seine Kleider, seine Stiefel, seine Ausrüstung und einen Vorrat an Rupies, die ihn bei den Lebenshaltungskosten in der nepalesischen Agrarwirtschaft praktisch zum Millionär machten.
Sieben Wochen brauchte er, bis er am Fuß des Everests angelangt war. Er folgte einem der vielen Pfade aufwärts bis zu einem Scherpadorf in dreitausend Meter Höhe. Dort quartierte er sich im oberen Raum eines Teehauses ein und suchte sich zwei Scherpas als Träger. Eine Woche später brach er auf.
Den Gipfel noch in diesem Jahr zu nehmen, kam nicht in Frage. Das sommerlich klare Wetter war mittlerweile fast vorbei, Stürme fegten über die Flanken des Everest, so heftig wie der außergewöhnliche Schneesturm, der Howes Expedition vorzeitig beendet hatte. Geraint wollte lediglich das Gelände erkunden, die oberen Hänge begutachten, um für das kommende Frühjahr eine Route zu finden. Er dachte an den Neuseeländer, von dem Howe gesprochen hatte, und war wild entschlossen, den Gipfel bereits erobert zu haben, wenn die neuseeländische Expedition erst am Fuß des Berges stand.

Der erste Tag verlief problemlos. Geraint stieg langsam und bedächtig, sie wählten sorgfältig ihre Route und achteten auf jede Steigung über ihnen. Auf viereinhalbtausend Meter schlugen sie ihr Zelt für die Nacht auf. Als er am nächsten Morgen erwachte, war der Himmel blau und wolkenlos, und die Eisplatten in der Höhe glitzerten weiß und strahlend in der frühen Morgensonne. Mit klopfendem Herzen schaute Geraint rings um sich und lachte laut vor Freude.

Während die Scherpas ein Feuer anzündeten und Tee fürs Frühstück kochten, wollte Geraint zu einer kleinen Erhebung knapp oberhalb des Lagers aufsteigen. Er machte drei Schritte. Dann verschwand plötzlich der Berg, eine dunkelrote Wolke senkte sich über seine Augen. Entsetzt versuchte er einen weiteren Schritt, aber aus unerklärlichen Gründen gelang es ihm nicht, den Fuß aus dem Schnee zu ziehen. Er zog und zerrte, und dann merkte er halb betäubt, daß sein Herz raste und seine Lungen sich anfühlten wie kurz vor dem Bersten.

Bewußtlos brach er zusammen.

Wenn er nicht schon vorher wahnsinnig war, dann wurde er es jetzt. Geraint wußte das, und die Scherpas, die ihn ins Dorf zurücktrugen, wußten es ebenfalls. Fünf Tage später wachte er wieder auf. Über seinen Augen lag jetzt ein ständiger roter Schleier; er vermochte kaum zu sehen und taumelte gegen den Birkenholzstapel in dem rauchigen Raum oberhalb der Teestube. Er zog sich unbeholfen an und versuchte eine Weile, verkehrt herum in die Stiefel zu steigen, bevor er herausfand, welcher Schuh an welchen Fuß gehörte.

Er stolperte die Treppe hinunter, trat die Tür des Teehauses auf und schlug den Pfad ein, der in die Höhe führte. Die beiden Scherpas hatten erst die Hälfte des zugesagten Geldes erhalten und die ganzen fünf Tage, während deren Geraint bewußtlos war, im unteren Raum gewartet. Als er jetzt an ihnen vorbeitorkelte, sprangen sie auf und rannten ihm nach.

Sie hatten ihn rasch eingeholt und versuchten ihn festzuhalten und zurückzubringen – er sei ja noch viel zu krank, sagten sie. Geraint aber bekam einen entsetzlichen Wutanfall und ging mit den Fäusten auf sie los, schrie und trat mit den Füßen und schlug sie. Zu Tode erschrocken wichen die Scherpas zurück. Geraint starrte sie triumphierend an. Er öffnete den Mund, um sie zu verwünschen – und verlor von neuem die Besinnung.

Es war das letzte Mal, daß er zusammenbrach. Als er wieder zu Bewußtsein kam – ohne Vorstellung davon, wieviel Zeit unterdessen vergangen war –, bat er mit heiserer Stimme, hinuntergebracht zu werden. Die Scherpas gehorchten, brachten ihn in ein Dorf eineinhalbtausend Meter tiefer und quartierten ihn wieder in einem Teehaus ein. Geraint zahlte sie aus. Dann versuchte er, gesund zu werden.

Er wußte nicht viel über die Höhenkrankheit; er wußte nur, daß als Folge des niedrigen Luftdrucks in der Höhe die Sauerstoffversorgung des Körpers ab- und der Druck im Gehirn zunimmt und daß die einzige bekannte Gegenmaßnahme darin besteht, durch allmählichen Übergang und längeren Aufenthalt in größeren Höhen sich Schritt für Schritt an die veränderten Verhältnisse zu gewöhnen. Er dachte, das hätte er bereits geschafft. Es war offensichtlich ein Irrtum gewesen.

Einmal hatte er sich also geirrt, aber er würde denselben Fehler gewiß nicht zweimal machen. Diesmal würde er ganz langsam aufsteigen, bis er vollkommen an die Höhe angepaßt war und auf alles gefaßt, was sie ihm an neuerlichen Qualen antun konnte. Er nahm das Teehaus als Basis und begann zu wandern: jeden Tag versuchte er, ein Stück weiter zu kommen und höher. Doch der Winter kam schnell; an manchen Tagen konnte er zwei oder drei Stunden unterwegs sein, an anderen trieben die Stürme ihn binnen Minuten zurück ins Dorf.

Geraint hielt aus.

Einmal konnte der das Dorf eine ganze Woche lang nicht verlassen. Er wartete frustriert und ungeduldig, bis die Wolken endlich aufrissen; tags schien eine trübe Wintersonne, nachts aber kam der Mond hervor, strahlend und voll. Geraint schlug den Weg ein, der sich in Schlangenlinien vom Dorf aus in die Höhe schraubte. Eines Abends fühlte er sich stärker als je zuvor, seitdem die Krankheit ihn befallen hatte, und er stieg drei Stunden auf, Richtung Westen.

Als er endlich fand, es sei genug, sah er im Mondlicht einen kleinen runden Kamm über ihm. Er beschloß, noch bis dorthin zu steigen und dann umzukehren. Mühsam stapfte er durch den Schnee; dann stand er oben und betrachtete die Bergflanken ringsum, und schließlich drehte er sich um und wollte zurückgehen. Nach zehn Schritten erstarrte er.

Er ging denselben Weg, den er Minuten zuvor gegangen war. Beim Aufstieg war der Schnee unberührt gewesen, außer seinen Füßen störte nichts die glatte Fläche. Jetzt waren da noch andere Spuren: Abdrücke von bloßen Füßen. Viel größer als seine eigenen – sie mußten von einem Riesen stammen, jedenfalls gewiß nicht von einem Bären oder

einem Bergaffen: es waren unverkennbar menschliche Fußabdrücke. Sie folgten eine Weile seinen eigenen Spuren, dann bogen sie ab und führten weiter in die Höhe.
Geraint wollte ihnen nachgehen, aber der Weg wurde ihm bald zu steil, und er mußte bald stehenbleiben. Keuchend spähte er in die Dunkelheit. Sicher und unbeirrbar führten die Spuren hinauf zur fernen Spitze, dem Gipfel des Everest, der sich irgendwo dort oben verbarg.
In diesem Augenblick, als er den Fußspuren nachsah, bis sie aus seiner Sicht verschwanden, wußte Geraint mit absoluter Gewißheit, woher sie stammten: von einem Yeti. Und im selben Augenblick begriff er, was das bedeutete, und die Erkenntnis war ein Schock. Der amerikanische Arzt hatte gesagt, kein Mensch könne den Everest ohne zusätzliche Sauerstoffzufuhr besteigen; Geraint hatte es versucht, die Höhenkrankheit aber hatte ihn immer wieder zurückgetrieben. Er konnte trainieren, soviel er wollte: solange er nicht einen Weg fand, den höhenbedingten Sauerstoffmangel zu überwinden, waren alle seine Anstrengungen vergebens.
Aber es gab einen Weg, den Berg ohne Sauerstoff zu bezwingen. Die Yetis kannten ihn. Und deshalb mußte Geraint die Yetis finden und ihnen ihr Geheimnis entlocken: dann würde er es schaffen.

Hoch oben auf dem Helambu-Kamm lag Geraint Hughes unter seinen zahlreichen Felldecken und lachte.
Vierzig Jahre. Sie waren vergangen wie nichts, er hatte es kaum bemerkt: wie ein Besessener war er hinter den Yetis hergewesen. Er hatte sie noch immer nicht gefunden, nur ihre Spuren, unzählige Male. Aber er war ihnen jetzt näher als je zuvor. Vor fünf Jahren, als er das Hochland des Himalaya an der Grenze zu Tibet durchstreifte, hatte er die Odunas gefunden, die Geächteten. Nicht nur gefunden – er hatte auch einen von ihnen getötet und aufgegessen.
Geraints Geist war noch immer klar. Bei der Erinnerung daran überlief ihn ein wonniger Schauer. Es war das Beste, was ihm hatte einfallen können: seine Taten, mit dem Gewehr zuerst und dann mit dem Feuer, sicherten ihm eine Autorität, die unangreifbar war.
Im Spätwinter war es gewesen. Das Gewehr, eine alte britische Steinschloßflinte, war Geraints erste größere Erwerbung, nachdem er den Everest verlassen hatte; zusammen mit einer Kiste Munition hatte er die Waffe in einem Gurung-Dorf erstanden und seither oftmals gut brauchen können. Er schoß Hirsche und Wildschweine damit, gelegentlich

auch einen Bären, und einmal, als er eine Senke zwischen zwei Spitzen durchquerte, einen Schneeleoparden.

Auf die Odunas stieß er, als er einen rhododendren- und tannenbewachsenen Bergsockel überquerte; der Wind blies ihm entgegen. In einiger Entfernung vor ihm erspähte er eine Lichtung zwischen den Bäumen und eine Gruppe von Tieren; aber er sah so verschwommen, daß er sie aus der Ferne für äsende Moschushirsche hielt. Erst als er näherkam, merkte er, daß es weder Moschushirsche waren noch sonst irgendein Wild, sondern eine Sorte von Tieren, wie er sie nie in seinem Leben gesehen hatte.

Geraint legte an und schoß, und er tötete eines der Wesen mit einer einzigen Kugel in die Brust. Als das Gewehr krachte, sprangen die anderen auf und flohen. Geraint ging auf die Lichtung zu. Als er bei seiner Beute anlangte, war sein erster Gedanke, er habe einen Yeti getötet. Dann besah er sich die Leiche genauer und änderte seine Meinung.

Er hatte nie einen Yeti leibhaftig erblickt, doch mit den Jahren hatte er sich aufgrund der Spuren, die sie hinterließen, eine lebhafte Vorstellung von ihnen gebildet: ungeheuer groß und stark mußten sie sein und von dichtem, kräftigem kastanienbraunem Fell bewachsen. Das Tier oder was es war, das tot vor seinen Füßen lag, war viel kleiner und sein Fell schütter, von gelblich-grauer Farbe wie uraltes Stroh, stellenweise von grauen Strähnen durchzogen, und dazwischen schimmerte bläulich die Haut. Auch im Gesicht unterschied sich das Wesen von dem Yeti seiner Vorstellung: nicht gefurcht, stark und wild, sondern seine Züge wirkten verweichlicht, beinahe menschlich – irgendwo zwischen Schimpanse und Mensch.

Wenn dieses Wesen ursprünglich von einem Yeti abstammte, dachte Geraint, dann mußte es im Lauf der Zeit stark degeneriert sein, – aber wahrscheinlich hatte es gar nichts mit den Yetis gemein, sondern war eine Sorte Bergaffe, eine seltene Tierart, der er vorher nie begegnet war. Jedenfalls war es stark und muskulös, und Geraint hatte Hunger. Er schlachtete seine Beute, schnitt sich etliche Steaks aus den Schenkeln und zündete ein Feuer an. Dann briet er sich die Steaks und setzte sich nieder zum Essen.

Die Hälfte seiner Mahlzeit hatte er verspeist, als er gewahr wurde, daß ihn etliche Augenpaare aus dem Unterholz beobachteten.

Er ließ sich nicht beirren, sondern aß weiter. Er hatte nie auch nur die geringste Furcht vor wilden Tieren verspürt, vor allem nicht, wenn seine Flinte geladen neben ihm lag. Das Tier, das er erlegt hatte, gehörte offensichtlich einem Rudel an – Geraint hatte sie ja gesehen, bevor er schoß; und er konnte sich nur einen einzigen Grund vorstellen, weshalb Tiere zu einem Ort zurückkehrten, an dem eines von ihnen getötet worden war: brennender Hunger.

Geraint blähte die Nüstern und witterte. Der Wind hatte sich gelegt, nichts regte sich mehr. Die Lichtung war von Bratenduft erfüllt. Einem plötzlichen Einfall folgend, ergriff er den Schenkel, aus dem er seine Steaks herausgeschnitten hatte, und schleuderte ihn in hohem Bogen an den Rand der Lichtung, zwischen die Bäume. Auf der Stelle verschwanden die Augen. Minuten später waren sie wieder da. Lange war es still, nichts tat sich; dann kroch eines der Wesen vorsichtig aus dem Unterholz, packte den Schenkel und verschwand.

Geraint nahm ein zweites Stück Fleisch und warf es in dieselbe Richtung: ein zweites Wesen erschien und holte es sich. Geraint hatte das ganze Tier sachgerecht zerlegt, denn er wollte das Fleisch trocknen und aufbewahren; statt dessen warf er jetzt Stück für Stück über die Lichtung. Bald saßen fünfzehn fleischfressende Wesen im Gras, keines versteckte sich mehr.

Als sie alles vertilgt hatten, verschwanden sie wieder. Geraint schlief in dieser Nacht mit dem Gewehr zwischen den Beinen. Als er im Morgengrauen erwachte und sich wieder auf den Weg machte, wußte er, daß die Tiere ihm folgten. Zwei Tage später schoß er ein Wildschwein. Er schnitt sich seine Portion heraus und briet sie über dem Feuer, den Rest ließ er liegen, wo er war, gut sichtbar in der Mitte einer Schneise. Er stieg zu einer felsigen Anhöhe hinauf, dort setzte er sich nieder und wartete, was geschah.

Diesmal zögerten die Tiere nicht einen Augenblick. Sie quollen zwischen den Bäumen hervor, stürzten sich auf den Kadaver und rissen mit einer Gier das Fleisch von den Knochen, daß in kurzer Zeit nur noch das Gerippe übrig war. Als sie fertig waren, verschwanden sie bis auf einen: ein Weibchen war es, wie er feststellte, ein altes Weibchen, denn sie hatte welk herabhängende Zitzen und ein faltiges Gesicht. Lange starrte sie zu Geraint hinauf. Dann setzte sie sich in Bewegung, sie kam auf ihn zu. Normalerweise, das hatte er schon beobachtet, gingen die Wesen aufrecht. Das alte Weibchen aber näherte sich ihm auf allen vieren, den Oberkörper auf die ausgestreckten Arme und geballten Fäuste gestützt. Vor ihm blieb sie stehen. »Oduna«, sagte sie und klopfte sich auf die Brust. Dann zeigte sie auf ihn. »Schumbi«, fügte sie hinzu.

Sie warf einen schrägen Blick auf das Gewehr und wieder in Geraints

Gesicht. Sie streckte den Arm aus und berührte seine Nase. Dann senkte sie den Kopf zu Boden.

Geraint starrte sie an.

Viele Nepalesen hatte er im Lauf der Jahre befragt, und sie vertraten sehr verschiedene Ansichten über Aussehen und Verhalten der Yetis, aber in einem stimmten sie alle überein: Yetis konnten sprechen. Für Geraint waren es unverständliche Tierlaute, was er gehört hatte, aber er wußte: das Wesen hatte zu ihm gesprochen.

27

Innerhalb weniger Wochen lernte Geraint von der Sprache der Wesen immerhin so viel, daß ein Minimum an Verständigung möglich war. Schwer fiel es ihm nicht. Die Sprache fand er primitiv, und für das, was er mit ihnen reden wollte, brauchte er nur ein paar Wörter und Phrasen: hauptsächlich Befehle. Die Odunas betrachteten ihn als eine Nahrungsquelle. Mit seinem gefährlichen und geheimnisvollen brüllenden Ast erlegte Geraint viel leichter und häufiger Beute, als sie jemals erjagen konnten. Sie hängten sich an ihn wie eine Meute hungriger, gehorsamer Hunde, und so behandelte er sie auch.

Die Odunas waren Geraint indes genauso nützlich wie er ihnen. Er mußte das Wild nicht mehr selbst aufspüren, sie taten es für ihn – vor allem an den schlechten Tagen, wenn seine Augen voller Blut waren und ihn im Stich ließen, kam ihm das sehr zustatten. Und sie lernten schnell, ihm das Bergwild zuzutreiben, bis er es in Schußweite hatte. Stark waren sie und wurden nie müde, und sie trugen ihm seine ganze Habe. Er brachte ihnen ein paar einfache Handgriffe bei: Wasser in Schalen aus Baumrinde zu holen, ihm eine notdürftige Unterkunft zu bauen, Reisig für sein nächtliches Feuer zu sammeln – ihre Furcht vor dem Feuer überwanden sie freilich nie ganz.

Auch dies kam Geraint sehr gelegen: Gewehr und Feuer waren die Waffen, mit denen er sie beherrschte. Das Feuer war sein Geheimnis, er konnte es aus dem Himmel herabzaubern und sie damit in Angst und Schrecken versetzen – wie er jedes andere Tier im Gebirge verschreckte.

Aber es gab noch einen weitaus wichtigeren Grund, weshalb Geraint sich mit den Odunas einließ. Sie waren keine Yetis, das hatte er bald herausgefunden, – aber sie stammten von den Yetis ab; und irgendwie, früher oder später, würden sie ihn zu den wahren Yetis bringen, das hatte er im Gespür.

Den Namen, mit dem sie sich ihm vorgestellt hatten, Oduna, übersetzte er für sich als »Geächtete«: soviel hatten sie ihm über ihre Lage verraten. Sie waren nicht selbst Geächtete – aber ihre Vorfahren waren offenbar verstoßen worden: aus einer Gemeinschaft, die sie »das Volk« nannten; die Odunas sprachen davon mit einer Mischung aus Ehrfurcht, Begierde und Angst. Wie und warum ihre Vorfahren geächtet worden waren, wußte keiner von ihnen; sie wußten nur, daß es unendlich lang her war. Ihre Ahnen hatten einst in einem fruchtbaren Tal und im Hochland, auf den Bergrücken und Gipfeln gelebt. Seit ihrer Verbannung streiften die Odunas durchs Gebirge und ernährten sich von dem, was sie fanden. Im Lauf der Jahrhunderte hatten sie sich nicht nur untereinander fortgepflanzt, sondern gelegentlich auch mit jungen Mädchen verpaart, die sie aus den Niederlassungen der »Haarlosen«, wie sie die Schumbis auch nannten, einfingen und verschleppten. Manchmal, wenn das Mädchen Wildnis, Geburt und Stillzeit überlebte, brachten die Odunas sie in die Nähe des Dorfes zurück, aus dem sie geraubt worden war. Denn sie wollten nur das Kind, nicht die Mutter: sie war bloß eine unnütze Esserin.

In den vierzig Jahren seiner Wanderschaft hatte Geraint oft Geschichten über junge Frauen gehört, die von unbekannten Wesen aus den Bergen geraubt worden seien... Geraint hatte solche Geschichten stets als abergläubische Hirngespinste abgetan. Jetzt freilich nicht mehr. Als er die beinahe menschlichen Gesichtszüge der Odunas betrachtete, ihr armseliges, ausgelichtetes Fell, wurde ihm klar, daß die Geschichten der Wahrheit entsprachen: ihre ganze lange Verbannung hindurch hatten die Geächteten sich mit Menschen verpaart.

Sie hatten auch gelernt, sich über ihre Vorratslager herzumachen. Im Winter pirschten sie sich bis an die Dörfer heran, plünderten Lagerschuppen und töteten Yaks und Wasserbüffel in den Pferchen. Manchmal stießen sie auf zurückgelassene Vorräte von Bergsteigern, und gelegentlich waren sie sogar kühn genug, um sich über die Speisekammer des Basislagers herzumachen, während die Expedition unterwegs zum Gipfel war.

Stark und gerissen waren sie, aber ängstlich und feig, wenn sie gestellt wurden und auf einen Gegner trafen. Sie waren immer und überall auf der Suche nach Eßbarem. Früher waren sie wohl einmal Jäger und Sammler gewesen, und ihre Kenntnisse auf diesen Gebieten waren noch immer beachtlich, aber sie verloren sich allmählich: die Odunas waren zu Schmarotzern geworden, die sich um ihres Überlebens willen an die Fersen des Menschen geheftet hatten, – so betrachteten sie ihn, Geraint, als Wirt, der ihnen Nahrung garantierte. Früher waren sie sehr viel zahlreicher gewesen, aber mit der Zunahme und Ausbreitung der nepalesischen Bevölkerung und dem Rückgang des Bergwaldes war ihr Territorium geschrumpft und damit auch ihre Zahl.

Und sie wurden zu Nomaden. Geraint stieß zu ihnen im äußersten Nordwesten von Nepal. Eineinhalb Jahre später hatten er und die Odunas sich in einem langsamen Bogen nach Osten vorgearbeitet.
Geraint war ganz und gar besessen vom Gedanken an das Tal, aus dem die Ahnen der Odunas stammten: wenn die Yetis einst dort gelebt hatten, gab es sie vielleicht noch immer. Soweit er begriffen hatte, lag das Tal irgendwo hoch oben im Osten, in den Bergen nahe der tibetischen Grenze. Die Odunas wußten, wo das Tal sich befand, und sie bewahrten dieses Wissen wie ein Heiligtum in ihrem Gedächtnis – wenn Geraint versuchte, es ihnen mit Gewalt zu entlocken, erfaßte sie eine dumpfe Furcht, ihre stockende Rede verstummte vollends, und ihre Augen wurden glasig vor Verstörtheit und Scheu. Dann wandten sie den Blick ab, und in der Art, wie sie die Köpfe senkten, lag etwas wie Scham. Geraint fluchte, trat sie, feuerte mehrere Schüsse über ihre Köpfe hinweg, drohte ihnen mit Flächenbränden – nichts half. Sie machten sich davon, jaulend und murrend, und ließen sich Stunden, manchmal Tage nicht sehen, und wenn sie zurückkehrten, waren sie so stumm und teilnahmslos wie zuvor.
Geraint gab auf.
Die Odunas wußten, wohin er wollte. Widerstrebend und angsterfüllt führten sie ihn hin, aber auf ihre Weise und in ihrem eigenen Tempo, und er war gezwungen, sich ihnen anzupassen, es blieb ihm nichts anderes übrig. Jeden Morgen und jeden Abend versuchte Geraint – sofern er dazu in der Lage war –, mit Hilfe der Sterne und der Sonne herauszufinden, in welche Richtung sie unterwegs waren. Sie hielten sich nach wie vor ostwärts, stellte er fest, aber sie kamen aufreizend langsam voran.
Eines Abends trat die welke alte Frau, die Geraint als erste angesprochen hatte, zu ihm. Den ganzen Tag waren sie durch die Berge gestreift auf der Suche nach jagdbarem Vieh, ohne irgend etwas zu finden. Sie hatten alle seit Tagen nichts gegessen, weder Geraint noch die anderen, und waren hungrig und müde. Als der Tag zu Ende ging, kletterten sie auf einen schmalen Bergkamm.
Das alte Weib ergriff ihn am Arm. Sie führte Geraint durch die Bäume bis an den Rand des Abhanges und deutete hinab. »Mürdscha«, sagte sie.
Geraint starrte sie verdutzt an. Der Kamm, auf dem sie standen, mußte viel höher liegen, als sie sich normalerweise aufhielten, denn sein Kopf dröhnte und hämmerte in der dünnen Luft, und er spürte, wie Blut aus geborstenen Adern ihm in die Augen lief und die Sicht nahm.

Er wandte sich von ihr ab und äugte angestrengt hinunter. Durch einen flackernden scharlachroten Schleier erkannte er in der Tiefe ein ausgedehntes Talbecken, eine weite grüne Ebene, ringsum ragten steile, fast senkrechte Felswände auf, die bis hinauf zu den eisigen Gipfeln reichten: das Tal war auf allen Seiten vollkommen eingeschlossen und unzugänglich. Geraint starrte hinunter. Er blinzelte – aber die Höhenblindheit senkte sich wie ein dunkler Vorhang herab, das Bild verschwand. Er fuhr sich übers Gesicht und wandte sich um. Geraint kannte das Odunawort »Mürdscha«: es bedeutete Zuhause und Heimat. Er war entzückt. Sie hatten ihn also endlich zu dem Tal geführt, aus dem sie stammten.

Geraint stand und wartete, seine Sicht wurde ein wenig klarer, und er erkannte undeutlich eine Gestalt, die auf ihn zukam, ein Männchen, – es war der Rudelführer. Der Oduna zeigte erst auf seinen Mund, dann auf das alte Weibchen und schließlich auf das Gewehr, das Geraint in den Händen hielt.

Geraint hatte keine Mühe, zu begreifen, was er meinte. Ohne ein Zögern kniete die Alte sich vor ihn auf die Erde. Sie hielt den Kopf gesenkt, und ihr knochiges Gesicht lag im Schatten, aber er sah, daß es ruhig war. Sie ergriff den Gewehrlauf und legte sich die Mündung an die Kehle, dann blickte sie zu ihm auf und lächelte. Es war das erste Lächeln, das Geraint auf einem Odunagesicht sah. Er drückte ab.

Dann zogen sie ihr die Haut ab und schlachteten sie und aßen sie auf. Die Odunas aßen ihr Fleisch roh, Geraint zündete sich ein Feuer an und briet sich ein paar Rippenstücke. Nach der Mahlzeit legten die Odunas sich zum Schlafen nieder, aber Geraint war rastlos. Er stand auf und ging zum Rand des Abhangs und starrte hinunter in die Dunkelheit. Sein Augenlicht war beinahe vollständig zurückgekehrt, die Nacht war sternenhell, aber das Tal unter ihm entzog sich seinem Blick: in dichten Schwaden stieg der Nebel auf. Das bedeutete, daß es dort unten Wasser gab – Sumpfland gewiß und vielleicht auch einen Fluß. Und Wasser hieß: Gras und Bäume, Früchte und Beeren und Tiere. Soweit Geraint wußte, waren die Yetis echte Jäger und Sammler, wie vor Zeiten die Odunas selbst.

Dieses große neblige Talbecken mußte für die Yetis ein wahres Füllhorn gewesen sein und zugleich eine Zuflucht, eine Bastei gegen die vorrückende Menschenstämme. Je länger Geraint hinunterstarrte, desto sicherer war er, daß sich daran nichts geändert hatte. Als seine Augen zu schmerzen begannen, legte er sich wieder neben das Feuer, aber er fand

keinen Schlaf. Ruhelos wälzte er sich auf seinem Lager, in seinem Kopf rasten die Gedanken – er brannte vor Erregung und Spannung, was er dort unten wohl finden mochte.
Schließlich stand er wieder auf, ließ die schlafenden Odunas zurück und machte sich allein auf die Suche nach einem Weg, den er am Morgen gehen konnte.

Geraint verließ das Lager in dieser Nacht drei Stunden nach Einbruch der Dunkelheit. Er marschierte in stetigem Tempo. Der Mond war aufgegangen, und bei seinem Licht und dem Strahlen und Funkeln der Sterne fiel es ihm nicht schwer, dem schmalen Pfad entlang dem Kamm zu folgen, den Generationen von Moschustieren ausgetreten hatten. Als der Grat in eine Senke abfiel, schien der Pfad abzubrechen, aber Geraint durchquerte die Senke und fand ihn auf der anderen Seite wieder. Immer weiter wanderte er die Bergkämme entlang, einen zweiten, dritten und einen vierten. Manchmal mußte er sich über abschüssige Geröllhalden vorwärtstasten, einmal rutschte er beinahe ab. Manchmal mußte er gebückt unter den verschlungenen Zweigen eines Rhododendrondickichts hindurchkriechen, und manchmal kämpfte er sich mühsam durch verharschte Schneewehen und über eisbedeckte Moränen im Frostschatten der Gipfel.
Nach fünf Stunden, als er sich mehr als zwanzig Kilometer vom Lager entfernt hatte, brach der Sturm über ihn herein. Er kam ohne Vorankündigung. Im einen Augenblick war der Himmel noch klar und hell, und schon im nächsten verdunkelten ihn schwarze, rasende Wolken, ein gewaltiger Wind erhob sich, und binnen Minuten fiel die Temperatur unter den Gefrierpunkt. Schneetreiben setzte ein: nicht in langsam tänzelnden Flocken, sondern in scharfen, eisig weißen Peitschenhieben.
Geraint hatte keine Zeit, sich eine Zuflucht vor dem Wüten des Sturmes zu suchen. Er warf sich in den Windschatten eines Felsens und preßte sich flach auf den Boden. Der Wind schrie und heulte und trieb ihm den Schnee ins Gesicht. Trotz der bitteren Kälte schwitzte er, und durch sein Gehirn tobte ein dunkles, wogendes Gewühl unzusammenhängender und widersprüchlicher Botschaften. Verschwommen wurde ihm klar, daß er in seiner Ungeduld, seiner Besessenheit zu schnell zu hoch gestiegen war, die Höhenkrankheit, der Sauerstoffmangel, der ihn auf dem Everest beinahe umgebracht hatte, befiel ihn von neuem.
Als der Schneesturm ein wenig nachließ, zwang er sich aufzustehen. Das Unwetter war noch nicht vorbei, aber der Wind hatte sich – vor-

übergehend wenigstens – so plötzlich gelegt, wie er gekommen war, und jetzt trieb der Schnee in sanften Flocken durch die Nachtluft. Taumelnd machte Geraint sich an den Abstieg.
Er ging gebeugt, den Kopf zwischen die Schultern gezogen. Nach zwanzig Schritten blieb er stehen.
Vor ihm auf dem Boden waren Fußspuren im frischen Schnee – zweierlei Fußspuren. Die eine Sorte war klein und nicht mehr frisch, schon ein wenig überschneit und vom Wind verweht; trotzdem erkannte er deutlich die Abdrücke von Schuhsohlen. Der Größe nach konnten sie nur von einem Kind stammen, das Stiefel trug.
Teils neben, teils über, teils quer zu den Spuren des Kindes verliefen die anderen Abdrücke: klarer, mit deutlichen Rändern, und sie hatten die Form eines nackten menschlichen Fußes, obwohl sie viel länger waren, als je ein Menschenfuß sein konnte, und auch der Abstand zwischen den Zehen war viel breiter. Scharf waren die Einkerbungen an den Rändern, und in den Vertiefungen der Fersen hatten die Eiskristalle sich noch nicht miteinander verbunden – wie Schalen voller glitzernder Diamanten sah es aus.
Geraint hob den Kopf und lauschte. Der Wind erhob sich von neuem, und der Schnee fiel dichter. Aber hinter dem Tosen des Sturms hörte er etwas, das er vorher nicht gehört hatte, das Geräusch von Wasser, das über Felsen herabfällt, das Geräusch eines Flusses: irgendwo dort, wo er jetzt stand, trat der Fluß aus dem Berg und stürzte hinunter ins Tal.
Wieder fegte der Sturm über den Kamm. Geraint fand einen Baumstumpf, dessen Wurzeln sich gabelförmig teilten. Dort verbarg er sich. Er war erschöpft und zitterte, aber das störte ihn nicht, auch über den Schneesturm machte er sich keine Gedanken – der ging vorbei. Das einzige, woran er dachte, war seine Entdeckung. Nepalesische Kinder tragen keine Stiefel. Diese ersten Fußspuren konnten nur von einem europäischen Kind stammen.
Und nur ein Yeti konnte die zweiten Fußspuren hinterlassen haben. Ein Yeti, der innerhalb der letzten paar Minuten hier vorbeigekommen war.

28

Als Roschan näherkam, fing er an zu laufen und hatte den anderen Mann bald hinter sich gelassen. Cabot stand unten in der Senke, starr vor Nervosität und Ungeduld.

»Roschan –!«

Robert Cabot begann zu schreien, als der Scherpa noch über hundert Meter entfernt war.

»Herrgott, sag schon, was du gefunden hast!«

Roschan rief eine Antwort, aber der Bergwind riß ihm die Worte aus dem Mund – Cabot verstand nichts. Zornig vor Ungeduld rammte Cabot seinen Stock durch den Schnee tief in die Erde. Er stützte sich darauf und starrte finster und ohnmächtig nach oben.

Er fühlte sich sterbenselend.

Nach zwei Tagen noch immer keine Spur von dem Kind. Nicht ein einziger Hinweis, kein Fußabdruck, kein Kleidungsstück, nichts. Iona war von der Erdoberfläche verschwunden. Während Cabot wartete, machte er sich innerlich darauf gefaßt, daß Roschan ihm bestätigte, wovor er sich am meisten fürchtete, was ihm jedoch immer mehr als die einzig mögliche Erklärung erschien: daß sie im Schneesturm fortgegangen und über den Kamm in den Abgrund gestürzt war.

Schwer atmend blieb Roschan vor ihm stehen und deutete über seine Schulter. »Dieser Mann, Sir, sagt, er hat Spuren gesehen, Miß Ionas Spuren.«

Cabot blickte den Hang hinauf. Auch der zweite Mann beeilte sich jetzt; er bewegte sich so steif und linkisch, als lahmte er, aber er kam beinahe so rasch vorwärts wie der Scherpa.

Cabot hatte zuerst angenommen, der Mann sei Nepalese, Angehöriger eines Stammes, aber mit Verwunderung erkannte er bald seinen Irrtum: vor ihm stand ein Europäer; und es war eine der schrägsten Gestalten, die der Amerikaner je gesehen hatte.

Ungefähr sechzig mochte er sein. Die untere Hälfte seines Körpers steckte in tibetischen Gamaschen und Stiefeln, die obere war in eine Art Mantel aus Bärenfell gewickelt, der ihm fast bis auf die Knie herabhing. Er hatte lange weißgelbe Haare, und aus dem zerklüfteten, wettergegerbten Gesicht starrten blutig geäderte Augen zwischen heftig entzün-

deten Lidern. Und während diese Augen ihn musterten, hatte Cabot den Eindruck, als könnten sie sich nur mit Mühe scharf stellen: im einen Augenblick sahen sie und beobachteten genau, und im nächsten glitten sie davon in irgendeine nebelhafte Ferne. Der Mann kam ihm vor wie ein heruntergekommener Alkoholiker, ein Obdachloser aus dem Bostoner Hafenviertel, den ein sonderbares Schicksal in den Himalaya verschlagen hat.
»Hughes«, sagte der Mann, »Geraint Hughes.« Und streckte ihm die Hand hin und fing plötzlich unmäßig zu lachen an: ein heiseres, bestürzendes, irres Gelächter, das wahrhaft ohrenbetäubend aus seiner Kehle hervorbrach. Genauso jäh aber verstummte der Mann, rümpfte die Nase und sah beiseite – fixierte irgendeinen Punkt hinter Cabots Rücken und versank für eine Weile in Apathie.
Cabot sah Roschan verwirrt an. Mit dem Kerl stimmte etwas nicht, er war offenbar wahnsinnig, und Roschan mußte es gewußt haben; jedenfalls nickte der Scherpa verstohlen und flehte ihn mit einem stummen Blick an, irgend etwas zu sagen.
»Gut, daß wir Ihnen begegnet sind, Mr. Hughes«, sagte Cabot. »Mein Name ist Robert Cabot. Roschan sagt, Sie haben Spuren von meiner Patentochter entdeckt – «
»Ungefähr zwölf oder vierzehn, wie?« fiel ihm Hughes ins Wort. »Und ungefähr einsfünfundfuffzig hoch, würd ich sagen, wie?«
Die wunderlich rhythmische Sprachmelodie, die gutturalen Laute kamen Cabot bekannt vor – so auffällig und außergewöhnlich war dieser Akzent, daß es ihm alsbald einfiel: der Mann konnte nur Waliser sein.
»Ja, ja«, sagte er eilig. »Das klingt sehr nach Iona.«
»Und das gehört vielleicht ihr, wie?«
Hughes kramte in seinem Bärenfell und zog etwas hervor, das aussah wie ein verknülltes, hellbuntes Stück Stoff. Cabot nahm es und strich es glatt und erkannte es sofort: es war Ionas tibetische Wollmütze.
»Ja – « Er schaute auf.
Hughes, der immer noch über Cabots Schulter starrte, brach erneut in ein wildes, furchteinflößendes Gelächter aus. Cabots Geduld war am Ende. Er packte Hughes an seinem Fell und schüttelte ihn wütend.
»Herrgott, Mann, so schauen Sie mich doch an!« schrie er. »Das Kind wird seit zwei Tagen vermißt! Was wissen Sie über sie? Wo zum Teufel ist sie?«
Cabot war ein kräftig gebauter Mann und überragte den kleinen Waliser um Haupteslänge, aber Hughes riß sich los mit einer Gewalt, auf die

bei ihm niemand gefaßt war, und stieß Cabot von sich. Dann hockte er sich nieder und stützte sich mit ausgebreiteten Armen auf den Boden: wie ein Tier, das zum Sprung ansetzt.
»Langsam, nur langsam, ja?« stieß er zwischen den Zähnen hervor. »Noch nicht, mein Herr, so schnell geht's nicht. Es geht um mehr als Spuren und eine Mütze. Es geht um Geld, und um das, was ich will, nicht, was du willst. Du hast sie verloren. Ich weiß, wo sie ist. Ich kann sie dir zurückbringen. Kommen wir so ins Geschäft, wie? was?«
Cabot und Roschan starrten ratlos auf den Waliser hinunter.
Da hockte Hughes auf dem Boden zwischen ihnen, und sein ganzer Körper bebte vor Angriffslust, aber seine Augen hatten schon wieder Richtung und Schärfe verloren: sie starrten nicht mehr in Cabots Gesicht, zorndunkel und rotgeädert, sondern waren seitwärts abgeglitten und starrten verschwommen in die Ferne, zu irgendeinem Gipfel hinauf, als existierten weder Cabot noch der Scherpa.
Cabot erkannte, daß er recht gehabt hatte: der Mann war geisteskrank. Seinen Augen nach zu urteilen, über die sich jetzt ein hellroter Schleier zog, war Hughes zweifellos ein Opfer der Bergkrankheit – in seinem Fall hatte der akute Sauerstoffmangel nicht nur die Blutgefäße in seinen Augen zum Platzen gebracht, sondern offenbar auch in seinem Hirn schwere Schäden angerichtet.
Cabot ballte die Fäuste und spürte, daß er etwas in der Hand hielt. Er schaute hinunter: es war Ionas Mütze, was er da umklammerte. Er hob den Kopf wieder und dachte eine Weile nach, dann wandte er sich an Roschan.
»Könntest du uns Kaffee bringen und zwei Stühle?« sagte er. »Mr. Hughes und ich werden uns hierher setzen und in aller Ruhe miteinander reden.«

»Die Yetis haben sie«, sagte Hughes. »Glauben Sie an die Yetis, ja?«
Er saß Cabot gegenüber und hielt mit beiden Händen einen Becher Kaffee.
Cabot warf einen Blick zu Roschan hinauf. Seit beinahe einer Stunde saßen sie hier. Roschan war immer in Cabots Nähe geblieben, wie ein Schatten stand er schräg hinter ihm. Jetzt nickte er aufmunternd, und Cabot runzelte die Stirn; aber er akzeptierte den stummen Rat des Scherpa.
»Ja«, sagte er.
»Gut, sehr gut«, erwiderte Hughes. »Manche tun's, manche nicht. Wer's

nicht tut, ist ein Idiot. Ich hab mein ganzes Leben lang die Yetis studiert. Sie schlafen im Winter, wußten Sie das? Sie halten einen echten Winterschlaf, wie die Eichhörnchen, jawohl.«
Hughes hielt Roschan seinen Becher hin; er wurde gefüllt. Cabot lauschte aufmerksam, als der kleine rotäugige Waliser weitersprach.
Er hatte beinahe die ganze Zeit nur zugehört, seit sie sich gesetzt hatten. Er hatte sich Hughes' weitschweifigen und leidenschaftlichen Bericht seiner Geschichte angehört – die Everest-Expedition, der Verrat durch den Expeditionsleiter in dem Augenblick, in dem er sich anschickte, den Gipfel zu stürmen, die vielen Jahre seines Nomadendaseins im Himalaya; und Cabot hatte die Wut herausgehört, die Verbitterung, die Anklagen; die Besessenheit.
Cabot wußte jetzt, daß seine Vermutung stimmte – die Höhenkrankheit hatte den Geist des Mannes zerrüttet. Aber als die Rede auf die Yetis kam, wurden sein Verstand und seine Rede unerwartet klar, er sprach zusammenhängend, logisch, vollkommen überzeugend. Cabot glaubte ihm, und er wußte, daß auch Roschan ihm glaubte.
»Mr. Hughes«, begann Cabot, als der Waliser einen Augenblick schwieg. »Sie sagten, die Yetis hätten das Kind. Wieso glauben Sie das?«
»Fährten, Spuren, Fußabdrücke – nennen Sie es, wie Sie wollen.«
Hughes berichtete Cabot, was er gefunden hatte, als er während einer kurzen Windstille nach einem besseren Unterschlupf gesucht hatte: zwei verschiedene Fußspuren; zuerst von einem Kind, das Stiefel trug, und darüber die Spuren eines Yetis.
»Das tun sie immer«, erklärte Hughes. »Wenn sie ein Mädchen finden, nehmen sie es mit zwecks Fortpflanzung.«
»Iona ist zu jung dafür«, wandte Cabot ein.
»Na, dann behalten sie sie eben, bis sie soweit ist.«
Cabot schwieg.
Der Gedanke klang wie das Hirngespinst eines Verrückten – und Hughes war eindeutig verrückt. Dann aber dachte Cabot an all die Geschichten, die er im Lauf der Jahre über die Yetis gehört hatte, und er dachte an Roschan, den vernünftigen, verläßlichen, vorurteilslosen Roschan, der Iona in der Nacht, bevor sie verschwand, erzählt hatte, was seiner Cousine auf dem Everest zugestoßen war.
Cabot fuhr sich nachdenklich mit der Hand übers Gesicht. Für den Wissenschaftler ist alles, was sich nicht mit naturwissenschaftlichen Argumenten widerlegen läßt, so abstrus es auch klingen mag, eher wahr als falsch: das hatte er Iona gesagt. Die Existenz der Yetis konnte nicht

widerlegt werden; und ebensowenig ließen sich die vielen Berichte über die Entführung junger Frauen widerlegen.
»Ich zweifle nicht an Ihren Worten, Mr. Hughes«, sagte Cabot vorsichtig. »Aber können Sie das irgendwie beweisen?«
Hughes warf ihm einen scharfen Blick zu. Seine kleinen roten Augen funkelten. Dann stand er auf und winkte ihnen, wortlos; Cabot und Roschan folgten ihm den Kamm entlang.
Etwa hundert Meter vom Lager blieb Hughes stehen. Fast überall hatten die Füße der Scherpas und Träger auf ihrer zweitägigen Suche nach Iona den Schnee niedergetreten, und ein Trampelpfad war entstanden, aber auf beiden Seiten des Pfades lag der Schnee noch unberührt.
Hughes stellte sich vor die glatte Schneefläche. Mit einer schroffen Geste gebot er Cabot und Roschan, sich nicht von der Stelle zu rühren, dann zog er sein Bärenfell aus und warf es von sich. Das Fell breitete sich aus und fiel auf den Schnee. Hughes zog es zu sich zurück. Er hob es auf – eine dicke Schicht Schnee hing in den Haaren, die er ausschüttelte; dann warf er das Fell erneut. Nach etlichen weiteren Würfen hatte er, ohne den Schnee unterhalb anzutasten, einen Kreis freigelegt, der zehn Zentimeter tiefer als die umgebende Fläche lag. Hughes trat zurück und zeigte darauf.
Cabot ging zu ihm und starrte auf den Schnee und sah die zwei Sorten Fußspuren, wie Hughes sie ihm beschrieben hatte, schwach und in der Sonne bereits wäßrig, aber noch immer unverkennbar: das Profil von Ionas Stiefeln, zum Teil verdeckt von einem Abdruck, der seinem Umriß nach wie ein riesiger nackter Fuß aussah.
So etwas konnte keiner fälschen. Hughes sprach die Wahrheit – Iona war von den Yetis entführt worden. Die Vorstellung verschlug ihm fast den Atem.
»Sie haben mich überzeugt, Mr. Hughes«, sagte er heiser. »Wissen Sie auch, wohin sie Iona gebracht haben?«
»Dorthin.« Hughes streckte den Arm aus und zeigte auf das Tal in dem weiten Becken tief unter ihnen. Cabot spähte hinunter. Er kannte den Anblick, aber nur vom frühen Morgen oder vom Abend, wenn die Talsohle unter dichtem Nebel verborgen war. Und auch jetzt stieg dort unten wieder der Nebel auf, denn es war später Nachmittag, die Sonne stand tief. Undeutlich erkannte Cabot eine hügelige Ebene und einen gewundenen Flußlauf, in dem sich stellenweise rot und glänzend das Abendlicht spiegelte.
Cabot blickte rings um sich. Unter ihm fiel der Felsen senkrecht an die

achtzehnhundert Meter tief ab: und auf allen Seiten, so weit sein Auge reichte, sah er dieselben vertikalen Wände und darüber die gezackte, zerklüftete Linie schneebedeckter Gipfel und Grate. Kein Zugang, nirgendwo.

»Wie zum Teufel kommen wir da hinunter?« fragte Cabot. Jetzt, da er wußte, wo Iona war – und er wußte es mit Sicherheit, alle noch verbliebenen Zweifel an Hughes waren verflogen –, nahm seine Sorge um das Kind mit jeder Sekunde zu.

Der Waliser stimmte von neuem sein wahnsinniges Gelächter an. Als er sich beruhigt hatte, drehte er sich um und sprach mit Roschan: die beiden unterhielten sich eine Weile in Gurkhali. Dann wandte Roschan sich an Cabot.

»Das ist schwierig, Sir«, sagte er, und in seiner Stimme klang Besorgnis. »Irgendwo wird es wohl einen Wildpfad geben; den muß man suchen, und das dauert lang, Wochen, wenn nicht Monate. Aber das ist unser geringstes Problem. Die Hauptschwierigkeit sind die Yetis. Dieser Mann sagt, sie können Menschen aus einer Entfernung von vielen Meilen wittern. Wenn wir versuchen, uns ihnen zu nähern, nehmen sie Miß Iona und verstecken sie. Wir werden sie nie finden können – « Roschan verstummte; dann fuhr er leise fort: »Er spricht wahr, Sir, ich weiß es, jeder Scherpa weiß es. Deshalb findet keiner die Yetis, sosehr er sie auch sucht.«

Cabot sah ihn wütend und enttäuscht an. Zum ersten Mal in all den Jahren, seit er Roschan kannte, verspürte er Lust, ihn zu verprügeln. Aber er bezwang sich. Wenn Roschan sagte, es sei wahr, dann gab es daran nichts zu rütteln. Mit verkniffenem Gesicht wandte er sich wieder an den Waliser.

»Sie sagten, Sie könnten sie zurückbringen, Mr. Hughes?« fragte Cabot, und es gelang ihm, sich zu beherrschen und einen ruhigen Ton zu bewahren. »Sie wollen Geld. Ich geben Ihnen, soviel Sie verlangen, das verspreche ich Ihnen. Ich möchte nur wissen, auf welche Weise es Ihnen gelingen soll, die Yetis zu finden und sich ihnen zu nähern, wenn wir das nicht können.«

»Ich habe Freunde, Sir, ich habe Freunde...« sagte Hughes grinsend. Das Blut schoß ihm in die Augen, und wieder begann er heiser und wild zu lachen.

Cabot verlor endgültig die Beherrschung. Er hob seinen Stock und schwang ihn über dem Kopf – aber Roschan fiel ihm in den Arm und hielt ihn fest. Er flüsterte etwas. Cabot verstand es nicht, aber er

brauchte nicht zu fragen, er wußte ohnehin, was der Scherpa dachte.
Ein wahnsinniger Waliser. Und er war ihre einzige Hoffnung, Iona wiederzufinden.
Während Cabot in das verzerrte Gesicht vor ihm starrte und in die wilden Augen, ging ihm ein Gedanke durch den Sinn, der ihm das Grausen in den Nacken trieb. Iona war verschleppt worden; Hughes behauptete, sie sei in den Händen der Yetis. Wenn das stimmte: was taten diese mysteriösen Wesen mit dem Kind?

29

Gaggau schleppte sich den steinübersäten Hügel hinauf, schwer zog er den Klumpfuß nach. Er mußte sich beeilen.
Der Steinbock war dort irgendwo vor ihm, außer Sicht, verborgen in einer Senke. Auf dem Sattel, hinter dem die Sonne aufging, hatten sie ihn entdeckt; Raku trieb ihn vor sich her. Gleich würde der Bock den Grat erklimmen und von dort aus die Wasserrinne erblicken, ein gewundener, langgezogener Einschnitt im Felsen, eine tiefe Furche: für das Tier ein Zeichen von Gefahr. Es würde versuchen auszubrechen und entlang dem Kamm zu flüchten.
Aber dort warteten Penga und Soru, um den Bock zurückzutreiben, so daß ihm nur noch eins blieb: er mußte hinunter in die Wasserrinne. Wenn es ihm dann gelang, das Ende der Rinne zu erreichen, den rettenden Ausweg: den Trichter, der hinaus in die Berge führte, dann konnte er ihnen allerdings entkommen. Und das würde er merken, sobald er dort angelangt war. Deshalb mußte Gaggau sich beeilen.
Er klammerte sich an Felsblöcke und zog sich mühsam hoch, über den steinigen Boden, über Schieferplatten und Geröll. In Tausenden von Wintern hatten Schnee und Eis viele Steine rasiermesserscharf geschliffen. Zweimal stolperte Gaggau und fiel, und wenn er aufstand, fühlte er Schnittwunden und spürte, wie das Blut ihm an den Beinen entlanglief. In zweieinhalbtausend Meter Höhe gerann das Blut langsam, trotz der sommerlichen Wärme. Mühsam hinkte Gaggau weiter.
Er erreichte die Furche im Felsen, hastete hinunter und bezog Stellung, und er stellte sich so, daß er die tiefe trichterförmige Mündung versperrte. Dann wartete er. Sein Atem ging heftig, und Blut rann ihm über die Hände.
Gaggau war zu alt für die Jagd, viel zu alt. Das wußten alle Wanderer, aber keiner wußte es besser als Gaggau selbst. Wie alle Yetis maß er den Ablauf der Lebenszeit in Sommern, die er gelebt hatte: hundertzwanzig waren es, fast so viele wie bei Yerto, dem Patriarchen der Niedergelassenen unten im Tal. Durch die Wolkenzeit halbiert sich die Spanne eines Yetilebens zwar; dennoch ist man mit hundertzwanzig Sommern zum Jagen zu alt.
Außerdem war Gaggau zeit seines Lebens mit einem Klumpfuß ge-

schlagen – sehr hinderlich für einen Jäger. Er hinkte. Und sein Gebein war im Alter steif und brüchig geworden. Das Fell auf seinem Rücken, seit langem schon ergraut, war fast weiß geworden. Und die jüngeren Stammesmitglieder waren an sich schon gute Jäger. Raku, der den Bock in die Furche hetzte, war ein vorzüglicher Treiber; noch besser war Penga – der hatte dazu einen hellen Verstand und ein kühnes Herz. Soru war einfacher als die beiden anderen, aber gewaltig stark, und er konnte tagelang rennen.

Sie waren alle gut; aber er war besser. Deshalb, dachte Gaggau, während er sein blutendes Bein untersuchte, war er noch immer der Anführer. Er war vielleicht der beste Jäger, den der Stamm je gehabt hatte – abgesehen natürlich von seiner Mutter Burra, von der er alles gelernt hatte, was er konnte. Burra war tot, vereinigt mit dem ewigen Schnee. Wie ihre große Namenspatronin in der Vergangenheit war sie in die Heldensagen der Wanderer eingegangen, aber ihre Fähigkeiten und ihre Kunst lebten in Gaggau fort.

Das war wichtiger als je in diesem Sommer, in dem fast alle Tiere aus den Bergen verschwunden waren. Dieser Steinbock war ihre erste Beute seit bald einer Woche – auf keinen Fall durfte es geschehen, daß sie das Tier entkommen ließen!

»Schrkchkaa!«

Der Ruf erscholl aus mehreren hundert Schritt Entfernung. Er begann als leises Pfeifen und endete mit einem heiseren Bellen, eine Kreuzung zwischen dem Alarmruf eines nervösen Hirsches und dem Gebrüll des jagenden Leoparden. Unverkennbar war er für Gaggau: Raku hatte den Steinbock in die Furche getrieben und rief Penga und Soru zu sich, damit sie ihm halfen, das Tier durch den Hohlweg hinunterzutreiben, und zugleich alarmierte er Gaggau, auf der Hut zu sein.

Gaggau sah den Bock einen Augenblick später: er rannte geradewegs auf ihn zu, wachsam und argwöhnisch. Gaggau beobachtete ihn. Das Tier bewegte sich mit außerordentlicher Anmut und Trittsicherheit, es sprang von Fels zu Fels, und seine Nüstern witterten beständig. Ein prachtvoller junger Bock. Gaggau sah, wie sein Fell dunkelbraun schimmerte, und zartblau, wenn das Morgenlicht über seine Flanken streifte; er roch die Ausdünstungen seiner Körperdrüsen und spürte seine Angst, die ihm die Haare im Nacken sträubte.

Als das Tier nur noch zehn Schritte entfernt war, vergaß Gaggau sein blutendes Bein. Er sprang hoch in die Luft und brüllte.

Der Steinbock erstarrte mitten ihm Lauf. Er gewahrte das schreiende, springende Wesen vor sich, und seine Augen und Nüstern weiteten sich vor Schreck. Dann schwenkte er jäh herum und galoppierte davon, verzweifelt wieder zurück in die Furche.

Darauf hatten Raku, Penga und Soru gewartet. Als der Bock einer Biegung des gewundenen Wasserlaufs folgte, stürzten sie hinter den Felsen hervor und fielen über ihn her. Eine steinbewehrte Faust fuhr hoch und stürzte auf seinen Nacken herab, der Bock brach in die Knie. Einen Augenblick später hatten sie ihn auf den Rücken gedreht und ihm die Kehle aufgeschlitzt.

Gaggau kam humpelnd herbei. Die drei Jäger standen über ihrer Beute und sahen ihm frohlockend entgegen. Gaggau betrachtete prüfend den Horizont. Viele Male hatte er früher diese Rinne als Falle benutzt und hatte auch ihnen beigebracht, sie zu benutzen. An diesem Tag hatte er es ihnen überlassen, sich die Jagdstrategie zurechtzulegen. Sie hatten es gut gemacht – sie hätten es noch besser machen können.

»Dort.« Er zeigte zum Himmel. »Seht die Bewegungen der Wolken.«

Drei Augenpaare schauten zum Himmel hinauf.

»Was sagen sie euch?« fragte er.

Eine ganze Weile herrschte Schweigen. Dann antwortete Raku.

»Der Wind fällt von den hohen Gipfeln«, sagte er. »Hier entstehen Aufwinde – «

Raku verstummte. Er überlegte, welche Folgen dies hatte. »Weiter«, sagte Gaggau schroff, aber aufmunternd.

»Der Wind könnte deinen Geruch aufgenommen haben«, äußerte Raku vorsichtig. »Wenn das der Fall war, dann hätte er den Bock am Anfang der Furche erreicht. Dann wäre der Bock geradeaus durch die Furche geflüchtet, und wir hätten ihn verloren.«

»Und was hättet ihr tun sollen, um das zu verhindern?« fragte Gaggau.

»Die Jagdlinie nach unten verlegen?« vermutete Raku. »Das Tier viel weiter unten in die Furche treiben, so daß der Wind nichts ausgemacht hätte?«

Die beiden anderen dachten einen Augenblick nach. Die Idee war ihnen bis jetzt nicht gekommen. Zustimmend senkten sie den Kopf.

»Richtig«, sagte Gaggau. »Wenigstens habt ihr heute getötet. Mögt ihr immer soviel Glück haben.« Er wandte sich ab und humpelte durch die Furche davon.

In früheren Zeiten hätte er den Jägern geholfen, die Jagdbeute zurück zu den anderen zu bringen, aber das konnten die Jungen jetzt selbst tun. Sie brauchten ihn noch: aber nicht seiner Muskeln bedurften sie, sondern seiner Kenntnisse.

Gaggau stand am Eingang der Höhle.
»Tana!« rief er.
Sie trat aus der Dunkelheit hervor. Mehr als fünfzig Schritte war die Höhle lang, und es dauerte eine Weile, bis sie bei ihm war. Gaggau, der sein verwundetes Bein hielt, lehnte sich gegen den Felsbogen und sah ihr entgegen.
Es war immer dasselbe. Tanas Gang war von einer langsamen, geschmeidigen Anmut, die ihm den Atem stocken ließ. Immer war es so gewesen, seit jeher hatte sie diesen Zauber auf ihn ausgeübt, seit dem Tag, an dem sie, ein Kind, zu ihnen in die Berge gekommen war. Die Wandererfrauen bewegten sich genau wie die Männer, rasch, zielbewußt, entschlossen. Das mußten sie freilich: Jäger brauchen starke Muskeln und einen hurtigen, weit ausgreifenden Schritt, die Frauen genau wie die Männer.
Tana war anders – alles an ihr war anders. Sie stammte aus dem Tal, sie war eine Tochter der Niedergelassenen, der Sammler. Sie hatte das weiche hellbraune Haar der Inselyetis und ihre Augen: nachdenklich und fest, von derselben zarten graublauen Farbe wie der Himmel im Herbst. Sie hatte auch die Gestalt der jungen Sammlerinnen: die schräg fallenden Schultern, die weichen, geschwungenen Formen, die zarten Gliedmaßen. Sie war wunderschön.
Als Kind war Tana »oikealla«, und als solches galt alles, was wünschenswert war, von der drallen Geiß bis zum unberührten Schneefeld, auf dem man die Spuren eines Beutetiers aus fünftausend Schritt Entfernung lesen konnte.
»Ich sehe dich, Gaggau.«
Tana blieb vor ihm stehen. Rasch fuhr sie ihm mit der Hand über die Stirn. Gaggau streckte die Arme aus, die Handflächen aufwärts gewandt. Sie berührte seine Hände mit ihren Fingern.
Tana lächelte. In der Welt der Niedergelassenen, in der sie geboren war, begrüßte man sich durch gegenseitiges Kratzen der Nase. Im Stamm der Bergbewohner war die Begrüßung zweifach: die Augen zuerst – ihre Hand, die Gaggaus Stirn berührte, erkannte und bestätigte die Macht seines Augenlichts; dann die Hände – mit ihrer Berührung bezeugte Tana seine Fähigkeit, Zeichen zu geben. Als Jäger mußten die Wanderer sehen und miteinander über große Entfernungen Verbindung aufneh-

men können. Die Augen erspähten die Beute, die Hände bestimmten und lenkten die Jagd.

»Hier.« Gaggau deutete auf seinen Schenkel.

Tana hatte die Wunde schon gesehen. Sie kauerte sich nieder und leckte sie sauber, dann besah sie sich die Verletzung: es war keine Wunde, die ein Tier ihm zugefügt hatte, ein Huftritt oder ein tiefer, reißender Stich, wie das Horn eines in die Enge getriebenen Steinbocks ihn hinterläßt, oder ein Biß – Tana hatte viele solche Wunden gesehen, seit sie bei den Wanderern lebte. Tiere verursachen Reißwunden mit ausgefranstem Rand. Diese Wunde war ein gerader, tiefer Schnitt. Er war wieder gefallen.

Sie sah zu Gaggau hinauf. Der große silberfellige Patriarch starrte hinaus in den dunklen Abendhimmel. Dort flogen die Geier vorbei, zu ihren Schlafplätzen zurück. Tana wußte wohl, was Gaggau tat: er prägte sich ihren Flugwinkel ein. Es war Frühsommer, und die Geier begannen mit der Brut. Wo es Nistplätze gab, waren Eier.

Morgen würde Gaggau sich mit den jungen Männern aufmachen, um die Geiernester auszunehmen. Im Morgengrauen würde er sie zu sich rufen und sie fragen, ob einer von ihnen den Vogelflug am Nachthimmel beobachtet habe, was natürlich keiner getan hatte, – nur er. Und er würde sie den Berghang hinaufführen.

»Leg dich auf den Sockel«, befahl ihm Tana.

Gaggau hinkte zu einer steinernen Tafel, die, fünf Schritte vom Höhleneingang entfernt, auf einem Felssockel lag. Sie war immer dagewesen, genauso wie in allen anderen Höhlen der Wanderer fünf Schritte vom Eingang entfernt eine Steinplatte sich befand. Niemand hatte Tana sagen können, weshalb die Platten so und nicht anders aufgestellt waren und weshalb die beherrschenden Männer des Stammes, vom Patriarchen Gaggau an abwärts, darauf lagen.

Aber Tana fand es schließlich selbst heraus. Sie war eine aufmerksame und kluge Beobachterin, und als Talyeti war sie von anderer Geistesart: sie dachte anders als die Jäger in den Bergen. Im Tal gab es keine großen Raubtiere; hier oben jedoch lebten etliche. Einmal war ein Bär zu den Höhlen gekommen. Ausgehungert war er, abgemagert bis aufs Gerippe – vielleicht hatte er den Geruch der Kinder gewittert, oder er suchte Schutz vor der Kälte.

Der Bär hatte versucht, in eine der äußeren Höhlen einzudringen. Der junge Yeti am Eingang der Höhle wehrte ihn ab, es kam zu einem schrecklichen Kampf. Der Mann wurde schlimm verwundet, aber den

Bär brachte er um, und keinem der Jungen geschah ein Leid. Und Tana erkannte, daß die Männer auf den Steinplatten schliefen, um die schwächeren Mitglieder des Stammes zu beschützen.
»Halt still!«
Tana hielt mehrere Hakendornen in der Hand. Gaggau zuckte zusammen, als sie begann, die Dornen einen nach dem anderen in die Wundränder zu stecken und sie mit Grashalmen zusammenzubinden.
Er lag ausgestreckt und fühlte die Stiche in der Haut. Aber er vergaß den scharfen Schmerz, als seine Gedanken zu dem Bock zurückkehrten. Er mußte unter dem ganzen Stamm aufgeteilt werden: ein stämmiges Jungtier, aber es würde kaum reichen, um den Hunger eines Tages zu stillen, geschweige denn die Leere der ganzen letzten Woche.
Etwas Schreckliches und Unerhörtes geschah in den Bergen, wie es noch nie dagewesen war.

30

»Sie blutet schon wieder«, sagte Kuinko. »Es ist vorbei. Jetzt mußt du sie zurückschicken.«
Gaggau richtete sich auf und stützte sich auf den Ellenbogen, und für einen Moment begegnete er Kuinkos Blick: finster und unversöhnlich starrte sie ihn an, mit roten, flammenden Augen, die gefährlich waren wie ein Leopard in der Falle, und Gaggau sah schnell wieder fort.
Er lag in einer Felsnische im hinteren Teil der Höhle auf seinem Schlaflager, einem hohen Stapel Felle und Häute: das waren die Gaben der jungen Jäger von ihrer Jagdbeute. Wenn sie mit ihm, dem Anführer, jagten, dann stand ihm ein Viertel vom Fell jedes getöteten Tiers zu; wenn sie ohne ihn jagten und töteten, erhielt er ein Achtel. Alle Felle, die nicht benutzt wurden, weder vom Anführer zur Herstellung von Lederriemen für die Jagd noch von den Frauen in der Höhle, dienten ihm als Polster für sein Lager. Ein starker Häuptling der Wanderer muß bequem ruhen: je größer des Jägers Tapferkeit und Kühnheit, desto höher sein Lager. Im Lauf der Jahre hatte Gaggau viele Male auf seinen Anspruch nicht nur auf Achtel-, sondern auch auf Viertelfelle verzichtet. Er brauchte die Abgaben der jungen Jäger nicht länger: kniehoch erhob sich sein Schlaflager über dem steinernen Sockel, und das war höher, als man sich je eines Häuptlingslagers entsann und als die Geschichten der Wolkenzeit berichteten.
Gaggau schloß die Augen. Seine Mutter Burra hatte ihn oft erschreckt und eingeschüchtert, aber ihren Blick hatte er nie meiden müssen. Kuinko, seine Gefährtin, jagte ihm nicht nur Angst ein, sondern wenn sie wütend war – und Kuinko war fast immer wütend –, dann war ihr Blick so wild, so böse, daß er ihn nicht ertrug.
»Sie ist nicht deine Tochter«, erwiderte Gaggau. »Sie dient dir nicht. Mich wärmt sie. Wie kannst du sicher sein, daß sie blutet?«
Es war eine Verlegenheitsfrage, gestellt aus Ratlosigkeit. Noch während er sprach, war ihm klar, daß sein Einwand kraftlos war, eine Ausflucht, die nichts taugte.
Kuinko stieß ein rauhes, höhnisches Gelächter aus. In Gaggaus Ohren klang es wie das Krächzen des Raben, bevor er sich über das Aas hermacht.

»Ich habe ihr Blut in der Höhle gerochen.« Kuinko zeigte auf ihre Nase. »Dafür muß sie weder meine Tochter sein noch mir dienen. Was glaubst du denn – ich kann Blut überall riechen, jede Frau kann das. Und du wärmst sie nicht. Du hast nichts, womit du sie wärmen könntest. Haben wir es nicht miteinander versucht? Hast du es nicht mit anderen versucht? Natürlich hast du! Dein ganzes Leben hast du's versucht! Und wie stehst du da, was bleibt dir jetzt, wo du am Ende bist? Nichts, gar nichts hast du!«

Ingrimm und Verbitterung klangen in Kuinkos Stimme. Sie sah ihn an, und ihre Augen waren schmal vor Haß und Feindschaft.

»Ich habe Manu«, sagte Gaggau.

»Manu ist nicht dein Sohn«, gab sie zurück. »Dein Bruder ist er, und nicht einmal ein wirklicher Bruder, wo euch so viele Sommer trennen! Viel mehr, als sich für Brüder gehört! Dein Kind könnte er sein – « Sie hielt inne. Dann setzte sie mit leiser, böser Stimme nach: »Aber er ist nicht dein Kind. Du hast keinen Samen und keinen Sproß. Unfruchtbar bist du, das ist die Wahrheit!«

Kuinko stieß den Atem zwischen den Zähnen hervor, dann lehnte sie sich zurück. Den alten Patriarchen zu demütigen, verschaffte ihr Befriedigung; eine wohlverdiente Befriedigung.

Gaggau zwang sich, die Kränkung zu überhören. »Manu ist ein guter Jäger«, sagte er halsstarrig. »Das weiß der ganze Stamm. Er kann ein großer Jäger sein. Wenn er eine Zeit hier wäre, könnte er Anführer der Wanderer werden.«

»Eine Zeit? Wieviel Zeit?« Kuinko verzog höhnisch das Gesicht. »Gaggau: es ist keine Zeit mehr. Die Zeit ist um. Es ist beinahe kein Jagdvieh mehr da. Dein Bruder ist viele Sommer fortgewesen. Er kennt wohl die Lebensweise der Niedergelassenen, aber in der Jagd kennt er sich nicht aus! Und selbst wenn er jetzt zurückkäme: es sind ja keine Tiere mehr da, durch die er es lernen könnte! Raku, Penga und Soru haben wenigstens Gelegenheit gehabt zu jagen, – jeder von ihnen wäre besser geeignet als Manu!«

Gaggau starrte sie an. Es stimmte nicht, was sie da sagte. Manu war ein Jäger von Natur aus. Wie er selbst. Manu war Burras Kind, und sie hatten beide ihre außergewöhnlichen Fähigkeiten geerbt. Die anderen drei, Penga, Raku, Soru, waren nur deshalb gut, weil Gaggau sie so lange und so gründlich unterrichtet hatte. Aber das war nichts verglichen mit dem, was Manu zu leisten vermöchte.

Das wußte er und konnte es doch nicht sagen. Kuinkos Angriffen hielt

er nicht stand, da gab es zu viele Schwachstellen, zuviel konnte sie gegen ihn ins Feld führen, dem er nichts entgegenzusetzen hatte. Es stimmte, daß Manu viele Sommer lang fortgewesen war. Es stimmte auch, daß das Wild verschwand. Und vor allem stimmte es, daß er, wie Kuinko es sah, keinen Samen hatte.
Das war, mehr als alles andere, der wahre Grund ihrer Feindschaft: die Wurzel einer Verbitterung, die längst in Haß umgeschlagen war. Seinetwegen war sie ein leeres Gefäß geblieben. Sie hätte es vielleicht hingenommen, wenn er in der Lage gewesen wäre, eine andere gebärfähige Stammesfrau zu besamen: Kuinko hätte das Kind als ihr eigenes angenommen, wie es ihr Recht war. Gaggau hatte es versucht. Alle hatte er bestiegen; und hatte versagt.
Jeden Monat bluteten sie, als hätte er sich niemals in sie ergossen. Sogar bei Tana war er gescheitert, und das war unbegreiflich. Die Wandererfrauen waren träge, teilnahmslose Körper, breitschultrig und muskulös, mit dickem, dunklem Pelz bewachsen, die Augen von stumpfem Gelbbraun, und sie gingen mit weit ausholenden, wiegenden Schritten, die sehr geeignet waren, um von einem Bergkamm zum anderen zu gelangen, ohne zu ermüden, aber sie wirkten unschön und grobschlächtig. Tana war so anders. Vom ersten Augenblick an war Gaggau in Leidenschaft entflammt. Als er sie zum ersten Mal erblickte, war sie ein kleines Kind gewesen, im Austausch gegen Manu vom Tal herauf zu den Wanderern geschickt. Er war von ihr besessen, von ihrem feinen, seidenweichen Pelz, ihren klaren und lebhaften Augen, der geschmeidigen Anmut ihrer Bewegungen, der Schönheit ihres Körpers. Er wollte sich mit ihr paaren. Er tat es, als sie ins Erwachsenenalter kam und bereit war, zu gebären, – nicht aus Pflicht tat er es, sondern aus sehnsüchtigem Verlangen. Er bestieg sie immer wieder, unersättlich, und seine Liebe wuchs, aber das Ergebnis blieb stets dasselbe wie bei allen seinen Frauen: nichts geschah. Tana blutete bei jedem Neumond zusammen mit den anderen. Es war, als hätte Gaggau sich in den Bergwind entleert. Kuinko verachtete ihn. Jeden Tag quälte sie ihn wegen seiner Fruchtlosigkeit. Er war überzeugt, daß es nicht stimmte, aber er hatte es schon lang aufgegeben, ihren höhnischen Behauptungen zu widersprechen.
Es gab nur eins, was sie zum Schweigen bringen konnte: Tanas dicker Bauch. Gaggau wußte, daß er es konnte, mit blinder, verzweifelter Leidenschaft glaubte er daran, aber er wußte auch, daß er nicht mehr viel Zeit hatte. Er spürte, wie seine Kraft nachließ, so wie die Lieder der Singvögel beim Herannahen des Winters leiser werden und spärlicher; aber

es blieb ihm noch genug, um bis zum Einbruch des Schnees auszuhalten.
Indessen war dies ja nicht das einzige, was Kuinko dazu trieb, ihn als Anführer und Häuptling zu verhöhnen: das Verschwinden der Tiere aus den Jagdgründen war für den Stamm der Wanderer ein weitaus schwerwiegenderes Problem als die Frage, ob er ein Kind zu zeugen verstand oder nicht. Gaggau sah die Frau an, die er sich vor langer Zeit als Gefährtin erwählt hatte. Ihre Miene war feindselig und gehässig, wie immer. Er beschloß einzulenken.
»Ich bin deinem Rat gefolgt«, sagte er in versöhnlichem Ton. »Manu hat Yerto meine Botschaft überbracht. Die Sammler werden uns an ihrer Ausbeute teilhaben lassen: es geht nicht anders.«
»Das glaubst du!« Kuinko schnaubte verächtlich. »Niemals wird Yerto einverstanden sein, niemals! Er ist alt wie du, aber er hat einen Samen. In Raina hat er Wengen gesät. Raina ist langsam, aber sie ist auch schlau. Sie wird sich Zeit lassen. Sie wird herausfinden, was du gesagt hast, und dann spricht sie ihr Urteil: Die Niedergelassenen, wird sie sagen, können die Wanderer nicht miternähren – und Yerto und Wengen werden sie unterstützen.«
»Wir sind ein Volk«, erwiderte Gaggau. »Sie können nicht nein sagen.«
»Und wenn doch?«
»Dann müssen wir eine andere Lösung finden.«
»Ach ja. Was denn für eine Lösung? Wolken jagen statt Wild? Die Früchte der Luft ernten? Gaggau: du bist ein Narr!« fuhr Kuinko ihn an. »Es gibt keine andere Lösung! Entweder wir nehmen uns von den Niedergelassenen, was wir brauchen, oder wir verhungern.«
Wieder war ihm die Grausamkeit und Roheit in ihrem starren, stechenden Blick zuviel. Gaggau blinzelte und wandte den Kopf. »Wir müssen warten, bis Manu mit Yertos Antwort zurückkehrt«, antwortete er leise.
Jetzt lachte Kuinko. Es war ein schauerliches, furchterregendes Lachen, das von den Höhlenwänden widerhallte.
»Du glaubst mir natürlich nicht, wenn ich dir sage, daß ich das längst weiß? Ich werde es dir zeigen. Sieh her!«
Ihr Ton war so heftig und eindringlich, daß er sich nicht entziehen konnte. Er hob den Blick zu ihr, widerstrebend und beklommen.
An einem geflochtenen Lederriemen um Kuinkos Taille hing ein Beutel, gefertigt aus einem Hirschmagen. Kuinko fuhr mit der Hand hinein und zog eine junge Berghäsin heraus. Sie lebte – Kuinko mußte sie irgendwo in den Felsen nahe den Höhlen in einer Falle gefangen haben. Sie hielt

ihm das Tier vors Gesicht. Es zuckte und zappelte und suchte sich ihrem Klammergriff zu entwinden, und die schwarzen, flüssigen Augen flackerten vor Entsetzen und Angst.

Kuinko ließ nicht locker: Gaggau sollte genau sehen, wie verzweifelt das kleine Tier zu fliehen versuchte. Plötzlich schnellte ihre Hand herum und hielt den Hasen auf dem Rücken, so daß die Beine hilflos in die Luft stießen. Sie beugte den Kopf, riß den Mund auf und grub ihre Zähne in die Kehle des Hasen. Ein quiekender Schrei ertönte, der alsbald in einem Röcheln erstarb. Kuinko zerrte und nagte an den Nackensehnen des Hasen, bis sie abrissen; sie spuckte sie aus und warf das tote Tier auf den Boden.

Jetzt benutzte sie ihre Ferse als Hammer und trat systematisch und ringsum im Kreis auf den Kadaver ein, bis ihm alle Knochen im Leib gebrochen waren. Am Ende war nur der Bauch der Häsin noch unversehrt. Kuinko steckte den Daumen in die Vagina und riß das Fleisch auseinander. Sie zog Gebärmutter und Magen heraus und schlitzte sie ebenfalls auf.

Sie hielt Gaggau die zerfetzten bluttriefenden Lappen vor die Nase. »Sieh sie dir genau an, Jäger«, knurrte sie. »Sie sind so leer wie die Fährten, denen du zu folgen versuchst, – und so leer wie die Antwort, die Manu dir zurückbringen wird.«

Sie ließ Gaggau eine Weile auf die blutigen Fleischstücke schauen, gerade lang genug, damit er sehen konnte, daß die Häsin tatsächlich nichts im Bauch und nichts im Magen gehabt hatte. Dann schleuderte sie ihm die Eingeweide ins Gesicht, wandte sich ab und verließ die Höhle.

Gaggau indes kauerte in der Dunkelheit, und von seinen Wangen troff Blut.

31

Gaggau schlug die Augen auf und wandte nach alter Gewohnheit den Kopf zum Eingang der Höhle: er prüfte den Stand der Sterne.
Es war noch sehr früh, der Mond war untergegangen und der Himmel von undurchdringlicher Schwärze. Aber in der bogenförmigen Felsöffnung erkannte er das Sternbild des Morgens, das wegen seiner verdrehten Gestalt der Krumme Wacholder heißt, und darüber stand hell funkelnd, Leitbild und Erkennungszeichen, der Eulenstern. Die Nacht neigte sich dem Ende zu; aber erst wenn der Eulenstern verschwunden war, würde es hell werden.
Gaggau legte sich wieder zurück.
Neben ihm auf dem hohen Lager aus getrockneten Fellen schlief Tana. Er lauschte ihrem gleichmäßigen Atem und nahm den Nachtgeruch ihrer Haut wahr, und er spürte, wie das Verlangen sich in ihm regte. Er ließ die Hand über Tanas Körper gleiten, fühlte die Wölbung ihrer Brüste, den seidig sanften Pelz, den weichen Bauch, die Feuchte, als er die Hand zwischen ihre Beine steckte, – jetzt schlug sein Herz, und er begehrte sie heftig.
Er zog seine Hand zurück und leckte sich gierig die Finger: süß und salzig schmeckte es. Er wartete und hoffte, daß Geruch und Geschmack und Berührung die lüsternen Gedanken in bewegte Tat verwandelten, doch er hoffte vergebens. Nichts rührte sich im dicken grauen Pelz unter dem einst vorgewölbten, jetzt eingefallenen Bauch, dort blieb es so schlaff und matt wie eine tote Köcherfliege in der reißenden Strömung eines Gebirgsbaches.
Zornig und enttäuscht wandte Gaggau sich ab, stellte die Füße auf den Boden und stemmte sich hoch. Als er aufstand, sprang eine der Dornenklammern, mit denen Tana die Ränder seiner Beinwunde geschlossen hatte, aus der Haut, und er zuckte vor Schmerz und spürte Blut über den Schenkel rinnen. Mit wütendem Schnauben hinkte er hinaus in die Dunkelheit.
Er hatte erwartet, allein zu sein, und erschrak, als er neben dem Eingang der Höhle eine Gestalt entdeckte, die reglos auf der Erde kauerte. Er witterte und erkannte am Geruch, daß es Soru war, der jüngste Jäger des Stamms.

»Was machst du hier?« fragte Gaggau. »Habe ich nicht gesagt, wir brechen erst vor Sonnenaufgang auf, wenn der Eulenstern untergegangen ist?« In seinem Nacken, auf den Schultern und Armen knisterten die Haare und sträubten sich.
Die Jungen des Stammes kamen nur zu den Haupthöhlen, wenn sie sich eine Gelegenheit versprachen, eine der Frauen zu besteigen, die dort wohnten. Die Frauen aber waren nicht verfügbar, sie gehörten entweder Gaggau, von der vertrockneten alten Kuinko bis zu seiner neuen, jugendlichen Gefährtin Tana, oder den Männern, mit denen sie verpaart worden waren. Ein unverpaarter Mann, der versuchte, sich ihnen mit Besamungsabsichten zu nähern, verletzte nicht nur Gaggaus Eigentum, mehr noch: er bedrohte sein Leben.
Demütig legte Soru beide Hände flach auf den Boden, in der Geste der Unterwerfung. »Ich bin gekommen, um dazusein, wenn du aufstehst«, sagte er. »Ich wollte zusehen, wie du den Wind liest, und von dir lernen.«
Gaggau trat auf den jungen Yeti zu und flehmte argwöhnisch: wenn Soru hinter einer Frau her war, trug er den Geruch von Samen an sich. Aber Gaggau roch nichts. Er grunzte. Soru war ungestüm und noch unerfahren, aber beherzt und kühn und wißbegierig. Eines Tages würde er ein guter Jäger werden – falls es dann noch jagdbares Wild gab.
Gaggau ließ sich auf einen Felsblock nieder. »Tu das nicht wieder, komm nicht vor der Zeit hierher«, sagte er. Dann setzte er hinzu: »Heute darfst du bleiben.«
Soru hob die Hände und lächelte erfreut. »Und du wirst mich lehren?« fragte er eifrig.
»Wenn ich soweit bin«, erwiderte Gaggau.
Er legte den Kopf zurück, schloß die Augen und sog die Nachtluft ein, so tief, daß sein an sich schon gewaltiger Brustkasten auf den doppelten Umfang anschwoll. Dann ließ er die Luft langsam entweichen und konzentrierte sich.
Burra, seine Mutter, hatte ihn in dieser Technik ausgebildet.
Alle Frauen der Wanderer lernen von Kindheit an zumindest die Anfangsgründe der Jagd, aber selten werden sie große Jägerinnen. Das ist auch nicht nötig: Frauen haben Kinder zu versorgen. Und in gewöhnlichen Zeiten, in Zeiten der Fülle, machen die Männer genügend Beute für alle. Aber an Burra war nichts gewöhnlich gewesen – weder ihre Kindheit noch ihre Persönlichkeit, noch die Zeit, in der sie lebte.
Burra war das einzige Kind ihres Vaters gewesen, einen männlichen

Sproß hatte er nicht zustande gebracht. Er zog sie auf wie einen Sohn, unterrichtete sie und übte mit ihr wie besessen, er brachte ihr alles bei, was er selbst konnte, als wollte er ihr Geschlecht vergessen machen, und Burra war eine gelehrige Schülerin. Klug und unerschrocken war sie und noch vor der Zeit ihrer Reife eine bessere Jägerin als er. Als sie mannbar war, weigerte sie sich fünfzehn Jahre lang, sich zu verpaaren. Statt dessen jagte sie mit dem Patriarchen, zuerst als seine Gefährtin und später, als er alt wurde, als Anführerin der Wanderer.

Als er starb, wählte Burra sich endlich einen Gatten. Das war Gaggaus Vater. Burra nahm seinen Samen in sich auf, und als ihr Bauch anschwoll, schickte sie ihn fort. Viel später, als sie über die normale Zeit der Gebärfähigkeit längst hinaus war, nahm sie sich für kurze Zeit einen zweiten Gatten, und zur Verwunderung des ganzen Stammes füllte ihr Bauch sich erneut. Sie brachte Manu zur Welt; von seinem Erzeuger aber trennte sie sich so rasch wie seinerzeit von ihrem ersten Begatter. Gaggau kannte seinen Vater kaum. Er war einfach einer von den Jägern, der wie die anderen an jedem Morgen wartend in der Dämmerung stand, bis Burra kundgab, was sie im Wind gelesen hatte. Die Luft, die Gaggau aus seiner Lunge entließ, war voller Botschaften: die Sinneshärchen in seinen Nüstern nahmen sie auf, während die Luft durch die Nase strömte, entschlüsselten sie und gaben sie ans Gehirn weiter.

Die herannahende Dämmerung brachte Kälte, bis zum Tagesanbruch würden die Hänge frosterstarrt liegen. Der Morgen aber würde ungewöhnlich warm werden – mit dem Wind, der sich aus dem Westen erhob, kamen schon die ersten Schwaden Feuchtigkeit: vielleicht regnete es vor Sonnenaufgang. Danach aber würde der Tag warm und heiter werden.

Der Nachtfrost hielt die Bergtiere in den Felsenhöhlen, in denen sie vor Einbruch der Dunkelheit Zuflucht gesucht hatten, – und weshalb sollten sie sich hervorwagen, es gab ja nichts zu fressen für sie. Das würde sich indes ändern mit dem morgendlichen Regen, der Wärme des Tages: dann öffneten sich die Knospen der Bäume und Sträucher, auf den Hochlandweiden sproß das Gras, und die Tiere krochen aus ihren Löchern hervor und suchten nach Nahrung.

Wieder schloß Gaggau die Augen, und seine Witterung zeichnete ihm ein Bild der Landschaft, das so deutlich war, als befände er sich mitten darin. Mit geschlossenen Augen sah er die Jagdgründe vor sich und durchkämmte sie Abschnitt für Abschnitt, erforschte jede Besonderheit, jede veränderte Farbe, jedes Gebüsch. Er sah die Schluchten, Bach-

betten, Gebirgsspalten, sah die Hänge und Geröllhalden, Gestrüpp und dürres Buschwerk, die Schneefelder, die Flüsse, die Gletscherzungen. Er ließ den Wind darüber hinwegfegen, den Regen vorüberziehen, er ließ die Sonne scheinen. Dann versuchte er entsprechend den Bedingungen der Umgebung, die von einer Stunde zur anderen über den ganzen Tag hin wechselten, die Streifzüge des Wilds vorwegzunehmen.
In früherer Zeit hätte Gaggau zumindest einen Ausgangspunkt gehabt. Er hätte gewußt, wo die Tiere sich aufhielten: ihre zusammengedrängten Leiber hätten einen deutlichen und eindeutigen Geruch verströmt, unverkennbar für seine Witterung wie Schatten und Licht für sein Auge. Aber die Tiere drängten sich nicht mehr in Herden zusammen – es gab nicht mehr genug. Sie existierten nur noch als Einzelgänger oder bestenfalls als Gruppen von zwei oder drei, und ihre Körper sonderten zuwenig Gerüche ab – sie drangen nicht bis zu ihm. Gaggau konnte nur vermuten: und es genügte nicht zu erraten, wohin der Verlauf des Tages das Jagdvieh verschlagen würde, sondern vor allem galt es herauszufinden, wo die Tiere sich jetzt aufhielten – und ob es überhaupt welche gab.
Eine Zeit verging. Soru, der ihm zu Füßen kauerte, machte sich hüstelnd bemerkbar. »Gaggau. Wo werden wir jagen?« fragte er.
Gaggau stand starr und entrückt, indes er die entfernteren Hänge nach Nischen und möglichen Verstecken absuchte. Beim Klang von Sorus Stimme schrak er zusammen, er wandte sich um und schüttelte ärgerlich den Kopf. Aber sein Ärger verflog: Soru war jung, und er wollte lernen. Er sollte den Jungen lehren, was er wußte, wie Burra ihn selbst unterrichtet hatte.
»Der Wind bringt nichts«, sagte Gaggau. »Vielleicht sind ein oder zwei Moschushirschkühe mit ihren Jungen vom Tal herauf unterwegs, vielleicht auch ein paar Muntjaks; die Schneegrenze weicht zurück, und sie folgen dem Gras. Wir werden zum Gipfel aufbrechen und die Moschustiere suchen. Wenn wir nichts finden, steigen wir ab, den Muntjaks entgegen –«
Während Soru aufmerksam lauschte, erklärte Gaggau, wie er die Nacht, den Wind, die Temperatur las und zu seinen Vorhersagen für den Tag gelangte.
Der Eulenstern war verblaßt. Er sprach noch, als Raku erschien, gefolgt von Penga und sieben weiteren Jägern. Alle scharten sich um den Patriarchen und kauerten sich zu seinen Füßen nieder. Gaggau wiederholte seine Voraussagen; dann stand er mühsam von seinem Felsen auf.

»Raku führt«, sagte er. »Paino geht in Richtung der Sonne, Kolasit in Richtung der Sterne, die anderen verteilten sich –«
Schwer stützte sich Gaggau auf seinen Wacholderstock. Dann verlagerte er das Gewicht auf den gesunden Fuß, hob den Stock hoch in die Luft und schüttelte ihn und sagte laut: »Heute töten wir.«
Er schob sich den Stock wieder unter die Achsel und ging hinkend davon.

Gaggau hatte sich geirrt. Nirgendwo war ein Moschustier. Und nirgends gab es einen Muntjak.
Kein einziges Tier war zu sehen. Wasserläufe und Senken, die schmalen Waldstreifen, die sich wie Stricke hügelaufwärts wanden, die Plateaus und Kämme, Felsspalten und Hänge waren vollkommen leer. Üppig sprossen die Pflanzen, Gesträuch mit süßen, saftigen Blättern zwischen hoch wogenden Grashalmen, Blumen blühten, und in den höheren Lagen waren die Schneehänge übersät von der Himalayaprimel: winzige, leuchtende, rosarote Tupfen im Weiß. Aber keine Tiere.
Niemals hatte es an Jagdvieh gefehlt. Jetzt gab es nichts mehr. Wie leergefegt waren die Berge.
Gaggau wischte sich den Schweiß vom Gesicht. Es war heller Vormittag, seit vielen Stunden waren er und seine Jäger unterwegs, hatten die ganze Gegend durchkämmt, vor und zurück, und planmäßig die Jagdgründe abgesucht. In früheren Zeiten hätten sie unter Gaggaus Führung binnen kurzem mindestens ein Tier erlegt. Nicht heute. Heute war es wie gestern, wie an den Tagen zuvor, wie so oft seit Beginn des Frühlings: sie kehrten mit leeren Händen zurück.
Gaggau sah auf seine Jäger hinab, die im Halbkreis vor ihm auf der Erde kauerten. Ihre Mienen waren ausdruckslos, aber er wußte, was in ihnen vorging.
Hunger. Der Hunger war schlimmer als alles. Tödlich. Der Hunger konnte die Wanderer vernichten, nichts sonst. Wenn sie niemals genug zu essen hatten, konnten sie sich weder fortpflanzen noch ihr Revier auf den Kämmen verteidigen, und wenn sich nicht bald etwas ereignete, würden sie überhaupt alle sterben. So übermächtig war der bohrende Schmerz in ihren Bäuchen, daß er sich schon in ihre Herzen und Köpfe drängte und vor alle Gedanken schob. Gaggau der große Jäger ist nicht imstande, Beute ausfindig zu machen. Er sagt, es seien keine Tiere da, aber wer weiß, ob das stimmt. Gaggau ist alt und lahm – vielleicht hat er seine einstigen Fähigkeiten eingebüßt?

Vielleicht ist es Zeit, daß ein anderer die Wanderer anführt?
So dachten sie, das wußte Gaggau, – wenn sie vor Hunger überhaupt zu denken vermochten. Er sah mit Verachtung auf sie hinab. Kinder waren sie und wußten nichts. Es sollte nur einer von ihnen die Führung übernehmen, und der Stamm der Wanderer würde noch vor dem ersten Schneefall untergehen. Zorn wallte in ihm auf, und seine Augen wurden schmal und böse. Und er hob den Klumpfuß, um sie zu bestrafen für ihre Überheblichkeit und Dummheit – in den Hintern wollte er sie treten und in den Rücken.
Er hielt ein. Denn auf einmal erinnerte er sich: an Burra die Mutter, an eine Hungersnot in seiner frühen Jugend – damals war es nicht so schlimm gewesen wie jetzt, aber schlimm genug, eine Zeit voller Angst; auch damals hatten die Wanderer tagelang ohne jeden Erfolg gejagt; und als die Not am größten war, als sie seit Tagen nichts gegessen hatten und alle Hoffnung verloren, hatte Burra ihn beiseite genommen und so zu ihm gesprochen: »Hab keine Angst. Die Wanderer werden diese Zeit überleben. Es gibt Stellen, wo immer ein paar Tiere zu finden sind, kleine, abgelegene, geheime Stellen, die sie aufsuchen, um zu fressen. Wir werden dort jagen, wenn nötig, aber der Hunger ist noch nicht groß genug. Diese Stellen müssen geheim bleiben und für das Schlimmste aufgespart werden. Du sollst aber wissen, wo sie sind. Es wird jetzt nicht zum Schlimmsten kommen, aber vielleicht ist es eines Tages so weit, wenn es an dir ist, die Wanderer zu führen.«
Und Burra hatte ihm die geheimen Stellen verraten. Am nächsten Tag führte sie ihre Jäger hinaus, und sie erlegten eine Beute. In jenem Jahr hatte das Blatt sich gewendet, nur langsam zwar, aber die Hungersnot war vorbei. Burra hatte sich nicht geirrt, und die geheimen Jagdgründe mußte sie niemals benutzen.
Das alles war sehr lang her, und Gaggau hatte nie mehr daran gedacht; bis jetzt. Es hatte zum Schlimmsten kommen müssen, – und der Hunger, dieser Hunger war schlimmer als alles, was die Wanderer erlebt hatten, so weit die Erinnerung zurückreichte, – damit es ihm wieder einfiel; und als er sich erinnerte, schwand seine Müdigkeit und ein Gefühl von Triumph erfaßte ihn wie eine Welle. Burra hatte sich nie geirrt: wenn sie sagte, daß es dort, in jenen geheimen Jagdgründen immer Tiere gab, dann war das auch jetzt so. Und nur er, Gaggau, wußte, wohin er sich wenden mußte.
Er tat einen Schritt auf sie zu. »Ich habe gesagt: heute töten wir«, stieß er barsch hervor. »Der Tag ist noch nicht um. Wir werden töten!«

Er hinkte davon, die Schlucht hinauf, und bewegte sich so schnell wie seit langem nicht, und seine Jäger sprangen auf und folgten ihm: überrascht und verwirrt über die Zuversicht in seiner Stimme.
Sieben versteckte Stellen hatte Burra ihrem Sohn verraten, alle weit abgelegen, an den fernsten Grenzen ihrer Jagdgründe, und er hatte sich ihre Lage scharf eingeprägt. Die Stelle, auf die er jetzt zusteuerte, lag am weitesten von den Höhlen entfernt, aber ihrem gegenwärtigen Ort, an den die fruchtlose Suche des ganzen Tages sie geführt hatte, am nächsten. Dennoch war es ein weiter Weg.
Gaggau ging unbeirrt voran, sein Schritt war fest und entschlossen. Den Schmerz in seinem Fuß spürte er nicht, und auch die Wunde des gestrigen Tages war vergessen.
Beinahe sechzig Sommer waren vergangen, seit Burra die Mutter ihm den Ort beschrieben hatte, den er jetzt suchte. Gaggau war niemals dort gewesen, aber das war gleichgültig. Burra hatte ihm Weg und Ziel genau beschrieben; hatte ihm den Verlauf der Schluchten gezeichnet, jede Krümmung, jeden Einschnitt, und jede Talsenke und Bodenfalte, die Linie der Felskämme ringsum, hatte erklärt, in welchem Winkel die Sonne dort zu verschiedenen Zeiten des Tages steht und in der Nacht die Sterne, im Frühling und im Sommer und im Herbst, wieviel Schnee fällt und wann er schmilzt, wie hoch das Gras wächst, – und die vorherrschenden Winde hatte sie ihm beschrieben und den Flug der Vögel, die sich von ihnen tragen ließen.
Gaggau hatte dieses Wissen tief in den hintersten Nischen seines Gedächtnisses verstaut und für lange Zeit verschlossen, aber Enttäuschung und Zorn hatten den Riegel gesprengt und es ans Licht befördert. Dank Burras Führung hätte er den Ort im Winter wie im Sommer finden können, zu jeder Zeit des Tages oder der Nacht.
Kurz nach Einbruch der Dunkelheit erreichte er sein Ziel.
Er spürte, daß sie ganz nahe waren, alle seine Sinne sagten es ihm, und er erkannte jede Landmarke, jede Einzelheit, die Burra ihm genannt hatte. Raku, der älteste seiner drei Schüler, gab ihm alsbald die Bestätigung: »Hinter dem Kamm ist ein Hirsch«, flüsterte er aufgeregt.
Gaggau blieb stehen. Mit dem Alter hatte sein Geruchssinn nachgelassen, die jungen Jäger hatten viel schärfere Nasen – aber das war das einzige Zugeständnis, das er ihnen machte. Gaggau hob witternd den Kopf und nahm tatsächlich den schwachen Moschusduft eines Muntjakhirsches wahr. Es stimmte; der Hirsch äste nicht weit von hier.
Sie waren an Burras geheimem Ort angelangt.

Weitere Hilfe benötigte Gaggau nicht. Denn er wußte mehr als alle seine Jäger – er wußte, wie der Ort aussah und wie er beschaffen war. Ein kleines Talbecken mit grasbewachsener Sohle, auf drei Seiten von steilen Hängen gesäumt, die ein dichter, üppiger Kiefernwald bedeckt; bewässert von glasklaren Bächen, die zwischen den Stämmen von den nahen Gipfeln herabfließen. Und nach der vierten Seite hin offen: auf diesem Weg war der Hirsch heraufgekommen; das hatte Burra ihm gesagt, und sie hatte ihm erklärt, wie in diesem Becken zu jagen sei. Aber das hätte er von allein gewußt.

Gaggau wandte sich um und gab den Jägern flüsternd seine Anweisungen, und er sah ihnen nach, wie sie in der Dunkelheit verschwanden. Er wartete, bis er wußte, daß jeder von ihnen Stellung bezogen hatte, wie ihnen befohlen war; dann machte er sich lautlos auf den Weg zum Kamm hinauf; von dort hatte er eine gute Sicht ins Tal.

Der Hirsch stand unter ihm in der Wiese, friedlich äsend und nichts ahnend. Gaggau holte tief Luft und stieß mit einem schnarrenden Laut den Atem aus, dem heiser bellenden Alarmruf des Muntjak täuschend ähnlich. Als sein Ruf über die Talsenke scholl, fuhr der Hirsch blitzartig herum, in die Richtung, aus der das Geräusch kam, hob den Kopf und stand einen Augenblick wie erstarrt, nur seine Flanken bebten. Dann stürzte er talwärts davon.

Drei Fluchtwege standen dem Tier offen. Es wandte sich dorthin, wo Soru wachte. Als der Hirsch in gestrecktem Lauf auf ihn zukam, sprang Soru vom Boden auf hoch in die Luft und holte aus und versetzte ihm einen Hieb quer über die Schnauze. Unter der Wucht des Schlags knickten dem Hirsch die Vorderbeine ein. Er stolperte, brach in die Knie, und schon waren von allen Seiten die Jäger zur Stelle: zweie stürzten sich auf ihn und warfen ihn zu Boden. Rakus Jagdmesser blitzte zweimal im Mondlicht und schlitzte dem Tier die Kehle auf. Einen Augenblick später war es tot.

Vom Kamm aus sah Gaggau den Hirsch, der im Todeskampf um sich schlug, bis er sich nicht mehr rührte; und er lachte – es war ein tiefes, dröhnendes Lachen der Befriedigung, eine Art von Lachen, wie er es nicht mehr von sich gegeben hatte, seit im Frühjahr der Schnee geschmolzen war, und vielleicht schon viel länger nicht mehr. Die Jäger hatten eine Beute erlegt, und diesmal war es keine Bergziege, sondern ein großer Hirsch. Sie waren weit fort von den Höhlen, aber sie würden das Fleisch zu den anderen bringen und die ganze Gemeinschaft satt machen, – auch das Loch in seinem eigenen Bauch würde bald gefüllt sein.

Für den Augenblick war die Hungersnot überwunden: er, Gaggau, hatte ihr ein Ende gemacht.
Gaggau stand auf. Mit seinem schleppenden Gang, das eine Bein nachziehend, machte er sich auf den Weg den Hügel hinab, wo die anderen bereits dabei waren, den Kadaver zu zerlegen. Die halbe Strecke hatte er hinter sich, als er wie angewurzelt stehenblieb. Hinter den Felsblöcken am anderen Ende der Wiese sah er ein seltsam flackerndes Licht. Die Jäger waren mit dem Hirsch beschäftigt und hatten nichts gemerkt. Gaggau straffte sich, kniff die Augen zusammen und spähte in die Dunkelheit.
Das gelbe Licht wurde größer und kam näher. Die ganze Zeit hatte Gaggau den Nachtwind im Rücken gehabt. Jetzt änderte er auf einmal die Richtung und kam nun von vorn, und er trieb einen fürchterlichen, übelkeiterregenden Gestank vor sich her – Gaggau erkannte ihn sofort: so roch das Kind des dunklen Sturms. Einen Augenblick später erschienen, deutlich sichtbar im Licht, oben auf den Felsblöcken mehrere Gestalten: aufrecht, wie das Volk. Sie rannten, und in den Händen hielten sie lodernde Äste.
Gaggau starrte auf die Flammen. Wilder, blinder Zorn überschwemmte ihn, und er fing an zu laufen, so schnell er konnte, humpelnd und stolpernd, und er stürzte den Hang hinunter.
Er wußte, wer diese Gestalten waren. Sie gehörten nicht zum Volk, aber es waren auch keine Schumbis – einen Schumbi hätte Gaggau trotz der widrigen Winde längst gerochen. Es waren Odunas, und sie trafen Anstalten, ihm seine Beute zu rauben.
Als er beinahe unten war, rutschte er auf einer taufeuchten Grasscholle aus und fiel, rutschte erneut und überschlug sich zweimal, bevor er endlich wieder auf die Beine kam. Steif und mit schmerzenden Gelenken rannte er weiter. Die jungen Jäger hatten die Odunas erst wenige Sekunden zuvor gewahrt. Die brennenden Äste versetzten sie in Todesangst. Sie ließen ihre Beute fahren und stürzten in panischem Schrecken davon. Gaggau brüllte ihnen hinterher.
Die Odunas schrien und heulten jetzt, und die Jäger, die entweder zu entsetzt waren, um auf ihn zu hören, oder ihn in all dem Aufruhr tatsächlich nicht hörten, rannten weiter. Rasend vor Wut stürzte Gaggau vorwärts und erreichte den Hirschkadaver im selben Augenblick wie die drei führenden Odunas. Über der halb zerstückelten Leiche prallten sie aufeinander. Gaggau stieß ein langes, bedrohliches Röhren aus und versuchte, die Augen seiner Feinde zu treffen. Es gelang ihm nicht. Sie

hielten ihm ihre feurigen Äste entgegen – hinter den grell lodernden Flammen konnte er ihre Augen nicht einmal sehen.
Gaggau streckte den Arm aus und ergriff einen Hirschschenkel. Mit markerschütterndem Heulen warf der ihm zunächst stehende Oduna seinen brennenden Ast nach dem Patriarchen der Wanderer. Der Ast traf Gaggau in den Magen. Die Flammen steckten seinen Pelz in Brand und züngelten an der Vorderseite seines Körpers empor. Er spürte einen unsäglichen Schmerz, und der Gestank, stärker und schärfer als je, war ekelerregend. Aber er hielt seine Keule fest und brüllte und ging erneut auf sie los.
Jetzt flogen ihm noch mehr brennende Äste entgegen. Wahnsinnig vor Wut und Qual ließ er die Hirschkeule fallen und griff nach einem Ast in der Absicht, ihn zurückzuschleudern. Aber er hatte ihn am brennenden Ende ergriffen, und als er ihn über seinem Kopf schwenkte, fühlte er einen Schmerz, der schlimmer war als alle Wunden seines Lebens. Seine Hand knisterte, zischte, brutzelte, und vor seinen Augen verschwammen farbig leuchtende Punkte.
Gaggau versuchte den Ast von sich zu werfen, aber er hing an ihm fest. Rasend schüttelte er seinen Arm, und endlich fiel der Ast von ihm ab und nahm Streifen von Haut und Fleisch mit. Gaggau wandte sich um und humpelte davon. Er schwankte und taumelte, aber er schaffte es bis hinauf auf den Kamm, wo Raku, Penga und Soru im Gras hockten und im Schutz der Dunkelheit auf ihn warteten.
Gaggau brach in die Knie. Er roch Blut, sein eigenes Blut, über allem aber lag der fürchterliche, abscheuliche Gestank von den brennenden Scheiten der Odunas, denn noch immer glomm es hier und da in seinem Pelz.
»Tragt mich zurück«, murmelte Gaggau.
Bewußtlos sank er ins Gras.

32

Manu sah auf das Kind hinunter. »Bis zu den Kämmen ist es weit«, sagte er. »Möchtest du auf meinen Schultern sitzen?«
Sie hatten gleich nach ihrem Aufbruch von der Insel den Fluß überquert: Manu schwamm, und Iona saß auf seinem Rücken und mußte sich wohl oder übel an ihm festhalten. Am anderen Ufer hatte der Yeti sie abgesetzt, um sich das Wasser aus dem Pelz zu schütteln. Und jetzt stand er da, hoch wie ein Turm über ihr, und schaute auf sie herab.
»Nein«, fuhr Iona ihn an. »Ich kann allein gehen.«
Böse starrte sie zu ihm hinauf. Alle Yetis von der Insel hatten sie verraten. Aber Manus Verrat war schlimmer und schmerzte mehr, denn sie hatte ihm mehr vertraut als allen anderen, sogar mehr als der blinden Kekua und Churinga. Und sie hatte ihn insgeheim ins Herz geschlossen. Aber jetzt schienen ihr seine Augen nicht länger freundlich und golden, sondern düster und trüb – verschlagen. Und seine Kraft, die einst ihr Schild und ihre Sicherheit gewesen war, erschien ihr jetzt furchteinflößend und bedrohlich; selbst sein Gesicht, diese einst starken, offenen Züge, war nicht mehr wie früher: das freundliche Lächeln war verschwunden, und er sah bösartig und gefährlich aus.
Babilla knurrte, und Iona sah sich nach der Leopardin um. Babilla knurrte aus Verdruß, weil vom Wasser her ein Sprühregen aufstieg und sie traf, aber Iona empfand es als eine gegen sie gerichtete Feindseligkeit – natürlich: das Tier hielt es mit seinem Herrn. Iona haßte sie – zum ersten Mal, seit ihr klargeworden war, daß die große rosagefleckte Katze sich von Misty kaum unterschied, und sie Freundschaft mit ihr geschlossen hatte.
Manu furchte die Stirn und hob einen seiner gewaltigen Arme – diese starken, rotbraun behaarten Arme, die Iona wie Baumäste vorkamen –, und er rieb sich nachdenklich den Kopf und schwieg längere Zeit still. Dann sprach er.
»Es ist nicht meine Entscheidung, dich auf die Kämme zu schicken; ich habe es nicht so haben wollen. Ich gehöre genausowenig auf die Insel wie du. Aber ich bin ein Teil des Volkes, und Tonemetapu ist weise, und ich muß tun, was er sagt. Außerdem bin ich in den Bergen geboren. Sie sind meine Heimat. Ich möchte dich gern dorthin mitnehmen,

nicht weil Tonemetapu es mir befiehlt, sondern weil es mein Wunsch ist.«
Dann verstummte er.
Iona starrte ihn sprachlos an. Es war die längste Rede, die Manu ihr je gehalten hatte. Sein Gesicht war ernst, seine Miene hatte etwas Würdevolles, auch Hoffnung lag darin, fast eine Bitte. Einen Augenblick schloß Iona die Augen. Sie war nach wie vor eine Gefangene, und nach wie vor wehrte sich alles in ihr dagegen, zu diesem unbekannten Yetistamm im Gebirge geschickt zu werden, – aber Manu hatte sie nicht verraten. Er gehorchte Tonemetapus Befehlen. Wichtiger aber, viel wichtiger war: Manu wollte ihr seine Heimat zeigen. Für diesen Wunsch konnte er nur einen Grund haben: er betrachtete Iona als seine Freundin.
Sie öffnete die Augen wieder und lächelte ihn strahlend an. »Du darfst mich tragen«, sagte sie.
Auch Manu lächelte. Als er sie sich wieder auf die Schultern setzte, hörten sie hinter sich ein Platschen; Manu und Iona schauten sich gleichzeitig um. Es war Wengen, der in den Fluß gesprungen war und ihnen nachschwamm. Er hatte bald das Ufer erreicht, kletterte heraus und schüttelte sich, aber er trat nicht zu ihnen, ja, er würdigte sie keines Blikkes. So stand er abseits, mit ausdruckslosem Gesicht.
»Wengen geht denselben Weg«, sagte Manu friedlich. »Aber er geht hinter uns und allein. Yerto hat es so befohlen – «
Dann drehte er sich um. »Gehen wir also«, sagte er.
Und sie machten sich auf den Weg, Babilla lief voraus.

Manu und die Leopardin rochen es gleichzeitig.
Wie angewurzelt blieb Manu stehen und witterte mit geweiteten Nüstern. Neben ihm spitzte Babilla mit leisem Knurren die Ohren, dann legte sie sich flach auf den Boden. Hinter ihnen tauchte jetzt Iona auf, sie blieb ebenfalls stehen und sah sich verwirrt um. Und sie rieb sich die Beine und seufzte.
Es war kurz nach Einbruch der Dunkelheit, der zweite Abend nachdem sie die Insel verlassen hatten. Wäre Manu allein unterwegs gewesen, hätte er den Weg zu den Kämmen ohne eine Pause zurückgelegt; aber so konnte Iona freilich nicht mit ihm Schritt halten. Sie rasteten häufig während der Tagesstunden und den größten Teil der Nacht. Dennoch war Iona erschöpft.
Der erste Tag, als der Weg sie nur über die Ebene durch das weite Talbecken geführt hatte, war halbwegs erträglich gewesen. Schwierig

wurde es am Morgen, als der Anstieg begann. Unter dem undurchdringlichen Blätterdach des Bergwaldes lag noch eine dicke, harschige Schneedecke, und die Morgenluft war bitterkalt. Dann stiegen sie über die steinigen, waldlosen Bergflanken, die Sonne brannte herab, und Iona brach der Schweiß aus allen Poren. Stunde um Stunde kämpfte sie sich den steilen Berg hinauf, und das Wechselbad zwischen dem Frost der Wälder und der stechenden Sommerhitze auf den Felshängen machte ihr zusätzlich zu schaffen.

Immer wieder blickte Iona in die Höhe und zum nächsten Kamm hinauf, der von unten so aussah, als sei er der letzte, höchste, als berührte er den Himmel. Aber wenn sie ihn endlich erklommen hatte und oben stand, schaute sie in ein Tal hinab – nahezu senkrecht ging es unter ihr in die Tiefe; und dahinter ragte ein weiterer, höherer Kamm auf – und der einzige Weg dorthin führte durch das Tal. Dort mußte sie hinunter und auf der anderen Seite mühselig wieder hinauf.

Mit jedem Kamm wurde die Luft dünner und schärfer, Iona fing an zu husten. Sie hatte Blasen an den Füßen, und jeder Muskel schmerzte und klopfte. Manchmal weinte sie vor Erschöpfung. Manchmal wurde ihr schwindlig, und ihre Nase begann zu bluten; dann bat sie Manu, sie zu tragen; aber jedesmal mußte er sie schon nach kurzer Zeit wieder absetzen. Es war schlimm genug, selber gehen zu müssen; noch schlimmer war es auf den Yetischultern, wo sie schmerzhaft durchgerüttelt wurde und ständig Angst hatte abzustürzen, so vorsichtig und rücksichtsvoll Manu auch kletterte.

Wengen war irgendwo hinter ihnen. Wie Manu ihr versprochen hatte, kam der Inselyeti nie in ihre Nähe, nicht einmal nachts, wenn sie schliefen. Er ging, aß und rastete allein, immer mehrere hundert Meter hinter ihnen. Und doch war Iona sich stets seiner schattenhaften Anwesenheit bewußt, und dieses Wissen verursachte ihr Unbehagen: wann immer sie zurückblieb und zwischen ihr und Manu eine Lücke entstand, beeilte sie sich aufzuholen, so erschöpft sie auch war.

Heftig atmend klammerte sie sich jetzt an den schwarzen Stamm eines Rhododendron, in den der Blitz eingeschlagen hatte. »Was ist los?« fragte sie.

Manu drehte sich zu ihr um. »Riechst du es nicht?«

Iona schnupperte, dann schüttelte sie den Kopf. Sie nahm nichts wahr als den metallischen Geruch des Abendfrostes und die mittlerweile vertrauten Düfte des Unterholzes – Mastixharz, den Blütenstaub der Primeln, den Staubgeruch der roten Erde.

Manu ging die paar Schritte zu ihr zurück. Er brach einen verbrannten Zweig von dem Baum, an dem Iona sich festhielt, schälte die verkohlte Rinde ab, hob den Zweig an seine Nase und verzog das Gesicht. Dann gab er ihn Iona zu riechen.

»Das ist es«, sagte Manu.

Wieder schnupperte Iona. Da war lediglich der stechende Geruch von verbranntem Holz, aber der Brand, den der Blitzschlag verursacht hatte, lag lang zurück.

Sie hob den Kopf und sog den Nachtwind ein, wie der Yeti es getan hatte. Der Geruch, den die Brise heranwehte, war sehr schwach – so schwach, daß sie ihre Augen schließen und sich mit aller Macht, mit jeder Faser ihres Körpers konzentrieren mußte, bevor sie sicher sein konnte, daß sie ihn überhaupt wahrnahm. So atmete sie die Bergluft ein, und allmählich gewann sie Gewißheit.

Für Manu war der Geruch widerwärtig und stechend. Iona witterte lediglich einen fernen Hauch, für ihre Sinne kaum noch zu erkennen. Aber er signalisierte Feuer.

»Das ist nur ein – «

Iona stockte. Nur ein Feuer, wollte sie sagen, aber sie hatte das Yetiwort vergessen. Sie überlegte mit gerunzelter Stirn, und nach einer Weile fiel es ihr ein.

»Das Kind des dunklen Sturms«, sagte sie. »Aber alt und tot.«

Manu schüttelte den Kopf. »Wir sind in der Nähe der Wanderer. Das kommt aus ihren Jagdgründen, nicht weit von ihren Höhlen, in denen sie Schutz finden. Es lebt, und es ist gefährlich – « Er verstummte. Zum ersten Mal, seit Iona ihn kannte, wirkte Manu angespannt und beunruhigt.

»Wenn der Sturm es aus den Wolken fallen läßt und es atmet, dann kann es alles verschlingen«, fuhr Manu fort. »Heute hat es keinen Sturm gegeben.«

Verwirrt und bestürzt hob er erneut die Nase in die Luft und witterte. Der Gestank, den der Wind ihm brachte, ließ ihn vor Ekel erschauern, und er fuhr sich mit der Zunge durch den Mund und spuckte aus. Babilla war genauso unruhig wie er. Manu bückte sich und streichelte ihr den Hals. »Wir müssen unsere Richtung ändern«, sagte er. »Wir müssen fort von ihm.«

»Aber nein!«

Die Antwort war ihr herausgerutscht, doch im selben Moment, noch während sie rief, spürte Iona, wie eine jähe Zuversicht, eine Woge von

neuem Selbstbewußtsein sie erfaßte. Es war das erste und einzige Mal, daß sie einem Yeti widersprach – dies war endlich einmal etwas, worüber *sie* Bescheid wußte und die Yetis nicht.
Manu starrte sie fassungslos an. »Wir können nicht weiter. Wir laufen geradewegs hinein.«
»Du sagst, es verschlingt alles«, antwortete Iona. »Wenn keiner es aufhält, wird es dann nicht die Bäume und Büsche in den Jagdgründen der Wanderer auffressen?«
»Ja«, sagte Manu.
»Dann müssen wir es aufhalten!«
»Du verstehst nicht, was das ist«, gab Manu grimmig zurück. »Es ist stärker als jeder. Es frißt so lange, bis es satt ist. Erst dann verschwindet es. Niemand kann es aufhalten.«
»Ich kann's«, sagte Iona fest. »Alle Schumbis kennen dieses Wesen, wir sagen ›Feuer‹ dazu, und wir wissen auch, wie wir es vertreiben. Bring mich dorthin, wo es frißt.«
Manu schwieg und rührte sich nicht.
Lange sah er auf sie hinunter, starr und unverwandt; sie hielt seinem Blick stand. Sie konnte sich nicht vorstellen, was im Kopf des Yetis vor sich ging, sie wußte nicht, wie weit entfernt das Feuer war, noch, wie weit es bereits um sich gegriffen hatte, und erst recht wußte sie nicht, ob sie in der Lage sein würde, es zu löschen. Sie dachte nicht darüber nach, was es bedeutete, wenn es ihr gelänge, und es machte ihr auch nichts aus, daß sie sich trotzig gegen Manu auflehnte, den einen Yeti, dem sie über alles vertraute.
Alles, woran Iona dachte, war, daß diesmal der Vorteil ausnahmsweise auf ihrer Seite war. Die Yetis, das hatte sie erfahren, hatten panische Angst vor dem Feuer. Sie nicht.
Endlich gab Manu nach, widerstrebend und unglücklich. Er nickte. Er vermochte sich nicht recht vorzustellen, daß ein Schumbi das Wesen bezwingen konnte, aber er hatte gesehen, welche Verheerungen es immer wieder anrichtete. Es war mitten im Sommer, in den hochgelegenen Jagdgründen der Wanderer trockneten die Bäume und Büsche immer mehr aus – sie waren bereits anfällig. Wenn das Wesen, das aus dem Himmel kam, Gelegenheit hatte, ohne Aufsicht zu fressen, dann würde das letzte Tier aus den Bergen verschwinden. Dann hatten sie gar nichts mehr zu essen – und Gaggau den triftigsten aller Gründe, mit seinem Stamm ins Tal abzusteigen, um die Insel mit den Niedergelassenen zu teilen.

Manu drehte sich um und schritt wieder aus. Babilla sprang gereizt neben ihm her, und Iona folgte.
Zu müde war sie, um sich Gedanken zu machen, wohin sie gingen, mühsam stapfte sie bergauf durch die Dunkelheit. Mit jedem Schritt wurde der Brandgeruch stärker. Manchmal, wenn sie in ein trockenes Bachbett hinunterstiegen, ließ er für ein paar Minuten nach; dann kletterten sie auf der anderen Seite wieder hinauf, und der Geruch kehrte mit dem Nachtwind zurück: beißend und unverkennbar. Endlich sah Iona, daß die beiden Gestalten, Manu und der Leopard, stehengeblieben waren: dunkle Silhouetten auf dem Kamm über ihr. Sie kletterte hinauf und stellte sich neben sie.
Sie standen am Rand eines kleinen grasbewachsenen Plateaus, vor ihnen lag das Land im kalten, silbrigen Licht des aufgehenden Mondes. Auf allen drei Seiten führten steile, von dichtem Wald gesäumte und tief in den Hang gegrabene Schluchten zum nächsten Bergkamm hinauf, jede Schlucht war ein Wasserlauf – Iona hörte das Wasser rauschen und sah es hier und dort hell aufschimmern, wenn der Wind einen Schaumfetzen von den herabstürzenden Eisbächen fortriß.
Iona starrte aus schmalen Augen angestrengt geradeaus und dachte an Duncan, der Pirschjäger bei ihrem schottischen Onkel war, in Killiemurchan, und sie viele Male mit in die Hügel oberhalb des Landgutes mitgenommen hatte. »Schau nicht auf die Tiere, Mädchen«, hatte er gesagt, »sondern schau dorthin, wo sie sein wollen. Sie sind wie wir, wollen fressen und saufen. Also schau dich um, wo du Weideland findest und vielleicht einen kleinen Bach oder zwei, dann hast du sie schon.«
Gemeinsam mit Duncan suchte Iona im schottischen Hochland nach Rotwild – Duncan hatte sie zu einer Stelle geführt, wo es fast so aussah wie hier: schützende Hügel ringsum, ein paar Bäche, in der Mitte eine Lichtung mit Gras und Sumpf, und dort hatten sie Hirsche gefunden, wie versprochen.
Genauso hätte es hier Himalayawild geben müssen und andere Gebirgstiere – das Idyll aber lag verlassen und still und der Grund dafür auf der Hand: in der Mitte der kleinen Ebene brannte ein Feuer; und es breitete sich aus.
Iona rannte. Hinter ihr brüllte Babilla vor Furcht, und Manu blieb neben der Leopardin zurück. Iona kam bis an den Rand des Feuers. Orangegelbe und purpurrote Flammen leckten knisternd über den Boden. Der Tau der Nacht hatte glitzernde frostige Fächer gebildet und hinderte die Flammen daran, sich allzu rasch auszubreiten. Aber das Feuer hatte kei-

ne Mühe, den eisigen Überzug zu schmelzen und das darunterliegende Gras zu verschlingen. Iona sah, daß der Brand sich unerbittlich vorwärtsfraß.

Wenn die Flammen die Schluchten erreichten, würde das ausgetrocknete Dickicht unter den Bäumen das Feuer über den ganzen Berg tragen.

»Manu!« schrie Iona, »Manu, komm her!«

Manu zögerte erst, dann faßte er sich ein Herz und rannte, und dann stand er blinzelnd und mit brennenden Augen neben ihr, und der Widerschein der Flammen zuckte über sein Gesicht. Babilla war ihm gefolgt, und jetzt lief sie rastlos hin und her, immer wieder, wie eine Gefangene, und wenn einmal eine Funkensäule aufstob, knurrte sie vor Furcht.

»Wir können das Wesen mit Wasser und unseren Füßen aufhalten«, sagte Iona. »Ich benutze meine Füße. Füll du deinen Beutel am Bach mit Wasser und komm zurück!«

Manu nahm seinen Beutel von der Schulter: aus einem getrockneten Hirschmagen hatte er ihn genäht, und er leistete ihm, dem Jäger und Wanderer, bessere Dienste als die Vogelnestkörbe, wie die Inselyetis sie zum Sammeln benutzten. Und er rannte damit zum nächstgelegenen Wasserlauf, während Iona begann, das brennende Gras auszutreten.

»Was machen?« rief er aufgeregt, als er mit dem prallgefüllten Beutel zurückkehrte.

»Ausschütten. Überall dort, wo das Wesen frißt«, wies Iona ihn an.

Manu sah sie unbehaglich an. »Wird es dann nicht zornig?« fragte er.

Iona öffnete den Mund und wollte zu einer Erklärung ansetzen; dann schloß sie ihn wieder und sagte: »Gib her.«

Sie nahm ihm den Beutel ab, der so schwer war, daß sie taumelte und ihn beinahe fallenließ. Aber sie schaffte es, sich den Wassersack mit der Öffnung nach vorn auf die Schulter zu hieven, und fing an, das Gras zu bespritzen.

»Siehst du«, sagte sie, »das Wasser bringt es um.«

Manu starrte auf den Boden und sah, wie das Wasser die Flammen verschlang; Ratlosigkeit und Scheu standen in seinem Gesicht, während er zu begreifen versuchte, und als nichts geschah, als die Flammen zischend verloschen und nicht mit verstärkter Wut wiederkehrten, schüttelte er verwirrt den Kopf, packte seinen Beutel und tat, wie Iona es ihm vorgemacht hatte.

Iona wußte nicht mehr, wie lange sie brauchten – vielleicht eine Stunde, vielleicht länger; wäre Manu ein Mensch gewesen und nicht ein Yeti, dann hätten sie bestimmt doppelt so lang gebraucht. So aber war er dank seiner Kraft und seiner Schnelligkeit in der Lage, unermüdlich und geschwind hin und her zu laufen – immer wieder rannte er zum Bach, um seinen Beutel zu füllen und ihn über den Flammen auszuleeren; dann lief er zurück und füllte ihn erneut.

Zu zweit arbeiteten sie sich rund um die Brandstätte: Iona trat und stampfte, und Manu tränkte den Boden, bis sie schließlich wieder dort angelangt waren, wo sie begonnen hatten. Ein paar letzte Rauchfahnen stiegen in die Nacht, und gelegentlich stob noch ein Funke auf und flog mit dem Wind davon, aber das Feuer war aus.

Iona sah den Yeti an: sein Gesicht war schwarz vor Ruß und auch sein Pelz voller Rußflocken. Sie berührte ihr eigenes Gesicht und besah sich ihre Finger – alles schwarz. Iona wischte sich die Hände an der Jacke ab und grinste.

»Ich hab's dir gesagt. Leicht ist es nicht und eine Dreckarbeit, aber man kann es aufhalten«, sagte sie triumphierend.

Manu blickte sich um und die Hänge hinauf, die Waldstreifen entlang bis zur Schneegrenze. Manu war ein Jäger. Er wußte, welche Tiere im Wald lebten und was geschehen wäre, wenn der Brand die Bäume vernichtet hätte.

Er sah sie an, und in seinem Blick lagen Erleichterung und Dankbarkeit.

»Die Bäume sind gerettet. Ich weiß jetzt, wie es geht, und ich merk es mir. In der Wolkenzeit werd ich berichten – «

Er brach ab, und sein Kopf fuhr herum.

Jetzt, da das Feuer gelöscht war, hatte Babilla Mut gefaßt und sich durch das rauchende Gras bis zur Mitte der Wiese vorgewagt, wo der Brand begonnen hatte. Und dort grub sie mit beiden Pfoten im Boden und zerrte an etwas und knurrte hungrig. Mit drei Schritten war Manu bei ihr. Er beugte sich über Babilla und zog etwas zwischen den verkohlten Grasbüscheln hervor, das im Mondlicht aussah wie ein Knochen.

Manu sah sich den Knochen an, dann warf er ihn fort. Und nun begann er, den Boden abzusuchen: rund um die fressende Leopardin, in immer weiteren Kreisen. Von Zeit zu Zeit hielt er inne und bückte sich, und manchmal ließ er sich nieder und beschnupperte die Erde. Einmal befeuchtete er einen Finger, fuhr damit über den Boden und schmeckte prüfend die Erde, die daran hängengeblieben war. Dann stand er auf und fuhr fort, rastlos hin und her zu streichen.

»Was ist?« fragte Iona, die zu ihm getreten war.

Manu kauerte auf dem Boden und prüfte einen Klumpen Erde zwischen verkohltem Gras.

»Hier ist ein Tier getötet worden«, sagte er. »Die Wanderer haben gejagt und eine Beute erlegt. Gaggau selbst hat sie angeführt. Raku war bei ihm und Soru, und Paino und noch ein paar andere. Schau, das sind ihre Spuren – «

Manu deutet hierhin und dorthin, und Iona schaute. Sie sah nichts, außer ein paar Furchen und Kanten im Boden.

»Sie haben getötet, und dann wurden sie angegriffen«, fuhr Manu fort. »Da sind andere Spuren, siehst du? Sie stammen nicht von unseren Jägern.«

»Von wem denn?«

»Von den Odunas.«

Iona sah ihn befremdet an. »Wer sind die Odunas?«

Manu erklärte es ihr. Als er geendet hatte, war Iona kaum klüger als zuvor. Sie begriff nicht wirklich, was er ihr da erzählte. Sie hatte nur soviel erfaßt: daß es offenbar noch einen dritten Yetistamm gab, einen Teil des »Volkes«, wie Manu sagte, aber man sprach nicht von ihnen – aus irgendwelchen Gründen, die Iona nicht klar waren, wollte niemand etwas mit ihnen zu tun haben. Sie gehörten weder zu den Niedergelassenen noch zu den Wanderern: offenbar waren sie Verfemte, ausgestoßen von beiden Stämmen.

»Das ist nicht alles«, fügte Manu hinzu. »Es hat einen Kampf gegeben. Schau!«

Er zeigte auf den Boden: selbst im Mondlicht waren dunkle Flecken auf dem Gras zu erkennen; das Feuer hatte die Stelle ausgespart. Iona brauchte nicht zu fragen, was das sei.

»Gaggaus Blut«, sagte Manu. »Die Odunas haben das Kind des dunklen Sturms gerufen, um mit seiner Hilfe das Wild zu verjagen. Gaggau wurde verwundet, und die Jäger haben ihn weggetragen. Die Odunas wissen nichts von Wasser und Fußtreten, und deshalb hat das Kind des Sturms einen großen Teil von Gaggaus Beute gefressen. Das ist alles hier zu sehen – «, und seine Hand fuhr im Mondlicht über dem verbrannten Gras hin und her.

Iona sah verkohlte Holzstücke, die Überreste einer Feuerstelle, und darin die geschwärzten Knochen eines großen Tiers, das sich jemand über dem Feuer gebraten hatte. Manu hatte die Zeichen nach seinem Wissen und seiner Erfahrung gedeutet. Iona tat dasselbe.

Niemand hatte einen Blitz vom Himmel herbeigerufen. Die Odunas, nahm sie an, hatten das Feuer benutzt, um Gaggau Angst einzujagen, um die Wanderer zu vertreiben und sich ihrer Jagdbeute zu bemächtigen. Das Feuer allein aber hatte nicht ausgereicht – die Odunas hatten außerdem mit dem Bergyeti kämpfen müssen. Aber sie hatten brennenden Äste nach den Jägern geschleudert und den Kampf damit zu ihren Gunsten entschieden.

Gaggau war verwundet worden, und die Jäger hatten ihn fortgebracht. Danach hatten die Odunas Zweige zusammengetragen und in Brand gesteckt und die Fleischstücke darüber gebraten. Deshalb, dachte Iona hungrig, hing noch immer der Geruch von gebratenem Fleisch in der kalten Luft über der kleinen Hochebene. Nicht das Kind des dunklen Sturms hatte den Hirsch gefressen.

Es waren entweder die Odunas selbst oder jemand, der ihnen den Gebrauch des Feuers beigebracht hatte.

»Wir müssen zu den Wanderern«, sagte Manu hastig.

33

»Bleib hier und warte«, sagte Manu leise.
Iona blieb stehen.
Während der letzten halben Stunde waren sie einem engen, gewundenen Pfad gefolgt, der über einer klaffenden Schlucht an den Bergflanken entlangführte: jäh stürzte der Felsen gleich neben dem Weg in den Abgrund, und die Schlucht war so tief, daß das Getöse des Flusses am Grund schwach und gedämpft klang, wie das Summen ferner Bienen. Ein- oder zweimal äugte Iona hinab – geheuer war es ihr wahrlich nicht. In der bodenlosen Schwärze dort unten konnte sie nichts erkennen, nur manchmal blitzte ein hellerer Fleck auf – weißer Gischt auf dem Wasser, so fern wie die Sterne über ihr.
Iona fühlte sich schwindlig. Es war ihr, als balancierte sie auf einem Drahtseil zwischen Himmel und Erde. Sie fuhr sich mit der Zunge über die Lippen und schluckte. Dann preßte sie die Schulter an die Felswand, heftete den Blick fest auf Babillas zuckende Schwanzspitze und zwang sich weiterzugehen.
Unterdessen waren sie zu einem breiten, offenen Gesims gelangt – beinahe eine Kanzel: auf der einen Seite gähnte noch immer der Abgrund, aber der Abstand bis zum Rand war jetzt beträchtlich größer. Und auf der anderen Seite stieg der Berg auf – ein hoher, schroffer Hang, der bis zu den Kämmen reichte. Für eine Weile war das alles, was Iona sah, denn Manu stand vor ihr. Dann ging er davon mit seinen langen, federnden Schritten und gab den Ausblick frei.
Dort, wo die Bergflanke vom Sims aus anstieg, sah Iona unregelmäßig gezackte Flecken, die schwärzer waren als die Umgebung, und als sie genauer hinsah, erkannte sie, daß es die Eingänge zu Felshöhlen sein mußten. Und die ebene Fläche vor den Höhlen war übersät mit Felsblöcken – von denen einer sich auf einmal bewegte; dann ein zweiter und ein dritter, und Iona kniff die Augen zusammen und starrte, und dann erkannte sie, was das war.
Keine Felsblöcke: es waren Yetis. Zwanzig oder dreißig mußten es sein. Sie waren also bei den Wanderern angelangt, und die Höhlen waren offenbar ihre Unterkünfte. Manu hatte ihr gesagt, daß Wengen sie überholt hatte, während sie das Feuer auf der kleinen Hochebene löschten,

und vorausgegangen war, um die Wanderer auf ihre Ankunft vorzubereiten. Und jetzt waren sie alle aus ihren Höhlen gekrochen, um sie, das Schumbi, zu begutachten – genauso wie damals die Talyetis sich gaffend am Flußufer versammelt hatten.
Damals war es freilich heller Tag gewesen: schlimm genug war die Musterung bei Tageslicht; in der Finsternis war es noch schlimmer. Der Mond stand voll und rund am Himmel, aber die Bergflanke lag im Schatten, und alles, was Iona sah, waren düstere, schattenhafte, unheimliche Gestalten, von denen die eine oder andere sich mitunter bewegte. Als sie unterwegs einmal rasteten, hatte sie Manu über die Wanderer ausgefragt, aber wenig erfahren.
»Sie sind auch das Volk«, sagte er. »Sie sind wie die Niedergelassenen, aber sie jagen und essen Fleisch.«
Jagen und Fleischessen beschwor bei Iona Bilder von Blut und Schlächtereien herauf. Manu war ja selbst ein Wanderer: Iona hatte ihn jagen und Fleisch essen sehen; aber er war ihr mit der Zeit vertraut geworden. In der Dunkelheit wirkten diese neuen Yetis fremdartiger und gefährlicher, als Manu ihr je erschienen war.
Iona wartete. Ein eisiger Wind fegte über die Kanzel. Ihr Atem wölkte sich, so kalt war es, und ihre Beine waren bleischwer vor Müdigkeit. Minuten vergingen, klappernd schlugen ihre Zähne aufeinander, und sie begann unkontrolliert zu zittern.
»Gaggau wünscht dich zu sehen.«
Manu war zurückgekehrt. Er winkte ihr, und sie folgte ihm.
Unterdessen war der Mond höher gestiegen, und jetzt fiel sein Licht auf das Gesims: ein heller, kalter, silbriger Schein, und Iona spürte deutlich, wie die Wanderer sie musterten, und betrachtete sie ebenfalls: freilich weniger unverhohlen. Sie waren so groß wie die Yetis vom Tal, aber hagerer und muskulöser; sie hatten Manus dunklen Pelz und dieselben gelbfunkelnden Augen. Ansonsten schienen ihr die beiden Stämme, auf den ersten Blick jedenfalls, identisch.
Aber als sie näher kam, merkte sie, daß es einen Unterschied gab, der erheblich war, und sie vermochte zuerst nicht zu sagen, worin er bestand; dann sah sie genauer hin und erkannte die Gesichter der Bergyetis, die elend und abgezehrt waren – ganz anders als die rundlichen, selbstbewußten Gesichter der Talyetis. Und während die Niedergelassenen bei Ionas Erscheinen ihre Kinder zum Schweigen gebracht hatten, gelang es den Eltern hier nicht, die Kleinen zu beruhigen: sie weinten und jammerten, und Iona dachte, es sei aus Angst vor ihr, dem Schumbi. Aber

bald wurde ihr klar, daß dem nicht so war. Die Kinder hatten Hunger, wie alle hier. Daher die hohlwangigen Gesichter, die eingesunkenen, starren Augen. Die Wanderer waren am Verhungern.
»Ich habe sie dir gebracht«, sagte Manu.
Iona schrak auf. Der Anblick der Yetis hatte sie so in Bann geschlagen, daß sie gar nicht darauf geachtet hatte, wohin Manu sie führte. Jetzt erst merkte sie, daß sie am Eingang einer Höhle standen. Manu trat ein.
»Das ist also das Schumbi.«
Die Stimme kam aus dem Inneren der Höhle, irgendwo nahe dem Eingang.
Iona spähte in die Dunkelheit. Eine ganze Weile sah sie nichts. Aber am Himmel stieg der Mond höher, und bald fiel ein silberner Streif in die Höhle, kroch über den Sandboden bis zu einer Felsbank mit übereinandergeschichteten Tierhäuten; und darauf ein alter männlicher Yeti. Das mußte Gaggau sein. Jetzt lag er im Mondlicht, und Iona sah den Patriarchen der Wanderer.
Alt war er, genauso alt wie Yerto, der Anführer der Talyetis, sein Pelz war graugesprenkelt und stellenweise weiß, aber dort, wo die ursprüngliche Farbe noch erhalten war, erkannte sie, worin der Bergyeti sich vom Talyeti unterschied: Yertos Pelz war seidig und hatte die Farbe von reifem Dinkel, ein helles, durchscheinendes Ockergelb, wie alle Inselbewohner. Gaggaus Pelz war dunkel wie altes Eichenholz und wirkte hart und schrundig – wie die Rinde der alten Alleebäume an der Zufahrt zum Haus von Mainwarden. Und die Haare standen borstig in die Höhe, angriffslustig knisternd unter dem weißen Überzug, der die Dunkelheit darunter überstäubte wie eine dünne Schneedecke auf schwarzer Erde. Wenn Iona den steifknochigen Yerto beobachtete, dann verglich sie ihn insgeheim mit einem knorrigen Baumstamm, vom Fluß ans Ufer der Insel gespült und von der Sonne getrocknet und silbrig ausgebleicht. Gaggau machte auf sie denselben wettergegerbten Eindruck: auch er hätte ein Stück Treibgut sein können, doch rauh und scharf geschliffen vom Leben in den Bergen und den unwirtlichen Bedingungen. Er war kein Baumstamm, er war ein kantiger Felsen, ergraut wie Yerto, aber vom Schnee und vom Eis der Kämme gefärbt und geformt, nicht vom fließenden Wasser.
Gaggau musterte sie lange Zeit schweigend. Hinter ihm stand oder saß jemand – Iona glaubte zwei Augenpaare zu erkennen, die sie genauso aufmerksam beobachteten; aber ob es männliche oder weibliche Yetis waren, vermochte sie nicht zu sagen, dazu war es zu dunkel.

»Das ist also das Schumbi«, sagte Gaggau noch einmal, zu Manu gewandt, und seine Stimme klang heiser. »Sag ihr, daß ich verwundet bin.«
»Das Schumbi heißt Iona«, antwortete Manu. »Sie hat die Sprache des Volkes gelernt. Sie versteht, was du sagst.«
Gaggau warf Iona einen Blick zu. »Die Odunas haben das Wesen aus dem Himmel gerufen, und es hat mich angegriffen. Was kannst du tun, um mich zu heilen?« fragte er.
Er hielt ihr seine Hände hin: sie waren schwarz und geschwollen, die Handflächen eine offene Wunde, sie bluteten und näßten. Die Odunas müssen brennende Scheite nach ihm geworfen haben, dachte Iona, und Gaggau, der das Feuer nicht kennt, hat ein glühendes Holz angefaßt und sich abscheulich verbrannt. Und jetzt sah sie auch, daß sein Pelz an vielen anderen Stellen verkohlt war, und die Haut darunter lag bloß und wund.
Iona sah auf und in Gaggaus Gesicht, das tief gefurcht und schmerzverzerrt war, und sie zermarterte sich das Hirn, aber selbst wenn sie gewußt hätte, wie man Verbrennungen behandelt, hätte sie doch keine Arznei. Der Yeti lag im Sterben, und es gab nichts, was sie tun konnte. Ratlos schüttelte sie den Kopf. »Ich kann dich nicht heilen«, sagte sie.
Gaggau brüllte. »Du lügst! Ich habe mit Wengen gesprochen. Er weiß von Tonemetapu, daß du alles kannst! Du mußt mich heilen! Ohne Hände kann ich nicht jagen. Du verhehlst deine Kräfte, um sie für die Niedergelassenen aufzubewahren!«
In seiner Wut wollte Gaggau sich von seinem Lager erheben, und er warf sich mit solcher Wucht herum, daß seine Wunden von neuem aufrissen und hellrotes Blut in Rinnsalen durch seinen Pelz sickerte. Ächzend fiel er zurück.
Iona erstarrte vor Angst.
Jetzt eilten die beiden Yetis herbei, die sie zuvor im Hintergrund gesehen hatte. Zwei Frauen waren es, die eine jung, die andere alt und runzlig, und sie legten Gaggaus Beine zurück auf das Lager. Gaggau stöhnte und röchelte. Während die Junge ihn zu trösten und zu beruhigen suchte, fuhr die Alte herum und sprach zu Iona:
»Ich bin Kuinko, Gaggaus Gefährtin, also hör gut zu!« Ihre Stimme war rauh, und die Augen in dem hageren Gesicht blitzten gelb und giftig. »Gaggau muß jagen, sonst haben wir nichts zu essen. Er braucht seine Hände. Gib sie ihm zurück, Schumbi! Anderenfalls essen wir, was wir finden.« Und ihr Blick glitt prüfend an Ionas Körper hinunter und wieder hinauf.

Iona starrte sie entsetzt an. Einen Augenblick lang war sie vor Furcht gelähmt. Die Talyetis hatte sie für Ungeheuer gehalten – welch ein Irrtum im Vergleich zu diesen monströsen Geschöpfen. Das waren wirkliche Ungeheuer, das Grauen ihrer Träume, hungrige Bestien, bereit, sie zu töten und aufzufressen – sie hatte immer gewußt, daß es so weit kommen würde.

Sie kämpfte ihre Panik nieder. Sie wollte leben, sie *mußte,* – und überleben bedeutete, die furchtbare Feindschaft des Wesens, das vor ihr stand, zu überwinden. Überleben hieß, Gaggau zu heilen. Ihm seine Hände wiederzugeben, damit er jagen konnte – damit die Wanderer zu essen hatten. Verzweifelt suchte Iona in ihrer Erinnerung nach Rettung.

Einmal, als sie noch klein war, hatte Mr. Simpson in Mainwarden ein Laubfeuer angezündet und Kartoffeln darin geröstet. Der warme, rauchige Duft hatte Iona das Wasser im Mund zusammengetrieben, und sie hatte nicht warten können, sondern die Kartoffel mit einem Zweig aus der Glut angeln wollen, aber in ihrem Eifer und ihrer Gier war sie ausgerutscht und nach vorn gefallen und hatte sich an den Händen verbrannt. Es waren keine schlimmen Wunden, aber sie hatte vor Schmerz geschrien. Woraufhin Mr. Simpson sie gepackt und eilends zu seiner Frau nach Hause gebracht hatte. Diese warf einen Blick auf Ionas Handflächen und langte nach dem Buttertopf.

»Es ist die Luft, die weh tut«, sagte Mrs. Simpson und strich Butter auf die Wunden. »Man braucht bloß die Luft fernhalten, dann kommen auch keine Keime hinein. Eine Verbrennung mußt du versiegeln wie das Eingemachte, sag ich immer. Drunter heilt's dann schnell.«

Mrs. Simpson hatte es ganz recht gemacht, der Schmerz war bald verschwunden, und drei Tage später war von den Brandmalen fast nichts mehr zu sehen.

Butter. Das war alles, woran Iona denken konnte. Sie sah sich fieberhaft um – eine sinnlose Tat: die Yetis hatten freilich keine Butter; sie hatten ja keine Vorstellung davon, was das war, geschweige denn, wie man sie herstellte. Wenigstens das wußte Iona: sie hatte es in der Molkerei gelernt, auf dem Hof ihres Onkels. Aber wie sollte sie Butter machen, wenn die Yetis nicht einmal Milch hatten!

Sie sah zum Lager hin, auf Gaggau und die alte Yetifrau, die sie beide unverwandt anstarrten, der eine mit bangem Blick, die andere aus schmalen, bösen Augenschlitzen, und wieder überkam sie die Panik so heftig, daß es ihr die Kehle zuschnürte. Sie bezwang ihre Furcht. Klar denken:

darauf kam es an. Milch brauchte sie, unter allen Umständen. Und dann hatte sie eine Idee.
Es war ja Sommer, viele Yetifrauen hatten vor kurzem geboren – das war bei den Niedergelassenen so, und auch hier hatte Iona Säuglinge gesehen. Freilich waren im Tal unten die Brüste der Mütter rund und voll, während hier auf den Kämmen die Mütter viel weniger Milch hatten. Dennoch hatten sie Milch. Auch Muttermilch enthält Fett, dachte Iona, und warum sollte man daraus nicht Butter machen können? Sie holte tief Luft und erklärte, was sie wollte.
Kuinko starrte sie ungläubig an. »Du willst auch noch den Kindern die Nahrung wegnehmen, wo es für niemand Essen gibt?« schrie sie. »Also ist es, wie ich befürchtet habe. Du bist nicht gekommen, um Gaggau zu heilen. Du bist gekommen, um uns alle zu vernichten!«
Gaggau lag flach auf seinem Fellager, während Kuinko zu seinen Füßen gekauert war. Jetzt sprang sie auf und stürzte sich auf das Kind, berstend vor Haß – der Grimm brach aus ihr heraus wie eine Sturmbö, wie ein Peitschenhieb, wie der Nachtwind, der an der Höhle vorbeipfiff.
Iona erbleichte und wich zurück, bis sie an den Felsen hinter ihr stieß und stehenblieb, den Rücken zur Wand, und es ging ihr durch den Sinn, daß es nichts mehr gab, was sie noch tun oder sagen konnte. Sie hatte es versucht und war gescheitert. Jetzt war es so weit, jetzt ging dieser Dämon auf sie los, und sie war machtlos und würde gefressen werden. Sie schloß die Augen und wartete auf Kuinkos Angriff.
»Kuinko. Hör auf das Schumbi. Tonemetapu sagt, sie kommt von den Sternen. Tu, was sie sagt. Für Gaggau ist es die einzige Hoffnung.«
Das war Manus Stimme.
Iona schlug die Augen wieder auf. Sie hatte Manu ganz vergessen. Er hatte sich zwischen sie und Kuinko gestellt, und neben ihm auf dem Höhlenboden lauerte Babilla, heftete ihre Leopardenaugen auf Kuinko und knurrte bedrohlich.
Kuinkos Blick fuhr gehetzt zwischen den dreien hin und her, Manu, der Raubkatze und dem Schumbi im Hintergrund. Dann spuckte sie wütend auf den Boden.
»Mag das Schumbi tun, was es kann«, sagte Kuinko endlich in scharfem, bösem Ton. »Sie hat die Nacht dafür. Wenn der Tag anbricht, müssen wir jagen. Um jagen zu können, müssen wir essen. Auch Schumbis sind eßbar.«
Und sie schritt von dannen.
Als sie ging, sah Iona, wie Manu die Hand hob und sie zu Gaggaus La-

ger winkte. Dort kauerte die junge Yetifrau. Jetzt stand sie auf und ging ihr langsam entgegen, und Iona erkannte überrascht ihren hellen seidigen Pelz, ockerfarben wie bei den Inselyetis. Die Yeti streckte die Hand aus begrüßte Iona scheu nach Art der Niedergelassenen – streichelte ihre Nase und dann ihr Gesicht.
»Sie heißt Tana«, sagte Manu. »Sie wird alles tun, worum du sie bittest. Sag ihr, was du brauchst.«
Iona sah Tana an, schaute in ihre ruhigen, klaren Augen, in das offene und freundliche junge Gesicht, das ein hübscher weicher Pelz umrahmte, und fühlte sich an zu Hause erinnert – nicht ihr früheres, menschliches Zuhause: sondern das neue, die Gemeinschaft der Niedergelassenen.
Iona lächelte. »Tana. Ich brauche Milch von säugenden Frauen«, sagte sie. »Sag ihnen, es dient dazu, Gaggau zu retten.« Sie erklärte noch einmal, was sie vorhatte. Als sie geendet hatte, nickte Tana ernst.
»Sie werden es verstehen«, sagte sie. »Ich bringe dir, was du brauchst.«

Iona schüttelte das Gefäß gleichmäßig auf und ab. Es war ein Rohr aus der Rinde eines vom Blitz gefällten Baumes, am einen Ende mit Holz verschlossen, mit Harz verklebt und mit Mastix abgedichtet. Die Wanderer benutzten solche Gefäße, um das Blut aufzufangen, wenn sie einem erlegten Tier die Kehle aufschlitzten. Sie waren immer oben offen, denn das Blut wurde innerhalb von Stunden nach dem Tod des Tieres getrunken, so daß Iona sich mit einem weiteren Stück Rinde als Deckel und eilig herbeigeschafftem Klebematerial notdürftig hatte behelfen müssen.
Sie hatte keine Ahnung, ob es funktionieren würde. Sie hatte nicht einmal eine rechte Vorstellung davon, was sie eigentlich tat. Sie hatte nur den Mut der Verzweiflung, und sie hoffte, daß sie sich der Worte des alten Angus richtig entsann, der ihr die Molkerei vorgeführt und erklärt hatte, wie sie früher Butter und Käse gemacht hatten, als er ein Kind war, lang vor der Einführung der stählernen Maschinen. Und sie fand es absurd, was sie da tat, aber sie betete inbrünstig, daß die Methode etwas taugte und ihr mit Rindenrohren und Yetimilch dasselbe gelang, was man seinerzeit mit Holzfässern und dem Rahm von Kühen zustande gebracht hatte.
Mit erlahmten Armen hielt sie ein und hob das Gefäß ans Ohr. Manu und Tana kauerten ihr gegenüber und sahen ihr aufmerksam zu. Iona schüttelte das Rohr ein wenig und lauschte. Die Milch darin schwappte

nicht mehr wie Wasser hin und her, sondern floß eine Spur zäher und langsamer. Früher oder später würde sie bestimmt fest werden!
Vor Erleichterung schloß Iona kurz die Augen. Dann fing sie wieder an zu schütteln.
Irgendwann löste Manu sie ab, dann Tana. Es war beinahe Morgen, als sie fertig waren. Iona nahm den Deckel ab und goß den Rest Molke auf den Boden. Dann tauchte sie den Finger in die Masse, die übriggeblieben war, und kostete sie. Es schmeckte anders als alles, was ihr je über die Lippen gekommen war: warm und honigsüß und zugleich scharf, mit einem fremdartigen Beigeschmack von wilden Hochlandkräutern und dazu Rindenharz. Sonderbar. Es sah auch sonderbar aus, keinesfalls wie Butter; und es war schwarz gepunktet von den Verunreinigungen durch das zweckfremde Gefäß.
Iona stand auf und taumelte vor Erschöpfung, beinahe hätte sie das Rohr fallenlassen: Yetibutter, die kostbarste Arznei der Welt, dachte sie.
»Es ist soweit«, sagte sie zu Manu. »Gehen wir zu Gaggau.«
Manu nahm sie bei der Hand und führte sie hinaus ins Freie.
Es war eisig kalt auf der Felsplatte, die Steine waren mit einer Reifschicht bedeckt, und der Sand unter ihren Füßen knirschte. Die Wanderer waren noch da – oder wieder: Iona sah sie mit trüben Augen an und dachte, sie mußten die ganze Nacht ausgeharrt haben. Sie sah die stillenden Mütter, die für den Patriarchen ihre Milch gespendet hatten und mit stumpfem, hungrigem, angstvollem Blick ihr entgegenstarrten. Die Säuglinge an ihren Brüsten wimmerten leise.
Iona versuchte ermutigend zu lächeln, es gelang ihr nicht. Sie war zu erschöpft und hatte zuviel Angst, sie spürte nur, wie ihr Mund sich zu einem starren, törichten Grinsen verzog. Dann trat sie hinter Manu und Tana in Gaggaus Höhle.
Gaggau lag reglos auf seinen Fellen, schlafend oder bewußtlos. Trotz der Kälte rann ihm der Schweiß übers Gesicht, und immer wieder ging ein krampfartiges Zucken durch seinen Körper. Von Kuinko war nichts zu sehen, doch Iona glaubte in der Dunkelheit im hinteren Teil der Höhle das schwache Leuchten gelber Augen zu erkennen.
Tana trat vor und kauerte sich neben dem alten Yeti nieder. Sie ergriff eine geschwollene Hand und untersuchte sie vorsichtig, sie beschnupperte das blutige Fleisch ohne Haut, dann hob sie den Kopf und sah flehentlich zu Iona empor, und ihre Augen standen voller Tränen.
»Wenn du irgend etwas tun kannst, mußt du es jetzt tun«, sagte sie. »Vielleicht wird Gaggau ohne Hilfe überleben – seine Hände gewiß

nicht. Aber ohne Hände kann er nicht jagen. Ohne Hände ist er nichts.«

Iona kniete neben ihr nieder, und während Tana Gaggaus Hände festhielt, bestrich sie die Wunden mit der Paste aus dem Rindengefäß. Dasselbe tat sie mit den Brandmalen am Körper: salbte eine Wunde nach der anderen, und Manu und Tana drehten ihn zuerst auf die eine, dann auf die andere Seite. Indessen lag der alte Yeti wie tot.

Als alle Wunden dick mit der fettigen Paste bestrichen waren, stützte Iona beide Hände auf den Boden und stemmte sich hoch und sah den Patriarchen an, und sie fragte sich, ob ihre Behandlung auch nur die geringste Wirkung hatte. Auf jeden Fall hatte sie ihr Bestes getan: es war das, was Mrs. Simpson getan hätte, und in Ionas Augen war Mrs. Simpson unfehlbar.

Iona drehte sich um und trat aus der Höhle. Mittlerweile war die Sonne aufgegangen, und der Wind war kühl, aber er roch frisch und süß, und sie atmete tief die Morgenluft ein: es war der Duft der spätblühenden Gebirgsbäume. Rings umher zwitscherten Vögel.

Sie tat noch einen Schritt, dann fiel sie auf die Knie, kippte um und schlief ein.

34

Iona öffnete die Augen und spähte in die undurchdringliche Dunkelheit ringsum – und sah nichts als Schwärze. Sie drehte den Kopf, und jetzt erkannte sie einen Felsenbogen und darin einen Ausschnitt Nachthimmel. Eine ganze Weile wußte sie nicht, wo sie war, bis es ihr wieder einfiel: in einer Höhle der Wanderer. Unter und über ihr war Weiches; sie betastete es mit den Fingern.

Sie lag auf Fellen: dick übereinandergestapelt, ein sehr bequemes Lager. Irgend jemand mußte sie hierhergebracht und mit Fellen zugedeckt haben, während sie schlief. In der Höhle war es bitterkalt, aber ihr Nest war so warm und behaglich, daß ihr allein der Gedanke ans Aufstehen widerstrebte, und so lag sie, ohne sich zu bewegen, und starrte nach oben in die Schwärze.

»Bist du wach?«

Das war Tanas Stimme. Iona wandte den Kopf und sah die junge Yetifrau am Höhleneingang stehen, ein schwarzer Umriß vor dem Sternenhimmel.

»Ja.«

»Ich habe dir zu essen gebracht.« Tana trat auf sie zu und hielt ihr etwas entgegen.

Iona setzte sich auf. Sie hatte zuerst nicht darauf geachtet – aber jetzt wurde ihr bewußt, daß sie wahrhaftig ausgehungert war. Sie tastete nach Tanas Hand in der Dunkelheit, nahm, was sie ihr hinhielt, entgegen und biß gierig hinein.

Es war, soweit sie das beurteilen konnte, ein Stück getrocknetes Fleisch. Es schmeckte nach Wild, streng und leicht salzig, aber es war ihr gleichgültig, was sie aß, – ihr Magen rumorte, ihr ganzer Körper schrie nach Essen, und sie biß und kaute mit Heißhunger.

»Im Tal hast du bestimmt Besseres zu essen bekommen, aber wir haben nichts anderes«, sagte Tana entschuldigend. »Ein bißchen Trockenfleisch ist uns von den Wintervorräten übriggeblieben. Sonst hätten wir gar nichts.«

Iona schluckte den letzten Bissen. Sie war so hungrig wie zuvor und sehnte sich nach mehr, aber das war unmöglich. Als sie an die eingefallenen Yetigesichter dachte, die sie bei ihrer Ankunft gesehen hatte, wurde

ihr klar, wieviel Glück sie hatte, daß Tana ihr überhaupt etwas gab. Wieder sah sie zum Höhleneingang hin, und zu ihrer Überraschung stellte sie fest, daß der Himmel ein wenig heller wurde: es war gar nicht Nacht, wie sie beim Erwachen angenommen hatte, sondern kurz vor Tagesanbruch, und sie hatte nahezu vierundzwanzig Stunden geschlafen.
»Wie geht es Gaggau?« fragte sie.
»Er hat geschlafen wie du«, antwortete Tana. »Und ist gerade erst aufgewacht, wie du, und es geht ihm besser. Ich bin bei ihm geblieben, nachdem du seine Wunden mit dem Mutterbrei bestrichen hast, den du gemacht hast; aber dann hat er mich fortgeschickt und nach Manu gerufen. Deswegen bin ich hier. Ich schlafe oft neben ihm, wenn Kuinko es erlaubt, aber meine eigene Höhle ist diese. Das ist die Unterkunft, die sie mir zugeteilt haben, als ich hierherkam.«
Draußen wurde es immer heller, und die Höhle war bald von einem kalten, silbriggrauen Morgenlicht erfüllt. Iona stützte sich auf den Ellenbogen und besah sich Tana, die neben dem Lager auf dem Boden kauerte, aus der Nähe. Tana war schlank und wohlgestalt und anmutig – nach menschlichen Begriffen, dachte Iona, würde sie als schön gelten. Lange geschmeidige Gliedmaßen hatte sie, breite Hüften und feste Brüste, feine Gesichtszüge und einen weiten, offenen Blick.
Iona dachte an das Tal, aus dem Tana stammte. Verglichen mit den Kämmen war es ein Paradies, warm und freundlich und reich an Nahrung.
»Möchtest du nicht wieder auf die Insel zurück?« fragte sie.
»Doch, natürlich, sehr sogar. Manchmal denke ich an nichts anderes.«
»Warum gehst du dann nicht? Du bist doch jetzt erwachsen. Die Wanderer können dich nicht festhalten. Wenn sie ein anderes Kind wollen, brauchen sie bloß die Niedergelassenen darum zu bitten.«
»Gaggau läßt mich nicht gehen. Er will sich mit mir verpaaren. Er versucht es, aber er bringt es nicht soweit, seinen Samen einzusetzen, und damit kann er sich nicht abfinden. Er wird es weiter und weiter versuchen, bis er stirbt. Er ist zu stolz, um aufzugeben.«
Tanas Miene war bekümmert.
Iona starrte sie an und war entsetzt. Sie wußte nicht recht, was es mit Verpaarungen auf sich hatte – von ihren Eltern hatte sie nichts darüber erfahren. Natürlich: Dougal, der schottische Schäfer, hatte ihr erklärt, was er tat, wenn er die Widder mit den Mutterschafen zusammenbrachte. Außerdem hörte man in der Schule einiges, auf den Fluren und in den Toiletten wurden flüchtige, geflüsterte Informationen ausge-

tauscht. Aber mit Schafen, die von Widdern besprungen und anschließend mit roter Farbe markiert wurden zum Zeichen, daß sie gedeckt worden waren, konnte Iona mehr anfangen als mit den Heimlichkeiten auf den Schulgängen. Das Thema war ihr nicht recht geheuer.
»Was ist mit Manu?« fragte sie. »Will er nicht zu den Wanderern zurückkehren?«
Tana legte den Kopf schief. »Er spricht nicht darüber. Aber ich bin sicher, daß er zurück will.«
»Wenn ihr beide euch einig seid, was hält euch dann?«
»Kuinko«, sagte Tana düster. »Kuinko ist Gaggaus Gefährtin. Sie ist unfruchtbar. Deshalb muß sie Gaggau gestatten, mir beizuliegen. Aber sie weiß, daß seine Saat nicht aufgeht. Sie wünscht, ich wäre fort, aber Manu will sie auch nicht zurückhaben. Sie hat ihre eigenen Pläne für die Wanderer.«
»Was für Pläne?«
Tana schüttelte den Kopf. »Weiß ich nicht. Ich weiß nur, daß Kuinko denkt und plant. Und wenn sie bereit ist, schlägt sie zu wie die Schlangen, wenn sie sich die Vögel von den Bäumen holen.«
Die Kälte kroch Iona in die Knochen, sie schauderte und zog sich die Felldecke bis zum Kinn und eng um den Körper.
Eigentlich, dachte sie, sind Tana und Manu beide Geiseln. Die Niedergelassenen und die Wanderer haben sie als Kinder gegeneinander ausgetauscht, wie das schon immer der Brauch war. Tonemetapu der Seher sagt, es dient dem Frieden und der Erhaltung und Bestärkung der Bande.
Iona konnte das verstehen, und sie verstand jetzt, weshalb Manu mit dem Leoparden auf die Jagd ging und weshalb er ihr Fleisch von seiner Beute angeboten hatte: es war ihm Gewohnheit und Bedürfnis aufgrund seiner Herkunft. Eines freilich begriff sie nicht: warum beide, Tana und Manu, am falschen Ort festsaßen und nicht mehr fortkamen. Sie waren beide erwachsen, beide wollten in ihre Heimat zurückkehren und wurden daran gehindert. Es mußte noch einen anderen, stärkeren Grund geben als Gaggaus Wunsch, ein Kind zu zeugen, und die Entschlossenheit der furchterregenden Kuinko, Manu von seinem Geburtsort fernzuhalten.
Iona fragte Tana danach. Die Yetifrau dachte lange nach, bevor sie antwortete.
»Ich habe mich selber oft gewundert«, sagte sie. »Jetzt, glaube ich, weiß ich es vielleicht. Gaggau sagt, das Wild ist erst seit diesem Sommer aus

den Bergen verschwunden. Das stimmt aber nicht. Seitdem ich hier bin, sind die Tiere immer weniger geworden. Ich hab den Blick des Sammlers, und ich hab gesehen, wie es jedes Jahr weniger wurde, was die Jäger zurückbrachten. Gaggau täuscht sich, wenn er sagt, das sei neu und erst jetzt so, jeder täuscht sich, selbst unten bei den Niedergelassenen – «
Tana verstummte, auf ihrer Stirn erschien eine nachdenkliche Falte, und Iona sah ihr in die lebhaften, klaren Augen und dachte: Sie ist klug.
»Die Welt hier heroben auf den Kämmen ändert sich, für immer«, fuhr Tana fort. »Und vielleicht ändert sich auch das Leben im Tal. Manu und ich stammen aus der Zeit, bevor die Veränderungen begonnen haben. Keiner will diese Veränderungen hinnehmen. Wenn sie uns gehen lassen, wenn nach uns andere Kinder ausgetauscht werden, dann müssen beide Stämme zur Kenntnis nehmen, was geschehen ist und noch immer geschieht, denn nichts wird wieder so, wie es war. Das will natürlich keiner, und deswegen klammern sie sich an uns.«
Iona brauchte eine Weile, bis sie begriff, was die schöne Yetifrau gesagt hatte, und sie dachte an Manu. Und sie dachte, daß sie richtig geraten hatte: sowohl Tana als auch Manu waren in gewisser Weise Gefangene; aber vor allem um Manu machte sie sich Gedanken.
»Du hast gesagt, Manu ist bei Gaggau, ja?« fragte sie.
»Ja«, antwortete Tana. »Manu hat gewartet, bis Gaggau aufgewacht ist. Jetzt spricht er allein mit ihm – allein heißt: nur Kuinko ist dabei. Schlaf noch, wenn du kannst, denn ich glaube, sie wird dich bald holen.«

Manu setzte sich auf dem Boden neben Gaggaus Häuptlingslager. Kuinko hielt sich irgendwo im Hintergrund, unsichtbar in der Dunkelheit, aber Manu konnte sie riechen, und manchmal hörte er ein Rascheln, wenn sie sich bewegte.
»Ich komme, mit Gaggau zu sprechen«, sagte Manu in die Schwärze. »Ich bringe Nachricht von den Niedergelassenen. Ich spreche für Yerto.«
»Ich stehe an Gaggaus Seite und höre die Nachricht«, erwiderte Kuinko. In ihrer Stimme schwang die Wut mit, ihr Ton war eine Kampfansage. Manu zögerte. Von ganzem Herzen wünschte er sie fort. Seit seiner frühesten Kindheit hatte er ihre Feindseligkeit gespürt – sie haßte ihn schon, bevor er ins Tal hinuntergeschickt worden war.
Zuerst hatte es ihn verwirrt, denn er war sich ihr gegenüber keines Vergehens bewußt, aber allmählich begann er den Grund zu begreifen. Kuinko hatte ihre Kinderlosigkeit nie verwunden – keinen Sohn hatte

sie geboren, der Anführer der Wanderer werden konnte, wenn Gaggaus Macht schwand. Sie nahm es Gaggau bitter übel, daß er sie nicht besamt hatte. Und aufgrund irgendeines Knotens in ihrem Herzen nahm sie es auch Manu übel – ihm machte sie sogar noch viel heftigere Vorwürfe als ihrem Gefährten. Der Umstand, daß Manu und Gaggau Halbbrüder waren, obwohl eine ganze Generation zwischen ihnen lag, war ihr zutiefst verhaßt, und sie haßte Manu, weil er der natürliche Erbe des Anführers war. Ohnehin, das war Manu mit jähem Entsetzen klargeworden, haßte Kuinko alles und jeden.

Ihr Haß brauchte keinen Grund. Er war eine dunkle, zerstörerische Kraft, die ihr Leben, ja ihr ganzes Wesen durchdrang. Jedes Ziel war ihr recht – Manu war lediglich das nächstliegende und eine besondere Herausforderung. Er mißtraute ihr tief, aber der Grund, weshalb er sie aus der Höhle fortwünschte, ging über persönliches Mißtrauen weit hinaus.

Was Kuinko tat, verstieß gegen alle Regeln. Manu brachte eine Nachricht von den Niedergelassenen an die Wanderer, vom einen Patriarchen an den anderen, eine Nachricht von größerer Tragweite als alles Bisherige. Es ging ums nackte Überleben, für beide Stämme. Nachrichten zwischen den Stammesführern, selbst wenn sie geringfügige Angelegenheiten betreffen, dürfen nur durch ihre vertrauten Boten unter vier Augen übermittelt werden.

Später, wenn jeder Patriarch die Sachlage erwogen und überdacht hat, zieht er gegebenenfalls den ganzen Stamm zu Rate. Sicher wird er sich mit seiner Partnerin besprechen, wenn sie, wie Raina, eine kluge und erfahrene Frau ist. Doch der Austausch von Nachrichten findet allein zwischen den Männern statt. Kuinko hatte kein Recht, in einem solchen Augenblick in der Höhle zu verweilen – ihre Anwesenheit verletzte alle Sitten und Gepflogenheiten der Vergangenheit.

Und Manu konnte nichts dagegen tun. Wenn Kuinko entschieden hatte, zu bleiben, dann ließ sie sich durch nichts davon abbringen, und ihre Feindseligkeit wurde erhärtet und gefestigt durch die gewaltige Kraft und Entschlossenheit, die sie seit jeher besaß. Nicht einmal Gaggau, wackerer alter Jäger, der er war, würde es wagen, sie fortzuschicken.

Manu sah den Patriarchen an.

Gaggau lag flach auf seinem Lager, die Arme ausgestreckt neben dem Körper, die Handflächen aufwärts gerichtet. Seine Wunden waren noch immer offen und seine Haut schwärzlich versengt, doch es floß kein Blut mehr, und auch die schlimmen Schwellungen schienen ein wenig

zurückzugehen. Er atmete jetzt auch leichter, und sein Gesicht war nicht mehr naß vom Schweiß.
»Wie geht es dir?« fragte Manu.
Gaggau grunzte. »Das Wesen hat seine Zähne tief in mein Fleisch geschlagen. Jetzt läßt die Kraft seiner Kiefer vielleicht allmählich nach.«
»Das ist das Werk des Schumbis«, sagte Manu.
»Schumbi? Was für ein Schumbi? Was hat ein Schumbi damit zu tun – !?« Gaggau hob den Kopf und starrte Manu mit verständnislosem Blick an. Manu erkannte, daß Gaggaus Geist verwirrt und leer war. Der Angriff der Odunas, die Schmerzen danach, das Fieber hatten sein Gedächtnis wie mit einem scharfen Knochen durchschnitten. Einen Augenblick später aber, zu Manus Überraschung, klärte sich Gaggaus Blick, und er furchte die Stirn.
»Ja«, sagte er. »Das Schumbi. Du hast es zu mir gebracht. Es ist weiblich, klein, dunkel und hat keinen Pelz. Sie sieht klar. Sie hat Augen, die grün sind wie junges Schilf an den Bächen nach der Schneeschmelze. Ihr Blick ist fest wie der Blick des Falken, und sie spricht die Sprache des Volkes. Ja, jetzt entsinne ich mich. Sie hat mir etwas auf die Bißwunden des Wesens gestrichen – «
Gaggau besah seine Hände. »Die Wunden werden besser.«
»Ja«, sagte Manu, und dann schwieg er und holte tief Luft. Dies war der Augenblick, den er noch mehr gefürchtet hatte als die Unterredung mit Yerto, als er ihm Gaggaus Forderung zu überbringen hatte. Er mußte es sagen. Er mußte es hinter sich bringen. Er mußte es tun in dem Bewußtsein, daß Kuinko ihm zuhörte.
»Die Niedergelassenen schicken dir das Schumbi«, sagte Manu. »Sie können die Wanderer nicht an der Ausbeute des Tales teilhaben lassen: es gibt nicht genug her, um beide Stämme zu ernähren. Aber sie wünschen den Wanderern das Beste, sie wollen alles tun, was sie können, um sie während der Hungersnot zu unterstützen. Das Schumbi wurde ihnen vom Schnee und dem Fluß gegeben. Sie geben es dir weiter: es ist das wertvollste Geschenk, daß sie machen können. So sagt Yerto. So sagt Tonemetapu.«
In einem einzigen Schwall stieß er seine Rede hervor. Als er fertig war, fühlte er sich schwach und ausgelaugt, als wäre er den ganzen Weg zu den Kämmen gerannt, um seine Botschaft zu überbringen. Jetzt wartete er stumm.
Er hatte mit einem Wutausbruch von Gaggau gerechnet. Er kam nicht.

Der alte Häuptling lag reglos und starrte zum Dach der Höhle hinauf. Hatten die Schmerzen ihn zu sehr erschöpft oder verwirrt, als daß er begreifen konnte, was Manu sagte? Manu hatte freilich auch einen Ausbruch von Kuinko erwartet – und der kam mit Macht. Wie ein Sturm brach sie aus der Dunkelheit hervor, stürzte sich auf ihn und schleuderte ihm fauchend und zähnefletschend ihre Wut entgegen.
»So! Yerto will uns das Tal verbieten!« schrie sie. »Was ist mit den Banden? Was, glaubt er, sollen wir essen? Du hast die Frauen und die Kinder gesehen, es geht ihnen ganz genauso wie den Jägern. Die Tiere sind fort, wir sind alle am Verhungern! Wovon sollen wir leben, sprich!«
Manu war unterdessen aufgesprungen und zurückgewichen. Er war größer, viel größer als Kuinko, aber angesichts ihrer unbezwingbaren Wut fühlte er sich machtlos und ausgeliefert wie ein Kind. Er schüttelte sich und schwieg. Darauf gab es keine Antwort.
»Hört mir zu. Beide.«
Das war Gaggau. Manu und Kuinko drehten sich um.
»Streiten hilft nichts«, sagte Gaggau. »Die Wanderer brauchen zu essen. Das ist das einzige, was zählt. Die Niedergelassenen haben mir das Schumbi geschickt. Wie nennt ihr sie?«
»Sie heißt Iona«, sagte Manu.
»Iona.« Stotternd und sich verhaspelnd brachte Gaggau die ungewohnten Laute hervor. »Sehr gut. Das Schumbi Iona macht meine Hände gesund. Vielleicht gelingt es ihr, eine Beute zu finden, die uns entgeht. Manu: Nimm sie und geh mit ihr jagen.«
Dann verstummte er. Einen Augenblick herrschte Schweigen.
Dann hob Kuinko wieder zu schreien an. »Du bist von Sinnen!« stieß sie schnaubend hervor. »Das Schumbi kann keine Beute finden. Da ist nichts mehr zu finden!«
»Das Schumbi hat sieben Sonnenaufgänge Zeit«, sagte Gaggau. »Ich habe gesprochen. Manu: Geh auf die Jagd.«
Der Patriarch sank auf sein Lager zurück, und Manu warf Kuinko einen verstohlenen Blick zu: finstere Mordlust stand in ihrem Gesicht. Manu wich zurück. Dann drehte er sich um und trat ins Freie.
Er ging zu der Höhle, in die er Iona gebracht hatte. Er glaubte genausowenig wie Kuinko – und das war das einzige, was sie gemeinsam hatten –, daß er, Iona und die Jäger auf Beute stoßen würden; aber was half es: Gaggau hatte gesprochen.
Er, Manu, und das Schumbi würden gemeinsam jagen.

»Die Männer sind bereit«, sagte Kuinko. »Sie warten auf dich.«
Iona fuhr auf. Sie blinzelte: trotz der Dunkelheit der Höhle erkannte sie mit Mühe Kuinkos Gesicht; es schien ihr zugleich feindselig und beklommen.
Kuinko fürchtete sich vor ihr, das sah Iona deutlich – an dem gehetzten Blick ihrer Augen und den Sorgenfalten an den Mundwinkeln. Und gleichzeitig tobte eine maßlose Wut in ihr: an ihrem Hals traten die Sehnen hervor, und in den Schläfenadern klopfte es sichtbar. Iona konnte sich nicht vorstellen, weshalb. Sie wußte nur, daß sie jetzt – zum ersten Mal, seit sie ins Tal gekommen war, – eine Feindin hatte.
»Die Männer wünschen zu jagen«, fuhr Kuinko fort. »Führe sie zu einer Beute.«
Iona stand auf und verließ die Höhle. Im frühen Morgenlicht erkannte sie Gaggau den Stammesführer, der sich mühsam auf den Beinen hielt, auf einen Ast gestützt, den er sich in die Achselhöhle geklemmt hatte. Tana kniete neben ihm auf dem Boden und knetete den verkrüppelten Fuß.
Hinter Gaggau versammelten sich die Jäger des Stammes. Etwa ein Dutzend waren es, allesamt mit Äxten bewehrt: Knüppeln aus Hartholz, deren dickeres Ende durchbohrt war; darin steckte ein grob behauenes Stück Granit, das mit getrockneten Weidenfasern fest mit dem Schaft verschnürt war.
Jeder Jäger hatte sich ein ledernes Band um die Mitte geschlungen, manche Bänder bestanden aus sechs oder acht Lederstreifen, so daß sie aussahen wie Gürtel aus dickem Tau. Die Jüngeren trugen nichts an ihren Gürteln, die älteren indes hatten Wurfspeere daran hängen. Der Form und dem Bau nach gleich den Knüppeläxten, die jeder in der Hand hielt, waren die Speere jedoch viel leichter und die Granitblätter schärfer.
»Also«, sagte Gaggau, stieß Tana ärgerlich beiseite und tat ein paar humpelnde Schritte nach vorn. »Wo jagen wir heute?«
Iona stand reglos und schwieg.
Der ganze Stamm hatte sich hinter dem alten Patriarchen versammelt, nicht allein die Jäger, sondern auch die Frauen und Kinder. Es war wie am Abend ihrer Ankunft – mit einem großen Unterschied freilich: damals waren sie aus Neugier gekommen und hatten sie als eine außergewöhnliche Erscheinung bestaunt und begutachtet, ein fremdartiges Wesen aus einer anderen Welt, das vom Himmel herab- und in ihr Leben gefallen war.
Jetzt aber wollten sie etwas von ihr. Sie war ein Schumbi – seit Yeti-

gedenken das erste Schumbi im Tal. Sie war ein Vorbote, ein Talisman, ein Zeichen, das ihnen die Sterne geschickt hatten. Sie hatte, hieß es, den Talbewohnern Geschenke gebracht. Sie hatte das Leben eines Kindes gerettet, und die Niedergelassenen mußten sie mit den Wanderern teilen, das war nur recht und billig. Die alten Vereinbarungen der Wolkenzeit bedeuteten, daß sie das Schumbi nicht für sich allein behalten durften.

Die Niedergelassenen hatten sie auf die Kämme geschickt und ihr Manu als Führer und Begleiter mitgegeben. Auch das war recht und billig, denn Manu war ein Wanderer. Jetzt mußte das Schumbi, Geschenk der Sterne, zeigen, was es für die Bergbewohner tun konnte.

Iona schloß die Augen, zitternd. Nichts konnte sie tun.

35

»Was soll ich denn tun?« Ionas Stimme klang traurig und verzweifelt.
»Ich bin ja bei dir«, sagte Manu. »Babilla auch. Und wenn irgendwo auf den Kämmen Tiere sind, dann finden wir sie.«
Er sah sie ermunternd an, Iona war es bang zumute.
Durch die Felsenöffnung sah sie den Himmel, der noch dunkel war von den letzten Schatten der Nacht. Bis die Sonne über den Grat stieg, würde es noch eine Stunde oder länger dauern. Iona schlang sich die Arme um die Brust, um sich zu wärmen, denn die Morgenluft war schneidend kalt. Noch kälter war es in ihrem Magen.
»Manu jagt mit dir – «
Gaggaus Stimme. Iona erstarrte.
Der alte Patriarch hatte die stützende Astgabel beiseite geworfen und ließ sich auf den Boden fallen. Tana kauerte neben ihm, wieder knetete und rieb sie seinen verunstalteten Fuß; hinter ihm stand Kuinko mit zorndunklem, feindseligem Blick.
»Geh mit Manu«, fuhr Gaggau fort. »Führ ihn dorthin, wo die Tiere sind. Er erlegt sie, und wir haben zu essen.«
Er richtete sich auf und entließ sie mit einem Wink. Als er sich wieder abwandte, sah Iona, wie eingefallen seine Wangen waren, wie tief die Augen in den Höhlen lagen – vor Hunger genauso wie vom Alter.
Babilla, die treu zu Füßen ihres Herrn lag, knurrte. Manu beugte sich nieder, streichelte sie, flüsterte etwas, woraufhin Babilla die Ohren spitzte; schlangengleich zuckte der Schwanz, sie stand auf und reckte sich und stand einen Augenblick starr, mit bebenden Nüstern. Dann strafften sich ihre Muskeln, und sie jagte davon.
Manu folgte ihr mit dem Blick, bis die geschmeidige, federnde Katzengestalt außer Sichtweite war. Dann wandte er sich zu Iona.
»Der Leopard führt«, sagte er. »Gehen wir jagen.«
Er winkte der versammelten Jägerschaft, und Iona langte hinauf und ergriff seine riesige ausgestreckte Hand – genauso, wie sie einst, in einer Zeit, die so fern war, daß sie ihr wie ein Traum vorkam, Duncans Hand gehalten hatte, wenn er mit ihr in die Hügel ging oder in die Wälder von Mainwarden.
Manu sah zu ihr hinunter und lächelte. Iona drückte dankbar seine Fin-

ger, während sie sich auf den Weg machten. Nie hatte sie Manu mehr gebraucht als jetzt, seine beruhigende tröstliche Gegenwart; sie fühlte den warmen dicken Pelz auf seiner Haut, und doch erfüllte sie eine böse Vorahnung. Sie dachte an Tana, die gesagt hatte, daß die Tiere nicht erst jetzt, sondern schon seit vielen Sommern immer weniger würden. Iona kannte sie nicht einmal achtundvierzig Stunden, aber sie hatte die schöne Yetifrau mit dem anmutigen Körper und den ruhigen, klaren Augen liebgewonnen und vertraute ihr instinktiv. Sie glaubte, was Tana ihr gesagt hatte. Alle übrigen Yetis hielten Iona für eine Hexe, eine Zauberin mit vielvermögenden Kräften – vielleicht dachte auch Tana so von ihr? Leider irrten sie sich. Wenn die Tiere von den Bergen verschwunden waren, dann würde nichts auf der Welt sie wieder herbeizaubern können, Iona am allerwenigsten.

Sie jagten sieben Tage lang.
Am ersten Morgen war es beinahe hell, als sie aufbrachen. An den folgenden Tagen machten sie sich in der Dunkelheit auf den Weg, lange bevor der Morgen graute, und kehrten lang nach Einbruch der Nacht zurück. Sie streiften durch die Täler des Hochlands und über die Kämme und erforschten jede Himmelsrichtung. Iona kannte sich in den Bergen nicht aus, aber nach dem Stand der Sonne wußte sie immer, wo sie waren oder wohin sie gingen: jeden Tag suchten sie in einer anderen Richtung.
Diese Tage waren unendlich anstrengend – viel erschöpfender als der Weg vom Tal auf die Kämme. Immer wenn sie durch eine trockene Wasserrinne beinahe senkrecht in die Höhe mußten, bot Manu ihr an, sie zu tragen. Früher hätte sie abgelehnt – jetzt nahm sie dankbar an: sich an Manu zu klammern und auf seinen Schultern durchgerüttelt zu werden, bis sie sich wie ein Sack voller Knochen fühlte, war bei weitem nicht so schlimm wie die bleischweren Beine und die Feuerräder vor ihren Augen, wenn sie selbst gehen mußte.
Die Müdigkeit war der geringste Teil der Tortur. Tag für Tag schmerzte ihr Körper mehr, sie keuchte und rang nach Luft und glaubte zu ersticken, Nebelschleier senkten sich über ihre Augen, und die Tränen nahmen ihr die Sicht. Aber die körperliche Qual hätte sie noch hinnehmen können; unerträglich war ihr indes die erdrückende Verantwortung, die man ihr aufgebürdet hatte.
Als ein zauberkräftiges, glückbringendes Kultwesen galt sie ihnen, ein Talisman. Weil sie ein Schumbi war, besaß sie magische Macht. Sie war

gekommen, um den Hunger der Yetis zu beenden, Wild aufzuspüren, ihre Bäuche zu füllen.

Es gab aber kein Wild.

Manu und die Jäger durchforsteten das Gebirge, und Iona war immer bei ihnen. Sie streiften durch Täler und Wälder, durchquerten Schluchten und Rinnen, erkundeten hochgelegene Sattelkämme und einsame Weideplätze entlang der Wasserläufe, sie wagten sich in Gebiete vor, in denen die Wanderer nie zuvor gejagt hatten. Sie schickten Babilla voraus und beobachteten sie – vielleicht vermochte die Raubkatze eine Fährte zu finden, die ihnen entgangen war.

Und Babilla stand und witterte, sog die Luft durch ihre Nüstern und prüfte die Botschaften, die sie enthielt, aber da war nichts, was ihren Jagdinstinkt geweckt hätte; dann war sie verwirrt und unsicher, kehrte zu Manu zurück und ließ sich hechelnd neben ihm nieder, und Manu beugte sich zu ihr hinab und kratzte ihr den Kopf. Sie war so ausgehungert wie die Jäger, unter ihrem Fell zeichnete sich das Gerippe ab.

Gewiß, die Jagd war nicht vollkommen fruchtlos. Zweimal spürte Babilla eine Bache mit ihren Frischlingen auf. Beim ersten Mal entkam die Sau; die Leopardin erlegte jedoch vier Junge. Beim zweiten Mal war es eine andere Bache; die Jäger trieben sie in ein trockenes Bachbett und töteten neun Tiere einschließlich der Mutter. Und an den meisten anderen Tagen erlegte einer der Jäger – fast immer war es Manu – einen Vogel oder einen Affen mit seiner Wurfaxt.

Jede Beute, wie klein sie auch war, wurde genau geteilt. Den ersten Teil erhielt die Leopardin. Ihr die Kraft zu erhalten, war lebenswichtig, denn sie war – abgesehen von Iona – die größte Hoffnung der Wanderer. Als nächstes erhielten die Jäger ihren Anteil, was genauso wichtig war, denn von ihrer Stärke und Ausdauer hing das Überleben des Stammes ab. Was dann von dem erlegten Tier noch übrigblieb, brachten sie zu den Höhlen zurück.

Es reichte nicht, es reichte ganz und gar nicht. Was sie erbeuteten, genügte nicht einmal, um den Hunger der Jäger zu stillen, geschweige denn die Alten, die Frauen, die Kinder zu sättigen, für die sie jagten. Am siebten Tag war es nicht anders als am ersten. Sie kehrten mit leeren Händen zurück.

Die Zeit, die Gaggau ihnen zugestanden hatte, war um. Die Zauberkräfte des Schumbis hatten versagt. In den Bergen gab es keine Tiere, und die Wanderer hatten Hunger wie zuvor.

Am letzten Abend kehrten sie mit Einbruch der Dämmerung zurück, einer nach dem anderen. Gaggau, auf seinen Knüppel gestützt, stand vor dem Eingang seiner Höhle und sah ihnen entgegen.
Raku, der den letzten Streifzug durch den Hochwald angeführt hatte, tauchte als erster auf. In den Schneisen zwischen den Bäumen wuchs dick und grün und saftig das Sommergras: hier hatte Babilla vor einigen Tagen die beiden Wildschweinfamilien aufgescheucht. Am Ende der Woche waren die Wiesen noch höher und üppiger – ein Paradies nicht nur für Wildschweine, sondern auch für Bergziegen, Muntjaks, Moschustiere, selbst Bären mit ihren Jungen hätten sich hier aufhalten können.
Aber da war nicht ein einziges Tier.
Die Jäger hatten, immer auf Rakus Fersen, den Hochwald durchkämmt. Ganz still war es: sie schwiegen, der Wald schwieg. Am Ende standen sie auf einer Erhebung, hinter der die Bäume sich lichteten, und Raku schaute zurück zu den anderen und breitete seine leeren Hände aus. Manu nickte grimmig. Er hob den Arm und deutete in Richtung der Höhlen.
Die Jagdgründe waren leer und die Jagd vorbei.
Raku verschwand. Er war müde, sein Bauch schmerzte vor Hunger. Er machte sich auf den Weg zu den Höhlen, um sich seine Tagesration von den übriggebliebenen Vorräten der Wolkenzeit abzuholen – spärlich genug war der Anteil, aber freilich besser als dieses Loch, diese Leere, die ihm den Leib zusammenzog. Hinter ihm kamen Penga und Soru. Sie hatten während des heutigen Streifzugs beide je einen Flügel angeführt und hatten Manus Befehl zum Rückzug vernommen. Und sie waren ebenso ausgehungert.
Die anderen, jüngeren – die Schüler: noch in der Jägerausbildung waren sie – stapften schwer hinter ihnen drein. Manu drehte sich um und hielt Ausschau nach Iona. Er hatte sie lange getragen, aber für den letzten Streifzug der Jäger hatte er sie abgesetzt. Jetzt sah er sie: sie hockte neben einem Rhododendrondickicht im Gras, hatte einen Arm um Babillas Hals geschlungen und streichelte ihren Kopf. Manu rief sie; Iona stand auf und kam ihm entgegen, Babilla hinterdrein.
»Nichts?« fragte sie.
»Nichts«, sagte Manu mit düsterer Miene. »Wir gehen zurück zu den Höhlen.«
»Was passiert morgen?«
»Darüber muß Gaggau entscheiden. Vielleicht befiehlt er uns, es noch

einmal zu versuchen. Oder er führt die Wanderer in ein neues Gebiet.«
»Weg von den Höhlen?!«
Iona war bestürzt. Aus irgendeinem Grund war sie überzeugt, daß die Wanderer seit jeher die Höhlen bewohnt hatten, daß sie hierhergehörten. Die Vorstellung, daß sie fortziehen mußten, erschien ihr undenkbar.
»Das ist zweimal vorgekommen, vor vielen Sommern«, sagte Manu. »In der Wolkenzeit sprechen wir darüber. Als damals das Wild zurückkam, kehrten die Wanderer in die Höhlen zurück. Jetzt ist es schwieriger – «
Er hob den Kopf und musterte prüfend den Horizont. Iona folgte seinem Blick.
Die fernen Gipfel leuchteten feuerrrot in der untergehenden Sonne. Zwischen ihnen und den fernen Schneebergen stieg in den Schluchten schon der Abendnebel auf, verschluckte den Wald, kroch über die schrundigen Bergflanken empor zu den Felsabstürzen und zerklüfteten Kämmen, bis nur noch die Gipfel aus den grauen Schwaden ragten.
»Es ist schwer, neue Jagdgründe zu finden«, schloß Manu.
»Aber es gibt doch noch das Tal?«
Manu nickte grimmig, aber sagte kein Wort.
Iona sah ihn an. Sie wußte, daß Manu hin- und hergerissen war zwischen seiner Zugehörigkeit zum Stamm der Wanderer, für den er geboren war, und den Niedergelassenen, die ihn aufgezogen hatten. Was immer in der Auseinandersetzung zwischen den Stämmen geschah: einer von beiden würde leiden. Manu würde auf jeden Fall leiden. Er litt schon jetzt.
»Manu, ich hab dich im Stich gelassen«, sagte Iona kläglich. »Ich hab kein Wild finden können.«
»Niemand hast du im Stich gelassen«, sagte Manu. »Schau, ich kann mich auf Babilla verlassen: wo ich nichts mehr finde, spürt sie noch Tiere auf. Aber nicht einmal du und Babilla zusammen habt etwas gefunden – wenn ein Schumbi und ein Leopard gemeinsam keine Beute finden, dann ist der Grund dafür klar: es gibt keine Beute. Das ist nicht deine Schuld – «
Manu sah zu ihr hinab. Im selben Augenblick hob Babilla den Kopf und leckte Ionas Finger, und Iona, gedankenversunken, kraulte ihr die Wange, ohne zu überlegen. Babillas Augen wurden schmal vor Behagen. Manu lachte. Er streckte die Hand aus und berührte Ionas Haar. »Schau«, sagte er, »Babilla ist so hungrig wie wir alle, aber sie gibt nicht dir die Schuld dafür. Sie hat Vertrauen zu dir. Babilla vertraut wenigen

und macht den meisten angst. Die meisten trauen sich nicht in ihre Nähe, das ist bei den Niedergelassenen genauso wie bei den Wanderern.«
»Das ist aber dumm«, antwortete Iona. »Babilla ist einfach eine Katze. Ich habe auch eine Katze, daheim. Sie hat nur ein Auge, und sie heißt Misty – « Sie verstummte. Die Tränen liefen ihr übers Gesicht.
Mainwarden und alles, wofür es stand – die Katze, die Mutter, Mr. Simpson und der Duft des Sommers, gemähtes Gras und Erdbeeren im Garten, und über allem anderen: Sicherheit –, das alles war nicht einen Augenblick von ihr gewichen, seit der Fluß sie ins Tal der Yetis geschwemmt hatte. Sie träumte davon, wenn sie schlief, und wenn sie wachte, lag es unter der Schwelle ihres Bewußtseins. Bis jetzt hatte sie den Gedanken verdrängt: Mainwarden war der Mittelpunkt einer fernen, verlorenen Welt, die Erinnerung an ein anderes Leben.
Und auf einmal war alles wieder da. Als sie die Leopardenwange berührte, Mistys Namen aussprach, überfiel die Erinnerung sie so plötzlich und so real, daß sie es wie einen Schlag empfand. Mainwarden war ganz nahe, es war bei ihr, es vermischte sich mit allem, was sie umgab – die Hütten auf der Insel, die Höhlen im Felsen waren die Zimmer in Mainwarden, die Leopardin eine weiße Hauskatze, die Ungeheuer, die durch die Gänge des Hauses in Ionas Träume gekrochen waren, umgaben sie leibhaftig: lebten mit ihr im Tal und auf den Bergen.
Manu war ein Monster. Manu, der vor einem Augenblick noch gelacht und ihr das Haar zerzaust hatte. Die blinde, sanfte Kekua war ein Monster. Auch die gemütliche Churinga und die rehäuige Tana. Und Kuinko vor allem, die ihr deutlich genug zu verstehen gegeben hatte, daß sie Iona fressen wollte.
Iona schüttelte den Kopf und wischte sich die Tränen aus dem Gesicht. Es hatte sich alles verändert. Alles, was einmal klar und einfach und eindeutig ausgesehen hatte, war in Unordnung und Verwirrung geraten.
»Warum ist es passiert?« fragte sie. »Warum sind die Tiere fort?«
»Ich weiß es nicht«, antwortete Manu. »Keiner weiß es. Aber ich glaube, der Grund ist vielleicht ein Hergang, über den wir auch in der Wolkenzeit sprechen. Vor vielen Sommern gab es eine Zeit, in der die Jagdgründe von Tieren wimmelten wie nie vorher. Es war für jeden genug zu essen da. Die Wanderer vermehrten sich. Je mehr sie wurden, desto mehr Bäuche mußten gefüllt werden. Die Jäger waren jeden Tag unterwegs. Schließlich ertrugen die Tiere das gewaltige Schlachten nicht länger. Die Rudel hatten sich schon sehr gelichtet, und die restlichen Tiere zogen sich zurück. Daraufhin ging die Zahl der Wanderer zurück, denn sie be-

kamen immer weniger zu essen, und am Ende war der Stamm kleiner als zuvor.«
»Aber der Stamm ist doch jetzt schon so klein«, wandte Iona ein. »Und es sind noch immer keine Tiere da!«
»Jetzt sind es nicht die Wanderer, die töten«, sagte Manu. »Es geschieht außerhalb der Jagdgründe, aber es kommt immer näher. Die Odunas töten; vielleicht noch andere. Schumbis. Aber es ist gleichgültig – das Ergebnis ist dasselbe. Die Tiere verschwinden.« Er verstummte.
Unterdessen hatten sie den letzten Kamm vor den Höhlen erklommen. Vor ihnen fiel der Berg steil in die Tiefe, bis zu der Felsplatte, auf der die Wanderer ihre Unterkunft hatten. Die anderen Jäger waren mittlerweile zurückgekehrt. Im letzten Sonnenlicht standen sie im Kreis und in ihrer Mitte, unverkennbar, Gaggau: sein weißer Rücken war weithin sichtbar, und er stützte sich schwer auf die Krücke.
Jetzt drehte Gaggau sich zum Höhleneingang um und rief etwas. Kuinko erschien. Offenbar sprach sie mit dem Patriarchen, aber die Entfernung war zu groß: weder Manu noch Iona hörten ihre Stimme. Sie sahen nur, wie Gaggau auf einmal erstarrte. Einen Augenblick stand er reglos wie ein Baum, dann aber holte er aus und schleuderte die Krücke nach seiner Frau. Kuinko verschwand zurück in die Höhle.
Als Gaggau seinen Stock warf, erschallte ein großes Brüllen über die Felsplatte und drang bis herauf zu ihnen; Iona hielt den Atem an. Es war ein Laut, der anders war als alles, was sie je gehört hatte, eine Mischung aus Wut und Furcht und Schmerz, – Iona vernahm ihn und erschauerte vor Grauen; auch Manu neben ihr erstarrte, und Babilla legte die Ohren zurück und knurrte.
»Schnell!« sagte Manu hastig. »Wir müssen zurück. Etwas ist geschehen – etwas Schlimmes!«
Und er rannte in großen Sätzen den Hang hinab, die Leopardin galoppierte voraus. Von einem Felsen zum anderen springend, eilte Iona ihm hinterher.

36

Auf dem Pfad, der zu den Höhlen hinaufführte, erschien Wengen. Es war am Morgen des sechsten Jagdtages, die Jäger waren, wie üblich, lang vor der Dämmerung aufgebrochen und würden nicht vor Einbruch der Nacht zurücksein. Kuinko, die sich im Schatten der Höhle gut verborgen wußte, spähte hinaus und beobachtete Wengen mit scharfem Blick.

Jetzt kam er näher, der große dicke Yeti aus dem Tal. Recht gemächlich schritt er einher, mit dem langsamen, wiegenden Gang der Niedergelassenen. Dann entschwand er ihrer Sicht, und Kuinko wagte sich vor die Höhle. Vorsichtig trat sie hinaus in das helle Sonnenlicht und äugte ihm nach.

Wengen kletterte an den Höhlen vorbei aufwärts. Kuinko, die ihn seit seiner Ankunft keinen Moment aus den Augen gelassen hatte, wußte wohl, wohin er ging: sie hatte beobachtet, daß er sich vorzugsweise an einem Ort aufhielt, der ihm einen Überblick über die Lage verschaffte: als Aussichtspunkt hatte er sich einen Felsvorsprung oberhalb der Höhlen erkoren; von hier konnte er das Tun der Wanderer überwachen, ohne von ihnen bemerkt zu werden.

Wahrscheinlich aß er jetzt. Kuinko lief das Wasser im Mund zusammen. Wengen war ein Sammler. Seinen sorgfältig abgemessenen Anteil von den Wolkenzeitvorräten der Wanderer – luftgetrocknetes Fleisch: der letzte, erschreckend rasch schwindende Überrest vom letzten Sommer, von dem sie alle zwangsläufig zehrten – pflegte er entgegenzunehmen und zu verspeisen, aber zusätzlich sammelte er; Kuinko wußte nicht, was. Das Sammeln war eine Kunst, auf die sie sich nicht verstand: das war Sache der Niedergelassenen. Jedenfalls war es nahrhaft, was immer es war; es hielt ihn geschmeidig, glatt und gesund – viel gesünder, als irgendein Wanderer war.

Was er in den Hochwäldern und auf den Lichtungen fand, teilte er mit keinem, er behielt alles für sich und aß es heimlich. Die Männer waren jeden Tag unterwegs und die Frauen, mit Ausnahme von Kuinko, zu sehr damit beschäftigt, ihre hungrigen Kinder zu besänftigen, um sich Gedanken zu machen, was er den ganzen Tag über trieb und weshalb er noch immer so dick war. Kuinko indes wußte es. Eine Beute nicht zu teilen, verletzte die Stammesbande – Kuinko aber nahm ihm den Regelverstoß nicht übel, trotz ihres eigenen schmerzhaft leeren Magens. Wengen war schlau und listig, er fand Nahrung selbst in Zeiten der Not – einer wie er verhungerte nicht. Das machte ihr Eindruck – mehr, als wenn er seine Ausbeute mit den Kindern der Wanderer geteilt hätte. Wengen war einer, der überlebte. Anders als Gaggau.

Gaggau.

Kuinko schaute zurück und musterte ihren Gatten mit Verachtung. Der Alte schlief. Das Schumbi hatte seine Wunden noch dreimal versorgt, seit es zum ersten Mal diese sonderbare gelbliche Paste aus Muttermilch hergestellt hatte. Die Wunden schienen tatsächlich zu heilen – wenigstens das hatte das Schumbi zustande gebracht. Aber mehr auch schon nicht. Ohnehin war diese Heilung unwichtig: alt und verkrüppelt, wie er war, würde Gaggau nie wieder erfolgreich jagen, ob seine Hände gesund waren oder nicht.

Und zum Aufspüren von Wild taugte das Schumbi nicht. Seit sechs Tagen waren die Jäger nun unterwegs. Jeden Abend kehrten sie mit nahezu leeren Händen zurück. Selbst der vielgerühmte Manu hatte keinerlei Erfolg vorzuweisen – sie wußte schon, weshalb: was an Wild überlebt hatte, war ins Tal abgewandert. Dort müßten die Wanderer jagen, dann könnten sie töten und essen wie zuvor!

Das einzige, was sie daran hinderte, war der Starrsinn des Inselpatriarchen Yerto. Sein Starrsinn und sein Eigennutz und sein schändlicher Betrug. Er hatte ihnen das Schumbi geschickt: als ein Geschenk von den Sternen, wie er behauptete, das geteilt werden müsse. Aber das war eine Lüge. Das Schumbi war kein Geschenk. Sondern eine halbersoffene Ratte, die der Fluß von den Bergen zu Tal gespült hatte. Müll, sonst nichts.

Gut, das Schumbi konnte ein paar Dinge. Was die Wanderer jedoch brauchten, waren nicht die Fähigkeiten eines halbwüchsigen Schumbis, sondern Nahrung; und die konnte es ihnen nicht verschaffen, trotz all seiner Geschicklichkeit, das hatte es nun zur Genüge bewiesen.

Wieder warf Kuinko einen Blick auf Gaggau. Jetzt schnarchte er! Sie schnaubte höhnisch; dann fiel ihr etwas ein, und sie dachte nach. Geistesabwesend hob sie einen Zweig vom Höhlenboden auf: die Rinde war abgeschält worden, das Holz darunter schimmerte weiß und feucht. Kuinko runzelte die Stirn. Dann fiel ihr ein, was das war.

Gaggau hatte ihn benutzt, um seine sinnreichen Pläne in den Sand zu zeichnen, in denen er vermerkte, wohin die Jäger sich wenden und wie sie ihr vermeintliches Opfer verfolgen und zur Strecke bringen sollten – lächerliche Hirngespinste! Wohin sollten sie denn gehen, wo sie nicht bereits Dutzende Male gewesen waren, was gab es für eine Beute, die sie verfolgen konnten? Kuinko zerbrach den Zweig und warf die beiden Teile fort. Sie hatte ihren Entschluß gefaßt und sprang auf. Ohne einen weiteren Blick auf Gaggau verließ sie die Höhle.

»Bist du satt?« fragte Kuinko. Auf dem Felsvorsprung über den Höhlen kauerte sie Wengen gegenüber.
»Die Wanderer geben mir zu essen«, erwiderte Wengen. »Ich esse gut, kann nicht klagen.«
Bei Kuinkos Erscheinen hatte Wengen sich erhoben und sie mit dem Nasengruß der Niedergelassenen empfangen, und das alte Weib hatte seinen Gruß erwidert. Jetzt saßen sie einander gegenüber, die Beine angewinkelt, und musterten sich.
»Du ißt nicht gut«, sagte Kuinko dumpf. »Du ißt, was uns von der Wolkenzeit übriggeblieben ist. Das tun wir alle. Unsere Vorräte reichen freilich nicht mehr lang. Du hast das Wissen aus dem Tal, du kannst sammeln.«
Zuerst regte sich nichts in Wengens Miene; dann grinste er verschlagen. »Ich möchte den Wanderern nicht zur Last fallen. So sammle ich eben ein wenig, so gut ich kann.«
Rund um seine Füße lagen Schalen von Nüssen und Beeren verstreut, und Kuinko betrachtete sich diesen Abfall, dann sah sie wieder in Wengens Gesicht. »Das Winterfett hüllt dich fest und warm ein.«
Wengen hob die Schultern und sah gleichmütig zur Seite. Er sagte nichts.
Was sollte er auch sagen, es stimmte ja. Im Unterschied zu den ausgemergelten Leibern der Wandereryetis stand Wengen gut im Fleisch, er strotzte vor Gesundheit, sein Pelz glänzte; darauf war er stolz. Wieder empfand Kuinko keinen Neid, sondern Bewunderung und Hochachtung.
»Heute jagt Manu den sechsten Tag mit dem Schumbi«, fuhr sie fort. »Außer läppischem Kleinvieh haben sie nichts gefangen. Nichts haben sie uns gebracht. Heute werden sie uns wieder nichts bringen.«
Wieder hob Wengen die Schultern und schwieg.
Kuinko ließ nicht locker. »Und das aus einem einfachen Grund: die Tiere sind nicht mehr hier. Sie sind im Tal. Dort sollte unser Stamm jagen. Wir sollten das Tal mit den Niedergelassenen teilen. Yerto verbietet es.«

»Das habe ich gehört, ja«, sprach Wengen endlich. »Mein Vater berät sich nicht mit mir. Er berät sich mit einem aus deinem Stamm, du weißt, mit wem. Ich bin hier nur als Begleiter von Manu und dem Schumbi.«
»Gaggau ist alt, dein Vater ist alt«, sagte Kuinko. »Beide sind alt und närrisch und voll falschem Stolz. Gemeinsam werden sie uns alle ins Verderben stürzen. Man muß sie aufhalten, bevor das geschieht.«
»Ach, wie sollte man sie denn aufhalten?« fragte Wengen; noch gelang es ihm, ein lediglich mäßiges Interesse an den Tag zu legen.
Kuinko wußte freilich, daß solcher Gleichmut nur Täuschung war. Wengen war Yertos Sohn und tief und leidenschaftlich an allem interessiert, was vor sich ging; aber Manu untergrub seinen Stand als Yertos Erbe und künftiger Häuptling der Niedergelassenen: mit jedem Tag verlor Wengen an Ansehen. Seine Stellung in der Rangfolge des Stammes, ja sein ganzes Leben und seine Zukunft hingen vom Ausgang der Auseinandersetzung zwischen den beiden Patriarchen ab.
»Dein Vater vertraut dir nicht, wie?« sagte Kuinko unbarmherzig. »Er vertraut nur Manu, dich verleugnet und mißachtet er. Wenn es nach ihm geht, wird Manu Anführer der Niedergelassenen, und du stehst da und bist nichts, ja. Gaggau dagegen hat keinen Nachfolger. Er hängt blind an Tana, weil der Verrückte noch immer glaubt, er könnte sie befruchten, – das glaubt er so lang, bis man ihn zu den Geiern hinausträgt.«
»Selbst wenn das so ist«, sagte Wengen, »was könnte ich denn tun?«
Seine scheinbare Gleichgültigkeit war verschwunden, jetzt war sein Ausdruck aufmerksam und zornig, und Kuinko merkte, daß sie seinen wundesten Punkt getroffen hatte.
»Wengen«, sagte sie sanft, »nimm Tana und bring sie fort von hier. Bring sie ins Tal zurück: dort kommt sie her, dort gehört sie hin. Unterwegs kannst du sie besteigen und besamen –« Sie hielt inne und leckte sich die Lippen.
»Dein Samen läuft schon aus dir heraus, ich rieche es, ich kann es fast spüren.« Kuinko zischte. »Wäre doch solcher Samen in mich gesät worden! Aber die Alte ist nicht mehr fruchtbar. Deshalb sollst du statt dessen Tana mit deinem Samen füllen und sie Yerto vorstellen: schwanger. Er wird es hinnehmen, er hat keine andere Wahl. Gaggau aber wirst du besiegt haben – sein Traum verloren und das Weibchen dazu. Auch er wird es hinnehmen, der alte Krüppel. Dann bleibt ihm nichts übrig, als Manu zurückzuholen. Und wenn Manu fort ist, gehört die Insel dir!«
Reglos saß Wengen und starrte hinaus auf die Berge.

Mit Ausnahme geschlechtlicher Erregung hatte er kaum je Begeisterung oder Aufregung verspürt, vor allem nicht, wenn es galt, den Verstand zu gebrauchen und nachzudenken. Wengen war gerissen, aber vorsichtig. Sein Geist arbeitete langsam und methodisch. Ein Problem mußte lange und sorgfältig untersucht werden, bevor man an eine Lösung denken, geschweige denn sie in die Tat umsetzen konnte. Jetzt aber erfaßte ihn auf einmal eine jähe und freudige, eine nie gekannte Aufregung.

Vom ersten Augenblick an hatte er in dem hageren alten Weib seine Verbündete erkannt. Er wußte nicht, weshalb, – vielleicht war es ihr Blick, erbarmungslos und unversöhnlich; darin war er ihr ähnlich. Vielleicht war es auch der Zug um ihren Mund, verkniffen vor kaum verhohlener Wut und zugleich gierig; auch darin glich er ihr. Oder war es das, was sie ausstrahlte – eine Härte, eine unerbittliche Entschlossenheit, die skrupellose Begierde, zu triumphieren und zu erobern? Jedenfalls fand es tief in seinem Inneren einen Widerhall. Sie waren einander ebenbürtig. Und jetzt begann er zu ahnen, weshalb: Kuinko haßte. Sie barst vor Haß, wie er. Sie haßten beide dasselbe – Gaggau, Yerto, Manu, das Schumbi, dieses ganze ausgeklügelte Netz aus Betrug und Einbildung, das die Niedergelassenen und die Wanderer aneinanderfesselte, diese sogenannten Bande. Der Unterschied war, daß die Alte den Betrug klar erkennen und ihm erklären konnte. Wichtiger noch: sie hatte eine Antwort darauf – Kuinko wußte, wie man mit Haß umgeht.

»Ich kann Tana nicht mitnehmen«, sagte Wengen langsam. »Sie wird nicht mit mir gehen. Wenn ich versuche, sie mit Gewalt fortzuschaffen, schreit sie den ganzen Stamm zusammen, und sie kommen und packen sie und bringen sie zurück.«

»Nicht, wenn ich dabei bin«, antwortete Kuinko. »Mit mir geht sie.«

»Mit dir!« Wengen starrte sie an. »Gehst du auch mit?«

»Gewiß, solange ich gebraucht werde«, sagte Kuinko. »Wenn ihr jenseits der Höhlen seid, wenn du sie befruchtet hast, kehre ich um. Danach hast du nichts zu fürchten.«

»Wann soll das geschehen?«

»Morgen«, sagte Kuinko. »Morgen ist der letzte Tag, den Gaggau dem Schumbi zugestanden hat. Alle Jäger sind mit Manu und dem Schumbikind unterwegs; sobald sie fort sind, am Morgen, legt Gaggau sich noch einmal nieder. Hör zu – «

Und Wengen beugte sich näher zu ihr und hörte zu.

»Tana!« rief Kuinko leise.
Tana, die neben Gaggaus Lager stand, drehte sich um. Es war noch nicht hell, aber die Jäger waren schon fort. Der alte Patriarch hatte ihnen nachgesehen, wie sie davonzogen, das Schumbi voraus; dann war er in die Höhle zurückgekehrt und noch einmal eingeschlafen, denn er war trotz fremdländischer medizinischer Pflege beileibe noch nicht gesund; Tana deckte ihn mit Fellen zu, um ihn bis zum Sonnenaufgang vor der Kälte zu schützen.
Kuinko stand im Eingang der Höhle und winkte. Einen Augenblick lang starrte Tana sie verwirrt an. Die Alte hatte ihr seit jeher nichts als Feindseligkeit entgegengebracht, Zorn und Beschimpfungen. Und jetzt wirkte Kuinko mit einem Mal beinahe freundlich. Tana strich die letzte Decke glatt und ging zu ihr.
Kuinko nahm sie beim Arm und führte sie aus der Höhle fort, damit Gaggau nicht durch ihre Stimmen aufwachte.
»Geht es ihm besser?« fragte Kuinko.
»Ja«, sagte Tana. Nach weiteren drei Behandlungen mit der Muttermilchpaste heilten die Wunden. Der Brei wirkte langsam – das lag vielleicht auch an Gaggaus Alter –, aber er wirkte, jeden Tag wurde es besser.
»Das ist gut«, sagte Kuinko. »Aber er braucht mehr als die Kunst eines Schumbis. Gaggau braucht Essen.«
Das brauchen wir alle, dachte Tana. Aber Kuinko hatte freilich recht: Gaggau, alt und verwundet, hatte es gewiß nötiger als andere. Er aß nur einen winzigen Teil dessen, was er sonst um diese Zeit des Jahres zu essen pflegte, und war erschreckend abgemagert. Solange es nicht genug zu essen gab, um ihn anständig zu verpflegen, würde er sich nie wirklich erholen.
»Vielleicht haben die Jäger heute Glück«, äußerte Tana vorsichtig.
»Bestimmt nicht!« gab Kuinko barsch zurück. »Nicht einmal ein Schumbi kann Wild aufspüren, wenn es kein Wild gibt!«
Sie zögerte kurz, dann fuhr sie mit gedämpfter Stimme fort: »Es gibt jedoch einen anderen Weg, um Gaggau Essen zu verschaffen und ihn zu heilen.«
Tana sah sie verwundert an. »Wie das?«
Kuinko nickte eifrig mit ihrem knochigen Kopf. »Wengen ist wie du aus dem Tal. Er ist ein geschickter Sammler. Selbst hier auf den kargen Bergen sammelt er. Hast du nicht gesehen, in welcher Verfassung er ist, wie dick er ist und wie sein Pelz glänzt? Hast du dich nie gefragt, wieso?

Glaubst du denn, es sind die Wolkenzeitvorräte, die ihn so gedeihen lassen?«
Tana runzelte die Stirn. Das stimmte freilich. Am Anfang, als Wengen hier aufgetaucht war, kurz vor Manus Ankunft mit dem Schumbi, war ihr seine Beleibtheit aufgefallen, die in scharfem Gegensatz zu den hohläugigen Gesichtern und vorstehenden Rippen der Wanderer stand. Und während die Bergyetis täglich mehr verfielen, blieb Wengen rund und wohlgenährt wie je. Aber sie hatte nicht weiter darüber nachgedacht. Wengen interessierte sie nicht im geringsten.
»Wengen hat Stellen aufgetan, wo er regelmäßig sammelt«, fuhr Kuinko in eindringlichem Ton fort. »Er hat angeboten, seine Ernte zu teilen, damit wir Gaggau zu essen geben können. Für den ganzen Stamm ist freilich nicht genug da, deshalb müssen du und ich mit Wengen allein sammeln gehen. Keiner darf es wissen. Aber Gaggau ist der Sohn einer großen Jägerin, und wenn wir beide, du und ich, ihn wieder gesundpflegen, dann wird der große Jäger Wild finden, wo das Schumbi versagt hat. Dann wird der ganze Stamm zu essen haben.«
Tana zögerte. Sie hatte wohl verstanden, was Kuinko gesagt hatte, – sie wußte, daß es Unrecht war. Es war Unrecht, wenn Wengen für sich allein sammelte, ohne die anderen an seiner Ausbeute teilhaben zu lassen, ein Verstoß gegen das Stammesgesetz. Gewiß, Wengen stammte aus dem Tal, er war fremd auf den Kämmen, und seine Zugehörigkeit zu einem anderen Stamm mochte sein Benehmen in gewisser Weise entschuldigen.
Für Kuinko und sie selbst gab es keinerlei Entschuldigung. Kuinko war eine Wandererfrau, Tana zwar im Tal geboren, doch in den Bergen aufgewachsen und gehörte genauso zu den Wanderern wie zu den Niedergelassenen. Wenn eine von ihnen eine Nahrungsquelle, so gering auch immer, aufspürte, war sie verpflichtet, sie zu teilen – mit den Jägern, die nur Haut und Knochen waren, mit den ausgemergelten Müttern, den fiebernden Kindern mit den aufgetriebenen Bäuchen.
»Ich muß darüber nachdenken«, sagte Tana verzweifelt.
»Dafür ist keine Zeit!« fuhr Kuinko sie an. »Wengen hat sein Angebot gemacht. Wir haben das Problem ausführlich erörtert – er wünscht Gaggau und die Wanderer zu retten. Er wartet auf uns, um uns die verborgenen Erntestellen zu zeigen und uns in die Kunst des Sammelns einzuweisen. Der Treffpunkt ist vereinbart. Ich gehe: um Gaggaus willen und damit auch für das Wohl der Wanderer. Kommst du mit oder nicht?«

Tana schloß die Augen.
Fast ihr ganzes Leben hindurch war Gaggau ein Vater für sie gewesen – der Vater, den sie verloren hatte, als sie das Tal verlassen mußte. Er sollte leben! Wenn er nicht zu essen bekam, würde er nie gesund werden, nie wieder jagen. Er würde die nächste Wolkenzeit nicht überleben. Sie tat Unrecht, ein viel schlimmeres Unrecht als Wengen, wenn sie den Stamm hinterging… Aber hatte sie denn eine Wahl?
Gequält senkte Tana den Kopf. Dann nickte sie.
»So komm!«
Wieder ergriff Kuinko sie am Arm. Tana wollte noch einmal zurück zur Höhle, aber Kuinko zog sie gebieterisch fort. »Du brauchst nichts von dort«, sagte sie grob. »Wir gehen jetzt.«
Sie stieß Tana vor sich her über die Felsplatte und auf den Pfad, der in die darunterliegenden Schluchten führte.

Wengen erwartete sie auf einer Lichtung unweit der Höhlen.
Es war noch dunkel, nur am Horizont graute allmählich der Morgen, Wengen stand unter einem Baum und hielt sich in der Dunkelheit verborgen, bis sie nur noch ein paar Schritte von ihm entfernt waren. Dann trat er aus dem Schatten und vor sie hin. Tana erstarrte mitten im Schritt. Der Morgenwind wehte von den Gipfeln hinter ihr, sie hatte ihn nicht gerochen. Sie beäugte ihn unsicher und verwirrt.
Obwohl er aus dem Tal stammte, hatte sie keinerlei Erinnerung an ihn. Er mußte doch eine stattliche Erscheinung gewesen sein in ihrer frühen Kindheit, und doch war es ihr bei seinem Erscheinen vor etlichen Tagen vorgekommen, als sehe sie ihn zum ersten Mal. Er war groß und stämmig gebaut, ein starker, glatter Körper, eingebettet in eine dicke Schicht Fett; er bewegte sich geschmeidig und selbstbewußt, und sein hellhaariger Pelz glänzte gepflegt. Nach den Maßstäben der Talyetis war er gewiß ein vortreffliches Exemplar von einem jungen Mann, wie er sein sollte.
Aber Tana traute ihm nicht. Er war ungeheuer anmaßend. Und er strahlte etwas Verschlagenes, ja Bedrohliches aus – dieser schläfrige Blick aus halbgeschlossenen Augen, von dem man nie wußte, wem er galt… Die morgendlichen Beratungen der Jäger waren von lebenswichtigem Interesse. Wengen pflegte ihnen mit einer betont beiläufigen, fast verächtlichen Gleichgültigkeit beizuwohnen. Wenn die Jäger sich dann auf den Weg machten, strich auch er davon, und jetzt wußte Tana auch, was er dann tat: einsame Streifzüge unternahm er zu selbstsüchtigen Zwecken, die gegen die Stammesbande verstießen.

Tana senkte den Kopf. Sie war im Begriff, selbst zu tun, was sie ihm zum Vorwurf machte. Obwohl es um Gaggaus willen geschah. Das machte die Sache indes nicht besser.
Wengen trat auf sie zu. Er sah Kuinko an und nickte. Die Alte hatte Tana die ganze Zeit über am Arm festgehalten. Jetzt nahm Wengen ihren anderen Arm, so daß sie wehrlos war. Gemeinsam schoben sie Tana durch das Morgengrauen talwärts vor sich her.
So geschwind schritten sie aus, Wengen auf der einen und Kuinko auf der anderen Seite, daß Tana kaum begriff, wie ihr geschah. Bisher hatte sie nur Schuld und Angst verspürt: Schuld wegen der Heimlichkeit ihres Tuns und Angst vor Wengen. Aber während sie jetzt im Klammergriff zwischen den beiden den Pfad hinabstolperte, hatte sie auf einmal das panische Gefühl, daß da noch etwas war, daß man sie in etwas hineinriß, was noch verstohlener und gefährlicher und noch verwerflicher war. Sie versuchte, ruhig zu werden. Sie schalt sich eine Närrin und sagte sich, es geschehe doch zum Wohle Gaggaus und des Stammes. Kuinko war Gaggaus Hauptfrau. Und Wengen war vom selben Stamm wie sie, Tana, ein Niedergelassener, ja, mehr noch: der Patriarchensohn. Wenn diese beiden, achtunggebietende Vertreter ihres jeweiligen Stammes, sie von den Höhlen fortbrachten, dann mußte es doch seine Richtigkeit haben? Andererseits: warum führten sie ihr gemeinschaftliches Unternehmen bei Nacht und Nebel durch? Und warum hielten sie ihre Arme mit so festem Griff, daß es weh tat?
Verstört und verschreckt lief sie zwischen ihnen weiter. Zweimal, wenn sie anhielten, um sich zu orientieren, wollte Tana fragen, was sie denn vorhätten, doch jedesmal schnitt Kuinko ihr barsch das Wort ab.
»Bin ich nicht Gaggaus Gefährtin?« fragte sie. »Ist Wengen nicht ein Niedergelassener? Sind wir nicht unterwegs, um zu sammeln und den alten Jäger zu retten?«
Tana bejahte; überzeugt war sie nicht.
»Dann brauchst du dir ja keine Sorgen zu machen«, fuhr Kuinko fort. »Vertrau uns. Wir tun, was richtig ist.«
Und wieder machten sie sich auf den Weg: Sie werden noch bis ins Tal absteigen! dachte Tana.
Als die Sonne am Himmel stand, hielten sie an. »Warte hier«, befahl Kuinko und entfernte sich.
Tana ließ sich ins Gras sinken. Die Wandererfrauen gingen nicht mit den Männern auf die Jagd, deshalb war ihr der rasche Schritt, zu dem man sie während der letzten Stunde gezwungen hatte, ungewohnt und an-

strengend. Sie lehnte sich vorsichtig gegen einen Felsen. Die zuerst beiseite geschobenen Befürchtungen kehrten verstärkt zurück: Kuinko hatte gesagt, sie würden für Gaggau sammeln. Nichts dergleichen war geschehen; statt dessen hatten Wengen und das Weib sie fortgeschleppt: wie eine Gefangene.

Und der Verdacht erhärtete sich, als Tana zu den beiden hinüberschaute und sie miteinander flüstern sah. Sie schüttelte ihre Müdigkeit ab und ihr Unbehagen und nahm ihren Mut zusammen. Sie würde sie stellen, sie würde es ihnen auf den Kopf zusagen: Wenn sie tatsächlich die Absicht hätten, für Gaggau zu sammeln, dann sollten sie es sofort tun, anderenfalls sie, Tana, auf der Stelle umkehren müsse!

Tana stand auf. Aber kaum hatte sie einen Schritt getan, fuhren die beiden herum und starrten sie so böse und wild an, daß Tana sich vorkam wie ein in die Enge getriebenes Tier, das zu entkommen versuchte. Und dann rannte Wengen schon auf sie zu. Tana, die ihre Augen auf Wengens Gesicht geheftet hielt, verlor Kuinko aus dem Blick, aber sie spürte, daß die Alte irgendwo hinter ihrem Rücken war.

Als sie Wengen entgegensah, krampfte sich ihr Magen zusammen, und in ihrem Nacken stellten sich knisternd die Haare auf. Wengens Augen waren schmale Schlitze und funkelten in kaltem, brutalem Triumph.

»Tana!« sagte er in bösem, hämischem Ton, als er vor ihr stand. »Es ist an der Zeit, dich zu den Niedergelassenen zurückzubringen. Es ist außerdem an der Zeit, dich zu besamen. Freu dich: ich besorge beides.« Währenddessen machte er sich hastig und mit beiden Händen zwischen seinen Beinen zu schaffen – Tana warf einen entsetzten Blick hinunter und sah, wie es dort anschwoll und hart wurde und riesig, bis ihm ein Prügel, dick wie ein Ast, zwischen den Schenkeln herausstand. Benommen hob sie den Kopf.

Es war alles eine Lüge gewesen, jetzt hatte sie die Gewißheit. Keiner hatte je die Absicht gehabt, Nahrung für Gaggau zu beschaffen – das war nichts als ein Vorwand, den die beiden ausgeheckt hatten, um sie von den Höhlen wegzulocken, damit Wengen sie besteigen und sie mit seinem Samen im Schoß auf die Insel zurückbringen konnte. Das war schlimmer als eine Lüge, schlimmer als heimliches Sammeln für den Patriarchen, ohne mit den anderen zu teilen.

Nur durch Beschluß beider Stammesführer durfte sie auf die Insel zurückgeschickt oder zur Fortpflanzung ausersehen werden – was Kuinko und Wengen da taten, war der schlimmste Verstoß gegen die Stammesgesetze, von dem Tana je gehört hatte. Sie fing an zu schreien.

Gleichzeitig drehte sie sich um und wollte davonlaufen, zurück zu den Höhlen, nach Hause – in die Sicherheit.
Kuinko aber stand hinter ihr: Tana hatte richtig gerochen; und als sie zu schreien begann, langte Kuinko zu, noch bevor sie einen Schritt tun konnte, und packte sie an beiden Ellenbogen und hielt sie fest. Mochte Kuinko auch alt sein, stark war sie wie eine Junge, und sie setzte ihre Kraft schnell und tückisch ein: riß Tana die Arme zurück, trat ihr von hinten in die Knie und schleuderte sie gleich darauf seitwärts zu Boden. Tana fiel auf den Rücken. Dort lag sie, halb betäubt, und rang nach Luft. Und schon war Wengen über ihr. Sie bäumte sich auf, versuchte ihn abzuwehren, aber er war zu schwer und zu stark. Sie fiel zurück, er zwang ihr mit seinem dicken Leib die Beine auseinander, packte mit einer Hand ihre Kehle und würgte sie, und dann drang er gewaltsam in sie ein und stieß zu, immer wieder und immer fester, und würgte sie immer stärker, bis es ihr schwarz vor den Augen wurde.
Sie röchelte. Der stechende Schmerz in ihrem Bauch, das erdrückende Gewicht, das lüsterne Schnaufen stoßweise in ihrem Ohr, der Eisengriff um ihre Kehle, das alles war unerträglich. Das Letzte, was ihr im Gedächtnis blieb, bevor sie das Bewußtsein verlor, war Kuinkos erregtes Kreischen, mit dem sie Wengen anfeuerte.
Wie lange sie ohne Besinnung lag, wußte sie später nicht. Sie erwachte an einem Schmerz, einem anderen diesmal, – sie merkte, daß er von gleichmäßigen Schlägen auf ihren Kopf herrührte. Mühsam öffnete sie die Augen. Sie lag noch immer auf dem Rücken, ihr Kopf wurde hin- und hergebeutelt, Blut und Speichel rannen ihr übers Kinn. Über ihr eine dunkle Masse: sie erkannte Wengen. Kuinko war fort, der dicke Inselyeti kniete über ihr und schlug sie ins Gesicht, abwechselnd rechts und links.
»Steh auf!« hörte Tana ihn schreien. »Wir gehen zur Insel. Ich bring dich meinem Vater als Geschenk. Der Alte wollte immer einen Sohn, den ich gezeugt habe. Vielleicht geht ihm sein Wunsch diesmal in Erfüllung!«
Wengens bleiche Augen funkelten, und er lachte. Er packte Tana am Arm und riß sie in die Höhe; dann trabte er davon. Hilflos und verzweifelt schleppte sie sich hinter ihm her, talwärts.
Welch eine Heimkehr.

37

Schon vom Kamm aus hatten Manu und Iona Gaggaus Brüllen gehört, es begleitete sie den ganzen Weg hinunter und schallte noch über das Gesims, als sie endlich bei den Höhlen angelangt waren, – schreckliche, furchterregende, unzusammenhängende Laute rasender Wut und tiefster Verzweiflung. Die anderen Yetis waren vor ihm zurückgewichen, kauerten im Kreis vor den Höhlen und sahen mit Furcht und Entsetzen, wie Gaggau in wahnsinnigem Zorn zwischen ihnen hin- und hertobte.
Manu sah ihn an, dann warf er einen raschen Blick zurück zu Iona.
»Warte hier!« sagte er. »Gaggau ist gefährlich. Komm ihm nicht nahe. – Paß auf sie auf!«
Der letzte Befehl galt der Leopardin: er fing ihren Blick und sah ihr fest in die Augen. Seine ausgestreckte Hand deutete auf Iona. Babilla knurrte und legte sich flach auf den Bauch, den Kopf auf Ionas Füßen. Iona spürte das tiefe, warnende Knurren mehr, als sie es hörte, ein Vibrieren, das durch ihren Körper lief.
Reglos stand sie und wartete.
Manu trabte davon, durchquerte den Kreis der schreckensstarren Yetis und betrat Gaggaus Höhle. Er brauchte nicht nach der alten Frau zu rufen: Kuinko hatte ihn kommen sehen und erwartete ihn.
»Ich war es nicht«, sagte sie. »Ich habe nichts damit zu tun.«
Ihr Blick war wild, und ihre Stimme klang drohend und angriffslustig, aber es schwang noch etwas anderes darin mit, ein ängstliches Winseln; und Manu wußte sofort, daß alles, was immer Kuinko ihm sagen würde, gelogen war.
»Was ist geschehen?« fragte er.
»Wengen hat Tana zu den Niedergelassenen zurückgebracht«, antwortete sie. »Er hat sie besamt und wird sie als Besamte seinem Vater vorstellen. Das ist geschehen.«
Manu starrte sie ungläubig an.
Tana war den Wanderern in Obhut gegeben worden – genauso wie er den Niedergelassenen. Nur die beiden Patriarchen hatten das Recht, die Rückkehr des einen oder anderen zu verfügen, und ihre Beschlüsse bedurften der Zustimmung des vollzähligen Stammesrates und außerdem einer Vereinbarung über den neuerlichen Austausch von Kindern zwi-

schen den Berg- und den Talbewohnern. Nie war es anders gewesen – seitdem die erste Burra, die größte aller Jägerinnen, nach der Manus Mutter benannt worden war, die Wanderer vom Tal ins Gebirge geführt hatte.

»Wer hat das beschlossen?« fragte Manu ruhig.

»Der Hunger«, antwortete Kuinko. »Der Hunger, den wir haben. Der Hunger, den ihr im Tal nicht kennt. Ihr lebt, und wir sterben. Wengen weiß es. Du nicht. Du bist hier geboren, aber du gehörst nicht hierher – !« Immer lauter sprach die Alte, bis sie endlich kreischte: »Manu! Im Volk gehörst du nirgendwohin!«

Sie brach ab. Manu schwieg.

Nachdem er so viele Sommer fern von den Kämmen im Tal verbracht hatte, wußte Manu, daß er den Wanderern fast als ein Fremder galt. Kuinko war ein echtes Stammesmitglied. Sie war viel älter als Manu und die Gefährtin des Patriarchen: seines Bruders. Sie war gefürchtet im ganzen Stamm, aber ihre Schlauheit, ihre Zähigkeit und Härte verschafften ihr auch Achtung. Alles an Kuinko, und nicht zum geringsten Teil ihre augenblickliche Gewalttätigkeit, hätte Manu Angst und Scheu einflößen müssen.

Dem war nicht so.

In der Jägersprache der Wanderer gibt es ein Wort: Ka-kanawai, mit dem die Jäger einen Kunstgriff bezeichnen, eine Finte, um das Wild an einen Ort zu locken, den es normalerweise kaum je aufsuchen würde, und zur Strecke zu bringen. Manu hatte Iona den Begriff erklärt, während sie unterwegs waren auf der Suche nach Wild, und sie hatte rasch begriffen, was gemeint war: eine Falle, ein Hinterhalt, eine Kriegslist – und vor allem eins: Täuschung.

Das war es, was Kuinko trieb, sie wandte Ka-kanawai an. Sie und Wengen hatten irgendwelche gemeinsamen Pläne ausgeheckt – Manu konnte sich nicht denken, weshalb oder wozu, aber er hatte den Verdacht, daß Wengen selbst die Absichten hinter dieser Tat und die Folgen nicht vollkommen begriff. Kuinkos jedenfalls hatte Ränke geschmiedet, die tödlich ausgehen mußten; und diese Erkenntnis nahm Manu alle Furcht vor der alten Frau, die er in früherer Zeit wohl gehabt hatte. Er musterte Kuinko wortlos. Dann drehte er sich um und ging.

Der Zugang zur Höhle war niedrig, und Manu mußte den Kopf einziehen, als er ins Freie trat. Er stand in der sternenklaren Nacht auf der Felsplatte und sah sich um. Die Wut, in der sich Gaggaus Verzweiflung und

Leid entladen hatte, war erloschen. Der Patriarch lag halb auf dem Boden, gegen einen Felsblock gelehnt, den Klumpfuß vor sich hingestreckt.
In der Raserei, in die seine Seelenqual ihn getrieben hatte, war eine der noch nicht verheilten Wunden an seinem Bein wieder aufgerissen, das Blut sickerte heraus und tränkte das umgebende Fell.
Manu ging zu ihm. Gaggaus Augen waren offen, aber blicklos, der Kopf war ihm auf die Brust gesunken, und er murmelte Unverständliches vor sich hin.
»Gaggau«, sagte Manu ruhig, »die Nachtkälte kommt rasch. Hier wirst du zu Eis erfrieren. Du mußt in die Höhle.«
Er versuchte, den alten Yeti hochzuzerren, doch er schaffte es nicht, die träge Masse zu heben, ohne Gaggaus Körper zu verrenken und ihm jedenfalls Schmerzen zuzufügen. Er ließ ab und wandte sich an zwei junge Jäger, die in der Nähe saßen. »Helft mir!« befahl er.
Aus ihren Gesichtern verschwand der glasige Ausdruck, sie sprangen auf und eilten herbei.
»Nein!«
Auf einmal erwachte Gaggau aus seiner Betäubung. Er stieß Manu beiseite und rappelte sich aus eigener Kraft auf, mühsam, aber endlich stand er; das ganze Gewicht ruhte auf dem gesunden Bein, er blinzelte und schaute starr rings um sich, sein Blick erfaßte die Runde der Yetis, das Felsgesims, Manu, der neben ihm stand.
»Es gibt kein Wild«, sagte er, und seine Stimme klang dumpf und belegt, aber in seine Augen kehrte Leben zurück.
»Wir haben nichts gefunden«, bestätigte Manu.
»Wengen hat Tana geraubt«, fuhr Gaggau fort. »Er hat sie bestiegen. Während du auf der Jagd warst und ich schlief. Weißt du das?«
Manu sagte nichts.
»Es ist so.« Gaggaus Blick wurde zusehends klarer und sein Tonfall schärfer, er sprach artikuliert. »Aber Wengen handelt nicht allein. Yerto steht hinter ihm. Hinter allem steckt Yerto! Er will uns vom Tal fernhalten. Er schickt uns das Schumbi und behauptet, es würde Beute für uns aufspüren. Das kann es nicht. Jetzt holt er sich die beste seiner jungen Frauen zurück. Er weiß, daß ich kein Kind habe, und verweigert mir die letzte Möglichkeit, eines zu zeugen. Er tut alles, was er kann, um die Wanderer zu schwächen.«
Gaggau brach ab.
Manu wartete. Nichts von dem, was Gaggau gesagt hatte, stimmte. Es

war nicht Yerto, der Iona zu den Wanderern geschickt hatte, sondern Tonemetapu der Seher. Und es war nicht Yerto, der Tana zurück ins Tal befohlen hatte: das war vielmehr eine Sache, die Kuinko und Wengen sich gemeinsam ausgedacht hatten, davon war Manu überzeugt. Er wußte nicht, weshalb; aber er wußte, daß die Alte falsch und gefährlich war.

Stumm betrachtete er Gaggau. Es war sinnlos, ihm die Wahrheit zu sagen – er würde sie nicht hören. Er war jetzt wieder klar und wohl zurechnungsfähig, aber sein Gesicht trug noch immer diesen sonderbaren, irren Ausdruck. Offensichtlich hatte er sich seine Meinung gebildet, von der nichts und niemand ihn abbringen würde.

»Was wirst du jetzt tun?« fragte Manu.

»Wir gehen ins Tal hinunter«, antwortete Gaggau. »Yerto hat versucht uns aufzuhalten, aber ohne Erfolg. Es gibt die Stammesbande – jetzt muß er sich ihnen unterwerfen. Wir verhungern hier, er hat dort unten genug: deshalb muß er mit den Wanderern teilen. Du gehst voraus und sagst ihm, daß wir kommen. Und das Schumbi nimmst du mit – «

Wieder brach Gaggau ab. Er sah sich suchend um – seinen Knüppel suchte er, den er als Krücke benutzt und in seiner Wut Kuinko nachgeworfen hatte. Er lag vor dem Höhleneingang.

Gaggau wollte sich aufmachen, seinen Knüppel zu holen, er machte einen torkelnden Schritt von Manu fort und wäre beinahe zu Boden gestürzt. Rasch langte Manu zu und fing ihn auf, bevor er fiel. Wütend drehte Gaggau sich um und schrie nach Raku. »Bring ihn mir her!«

Raku eilte herbei. Er reichte Gaggau seinen Knüppel und kehrte in den Kreis der kauernden Yetis zurück. Gaggau stützte sich auf seinen Stock und stieß Manu von sich.

»Ich bin Gaggau, also hört gut zu!« schrie er. »Ihr habt gejagt und nichts gefunden. Das Schumbi hat gejagt und nichts gefunden. Die Beute hat uns verlassen. Das Wild zieht das Tal vor – «

Jetzt fing Gaggau an, mit der Spitze seiner Krücke auf den Boden zu klopfen. »Deshalb gehen wir hinunter ins Tal. Dort jagen wir und finden Beute und töten sie. Essen werden wir im Tal! Essen werden wir im Tal!«

Immer wieder rief Gaggau diesen einen Satz, der zu einem monotonen, rhythmischen Singsang wurde, und dazu trommelte er mit dem Stock auf den Felsen. Nach und nach fielen die Yetis ein. Dann standen sie auf und stampften mit den Füßen im Takt von Gaggaus Stock und wiegten sich vor und zurück, dann begannen sie zu klatschen; und stampfend und klatschend bewegten sie sich vorwärts, bis sie Gaggau umringten, wichen zurück und kamen erneut und scharten sich um ihren Führer. Immer lauter erhoben sich ihre Stimmen und das Dröhnen der stampfenden Füße, und der Lärm breitete sich aus, prallte gegen die Bergwände und schoß durch die Schlucht davon in die Tiefe wie niederstürzendes Wasser; und er lockte den ganzen Stamm herbei, Frauen und Kinder und Alte; sie kamen aus ihren Höhlen hervor und scharten sich um die Jäger und fielen ein in den Chor. Immer lauter, am Ende war es ohrenbetäubend: »Essen werden wir im Tal! Essen werden wir im Tal!«

Fern von dem wogenden, stampfenden, brüllenden Kreis schauriger Gestalten im Mondlicht stand Iona regungslos in der Dunkelheit, und ihre Hand krampfte sich um Babillas Hals. Sie spürte, wie das Fell der Leopardin sich sträubte.

38

»Tut mir leid, Sir, es ist wegen diesem Konflikt mit Indien – «
Die schmucke junge Nepalesin, die an der Hotelrezeption hinter der Theke saß, wo sich auch die Telefonzentrale befand, lächelte Robert Cabot strahlend und entschuldigend an.
»Alle unsere Auslandsgespräche müssen über Indien geleitet werden. Seit den Unruhen an der Grenze kommt es oft zu Verzögerungen. Haben Sie ein bißchen Geduld, bitte, ich versuche es gleich noch einmal. Sobald eine Verbindung zustande kommt, sage ich Ihnen Bescheid.«
Cabot fluchte halblaut und blickte die junge Dame finster an, aber er fand sie zu hübsch, um wütend auf sie zu sein; außerdem konnte sie nichts dafür.
»Ich warte in der Bar«, sagte er. »Lassen Sie mich dort ausrufen. Sie müssen es unbedingt immer wieder versuchen, egal, was passiert. Ich rühre mich nicht von der Stelle, bis Sie durchkommen, auch wenn es den ganzen verdammten Tag dauert.«
»Ja, Sir.«
Während Cabot durch das Foyer davonging, hörte er, wie sie erneut wählte. Er betrat die Hotelbar, ließ sich in einen Sessel am Fenster fallen und bestellte Whisky. Er war müde, und als sein Whisky kam, trank er ihn dankbar. Langsam begann der Alkohol zu wirken und verdrängte die Müdigkeit, und er drehte sich herum und sah hinaus auf die Stadt. Seit knapp zwei Stunden war er wieder in Katmandu. Er wußte nicht mehr genau, wie lang es her war, seit er die Stadt verlassen hatte – drei Wochen? Fünf? Oder waren es Jahre? – es kam ihm so vor, in diesem Augenblick wenigstens, aber in Wahrheit konnten es nicht mehr als fünf Wochen sein: zweifellos die schlimmsten Wochen seines Lebens. Ohne Roschan hätte er sie nicht überstanden, jedenfalls nicht, ohne seinen Verstand zu verlieren.
Cabot kannte den Mann seit Jahren und von vielen Expeditionen. Aber erst in diesen letzten Wochen hatte er ihn wirklich kennengelernt. Von Anfang an, seit Ionas Verschwinden, hatte Roschan ihn beraten, geführt, ermutigt, hatte ihm in jeder Hinsicht geholfen, und vor allem hatte er ihn zurückgehalten – zum ersten Mal, als Cabot, verrückt vor Sorge und Ungeduld, den wahnsinnigen Waliser verprügeln wollte;

und später, als Tage und Wochen verstrichen, immer wieder, mit Umsicht und Anteilnahme.
»Ich habe Freunde ...« So Hughes. Und dann war er in sein irres Lachen ausgebrochen und hatte alle weitere Erläuterung verweigert. Kurz darauf hatte er das Lager verlassen, jedoch versprochen, binnen achtundvierzig Stunden zurückzusein.
Als Hughes verschwunden war, hielt Roschan ihm zum zweiten Mal von einer Unbesonnenheit ab. Cabot glaubte dem Waliser – wie denn nicht: die Fußspuren im Schnee waren ein unwiderleglicher Beweis –, aber er traute ihm nicht. Deshalb verlangte er, daß man Hughes heimlich folge: Er selbst sei dazu nicht in der Lage, kein Bergsteiger, schlecht zu Fuß und kenne sich in den Bergen nicht aus, aber Roschan und die anderen Scherpas seien durchaus fähig, den Kerl zu verfolgen, wohin immer er sich wandte ...
Roschan schüttelte den Kopf: »Nein, Sir. Wenn Miß Iona wirklich bei den Yetis ist, nehmen sie uns wahr, lang bevor wir auch nur in der Nähe sind. Sie werden sie fortbringen, und wir finden sie nie.«
»Herrgott im Himmel, Roschan! Wenn sie uns riechen, dann riechen sie ihn doch genauso!«
»Er sagt, er hat Freunde. Vielleicht schützen sie ihn.«
»Freunde! Was denn für Freunde, zum Teufel!«
Roschan rieb sich nachdenklich das Kinn. »Ich glaube«, sagte er langsam, »daß der Mann mehr weiß, als er uns sagt. Nicht über Miß Iona. Über die Yetis. Ich glaube, er kennt vielleicht eine Möglichkeit, sich ihnen zu nähern, von der wir nichts wissen – «
Der Scherpa verstummte und zuckte die Achseln. »Ich glaube, wir müssen ihm vertrauen, Sir.«
Hughes kehrte natürlich nicht, wie versprochen, nach achtundvierzig Stunden zurück. Cabot gestand ihm noch einen Tag zu und auf Roschans Drängen hin einen weiteren. Als am Abend des vierten Tages der Waliser noch immer kein Lebenszeichen von sich gegeben hatte, verlor Cabot wieder die Nerven.
»Roschan!« brüllte er und wartete zornbebend, bis der Scherpa erschien. Zu dem Zeitpunkt war seit dem Schneesturm und der entsetzlichen Erkenntnis, daß das Kind verschwunden war, fast eine Woche vergangen. Es herrschte eine düstere und niedergeschlagene Stimmung im Lager, sie waren wie in Trauer. Nachts, wenn die Träger und Scherpas am Feuer saßen, lachten und scherzten sie nicht mehr, sondern beugten sich schweigend über die Flammen. Scharma, Roschans Frau, die im

Gegensatz zu ihm kein Wort Englisch sprach, trat manchmal zu Cabot und berührte seine Schulter in stillem Mitgefühl. Ihr strahlendes Lächeln war verschwunden, Kummer furchte ihr rundes Gesicht.

Cabot litt unsägliche Qualen. Er machte sich die schlimmsten Vorwürfe, weil er nicht darauf bestanden hatte, daß das Kind in seinem Zelt schlief, – obwohl er wußte, daß Iona ein tatkräftiges, selbständiges Mädchen war und beinahe erwachsen und die Selbstanklage daher ganz abwegig. Noch abwegiger: mitunter warf er sich vor, sie überhaupt in den Himalaya mitgenommen zu haben. Er dachte an ihre Mutter, seine Nichte, und wurde von Schuldgefühlen übermannt. Die Aussicht darauf, Dorelia gegenüberzustehen und berichten zu müssen, was mit ihrer Tochter geschehen war, die sie seiner Obhut anvertraut hatte, ließ ihn mehr erschauern als die Frostnächte auf den Bergen.

Und vor allem empfand er, in einem tief verborgenen Seelengrund, ein Gefühl von Verlust. Er hatte nie geheiratet, er hatte keine Kinder: abgesehen von seiner Arbeit, war dieses unabhängige kleine Mädchen mit den furchtlosen grünen Augen und dem forschenden Geist für ihn die einzige Form, an der Zukunft teilzuhaben. Die Beziehung, die sie miteinander verband, war einzigartig; und doch hatte er, ausgerechnet er, das Kind sich aus den Händen gleiten lassen – und schlimmer noch, wenn man Hughes glauben durfte: damit der Gewalt dieser vorgeschichtlichen Wesen ausgeliefert.

»Ja, Sir!«

Roschan tauchte aus der Dunkelheit auf und kauerte sich neben dem Feuer nieder.

»Wir haben lang genug gewartet, viel zu lang«, knurrte Cabot. »Dieser Kerl, dieser Waliser, ist verrückt. Der Himmel weiß, was er treibt, aber zurückkommen wird er nicht. Ich hätte mich gar nicht erst drauf einlassen sollen. Morgen früh beim ersten Licht wirst du deinen besten Läufer nach Katmandu schicken. Ich will die Helikopter, die sie dort haben, das Militär, alles. Wir werden diesen Ort so gründlich durchsuchen, wie er nie durchsucht worden ist. Das hätte ich gleich von Anfang an tun sollen, ich Idiot, statt mich auf irgendwelche Verrücktheiten einzulassen! Wenn das Mädel noch am Leben ist, dann finden wir sie – « Er verstummte, seine Kehle war zugeschnürt. »Und wenn nicht, dann finden wir sie auch.«

»Nein, Sir.«

Roschan sprach in ruhigem, nachdrücklichem Ton. Cabot sah ihn verblüfft an. Noch nie hatte Roschan eine Anordnung, die er gab, in Frage

gestellt oder ihr gar widersprochen. Im Licht der Flammen wirkte das Scherpagesicht ernst und unnachgiebig.
»In den Nächten friert es, Sir, und Miß Iona hat nichts zu essen«, sagte Roschan. »Niemals könnte ein Kind in den Bergen allein so lang überleben. Sie müßte mittlerweile längst tot sein, und die Geier hätten sie gefressen – « Er stockte. »Es waren aber keine Geier zu sehen«, setzte er hinzu.
Cabot brauchte eine Weile, bis er begriff, was Roschan meinte.
»Heißt das, du hast nach Geiern Ausschau gehalten und keine gesehen?«
Roschan nickte. »Wir haben alle Ausschau gehalten, Sir. Von hier aus kann man in alle Richtungen sehen, und wir haben von Morgen bis Nacht den Himmel beobachtet. Auf den Kämmen oben gibt es viele Geier, aber in diesem Sommer ist es wie ausgestorben, fast keine Tiere – und die Geier sind ausgehungert und mager. Wenn irgendein Lebewesen umgekommen wäre, sogar ein Berghase, wären sie in Schwärmen aufgestiegen und hätten sich darauf gestürzt. Das war aber nicht der Fall – «
Er sah Cabot unverwandt an. »Miß Iona ist am Leben, Sir. Ich glaube, der Mann mit den roten Augen spricht wahr: die Yetis haben sie mitgenommen und geben ihr zu essen. Und ich glaube schon, daß er wiederkommt, denn er hat keinen Grund, nicht zu kommen. Ich weiß nicht, ob er sie zurückbringen kann, aber eins weiß ich: wenn Sie Soldaten und Helikopter holen, dann ist sie verloren.«
Cabot hätte heulen mögen und wußte nicht, ob vor Erleichterung oder aus Scham über seine eigene blinde Dummheit. Geier. Die Menschen vom Land, die Menschen vom Gebirge erfahren aus dem Flug der kreisenden Aasfresser natürlich viel mehr, als tausend Hubschrauber an Informationen je sammeln könnten. Die Augen eines Geiers sind so scharf, daß sie den Kadaver einer Maus aus dreitausend Meter Höhe erkennen. Wäre Iona irgendwo im Umkreis von einigen Kilometern ums Leben gekommen, wäre der Himmel schwarz von Vögeln gewesen.
Cabot schloß die Augen und schüttelte den Kopf. Für Roschan war das so selbstverständlich, daß er kein Wort darüber verloren hatte. Wenn jedoch der Scherpa in dieser Sache recht hatte, dann würden sich auch seine anderen Annahmen als richtig herausstellen.
»In Ordnung, Roschan, wir warten«, sagte Cabot heiser.
Roschan hatte ihn zum dritten Mal von voreiligen Entschlüssen abgebracht. Geraint Hughes kam am nächsten Morgen.

Roschan weckte ihn mit der Neuigkeit. Cabot nahm sich gar nicht erst Zeit zum Anziehen, sondern warf sich den wollenen Schlafrock über, stürzte aus dem Zelt hinaus in die eisige Morgenluft und hinkte zur Feuerstelle.
Der Waliser hockte auf einem Holzklotz und wärmte sich die Hände an einem Becher Kaffee. Aus blutunterlaufenen Augen musterte er Cabot und lachte, daß es von Bergen widerhallte.
»Sie wolln mir ne Menge Fragen stellen, ja? Also, da sind die Antworten: Ja, die Yetis, das Volk, wie sie sich nennen, leben da unten in dem Tal. Ja, ich bin mir sehr sicher, daß sie die junge Dame haben, und dieser hier denkt genauso wie ich – «
Er zeigte mit einem Finger auf Roschan. »Wir ham über Geier geredet, Mann, über Geier, ich beobachte sie auch – wir beide kennen uns aus im Gebirge, wissen Sie? Ihre Enkelin, mein Herr, ist noch kein Aas für die Vögel, noch nicht, auf keinen Fall.« Und wieder dieses schreckliche, schrille Lachen.
Roschan nickte und lächelte Cabot verlegen an. Cabot knirschte mit den Zähnen. Ob Enkelin oder nicht – ihn interessierte lediglich, ob sie am Leben war und wie er sie wiederbekam.
»Woher wissen Sie, daß die Yetis im Tal leben, Mr. Hughes?« fragte er so ruhig wie möglich.
»Weil sie einem meiner Freunde den Garaus gemacht haben, deswegen weiß ich's! Sie haben ihn totgeschlagen, aber wir haben ihn gefressen, jawohl. Und beim nächsten Mal hätten meine Freunde beinahe einem von ihnen den Garaus gemacht, aber nur beinahe.«
Cabot dachte an Iona, und eine große Angst erfaßte ihn. Fast wollte ihm wieder der Kragen platzen, aber dann fiel sein Blick auf Roschan, der ihn fest und beschwörend ansah, und er beherrschte sich.
»Ich will das Kind zurück«, stieß er zwischen den Zähnen hervor. »Wie wollen Sie das anstellen?«
»Geduld, hoher Herr, nur Geduld. Du mußt mir schon ein bißchen Zeit lassen, nicht wahr! – «
Hughes hörte auf zu lachen. Die rote Flut in seinen Augen zog sich zurück, und eine Zeitlang klang er klar und vernünftig, der singende walisische Tonfall ausgeprägter. Er streckte den Arm aus und deutete über das Tal. »Sie haben sie irgendwo dort unten, Sir«, sagte er. »Sie werden ihr nichts zuleide tun, bestimmt nicht, – Mann, kein Haar auf ihrem Kopf werden sie ihr krümmen! Sie glauben nämlich, sie bringt ihnen Glück, und nennen sie Schümbe – «

Cabot warf Roschan einen kurzen, fragenden Blick zu, aber der Scherpa hob kaum merklich die Schultern: er kannte das Wort ebensowenig.
»Die Tiere, von denen sie sich ernährt haben, sind fort, Sir, Kämme und Gipfel sind leer und verlassen, jawohl. Ich hab es selber gesehen. Fragen Sie Ihren Serdar, er wird Ihnen das gleiche sagen – «
Hughes wandte sich an Roschan und erzählte ihm etwas in Gurkhali. Roschan brummte zustimmend.
»Die Yetis werden glauben, daß das Mädel sie zurückbringen kann«, fuhr der Waliser fort. »Das kann sie nicht. Bald, vor Wintereinbruch, wird ihnen nichts anderes übrigbleiben, als das Tal zu verlassen und jagen zu gehen. Vielleicht alle, vielleicht ein paar, vielleicht nur einer. Jedenfalls, wenn sie kommen, dann wissen es meine Freunde und bringen mich zu ihnen. Soviel ist sicher. Ich geb ihnen zu essen und krieg dafür das Kind, ganz einfach. Jawohl, so werden wir's machen.«
Er verstummte, und in dem nun folgenden Schweigen blickte Cabot erneut zu Roschan hinüber. Der Scherpa runzelte die Stirn, als wüßte er nicht, ob er dem Waliser glauben sollte oder nicht. Cabot erging es ähnlich.
Das Bergwild, die Tiere, von denen die Yetis sich angeblich ernährten, Moschustiere, Muntjaks, Bären, Steinböcke, Bergziegen, waren in den dreißig Jahren, seit Cabot seine erste Expedition in den Himalaya unternommen hatte, in der Tat sehr viel weniger geworden – von den Gipfeln und Kämmen waren sie praktisch verschwunden. Der Rückgang des Tierbestandes ließ sich nur durch die Verknappung ihres Lebensraumes erklären – Wälder werden abgeholzt, das vom Menschen gerodete, bepflanzte, besiedelte Gebiet breitet sich unaufhaltsam aus, nun schon bis hinauf zur tibetischen Hochebene.
Andererseits waren die Yetis, sofern sie existierten – und davon war Cabot mittlerweile restlos überzeugt –, gewiß nicht ausschließlich Jäger, sondern auch Sammler. Sie gehörten zu den Vorfahren des heutigen Menschen, und alle diese Vorfahren hatten die beiden Tätigkeiten miteinander verbunden, wie das manche Naturvölker noch heute tun; auch die Yetis machten gewiß keine Ausnahme. Der Fleischmangel würde sie wohl kaum aus dem Tal vertreiben, sie konnten sich ja von Gräsern und Beeren und Früchten ernähren – Bäume, Sträucher, Felder gab es dort unten genug. Da braucht es schon etwas anderes, dachte Cabot, um sie aus ihrem Tal fortzujagen, ein Unglück, einen Meteor, irgend etwas Schreckliches, was ihnen ihre Umwelt unbewohnbar oder unheimlich macht.

Cabot sah auf und begegnete Hughes' starrem Blick, und er sah, wie die Augen des Walisers sich von neuem mit Blut füllten.
»Ha!« schrie Hughes. »Du vertraust mir nicht, wie? was? Das ist ein Fehler, Mann! Gib mir Zeit, ich brauch Zeit, meine Freunde sind verläßlich, mit ihrer Hilfe kriegst du dein Kind zurück. Das heißt, wenn die Yetis es nicht vorher auffressen!«
Es folgte ein gewaltiges Gelächter. Als Hughes sich beruhigt hatte, sprach er mit Roschan in Gurkhali. Einen Augenblick später war er fort, ohne weitere Erklärung. Cabot stand auf und wollte ihm nachrufen, aber Roschan ergriff seinen Arm.
»Es ist schon in Ordnung, Sir«, sagte der Scherpa. »Er hat mir gesagt, wohin er geht und was wir tun sollen.«
Cabot setzte sich wieder und hörte zu.
»Auf der anderen Seite des Tales gibt es ein Dorf«, fuhr Roschan fort. »Es ist ziemlich weit von hier, auch vom Tal aus ist es noch ziemlich weit. Ich selber bin nie dortgewesen, aber ich habe davon gehört. Es ist der letzte von Menschen bewohnte Ort vor den Hochebenen von Tibet, die auf der anderen Seite der Gebirgskette beginnen. Ich habe dem Mann gesagt, daß der Helikopter in vier Wochen kommt, um uns nach Katmandu zurückzubringen.«
Cabot seufzte. Er hatte völlig vergessen, daß er ja selbst den Termin vereinbart hatte, zu dem der Hubschrauber sie abholen sollte.
»Wenn der Mann bis dahin etwas Neues erfahren hat«, fuhr Roschan fort, »dann kommt er hierher zurück, auf den Kamm. Sobald der Helikopter da ist, brechen wir das Lager ab und entlassen die Träger. Wir sollen uns von dem Helikopter in das Dorf bringen lassen, der walisische Mann wird sich dort mit uns in Verbindung setzen. Jetzt ist noch Hochsommer, aber bald ist Winter – das ist so in den Bergen. In dem Dorf kann er uns besser finden, wenn die Schneefälle einsetzen.«
»Uns?« Cabot sah ihn verblüfft an. »Was meinst du damit? Du hast deinen Job erledigt, und ich bin dir dankbar – vor allem deswegen, weil ich ohne dich verrückt geworden wäre. Aber du hast noch andere Treks vor, und deshalb wirst du zusammen mit den Trägern ausgezahlt, wie üblich.«
Roschan schaute zu Boden, die Stirn gerunzelt, dann hob er den Kopf, sein Gesicht glättete sich, und er lächelte nachdenklich, ein wenig verlegen. In seinen Zügen spiegelte sich die Anstrengung der vergangenen Woche, aber sein Ausdruck war entschlossen und unbeirrbar.
»Ich, Sir, bin ein Scherpa vom Everest«, sagte er stolz. »Wir lassen nie-

manden im Stich, der in den Bergen verunglückt ist. Das ist selbstverständlich. Aber ich bleibe auch Ihretwegen, und vor allem bleibe ich des Kindes wegen: ich bin überzeugt, daß Miß Iona am Leben ist. Ich will sehen, daß das Kind gefunden wird.«

In der Hotelbar in Katmandu bestellte sich Cabot einen zweiten Whisky.

Er trank selten und niemals am Vormittag, aber heute brauchte er den Whisky wie eine Medizin. Während er auf den Kellner wartete, drehte er sich herum und schaute hinüber zur Rezeption, die er durch den bogenförmigen Durchgang zwischen Bar und Foyer sehen konnte. Er fing den Blick der Telefonistin auf. Sie lächelte und schüttelte bedauernd den Kopf, aber sie bedeutete ihm mit Gesten, daß sie weiter versuchen würde, sein Gespräch zu vermitteln.

Cabot knurrte frustriert. Der Whisky kam, und mit dem Glas in der Hand drehte er sich wütend um und sah wieder aus dem Fenster.

Die vier Wochen waren vergangen, Hughes hatte sich auf dem Kamm nicht mehr blicken lassen. Dann traf der Helikopter ein, und sie brachen das Lager ab. Die Träger und anderen Scherpas wurden ausbezahlt und in kleinen Gruppen ausgeflogen. Cabot blieb mit Roschan zurück: bis zuletzt harrten sie aus auf dem leeren, schweigenden Felsplateau, wo die Zelte zusammengelegt und gestapelt auf den letzten Flug des Helikopters warteten, und Cabot hoffte wider alle Wahrscheinlichkeit, daß Hughes vielleicht doch noch käme.

Später, als er in der Kabine saß und der Hubschrauber sich in die Luft erhob, drückte er das Gesicht an die zerkratzte Scheibe und starrte angestrengt auf die Erde hinunter. Scharfe Grate unter ihm, schneebedeckt, abfallende Kämme und felsige Flanken, und keine Spur von Leben, geschweige denn von einem absonderlichen Waliser. Als der Pilot nach Süden abdrehte, ließ Cabot sich in seinen Sitz zurückfallen. Sie steuerten das einsame Bergdorf auf der anderen Seite des riesigen, geheimnisvoll nebelverhangenen Talbeckens an, Roschan stieg dort aus; Cabot ließ sich indessen nach Katmandu bringen.

Er hatte diese verfallene kleine Hauptstadt mit ihrer schlampigen Bauweise, ihren offenen Kanälen, ihrer kosmopolitischen Bevölkerung und ihren geschäftigen, geruchsintensiven Märkten immer sehr geliebt. Aber jetzt fand er sie zum ersten Mal bedrückend und nervtötend. Was ging ihn Katmandu an – er wollte mit Roschan in dem abgelegenen Dorf in den Bergen sein.

Der Helikopter wartete am Flughafen, um ihn hinzubringen. Aber er konnte erst aufbrechen, wenn er mit Dorelia gesprochen hatte.

»Sir, Sir, wir haben Verbindung!«

Die junge Dame von der Rezeption war hinter ihrer Theke hervorgekommen und lief ihm entgegen, aufgeregt mit den Armen wedelnd. Cabot trank schnell sein Glas aus und stand auf.

Während er sich zwischen Tischen und Stühlen unbeholfen, hinkend seinen Weg bahnte, fragte er sich grimmig, wie er es anstellen sollte, um Dorelia begreiflich zu machen, daß ihre Tochter in die Hände von Wesen gefallen war, die er – trotz aller vernünftiger Argumente, die er Iona seinerzeit zu bedenken gegeben hatte – nur als Ungeheuer bezeichnen konnte?

39

»Herrgott, Charles, was zum Teufel soll das heißen? Spielen Sie jetzt irgendein Spiel mit mir, oder was?«

Eine Mischung aus Ärger und Verwirrung spiegelte sich auf Dorelia Howards Gesicht. Sie starrte ihren Anwalt einen Augenblick an, dann wandte sie sich abrupt ab.

Sie stand am Fenster. Lefanu betrachtete ihren Rücken.

Sie trug ein maßgeschneidertes Kostüm aus schwerer schwarzer Schantungseide. Er hatte sie gebeten, sich für die Verhandlung konservativ zu kleiden: dieses Gewand war ihr Zugeständnis. Aber sie wäre nicht Dorelia, hätte sie dazu nicht eine tief dekolletierte weiße Bluse getragen, in den Ohren taubeneigroße Smaragde und massive Goldarmbänder an beiden Handgelenken. Unter der enganliegenden weißglänzenden Hülle wogten ihre Brüste, und eine grün-gold schimmernde Aura umgab sie wie ein Heiligenschein.

Dorelia sah genau so aus, wie sie war – prachtvoll und provokant. Sie sah nicht aus wie eine verantwortungsvolle, kummergeplagte Mutter, die um das Sorgerecht für ihr Kind kämpft. Lefanu seufzte.

»Nein, Dorelia, ich spiele gewiß kein Spiel mit Ihnen«, sagte er. »Die Gegenseite hat eine Annäherung versucht, die wir genau bedenken sollten. Der Tod Ihres Schwagers hat die Sachlage einigermaßen verändert. Um genau zu sein: er hat die Position Ihres Gatten gestärkt.«

»Zufällig geht es um meine Tochter, nicht um den toten Bruder dieses Arschlochs!« bemerkte Dorelia in eisigem Ton über ihre Schulter. »Harry war ein Ekel. Ein arroganter Kerl, Säufer, schwul wahrscheinlich ... Er und Michael sind sich auf eine recht ungesunde Weise nahegestanden.« Sie drehte sich um, sah ihn an: »Was zum Teufel hat Harrys Tod mit Iona zu tun?«

»Möglicherweise viel, Dorelia. Er könnte sozusagen ein Fenster geöffnet haben – « Lefanu hielt inne. Er nahm die Brille ab, putzte sie, ordnete seine Gedanken.

Seit Beginn der Verhandlung um das Sorgerecht war mehr als ein Monat vergangen. Dorelias Zeugenvernehmung hatte sich als vollendete Katastrophe erwiesen. Mit fast allem, was sie von sich gab, hatte sie ihrer Sache geschadet. Nachdem das Gericht an diesem ersten Tag die

Sitzung geschlossen hatte, bevor Howards Anwalt mit Dorelias Verhör zu Ende war, verbrachte Lefanu den Abend damit, nach einem Grund zu suchen, um bei der Fortsetzung der Verhandlung am nächsten Morgen eine Vertagung zu beantragen.

Es fiel ihm nichts ein. Das spielte indes keine Rolle mehr: fünfzehn Minuten, nachdem das Gericht wieder zusammengetreten war, während Lefanu grimmig darauf wartete, daß Dorelias Vernichtung von neuem begann, erkrankte der Richter, und die Sitzung wurde geschlossen. Am Spätnachmittag wurde mitgeteilt, des Richters Krankheit sei zwar nicht schwer, die Verhandlung könne jedoch unter seinem Vorsitz frühestens in einem Monat wiederaufgenommen werden.

Unter Einsatz aller seiner Talente und aller Erfahrung, die Lefanu sich im Lauf der Jahre erworben hatte, gelang es ihm, die Gegenseite davon zu überzeugen, daß es besser sei, die Genesung des Richters abzuwarten, als die Verhandlung unter einem anderen Vorsitzenden von neuem zu beginnen.

Die Rekonvaleszenz des Richters war nun abgeschlossen, er versah wieder sein Amt, und binnen einer halben Stunde sollte die Verhandlung beginnen.

Die Lage war genauso wie etliche Wochen zuvor, abgesehen von zwei durchaus unerwarteten Ereignissen – das eine lag einige Tage zurück, der Tod von Michael Howards älterem Bruder, das andere hatte am Abend zuvor stattgefunden: besagter Vorschlag der Gegenpartei, die einen unerwartet versöhnlichen Ton anschlug. Lefanu hatte unmittelbar darauf versucht, Dorelia zu Hause zu erreichen, aber wie der Butler ihm mitteilte, war sie ausgegangen. Nichts anderes hatte er erwartet. Als er um Mitternacht zum letzten Mal anrief, war sie noch immer nicht zurück. Lefanu zuckte die Achseln und ging zu Bett.

Erst jetzt, kurz bevor das Gericht zusammentrat, als sie im Konferenzraum auf den Verhandlungsbeginn warteten, konnte Lefanu das Angebot zur Sprache bringen.

»Durch den Tod Ihres Schwagers erbt Michael Howard den Familienbesitz in Schottland«, sagte Lefanu. »Er besitzt natürlich bereits Mainwarden. Laut Aussage seiner Anwälte hat Michael nicht die Absicht, sich wiederzuverheiraten, nachdem Sie beide voneinander geschieden sind. Aber was er auch vorhat, es spielt keine Rolle hinsichtlich seines Vorschlags.«

»Möchten Sie mir nicht endlich sagen, worum es eigentlich geht?« fragte Dorelia.

»Michael Howard hat die Absicht, sowohl Mainwarden als auch die schottischen Güter unwiderruflich Iona zu vermachen. Er wird sich in Schottland niederlassen, Sie können natürlich leben, wo Sie wollen, und in der Zwischenzeit kann Iona Mainwarden haben – «
Lefanu zögerte. »Die Voraussetzung dafür ist das gemeinsame Sorgerecht für Iona.«
»Wie bitte –?« Dorelia sah ihn an, als hätte er den Verstand verloren. Langsam kam sie zum Tisch zurück.
»Mag sein, ich lebe in einer kranken Welt, in der eine Mutter um das Sorgerecht für ihr eigenes Kind kämpfen muß«, sagte sie, »aber ich bin gewiß nicht krank. Der Mistkerl glaubt, er wird ein Geschäft machen, wenn er Iona diese beiden Drecklöcher verspricht, ja? Die sind einen Eimer Scheiße wert, wer interessiert sich dafür! Wenn Iona sie wirklich haben will, sobald sie erwachsen ist, dann kaufe ich sie ihr! Aber eins sage ich Ihnen, und zwar umsonst – «
Sie beugte sich zu ihm nieder und fixierte ihn mit geblähten Nüstern, weiß vor Wut.
»Ich bin nicht gewillt, Iona mit diesem Schurken zu teilen. Ich bezahle Sie, damit Sie dafür sorgen, daß das Kind bei mir bleibt. Sie schlagen mir allen Ernstes vor, mich mit einem gemeinsamen Sorgerecht einverstanden zu erklären? – ich denke nicht daran! Das einzige, woran ich denke, ist, mir einen neuen Anwalt zu suchen!«
Immer lauter war ihre Stimme geworden, bis sie am Ende beinahe schrie.
Lefanu hielt ihrem Blick stand. »Iona«, sagte er friedlich.
»Was soll das heißen – Iona? Was glauben Sie denn, über wen ich die ganze Zeit rede?«
»Über sich selbst, Dorelia, nicht über Ihre Tochter.«
Lefanu schob seinen Stuhl zurück, stand auf, und jetzt sah er, von weit höherer Warte, auf sie herab. Er wußte, was er zu tun hatte, um sie umzustimmen, aber bevor er sich darauf einließ, wollte er einen letzten Versuch machen, sie auf vernünftigem Weg zur Einsicht zu bringen.
»Hören Sie gut zu«, sagte er. »Das Angebot Ihres Mannes hat Hand und Fuß und wird auf den Richter erheblichen Eindruck machen; das könnten Sie sich vielleicht denken, wenn Sie nicht so borniert und selbstsüchtig wären. Was Sie ›Drecklöcher‹ zu nennen belieben, wird der Richter als bedeutendes Erbe ansehen: an Grundbesitz und letzten Endes auch an Verantwortung. Bei gemeinsamem Sorgerecht wird Iona auch ihr zweites Erbe besuchen und kennenlernen können, und schließlich wird

sie auch lernen, es zu verwalten, was sie ja eines Tages muß. Unterdessen wird Mainwarden, welches sofort dem Kind zufallen soll, praktisch eine gemeinsame Basis sein – «

Lefanus Ton wurde schärfer. »Am Anfang sagte ich, es würde zwar schwierig werden, ich hielte es jedoch für möglich, daß wir ohne Abstriche gewinnen. Nachdem dann die Gegenseite von Ihrer – Freundschaft zu Mr. Ryan Gebrauch gemacht hat, meinte ich, wir müßten uns wahrscheinlich auf ein gemeinsames Sorgerecht einigen. Diese letzte Neuigkeit hat die Situation abermals geändert. Wenn Sie sich weigern, wird Ihr Gatte argumentieren, daß Ihre Weigerung nicht nur einen vollständigen Mangel an Vernünftigkeit und Einsicht beweist, sondern auch an elterlicher Verantwortung: ein totales Desinteresse an Ionas Zukunft. Ich denke, er wird dann das alleinige Sorgerecht beantragen. Und ich denke, er wird es bekommen. Sind Sie in der Lage, das zu begreifen?«

Er verstummte. Dorelia starrte ihn voller Abscheu an. Nichts regte sich in ihrem Gesicht, aber ihr Atem ging schneller.

»Nein«, sagte sie zornbebend, »ich werde dieses Arschloch nicht damit durchkommen lassen. Und Sie sind offensichtlich zu feige, um ihm Paroli zu bieten, – oder hat der Bastard Sie etwa bezahlt? Auch egal. Was ich tun werde – «

Lefanu hob warnend die Hand und warf ihr einen so vernichtenden Blick zu, daß sie verstummte.

Zorn, das hatte Lefanu vor langer Zeit erkannt, war etwas, das die Klienten sich leisten konnten, nicht ihre Anwälte. Zum ersten Mal in seiner langen Laufbahn geriet Lefanu in Wut. Dorelia war ungezügelt, herrschsüchtig, jähzornig, eine unkontrollierbare Naturgewalt. Sie war die schönste Frau, der er je begegnet war, selbst wenn Erbitterung und Frustration ihr Gesicht verzerrten, war sie schön. Er hatte sie geliebt, aber es war ihm klargeworden, daß es jemanden gab, an dem ihm mehr lag: das Kind, das er nie wirklich kennengelernt, aber in seinem Herzen immer als sein eigenes angesehen hatte, dieses Kind zwischen Hammer und Amboß, von seinen Eltern bedenkenlos als Waffe in ihrer haßerfüllten Auseinandersetzung mißbraucht.

Es ging nicht um Mainwarden oder das schottische Gut, obwohl Iona eines Tages beides bekommen würde. Was das Kind wirklich brauchte, war Zeit, Sicherheit und wenigstens zeitweise Frieden zwischen ihren kriegführenden Eltern. Frieden konnte Lefanu nicht garantierten, aber wenn die Staubwolken sich einmal gelegt hatten, bot das Angebot der Gegenseite allen dreien zumindest die Chance, Frieden zu finden: eine

prekäre, zerbrechliche Chance, aber es war das Beste, was sie hatten – vor allem: was Iona hatte.
Ihretwegen mußte er es erreichen. Das bedeutete freilich, daß Dorelia nicht länger seine Klientin war. Um das Kind ging es ihm, nicht um sie.
»Wenn Sie sagen wollen, daß Sie meine Dienste als Rechtsbeistand nicht länger benötigen, dann können Sie sich die Mühe sparen«, sagte er ruhig. »Ich lege hiermit mein Mandat nieder. Die Vernehmung beginnt in ungefähr zwanzig Minuten. Ich fürchte, Sie werden ohne Anwalt vor Gericht erscheinen müssen, aber das schaffen Sie schon. Ich wünsche Ihnen jedenfalls alles Gute.«
»Jesusmaria, Sie sind genauso ein Scheißkerl wie er –!«
Die Beleidigung brach aus ihr heraus – Lefanu hatte damit gerechnet. Er achtete nicht weiter darauf, so wie er auch frühere Beschimpfungen kaum zur Kenntnis genommen hatte.
»Scheiße, fahren Sie doch zur Hölle!« schrie sie.
Er drehte sich um und ging.
Er stand an der Tür und hatte schon die Hand auf den Knauf gelegt, als er hinter sich ein Geräusch hörte. Lefanu hielt inne, lauschte: sie weinte. Er wartete, mit dem Rücken zum Zimmer. Das Weinen dauerte mehrere Minuten, dann erstarb es. Eine kurze Stille trat ein, dann hörte er ihre Stimme: Wut und Empörung waren daraus verschwunden – jetzt klang Dorelia wie ein Kind, das sich weh getan hat und jammert.
»Charles«, sagte sie unter Schluchzen, »bitte kommen Sie zurück.«

Aus dem Augenwinkel bemerkte Dorelia, wie hinten im Gerichtssaal rasch jemand durch die Tür schlüpfte. Es war Lefanus Assistent. Er verbeugte sich vor dem Richter, dann eilte er nach vorn, zu Lefanu. Dorelia sah ihm gleichgültig entgegen.
Es war eine halbe Stunde später, der Richter hatte soeben seinen Platz eingenommen. Laut Lefanu würde die Verhandlung schnell und unproblematisch verlaufen, denn das Gericht sei darauf bedacht, die zahllosen anderen zur Verhandlung anstehenden Fälle zu regeln und froh, wenn man sich in der Frage des Sorgerechts einigen könne. Nachdem Dorelia bei der Vertagung des Prozesses seinerzeit im Zeugenstand gesessen hatte, mußte sie wieder im Zeugenstand sitzen, wenn das Gericht von neuem zusammentrat. Innerhalb von Minuten und ohne weitere Fragen beantworten zu müssen, würde sie entlassen werden.
Über einige Details müsse noch Einigung erzielt werden, sagte Lefanu, die er jedoch zusammen mit Michael Howards Anwälten ausarbeiten

würde. Die Angelegenheit war in jeder Hinsicht bereinigt und beigelegt, so auch die Ehe.

»Sie erpressen mich, nicht wahr, Charles?« hatte Dorelia kurz zuvor unter Tränen gesagt, nachdem Lefanu sich von der Tür abgewandt und an den Tisch zurückgekehrt war.

»Anwälte greifen nicht zu derlei Mitteln«, erwiderte er. »Manchmal benötigen sie allerdings ein wenig sanfte Überredung.«

»Warum?«

»In diesem Fall, weil mir Ihre Tochter am Herzen liegt und die Einigung bezüglich des Sorgerechts in meinen Augen die beste Lösung ist. Ich glaube, sie braucht beide Eltern, Ich bin froh, daß diese ganze scheußliche Sache vorbei ist, ich bin froh, daß Iona nicht dabeisein mußte, und ich bin froh, daß sie nichts von dem Bruch zwischen Ihnen und Ihrem Mann mitbekommen hat. Wenn ich mich recht entsinne, dann müßte sie diese Woche aus Nepal zurückkehren, nicht wahr?« Lefanu lächelte. »Vor allem bin ich froh, daß sie bei Mr. Cabot in Sicherheit ist.«

Daraufhin waren sie zum Gerichtssaal gegangen. Als Dorelia in den Zeugenstand trat, verspürte sie noch immer einen gewissen Groll und ein inneres Beben. Sie hatte selbstverständlich auf den uneingeschränkten Sieg gesetzt und war enttäuscht worden, und sie konnte Frustrationen nicht ertragen. Andererseits hatte sie, wie Lefanu ihr überzeugend auseinandergesetzt hatte, in jeder praktischen Hinsicht gewonnen. Iona würde während der Schulzeit bei ihr sein: das waren immerhin zwei Drittel des Jahres. Vielleicht mußte sie das Kind in den Ferien in dieses schäbige, trübsinnige alte Mainwarden begleiten, vielleicht würde sie Iona bisweilen auch an ihren Vater abtreten müssen, aber nicht mehr lang, dann war Iona erwachsen: mit achtzehn konnte das Kind seine eigenen Entscheidungen treffen, und Dorelia hegte nicht den mindesten Zweifel, wo und mit wem Iona dann würde leben wollen.

Der Assistent flüsterte lange in Lefanus Ohr. Dorelia sah, wie der weißhaarige Anwalt erstarrte und ein erst ungläubiger, dann entsetzter Ausdruck in sein Gesicht trat. Dann beugte er sich vor und klopfte dem Barrister auf die Schulter und sprach mit ihm, und einen Augenblick später stand dieser auf und trat vor den Richter.

»Euer Ehren, soeben ist mir etwas mitgeteilt worden, was diese Verhandlung in erheblichem Maße betrifft. Ich bitte daher in aller Höflichkeit um eine kurze Vertagung, damit Euer Ehren, mein Amtskollege und ich selbst in Ihrem Amtszimmer die Angelegenheit besprechen können.«

Was danach geschah, bekam Dorelia kaum mit.
Der Richter nickte. Er schloß die Sitzung, stand auf und verließ den Gerichtssaal, gefolgt von den beiden Hauptanwälten, diese wiederum in Begleitung ihrer Assistenten. Im Raum erhob sich ein Flüstern, geraunte Fragen, erstaunt, verwirrt, was das denn nun sei, – dann wurde Dorelia klar, daß Lefanu vor ihr stand.
»Kommen Sie mit mir, Dorelia«, sagte er.
Er nahm sie beim Arm und führte sie rasch aus dem Gerichtssaal. Draußen stieß Lefanus Assistent zu ihnen. Im Flur wimmelte es von Reportern, die von Beginn an die Verhandlung verfolgt hatten. Ohne auf ihre Fragen zu achten, bahnte Lefanu sich seinen Weg durch kamera- und mikrofonbewehrte Presseleute und betrat den Konferenzraum, den sie erst kurz zuvor verlassen hatten. Lefanu warf mit Nachdruck die Tür zu, sein Assistent hielt draußen Wache.
Verwirrt sah Dorelia ihn an. »Was ist denn los?« fragte sie. »Was ist geschehen?«
»Setzten Sie sich.« Lefanu deutete auf einen Stuhl.
Seine Stimme war ungewöhnlich hart, seine Miene düster. Dorelia spürte, daß sein Verhalten nichts mit ihrem Streit kurz zuvor zu tun hatte, – dahinter steckte etwas anderes, etwas, das Lefanu tief verstört hatte.
»Bitte, so reden Sie doch«, bat sie flehentlich.
»Es geht um Iona«, antwortete er. »Ihr Onkel Robert Cabot hat vor dreißig Minuten von Katmandu aus in meiner Kanzlei angerufen. Er hat versucht, Sie zu Hause zu erreichen, aber man hat ihm gesagt, Sie seien am Gericht. Deshalb sprach er statt dessen mit meinem Assistenten – «
Lefanu beugte sich vor und ergriff Dorelias Hand. »Dorelia, Sie müssen jetzt ganz tapfer sein. Iona ist verschwunden. Sie befand sich mit Ihrem Onkel und den Trägern im Lager auf einem Bergkamm im Himalaya. Vor fünf Wochen gab es einen heftigen Schneesturm während der Nacht. Als die anderen am nächsten Morgen aufstanden, war Ionas Zelt leer. Man fand sie nirgends.«
Dorelia sah ihn ungläubig an. »Das verstehe ich nicht.« Ihr Gesicht war leer, verständnislos. »Robert würde doch nie zulassen, daß Iona etwas geschieht – «
Sie brach ab. Auf einmal fing sie an zu schreien. »Herrgott, man verschwindet doch nicht einfach so! Sie muß doch irgendwo sein! Wo zum Teufel ist meine Tochter? Ist sie tot? Ist sie tot? So reden Sie doch!«
»Dorelia!«

Lefanu hielt noch immer ihre Hand, er umklammerte sie so fest, daß seine Nägel beinahe ihre Haut aufrissen. Dorelia stöhnte vor Schmerz, aber Lefanu ließ nicht locker – sein grober Griff trieb ihr die Tränen in die Augen. Aber er bezwang auch ihre Hysterie.
Sie beruhigte sich und versuchte nachzudenken. Irgend etwas war falsch, irgend etwas stimmte nicht, und endlich begriff sie, was es war.
»Warum hat Robert sich nicht früher gemeldet?«
Lefanu schluckte, er schien verwirrt, verlegen, als hätte es ihm die Sprache verschlagen.
»Zwei Tage nach Ionas Verschwinden kam ein alter Mann in Mr. Cabots Lager«, antwortete er endlich. »Ein Europäer, der seit vierzig Jahren im Himalaya lebt. Er sagt, Iona sei verschleppt worden. Er behauptet, er habe ihre Spuren im Schnee gesehen, bevor der Sturm sie verwehte. Er habe auch andere Spuren gesehen – die Spuren der Leute, die sie mitgenommen hätten –«
»Wer hat sie mitgenommen?« fiel ihm Dorelia ins Wort. Dann verstummte sie und schüttelte den Kopf.
»Der Mann sagt, Iona sei bei den Yetis.«
»Bei den Yetis!« Dorelia hatte noch nicht einmal das Wort gehört. »Was ist das denn?«
»Yetis werden volkstümlich auch Schneemenschen genannt. Fürchterliche Wesen, Bewohner des Himalaya, die kaum einer je gesehen hat.«
»Fürchterliche Schneemenschen – ?« Dorelia starrte Lefanu sprachlos an. Sie wußte nicht, ob sie weinen oder lachen oder vor Entsetzen schreien sollte. Das war Wahnsinn, völliger Wahnsinn.
Fürchterliche Schneemenschen. Davon hatte sie wohl doch schon einmal gehört, sie erinnerte sich dunkel – aber das war doch ein Mythos, ein Hirngespinst, eine Halluzination höhenkranker Bergsteiger oder phantasiebegabter Eingeborener, jedenfalls Märchengestalten wie Seejungfrauen und feuerspeiende Lindwürmer. Die Vorstellung, daß Iona, ihre oft widerspenstige, eigensinnige, lästige, aber durchaus reale Tochter aus Fleisch und Blut von Ungeheuern geraubt worden sei – es fiel ihr kein anderes Wort dafür ein –, war gänzlich absurd und unglaublich. Genausogut hätte Lefanu ihr erzählen können, Iona sei ins Reich der Feen eingegangen. Hysterisch fing sie zu lachen an, ein schreckliches, eingefrorenes Lachen, das ihr alsbald auf den Lippen erstarb.
»Es gibt keine fürchterlichen Schneemenschen«, flüsterte sie. »Charles, so sagen Sie's doch! Das gibt es doch nicht! Bitte, Charles. Meine Toch-

ter ist nicht von Ungeheuern gekidnappt worden, nicht wahr, Charles, das stimmt doch nicht?«

Lefanu stand wortlos und hielt Dorelias Hand. Er tat es um seiner selbst willen genauso wie ihretwegen. Er war selber verloren, kannte sich nicht mehr aus, – das war eine Welt jenseits seines Verständnisses, seines Wissens, seiner Erfahrung; zutiefst verunsichernd.

»Dorelia«, sagte er schließlich. »Ich kann Ihnen nur sagen, was ich selber gehört habe.« Er rang um eine Antwort und wußte zugleich, wie unzulänglich seine Worte waren. »Ihr Onkel ist ein außerordentlich vernünftiger und umsichtiger Mensch und verfügt über große Erfahrung. Wenn er die Geschichte dieses Mannes akzeptiert, so unglaublich sie auch klingt, dann müssen wir, im Augenblick wenigstens, dasselbe tun. Mit der Hilfe dieses Mannes hat Mr. Cabot nach Iona gesucht. Sie werden weitersuchen, wie lange es auch dauert, und ich muß Sie warnen: es kann einige Zeit in Anspruch nehmen. Das einzige, worauf es ankommt, ist, daß Iona offensichtlich am Leben ist.«

»Am Leben? In der Gewalt von Ungeheuern?« schrie Dorelia ihn an. »Wie soll ein Kind mit Ungeheuern zurechtkommen! Sie werden sie zu Tode erschrecken, wenn sie Iona nicht schon längst umgebracht haben!«

Plötzlich brach sie zusammen. Sie entriß Lefanu ihre Hand, warf sich über den Tisch und schluchzte haltlos.

40

»Warum hast du das getan?«
Raina sprach laut und erzürnt, sie stand aufrecht in ihrer Hütte und sah auf den Sohn herab, der vor ihr auf dem Boden hockte.
Der dicke Wengen erwiderte ihren Blick aus schmalen, ausdruckslosen Augen. »War es nicht an der Zeit?« fragte er ruhig.
Dieser starre Blick, bleich und schrecklich und unempfindlich, jagte ihr Furcht ein. Raina mußte die Augen abwenden. Kinder werden groß, sie reifen heran, verpaaren sich, bauen ihre eigenen Hütten und ziehen fort; aber kein Kind, dachte sie, kein Kind sieht seine Eltern so an wie Wengen. Es schnürte ihr die Kehle zu.
Nahezu vollzählig hatte der Stamm sich im Morgengrauen aufgemacht, um auf den fernen Weiden im Westen der Insel zu sammeln. Auch Yerto sammelte, trotz seiner steifen Gelenke. Die Drohung der Wanderer, ins Tal herunterzukommen, beunruhigte ihn derart, daß er seit einiger Zeit mit auf die Felder ging, Tag für Tag, – geradezu zwanghaft war er entschlossen, für die Wolkenzeit mehr Vorräte anzuhäufen als je, falls sie tatsächlich mit den Bergbewohnern teilen mußten.
Raina war als eine von wenigen auf der Insel zurückgeblieben. Ein starker Wind wehte gegen die Berge, und sie hatte Wengen erst gewittert, als er bereits nah war, vielleicht noch eine Stunde Fußmarsch entfernt. Und nicht ihn allein hatte sie gewittert: sie nahm noch einen anderen Geruch wahr, der ihr entfernt bekannt vorkam; aber sie konnte ihn zuerst nirgends einordnen.
Dann erinnerte sie sich: er gehörte zu Tana. Raina hatte Tana zuletzt als kleines Kind gesehen, als sie vor vielen Sommern die Insel verlassen hatte, – wen nahm es wunder, daß sie den Geruch nicht gleich erkannte? Wenn ein Yeti das Alter der Reife erlangt, verändert sich sein Geruch fast bis zur Unkenntlichkeit – fast: nicht ganz. In den Duftsporen war noch genug vom Kindgeruch enthalten, um in Raina das Bild des lachenden, krabbelnden, fröhlichen kleinen Mädchens heraufzubeschwören, das vor langer Zeit in die Berge gebracht worden war.
Raina lächelte bei der Erinnerung. Dann verschwand ihr Lächeln. Tana war das Geschenk der Niedergelassenen an die Wanderer, wie umgekehrt Manu als Gabe der Berge ins Tal geschickt worden war, – ohne

Yertos Wissen dürfte Tana nicht zurückkehren; Yerto aber wußte nichts davon. Beklommen verließ Raina ihre Hütte und lief hinunter zum Fluß. Der Gegenwind wehte stärker, als ihr bewußt gewesen war, Wengen und Tana waren näher, als sie gedacht hatte: bereits in Sichtweite. Als sie am Fluß anlangte, traten die beiden drüben am anderen Ufer aus dem Schilf.

Entsetzt starrte Raina ihnen entgegen.

Viele Sommer hatte sie Tana nicht gesehen, aber Raina erkannte sie sofort. Sie war zu einer leichtfüßigen, wohlgestalten, liebreizenden jungen Frau herangereift – alles an ihr, vom seidigen Glanz ihres Pelzes bis zu ihrem breiten und flachen Becken, sprach für ihre Bereitschaft zur Verpaarung. Alles – bis auf den gequälten Blick und die eingetrockneten Blutspuren an der Innenseite der Schenkel.

Tana war bestiegen worden. Von Wengen. Gegen ihren Willen.

Entsetzt und schmerzerfüllt sah Raina dieses Paar am anderen Ufer an. Dann sprang Wengen in den Fluß und durchquerte ihn, Tana zog er hinter sich her. Sie kletterten heraus und schüttelten sich. Tana warf Raina nur einen Blick zu – Scham, Verwirrung und Schmerz lagen darin, und sie lief davon, bevor Raina auch nur ein Wort sagen konnte. Raina sah ihr nach.

Es war achtzehn Sommer her, seit Tana die Insel zum letzten Mal gesehen hatte, aber offensichtlich wußte sie genau, wohin sie wollte. Sie bog das Schilf beiseite und lief die Böschung hinauf. Oben angelangt, zögerte sie, aber nur kurz; dann lief sie weiter, auf die Lichtung und geradewegs in eine Hütte. Es war Kekuas Hütte. Achtzehn Sommer, nachdem Tana die blinde Yetifrau zum letzten Mal gesehen hatte, suchte sie zielsicher Zuflucht bei Kekua.

Raina sah wieder zurück zu Wengen. »Sag mir, was geschehen ist«, forderte sie. Innerlich bebend ging sie zu ihrer Hütte, Wengen folgte ihr auf dem Fuß. Er berichtete; Raina hörte zu, ungläubig und mit wachsendem Abscheu. Jetzt zwang sie sich, ihn noch einmal zur Rede zustellen.

Raina hatte ihren Sohn nie verstanden. Vom Augenblick seiner Geburt an war Wengen anders gewesen, ein Außenseiter. Schon als Kind war er mit den anderen Kindern kaum zurecht gekommen, sie begegneten ihm stets mit Argwohn. Er wuchs mit ihnen auf, er spielte mit ihnen, er lernte dasselbe. Er war Yertos Sohn und hätte eigentlich ihr Anführer sein sollen.

Dazu kam es nie. Wengen blieb eine Randfigur, der mißtrauisch die anderen umschlich, immer in gehörigem Abstand: zuerst beim Spielen, später beim Sammeln. Wenn man den Kindern freien Lauf ließ, blieb Wengen immer zurück; die anderen tobten durchs Tal, in Freiheit, und freuten sich – Wengen zottelte hinter ihnen her. Es war, als hätte er nicht genug Kraft; dabei war er größer und stärker als sie alle. Aber es war etwas anderes; er hatte etwas an sich, das finster und unheimlich war. In der ersten Zeit ihrer Mutterschaft hatte Raina sich manchmal entsetzt gefragt, ob sie mit diesem Kind womöglich das furchterregendste aller Geschöpfe zur Welt gebracht hatte, ein geschlechtsloses Wesen. Dem war jedoch nicht so: Churingas Niederkunft bewies es. Das war indes geheim, keiner sprach darüber, daß Wengen dieses Kind gezeugt hatte. Niemals hätte er Churinga besteigen dürfen, nachdem sein Vater sie Manu versprochen hatte, aber in ihrer Erleichterung, daß er doch ein Mann war, verdrängte Raina die Umstände, unter denen diese Besamung stattgefunden hatte. Derlei geschieht, dachte sie, auch andere vergewaltigen: gut ist es nicht; aber wenn die Bäume ausschlagen und das Gras sprießt, werden junge Männer manchmal vom Trieb überwältigt.

Was Wengen jetzt getan hatte, war jedoch etwas anderes; und schlimmer als eine Vergewaltigung: es war ein Verstoß gegen die Stammesgesetze; und Raina kam der Verdacht, daß sie etwas viel Gräßlicheres als ein geschlechtsloses Wesen in die Welt gesetzt hatte – etwas Unfaßbares, Verhängnisvolles.

»Yerto muß es erfahren«, sagte sie. »Yerto wird entscheiden.«

Aus alter Gewohnheit, ohne zu denken, legte sie Wengen die Hand auf die Schulter, wie sie es immer getan hatte seit seiner Kindheit. Als jetzt ihre Fingerspitzen seinen Pelz berührten. spürte sie Kälte.

»Gewiß, Yerto wird alles erfahren«, erwiderte Wengen. »Dies und noch mehr. Viel ist es, was der Alte wissen muß. Er wird es von mir erfahren.«

In seiner Stimme lag eine Sicherheit, die unheimlich war, furchterregend. Er schaute zu seiner Mutter hinauf, und sein Blick war grausam und selbstgefällig. Rasch nahm Raina ihre Hand von seiner Schulter, und ein kalter Schauer überlief sie. Sie drehte sich um und ging. Sie wollte nicht länger in seiner Nähe sein.

Yerto ruhte auf seinem Lager aus Heu und Farn, ein festes Polster stützte ihn im Rücken. Wengen kauerte ihm gegenüber auf dem Boden unter dem gebogenen Ast, der den Eingang bildete. Draußen dämmerte es, in der Hütte war es beinahe dunkel, von seinem Sohn sah Yerto nur die Umrisse und manchmal ein Funkeln der Augen, wenn der Abendwind in die Blätter des Daches fuhr und sie hochhob, so daß ein wenig Licht hereinfiel.

Am späten Nachmittag, als die Sonne hinter den Kämmen versank, war Yerto mit den anderen vom Sammeln zurückgekehrt. Er schwamm durch den Fluß, schüttelte sich und hinkte die Böschung hinauf zu seiner Hütte. Raina erwartete ihn. Bei ihrem Anblick wußte er, daß etwas geschehen war. Zuerst weigerte sich Raina, zu reden. Stumm rieb sie ihm den Pelz trocken, dann führte sie ihn in die Hütte und half ihm auf sein Lager. Erst jetzt sprach sie.

Unterdessen saß Wengen an seinem bevorzugten Platz im dichten Gras auf dem Hügelkamm oberhalb der Hütten und wartete. Als Raina ihn rief, stieg er hinab.

Yerto erwartete ihn. »Das ist unmöglich«, brüllte er, »das ist – «

Er brach ab, er langte in die Luft, als kämen ihm von dort die Worte, die ihm nicht über die Lippen wollten, – aber da war nichts. Es gab keine Worte.

Der alte Yeti ließ sich zurückfallen und starrte an die Decke. Sein Verstand sagte ihm, was es war: seine Abdankung. Er wehrte sich gegen die Erkenntnis: das war unmöglich. Kein Stammeshäuptling konnte abdanken; und wenn er es jetzt tat, war es der Untergang der Niedergelassenen.

Führerschaft, Nachfolge, Fortbestand, das alles mußte gewährleistet sein. Das Wohl des Stammes hing davon ab, das überlieferte Wissen mußte weitergegeben werden – es war Yertos Aufgabe, das zu tun. Und der folgerichtige, der natürliche und angemessene Mittelsmann, über den dies geschehen sollte, hockte vor ihm auf dem Boden. Wengen.

Sein Rücken begann zu schmerzen, und Yerto mußte sich wieder aufsetzen. Unterdessen war es dunkel geworden, er erkannte jetzt kaum noch Wengens Umrisse. In seinem Kopf kreiste ein schwindelerregender Strudel, es herrschte ein Aufruhr wie im Fluß, wenn im Frühjahr die Schneeschmelze ihn in einen reißenden Katarakt voller schaumflockiger Wasserwirbel verwandelt.

Der Fluß aber beruhigt sich immer wieder, und wenn er sich noch so lang im Kreis dreht, am Ende löst er seine Wirbel und Strudel immer auf. In der ganzen Zeit seit Bestehen des Stammes war kein Anführer je einer so schwerwiegenden und beunruhigenden Aufgabe gegenübergestanden. Als Patriarch mußte er eine Lösung finden. Wie der Fluß.

»Warum?« Yertos Brüllen war beinahe zu einem Flüstern herabgesunken.

»Die Zeit war reif«, sagte Wengen. »Schon längst hätten wieder Kinder ausgetauscht werden müssen. Tana ist erwachsen. Schon seit zwei Sommern ist sie bereit zur Fortpflanzung. Gaggau versucht sie zu besteigen, doch seine Kraft ist dahin. Er leugnet es, aber mit seinem Samen ist auch sein Verstand verbraucht. Er ist erloschen. Tana war unbefruchtet und unnütz für die Wanderer, ein weiterer hungriger Bauch... Ich habe sie gerettet«, setzte er hinzu.
»Du hast sie gerettet!« Yerto traute seinen Ohren nicht. »In wessen Auftrag hast du sie gerettet?«
»In niemandes Auftrag«, erwiderte Wengen. »Ich brauche keinen Auftrag. Auf den Kämmen herrscht Hunger. Hunger braucht keine Worte, keinen Auftrag. Die Wanderer können sich nicht mehr ernähren. Ich nahm ihnen die Last eines Essers und brachte der Insel ein schwangeres Weib.«
Wengen verstummte, und als Yerto nichts erwiderte, fuhr er fort: »Wolltest du nicht einen Sohn von meinem Samen – ein Kind von deinem eigenen Samen? Tana wird ein männliches Kind zur Welt bringen.« Vorwurf und Angriffslust klangen in seiner Stimme.
Yerto erbebte innerlich vor Zorn. Er fühlte sich schwach und alt und war so verwirrt, daß er an der Kraft seines Verstandes zu zweifeln begann. Vieles, was sein Sohn gesagt hatte, stimmte. Yerto wollte, daß Wengen ein Kind zeugte, unbedingt wollte er es; und es war bestimmt richtig, daß Tana inzwischen zu einer Frau herangereift war – Yerto entsann sich ihrer nur als Kind, so mutig wie klug war sie gewesen und hübsch dazu. Sie mußte jetzt im besten gebärfähigen Alter sein.
Natürlich sollte Tana auf die Insel zurückkehren und ein anderes Kind ihre Stelle bei den Wanderern einnehmen. Nur wegen Gaggaus Sturheit, der Eitelkeit eines närrischen und halsstarrigen alten Mannes, der nie ein Kind gezeugt hatte, war sie so lange in den Bergen geblieben, aber Yerto nahm es hin, denn er wünschte Manu zu behalten. Tanas Rückkehr bedeutete Abschied von Manu; aber Manu war mehr wert für den Stamm der Niedergelassenen als eine Frau – als irgendeine Frau. Jetzt würde Manu gehen müssen. Als Yerto sich darüber klar wurde, waren Schwäche und Verwirrung jäh verschwunden. Tanas Entführung war kein Zufall, nicht das Ergebnis eines plötzlichen Triebs, der Wengen überfallen hätte; sie war geplant. Und nicht von ihm allein; Wengen war verschlagen, aber nicht schlau genug für derlei Ränke; nein, es mußte ihn jemand darin unterstützt und bestärkt oder vielleicht sogar überhaupt auf die Idee gebracht haben. Jemand, dem daran lag,

den Niedergelassenen größtmöglichen Schaden zuzufügen, sie ins Mark zu treffen.

»Wer hat dir befohlen, Tana zurückzubringen?« fragte Yerto.

»Niemand«, antwortete Wengen trotzig und herausfordernd. »Ich habe getan, was sowohl für die Wanderer als auch für die Insel gut ist. Ich habe das getan, wovon ich glaubte, du würdest es gutheißen.«

Mehr brauchte Yerto nicht zu fragen. Er kannte seinen Sohn, und er kannte den Ton: Wengen log. Er hatte nicht allein gehandelt. Jemand hatte ihn angestiftet, ermutigt, ihm geholfen. Yerto wußte, wer dafür verantwortlich war. Nicht Gaggau. Gaggau war alt und eitel und verrückt vor Verlangen nach einem eigenen Kind, gewiß, – aber niemals würde er die Stammesbande verletzen.

Wie groß der Hunger der Wanderer auch war und wie sehr er sich wünschte, Tana zu besamen und sich fortzupflanzen, würde Gaggau sich dennoch stets und unwandelbar an Sitte und Überlieferung halten, so lange er lebte. Nicht so seine Gefährtin. Hinter diesen Machenschaften steckte niemand anderes als Kuinko – Yerto stand es klar vor Augen. Kuinko wollte, daß die Wanderer über das Tal herfielen und hier jagten. Tanas Verschleppung von den Höhlen würde Gaggau anstacheln, seinen Stamm von den Bergen herab und auf die Insel zu führen, und gleichzeitig Manu von den Niedergelassenen forttreiben.

Danach war die verbitterte Alte endlich in der Lage zu tun, was ihr beliebte – Yerto konnte sich nicht denken, was sie noch alles im Sinn hatte, aber eins war ihm klar: nichts vermochte sie davon abzuhalten.

Auf einmal fing Yerto an zu lachen.

Wengen sah überrascht auf. Der Patriarch lachte selten, und in letzter Zeit gar nicht. Aber mit einem Mal waren ihm Tatkraft und Stärke zurückgekehrt. Sein Lachen war freilich nicht fröhlich, sondern kehlig und kalt, hart wie der letzte Winterschnee, wenn er bricht und als Lawine von den Bergen herabstürzt.

»Du denkst, ich durchschaue deine Rede nicht«, sagte Yerto. »Du irrst dich. Ich kenne Kuinko, ich habe wohl begriffen, was da vor sich geht. Du hast Tana bestiegen, weil Kuinko dich dazu verleitet hat, aber ich sage dir: du wirst nichts gewinnen, wenn du sie befruchtet hast. Mir gebührt das Recht, Tana zu vergeben, nicht Kuinko. Selbst wenn Tana schwanger ist, wird das Kind nicht deins sein: das Kind gehört dem Mann, dem ich Tana anvertraue. Nicht durch Kuinkos Entschluß, sondern durch *meinen* – !«

Mit Tatkraft und Stärke war auch die Wut zurückgekehrt, und er stand

von seinem Lager auf, ja er sprang, und er brüllte: »Ich vergebe sie jetzt! Ich gebe sie Manu!«
Die kleine Hütte war erfüllt von Yertos Gebrüll, und Wengens Augen wurden schmal, so schmal, daß sie beinahe geschlossen waren. Nichts ließ er sich anmerken, keine Regung – man hätte ihn für einen Schlafenden halten können. Aber er musterte den Patriarchen unverwandt. Kuinko war grausam, bösartig, rachsüchtig. Wengen kam das sehr gelegen. Was Kuinko ihn gelehrt hatte, was er Tana angetan hatte, weil Kuinko es von ihm verlangte, – das hatte einen verborgenen Winkel seiner Seele aufgerissen, hatte Zugedecktes zutage gefördert. Kuinko war scharfsichtig und hatte erkannt, was in ihm steckte: Ehrgeiz, Ruhmsucht, Machtgier, all die Wünsche, von denen Wengen wußte, daß sie in ihm waren; aber nie hatte er gewagt, sie zu äußern, geschweige denn zu verwirklichen.
Sein Leben lang hatte er sich zurückgehalten, als Kind schon, hatte sich abgesondert von den anderen Kindern, von ihren Spielen. In seiner Jugend hatte er sich zurückgehalten und als Erwachsener ebenso. Jetzt nicht mehr. Kuinko hatte ihn entriegelt, enthemmt hatte sie ihn – jetzt wußte er, was er war: dank ihrer Anleitung hatte er gesehen, was sich so lange in ihm gestaut hatte, wie im Winter das Eis den Fluß behindert und versperrt.
Das Eis war aufgebrochen, die Flut strömte ungehindert durch ihn und überschwemmte ihn mit einem Schwall von Selbstbewußtsein und Macht, wie er sie nie zuvor gekannt hatte.
Yerto war alt, verbraucht, genau wie der andere Patriarch in den Bergen. Die beiden Alten lagen im Sterben, eine neue Zeit brach an. Wengen war in Tana eingedrungen und hatte seinen Samen in sie gesetzt, und Yerto mochte soviel schreien und toben, wie er wollte: Tana war sein. Und bald würden auch die Niedergelassenen ihm gehören.
Das einzige, was noch zwischen ihm und der Macht stand, war Manu. Aber Manus Tage waren gezählt. Er war ein Fremder auf der Insel, er hatte versucht, die jungen Männer mit seinem Jagdgeschick zu betören und auf seine Seite zu ziehen, aber jetzt, da Wengen Tana ins Tal zurückgebracht hatte, war Manus Zeit um. Was war ein Jäger ohne Beute? Er hatte keine Wahl: er mußte gehen, zurück in die Berge; dort konnte er mit seinem alten Bruder reden – so groß war die Kluft zwischen ihnen, daß Wengen sich immer mit Verwunderung daran erinnern mußte, daß es dieselbe Mutter war, die diese beiden Söhne zur Welt gebracht hatte. Ob Brüder oder nicht, ihre Beziehung zueinander war unwichtig – so

unwichtig wie ihre Beschlüsse. Von jetzt an mußten sie mit Wengen verhandeln.

Yertos Gebrüll erstarb allmählich. Der Patriarch begann zu husten, ein heiser pfeifendes Geräusch gab er von sich, verursacht durch Alter und die ständige Feuchtigkeit, die abends und nachts vom Fluß heraufstieg.

Wengen musterte seinen Vater mit Verachtung. »Ich habe Tana bestiegen«, sagte er. »Ihr Bauch hat meinen Samen aufgenommen. Wenn Manu sie zu nehmen wünscht, dann wird er mit mir kämpfen müssen.«

Mit diesen Worten verließ er die Hütte, bevor der Patriarch oder Raina ihm eine Antwort geben konnten.

Als Yerto klar wurde, was Wengen gesagt hatte, erschrak er tief, und Raina neben ihm schlug vor Entsetzen die Hände zusammen. Alle Stammesregeln waren unverletzlich, aber es gab – außer dem heiligsten Gesetz, keinen Stammesgenossen zu töten, – zwei, die in besonderer Weise unantastbar waren: dem Stammeshäuptling nie zu widersprechen und nicht gegeneinander zu kämpfen.

Wengen hatte soeben seine Absicht kundgetan, gegen beide Gesetze zu verstoßen.

41

»Laß dich wieder tragen«, sagte Manu.
Iona war auf einen Felsblock zusammengesackt, hatte die Ellenbogen auf die Knie gestützt und das Gesicht in den Händen vergraben.
»Nein«, stieß sie dumpf hervor.
»Ein kurzes Stück«, sagte Manu. »Nur bis zum Ende der Rinne. Danach wird der Boden eben, dann ist es leichter und du kannst wieder allein gehen.«
»Nein!« wiederholte Iona grimmig. »Ich will nicht von dir herumgeschleudert werden, ich will überhaupt nirgends hingehen. Ich will ausruhen.«
In ihrer Stimme klang eine gewisse Schärfe an, die Manu nun schon kannte; das war der Keim einer Wut. Er gab auf; er hockte sich auf den Boden und wartete.
Iona spähte durch die Finger. In Manus Gesicht stand ein resignierter Ausdruck. Vor ein paar Wochen noch hätte Iona nicht im Traum daran gedacht, sich ihm zu widersetzen. Sie hatte panische Angst vor allen Yetis gehabt, den leibhaftigen Ungeheuern, die sie aus ihren Alpträumen kannte, die in der Wirklichkeit noch grauenerregender waren als die Kreaturen der Finsternis, die ihr Bett umschlichen; aber seit sie mit wahren Monstern lebte, bei Tag wie bei Nacht, hatte kein scheußlicher Traum mehr ihr den Schlaf geraubt.
Man gewöhnt sich; sie hatte jetzt fast keine Angst mehr. Gewiß, manche Yetis waren immer noch furchterregend – Gaggau, als sie ihn zum ersten Mal erblickt hatte: zornfunkelnd, hungrig und blutend. Gaggaus wilde, brutale Erscheinung und sein Verhalten ihr gegenüber, und die Art ihrer Begegnung: wie sie, völlig unvorbereitet, ihm vorgeführt wurde, tief in einer Höhle bei Nacht, – wie ein riesiges, wütendes Untier aus Urzeiten kam er ihr vor; sie war zu Tode erschrocken, ihr Mund war ausgedörrt und der Magen ein Felsblock. Sie hatte noch immer Angst vor dem Patriarchen der Berge – sein Schnauben und Röhren ließ sie an die feuerspeienden Drachen ihrer Kindheit denken; aber in angstfreien Augenblicken war sie in der Lage, seine Drohhaltung auf Angst und Unsicherheit zurückzuführen und vor allem auf die Hungersnot, die große Sorge um das Überleben des Stammes.

Mit Kuinko und Wengen war es anders. Die ausgemergelte Alte vom Berg mit ihren kalten, stechenden Augen und der dicke verschlagene Bursche vom Tal verschreckten sie viel mehr. Die anderen Yetis waren hünenhaft und sonderbar, aber im Lauf der Zeit waren sie Individuen geworden, unterschiedlich im Aussehen und im Charakter: die blinde Kekua, die freundliche, runde Churinga mit dem langsamen Verstand, Tana die Schöne mit ihren hellen, klugen Augen, in denen sich, wie bei allen Inselyetis, das kalte Grau eisbedeckter Felsblöcke mit dem strahlenden, zauberhaften Blau des frühen Morgenhimmels paarte. Und vor allem der starke und geschickte Manu, der so oft lächelte und sie manchmal sogar neckte, wie die Eltern es mit ihren Jungen taten.
Kuinko und Wengen blieben Tiere für Iona. Kuinko hatte den Blick eines Reptils, Wengen die dumpf-drohende Kraft und Wildheit eines hungrigen Wolfes. Aber sie waren gefährlicher, als ein Tier jemals sein konnte, denn sie dachten und planten und verfolgten finstere Zwecke; Iona mißtraute ihnen zutiefst, und manchmal empfand sie so große Furcht, daß sie wie gelähmt war.
Vor kurzem jedoch hatte Iona entdeckt, daß sie eine gewisse Macht über die Yetis hatte, über die gefährlichen und bedrohlichen wie über die freundlichen und vertrauenswürdigen.
Die Erkenntnis reifte langsam. Sie, Iona, war ein Schumbi, vom Fluß angeschwemmt, das erste, das je mit den Yetis gelebt hatte. Zuerst hielt sie den Respekt der Yetis für einen Ausdruck derselben Gefühle, die sie selbst empfand: das Schumbi war für die Yetis ein so fremdartiges und beunruhigendes Wesen wie für Iona die Ungeheuer. Dann, als ihr eigenes Entsetzen nachließ, merkte sie, daß die Yetis sie mit ebensoviel Neugier wie Faszination betrachteten, aber auch mit einer Art Ehrfurcht, der Scheu vor einer unbekannten Macht. Selbst Tonemetapus Stimme klang gedämpft und vorsichtig, wenn er mit ihr sprach.
Iona war intelligent und unverwüstlich, und sie hatte die schnelle, scharfe Auffassungsgabe eines Kindes. Und allmählich wurde ihr klar, daß sie nicht einfach eine Gefangene der Yetis war, sondern eine Gabe: ein Zeichen, das die Sterne ihnen geschickt hatten. Sie verfügte über eine Zauberkraft, die das Leben der Niedergelassenen und der Wanderer zu ändern vermochte; und sie war ihnen in einer Zeit geschickt worden, da beide Stämme eine tiefe Krise erlebten.
Welcher Art die Krise war und was sie ausgelöst hatte, das wußte Iona nicht; offenbar wußten es auch die Yetis nicht. Das Verschwinden der

Beutetiere aus den Bergen und die Zwietracht der Stämme war nur ein Aspekt davon, der am deutlichsten sichtbare Ausdruck. Dahinter verbarg sich etwas Schlimmeres, Unergründliches, dessen Folgen und Auswirkungen niemand abschätzen konnte. Ein Verhängnis, das selbst in der hellsten Sommersonne drohend über dem Tal hing wie der Schatten der Geier, die hoch in der Luft ihre Kreise zogen.
Eine rauhe feuchte Zunge fuhr über Ionas Handgelenk.
Sie schaute auf. Die Leopardin hatte sich ihr vor die Füße gelegt und leckte ihre Hände. Iona kraulte ihr das Kinn. Babilla hatte Hunger; aber erst wenn sie wieder auf der Insel waren, würde sie zu fressen bekommen – wenn Manu ihr von seinem Vorrat an Dörrfleisch, das er als Proviant bei sich hatte, etwas gab. Babilla forderte Iona zum Weitergehen auf.
»Also gut«, seufzte Iona und stand auf. Eilig sprang auch Manu auf. »Bist du bereit weiterzugehen?« fragte er.
Iona nickte. »Du kannst mich auch tragen.«
Manu hievte sie auf seine Schultern, und Iona schlang die Beine um seinen mächtigen, breiten Nacken. Vor ihnen führte ein schmaler Korridor, eine Wasserrinne, übersät von Felsbrocken und Geröll, steil in die Tiefe; hier und dort ragten aus den Seitenwänden abgebrochene, scharfkantige Schieferplatten, die den Durchgang mitunter sehr erschwerten. Iona hielt sich an Manus Kopf fest.
»Bitte geh langsam«, sagte sie. »Sonst mußt du mich wieder absetzen, und dann müssen wir dauernd stehenbleiben.«
»Ich werde vorsichtig auftreten«, versprach Manu.
Er begann den Abstieg durch die Rinne: sehr rücksichtsvoll. Mit erfreutem Gebrüll sprang Babilla ihm nach und hatte ihn bald überholt. Iona, die auf Manus Rücken durchaus sanft geschaukelt wurde, lächelte.
Sie hatte es lang nicht begriffen, aber jetzt wußte sie es: sie war den Yetis keineswegs hilflos ausgeliefert. Sie war das Schumbi aus dem Schnee, Künderin unbekannter Ereignisse, Trägerin von Zauberkräften. Der Zauber wirkte nicht immer – sie hatte zwar Churinga und ihr Kind gerettet, aber beim Aufspüren von Jagdbeute auf den Kämmen hatte sie versagt; doch ob er wirkte oder nicht, sie war ein Talisman, sie hatte Macht, so oder so.
Iona wußte noch nicht, wie sie ihre Macht einsetzen sollte, aber diese dunkle Ahnung einer Gefahr, die über der Welt der Yetis hing, die jeder empfand, gab ihr das Gefühl, daß sie es bald herausfinden würde.

Sie kamen zügig voran, als der Abend dämmerte, erreichten sie den Fluß. Am Ufer blieb Manu stehen und war verwirrt. Hätte man sie nicht längst riechen müssen, sollten nicht alle – oder fast alle – Yetis am Ufer warten, um sie zu begrüßen? Niemand war gekommen. Leer war die Böschung, leer das Ufer, und über dem Schilf lastete das Schweigen.

Die letzten zwei Stunden war Iona selber gegangen; jetzt hob Manu sie wieder auf seine Schultern, watete in den Fluß und schwamm hinüber, Babilla ihm nach.

Drüben angelangt, setzte er sie ab. Gemeinsam gingen sie zur Lichtung, betraten den Kreis der Hütten – überrascht sah Iona sich um. Normalerweise war der Gemeinschaftsplatz vor den Behausungen der Yetis von Bewegung und Lärm erfüllt, von spielenden, sich zankenden Kindern, von arbeitenden und schwatzenden Erwachsenen. Jetzt schien die Insel verlassen; die Stille war bedrückend und bestürzend.

Eine ungewisse Furcht erfaßte sie, und sie schaute beklommen zu Manu hinauf; er aber ließ sie nicht zu Wort kommen, sagte nur knapp: »Bleib hier.«

Er gab Babilla den Bewachungsbefehl, und die Leopardin sprang herbei und legte sich neben Iona nieder, den Kopf auf ihren Füßen; Iona vernahm das vertraute warnende Knurren. Manu überquerte mit großen Schritten den Platz und betrat Yertos Hütte.

Iona hörte Stimmen: zu leise, als daß sie verstehen konnte, was sie sagten; aber aus den Lauten, die zu ihr herüberdrangen, hörte sie Zorn und Verwirrung heraus. Sie stand stumm und erschrocken und wartete.

»Es war niemand am Ufer«, sagte Manu. »Niemand ist auf dem Platz. Was soll das bedeuten?« Er sprach leise.

Im grünlichen Zwielicht der blättergedeckten Hütte sah Yerto ihn an. Er lag flach ausgestreckt auf dem Bett, an seiner Seite saß Raina und hielt seine Hand. Beider Gesichter waren sorgengefurcht, Manu blickte vom einen zum anderen. Er war sich wohl bewußt, daß Yerto alt und grau war und seine Kräfte schnell schwanden, aber jetzt erkannte er mit Schrecken, daß es mit Raina nicht anders war.

Aus irgendeinem Grund hatte Manu die alte Frau für alterslos gehalten: gefeit gegen die Verwüstungen der Zeit. Als er sie zum ersten Mal gesehen hatte, war sie blühend und stark gewesen, eine warmherzige Frau mit offenen Armen und schimmerndem Pelz. Er war ein Kind, und sie wurde ihm die Mutter, die er nie gehabt hatte. Und als er größer wurde

und schließlich erwachsen, war sie der eine unwandelbare Bestandteil seines Lebens; Manu glaubte, sie würde sich niemals ändern.
Jetzt sah er, daß ihre Gesichtszüge eingefallen waren, ihr Pelz fast so grau wie bei Yerto, ihr Körper abgezehrt und verbraucht. Er wußte wohl, daß solche Veränderungen nicht über Nacht entstehen; doch er sah sie weiterhin so, wie er sie immer gesehen hatte, und merkte nichts. Jetzt aber war die Blindheit von ihm abgefallen, und er sah sie zum ersten Mal wirklich, eine alte Frau; und er sah, daß da noch etwas war, das mit der Abnutzung der Jahre nichts zu tun hatte.
Ein großer Kummer: Raina war ins Herz getroffen worden. Die Wunde war frisch und offen, und sie blutete noch.
Manu sah die beiden an und fragte: »Was ist geschehen?« Er sprach leise wie zuvor, aber eindringlich.
»Wengen ist zurück«, antwortete Yerto. »Er hat Tana mitgebracht. Er sagt, er hat sie besamt.«
Manu nickte ernst und langsam. »Ja. Ich habe es gehört.«
»Wengen hat das Gesetz gebrochen. Nicht einmal Gaggau hat gewußt, was Wengen plante. Gaggau ist lahm und närrisch, und die Wanderer hungern. Die Leere in seinem Bauch ist ihm in den Kopf gestiegen – « Yerto richtete sich auf und stützte sich auf den Ellenbogen. »Gaggau träumt. In seinen Träumen führt er die Wanderer ins Tal. So spricht Wengen. Ist es wahr?«
Wieder nickte Manu. »Er hat mich mit dem Schumbi vorausgeschickt, um euch die Ankunft der Wanderer anzukündigen.« Er zögerte. »Aber sie kommen nicht, um an der Ernte teilzuhaben«, fügte er hinzu. »Sie kommen, um zu jagen.«
Manu hörte, wie Raina tief Luft holte.
Bis zu diesem Augenblick hatte die alte Frau nicht geglaubt, daß die Wanderer tatsächlich von den Bergen herabkämen. Die Bitten und Forderungen des klumpfüßigen Gaggau hatte sie für leere Drohung gehalten. Schlimmstenfalls, dachte sie, kommen sie zum Sammeln ins Tal; das war ein Irrtum, wie sich zeigte. In den Sammelgründen zu jagen aber war schlimmer als der schlimmste angenommene Fall: es würde der Tod des Tals sein.
Reglos kauerte sie in der Dunkelheit.
»Wenn Gaggau kommt, werden er und ich miteinander reden«, sagte Yerto unbestimmt.
Er hatte, im Unterschied zu Raina, nicht erfaßt, was Manus Botschaft in Wahrheit bedeutete. Yertos Gedanken kreisten um etwas anderes, das

ihm im Augenblick wichtiger war, ja ihn geradezu zwanghaft beschäftigte.
»Tana stammt von der Insel«, fuhr Yerto fort. »Mit ihrer Entführung und Besamung hat Wengen nicht nur die Bande verletzt, sondern er hat sich gegen mich aufgelehnt – gegen mich, seinen eigenen Vater und Führer…!«
Yertos Stimme erhob sich im Zorn. »Das darf er nicht!« schrie er wild. »Er hat kein Recht, sich Tana zu nehmen. Ich bin es, der berechtigt ist, sie zu vergeben, jetzt genauso wie damals als Kind, als ich sie den Wanderern gab!… Das habe ich ihm gesagt«, fuhr er, ein wenig gedämpft, fort. »Ich habe ihm gesagt, daß er sie nicht bekommt. Ich habe ihm gesagt, daß ich sie dir gebe.«
Verblüfft sah Manu ihn an.
Gewiß, es war Yertos Recht, einen Gefährten für Tana zu wählen. Der alte Gaggau hatte dieselbe Macht über die jungen gebärfähigen Frauen seines Stammes. Aber Tana war eine Niedergelassene und er, Manu, ein Wanderer. Soweit Manu wußte, hatte kein Patriarch je einen Angehörigen seines eigenen Stammes mit einem Gefährten vom anderen Stamm verpaart.
»Was hat Wengen dazu gesagt?« fragte Manu verwirrt.
Yerto gab keine Antwort. Der Zorn und die wachsenden Sorgen, diese nicht endende Kette qualvoller Ereignisse, die mit dem Erscheinen des Schumbis begonnen hatten, schienen ihm alle Lebenskraft ausgesaugt zu haben. Er ließ sich auf das Lager zurückfallen und starrte ans Dach der Hütte, wie immer, wenn er nicht weiterwußte, und murmelte vor sich hin. Er überließ es Raina zu antworten.
Die alte Frau stemmte sich mühsam hoch und ging mit schweren Schritten auf Manu zu; es knackte in ihren Gelenken, und ihre Glieder waren kältesteif und schmerzten.
»Wengen widerspricht seinem Vater«, sagte sie. »Denn er ist unser Sohn, und er und Tana sind vom selben Stamm. Wengen sagt, er hat das Recht, sie zu nehmen. Falls du Einwände hast, sagt er, wird er um sie kämpfen.«
Manu schwieg. Er empfand schon kein Erstaunen mehr; nur noch Trauer. Als er einmal, vor vielen Sommern, zu den Kämmen hinaufgestiegen war, hatte er auf einer Eisplatte den Halt verloren. Strauchelnd, rutschend, sich überschlagend in einer Lawine von Schnee, Eis und Geröll war er in die Tiefe gestürzt, und als ihn endlich ein Felsblock zum Stillstand brachte, schien ihm eine Ewigkeit vergangen. Finsternis senk-

te sich über ihn. Lange Zeit später kam er wieder zur Besinnung. Er versuchte aufzustehen, aber seine Knie gaben nach, er zitterte vor Kälte und Schwäche, und eine Welle von Übelkeit erfaßte ihn; hilflos erbrach er sich in den Schnee.
Dieselbe Kälte und Übelkeit verspürte er jetzt.
Yetis bekämpfen einander nicht, auch zwischen den beiden Stämmen sind Fehden verpönt: sie sind zerstörerisch und unnötig; sie verstoßen gegen die Bande, die beide Stämme zusammenhalten, sie verbrauchen sinnlos die Kraft, die zum Sammeln und zum Jagen notwendig gebraucht wird. Kämpfe sind Vergeudung, sie bewirken nichts. Widerwärtig ist der Kampf und muß vermieden werden, um beinahe jeden Preis.
Manchmal aber, in seltenen Fällen, läßt er sich nicht vermeiden. Es geht dabei stets um Fragen des Machtbereichs oder um Paarungsangelegenheiten – und diesmal, dachte Manu verwirrt und bekümmert, um beides zugleich.
Er sah Raina mit einer letzten verzweifelten Hoffnung an. »Gibt es denn keine Möglichkeit, das zu verhindern?«
Raina erwiderte seinen Blick. Schweigend stand sie vor ihm. Sie war alt und gebrechlich und abgehärmt. Seine Frage galt ihrem ersten und einzigen Sohn; sie war eine stillschweigende Aufforderung, Wengen zu verurteilen, ihn aufzuhalten auf dem grausamen und zerstörerischen Weg, den er eingeschlagen hatte.
»Nein«, sagte Raina schließlich. »Wenn niemand Wengen Einhalt gebietet, ist das Ende der Niedergelassenen nah. Du mußt es tun, du mußt gehen und mit ihm kämpfen, wie er es verlangt. Du mußt ihn besiegen.«
Sie sprach in einem Ton, der keine Widerrede zuließ. Einen Augenblick noch sah Manu sie an; dann senkte er den Kopf.
»Ja«, sagte er. »Wenn der Morgen graut, werde ich gehen und mit ihm kämpfen.«

Zuerst rief Manu aus dem Gräserdickicht, das rund um die Lichtung mit den Hütten wuchs.
»Ich bin es, Manu!« schrie er. »Manu, Manu, Manu!«
Sein Ruf hallte durch den stillen Morgen wie der Schrei des Adlers, der sein Gelege verteidigt.
Heftig stieß Manu den Atem aus. Das Gras, das ihm um die Körpermitte strich, war eiskalt wie das Wasser des Flusses bei der Schneeschmelze. In seinen Schläfen pochte das Blut, im Magen fühlte er eine

leere Übelkeit. Alles in ihm drängte und trieb ihn fort von der Insel, den Bergen zu – aus dem Tal wollte er fortlaufen und hinaufsteigen in die Stille und Einsamkeit der Berge. Dort war er geboren, dort gehörte er hin, dort war er sicher.
Aber er biß die Zähne zusammen und bezwang sich. Er gehörte nicht zu den Niedergelassenen, aber er war hier aufgewachsen – er konnte sich nicht entziehen. Kein Ausweg. Er wartete.
Er mußte nicht lang warten. Kaum war das Echo seines wilden, hohen Schreis in der Weite des Tals verhallt, kamen die anderen aus ihren Hütten hervor, manche taumelnd vor Müdigkeit. Aber es kam jeder, Männer, Frauen, Kinder. Selbst der alte Yerto kroch heraus ans Licht, und dann stand er neben den anderen und starrte in die Richtung, aus der Manus Ruf gekommen war.
Nur einer erschien nicht, sondern blieb halsstarrig in seiner Hütte. Manu wußte, daß er da war, denn er roch ihn: der Wind trieb ihm die Geruchssporen über den Boden zu. Aber er hätte es ohnehin gewußt, der Instinkt sagte es ihm und die Angst, die in ihm selbst den Drang geweckt hatte zu fliehen, – nicht Angst um sein Leben hatte Manu, sondern Angst vor den Folgen, die ein Kampf für den ganzen Stamm hatte, haben mußte, wie auch immer er ausging.
Als Kind war Manu von den Bergen ins Tal geschickt worden, ein Zeichen des Friedens sollte er sein, eine ständige Erinnerung an die Unverletzlichkeit der Bande. Und jetzt schickte er sich an, mit dem Sohn des Inselpatriarchen zu kämpfen. Er war erschüttert; aber er zwang sich, noch einmal zu rufen.
»Manu, Manu, Manu!«
Sein Ruf hallte über die Lichtung, wogte durch das Gras, prallte gegen die Bäume. Er erreichte die Wasserwirbel im Fluß, und der Sog erfaßte den Laut und warf ihn in die Höhe, und der Wind trug ihn himmelwärts. Doch keine Antwort kam von dort, wohin Manu ihn gerichtet hatte: still und leblos war die Hütte an der nördlichen Spitze.
Manu machte einen letzten Versuch. Er verließ das Grasdickicht und strich langsam rund um die Lichtung: mit allen Gebärden der Aggression, mit finsterem Blick und furchterregendem Schnauben, zähnefletschend, den Kopf tief zwischen die Schultern gezogen; so ging er, und die anderen erschraken und wichen zurück, die Arme schützend um ihre Kinder gelegt; selbst den alten Patriarchen packte ein Schaudern.
Manu. Er war Manu, der Yeti aus den Bergen. Sein Pelz war dunkel, golden seine Augen, und der Leopard mit dem Schneefell war sein Schat-

ten. Er war stark und gelenkig, und bis jetzt war er freundlich gewesen. Geduldig hatte er Hütten gebaut, hatte die Jungen gelehrt, kleine Tiere zu erbeuten, hatte gelacht und mit den Kindern gespielt. Er hatte das kleine Schumbi am Fluß gefunden, auf die Insel gebracht und danach auf die Berge.

Und auf einmal hatte er sich verändert, war nicht länger der Manu, wie die Niedergelassenen ihn gekannt hatten. Er war ein Jäger, und er jagte auf der Insel nach Beute: Wengen, dem der ganze Stamm Ablehnung und Mißtrauen entgegenbrachte, sogar Haß. Dennoch gehörte er zu ihnen. Und so standen sie mit angehaltenem Atem und warteten.

Auch Iona wartete.

Am Abend zuvor, nach der Rückkehr von den Bergen, war Manu mit kummervollem und zugleich entschlossenem Ausdruck aus der Hütte des Patriarchen getreten und hatte sich geweigert, ihre Fragen zu beantworten. Er hatte Babilla die Wächterin zurückgerufen und Iona in knappem Ton angewiesen, Kekuas Hütte aufzusuchen. Dann war er mit großen Schritten davongegangen.

Iona war beklommen und angespannt, die zornigen Stimmen aus der Hütte des Patriarchen gingen ihr nicht aus dem Sinn. Aber sie war zu Tode erschöpft und fiel alsbald in tiefen Schlaf, und als Kekua kam, merkte sie nichts. Kurz vor dem Morgengrauen erwachte sie und sah Kekua vor dem sternenklaren Himmel im Bogen des Höhleneingangs sitzen.

»Wengen hat erklärt, er werde mit Manu um Tana kämpfen«, sagte Kekua ohne weitere Einleitung und nahm damit, wie so oft, Ionas Frage vorweg. »Du wirst vielleicht einiges hören, aber verschließ deine Augen davor, deine Ohren und deine Nase. Bleib hier in der Hütte, hier bist du sicher. Dies geht nur das Volk an, es ist keine Sache für ein Schumbi.«

Kekuas Stimme klang dumpf und tonlos, und eine Trauer schwang darin mit, wie Iona sie an ihr nicht kannte. Sie kroch ins Freie, kauerte sich vor dem Eingang nieder und nahm Iona die Sicht auf alles, was vor der Höhle lag; nur ein Stück Himmel war noch zu sehen, das sich langsam heller färbte.

Iona lag zusammengekrümmt auf ihrem Graslager. Vom Fluß stieg der Nebel herauf, wie jeden Morgen vor Sonnenaufgang, schlängelte sich über den Boden der Lichtung, Streifen und Schwaden von grauem Dunst, der auch Kekua einhüllte, – und wie der Nebel in die Hütte kroch die Furcht auf Iona zu, und sie lag wie gelähmt und konnte den Blick nicht von Kekuas Rücken wenden. Zum ersten Mal, seit sie ins Tal

gekommen war, hatte sie Angst nicht um sich selbst, sondern um einen Yeti, um Manu.
Steif und erstarrt lag sie und wartete und lauschte.
Draußen auf dem Platz zwischen den Hütten achtete Manu nicht auf die Zuschauer. Dreimal umrundete er die Lichtung und rief immer wieder seinen Namen; dann blieb er stehen. In der Nähe hörte er ein Kind verschreckt wimmern, und von irgendwoher aus der Ferne drang das aufgeregte Krächzen der Krähen, die ein Aas entdeckt hatten. Er roch die reifen Sommerfrüchte, den Duft des Grases und den dünnen, säuerlichen Geruch der Fische, wenn sie an die Wasseroberfläche kamen und nach Nahrung schnappten.
Geräusche und Gerüche schwappten über ihm zusammen, warm, nah, tröstlich. Manu nahm das alles in sich auf, und der Zorn übermannte ihn; und dann tat er etwas, das er bis jetzt lediglich als Zeichen der Hochachtung vor Yerto dem Patriarchen getan hatte: er ballte die Fäuste und ließ sich nach vorn fallen.
Auf allen vieren rannte er vorwärts bis zu Wengens Hütte, blieb stehen, richtete sich auf und mähte mit einem Arm den Astbogen nieder, der das Dach hielt. Der Ast flog davon, das Blätterdach fiel in sich zusammen, eine Staubwolke stieg auf; dann kroch Wengen aus den Ruinen seiner Hütte. Er stand auf. In seiner Miene lag keine Furcht, verschlagen und selbstbewußt sah er drein.
»So«, sagte er. »Du kommst von den Bergen und zerstörst meine Hütte. Warum?«
»Ich komme wegen Tana«, antwortete Manu.
»Tana ist vom Stamm der Niedergelassenen«, erwiderte Wengen. «Du gehörst zu den Wanderern. Du hast kein Recht auf Tana. Wenn du eine Gefährtin wünschst, geh zu deinem Bruder Gaggau und laß dir von ihm eine aussuchen, eine von deinesgleichen. Tana gehört mir.«
»Tana wurde mir von Yerto gegeben«, sagte Manu ruhig. »Yerto hat das Recht, jeder Frau seines Stammes den Gefährten auszuwählen.«
»Yerto ist alt«, sagte Wengen verächtlich. »Er weiß nicht mehr, was er tut. Und selbst wenn er es wüßte, hat er doch nicht das Recht, Tana zu vergeben. In den Bergen, fern vom Reich der Niedergelassenen, ist sie zum begattungsbereiten Weib herangewachsen. Ich brauche von niemandem die Erlaubnis, sie mitzunehmen, – außer vielleicht von Gaggau. Aber Gaggau ist noch älter und noch schwächer als Yerto. Er wird froh sein, wenn er einen Esser weniger hat.«
»Teilt Tana deinen Wunsch?«

Manus Stimme war noch immer ruhig, aber seine Augen funkelten in einer so unbändigen Wildheit, daß Wengen den Blick abwenden mußte.

Dennoch lachte er. »Wunsch?« fragte er mit Häme. »Was ist der Wunsch eines Weibs, wenn ein Mann weiß, daß es Zeit ist für die Besamung? Eine Frau nimmt den Samen an, der in sie gesät wird, nichts anderes ist wichtig – «

Beinahe hätte er die Fassung verloren. Aber die Unsicherheit dauerte nur kurz; gleich hatte er sein Selbstbewußtsein wiedererlangt, seinen Hochmut, und er konnte Manu wieder ansehen und fuhr in schärferem Ton fort: »Manu! Du bist zu lang hiergewesen. Tana gehört mir, nicht dir. Sie ist auf die Insel zurückgekehrt. Euer Austausch ist beendet, du hast jetzt keinen Grund mehr zu bleiben. Geh zurück zu den Höhlen, wo du hingehörst. Deine Zeit bei den Niedergelassenen ist um.«

Manu heftete seinen Blick in Wengens Auge. Wie das Wasser des Flusses im Wechsel der Jahreszeit war sein Zorn angeschwollen und wieder abgeflaut. Jetzt stieg er erneut – wie der Fluß ansteigt, wenn er Hochwasser führt und die Ufer überschwemmt.

Alles war falsch, was Wengen gesagt hatte. Yerto und Gaggau waren trotz ihres Alters noch immer die unumstrittenen Stammeshäuptlinge: ohne ihr Einverständnis und ohne Vereinbarung der beiden Stämme über einen neuerlichen Kindertausch hatte Wengen nicht das Recht, Tana als seine Gefährtin fortzuführen. Und vor allem hatte er kein Recht, Tana gegen ihren Willen zu besteigen!

Den ersten Gefährten wählen stets die Patriarchen. Fast immer ist die Frau mit der Wahl einverstanden, sie hat jedoch das Recht, abzulehnen. Denn aus Fehlverpaarungen gehen mißratene Kinder hervor – und nur die Frau weiß, so sagt man, ob der ausgesuchte Samen gut für sie ist oder nicht.

Tana hatte keine Gelegenheit gehabt, eine Entscheidung zu treffen. Sie war gepackt und verschleppt worden und brutal vergewaltigt.

Manu hatte Tana nie wirklich zur Kenntnis genommen, in keiner Hinsicht – erst recht nicht als mögliche Gefährtin. Bei seinen Besuchen in Gaggaus Höhle hatte er sie als eine scheue, wohlwollende Erscheinung in Kuinkos Schatten wahrgenommen, weiter nichts. Jetzt trat sie aus dem Schatten und stand im Mittelpunkt seines Denkens, greifbar und deutlich. Er sah ihren schlanken, jungen, fast kindlichen Körper, ihre hellen, lächelnden Augen, ihren anmutigen Gang, der sich so sehr von den harten und kraftstrotzenden Bewegungen der Wandererfrauen un-

terschied, ihre geschickten Hände und die flinken Gesten, wenn sie Gaggau bediente, und ihre Sanftheit, mit der sie die Wunden des Alten versorgt hatte.
Manu sah sie, als erblickte er sie zum ersten Mal.
Er sah sie, und sie rief etwas in ihm wach, das lange Zeit verborgen gewesen war – verschüttet durch die Jahre, die er als Geisel der Niedergelassen verbracht hatte, wie Tana eine Geisel der Wanderer gewesen war. Verschüttet durch die Jahre, in denen er sich unbeholfen abgemüht hatte, das Sammeln zu lernen, und sich dabei nichts anderes wünschte, als wieder jagen zu dürfen. Verschüttet auch durch die Haltung Yertos, der sich immer mehr auf ihn verließ, ja von ihm abhing und Manu immer weniger wie ein Geschenk behandelte, sondern wie seinen leiblichen Sohn.
Er war aber nicht Yertos Sohn. Yertos Sohn stand vor ihm. Yertos Sohn hatte die Gesetze gebrochen, die Bande verletzt, seinen Vater gedemütigt, Tana vergewaltigt und befahl nun ihm, Manu, mit Herablassung und Hohn, ins Gebirge zu verschwinden.
Wie die Wassermassen des Flusses schwoll Manus Zorn und stieg höher und höher und trat über die Ufer seiner Beherrschung.
»Solange Yerto mir nicht befiehlt, die Insel zu verlassen, bleibe ich, wo meine Hütte steht«, sagte Manu, und seine Stimme war nicht lauter als ein Flüstern, aber ein so eisiges, drohendes Flüstern, das jedem, der es hörte, bis ins Mark fuhr. »Ich achte die Bande, ich halte mich ans Gesetz. Ich nehme Tana, weil sie mir gegeben wurde und weil ich glaube, daß wir den Wunsch miteinander teilen. Ja, ich habe deine Hütte zerstört. Bau dir eine neue, wo du magst; hier nicht. Wenn du auf der Insel auch nur einen Schilfhalm schneidest, war es der letzte, den du irgendwo geschnitten hast.«
Ein Flackern zuckte in Wengens Augen. Ohne Vorwarnung sprang er Manu an den Hals. Von allen Seiten erhob sich ein entsetztes Murmeln. Einen Augenblick später hatten die beiden Yetis sich ineinander verkrallt und wälzten sich am Boden.
Wenn Yetis miteinander kämpfen, was selten geschieht, ist es keine ernsthafte Fehde, sondern eher eine rituelle Auseinandersetzung. Zu kämpfen ist an sich schlimm genug und eine Vergeudung wertvoller Kraft; sich gegenseitig Schaden zuzufügen aber ist noch viel schlimmer: eine Wunde ist lebensbedrohlich, sie beeinträchtigt die Fähigkeit zu jagen oder zu sammeln. Statt dessen drohen die Kämpfer, plustern sich auf mit Gebrüll, ringen und schlagen sich mit den Fäusten, und am Ende

geht der Stärkere als der Sieger hervor, der Verlierer macht sich unverletzt aus dem Staub. Manu hatte noch nie gekämpft; aber er wußte, daß dies ein Kampf auf Leben und Tod war.
Wengen kämpfte schweigend, mit einer unbeirrbaren und erbarmungslosen Wildheit. Wengen wollte mehr als seinen Gegner verwunden, Wengen war darauf aus zu töten.
Manu erkannte es, als er Wengens Hände um seine Kehle spürte. Wie alle Inselyetis war Wengen schwerer, wuchtiger als seine Artgenossen von den Bergen, und es gelang ihm, Manu auf den Rücken zu werfen und sich rittlings auf seine Brust zu setzen. Tief gruben sich Wengens Daumen in die Luftröhre seines Gegners, bis Manu kaum noch atmen konnte und spürte, wie die Kraft ihn verließ. Benommen dachte er noch, daß auch Wengen merken mußte, daß er schwach wurde, und seinen Griff lockern.
Wengen merkte es in der Tat, aber es befeuerte seine Wut. Aus den Augenschlitzen blitzte es, Speichel troff ihm aus dem Maul, und er drückte noch fester zu.
Manu, dem allmählich die Sinne schwanden, wußte, daß er sterben würde. Er versuchte die Knie anzuziehen, doch seine Beine fühlten sich an, als lägen sie unter einem Haufen von Felsbrocken. Aber er bäumte sich auf und wälzte sich hin und her, und irgendwie gelang es ihm, die Felsbrocken abzuschütteln, und er krümmte den Rücken und trat zu. Mit einem Knie traf er Wengen in die Rippen. Wengen ächzte und japste, und der Griff um Manus Kehle ließ ein wenig nach.
Manu wußte, daß es sein einziger, sein letzter Ausweg war. Eine Hand hatte er frei, und damit schlug er seinem Gegner auf die Nase. Wengen zuckte zurück, zwinkerte, seine Augen füllten sich mit Tränen, und Manu krümmte und schlängelte sich seitwärts mit der Schnelligkeit und der Verzweiflung eines gefangenen Otters, und er trat erneut, entwand sich Wengens Umklammerung, rollte über den Boden davon und sprang auf die Füße.
Manu schwankte und taumelte, sein Kopf dröhnte, das Herz hämmerte wild, und er rang nach Luft. Er war jung, stark und gesund, er wußte, daß er nur einen Augenblick brauchte, um sich zu erholen, – und diesen wertvollen Augenblick hatte er sich erkämpft. Als Wengen ihn von neuem anfiel, war Manu auf den Ansturm gefaßt. Mehr noch: er kam ihm zuvor. Er hatte die Lektion begriffen.
Im Handgemenge auf dem Boden war Wengen, der Schwerere, stärker. Im freien Kampf war Manu überlegen: er war schneller und bewegli-

cher, und er hatte die Ausdauer des Gebirgsjägers. Als Wengen sich wie ein angreifender Bär auf ihn stürzte, wich Manu aus, trat einen Schritt beiseite und streckte den Arm aus. Sein Unterarm traf Wengen ins Gesicht und schleuderte ihm den Kopf zurück. Wengen torkelte und fiel um. Aber er war gleich wieder auf den Beinen und knurrte und ging von neuem auf Manu los.

Gerade noch war er vor ihm gewesen, im nächsten Augenblick war er fort: auf den Zehen schwenkte Manu herum und glitt davon, hierhin und dorthin, wie der Schatten eines Blattes im Wind, war hinter Wengen, ehe der sich's versah, und schlug zu: zweimal, dreimal stieß er ihm die Faust in den Rücken unterhalb der Rippen. Diesmal schnaubte Wengen vor Schmerz und ging in die Knie, aber er fing sich wieder und duckte sich und rannte abermals gegen Manu an.

Mitten im Lauf hielt er ein und glotzte verwirrt: dort, wo Manu gestanden hatte, war nur noch Luft. Er fuhr herum, die Mordlust im Blick, und während seine Hände ins Leere griffen, traf ihn von hinten wieder ein Hieb und schleuderte ihn vorwärts. Er taumelte und fiel auf die Knie, Tränen strömten ihm aus den Augen.

Er schüttelte den Kopf, dann öffnete er den Mund und brüllte, und es war keine Drohung oder Herausforderung in seinem Gebrüll, sondern Schmerz und Selbstmitleid. Wengen fühlte sich gepeinigt und erniedrigt. Hinter ihm stand Manu und hob den Fuß. Ein kleiner Tritt ins Rückgrat würde Wengen aufs Gesicht werfen: die jämmerlichste aller Niederlagen. Alles, was Wengen getan hatte, fiel ihm wieder ein, und seine Muskeln spannten sich von selbst, sein Fuß holte aus – aber auf einmal hielt er inne.

Manu dachte nicht weiter darüber nach, er wandte sich ab und ging hinüber zu Yerto, noch keuchend von der Anstrengung. Er ließ sich auf die Arme nieder und grüßte den Patriarchen mit dem Nasengruß der Niedergelassenen.

»Ich erkläre meinen Wunsch«, sagte er. »Ich bitte um Tana.«

Yertos Miene war düster. Er warf einen Blick auf seinen Sohn Wengen, der sich noch immer auf dem Boden krümmte, während rings um ihn sich allmählich der Staub senkte, den die Kämpfenden aufgewirbelt hatten; dann blickte er wieder auf Manu, und seine Augen wurden freundlicher.

»Tana ist dir bereits gegeben«, sagte der Patriarch. »Es fehlte nur noch der Wunsch. Jetzt ist sie ohne Einschränkung dein. Geht und zeugt gute Nachkommen.«

Manu zog sich zurück. Auf einmal überfiel ihn eine große Müdigkeit, und er wollte nur noch schlafen; und wenn er aufwachte, wollte er sich im Fluß waschen, und das Leben würde von neuem beginnen.
Er schwankte leicht, als er auf seine Hütte zuging. Gerade als er sich bückte und eintreten wollte, streifte ein Geruch seine Nase, und er richtete sich wieder auf und witterte. Der Wind wehte von den Bergen und trieb eine Fährte vor sich her. Auch die anderen Yetis hatten sie wahrgenommen und verharrten auf der Lichtung mit geblähten Nüstern. Manu flehmte. Der Geruch kam von weit her, aber er erkannte ihn. Es waren die Wanderer. Die Yetis vom Berg hatten ihre Höhlen verlassen und waren auf dem Weg ins Tal.
Auch Kekua hatte den Geruch erkannt. Sie stand auf, trat ein paar Schritte von ihrer Hütte fort und blieb stehen, das Gesicht den Bergen zugewandt. Zum ersten Mal, seit der Kampf begonnen hatte, konnte Iona die Lichtung sehen. Kekua hatte ihr geraten, Augen und Ohren zu verschließen, aber das konnte sie nicht: sie hatte alles gehört, die dumpfen Schläge, das wütende Schnaufen, Grunzen, schmerzerfüllte Keuchen; das Gebrüll des Besiegten.
Sie hatte versucht herauszufinden, von wem die verschiedenen Laute stammten, und hatte um Manu gezittert. Jetzt kroch sie zum Eingang der Hütte und spähte hinaus. Das erste, was sie sah, war Wengen: der dicke, starke Yeti hockte mitten auf der Lichtung, und das Blut rann ihm übers Gesicht. Der gesenkte Kopf, die gekrümmten Schultern verrieten die Niederlage, doch die zusammengekniffenen Augen waren noch immer dunkel vor Haß.
Iona wandte den Blick ab; der gehässige Wengen interessierte sie nicht, sie wollte nur wissen, wie es Manu ergangen war; und sie hielt Ausschau nach dem dunklen Pelz und fand ihn vor dem Eingang seiner Hütte. Er stand reglos, witternd, das Gesicht nordwärts gewandt. Auch er hatte Blut im Gesicht, aber er stand aufrecht und sah unversehrt aus. Das war alles, was zählte.
Die Tränen stiegen ihr in die Augen. Iona weinte vor Erleichterung.

42

Die Wanderer folgten der Geruchsfährte, die ihnen von den Bergen vorausgegangen war, und als die Sonne über die Kämme stieg, kamen sie in Sicht.

Zuerst die jungen Jäger: sie nahten in zwei Gruppen. Iona, die mit den Niedergelassenen am Flußufer stand und ihre Ankunft erwartete, erkannte Raku an der Spitze der ersten Gruppe; Soru führte die zweite. Die Jäger suchten sich einen Weg durch das Gestrüpp, am Rand des Wassers blieben sie stehen. Dann erschien Gaggau. Er arbeitete sich mühsam voran; er stützte sich auf einen Ast und zog den Klumpfuß nach, und dabei schwankte er von einer Seite zur anderen. Hinter dem Patriarchen schlurfte die dunkle, hagere Gestalt Kuinkos einher, gefolgt von den Alten, den Frauen und den Kindern.

Am Ufer angelangt, blieb Gaggau auf halber Strecke zwischen den beiden Gruppen der Jäger stehen und schaute übers Wasser. Yerto, vom langen Warten müde geworden, hatte sich nach vorn fallen lassen und stützte den Oberkörper auf beide Arme; doch als er Gaggau erkannte, richtete er sich auf und erwiderte den Blick über den Fluß, und so verging eine lange Zeit, in der die beiden Patriarchen einander stumm musterten. Beider Augen waren vom Alter trüb geworden, aber ihr Blick war fest und unbeirrbar.

Auf einmal, ohne ein Wort miteinander zu sprechen, ja ohne eine Geste, wandten sich beide im selben Augenblick um, Gaggau hinkte zurück ins Gebüsch, Yerto erklomm steif die Böschung und verschwand in Richtung der Hütten. Ihre Untertanen folgten in kurzem Abstand – die Niedergelassenen drängten sich hinter Yerto das Ufer hinauf, die Wanderer verschwanden zwischen den Büschen.

Iona traute ihren Augen nicht. Verblüfft sah sie sich um: sie stand allein am Ufer.

Diese Begegnung zwischen den beiden Stämmen war ein außerordentliches Ereignis. Sie trafen einander sonst nur in der Wolkenzeit – Iona hatte noch immer keine Ahnung, was es damit auf sich hatte; sie wußte nur, daß sie in die kalte Jahreszeit zwischen den Sommern gehörte, wenn unter Schnee und Eis alles erstarrte. Nie, das hatten sowohl Manu als auch Kekua ausdrücklich betont, habe man dergleichen erlebt, nie-

mals seien die Stämme im Sommer zusammengekommen. Die Begegnung war für alle Yetis beinahe so außergewöhnlich wie Ionas Erscheinen, die Entdeckung eines Schumbis im Fluß.
Die Begegnung hatte also stattgefunden, die Stämme hatten einander gesehen und sich dann, ohne ein Wort zu wechseln, schweigend zurückgezogen. Iona war allein, rings herum war alles still, nur das Wasser floß mit leisem Plätschern dahin, und das hohe Sommergras raschelte im Wind.
Iona drehte sich um und lief schnell den anderen hinterher. Sie holte Kekua ein, die am Ende des Zuges ging.
»Was ist los?« fragte sie. »Warum hat keiner geredet?«
»Yerto und Gaggau sprechen später«, erwiderte Kekua. »Am heutigen Morgen haben die Wanderer sich uns gezeigt. Wir haben gesehen, wie viele sie sind und in welchem Zustand, wie viele Alte und wie viele Junge sie haben. Dasselbe wissen sie über uns. Nun werden Yerto und Gaggau überlegen.«
»Und was tun die Wanderer jetzt?«
»Sie bauen sich Unterkünfte für die Zeit ihres Aufenthaltes im Tal.«
»Und wenn sie sprechen, kommt Gaggau dann hierher, oder geht Yerto zu ihm?«
»Weder das eine noch das andere. Sie treffen sich an einem Ort, den Tonemetapu bestimmt hat. Er ist dort drüben.«
Iona folgte der Richtung, in die Kekuas ausgestreckter Arm wies. Die blinde Yeti zeigte auf einen Hain auf der anderen Seite der Insel, etwa fünfhundert Schritte von der Stelle entfernt, an der die Wanderer aufgetaucht waren.
»Das ganze Tal gehört uns«, fuhr Kekua fort, »nur nicht der Ort, an dem die Bäume stehen; der gehört niemandem. Wir dürfen zwischen den Bäumen hindurchgehen, wir dürfen ihnen zuhören, aber dort sammeln dürfen wir nicht. Das war immer so. Auch in den Bergen gibt es so einen Ort mit Bäumen, der etwas Besonderes ist und geschützt wird; die Wanderer dürfen dort nicht jagen.«
Iona runzelte die Stirn. Was Kekua ihr da beschrieb, erinnerte sie an eine Kirche; aber die einzigen Kirchen, die Iona kannte, waren düstere Gebäude aus Stein. So weit sie zurückdenken konnte, hatte sie – auf Betreiben ihres Vaters – jeden Sonntag den Gottesdienst besucht, in London genauso wie in Mainwarden. Die Kirchen, in die sie ging, waren kalt und grau und rochen muffig, und selbst im Sommer schien der Atem sich vor dem Mund zu wölken, wenn die Gemeinde ihre Lieder sang.

Iona kannte den Hain, auf den Kekua gezeigt hatte, er war ihr schon früher aufgefallen. Es war ein Wäldchen mit schönen, kräftigen Bäumen, grün und golden leuchtend in der Morgensonne und strotzend vor Leben. Wenn vom Boden die Wärme aufstieg, schienen die Äste sich zu bewegen und dem Himmel entgegenzurecken, als wollten sie tanzen. Im Laub raschelte und zwitscherte es, Vögel schossen zwischen den Zweigen hervor und kehrten flatternd zurück, und ihre Lieder klangen weit über die Insel. Und Iona dachte, daß die Yetis sich wahrhaftig den einladenderen Ort ausgesucht hatten, wenn diese heilige Stätte ihnen dasselbe war wie den Menschen die Kirchen.
Dann sah sie wieder ihre blinde Lehrerin an. »Wann treffen sie sich?« fragte sie.
Churinga, die ihre kleine Tochter an der Brust trug, ging mit ihnen. »Sag mir, sag mir, sag mir!« rief sie. »Du lernst sprechen, du gehst in die Berge, du kommst zurück – und bist noch immer dasselbe kleine Schumbi!« Sie lachte.
»Hab Geduld«, sagte Kekua. »Das Tal und der Fluß gehören uns, und die Wanderer müssen beides benützen, um zu den Bäumen zu gelangen; deshalb liegt es an Yerto, den Zeitpunkt zu bestimmen. Sobald er entschieden hat, wird Gaggau es erfahren. Und du auch, denn du wirst ebenfalls dabeisein.«
Iona war rot geworden. Schweigend ging sie weiter.

Als Zeitpunkt für das Zusammentreffen der beiden Stämme bestimmte Yerto den späten Nachmittag.
Der Patriarch der Niedergelassenen war auf dem Weg zum geschützten Hain; langsam kam er voran. Das Licht der tiefstehenden Sonne blendete ihn, und er kniff die Augen zusammen und versuchte die schmerzenden Gelenke nicht zur Kenntnis zu nehmen. Er sehnte sich danach, sich nach vorn fallen zu lassen und mit den Armen abzustützen. Das konnte er auf der Insel tun, wenn nur seine eigenen Untertanen ihn dabei sahen; er konnte es nicht, wenn Gaggau ihn erwartete und beobachtete. Die Hände zu benutzen ist ein Zeichen der Schwäche, des Alters – das sich Gaggau und vor allem dessen niederträchtige Gefährtin hemmungslos zunutze machen würden.
Also ging Yerto aufrecht auf beiden Beinen. Manu war neben ihm. Yerto schüttelte seinen stützenden Arm ab und trat in den Schatten der Bäume.
Um dorthin zu gelangen, hatte Yerto den Fluß auf der Westseite über-

queren müssen, wo das Wasser tiefer ist und schneller fließt. Er tat es zum ersten Mal in diesem Sommer. Als er im Wasser war und zu schwimmen begann, wurde ihm klar, wie steif er geworden war, wie rasch seine Kräfte schwanden. Noch im vergangenen Sommer hatte er die schaumflockige Strömung so schnell und sicher zu überwinden vermocht wie die Jungen der Insel. Manchmal machte er aus schierer Lust aus der Überquerung ein Rennen: er ließ die jungen Männer der Reihe nach sich neben ihm am Ufer aufstellen und alle zugleich ins Wasser springen.

Yerto hatte immer gewonnen; so reißend die Strömung auch war, er hatte immer als erster das andere Ufer erreicht. Damit war es jetzt vorbei. Zweimal war er mit dem Kopf unter Wasser geraten, gnadenlos hatte der Sog ihn mitgerissen, und er wäre ertrunken, wenn der wachsame Manu an seiner Seite ihn nicht gerettet hätte: er hatte ihn ergriffen und über Wasser gebracht und weitergezogen: zweimal. Und Yerto war keuchend ans Ufer gewatet, hatte sich ins Schilf fallen lassen und dort lange reglos gelegen, bis er endlich wieder genug Kraft hatte, um aufzustehen.

Mit Manu an seiner Seite machte er sich erneut auf den Weg: er wußte, daß er von jetzt an weder stolpern noch wanken durfte. Gaggau erwartete ihn.

Auf Tonemetapus Anweisung hin hatte Manu das Gehölz im Lauf des Vormittags besucht. Während des letzten Schnees waren einige der alten Bäume umgefallen: drei Stämme lagen so, daß sie, halb übereinander, ein Dreieck bildeten. Manu hatte das Gestrüpp, das darin wucherte, beiseite geräumt und eine freie Fläche geschaffen, eine kleine Lichtung, von Baumstämmen gesäumt: die Patriarchen konnten sie als Sitzbänke benutzen; und als er sich umsah, war er mit seinem Werk zufrieden.

Gaggau hatte bereits auf einem Stamm Platz genommen, als Yerto und Manu eintrafen. Kuinko war ebenfalls anwesend; sie hielt sich im Hintergrund. Die beiden hatten den Fluß weiter vorn überquert, an der Furt stromaufwärts von der Insel. Auch Gaggau hatte, obgleich er es nie zugeben würde, Hilfe benötigt: Raku und Soru, die beiden Getreuen, hatten sich seiner angenommen; aber sie mußten außerhalb des Hains zurückbleiben und warten. Und so saßen die beiden Bergyetis in gebührendem Abstand voneinander und blickten teilnahmslos über die Lichtung dem herannahenden Inselpatriarchen mit seinem Gefolge entgegen.

Yerto und Manu gingen voraus, Raina folgte. Langsam, aber stetig war die alte Frau über den Fluß geschwommen, ohne Hilfe. Hinter Raina tauchte Wengen auf. Als Wengen am Flußufer erschienen war und sich zu ihnen gesellte, hatte ihn beide Eltern nicht zur Kenntnis genommen, doch beide fanden sich damit ab – Yerto mit verhaltener Wut, Raina mit Kummer: er hatte das Recht, dabeizusein.
Die Unterredung der Stammesführer war von historischer Bedeutung und ihr Ergebnis für beide unvorhersehbar. Was immer Wengen getan hatte, blieb er doch Yertos Sohn. Es gab keine Möglichkeit, ihn abzuweisen. Wie Manu – der mangels leiblicher Nachkommen des Häuptlings Gaggaus Erbe war – konnte Wengen das unveräußerliche Recht beanspruchen, an der Zusammenkunft der Niedergelassenen und der Wanderer teilzunehmen.
Als letzte erschien Iona.
Wann immer sie früher den Fluß überqueren mußte, hatte Manu sie auf den Schultern getragen. Als sie diesmal am Ufer standen, war Manus Blick unschlüssig zwischen ihr und dem alten Patriarchen hin- und hergewandert; er zauderte, dann entschied er sich. Er rief Babilla einen knappen Befehl zu und watete an Yertos Seite ins Wasser.
Babilla schaute zu Iona hinauf, ließ ein dumpfes Knurren vernehmen, dann packte sie Iona am Jackenärmel und zog sie zum Fluß. Iona folgte gehorsam. Sie wateten beide ins Wasser, und Iona begann zu schwimmen, aber einen Augenblick später hatte ein Strudel sie erfaßt und ihren Ärmel aus Babillas Maul gerissen.
Iona spürte, wie die Strömung sie mitriß und fortzuspülen drohte, und sie warf sich nach vorn und bekam in letzter Sekunde den Hals der Leopardin zu fassen und krallte sich tief in Babillas Fell. Atemlos, hustend und spuckend schlang sie sich um den Katzenkörper und klammerte sich mit aller Kraft fest. Gischtsprühend, silbern und blau brandeten ringsum die Wogen, rötlichweißer Schaum flockte auf dem Wasser und spritzte ihr in die Augen und nahm ihr die Sicht. Iona geriet in Panik.
Babilla schien davon nichts zu merken. Geschmeidig und kraftvoll schwamm sie mit gleichmäßigen Bewegungen durch die Fluten und gegen die Strömung des Flusses an und brachte das Schumbikind sicher ans andere Ufer. Als sie an Land standen, schüttelte sich die Leopardin, dann drehte sie den Kopf und musterte Iona aus ihren undurchdringlichen, wachsamen Augen: offensichtlich hielt sie ihren Auftrag für erledigt. Sie wandte sich ab und sprang hinter Manu her.

Iona folgte in langsamerem Tempo. Als sie zwischen den Bäumen hindurchging und die Lichtung erreichte, hatten die beiden Gesandtschaften einander bereits begrüßt. Sie sah Yerto auf einer Seite sitzen und Gaggau auf einer anderen. Im Hintergrund erkannte sie Raina und Kuinko und nicht fern von ihnen Wengen. Sie fing Manus Blick auf: wortlos bedeutete er ihr, zu warten und zu lauschen; Iona kauerte sich auf den Boden, Babilla ließ sich neben ihr nieder.
Gaggau sprach.
»Kurz nach Beginn des Sommers haben wir gebeten, an der Ernte des Tales teilhaben zu dürfen«, sagte er. »Wir wußten bereits, daß es auf den Kämmen keine Jagdbeute mehr gibt. Ihr habt uns abgewiesen und geantwortet, das Tal gebe nicht genug her für uns alle. Wir haben weitergejagt und immer noch nichts gefunden. Wir baten euch noch einmal, ihr habt uns erneut zurückgewiesen. Statt dessen habt ihr uns ein Schumbi geschickt –«
Gaggau brach ab und sah Iona an. Ausgezehrt war sein Gesicht, die Wangen tief eingesunken, und er musterte sie aus zorndunklen Augen. Iona überlief es kalt, sie senkte den Kopf und streckte die Hand aus, um den Hals der Leopardin zu streicheln; das war tröstlich und beruhigend, fast als wäre es Misty. Babillas Fell knisterte, und sie rieb den Kopf an Ionas Bein.
»Der Fluß hat euch das Schumbi geschenkt«, fuhr Gaggau fort. »Ihr habt gesagt, ihr wolltet es mit uns teilen, es würde Beute für uns aufspüren. Wieder haben wir gejagt und unsere Jagdgründe von einem Ende zum anderen durchsucht, das Schumbi immer voraus. Es gibt nicht einen Ort, den wir nicht durchsucht und beobachtet und wieder durchsucht hätten. Nichts haben wir gefunden, keine einzige Beute erlegt. Das Wild ist verschwunden von den Kämmen. Nicht einmal ein Schumbi kann seiner Fährte folgen.«
Yerto grunzte leise. Bis jetzt gab es dazu nichts zu sagen. Alles, was Gaggau vorgebracht hatte, stimmte.
»Nun habe ich die Wanderer ins Tal geführt«, beschloß Gaggau seine Rede. »Wir haben keine andere Wahl. Auf den Kämmen verhungern wir, jeden Tag verlieren die Jäger an Kraft. Das Wenige, was wir finden, genügt nicht einmal, um sie allein zu sättigen, und erst recht nicht den ganzen Stamm. Bald werden die Alten und die Kinder sterben, und die gebärenden Frauen folgen ihnen in den Tod. Vielleicht überleben zwei oder drei Jäger dank den Vögeln und Affen, die sie erlegen. Aber was soll das nützen, wenn es keine Frauen mehr gibt, die sie besamen könn-

ten? Die Wanderer sind am Ende – « Ächzend bewegte sich Gaggau und veränderte seine Stellung auf dem Stamm.
Iona beobachtete ihn aufmerksam. Die Brandwunden waren noch nicht vollständig verheilt, und der lange Abstieg ins Tal hatte seinem entstellten Bein nicht gutgetan, es war steif und schien geschwollen. Er wird alt, dachte Iona, man sieht ihm die Jahre an. Über ihm bewegte der Wind die Zweige, die Schatten in seinem Gesicht veränderten sich, und einen Augenblick lang sah sein mächtiger Kopf aus wie ein Totenschädel.
Endlich hatte er eine bequemere Haltung gefunden. Wieder wehte eine Brise durch das Laub und fegte die Schatten fort, und sein Gesicht war wieder so, wie sie es kannte, umrahmt von weißlichem Haar, das wie von Rauhreif überzogen wirkte. Er sah zu Yerto hinüber, und diesmal las Iona Furcht in seinem Blick.
»Yerto«, sprach er. »Selbst wenn kein Samen uns verbindet, sind wir Brüder, du und ich. Die Bande ketten uns aneinander. Du kannst die Wanderer nicht sterben lassen. Du sagst, die Ausbeute aus dem Tal ernährt nicht beide Stämme. Mag sein. Aber ihr habt Wild! Von den Bergen sind sie verschwunden, aber hier, in euren Sammelgründen, gibt es noch Tiere. Laß meine Jäger sie erlegen. Was wir an Korn und Früchten von euch nehmen, geben wir euch in Fleisch zurück. Ich bitte dich nur um die Erlaubnis zu jagen.«
Gaggau hielt inne. Unverwandt starrte Yerto ihn an.
Ionas Blick ging zwischen den beiden Stammeshäuptlingen hin und her, und sie sah, daß Yerto ebenso bekümmert und ratlos war wie Gaggau. Yerto öffnete den Mund, um zu sprechen, aber es kamen keine Worte. Er wandte sich um und sah seine Gefährtin flehentlich an.
Langsam erhob sich Raina und trat näher. Steif und alt – fast so alt, dachte Iona, wie Yerto. Aber Raina ging mit der Last des Alters anders um als Yerto: mit Grazie und Selbstbewußtsein; da war nichts von den unbeholfenen, eckigen Bewegungen, mit denen er, zornig und enttäuscht, seinem Körper Leistungen abzufordern versuchte, zu denen er nicht mehr in der Lage war. Raina ließ sich auf dem Boden nieder. Sie setzte sich zurecht und sammelte ihre Gedanken, bedächtig und gewissenhaft, und mit derselben Bedächtigkeit begann sie zu sprechen.
»Gaggau«, sagte sie. »Wir fühlen und trauern mit euch. Wir wissen, daß ihr keine Jagdbeute mehr findet. Wir wissen, daß ihr hungert und zu essen braucht. Die Bande gebieten uns, das Tal mit euch zu teilen, und wir erkennen dies an. Aber wir können euch nicht gestatten, hier zu jagen.

Wenn ihr euch die Tiere des Tals nehmt, dann nehmt ihr dem Tal das Leben. Ich bin Raina, Gefährtin Yertos, also hört gut zu – «

Raina streckte weit den Arm aus und deutete auf das Land jenseits des Hains. »Die Vögel und Tiere hier leben wie wir von den Früchten des Tals, den Büschen und Wiesen. Sie fressen Körner und Samen. Sie stoßen den Samen wieder aus, der Samen keimt und wächst. Sie äsen und stutzen damit die jungen Bäume, so daß sie klein bleiben und unter ihnen Gräser gedeihen können. Dieses Land gehört den Tieren ebenso wie uns. Wenn ihr sie tötet, stirbt das Land. Dann haben wir alle nichts mehr – nicht die Wanderer und nicht die Niedergelassenen.«

Raina hielt inne. »Wir haben Vorräte für die Wolkenzeit gesammelt«, fuhr sie dann fort, »und wir werden sie mit euch teilen, wenn es soweit ist. Bis dahin könnt ihr ernten, was das Tal noch bietet, gemeinsam mit uns. Wir werden gerecht mit euch teilen, Korn für Korn, Frucht für Frucht, Beere für Beere. Ich sage nur eins: Laßt dem Tal die Tiere, die ihr Beute nennt. Ich bin Yertos Gefährtin. Ich habe geboren. Hört mir gut zu!«

Mit gefurchter Stirn dachte Raina eine Weile angestrengt nach. Dann trat sie ohne ein weiteres Wort zurück in den Schatten und setzte sich, langsam und anmutig, wie sie vorgetreten war.

»Die Wanderer hören die Worte von Yertos Gefährtin – «

Das war Gaggaus Stimme. Er verstummte gleich darauf; Iona schien es ein endloses Schweigen. Dann fuhr er fort, und seine Worte klangen wieder hart und schneidend.

»Wir haben gehört, doch wir haben keine Wahl. Wir können nicht sammeln wie die Niedergelassenen, wir haben weder das nötige Wissen noch die Zeit, es zu erwerben. Wir hungern. Wir müssen im Tal jagen oder sterben. Wir dürfen nicht abgewiesen werden, das gebieten die Bande.«

Er sah Yerto starr an. Der gab den Blick zurück, und eine lange Zeit betrachteten die beiden ergrauten Patriarchen einander reglos und schweigend.

Iona wartete, den Arm hatte sie locker auf Babillas weiches Nackenfell gelegt. Durch das lichtgesprenkelte Gras unter den Bäumen hüpfte eine Bachstelze mit erhobenem Schwanz, und Babillas Ohren zuckten. Über ihnen huschte eine Eule, die am Tag jagte, durch das Blätterdach. Die Sonne neigte sich dem Horizont zu, und noch immer regten die Stammesführer sich nicht.

Wieder war es Raina, die endlich das Schweigen brach.

»Was sagt Tonemetapu?«

Bei ihrer Frage erstarrte Babilla, ihre Nackenhaare sträubten sich, und Iona spürte, wie sich die Muskeln entlang dem Rückgrat spannten. Die Ohren waren aufmerksam gespitzt, die dunklen Haarbüschel zeigten nach vorn. Iona folgte ihrer Blickrichtung.

Im tiefen Baumschatten am anderen Ende der Lichtung entdeckte sie etwas, das sie zunächst für einen kleinen moosbebedeckten Felsblock hielt. Sie kniff die Augen zusammen und spähte angestrengt, und nach einer Weile erkannte sie, daß das graue, flechtenüberwachsene Gebilde die Form eines kauernden Yetis hatte, – und es lebte, es war Tonemetapu, der alte Seher.

Iona war sehr überrascht. Sie hatte Tonemetapu wirklich schon als Teil des knorrigen Wacholders an der Spitze der Insel angesehen, vereinigt mit dem dunklen Gewölbe aus Stamm und Wurzeln und Trieben, in dem er zu sitzen pflegte, – so sehr, daß sie gedacht hatte, er sei mit dem Baum zusammengewachsen, so wie das Moos sich in seinem Fell festgesetzt hatte. Keineswegs. Die Inselyetis mußten ihn aufgehoben, über den Fluß und hierher in den heiligen Hain gebracht haben.

Eine Eidechse schoß durch den Staub zu seinen Füßen. Tonemetapu wartete, während das Reptil einer Fliege auflauerte und sie fing. Die Eidechse schluckte ihre Beute, fuhr sich mit der Zunge zuckend über das Maul und verschwand. Dann sprach Tonemetapu.

»Der Tod ist in dieser Versammlung gegenwärtig«, sagte er. »Die Niedergelassenen und die Wanderer kommen an diesem Ort des Friedens zusammen, und in einem von ihnen ist Blutrausch. Ich kann nicht sprechen, noch kann es eine Lösung zwischen den Stämmen geben, solange der Blutrausch nicht beseitigt ist – « Er hielt inne und hob den welken Arm. »Dort sehe ich Todeszorn schwelen!«

Ein entsetztes Murmeln erhob sich im Kreis der Yetis. Ionas Augen weiteten sich vor Angst, und aus Babillas Kehle ertönte ein tiefes, anschwellendes Knurren. Wengen war es, auf den Tonemetapu zeigte.

Langsam stand Yerto auf und sah auf seinen Sohn hinab. Unter dem starren dunklen, unversöhnlichen Blick des Patriarchen begann Wengen unruhig zu werden und zurückzuweichen.

»Ist dem so?« fragte Yerto.

Wengen sagte nichts. Yertos Augen aber hörten nicht auf, ihn mit diesem sengenden Blick zu durchbohren, und Wengen glitt immer weiter zurück. Iona kam er vor wie eine riesige braune Schlange, grau gesprenkelt vom Schatten des Laubs, – eine Schlange, die sich verzweifelt zu verstecken suchte.

»Ich frage dich!« schrie Yerto. »Ist dem so?«
Der verängstigte Wengen brachte noch immer kein Wort heraus.
Todeszorn unter Yetis trat nur im Kampf auf und war mit dem Ende des Kampfes fast immer vorbei. Wenn nicht, wenn der Blutrausch anhielt, dann blieb auch der Tod im Stamm gegenwärtig. Wengen, dachte Yerto, hat nur einmal gekämpft, mit Manu.
Yerto wandte sich an Manu. »War Wengen im Todeszorn, als ihr gekämpft habt?« fragte er.
Manu stand auf. Fest sah er den Patriarchen an. Die Erinnerung an Wengens Klammerhände um seine Kehle war noch sehr lebendig – solange er lebte, würde sie ihn nie verlassen.
»Ja«, sagte Manu düster.
Yertos Gesicht war verzerrt vor Kummer und Bestürzung; er schwankte; Iona beobachtete ihn gebannt. Schließlich fand Yerto seine Fassung wieder, und er wandte sich noch einmal an Wengen.
»Trotz allem, was du getan hast, warst du dennoch mein Sohn«, sagte Yerto heiser. »Ich hielt den Blutrausch für beendet, als der Kampf vorbei war. Ich wußte nicht, daß der Rausch zum Todeszorn geführt hat und daß er noch immer in dir ist. Du bist nicht länger mein Sohn. Du gehörst nicht länger in die Gemeinschaft der Niedergelassenen und des Volkes. Du darfst bleiben, bis morgen früh die Sonne aufgeht, vorausgesetzt, du hältst dich fern von allen. Dann gibt es dich nicht mehr. Wenn das Sonnenlicht das Tal füllt, mußt du fort sein – «
Dem Patriarchen fehlten die Worte, seine Kehle war zugeschnürt. Aber wieder fing er sich, und er erhob seine Stimme zu einem rauhen, markerschütternden Schrei:
»Wengen! Ich verstoße dich! Geh jetzt und für immer!«
Danach ließ Yerto sich auf den Baumstamm fallen, der Kopf sank ihm auf die Brust. Wieder ging eine Welle des Entsetzens überdie Lichtung. Das Verbannungsurteil war ausgesprochen. Verbannung bedeutete Tod, so sicher wie der Todeszorn.
Einen Augenblick später wandten alle die Köpfe und sahen zu Wengen hin, auch Iona. Schlangengleich war Wengen fortgekrochen, zwanzig Schritte trennten ihn von den anderen. Es raschelte, er stand auf, und als seine bleichen Augen flackernd über die versammelte Gemeinschaft glitten, sah er zugleich entsetzt und rachgierig aus.
Er öffnete den Mund, um zu sprechen, und ein bittender Ausdruck trat in sein Gesicht. Aber kein Wort drang über seine Lippen. Er zögerte, ein Krampf lief durch seinen Körper und ließ ihn erbeben, und er taumelte.

Dann drehte er sich um, zitternd, und ging. Er verfiel alsbald in Trab, und schließlich rannte er, und er tauchte ins Dickicht der Büsche und war einen Augenblick später verschwunden.
Iona lauschte.
Aus der Ferne drang das leiser werdende Stampfen seiner Füße; aber sie hörte noch etwas anderes, einen seltsamen, beängstigenden Laut – ein Brummen, ein Summen, immer lauter: wie ein aufgescheuchter Wespenschwarm, der sich in seinem Nest bedroht fühlt und ausfliegt, um den Eindringling mit tödlichen Stichen anzugreifen. Eine ganze Weile begriff Iona nicht, was das war, und schaute verwirrt um sich und spähte zwischen die Bäume. Dann wußte sie auf einmal, woher der Laut kam: von Kuinko.
Die Alte vom Berg kauerte, die Arme um die Knie geschlungen, und wiegte sich vor und zurück mit geschlossenen Augen; aber ihr faltiges Gesicht war verzerrt von Zorn und aufgestauter Gewalt; niemals hatte Iona ein Lebewesen gesehen, das dermaßen von Haß und Wut verzehrt wurde. Es grauste ihr, und sie wandte den Blick ab und sah wieder auf die Mitte der Lichtung.
»Es ist vollbracht – «
Es war Tonemetapus Stimme, die das Schweigen brach. Die Worte des alten Sehers zogen alle Aufmerksamkeit auf sich.
»Die Gegenwart des Todes im Volk ist beseitigt«, sagte Tonemetapu. »Es ist Zeit, die Zwietracht zwischen den Wanderern und den Niedergelassenen zu beenden. Ich habe gehört, was beide Stämme zu sagen haben. Bevor ich beschließen kann, was zu tun ist, muß ich den Stern ohne Namen befragen – «
Tonemetapu hob sein Gesicht zu dem durchbrochenen Blätterbaldachin empor, durch den die letzten Sonnenstrahlen fielen. Er schien den Himmel zu prüfen. Dann senkte er wieder den Kopf, und sein Blick ging von Yerto zu Gaggau.
»Zieht euch aus dem Hain zurück, alle beide, mit euren Leuten. Laßt mich allein zurück. Wenn die Nacht kommt und der Stern erscheint, schickt Kekua zu mir. Kekua ist ohne Sicht. Sie ist auch weise. Der Stern wird zu mir sprechen, und Kekua wird euch seine wahre Antwort bringen.«
Das Gras raschelte, alle Yetis standen auf. Iona folgte ihnen mit Babilla aus dem Hain hinaus auf die Ebene. Gemeinsam ließen sie sich nieder und warteten.

»Ich setze es hierher«, sagte Kekua. Sie kniete nieder und legte das Vogelnest vorsichtig auf den Boden. Sie hatte die Kuhle aus Daunenfedern in der Mitte mit frischen Blättern ausgekleidet und eine Handvoll Spätsommerbeeren und Nußkerne hineingelegt, am heutigen Tag geerntet. Es war nur eine winzige Handvoll, ein kleines Kind wäre kaum davon satt geworden, aber für Tonemetapu war es mehr als genug.
Kekua verharrte in ihrer knienden Stellung. Es dämmerte, bald würde es Nacht sein, unter den Bäumen lag bereits eine tiefe Dunkelheit. Sie hob witternd den Kopf in den Abendwind und las die Botschaften, die er ihr brachte, Gerüche in ihrer Nase, Eindrücke auf ihrer Haut – vom Fluß stieg allmählich der Nebel auf, ein Falke, spät noch auf der Jagd, hatte sich auf einem der oberen Zweige niedergelassen, am anderen Ufer öffneten Orchideen, die nachts blühten, ihre Kelche – üppig und betörend stieg ihr der Duft in die Nüstern.
Kekua schüttelte den Kopf. Sie roch alles, sie spürte alles. Sie nahm sogar das Flattern eines Schwalbenschwanzschmetterlings wahr, der sich in diesem Augenblick auf einem Ast hoch über ihrem Kopf zur Ruhe setzte. Was sie nicht spürte, war Tonemetapus Anwesenheit. Sie runzelte die Stirn und konzentrierte sich und versuchte es erneut, witternd drehte sie den Kopf von einer Seite zur anderen.
Dann sprach Tonemetapu. »Du bist gekommen, um meine Antwort zu hören«, sagte er.
Seine Stimme war sehr nah. Kekua maß im Geist den Abstand zwischen dem Klang seiner Stimme und ihrem Ohr und erkannte, daß er nicht weiter als eine Armeslänge von ihr entfernt war. Der Schmetterling über ihr war fünfmal so weit – ihn hatte sie gehört, Tonemetapu nicht.
»Yerto schickt mich«, erwiderte Kekua. »Aber ich komme auch im Auftrag von Gaggau. Ich komme des ganzen Volkes wegen.«
Ein Rascheln war zu hören: Tonemetapu zog das Vogelnest zu sich heran. Er prüfte seinen Inhalt, die Beeren, die Nüsse, schnuppernd und tastend. Er fing an zu essen; es war eine dicke süße Moosbeere, was er kaute, – Kekua roch es deutlich, und sie wußte auch, wo sie die Beere gefunden hatte, sie erinnerte sich sogar noch an den dornigen Zweig, an dem sie gehangen hatte.
»Wie soll meine Antwort lauten?« fragte Tonemetapu.
Kekua erschrak. Mit einer solchen Frage hatte sie am wenigsten gerechnet. Sie war nur eine Botschafterin. Die Entscheidung oblag Tonemetapu allein.

»Ich weiß es nicht«, antwortete sie unsicher. »Es steht mir nicht zu, das zu sagen.«

»Kekua«, sagte Tonemetapu. »Meine Sicht ist beinahe gut. Wenn die Blindheit über mich kommt, lerne ich mit dem Geist zu sehen. Du bist ganz ohne Sicht und bist es immer gewesen. Du hast viele Sommer in vollkommener Blindheit gelebt und hast gelernt, weiter zu sehen als ich. Deshalb wollte ich, daß du zu mir kommst... Ich frage dich noch einmal. Wie soll meine Antwort lauten?«

Kekua schwieg und dachte nach. Sie spürte einen Hauch Wärme, die von Tonemetapus Körper ausging, unmerklich fast, noch weniger fühlbar als der Schmetterling, der schlafend über ihr saß; aber jetzt spürte sie ihn und wußte, wo er war und wohin sie ihre Worte zu richten hatte.

»Die Wanderer verhungern«, sagte sie. »Sie wollen im Tal jagen. Wegen der Bande können sie nicht abgewiesen werden, und es könnte eine Zeit kommen, in der es rund um die Insel nichts zu ernten gibt. Dann müßten die Niedergelassenen in den Bergen sammeln, und die Wanderer müßten dem zustimmen. Es ist für beide Stämme dasselbe. Und doch – «

Kekua brach ab. Tief in ihr war eine Verwirrung, undeutlich und kaum zu fassen, aber sie spürte sie als eine schwere Last.

»Sprich weiter«, forderte Tonemetapu sie sanft auf.

»Seit Manu seine volle Kraft erreicht hat«, fuhr Kekua fort, »beobachten ihn die jungen Männer der Niedergelassenen. Er jagt, und sie lernen von ihm. Manchmal jagen auch sie. Nachts reden und lachen sie miteinander und erzählen sich, wie sie die Tiere, die sie finden, jagen und erlegen. Yerto ist zu alt, um sie davon abzuhalten, und die anderen auf der Insel sind es zufrieden, denn ein Samburbock liefert soviel Nahrung wie eine Woche Sammeln. Auch die Kinder lernen es – « Wieder stockte Kekua. »Manu ist stark und tapfer und klug. Alles, was er für die Insel getan hat, ist gut, und Yerto vertraut ihm. Deshalb hat er Manu hierbehalten, als es längst schon Zeit für ihn war, in die Berge zurückzukehren. Manu verändert die Niedergelassenen, nicht sehr, nur ein wenig, und er weiß es nicht. Er ist freilich nur einer. Wenn jetzt die Wanderer im Tal jagen, wird die Veränderung groß sein, viel größer. Alle Männer von der Insel werden anfangen zu jagen, auch die Kinder, und das Wissen des Sammlers wird verlorengehen. Dann ist auch die Gemeinschaft der Niedergelassenen verloren.«

Kekua brach ab. Reglos verharrte sie, Tonemetapu zugewandt, und spürte den Blick des alten Sehers.

»Ich habe Raina gehört, Yertos Gefährtin, ich habe dich gehört«, sagte er. »Ihr seid beide klug. Raina ist klug, weil sie weiß, was dem Tal geschehen wird, und du bist klug, weil du weißt, was dem Volk geschehen wird. Und doch müssen die Bande gewahrt und geachtet werden, die Wanderer dürfen nicht verhungern. Kekua: Sieh nach oben – «

Kekua hörte ein leises Knacken: das waren die Knochen in Tonemetapus Nacken, als er den Kopf hob; und sie folgte seinem Blick durch den Baldachin der Blätter bis hinauf in den Nachthimmel, zu den Sternen. Kekua sah nichts, aber ihre Haut gewahrte jede Öffnung im Laub über ihr, jeden Lufthauch, jeden Flügelschatten jagender Eulen. Und sie spürte die Sterne, die hoch oben über den Himmel zogen, die Sternbilder über den Bergkämmen, die hell erstrahlten und das schwarze Himmelsgewölbe mit Leuchten erfüllten. Und ein Stern leuchtete heller und strahlte lebendiger durch die Nacht des Himalaya, und sie spürte ihn stärker auf der Haut, als sie ihn früher je gespürt hatte: fast erschrak sie über die Helligkeit, die durch die Poren ihrer Haut in ihren Körper drang, in ihr Herz und in ihren Geist.

»Dieses Licht kommt vom Stern ohne Namen«, sagte Tonemetapu. »Er hat gesprochen; und er sagt dasselbe wie du und Raina. Er scheint so hell, weil der Schnee näherrückt. Nur noch ein Mondumlauf trennt uns von der Wolkenzeit. Bis dahin, sagt der Stern, dürfen die Wanderer jagen. Sie sollen mit den Niedergelassenen teilen, und beide Stämme sollen die Früchte des Tals ernten, Seite an Seite. Aber wenn die Wolkenzeit kommt, muß das Teilen ein Ende haben – «

Tonemetapu hatte den Kopf sinken lassen. Auch Kekua senkte die Augen, als sie die veränderte Klangrichtung seiner Stimme spürte.

»In der Wolkenzeit muß das Volk einen neuen Weg finden, um zusammenzuleben, die Ausbeute der Berge und der Ebene miteinander zu teilen. Sie haben einen letzten Mond lang Zeit, um sich auf ihre Entscheidung vorzubereiten. Geh und sag es Yerto und Gaggau und dem ganzen Volk. Befiehl ihnen, gut zuzuhören, denn ich, Tonemetapu, habe gesprochen durch den Stern ohne Namen – «

Die Stimme des alten Sehers wurde schwächer und schwächer vor Erschöpfung, sie klang wie das zarte Flüstern des Schilfrohrs am Flußufer, raschelnd im letzten, leichten Herbstwind, bevor die Winterstürme einsetzen.

»Sag ihnen«, fuhr Tonemetapu fort, und Kekua mußte sich vorbeugen, um ihn zu verstehen, obwohl ihr Gehör scharf war, »sag ihnen, daß das Schumbi ihr Untergang oder ihre Rettung ist. Sie müssen Frieden mit ihm schließen, oder es mit ihnen. Was es sein wird, entscheidet das Schumbi selbst.«

Tonemetapu verfiel in Schweigen.

Kekua stand auf. Sie machte sich auf die Suche nach den anderen: durch Büsche und Gestrüpp tastete sie sich vorwärts und fühlte das Licht der Sterne auf der Haut.

Die Patriarchen der beiden Stämme erwarteten sie mit banger Hoffnung am Rand des Hains. Sie hatte ihnen viel zu sagen. Aber der Kern der Botschaft war klar: einen Mondumlauf hatten sie Zeit, so lange durften sie das Tal miteinander teilen, um sich auf die Wolkenzeit vorzubereiten; und das kleine Schumbi, das Geschöpf, das der Fluß halb ertrunken ans Ufer gespült hatte, war der Schlüssel zum Überleben des Volkes.

43

Kuinko kauerte im Gras und wartete.
Trotz der tiefen Dunkelheit unter den Bäumen sah sie alles. Wie Manu, wie alle Wanderer hatte sie die goldenen Augen des nächtlichen Jägers. Die Inselyetis sehen bei Tag so scharf wie der Falke und der Adler, die tagsüber jagen, deren Sicht mit dem Schwinden des Lichts jedoch nachläßt; Kuinkos Pupillen dagegen hatten dieselben reflektierenden Scheiben wie die Augen der Gebirgseule.
Sie fingen noch den winzigsten Lichtschein der Nacht, selbst den schwächsten Schimmer des entferntesten Sterns; aus dem Licht formten sich Bilder: sie wurden ans Gehirn weitergeleitet; und das Gehirn erkannte Bäume, Blumen, Vögel, Insekten, Säugetiere; im dünnen, unsteten Schimmer des Sichelmondes sah Kuinko die Landschaft so deutlich wie die Sammler nur im hellen Sonnenlicht.
Systematisch prüfte sie jetzt das Tal. Rings umher standen Bäume. Die Insel lag unmittelbar vor ihr, auf beiden Seiten vom Fluß umspült; sie hörte das eintönige Rauschen des Wassers, das an der Spitze der Insel über die Felsen brandet, sich in zwei Arme teilt und in der Ferne sich wieder vereinigt in einer plötzlich reißenden Strömung. Jenseits des Flusses erstreckt sich die Ebene. Der größte Teil des Tales blieb ihr verborgen, denn der Hügelkamm in der Mitte der Insel versperrte ihr die Sicht; aber die Berge sah sie, die steil emporragen am Rand des Tals, und die schneebedeckten Gipfel, schimmernd im Sternenlicht.
Irgendwo dort oben, selbst für Kuinkos scharfe Augen nicht zu erkennen, lag das Felsgesims über der Schlucht, öffneten sich die schwarzen Münder der Höhlen. Sie dachte an die Lager aus warmen Fellen, an die Wintervorräte, das Dörrfleisch früherer Zeiten, das sie übereinandergeschichtet hatten, bis die Stapel vom Boden bis ans Gewölbedach reichten; sie fuhr sich mit der Zunge über die Lippen.
Die Höhlen waren ihre Heimat. Aber die Fleischvorräte gab es nicht mehr, die Speisekammern der Wanderer standen leer. Die Nahrung, die sie hätte füllen sollen, nannten sie Wolkenzeitvorräte; aber nicht in der Wolkenzeit werden sie verspeist, denn die Yetis brauchen dann nichts, dann nährt sie die Schneekälte. Ihre Vorräte brauchen sie am Ende der Wolkenzeit, wenn der Schnee schmilzt, aber die Berge noch nicht wie-

der zum Leben erwacht sind, wenn die Tiere noch schlafen und kein Grashalm sprießt: in dieser Zeit sind sie am verwundbarsten, die Wanderer wie die Niedergelassenen, ihre Leiber sind schwach, aber es gibt nichts zu jagen oder zu sammeln. Ohne die versteckten Nahrungslager vom Vorjahr, gehortetes Fleisch und mühselig angehäufte Vorräte an Nüssen, Korn und Beeren, müßten sie sterben.
Kuinko schlang die Arme um die Brust. Im Tal war die Nachtluft bei weitem nicht so kalt wie in den Bergen, aber der Sommer ging dem Ende zu, und die Temperatur sank mit jedem Tag. Wohl hielt der Pelz die Kälte fern, doch der Hunger war es, der ihr das Blut in den Adern gefrieren ließ; und die Aussicht auf einen noch viel größeren Hunger: in diesem Sommer hatten sie keinen Vorrat anlegen können, nichts war da, womit man die Speisekammern hätte füllen können. Wieder spähte sie in die Dunkelheit.
»Ich bin gekommen«, sagte Wengen. Er betrat die dreieckige Rodung zwischen umgestürzten Baumstämmen, auf der am Nachmittag die Begegnung der Stämme stattgefunden hatte.
Kuinko ließ sich zurückfallen und lehnte sich an den Stamm. Anders als die Talyetis war sie nicht auf ihre Witterung angewiesen; sie hatte ihn seit Minuten gerochen, aber schon viel früher hatte sie ihn in der Dunkelheit erspäht und den dicken, muskelbepackten Yeti erkannt, den einstigen Patriarchensohn, der jetzt vor ihr stand.
»Setz dich«, sagte Kuinko.
Wengen ließ sich auf den Baumstamm nieder, auf dem zuvor sein Vater gesessen hatte. Kuinko musterte ihn prüfend. Wengens Pelz glitzerte noch feucht vom Fluß, den er durchquert hatte; daran erkannte sie, daß er geradewegs von der Insel gekommen war.
»Du hast bis Tagesanbruch Zeit«, sagte Kuinko. »Was geschieht dann?«
Wengen schwieg eine Weile.
Yerto hatte ihn zum Geächteten erklärt. Aus der Gemeinschaft der Niedergelassenen ausgestoßen zu werden, war ein so seltenes Ereignis, daß keiner der Inselbewohner wußte, welches Schicksal einen Geächteten erwartete.
»Ich durchquere das Tal«, antwortete Wengen schließlich. »Dann steige ich bis zu den Kämmen hinauf. Dann wende ich und folge der aufgehenden Sonne.«
Kuinko schnaubte verächtlich. »Glaubst du denn, du wirst in den Bergen oder auf dem Sonnenpfad Nahrung finden?«
»Ich werde suchen.«

Wengen zuckte müde die Achseln. Sein halbherziger Trotz, das ängstliche Aufbegehren gegen Yerto war verflogen. Er wirkte eingefallen, benommen, niedergeschmettert. Erst jetzt, Stunden nachdem Yerto die Verbannung über ihn verhängt hatte, wurden ihm die Folgen dieses Urteils in ihrem ganzen Ausmaß bewußt.
Er war ein Geächteter. Er konnte nirgendwo hingehen, außer in Gegenden ohne Nahrung.
»Du wirst suchen!« Wieder knurrte Kuinko höhnisch. »Gar nichts wirst du finden, genauso wie wir nichts gefunden haben. Verhungern wirst du, wie wir. Es sei denn – «
Sie rückte näher zu ihm und verstummte. In der Dunkelheit erkannte Wengen lediglich ihre Umrisse: er sah, daß sie wütend mit den Armen wedelte, wie eine flügelschlagende alte Krähe.
»Es sei denn, du findest jemand, der dir zu essen gibt.«
»Wer wird wohl mit mir sein Essen teilen!« gab er zurück.
»Die Odunas natürlich«, fuhr Kuinko ihn an.
»Die Odunas!« Wengen sah sie bestürzt an.
Zum Geächteten erklärt zu werden, war nahezu unfaßbar, eine undenkbare Vorstellung. Aber es war keine Vorstellung, es war wirklich geschehen, und irgendwie würde Wengen damit zurechtkommen müssen. Um zu überleben, mußte er essen, mußte auf eigene Faust jagen und sammeln. Er mußte ohne die Unterstützung der Gemeinschaft leben, über Kämme und durch Täler streifen, die, wie es hieß, jenseits des großen Tals mit der Insel lagen.
Ganz anders ist die Welt der Odunas. Verloren, fremd, immer auf der Flucht, führen sie ein Leben am Rande dessen, was ein Yeti sich auszudenken vermag. Sie gehören der Dunkelheit jenseits der Nacht, wohin selbst die Sterne nicht mehr scheinen. Unter die Odunas zu fallen hieß, in eine Welt höchsten Grauens zu geraten.
Wengen überlief ein Schaudern.
Kuinko rückte von ihm ab und huschte mit der Geschwindigkeit einer Baumspinne auf die andere Seite der Lichtung.
»Gaggau wurde auf seiner letzten Jagd verwundet, kurz bevor das Schumbi kam«, sagte sie. »Du hast es gesehen. Die Odnunas haben ihm die Wunden geschlagen, sie haben Speere gegen seinen Körper geworfen, an denen das Kind des dunklen Sturms fraß. Die Odunas sind nicht imstande, das Geschöpf zu rufen – das können nur die Schumbis.«
Verständnislos sah Wengen sie an.
Kuinko fletschte die Zähne angesichts seiner Begriffsstutzigkeit. »Wen-

gen!« sagte sie feindselig. »Ein Schumbi hat es ihnen beigebracht. Verstehst du das? Es muß ein Schumbi bei ihnen sein – einer, der die Odunas führt, der sie für sich jagen läßt.«
Wengen dachte über Kuinkos Worte nach, und er erkannte, daß sie recht hatte. Die Odunas, wie grauenerregend sie auch sein mochten, waren doch ursprünglich Angehörige des Volkes gewesen, die nicht wußten, wie man das Kind des dunklen Sturms ruft und benutzt, genausowenig wie die Niedergelassenen und die Wanderer es wußten; und doch hatten sie Gaggau damit angegriffen. Sie hatten es benutzt, um die Jäger in die Flucht zu schlagen und ihre Beute zu rauben. Aus eigener Kraft wären sie dazu niemals imstande gewesen.
Nur ein Schumbi konnte ihnen dabei geholfen haben.
Aber er begriff es dennoch nicht ganz. Denn auch wenn Kuinko recht hatte, wußte er doch nicht, welche Rolle es für ihn spielen sollte, ob auf den fernen Gipfeln ein Schumbi bei den Odunas lebte oder nicht. Er wollte sie fragen, aber Kuinko fiel ihm ins Wort.
»Die Niedergelassenen behaupten, unser Schumbi sei durch den Fluß ins Tal gebracht worden. Der Fluß hat es von den Kämmen heruntergespült, und Manu hat es entdeckt. Aber dieses Schumbi ist jung, ein Kind. Wie hat es der Fluß gefunden?« fragte Kuinko.
Wengen wußte es nicht.
»Fallen nicht unsere Kinder, von der Insel genauso wie von den Bergen, manchmal in fließendes Wasser? Werden sie nicht fortgeschwemmt? Suchen wir dann nicht nach ihnen, wir alle, bis wir sie finden? Suchen wir nicht immer weiter, wie lange es auch dauert?«
Wengen nickte. Die Kinder beider Stämme sind lebenswichtig für die Zukunft, mehr noch: sie *sind* die Zukunft. Wenn ein kleines Kind in einen reißenden Gebirgsbach oder einen Fluß fällt, wie es sie im Tal und im Gebirge in großer Zahl gibt, dann stellt die Gemeinschaft jede Tätigkeit ein, bis es gefunden ist: die Rettung eines Kindes hat Vorrang vor allem anderen, sie ist wichtiger als Jagen oder Sammeln, und man scheut keine Mühen, Anstrengungen, Gefahren, um ein verlorenes Kind zu seinem Stamm zurückzubringen. Ein Kind ist mehr wert als alles. Ohne ihre Kinder überleben weder die Wanderer noch die Niedergelassenen.
»Das stimmt«, sagte Wengen.
»Glaubst du nicht, daß das auch bei den Schumbis so ist?« fragte Kuinko ungeduldig.
Wengen schwieg. Der Verstand der Alten arbeitete viel schneller als sein eigener.

»Das Kind ist ins Wasser gefallen. Deshalb hat der Fluß es ins Tal gebracht – anders kann es nicht gewesen sein. Wengen! Verstehst du das nicht? Hast du sie nicht angesehen, ihren Körper und ihre Beine, und hast du nicht gesehen, daß ihre Brüste schon wachsen? Bald wird sie zu bluten beginnen – «

Kuinkos Stimme war heiser vor Ärger. »Mit diesem Schumbi ist es wie bei uns!« fuhr sie ihn an. »Es ist ein Kind, das in den Fluß gefallen ist. Die erwachsenen Schumbis werden nach ihrem Kind suchen, wie wir! Es ist für sie genauso wertvoll wie ein Kind des Volkes für uns!«

Wengen schloß die Augen. Ihm schwindelte.

Die Alte war grausam und bösartig – das wußte Wengen. Er hatte es erlebt, und er war genauso grausam und bösartig gewesen, als er Tana entführt und vergewaltigt hatte. Er hatte geglaubt, es würde ihm nützen – ein folgenschwerer Irrtum. Es hatte zum Kampf mit Manu geführt und zu seiner Verbannung aus der Gemeinschaft.

An allem war Kuinko schuld. Er sollte sich nicht mit ihr abgeben, nie wieder auf sie hören! Er sollte für immer von ihr fortgehen, wie er – bald schon, im Morgengrauen – fort von der Insel mußte. Er wußte nur nicht, wohin er sich wenden sollte; dafür weiß sie mir keinen Rat, dachte er grimmig.

Wengen sprang auf und ging. Nach drei Schritten blieb er stehen. Er zögerte, dann kam er zurück. »Was sagst du?« fragte er.

Es war nicht nur die Verzweiflung, die ihn zum Umkehren bewogen hatte. Es war der Widerhall von Kuinkos Worten. Er wußte noch nicht genau, was sie meinte, aber er hatte ja nichts, woran er sich halten konnte, und so klammerte er sich an den Nachklang ihrer Stimme, der zwischen den Ästen über ihm verwehte.

In der Dunkelheit musterte sie ihn. Mit ihren Nachtaugen sah sie ihn viel deutlicher, als Wengen sie sehen konnte. Er glaubte, die Dunkelheit verberge ihn: keineswegs; so klar und greifbar stand er vor Kuinkos Augen, als wäre es heller Tag. Das Gesicht verzerrt, der Pelz gesträubt vor Furcht: so stand er vor ihr – steif, unbeholfen und ganz und gar ratlos. Kuinko riß den Mund auf und stieß ein gackerndes Gelächter aus, ein hämisches, erniedrigendes Gelächter. So wollte sie es.

»Hierher – « Mit der Hand klopfte sie auf den Stamm, auf dem sie saß. Gehorsam, wie von Fäden gezogen, kam Wengen zu ihr und kauerte sich ihr gegenüber.

»Geh in die Berge«, sagte Kuinko. »Such die Fährte der Odunas. Folge ihr. Wenn du die Odunas findest, hast du zu essen. Du wirst auch den

Schumbi finden, der ihr Führer ist. Geh zu ihm und sag ihm, daß du weißt, wo das kleine Schumbi ist.«

»Aber wie soll ich denn mit ihm reden!«

Kuinko spuckte voller Verachtung auf den Boden. »Wenn er den Odunas beigebracht hat, das Kind des dunklen Sturms zu benutzen, dann wird er wohl unsere Sprache können – « Sie schwieg; dann fuhr sie fort, und mit jeder Anweisung, die sie ihm gab, wurde ihr Ton eindringlicher, ja unerbittlicher.

»Sag, du führst ihn zu dem kleinen Schumbi. Sag, daß er dafür tun muß, was du willst. Er muß dir helfen.«

»Mir helfen! Wobei?«

»Er muß dir helfen, Anführer nicht nur der Niedergelassenen, sondern auch der Wanderer zu werden«, sagte Kuinko. »Für zwei Stämme ist nicht mehr genug Platz, nirgends gibt es genug Nahrung. Von jetzt an müssen die Wanderer im Tal wie auch im Gebirge jagen. Wenn die beiden Stämme sich zusammentun und gemeinsam Nahrung suchen, werden die Wanderer stärker – so muß es auch sein; die Jäger sind immer stärker als die Sammler. Sieh doch, was heute geschehen ist. Yerto war damit einverstanden, daß wir im Tal jagen. Er sagt: wegen der Bande, aber das ist gelogen. Er kann uns nicht abweisen, das ist es! Wengen: wir sind stärker als ihr.«

Gebannt starrte Wengen sie an. »Und wie soll der Schumbi mich zum Führer machen?« fragte er.

»Um das kleine Schumbi zurückzubekommen, muß er Gaggau, Yerto, Raina und Manu für dich töten. Mit dem Kind des dunklen Sturms wird ihm das ganz leicht sein: er wirft es auf sie, und sie sterben. Und wenn sie weg sind, wer ist dann als einziger übrig, um die Stämme zu führen? Du!«

Kuinkos Stimme sank zu einem Flüstern herab. »Wengen! Du hast nichts!« zischte sie. »Du bist ein Geächteter. Im besten Fall wirst du einer von den namenlosen Odunas. Im schlimmsten Fall verhungerst du, und die Geier fressen dich. Aber wenn du meinen Rat befolgst, wirst du zurückkehren und beide Stämme führen. Du wirst Tana bekommen. Du wirst alles haben, was du willst.«

Wengen wandte hastig den Blick ab. Er konnte die Alte nicht länger ansehen. Entsetzen ergriff ihn, Furcht vor der Dunkelheit und Furcht vor dem, was mit ihm geschah, – und vor allem Furcht vor Kuinko.

Er hatte geglaubt, nichts könne schlimmer sein als das Verbannungsurteil, das Yerto über ihn verhängt hatte. Dies aber war schlimmer, viel schlimmer. Er wußte, daß er viele Stammesgesetze gebrochen hatte. Er hatte sich Yerto und Raina widersetzt; er hatte Tana vergewaltigt; er hatte Manu zum Kampf gefordert. Und im Kampf hatte er versucht, Manu zu töten.

Aber was Kuinko ihm nun befahl, war ein schlimmeres Vergehen als alles Bisherige – Kuinko leugnete und verwarf sämtliche Bande. Sie hatte ihm geraten, sich nicht nur mit den ausgestoßenen Odunas zu verbünden, sondern mit einem Schumbi! – einem Wesen, dem man um jeden Preis aus dem Weg gehen mußte: das wußte man seit Yetigedenken, wieder und wieder wurde es ihnen in der Wolkenzeit eingeschärft: Niemals sich mit einem Schumbi einlassen!

Und Kuinko hatte ihm befohlen zu töten. Nicht mit eigener Hand, sondern indem er diesen Schumbi als seine Waffe benutzte. Yerto, Gaggau, Raina, Manu – es war nicht wichtig, wer die Opfer waren; was zählte, waren die Toten, die Morde. Die Stammesgesetze duldeten viel: Diebstahl von Nahrung oder von Schilf zum Hüttenbauen, die Besteigung der Frau eines anderen, die Geheimhaltung eines vorzüglichen Sammelgrundes, – alles das ließ sich erklären und verzeihen.

Ein Mord nicht. Ein Mord war unverzeihlich. Ein Mord bedeutete Vernichtung des Stammes – wie ein Kind, das umkam, im Wasser ertrank. Das war der Grund, weshalb er verbannt worden war.

Wengen warf einen verstohlenen Blick auf die alte Frau. Sie hockte auf ihrem Baumstamm, die Arme um die angewinkelten Knie geschlungen, schwärzlich und ausgemergelt, – und diese funkelnden, hungrigen Augen: mehr denn je sah sie aus wie eine Krähe.

Er wollte antworten, aber sie kam ihm zuvor. »Also gehst du?« fragte sie. »Gehst du in die Berge, suchst du die Odunas und den Schumbi, den sie haben? Und dann machst du es so, wie ich gesagt habe? Wirst du Anführer beider Stämme?«

Kuinkos Stimme hob sich und wurde schrill vor Erregung, einer gierigen, wollüstigen Erregung – die ihn auf einmal ansteckte und ganz ergriff: in Wellen durchströmte ihn die Begehrlichkeit.

Alle Furcht, alles Zaudern verschwand. Im Geist sah er die beiden Alten tot auf der Erde liegen, daneben Raina und Manu; und er frohlockte. Er sah Tana, Churinga und die jungen Frauen beider Stämme, und er fühlte einen jähen, heftigen Trieb sich regen. Er sah das riesige Gelände, die Jagd- und Sammelgründe beider Stämme zusammengelegt – sein Machtbereich: von der Schneegrenze bis ins Tal; und er sah die Jäger und Sammler sich auf den Weg machen und sah sich selbst im Mittel-

punkt von alldem: ordnend, lenkend, lobend und, vor allem, bestrafend.
Er dachte an die Demütigungen der Vergangenheit und an die Schmach, die ihm angetan war; aber sie machte ihm nichts mehr aus, im Gegenteil, sie war ihm teuer, und er hegte und hütete die Erinnerung daran. Für jede Kränkung, jede Erniedrigung würde er sich rächen, langsam und grausam. Kuinko hatte recht. Spät war sie in sein Leben getreten, aber unter allen Einflüssen, die auf ihn wirkten, war sie die einzige, die unbeirrbar und beharrlich die Wahrheit gesehen und ausgesprochen und seine tiefsten Seelengründe damit erreicht hatte. Jetzt verhalf sie ihm zum letzten Sieg.
Kuinko brauchte auf Wengens Antwort nicht zu warten. Sie sah ihm in die bleichen Augen, die blitzten vor Eifer und Gier, und sie betrachtete den langen harten Penis und stieß ein erregtes, heiseres Gelächter aus.
»Geh jetzt! Und wenn du zurückkehrst, will ich dich als Führer sehen!«
Wengen sprang auf und machte sich davon, mit langen Schritten trabte er durch die Dunkelheit. Als er am Rand der Ebene stand, sah er sich um, betrachtete den Himmel und die Sterne, um sich zu orientieren. Vor und links von ihm lagen die Südgrate, eine aufsteigende Linie. Irgendwo dort oben würde er die Odunas finden und ihren Schumbi, der sie gelehrt hatte, das Kind des dunklen Sturms zu gebrauchen.
Aufrecht und entschlossen und die Mordlust im Herzen: so schritt Wengen voran, und Kuinkos langgezogenes, schrilles Gelächter klang hinter ihm durch die Nacht.

44

»Was hast du mit ihr gemacht, Robert? Wo zum Teufel ist sie?« Dorelia schrie ihn an, und ihre Stimme gellte durch den Raum.
Cabot rieb sich das Kinn. Dorelia war in der Nacht von London nach Delhi geflogen und hatte dort die erste Maschine nach Katmandu genommen. Aus der Blässe ihrer Wangen und den dunklen Ringen unter den Augen schloß er, daß sie während der achtzehnstündigen Reise kaum ein Auge zugetan hatte.
Cabot antwortete nicht gleich, sondern drehte sich um und ging zum anderen Ende des Raumes hinüber.
Das elegante Porzellanschild außen an der Tür wies ihn als den Salon der Maharadscha-Suite aus. Wäre er allein gewesen, hätte er sich in dem kleineren, ruhigeren Hotel in der Nähe des Marktes einquartiert, seiner üblichen Unterkunft, wo er auch mit Iona logiert hatte, und sich wesentlich wohler gefühlt. Aber Dorelia verlangte stets das Beste, was für sie hieß: das Teuerste. Sobald sie ihm mitgeteilt hatte, daß sie herkommen würde, hatte er die Suite gebucht und war selbst ins Hotel gezogen, um in ihrer Nähe zu sein.
Vor einer knappen Stunde hatte er sie vom Flughafen abgeholt. Dorelia erschien in Begleitung eines zerknitterten, dickbäuchigen Mannes, in dem Cabot ihren neuen Partner vermutete; er wurde ihm als Sean Ryan vorgestellt. Ryan sei Schriftsteller, erklärte Dorelia. Cabot empfand sofort Widerwillen, schon als sie einander die Hand schüttelten. Der Mann hatte eine polternde, aggressive Stimme und stank: er verströmte Alkoholdunst aus allen Poren wie eine Spraydose, und er rauchte und fluchte, beides ununterbrochen. Nachdem Cabot seine Nichte kannte, war ihm klar, daß sie sich, nachdem sie den kalten und blutleeren Michael Howard nun endgültig losgeworden war, unvermeidlich dem krassen Gegenteil zuwenden mußte, einer derben, lärmenden, biersaufenden Erscheinung wie Ryan.
Auf dem Weg vom Flughafen in die Stadt Katmandu sprach keiner von ihnen viel; kaum im Hotel angelangt, steuerte Ryan die Bar an und ließ Cabot und Dorelia allein.
»Iona ist in diesem Tal, Dorelia, das sagte ich dir, als ich anrief« sagte Cabot. »Das ist ein riesiges Stück Land unterhalb des Sattels, auf dem

wir unser Lager hatten. Wo genau in dem Tal sie sich befindet, weiß ich freilich nicht. Aber das werden wir herausfinden, und wir holen die Kleine zurück.«

»Und sie ist dorthin gebracht worden von diesen – « Dorelia stockte; sie suchte nach einem Wort, das sie einsehen und akzeptieren konnte. Aber sie fand nichts und griff deshalb auf den einen Begriff zurück, den sie aus ihrem Denken hatte verbannen wollen: »Diesen Ungeheuern!«

»Ungeheuer existieren nicht, meine Liebe, außer in der Phantasie der Leute, oder vielmehr in ihren Alpträumen.« Cabot sprach so beruhigend, wie er konnte. »In der realen Welt gibt es nur Tiere, Lebewesen wie wir selbst. Iona ist offenbar von einer Gruppe von Tieren, oder Lebewesen, mitgenommen worden, die wir Yetis nennen. Es gibt keinen Grund, weshalb sie nicht genauso für sie sorgen und sie ernähren sollten, als wäre sie eine von ihnen.«

»Die Yetis!« Dorelia starrte ihn an. »Ich habe Sean in London losgeschickt, um Informationen über die Yetis zu beschaffen. Sean hat für verschiedene Zeitungen gearbeitet, er kennt sich aus und hat überall seine Quellen. Er hat mit Wissenschaftlern gesprochen, er war im Naturhistorischen Museum, überall. Er sagt, keiner glaubt an die Existenz solcher Kreaturen.«

»Ich hatte selbst meine Zweifel, Dorelia, bis ich diese Spuren im Schnee gesehen habe. Da war sogar ich überzeugt.«

»Aber trotzdem hast du sie gehen lassen? Läßt sie ganz allein hinaus in die Nacht laufen, wo diese ganzen scheußlichen Tiere sind, oder wie du sie nennst!«

»Nein, Dorelia, so ist es nicht gewesen – « Cabot verstummte.

Er hätte sich denken können, daß Dorelia versuchen würde, ihm die größtmögliche Schuld an Ionas Verschwinden aufzubürden. Das war freilich nicht notwendig; aber in ihrer Egozentrik merkte sie es nicht: er machte sich selbst schon genügend Vorwürfe – ununterbrochen, seit jenem schrecklichen Morgen nach dem Sturm. Er wußte, daß sein Schuldbewußtsein irrational und unbegründet war, aber das qualvolle Gefühl, versagt zu haben, einer Verantwortung nicht gerecht geworden zu sein, der Verdacht, daß dem Kind nichts zugestoßen wäre, wenn er sich in irgendeiner Weise anders verhalten hätte, – dieses Gefühl verließ ihn keinen Augenblick.

Er erkannte, daß auch Dorelia sich schuldig fühlte. Sie machte sich Vorwürfe, weil sie überhaupt auf die Idee gekommen war, Iona mit ihm in den Himalaya zu schicken, und ihre Anklagen waren ein Versuch, die

eigenen Schuldgefühle auf ihn abzuwälzen. Statt sich zu ärgern, sah Cabot in ihr abgehärmtes Gesicht und empfand Mitleid. Sie hatte gewiß eine Menge Fehler, aber auf ihre Weise liebte sie ihre Tochter. Diese Geschichte, die sie wohl oder übel akzeptieren mußte, hätte auch eine weitaus beständigere und großzügigere Mutter, als Dorelia jemals sein würde, aus dem Gleichgewicht gebracht.
Cabot trat zu ihr. Er nahm ihre Hand und berichtete ihr noch einmal alles über jene Sturmnacht. Als er geendet hatte, weinte Dorelia. Schluchzend klammerte sie sich an ihn, dann trat sie einen Schritt zurück und wischte sich die Tränen aus den Augen.
»Warum hat sie das getan, Robert?« fragte sie in verständnislosem und gekränktem Ton. »Iona und ich kommen nicht immer gut miteinander aus, das stimmt schon, – aber um Himmels willen, das ist doch bei allen Müttern und Töchtern so! Und ich kenne das Kind doch. Sie ist vernünftig und realistisch, und auch vorsichtig.«
Cabot lächelte schief. »Es freut mich, daß wir immerhin über dasselbe Kind reden, Dorelia. Denn genau so würde ich sie beschreiben, und genau das sind die Eigenschaften, die wahrscheinlich jetzt, wo immer sie ist, ihr größtes Kapital sind.«
»Aber wieso um Gottes willen zieht sie sich an und rennt in die Nacht hinaus mitten in einen Schneesturm!«
Das war die Frage, mit der Cabot sich herumschlug, seit er am Morgen nach dem Sturm Ionas Zelt durchsucht und festgestellt hatte, daß ihre Kleider, ihre Stiefel, ihre Überlebensausrüstung fehlten. Nächtelang war er wachgelegen und hatte versucht, eine Antwort zu finden. Endlich fiel ihm eine Möglichkeit ein, aber sie war so abwegig und stand so sehr im Widerspruch zu allem, was er über das Kind wußte, daß seine erste Reaktion war, sie zu verwerfen. Erst als ihm nichts anderes mehr blieb, kam er darauf zurück.
Er hatte angenommen, daß Iona sich angezogen habe, weil sie irgendwohin wollte. Er hatte gedacht, sie müsse ein Ziel gehabt haben, einen Plan, irgendein eigenes, privates Unternehmen, das sie unbedingt zu Ende bringen wollte, – egal, bei welchem Wetter. Vielleicht aber war es anders, vielleicht floh sie vor irgend etwas. Der einzige Ort, von dem sie fliehen konnte, war das Zelt, und der einzige Grund, der sie aus der Sicherheit des Zeltes in den Schneesturm hätte hinaustreiben können, war Angst.
Es war immerhin möglich, dachte Cabot, daß seine Patentochter, dieses fähige, vernünftige Kind, das er für furchtlos gehalten hatte, *aus blan-*

kem Entsetzen den mörderischen Sturm ihrem Zelt vorgezogen hatte. Aber kein Yeti war es, der sie in Angst und Schrecken versetzt hatte, – Hughes hatte überzeugend dargelegt, daß das Wesen dem Lager nicht näher gekommen war als bis zu der Stelle, an der seine Fußspuren Ionas Stiefelabdrücke kreuzten. Roschan bestätigte es: die Yetis kämen nie in die Nähe menschlicher Siedlungen. Das bedeutete, daß Iona vor etwas Angst gehabt haben mußte, was in ihr selbst war – und nicht erst seitdem sie in Nepal war: sie hatte es mitgebracht.

Cabot war drauf und dran, Dorelia seine Theorie mitzuteilen, aber dann sah er sie an und nahm davon Abstand. Sie stand schon genug unter Druck, auch ohne mit der Möglichkeit konfrontiert zu werden, daß das Kind, das sie mit ihm nach Nepal geschickt hatte, schon vor der Abreise aus London von einer Angst niedergedrückt wurde, die so unerträglich war, daß Iona in einen Schneesturm im Himalaya hinausgelaufen war, bloß um ihr zu entgehen.

Statt dessen sagte Cabot: »Ich weiß es nicht, Dorelia. Wenn sie wieder bei uns ist, werden wir es erfahren. Laß es einstweilen gut sein.«

Dorelia sah ihn angstvoll an. »Sie wird doch wieder zurückkommen, sag, Robert?« fragte sie verzweifelt.

»Natürlich, keine Frage«, erwiderte Cabot mit einer Zuversicht, die er ganz und gar nicht hatte. »Hughes ist nicht unbedingt der Mensch, dem du die Leitung der Nationalbank anvertrauen würdest, aber er kennt den Himalaya besser als irgendwer, und er kennt diese Tiere; er wird sie finden. Soviel hab ich kapiert, und Roschan meint das auch – und wenn Roschan etwas meint, dann kannst du dein ganzes Geld darauf setzen: dieser Waliser bringt sie zurück.«

»Aber wann, Robert, wann denn!« rief Dorelia flehentlich.

»Roschan wartet in einem Dorf namens Nanga Purna. Es ist eine kleine Einöde, nicht sehr weit südlich des Tals. Es sind noch ein paar Scherpas bei ihm. Sobald er irgend etwas von Hughes hört, schickt er sofort einen Läufer hierher. Nepal ist ein vertikales Land, aber auch ein kleines. Wenn das Kind gesichtet worden ist, erfahren wir es innerhalb von ein paar Tagen.«

»Und dann?«

»Dann fahren wir hin und warten an Ort und Stelle, bis Hughes sie bringt. Bis dahin mußt du leider in den sauren Apfel beißen und Geduld haben.«

Dorelia schloß die Augen und seufzte. »Ohne Charles weiß ich nicht, wie ich das alles überlebt hätte«, sagte sie.

Cabot runzelte die Stirn. »Ich dachte, es sei Mr. Ryan. Wer ist Charles?«
»Mein Anwalt. Charles Lefanu«, antwortete sie. »Sean liebt Iona auch, und sie liebt ihn, das hat sie mir gesagt; aber es war Charles, der mir wirklich über diese ganze Sache hinweggeholfen hat. Natürlich kennt er Iona viel länger als Sean. Charles war es, der eine nochmalige Vertagung der Verhandlung bewirkt hat, so daß ich herkommen konnte. Ich glaube, alle lieben sie, selbst dieses Arschloch Michael, aber Charles liebt sie vielleicht am meisten.«
Cabot schwieg. Er nahm die Brille ab, polierte die Gläser und setzte sie wieder auf die Nase. Er hätte ihr einiges zu sagen gehabt, aber es war wohl nicht der rechte Zeitpunkt dafür. Deshalb lächelte er nur ein wenig schräg.
»Ich bin entzückt, meine Liebe«, sagte er dann, »daß Iona dermaßen viele Verehrer hat, die sie lieben und ihr so nahestehen. Mit ein bißchen Glück wird der alte Ami, den es in ihrem Leben auch noch gibt, der aber leider nicht Teil des magischen Zirkels ist, in der Lage sein, sie wieder mit ihnen zu vereinen.«
Dorelia hatte ihn anscheinend gar nicht gehört. Ihre Augen standen schon wieder voller Tränen.
»Lieber Gott, wo ist sie bloß! Robert, sag doch, was macht sie!«

45

Iona schlug die Augen auf. Rings um sie war es finster und still, und sie lag in ihrer Hütte auf dem Schilfgrasbett.
Irgend etwas hatte sie aufgeweckt. In der Hütte war es so dunkel, wie es immer wurde, sobald die Sonne hinter die Berge gesunken und das letzte Licht vom Abendhimmel verschwunden war. Sie lauschte. Keines der üblichen Nachtgeräusche war zu hören – die schrillen Doppelpfiffe der weißgesprenkelten kleinen Eulen, die sie ausstießen, wenn sie auf der Insel Insekten jagten, das leise Säuseln, das von den Hautflügeln der Flughörnchen stammte, wenn sie durchs Laub glitten, das Quieken der Fledermäuse und gelegentlich das Bellen eines Hirsches.
Iona lag still und lauschte und merkte erst jetzt, daß da ein neues Geräusch war; es erfüllte jeden Winkel der Hütte: als strichen die Flügel Tausender Motten über das Dach. Regen! In Mainwarden hatte sie sich manchmal im Heuschober am Ende des Kuhstalls versteckt, und wenn es regnete, verursachten die Tropfen auf den Heuballen dasselbe Geräusch wie auf dem Blätterdach der Yetihütte.
Hellwach war sie jetzt und stützte sich auf den Ellenbogen.
Zum ersten Mal, seit sie ins Tal gekommen war, erlebte sie Regen. Der Regen, hatte Kekua ihr gesagt, sei ein erstes Anzeichen für das nahe Ende des Sommers; und der Winter werde dann sehr rasch hereinbrechen. Nach einer Weile wurde das Trommeln schwächer und hörte schließlich auf; am Himmel verzogen sich die Wolken. Durch den bogenförmigen Hütteneingang sah Iona den Mond.
Die Nacht, in der Kekua mit Tonemetapus Entscheidung zurückkehrte, war die erste nach Neumond gewesen: über dem heiligen Hain hatte eine dünne silberne Sichel gestanden. Unterdessen war der Mond auf die Hälfte angewachsen. Einen ganzen Mondumlauf hatte Tonemetapu den beiden Stämmen zugestanden, in dem sie die Früchte und Tiere des Tals miteinander teilen und sich auf die Wolkenzeit vorbereiten konnten. Nur noch zwei Wochen, sagte sich Iona, und sie dachte zurück an das Treffen und an die darauf folgenden Tage.
Am Morgen nach der Stammesunterredung war sie mit Kekau und Churinga zum Flußufer hinuntergestiegen, wo sich wie jeden Tag die Niedergelassenen berieten, bevor sie sich auf den Weg in die Sammel-

gründe machten. Sie warteten auf Yerto. Der Patriarch erschien; nicht wie früher von der Lichtung her, sondern schwimmend vom anderen Ufer durchquerte er den Fluß, Manu hinter ihm.
Schwerfällig kletterte Yerto aus dem Wasser. Einmal glitt sein Fuß im Schlamm aus, und Manu mußte nach seinem Ellenbogen greifen und ihn festhalten, damit er nicht fiel. Steif schüttelte Yerto sich die Nässe aus dem Pelz. Die Verbannung seines Sohnes Wengen bedrückte ihn, verhärmt war das alte Gesicht, gramgefurcht, und die Augen blickten glanzlos. Als er zu sprechen anhob, stolperte er mehrmals über seine eigenen Worte.
»Ich komme vom Treffen mit Gaggau und seinen Jägern«, sagte er. »Wir haben besprochen, wie das Tal zwischen den Niedergelassenen und den Wanderern aufzuteilen ist, damit keiner dem anderen in die Quere kommt. Gaggau und ich haben eine Übereinkunft getroffen. Das Land wird geteilt, die beiden Stämme besuchen jeden Tag ein anderes Stück Land: die einen jagen, die anderen sammeln. Am folgenden Tag gehen sie anderswohin. Und so geht es weiter – « Schwer sank ihm der Kopf auf die Brust. Er wies auf Manu und fügte hinzu: »Manu wird für mich sprechen und bestimmen, wo die Niedergelassenen mit dem heutigen Tag beginnen.«
Yerto ging übers Ufer davon. Aber schon nach ein paar Schritten taumelte er und sank in die Knie. Manu eilte ihm zu Hilfe, aber Raina die Gefährtin war bereits bei ihm. Sie half Yerto auf die Beine und legte den Arm um ihn, und sie ging mit ihm hinauf zur Lichtung, beinahe so tief gebeugt wie er.
Manu kehrte ans Ufer zurück und wandte sich an die Sammler; er erteilte ihnen die Anweisungen für den Tag. Dann sprang er zurück ins Wasser, wie stets folgte ihm seine Raubkatze auf dem Fuß. Die Wanderer waren ins Tal gekommen, und Manu wollte heute mit seinem eigenen Volk jagen.
Durch den Eingang der Hütte sah Iona auf die mondhelle Lichtung hinaus.
Bei ihrer Ankunft auf der Insel war dichtes, süß duftendes Gras auf der Lichtung gewachsen; jetzt gab es weder Gras noch Duft. In der Eile und der Notwendigkeit, so viele Vorräte wie nur möglich zu sammeln, hatten die Yetis den Boden plattgetreten, und die Erde lag bloß vom ständigen Hin und Her der Füße.
Tag für Tag jagten die Wanderer, und die Niedergelassenen sammelten. In der ersten Woche richteten sich alle Anstrengungen der Jäger darauf,

genügend Beute zu erlegen, um die leeren Bäuche des Stammes zu füllen und die Schäden wiedergutzumachen, die der lange Hunger angerichtet hatte. Jeder benötigte dringend Fleisch, von den Jägern bis zu den Alten und den Kindern. Als sie satt waren und allmählich wieder zu Kräften kamen, begannen auch die Wanderer, Vorräte für die Wolkenzeit anzulegen.

Wolkenzeit. Immer wieder war dieses Wort gefallen; Iona hatte Kekua, Churinga, Manu, alle Yetis, die sie unterdessen kennengelernt hatte und denen sie vertraute, gefragt, was es damit auf sich habe. Sie wußte es noch immer nicht.

»Man geht dorthin, wenn der Schnee kommt«, sagte Kekua. »Es ist die Zeit, in der das Volk zusammenkommt und träumt. Kleines Schumbi, du wirst es schon noch erfahren, wenn es soweit ist.«

Churinga hatte dasselbe gesagt, Manu ebenso. Iona war sehr unbefriedigt, aber sie wußte, daß es keinen Sinn hatte, weiter in sie zu dringen. Die Wolkenzeit war eben etwas, das sich nicht erklären ließ.

Eins erfuhr sie indes: die Vorräte waren nicht für die Wolkenzeit selbst vorgesehen, sondern für die Zeit danach, die ersten Wochen nach Beginn des Tauwetters, wenn Schnee und Eis geschmolzen waren, aber das Wachstum der neuen Jahreszeit noch nicht begonnen hatte; wenn die Yetis in dieser Zeit nichts zu essen hatten, mußten sie verhungern. Auch nicht anders, dachte Iona, als die Eichhörnchen von Mainwarden, die sich Nußvorräte für den Winter anlegen.

Jeden Abend, wenn sie mit den Sammlern auf die Insel zurückkehrte, sah sie auch die Jäger heimkommen. Ein großer Teil ihrer Jagdbeute waren Vögel, die sie wiedererkannte, weil Onkel Robert sie ihr gezeigt und benannt hatte. Smaragdflügelige Fliegenschnäpper, Blutfasane, Elstern und Eichelhäher mit bläulichem Gefieder, Schneetauben und Drosslinge und Grasmücken: ihre Tragetaschen waren prall gefüllt; manchmal brachten sie sogar den seltenen Eisvogel. An guten Tagen erlegten sie Wild – Moschustiere, Samburhirsche, Bergfüchse und Schakale, Pfeifhasen und Wildziegen, und einmal eine Schwärzbärin mit ihren Jungen. Yerto verließ die Insel nicht mehr, aber Raina ging nach wie vor mit den Sammlern, und wenn sie den Jägern begegnete, betrachtete sie die toten Tiere mit bangem Blick.

»Sie und ihr Wurf wollten sich von den Früchten des Tals ernähren«, sagte Raina und zeigte auf die Kadaver der Bärin und ihrer Jungen, die sich die Jäger über die Schultern geworfen hatten. »Deshalb sind sie hergekommen. Sie fressen, und mit dem, was sie ausscheiden, stoßen sie auch Samenkörner aus. Die verteilen sich und schlagen Wurzeln, und im nächsten Sommer wachsen Pflanzen daraus, die wir ernten können – «

Rainas Miene verdüsterte sich, sie schüttelte den Kopf. »Schon im nächsten Sommer wird das nicht mehr so sein. Die Wanderer müssen essen, sie müssen sich auf die Wolkenzeit vorbereiten; aber wenn die Sonne zurückkehrt, wird es im Tal kaum noch etwas zu ernten geben.« Sorgenvoll ging sie weiter.

In der Hütte lag Iona und starrte auf die Lichtung hinaus, auf die kein Mond mehr schien; das Trommeln auf dem Blätterdach hatte von neuem begonnen, es regnete wieder. Iona rollte sich zusammen und versuchte zu schlafen, aber ihr Geist war in Aufruhr, und Rainas Worte gingen ihr nicht aus dem Sinn. Sie setzte sich auf und blickte wieder in die nasse Nacht hinaus. Kekua neben ihr schlief ungestört.

Iona wußte nicht, weshalb, aber sie ahnte, daß Raina recht hatte. Die Wanderer erholten sich von der verheerenden Hungersnot dieses Sommers. Am Ende der Wolkenzeit würden die Sammler ihre Vorräte mit ihnen teilen müssen; trotzdem hatten beide Stämme genug, um den kommenden Winter zu überstehen, bis die Sonne zurückkehrte. Im nächsten Jahr aber würde es anders sein.

Sie plünderten das Tal. Falls es im nächsten Jahr wieder Wild in den Bergen gab und die Wanderer in ihre Jagdgründe zurückkehren konnten, würde das Land sich erholen. Wenn nicht, wenn die Wanderer es weiterhin mit den Niedergelassenen teilen mußten, dann war das Tal dem Untergang geweiht: es hatte nicht genug Reserven, um beide Stämme zu ernähren. Es würde, um mit Onkel Robert zu sprechen, »veröden und sterben«. Wenn das geschah, dann mußten auch die Yetis sterben.

Iona tastete nach ihrem Teddybären, fand ihn, nahm ihn fest in den Arm, und sie starrte hinaus in den strömenden Regen und fror.

Was Iona nicht schlafen ließ, war nicht allein der Umstand, daß das Tal und die Yetis vielleicht starben; es waren auch die Worte Tonemetapus. Kekua hatte seine Botschaft an die Patriarchen, ihre Gefährtinnen, das Volk überbracht. Danach hatte sie sich umgewandt, dorthin, wo Iona in der Dunkelheit kauerte, den Arm um Babillas Hals geschlungen.

Auf Anhieb hatte sie das Kind gefunden. Sie richtete ihre blinden Augen auf sie und sprach, als könne sie sehen: »Tonemetapu hat außerdem gesagt: Das Schumbi ist entweder der Untergang des Volkes oder seine Rettung. Was es sein wird, entscheidet es selbst.«

Nie würde sie den Yetis etwas zuleide tun können. Sie war ein Kind in einer Welt, die sie noch immer kaum verstand; sie trieb zwischen den Yetis dahin, wie ein Schilfrohr auf den Wogen des Flusses auf und nieder hüpft, ohne eigene Kraft, sich zu befreien. Sie hatte geglaubt, daß die Sprache, die Möglichkeit, sich mit ihnen zu verständigen, ihr einen Fluchtweg eröffnen würde; sie hatte sich geirrt. Seit sie die Sprache des Volkes sprach, war ihr Leben nur noch enger mit dem der Yetis verknüpft.
Eine Zeitlang hatte sie gedacht, sie hätte Macht über sie, denn ein Schumbi, das der Fluß von den Bergen herabschwemmt, ist etwas Übernatürliches und Magisches. Den Sammlern aber hatte sie keine Magie anzubieten – schwerfällig und untauglich war sie in den Sammelgründen und brachte nicht einen Bruchteil dessen zusammen, was die anderen sammelten. Auch für die Wanderer war sie nicht in der Lage zu zaubern – hartnäckig blieben die Beutetiere verschwunden, wie weit sie auch wanderten und wie gründlich sie suchten.
Nicht einmal ihre Streichhölzer konnte sie benutzen. Zweimal hatte Iona versucht, ein Feuer zu machen, zweimal hatte sie es sich anders überlegt. Ein Feuer wäre tödlich für das Tal, das Ende von allem. Sie konnte sich den Yetis nicht aufzwingen oder Macht auf sie ausüben; und sie konnte ihnen nicht helfen. Sie vermochte überhaupt nichts. Und doch beharrte Tonemetapu darauf, daß sie ihre Rettung sein konnte. Sie war verstört und verwirrt und traurig, und aus irgendeinem Grund, den sie nicht recht begriff, fühlte sie sich schuldig. Sie legte sich nieder. Mit dem Bären im Arm schlief sie ein.

Als Iona das nächste Mal erwachte, hatte der Regen aufgehört.
Sie kroch zum Eingang der Hütte und schnupperte die Morgenluft. Der intensive Geruch nasser Erde stieg ihr in die Nase, frisch und lehmig. Über dem Boden lag ein dünner weißer Nebelschleier, und die Yetis, die vor ihre Hütten getreten waren und sich im ersten Morgenlicht dehnten und reckten, schienen in Wolken zu schweben. Iona blickte rund um sich.
Jetzt trat Manu aus seiner Hütte. Er stand auf, breitete die Arme aus, gähnte und wischte sich den Schlaf aus den Augen. Sein dunkler Pelz schimmerte seidig, und sein Gesicht sah offen, kühn und erwartungsvoll aus; tatendurstig. Vor drei Monaten war Manu ein Ungetüm gewesen, ein schauerliches Monster, das aus der Finsternis ihrer Alpträume in die reale Welt eingedrungen war; jetzt war er ihr vertraut, ein Freund;

und wie er da stand und sich leicht hin- und herwiegte und die Muskeln unter dem Fell spielen ließ, fand sie ihn schön.
Iona riß den Blick von ihm.
Sie stieg auf den Hügelkamm und folgte dem Pfad, der durch das Dikkicht zum Fluß hinunterführte. Das Gras schien über Nacht gewachsen zu sein. In den Weidensträuchern und Büscheln von Venushaar, die den Pfad säumten, hingen Spinnweben und darin glitzernde Wassertropfen: es sah aus wie die perlenbestickten Hauben der Frauen auf den Porträts der Ahnengalerie von Mainwarden. Ein strahlender Morgen zog herauf; trotzdem war es schneidend kalt.
Iona überlief ein Schauer. Kekua hatte gesagt, der Regen kündige den Winter an; Iona vermeinte in der frischen Luft schon den Schnee zu riechen.
Am Flußufer blieb sie stehen. Hinter der kleinen Bucht, an der Iona sich morgens wusch, lag ein Wasserloch, in dem sie manchmal einen schlanken, gesprenkelten, forellenähnlichen Fisch entdeckte; die Niedergelassenen fingen diese seltenen Besucher, wenn sie Glück hatten: sie spießten sie mit ihren langen, spitzen Stöcken auf. Nach dem Regen in der Nacht war aus dem Tümpel ein Bassin geworden mit dunkelblauem Wasser, tief und klar, wunderschön. Und es wimmelte von Fischen – Hunderte mußten es sein, vielleicht tausend.
Iona zog sich die Stiefel aus und watete bis an den Rand des Beckens. Sie tauchte die Arme ins Wasser und spürte die geschmeidigen silbrigen Fischleiber über ihre Haut streichen. Sie versuchte einen zu fangen, aber die Fische glitten ihr viel zu rasch zwischen den Fingern hindurch. Enttäuscht ging sie nach einer Weile zurück zum Ufer; dort blieb sie nachdenklich stehen.
Die Fische waren nicht nur schön: für die Yetis konnten sie eine äußerst wertvolle Nahrungsquelle sein – Iona hatte begonnen, wie ein Yeti zu denken. Ein paar hundert Fische, luftgetrocknet wie das Fleisch der von den Jägern erbeuteten Tiere, wäre eine unschätzbare Bereicherung der Wolkenzeitvorräte. Um die Fische zu fangen, bevor sie sich wieder zerstreuten, genügte die übliche Speermethode freilich nicht – das war viel zu langsam, und es waren viel zu viele Fische. Nein, dazu brauchte es ein Netz.
Noch besser, fiel ihr ein, wäre es, einen Fischzaun zu bauen, wie sie die Fischzüchter in der Nähe ihres schottischen Onkels Harry in den Seen der West Highlands aufstellten. Denn die Fische in diesem Tümpel waren klein; wenn man sie eine Zeitlang im Gehege festhalten konnte,

würden sie wachsen und bestimmt das Zweifache an Gewicht zulegen – das wußte Iona, denn Onkel Harry hatte sie einmal zu einem solchen Fischteich mitgenommen und ihr erklärt, was es damit auf sich hatte.

Um einen richtiggehenden Fischteich anzulegen, war es dieses Jahr freilich zu spät. Was sie indessen tun konnten, war, so viele Fische wie möglich zu fangen; und Iona war sich sicher, daß Kekua wußte, wie man ein Netz knüpft. Aber im nächsten Jahr konnte man einen Fischkorb bauen – eine wesentliche Verbesserung: dann waren die Yetis nicht mehr auf zufällige, seltene Fangerfolge mit Speeren angewiesen, sondern konnten warten, bis die Fische dick und fett waren, und sie aus dem Wasser holen, wann immer sie wollten.

Iona wurde sehr aufgeregt. Sie rannte zurück zur Lichtung, um nach Kekua zu suchen.

Später wußte sie nicht, ob ihr die Idee beim Anblick des Fischschwarms im Tümpel gekommen war oder aufgrund dessen, was später am Tag geschah; es war auch nicht wichtig. Wichtig war, daß dieser Tag das Leben der Yetis für immer veränderte. Und Iona war sich von Anfang an bewußt, daß sie die Ursache war.

Sie fand Kekua, als sie vom Fluß zurückkam. Die blinde Yetifrau wußte sofort, was man brauchte, um »Fische zu ernten«: einen korbähnlichen Behälter, geflochten aus Weidenschößlingen. Eine Stunde lang fischten sie gemeinsam: Kekua, Iona und Churinga; dann zogen die Fische weiter. Sie nahmen ihre Beute aus, zerteilten sie, spießten sie auf Stäbe und stellten sie auf dem Hügel zum Trocknen auf. Dann machten sie sich auf den Weg in die Sammelgründe, wo die Gemeinschaft schon lange eifrig bei der Arbeit war.

Abends, als sie zur Insel zurückkehrten, führte ihr Weg nahe am Lager der Wanderer vorbei, und im selben Moment kamen auch die Jäger heim, Manu an der Spitze. Die Jäger hatten einen erfolglosen Tag hinter sich – bis sie eine halbe Stunde zuvor eine Wildschweinfamilie aufgestöbert hatten, eine Bache mit ihren diesjährigen halberwachsenen Frischlingen. Normalerweise töteten und schlachteten die Jäger ihre Beute an Ort und Stelle; bisweilen aber, wenn die Jagd nahe den Höhlen oder, wie jetzt, in der Nähe ihres Lagers im Tal zu Ende ging, fingen sie das Tier lebend ein, brachten es zurück zum Stamm und schlachteten es dort, damit die Frauen und Kinder das Blut trinken konnten.

Als Manu die Sammler erblickte, winkte er. »Kommt her!« rief er. »Teilt das Blut mit uns!«

Die Sammler, angeführt von Raina, bogen von ihrem Weg ab und folgten Manu zum Lager der Wanderer.
Als sie dort anlangten, hatten zwei Jäger die Sau auf den Rücken gedreht und ihre Ohren mit Holzpflöcken an den Boden geheftet, ein dritter umklammerte ihre Schenkel; von den anderen Jägern hielt jeder einen kreischenden, zappelnden Frischling fest, und Manu stand daneben, das Jagdbeil mit dem scharfen Blatt aus Stein in der Hand. Jetzt kamen auch ein paar Frauen herbei, in den Händen hielten sie hohle Zweige, abgedichtet mit Lehm, in denen sie das Blut auffangen wollten.
Jetzt bogen Raku und Penga der Bache den Kopf zurück, so daß sie ihre Kehle offen darbot; und Manu holte aus.
»Nicht!« schrie Iona.
Alle Yetis wandten die Köpfe, Manu hielt ein. Dann senkte er die Axt und sah Iona verwundert an. Schnell trat sie zu ihm.
Über das Tal senkte sich die Dämmerung, und am Himmel tauchten schon die ersten Sterne auf, kalt war es, die Eulen schrien; alle Sammler starrten sie an, verblüfft und argwöhnisch; und die Wanderer ebenso.
»Manu, leg das Beil weg«, sagte sie. »Nimm die Riemen von deinem Jagdgürtel und verknüpf sie zu einer langen Leine. Leg der Sau die Leine um den Hals und binde sie an einem Baum fest; sie soll herumstreifen können und fressen, so weit die Leine reicht. Ihre Jungen werden nicht davonlaufen, sie bleiben bei ihrer Mutter. Wenn sie groß und dick sind, könnt ihr sie töten, aber laßt die Sau am Leben, denn der Eber, der sie besamt hat, findet sie und besamt sie noch einmal, und sie wird wieder werfen. Und dann macht ihr dasselbe wieder – «
Iona brach ab, außer Atem; sie schnappte nach Luft. Sie zitterte vor Aufregung.
Waren es die Fische am Morgen oder die Wildschweine am Abend, – sie wußte es nicht. Jedenfalls hatte das eine oder das andere Erlebnis etwas in ihr ausgelöst, sie auf die entscheidende Idee gebracht, und sie war sicher, daß es richtig war: es gab eine Antwort auf die Probleme der Yetis, eine Möglichkeit, mit den Anforderungen beider Stämme an das Tal zurechtzukommen, ohne Raubbau zu betreiben, und die Lösung war so simpel, so offensichtlich, so tief verwurzelt in ihr ganzes bisheriges Leben, daß Iona es kaum glauben konnte, weshalb sie nicht schon längst darauf gekommen war.
Die Nahrungsreserven, die das Tal bot, konnten, wenn sie klug und umsichtig eingesetzt wurden, durchaus für beide Stämme reichen. Alles,

was die Yetis brauchten, waren Kenntnisse: sie mußten wissen, wie man Land bebaut, wie man Vieh hält. Iona selbst hatte nur einen Bruchteil dieses Wissens, das sie ihre ganze Kindheit hindurch in sich aufgenommen hatte, ohne weiter darüber nachzudenken, ja, eigentlich ganz unbewußt. Onkel Harry, der ihr zeigte, wie man Lachse züchtet, Tom in Mainwarden, bei dem sie erlebte, wie Schafe und Rinder gehalten werden, der alte Silas, der mit seinem pfiffigen Blick aus schmalen Augen die Heuernte des Jahres abschätzte, – und Mr. Simpson, der im Garten das Gemüse untersuchte und brummend seine Kommentare dazu gab.
Was sie alle Iona beigebracht hatten, ohne Absicht und eher planlos, gab ihr jedoch die Mittel in die Hand, zu tun, was Tonemetapu von ihr erwartete: das Volk retten.
»Es ist ein neues Verfahren«, schloß Iona, nachdem sie wieder zu Atem gekommen war. »Egal, was im nächsten Sommer geschieht, ob das Wild zurückkehrt oder nicht: auf diese Weise können die Wanderer und die Niedergelassenen das Tal miteinander teilen, ohne daß einer hungern muß. Die Schumbis tun das auch; sie nennen es Viehhaltung.«
Manu schwieg. Er sah sie lange an, wortlos, und Iona erwiderte seinen Blick.
Zum ersten Mal sah sie einen Yeti so an: nicht als Unterlegene, auch nicht als Ebenbürtige, sondern aus einer Position der Stärke, die nichts damit zu tun hatte, daß sie ein Schumbi war und über etwas verfügte, was die Yetis für Magie hielten. Nein, sie hatte etwas, das die Yetis nicht hatten, es war nichts Konkretes, nichts Materielles wie Streichhölzer. Es war in ihrem Kopf: Wissen. Streichhölzer konnte sie verlieren, aber was sie wußte – und die Yetis nicht –, das konnte ihr niemand nehmen.
Sie hatte in der Tat Macht über sie. Und weil Macht auch Magie ist und die beiden Begriffe unzertrennlich sind, konnte sie schließlich doch auch ein bißchen zaubern.
Manu wandte sich an seine Jäger. »Tut, was das Schumbi sagt. Macht eine Leine aus Riemen und bindet das Tier an einen Baum, wo es viel zu fressen findet. Und ihr – «, fuhr er fort, an die Jäger mit den Frischlingen gerichtet, »setzt die Jungen ab, laßt sie vom Bauch ihrer Mutter trinken. Soru: morgen bleibst du hier und bewachst sie. Wenn die Bache alles abgeweidet hat, bindest du sie los und führst sie zu einem anderen Baum – «
Dann sah er Iona an. »Wir werden tun, was du gesagt hast. Die Jäger folgen einer neuen Fährte.«

Auch die Sammler mußten neue Wege gehen.

Am nächsten Morgen, nachdem die Niedergelassenen den Fluß überquert hatten und sich auf den Weg zu den Orten machten, die Yerto ihnen für diesen Tag zugewiesen hatte, trat Iona an Raina heran.

»Ich möchte mit dir sprechen, bevor wir sammeln«, sagte sie.

Raina starrte sie von unten her aus tiefliegenden Augen an, Argwohn lag in ihrem Blick. Endlich nickte sie, und die beiden entfernten sich ein paar Schritte von den anderen.

In der vergangenen Nacht hatte Iona kaum geschlafen. Stunde um Stunde hatte sie sich auf ihrem Lager gewälzt, viel zu aufgewühlt, um Ruhe zu finden.

Sie verstand noch immer nicht, weshalb ihr die Antwort auf die Notlage der Wanderer nicht schon viel eher eingefallen war. Jetzt wußte sie, was zu tun war, und die Möglichkeiten schienen ihr nahezu unbegrenzt. Die Jäger benutzten bereits die natürlichen Felsrinnen und Wasserläufe, um ihre Beute in die Enge zu treiben; solche Rinnen und Schluchten ließen sich auch absperren: bis dorthin war es nur ein kleiner Schritt; man konnte Palisaden bauen und Gehege anlegen und das Wild sich in Gefangenschaft fortpflanzen lassen.

Aber Einzäunen und Anpflocken lösten freilich nicht die Schwierigkeiten der Sammler, die von dem lebten, was die Wildnis ihnen bot; fruchttragende Bäume und Büsche, Knollen, Nüsse, Kerne, Beeren und die Pflanzen, die sie hervorbrachten, ließen sich nicht anbinden oder einsperren. Samen verstreuten sich aufs Geratewohl, und ob sie keimten und gediehen und überlebten, hing von den Launen des Wetters ab, von Sonne, Wind und Regen, und von den Vögeln und pflanzenfressenden Säugetieren, für die das Tal genauso Weide und Nahrungsquelle war wie für die Yetis.

So ungefähr dachte Iona. Erst gegen Morgen erkannte sie ihren Fehler. Die Lösung war noch viel offensichtlicher als das Einzäunen von Tieren: wenn man Vieh halten konnte, dann konnte man ja auch Land besäen.

»Raina«, sagte Iona. »Du hast von dem Bären gesprochen. Du hast gesagt, daß er im Tal Früchte frißt und die Samen und Kerne auf seinem Rückweg in die Berge ausscheidet, und ihr im folgenden Sommer erntet, was aus den verstreuten Samen wächst. Ist das so?«

»Ja«, sagte Raina.

»Warum sollten wir es nicht so machen wie der Bär? Wir müssen die Samen nicht erst essen und ausscheiden. Es genügt, wenn wir sie sammeln, sobald sie reif sind, und in die Erde stecken. Überall können wir säen, wo wir wollen, – in der Nähe der Insel, so daß es leicht ist, zu ernten. Wir können dasselbe tun, was der Bär tut, aber wir können es besser machen.«

Raina antwortete nicht. Sie fuhr sich übers Gesicht, sie blickte in die Sammeltasche, die sie in der Hand hielt, sie hob den Kopf und sah auf den Fluß und hinauf zu den Gipfeln. Sie sah zu den anderen hinüber, die in fünfzig Schritt Entfernung auf sie warteten. Dann drehte sie das Gesicht wieder Iona zu.

Iona hielt den Atem an. Sie wußte, was Raina durch den Kopf ging. Manu zu überzeugen, war schwer genug gewesen, aber Manu war jünger, sein Geist offen, wendig, empfänglich. Und sie kannte ihn viel besser, sie wußte, daß er ihr vertraute. Raina war alt. Iona verlangte von ihr, Gewohnheiten zu ändern, Überzeugungen zu verraten, denen nicht nur sie selbst ein Leben lang angehangen hatte, sondern alle Yetis vor ihr, viele Generationen hindurch, seit Urgedenken.

Raina sammelte von der Erde Nahrung für sich und ihr Volk. Iona verlangte von ihr zu sammeln – und das so mühselig und langwierig Gesammelte zurück in den Boden zu stecken! Iona sah in das fassungslose alte Gesicht und dachte, daß die Kluft zwischen ihnen beiden vielleicht zu tief war und eine Verständigung nicht möglich. Ein Abgrund trennte sie, und eine Brücke gab es nicht.

Doch auf einmal lächelte Raina. »Wir werden heute sammeln, wie wir es immer tun«, sagte sie. »Die eine Hälfte heben wir auf für die Wolkenzeit, die andere stecken wir in die Erde zurück: so, wie du es uns befiehlst.«

Und sie streckte den Arm aus und kratzte Ionas Nase. Iona hob die Hand und wollte den Gruß erwidern – doch sie überlegte es sich anders, schlang statt dessen beide Arme um die alte Yetifrau und drückte sie fest an sich.

»Woher wißt ihr, wann die Wolkenzeit anfängt?« fragte Iona.

Die Sammler waren an diesem Tag früher zurückgekehrt, und sie stand mit Kekua im Abendlicht vor der Hütte.

Der Monat, den Tonemetapu den beiden Stämmen eingeräumt hatte, war beinahe um. Jeden Tag hatten die beiden Gruppen das Tal durchkämmt, mit immer größerer Dringlichkeit und Eile. In normalen Zeiten wäre die Arbeit der Niedergelassenen jetzt getan, die Wolkenzeitvorräte wären eingelagert, und die Yetis würden die letzten Sonnentage vor

Einbruch des Winters genießen. In diesem Sommer war es anders. Die Jäger hatten nicht einmal genug Zeit, um sich eigenes Körperfett gegen die Schneekälte zuzulegen, geschweige denn sich auf die kahle Zeit nach dem Ende des Winters vorzubereiten. Also mußten die Inselyetis nicht nur für sich selbst sorgen, sondern auch für ihre Verwandten vom Berg.

Jeden Tag wurde es kälter. In der vergangenen Woche hatte Iona zweimal beim Aufwachen Rauhreif auf der Lichtung und den Bäumen gesehen, und einmal hatte der Morgenwind Schneeschauer vor sich hergetrieben.

Kekua gab zuerst keine Antwort. Reglos stand sie auf der Lichtung, das Gesicht zum Himmel gehoben, und es lag ein Ausdruck äußerster Gespanntheit und Wachheit darin – Iona wußte, daß in einem solchen Augenblick alle ihre Sinne auf ein Ziel gerichtet waren.

»Sieh!« rief Kekua plötzlich und hob den Arm. »Dort oben in den Bäumen, zwischen den Zweigen.«

Iona schaute nach oben. Sie gewahrte eine kurze Helligkeit, die aufblitzte und wieder verschwand; erst danach erkannte sie, daß es ein Schmetterling war. Und als er wieder auftauchte, sah sie, daß seine Flügel von einem tiefen Goldgelb waren, mit jadegrünen Tupfen an den Rändern. Früher hatten sich die Schmetterlinge, wann immer sie ihnen zugesehen hatte, schnell bewegt, waren heftig flatternd auf und nieder gesaust wie buntleuchtende Funken über dem Gras und zwischen dem Laub. Dieser jedoch schlug träge und matt mit den Flügeln, als schliefe er halb.

»Hast du ihn gesehen?« fragte Kekua.

»Ja«, antwortete Iona und war wieder voller Staunen und Bewunderung über Kekuas Fähigkeit, ihre Umgebung wahrzunehmen, als könnte sie mit den Augen sehen.

»Die Schmetterlinge sind die Boten der Wolkenzeit«, sagte Kekua. »Sie teilen sie mit uns. Sie wissen, wann es soweit ist, und fliegen zu dem Ort, wo wir und sie träumen können. Sie sagen uns auch, wann die Wolkenzeit vorbei ist: die leise Berührung ihrer Flügel weckt das Volk, wenn die Schneeschmelze beginnt. Dieser Schmetterling ist früh dran, aber er ist schon auf dem Weg, er träumt schon. Wenn nach ihm noch mehr kommen, ist es Zeit für uns zu gehen.«

Iona folgte dem Flug des Schmetterlings, bis er außer Sicht war. Die Sonne ging unter. Sie fror. Es war nicht die abendliche Kälte, die sie erzittern ließ – obwohl es bestimmt der kälteste Abend war, den sie bisher auf der Insel erlebt hatte. Sie erinnerte sich an etwas, das Onkel Robert ihr einst erzählt hatte: Manche Schmetterlinge könnten den härtesten Winter überleben, indem sie Teil des Winters würden. Ob die Yetis dasselbe vermochten?

Iona wußte nur, daß die Wolkenzeit nahe war – aber sie war weder ein Schmetterling noch ein Yeti.

46

Geraint Hughes blieb wie angewurzelt stehen.
Zweihundert Meter über ihm auf dem Hang stand ein Wesen in einer Lücke zwischen den Bäumen und schaute auf ihn herunter, regungslos stand es und machte nicht den geringsten Versuch sich zu verstecken.
Heftig klopfte ihm das Herz. Der Oduna an der Spitze des Zuges hinter ihm hatte jetzt das Wesen ebenfalls entdeckt und stieß ein erschrecktes Zischen aus, einen Laut der Furcht und der Unsicherheit, und aus einem einzelnen Zischen wurde ein Chor, als auch die übrigen Odunas nach und nach das Geschöpf erblickten. Hughes fuhr herum und befahl ihnen wütend zu schweigen. Dann sah er wieder nach vorn. Er hatte nie ein Lebewesen wie dieses erblickt. Aber er wußte auf Anhieb, daß das Geschöpf vor ihm ein Yeti war.
Der Yeti hatte sich noch immer nicht von der Stelle gerührt. Er stand und sah starräugig auf ihn herab. Hughes wartete eine Minute, zwei Minuten, zehn. Er war sich nicht bewußt, daß er irgend etwas wahrgenommen hätte, als der Yeti auf ihn zukam, – er hatte nur auf einmal eine reglose, schweigende Anwesenheit über sich gespürt. Und schließlich wurde ihm klar, daß seine erste instinktive Reaktion – die er nicht einmal gedacht hatte – die richtige gewesen war.
Nicht Hughes hatte den Yeti gefunden: es war umgekehrt. Und der Yeti hatte keineswegs die Absicht zu flüchten – er wartete auf ihn.
Hughes streifte den Rucksack ab und ließ ihn zu Boden fallen. Die Odunas waren hinter ihm zusammengesunken, sie drängten sich furchtsam aneinander, und jetzt fingen sie an zu flüstern. Noch einmal drehte er sich zu ihnen um. »Bleibt hier«, sagte er. »Verhaltete euch ruhig. Geht keinen Schritt weiter. Wer nicht gehorcht, kriegt dies hier zu spüren.«
Und er klopfte auf das Futteral, in dem er das zusammenklappbare Rasiermesser mit Elfenbeingriff aufbewahrte. Diese Klinge richtete die allerschlimmste Strafe an, die er je über einen Oduna verhängt hatte: die Durchtrennung einer Knöchelsehne. Er hatte sie in vierzig Jahren nur zweimal angewandt. Jetzt war er bereit, sie an jedem einzelnen zu vollstrecken.
Die Odunas erinnerten sich gut ihrer beiden Stammesgenossen, die nie

wieder richtig hatten laufen können, die ihr Leben lang ein nutzloses Bein nachschleppen mußten; beide waren abgestürzt und elend zugrunde gegangen. Und sie erschraken und verstummten augenblicklich. Hughes drehte sich um und begann den Hang hinaufzusteigen. In der Lichtung zwischen den Bäumen stand der Yeti und rührte sich nicht.

Während Hughes durch den tiefen Schnee mühsam aufwärts stapfte, besah er sich das Geschöpf näher: es war dem Bild, das er sich vor vielen Jahren geschaffen und seither stets im Sinn behalten hatte, überraschend ähnlich. Sehr groß war es, bestimmt zwei Meter hoch, schätzte Hughes. Es hatte breite, hängende Schultern, lange Arme und einen dichten Pelz, eine fliehende Stirn mit stark entwickelten Brauenbogen, unter denen die Augen schmal und tief in den Höhlen lagen; die untere Gesichtspartie war schnauzenähnlich vorgeschoben. In gewisser Weise, fand Hughes, ähnelte das Wesen dem Neandertalmenschen, der in den Schulbüchern seiner Kindheit abgebildet war: gezeichnete Rekonstruktionen nach den aufgefundenen Skelettüberresten des Frühmenschen; aber schon aus hundert Metern Entfernung sah er, daß die Bilder seiner Erinnerung mit der Wirklichkeit keineswegs übereinstimmten: der Zeichner hatte ein borstenhaariges, grobknochiges, primitives Wesen dargestellt, gedrungen und plump, mit dumpfem Blick und offensichtlich geringer Intelligenz.

Der Yeti war völlig anders.

Nicht starr und borstig war sein Pelz, sondern fein und seidig, weich wie ein Katzenfell, und seine Farbe war nicht die des Braunbären, wie Hughes sich vorgestellt hatte, sondern ein helles Ocker, fast ein Weizenblond, das ihn an die Spätsommerwiesen in den Hochtälern des Himalaya denken ließ. Und er war riesengroß, dieser Yeti, und ein bißchen dick, fand Hughes; und obwohl er sich nicht im geringsten bewegt hatte, ahnte er, daß dieser Körper trotz der Größe beweglich und geschmeidig war: durchaus elegant.

Als Hughes noch näher kam, sah er die Augen: starr und furchtlos. Schiefergrau waren sie und blickten aufmerksam und intelligent, überlegt, fast verschlagen, und so durchdringend, daß Hughes erschrak und unsicher wurde. Diese Augen sahen ihn an und zugleich durch ihn hindurch, sie schienen auch noch die Odunas zu sehen, die sich hinter ihm aneinanderdrängten.

Dieser Yeti war von einer völlig anderen Rasse; nichts hatten die Odunas mit einem Yeti gemein!

Fünf Schritte vor ihm blieb Hughes stehen. Die Odunas pflegten beim Anblick eines Menschen die Haltung der Unterwerfung einzunehmen: sie kauerten nieder, senkten demütig den Kopf und warteten, bis man ihnen befahl, aufzustehen. Der Yeti tat nichts dergleichen. Er musterte Hughes noch eine Weile, dann trat er auf ihn zu, streckte den Arm aus und kratzte Hughes' Nasenflügel.

Hughes erstarrte, als das Wesen turmhoch vor ihm aufragte, und im Nacken sträubten sich ihm die Haare. Aber er bezwang seine Furcht. In der Geste des Yetis lag nichts Bedrohliches, und Hughes begriff, daß sie etwas bedeutete, worauf er zu antworten hatte; seine Gedanken überstürzten sich. Wenn das Kratzen eine Begrüßung war, dann mußte er den Gruß erwidern.

Er hob den Arm und reckte sich und kratzte vorsichtig die Nase des Yetis. Der gab ein leises Grunzen von sich, der erste Laut, den das Wesen vernehmen ließ: Hughes deutete ihn als Billigung und atmete innerlich erleichtert auf. Der Yeti trat zurück und hob an zu sprechen:

»Ich bin Wengen, also höre gut zu. Ich bin vom Tal gekommen, um dich zu finden. Dies ist der Grund – «

Der Yeti sprach wie die Odunas, es war dasselbe Verständigungssystem, das Hughes im Lauf der Zeit, den vielen Jahren, seit er die Odunas kannte, entschlüsselt und gelernt hatte. Diese Sprache beruht nicht nur auf Wörtern, sondern benutzt auch stimmlose Laute, unterschiedliche Tonhöhen, Gesten. Vieles, was der Yeti ihm erzählte, begriff Hughes nicht; er kannte bei weitem nicht alle Wörter und Laute und Gesten, denn die Sprache der Odunas ist rudimentär, ihre Ausdrucksweise primitiv. Der Yeti indes schien sich sehr gewählt auszudrücken; jedenfalls war seine Rede kompliziert und subtil.

Manchmal verlor Hughes den Faden. Dann drangen ihm wieder Wörter ins Ohr, die ihm vertraut waren, eine ganze Wortfolge, oder Laute, die er kannte – ein flötendes Pfeifen, ein leises Bellen wie der Warnruf der Hirschkuh an ihr Junges –, und er bekam den Hauptstrang der Erzählung von neuem zu fassen. Angestrengt hörte er zu und tat keine Bewegung.

Es gebe zwei verschiedene Stämme, erzählte ihm dieser Wengen; sein eigener Stamm bewohne das Tal – jenes große, nebelverhangene Bekken, in das Hughes vom Kamm aus hinabgeblickt hatte. In den Bergen lebe eine zweite Gruppe. Die Bergyetis ernährten sich von Wild, das sie jagten. In diesem Sommer sei jedoch keinerlei Wild zu finden gewesen, weshalb der zweite Stamm ins Tal abgestiegen sei, um dort zu jagen,

und es sei ein schlimmer Streit zwischen den beiden Gruppen entbrannt.
»Loukkaantuma« lautete das Wort, das Wengen benutzte. Die Odnuas verwendeten denselben Begriff, um ihre eigene Verletzung, ihre elende Lage als Geächtete, zu beschreiben. Unheil, Schicksal, Verhängnis, so übersetzte es Hughes für sich. Was immer Loukkaantuma war, jedenfalls war Wengen von einem schrecklichen Unglück heimgesucht worden; aus irgendeinem Grund hatte der Yeti sich in den schlimmsten aller Konflikte verstrickt und war für die Verletzung des Friedens bestraft worden: der Stammesführer hatte ihn verbannt.
So war es dazu gekommen, daß er jetzt vor Hughes stand, oder vielmehr: dies war der Hintergrund seines Erscheinens. Der wahre Grund, weshalb er hier war, weshalb er die Fährte der Odunas verfolgt und Hughes gesucht hatte, war ein anderer. Als Hughes ihn vernahm, standen ihm erneut die Haare zu Berge.
»Vor den Ereignissen, die ich dir berichtet habe«, sagte Wengen, »ist dem Tal etwas zugestoßen. Der Fluß hat uns ein Schumbi gebracht – « Wengen zögerte; offenbar dachte er, daß Hughes, obwohl selbst ein Schumbi, die Bedeutung vielleicht nicht kannte. »Weißt du, was das ist?«
»Ja – «
Es mußte dasselbe Wort sein wie »Schümbe«, mit dem die Odunas Menschen bezeichneten; ihn selbst nannten sie so.
Hughes zeigte auf seine Brust. »Das ist einer wie ich – «
»Ja«, sagte Wengen und fuhr fort: »Dieses Schumbi ist ein Kind, ein weibliches; es steht kurz vor der Gebärfähigkeit, hat aber beim Mondwechsel noch kein Blut an den Beinen. Manu hat sie am Flußufer gefunden und auf die Insel gebracht. Die Niedergelassenen sagen, sie ist ein Geschenk vom Schnee. Sogar Tonemetapu sagt das. Ich sage, sie ist ins Wasser gefallen, und der Fluß hat sie zu uns heruntergeschwemmt – «
Wengens Tonfall war auf einmal trotzig und herausfordernd. Hughes schwieg, er wartete, daß der Yeti fortfuhr. Das tat er schließlich.
»Ich sage, ihr eigenes Volk hat sie an den Fluß verloren. Ich sage, ich weiß, wo sie gefunden werden kann. Ich bin Wengen, also höre gut zu!«
Gegen Ende war seine Stimme schärfer und lauter geworden. Jetzt schwieg er.
Hughes starrte das Wesen an. Er spürte, wie ihm das Blut in die Augen stieg und seinen Blick umwölkte, und er preßte sich wütend die Fäuste in die Augenhöhlen.
Er empfand keine Furcht mehr vor Wengen, nein: vor sich selbst fürch-

tete er sich. Wenn seine Augen sich mit undurchsichtigem rotem Nebel überzogen, war das ein Zeichen, daß der Wahnsinn sich wieder seiner zu bemächtigen begann. Normalerweise nahm es Hughes mit Entzücken hin; dann jubilierte er und schwelgte in der Euphorie, die ihn wie eine heiße Sturmflut erfaßte und durch seinen Körper strömte; dann lachte er und schrie und schlug wild nach den Odunas, und je mehr sie sich duckten und winselten, desto heftiger schlug er zu; und er heulte den Mond an, verwünschte die Sterne und wälzte sich im Schnee; er beutelte Bäume und versuchte, die Eulen zum Schweigen zu bringen. Und wenn die Dämonen in ihm ausgetanzt hatten, brach er bewußtlos zusammen; dann hoben die Odunas ihn auf, wickelten ihn in Felle und legten ihn vor das Feuer, das sie anzündeten, wie er es sie gelehrt hatte; und sie zogen sich zurück und kauerten sich schweigend nieder, denn solche Ausbrüche waren ihnen unheimlich; und sie warteten auf das Tageslicht und sein Erwachen.

Aber jetzt geriet er in Bestürzung. Der Wahnsinn war ein Teil von ihm, ja, er saß im Kern seines Wesens, aber heute durfte er ihn nicht herauslassen, durfte ihn nicht einmal zur Kenntnis nehmen. Er zwang ihn nieder, verstaute ihn tief in seinem Hirn, schlug den schweren Deckel darüber und schob den Riegel zu: bildlich stellte er sich das vor. Morgen durfte er sich dem Wahnsinn hingeben; heute nicht. Heute hatte er die Geschichte gehört, auf die er sein ganzes Leben lang gewartet hatte. Heute mußte er vernünftig bleiben.

»Warum hast du mich gesucht?« fragte Hughes.

»Kuinko hat es mir befohlen.«

»Kuinko!« Hughes runzelte die Stirn. Das Wort schien ein Name zu sein; aber wenn er sich recht erinnerte, hatte Wengen ihn zuvor nicht erwähnt. »Was ist Kuinko?«

»Kuinko ist die Gefährtin von Gaggau, der die Wanderer anführt, das Volk von den Bergen«, antwortete Wengen geduldig. »Alle sind gegen mich, außer Kuinko. Sie sagt, wenn ich dich finde und dir das Angebot mache, dir zu zeigen, wo du das Schumbikind findest, wirst du mir helfen, daß ich ins Tal zurückkehren kann.«

Hughes schwieg.

Dieser Yeti war weitaus intelligenter, als er es je für möglich gehalten hatte; intelligenter noch, als die Komplexität seiner Rede hatte vermuten lassen. Dieser Wengen schlug ihm tatsächlich ein Geschäft vor; und dahinter stand ein Gedankengang, der ihm durchaus vertraut vorkam – recht menschlich.

»Wie kann ich dir dabei helfen?«
»Du hast die Kraft, das Kind des dunklen Sturms herbeizurufen«, sagte Wengen. »Komm mit mir ins Tal. Ich zeige dir die Hütte des Schumbis, und du rufst die beißende Helligkeit auf Gaggau, Yerto, Manu herunter und auf die anderen, die ich dir zeige. Dann habe ich beide Stämme, und du kannst das Kind mitnehmen.«
»Was meinst du damit: Kind des dunklen Sturms?« fragte Hughes, der diese Bezeichnung nie gehört hatte.
Wengen betrachtete ihn verblüfft. Schweigend hob er den Arm und zeigte nach unten. Hughes schaute über die Schulter und sah, daß der Yeti die Feuerstelle unter ihnen meinte, in der noch ein wenig Glut glomm, und er begriff.
Hughes wußte von zwei rätselhaften nächtlichen Zusammenstößen, die seine Odunas in der letzten Zeit gehabt hatten. Beim ersten war einer von ihnen getötet werden. Beim zweiten hatten sie brennende Fackeln geschwungen und ein paar Jäger vom frischen Kadaver einer Jagdbeute vertrieben. Das Pack hatte steif und fest behauptet, sie hätten es beide Male mit Yetis zu tun gehabt, aber Hughes hatte ihnen nicht geglaubt. Er hatte ihre Feinde für Angehörige eines Gebirgsnomadenstammes gehalten, die, wie er aus den Erzählungen der Odunas wußte, schon früher etliche von ihnen umgebracht hatten.
Jetzt erkannte er, daß er sich geirrt hatte: die Odunas waren in der Tat zweimal von Yetis angegriffen worden. Beim zweiten Mal hatten die Odunas sie mit Hilfe von Feuer in die Flucht geschlagen. Wengen wußte also von der Existenz des Feuers, aber offensichtlich hatte er keine Ahnung, um wieviel tödlicher ein Gewehr sein konnte.
»Diese Leute, von denen du sprichst«, sagte Hughes, »willst du, daß ich sie töte?«
»Ja«, sagte Wengen. »Ihre Zeit ist um.«
»Und dafür gibst du mir das kleine Schumbi?«
Wengen hatte es bereits gesagt, aber es war so wichtig, daß Hughes es noch einmal hören wollte, um sicherzugehen, daß er richtig verstanden hatte.
»Ja«, sagte Wengen wieder. »Wir können nichts mit ihm anfangen. Es kann weder im Gebirge Beute machen, noch kann es in der Ebene sammeln. Das Schumbikind gehört dir.«
Lange Zeit sagte Hughes nichts. Er schloß die Augen und holte tief Luft. Er hatte recht gehabt. Die tiefer liegenden Spuren nach dem Schneesturm auf dem Kamm stammten von dem Kind, das aus dem Lager des

Amerikaners verschwunden war. Hughes wußte, daß Cabot alles geben würde, um das Kind wiederzubekommen: er würde zahlen – nach Hughes' Maßstäben ungeheure Summen. Das war wichtig, denn zum ersten Mal in vierzig Jahren Himalaya hatte er eine Verwendung für Geld. Er würde sich damit Lizenzen kaufen, Träger, Ausrüstung, alles, was ein Bergsteiger braucht. Was er nicht kaufen konnte, war eine zweite Fährte, eine zweite Yetifährte; derlei ließ sich mit allem Geld der Welt nicht kaufen. Was ihn auf diese Spuren gebracht hatte, war Glück oder Schicksal oder der Berggeist – Hughes wußte es nicht, und es war ihm gleichgültig. Er wußte nur, daß er nach vierzig Jahren eine Spur gefunden hatte, – und nicht nur eine Spur, sondern auch die Wesen, die sie hinterlassen hatten. Nach vierzig Jahren!

Er hatte seinen Schlüssel zum Everest gefunden.

Hughes öffnete die Augen wieder. Er war wie betäubt, und er wußte, daß er schon wieder am Rande des Wahnsinns stand: er stopfte ihn zurück hinter die Gitterstäbe seiner Vernunft und heftete den Blick auf Wengen.

»Ich werde das Kind des dunklen Sturms rufen«, sagte er. »Ich werde die töten, die du mir nennst. Ich will das Schumbi, und ich will noch mehr.«

»Was willst du?«

Die Augen des Yetis hatten sich zu schmalen Schlitzen verengt, und er beäugte Hughes mit kaltem, mißtrauischem Blick. Mit jedem Wort, das sie miteinander wechselten, begriff Hughes deutlicher, wie sehr er die Intelligenz dieser Schneemenschen unterschätzt hatte.

»Wenn wir fertig sind, wenn ich das Kind habe und die Leute, die du mir genannt hast, tot sind, steige ich in die Berge«, antwortete Hughes. »Nicht in eure Berge hier, sondern ich will in die höhere Gipfelkette im Norden. Ich will auf den höchsten Gipfel von allen.«

Wengen betrachtete ihn mit gerunzelter Stirn. »Die höchsten Gipfel liegen weit über der Baumgrenze«, sagte er. »Dort gibt es keine Nahrung, nur Schnee und Eis.«

»Trotzdem will ich hin. Ich nehme mir meine eigene Nahrung mit. Ich brauche deine Leute als Führer: sie sollen mir den Weg weisen und mir zeigen, wie ich dort hinaufkomme. Können sie das?«

Wengen sah den Schumbi an wie einen, der den Verstand verloren hat (er wußte es ja nicht besser). Und von irgendwoher aus der Tiefe seines Bauches drang ein Grollen, das aufwärts stieg, aber zurückgehalten wurde, bevor es ins Freie drang; es mochte ein Lachen sein. Aber Wengens Miene blieb ernst.

»Unser Volk ist von den Sternen gekommen«, sagte er. »Der Stern ohne Namen war es, der uns als erster gezeugt hat. Wir können dorthin zurückklettern, wo er im Traum geboren ist, in der Wolkenzeit, wann immer wir wollen. Wir können überallhin klettern... Wie heißt der Gipfel, auf den du steigen willst?«

»Der Schumbiname ist Everest«, sagte Geraint.

»Töte für mich, gib mir die Stämme, dann bringe ich dich hin.«

47

»Sag ihm, daß alles beim alten ist«, sagte Hughes zu Roschan. »Sie ist dort, sie lebt.«
Roschan hatte dunkle, durchdringende Augen, und es lag eine furchteinflößende Starre in seinem Blick; und als Hughes diesen Blick auf sich fühlte, war er froh, daß er die Wahrheit sagte – jedenfalls das, was er für die Wahrheit halten mußte. Aus irgendeinem Grund schienen alle, die mit dem Mädchen zu tun hatten, von einer derartigen Anhänglichkeit, ja Ergebenheit ihr gegenüber erfaßt zu sein, daß man sich nur wundern konnte. Bei dem weißhaarigen Amerikaner hatte er sie zuerst gespürt, dann bei dem Scherpa, der mit Roschan im Dorf wartete, – und jetzt auch bei dem Serdar. Höchst erstaunlich.
»Bring Miß Iona zurück«, sagte Roschan und schwieg eine Weile. »Ich werde auf sie und auf dich warten«, fügte er hinzu, sah Hughes noch einmal an, dann drehte er sich um und stieg über den Abhang zu der Lichtung hinunter, auf der die Helikopter gelandet waren.
Vor knapp dreißig Minuten waren die Hubschrauber eingetroffen; Hughes war bereits seit achtundvierzig Stunden im Dorf, hatte mit dem Scherpa gesprochen und zugesehen, wie Roschans Läufer sich auf den Weg nach Katmandu machte. Hughes hatte diese nepalesischen Bergdörfer nie gemocht, und Nanga Purna war leider keine Ausnahme. Er haßte den Gestank von verbranntem Tierfett, der über allen Kochstellen hing und widerlich durch die Gassen strich, und den Lärm haßte er! – das heisere Gezeter der Kinder und das Geschrei und die Hektik der Erwachsenen, das Gebrüll der Wasserbüffel und das Grunzen der Schweine.
Er hatte sich zurückgezogen, nachdem der Läufer fort war: auf einer Felsplatte hoch über dem Dorf, auf der spärliches, stachliges Gebirgsgras wuchs, wo der eisige Winterwind pfiff und das erste Schneegestöber vor sich hertrieb, hatte er sein Lager aufgeschlagen. Die Odunas schliefen in gehörigem Abstand irgendwo weiter oben: nichts vermochte sie in die Nähe einer menschlichen Siedlung zu locken – nur der Hunger und der Zeugungstrieb; aber Hughes hatte sie mit ausreichend Nahrung versorgt, und mit dem Einbruch des Winters war ihnen der Trieb vergangen.

Wo Wengen der Yeti war, wußte Hughes nicht. Wahrscheinlich wartete er in noch größeren Höhen, irgendwo oben auf den Kämmen. Hughes machte sich seinetwegen keine Sorgen. Er hatte die Wut, die Verschlagenheit, den rachsüchtigen Groll in diesen durchscheinenden hellen Augen gesehen und war sicher, daß Wengen kommen würde, wann immer er ihn rief. Wengen hatte in seinem Tal irgendwelche scheußlichen alten Rechnungen zu begleichen – und es war ihm so wichtig, mit seinen Feinden abzurechnen, daß er ewig warten würde.

Hughes spähte hinab und beobachtete den Menschenauflauf, der sich dort unten gebildet hatte. Mindestens dreißig waren es, darunter vielleicht acht Europäer. Abgesehen von Roschan kannte er nur einen: den Amerikaner. Der hatte sich eine Frau mitgebracht, Anfang dreißig mochte sie sein, gekleidet in einen teuren daunengefütterten Skianzug, höchst elegant, aber fürchterlich aufgeregt, und sie sah verhärmt aus. Wahrscheinlich die Mutter.

Neben dieser Frau stand ein kleiner, gedrungener Kerl mit Spitzbauch, Halbglatze und Schlitzaugen und hielt ihre Hand. Hughes dachte darüber nach, wer das sein mochte; der Beschützerhaltung nach, die er der Frau gegenüber einnahm, hätte man meinen können, es sei der Vater des Mädels; aber diesen Gedanken verwarf er alsbald, denn es gab noch einen, der dafür in Frage kam, einen viel größeren, hageren Menschen mit kantigem Gesicht, der sich abseits hielt und ähnlich bekümmert aussah wie die Frau.

Es standen noch weitere Europäer dort herum; unverkennbar war der Helikopterpilot in Lederjacke, und die übrigen mußten Diplomaten aus Katmandu sein, Amerikaner, Briten. Alle anderen waren Nepalesen: etwa ein Dutzend in Militäruniform, zwei von ihnen trugen die roten Abzeichen ranghoher Offiziere am Revers und einer die goldene Generalskrone; Hughes kannte sich aus.

Ein älterer amerikanischer Diplomat sagte etwas zu Cabot, woraufhin beide sich an den nepalesischen General wandten; der fuchtelte mit den Armen und hob die Stimme; Hughes konnte nicht verstehen, was er sagte, aber es schien ihm dort unten ein Streit im Gange zu sein. Schließlich war es Cabot, der ihn beendete, schnell und bestimmt, und sein Ton war so scharf und laut, daß er bis zu Hughes hinauf drang.

»Nein!« bellte er. »Was zählt, ist, daß wir das Kind wiederbekommen, und das heißt, daß geschieht, was ich sage. Und das gilt für jeden hier, ist das klar!«

Der General zuckte daraufhin die Achseln und wandte sich ab. Cabot

begann den Pfad hinaufzusteigen, der zu Hughes' Lager führte. Der amerikanische Diplomat wollte ihm folgen, aber Cabot schickte ihn mit einer schroffen Handbewegung wieder zurück. Er ging weiter, an Hughes vorbei; er winkte ihn zu sich, und Hughes ging ihm nach. Etwa hundert Meter höher, außer Hörweite der anderen, blieb Cabot stehen.
»Was ist los?« fragte Hughes. »Es gibt Ärger, wie?«
»Natürlich gibt es Ärger!« fuhr Cabot ihn an. »Sie sagen, Sie hätten das Mädchen gefunden, und sie sei in den Händen der Yetis. Wenn das stimmt und wenn wir sie zurückbekommen, dann will natürlich jeder dabeisein – ganz zu schweigen davon, daß jeder der erste sein will, der einen Yeti zu sehen kriegt. Wundert Sie das vielleicht? Was zum Teufel haben Sie denn erwartet?«
»Ich sag Ihnen eins, Mann: wenn Sie das Mädel zurückhaben wollen, dann lassen Sie mich allein gehen. Das ist die einzige Chance.« In Hughes' Stimme klangen Ärger und Argwohn. »Allein: das heißt, nur in Begleitung meiner Leute, jawohl. Wenn irgendeiner versucht, mir zu folgen, dann habt ihr sie zum letztenmal gesehen. Die Yetis hauen mit ihr ab, und dann findet sie keiner mehr.«
»Ich bin ja damit einverstanden.«
»Wieso haben Sie dann diese ganze verdammte Bande mitgebracht?«
Cabot sah auf den kleinen Waliser hinunter und versuchte seine eigene Ungeduld und Beklommenheit im Zaum zu halten. »Sie wollten Geld«, antwortete er. »Die einzige Möglichkeit, Ihnen schnell welches zu beschaffen und herzubringen, war mittels Hubschrauber, und die einzigen Hubschrauber in Nepal gehören der Regierung. Außerdem sind da noch Ionas Eltern, ihre Mutter vor allem, die vor Sorge fast von Sinnen ist. Und schließlich Iona selber. Es sind jetzt mehr als drei Monate, seit sie verschwunden ist. Wenn sie noch am Leben ist, dann ist sie womöglich krank oder verletzt und muß vielleicht sofort nach Katmandu ins Spital gebracht werden... – Herrgott, Hughes!« stieß er plötzlich heftig hervor. »Ich will das Kind zurück. Und wenn ich eine Armee auf die Beine bringen muß, um sie zu finden, dann wird mich nichts davon abhalten, verstehen Sie das?«
Hughes sah ihn stumm an.
Er verstand sehr wohl. Es war Cabots Lager, aus dem das Kind verschwunden war, und jetzt fraßen die Schuldgefühle an ihm – natürlich gab Cabot sich die Schuld an allem, was damals in der Sturmnacht geschehen war. Hughes wollte nur das Geld, einen Helikopter brauchte er nicht. Cabot aber hatte die nepalesische Regierung herbeigeschafft und

die Botschafter, und natürlich auch noch die Eltern, – weil er sie als Zeugen brauchte: um jedem zu beweisen, und vor allem sich selbst, daß er grimmig entschlossen war, alles zu tun, um das Mädel wiederzufinden. Hughes lachte auf, kurz und hart. Er war nicht der einzige Wahnsinnige hier – der Amerikaner stand ihm in nichts nach, die Schuldgefühle machten ihn verrückt. Zwei verschiedene Sorten Wahnsinn, dachte Hughes, und das Bindeglied dazwischen ein kleines Mädchen.

Dann erstarb sein Lachen. »Ob Sie eine Armee herbringen oder nicht, ist mir egal«, sagte er gereizt. »Ich gehe allein. Oder ich gehe nicht.«

Cabot nickte. »Das alles habe ich ihnen gesagt. Selbst der General ist einverstanden, wohl oder übel.«

»Haben Sie das Geld?«

Cabot trug sein bevorzugtes Kleidungsstück, einen langen und weiten Leinenanorak, der durch jahrelangen Gebrauch abgetragen und schäbig geworden war. Er steckte die Hand in die Brusttasche und zog ein Bündel Dollarscheine hervor. »Sie wollten fünfundzwanzigtausend«, sagte er.

Hughes nickte. Das war die Summe, die er verlangt hatte, als sie oben auf dem Sattel vor den bloßgelegten Yetispuren standen. Nach Cabots Begriffen war das ein so minimaler Betrag, daß er gar nicht daran gedacht hatte, zu fragen, wozu Hughes das Geld denn brauche. Als Preis für Ionas Rückkehr war es nichts.

Für Hughes war es ein Vermögen.

In den vierzig Jahren Nomadendasein im Gebirge hatte er keine rechte Vorstellung vom Wert des Geldes mehr. Wenn er etwas brauchte, dann tauschte oder handelte er darum. In einer Subsistenzwirtschaft wie der nepalesischen, die Ackerbau ausschließlich für den Eigenbedarf betreibt, ist ein Europäer mit Gewehr ein reicher Mann. Hughes hatte ein Gewehr. Er verfügte außerdem über eine natürliche Autorität und konnte sie gegenüber den Gebirgsbewohnern geltend machen. Und er hatte sich die Schlauheit des kleinen Jungen bewahrt, der in einem Tal in Wales aufgewachsen war, in den Dreißigern, als das Land schwer getroffen von der Depression darniederlag.

Fünfundzwanzigtausend Dollar war eine magische Zahl, aus der Luft gegriffen. Er stellte sich nicht vor, wieviel er dafür bekam; das konnte er nur herausfinden, indem er auf die Märkte von Katmandu ging, aber das war nicht nötig. Alles, was er brauchte, waren Träger, Nahrung und Ausrüstung. Er kannte die Bergdörfer und ihre Märkte und wußte, daß er alles Notwendige hier für einen Bruchteil der Summe bekam.

Fünfundzwanzigtausend Dollar waren ein Versuch aufs Geratewohl, ein wagemutiger Vorstoß in die Brieftasche des Amerikaners. Der Versuch war erfolgreich gewesen. Hughes schaute auf das Bündel Geldscheine in Cabots Hand und lachte. Magie war es, was er bekam, Zauberei, Teufelswerk!
Cabot fing an zu zählen.
»Fünftausend erhalten Sie sofort zum Zeichen meines Vertrauens«, sagte Cabot. »Den Rest kann ich Ihnen natürlich erst geben, wenn Sie das Kind bringen.«
Hughes betrachtete das abgezählte Geld, lachte wieder, lauter, voller Begeisterung, – und winkte ab. Ein roter Film lag über seinen Augen. »Ich glaub dir schon, Mann«, krähte er. »Bei dir ist es gut aufgehoben. Dort, wo ich hingehe, brauch ich es nicht. Heb es mir auf, bis ich mit dem Mädel zurückkomme. Gib es mir, wenn sie in deiner Hand ist.«

48

Iona sah Kekua den Pfad herunterkommen, der über den Hügelkamm und zur Spitze der Insel führte.

Die blinde Yeti bewegte sich mit derselben Leichtfüßigkeit und Grazie wie immer, aber sie schritt jetzt mit einer Eile, wie sie Iona früher nie an ihr bemerkt hatte. Es war später Nachmittag, die Sonne war schon hinter den Gipfeln verschwunden, der Himmel wurde dunkel. Sie sah Kekua zu, wie sie die Lichtung überquerte und auf die Hütte zukam. Iona saß mit gekreuzten Beinen auf dem Boden, neben ihr kauerte Churinga mit ihrem Baby. Es war der letzte Tag des Monats, den Tonemetapu den beiden Stämmen zum gemeinsamen Aufenthalt im Tal zugestanden hatte, und seit fünf Tagen wehte unablässig ein scharfer Nordwind. Eiskalt war die Luft, aber Churinga und ihr Kind waren offenbar völlig unempfindlich gegen den jähen Temperatursturz: der dicke Pelz schützte sie. Iona hingegen fror entsetzlich; seitdem der Wind eingesetzt hatte, wurde sie nicht mehr warm und zitterte vor Kälte.

Sie war mit den Sammlern im Morgengrauen aufgestanden, aber nicht mit ihnen gegangen: zum ersten Mal, seitdem die Wanderer ins Tal gekommen waren. Sie war in ihre Hütte zurückgekehrt, hatte büschelweise Stroh und trockenes Schilf über sich gebreitet, aber die Kälte nicht abzuwenden vermocht. Wäre Kekua hiergewesen, hätte Iona sich an ihren warmen Körper lehnen können; aber Kekua war allein fortgegangen, als die Sammler den Fluß überquerten, und blieb den ganzen Tag verschwunden.

Nur ein einziges Mal war Iona an diesem Tag aus ihrer Hütte gekrochen: um zum Fluß hinunterzugehen und auf die Rückkehr der anderen zu warten. Durchfroren und elend und nahe der Verzweiflung, sehnte sie sich nach dem Trost und der Wärme von jemandem, den sie kannte, dem sie vertraute. Kekua war fort, Churinga mit ihrer Tochter beschäftigt; es blieb nur noch Manu. Er kam als letzter; Babilla hinter ihm, wie üblich: die Leopardin schüttelte sich das Wasser aus dem Fell, und Iona, die zu spät reagierte, wurde von einem eisigen Sprühregen getroffen. Manu fing an zu lachen, als das Kind entsetzt zurücksprang, aber als er ihre fahle Haut sah und die violetten Lippen, lachte er nicht mehr, sondern betrachtete sie mit Sorge. Er trat zu ihr und befühlte mit den Fin-

gerspitzen ihre Nase, ihre Wangen, und als er spürte, wie kalt sie war, nahm er sie in die Arme und lief mit ihr zur Lichtung hinauf.
Iona schmiegte sich an seine Brust und taute auf; zum ersten Mal, seit der Nordwind zu blasen begonnen hatte, fühlte sie sich warm und wohl. Zum Teil war es Manus Körperwärme, die Trost und Behaglichkeit spendete, aber noch viel tröstlicher war es, getragen zu werden; in seinen Armen fühlte sie sich geborgen. Merkwürdige und komplizierte Gefühle regten sich in ihr, Gefühle, die sie nie empfunden hatte und nicht verstand. Sie wußte nur, daß sie nirgendwo anders sein wollte.
Manu trug sie zuerst zu seiner eigenen Hütte. Dort legte er sie auf den Boden und verschwand im Inneren. Einen Augenblick später war er wieder da und brachte Felle: mehrere kleine und leichte, die Häute von Moschushirschen und Bergfüchsen, und ein gewaltiges, das dick und schwer war, das Fell eines Schwarzbären. Manu wickelte sie zuerst in die kleineren Felle und schließlich in die Bärenhaut, trug sie, ein mehrschichtig eingepacktes Bündel, quer über die Lichtung zu der Hütte, die sie mit Kekua teilte, und setzte sie vor dem Eingang auf den Boden, wohin ein letzter Sonnenstrahl fiel.
Er betrachtete sie besorgt, dann fühlte er wieder ihr Gesicht. Es war schon wieder ein wenig Farbe in ihre Wangen getreten, und die Haut begann warm zu werden.
»Jetzt geht es dir bald wieder gut«, sagte er.
Er blieb noch eine Weile bei ihr, während sie sich in die Wärme kuschelte, die sie einhüllte wie ein Kokon. Dann lächelte er, drehte sich um und ging. Iona sah ihm aus ihren Fellen heraus nach, und sie empfand einen Schmerz, der sich sehr anders anfühlte als die Kälte.
Sie wünschte sich nichts sehnlicher, als daß er bei ihr bliebe. Vorhin, am Ufer, hatte sie ihm nicht sagen müssen, daß sie fror – er hatte es von allein gemerkt und sofort; und er hatte sie ohne weiteres in die Arme genommen und war mit ihr zu den Hütten gelaufen. Die Felle, das wußte sie, hatte Manu eigenhändig gesäubert und getrocknet. Er war ein Jäger und der einzige auf der Insel, der mit Tierhäuten umzugehen verstand. Sie waren sein Geschenk an sie.
Sie wärmten gut; aber Iona wünschte sich mehr als die Wärme der Felle. Sie wollte die Kraft und die Geborgenheit von Manus breiten Schultern, seine Brusthaare an ihrem Körper, warm und lebendig und kribbelnd, den scharfen Blick seiner Augen, wenn er Ausschau hielt und die Gegend erforschte, den gespannten Ausdruck in seinem Gesicht, wenn er

mit geweiteten Nüstern die Witterung prüfte. Und sie wollte Babilla, die an seiner Seite einhertrabte und vor Vergnügen knurrte, wenn Manu ihr die Kehle kraulte.
Und am meisten wünschte sie sich, Manus Arme wieder um sich zu spüren. Ein müßiger Wunsch; das würde frühstens am anderen Morgen geschehen, wenn sie mit den Niedergelassenen die Insel verließ. Manu war für den Rest des Tages verschwunden, er hatte andere Dinge im Kopf, als sie in den Arm zu nehmen. Er ist zu Tana gegangen, dachte Iona bitter, in die Hütte, die er für seine neue Frau gebaut hat.
Kurz danach war Kekua aufgetaucht. Als sie vor Iona stand, war sie ein wenig außer Atem.
»Den ganzen Tag habe ich den Schmetterlingen zugehört«, sagte Kekua. »Ich bin ihnen von einer Seite der Insel zur anderen gefolgt. Eine Zeitlang war ich nicht sicher. Dann ging die Sonne unter, und sie flogen nach Westen: da wußte ich es. Ich bin zu Tonemetapu gegangen, und auch er hat sie fliegen gesehen ... – Iona«, sagte sie, »das Jahr ist vorbei, Für uns beginnt die Wolkenzeit.«
Neben ihr holte Churinga tief Luft und drückte ihr Kind an die Brust.

Was danach geschah, ging so schnell und so unwiderruflich, daß Iona es kaum begriff.
Die Yetis verließen die Insel.
Es gab keine letzten Vorbereitungen, es wurde kein Proviant für den Weg mitgenommen, die Hütten, die ihnen den ganzen Sommer als Zuhause gedient hatten, wurden weder vor dem bevorstehenden Schnee geschützt noch abgebaut. Sie ließen einfach alles stehen und liegen und gingen. Innerhalb weniger Minuten, nachdem Kekuas Botschaft sich verbreitet hatte, standen die Niedergelassenen vollzählig am Flußufer, an der Spitze der alte, steife Yerto. Sie sprangen ins Wasser und schwammen hinüber. Dann waren sie fort – wie ziehende Schwalben, die einem geheimen, unwiderstehlichen Ruf folgen. Im einen Augenblick waren sie noch da und im nächsten schon verschwunden.
Iona, völlig verdattert, wurde einfach mitgerissen. Sie ging mit ihnen. Sie gingen die ganze Nacht. Kurz nach dem Aufbruch stießen sie auf den Stamm der Wanderer, die ihr Lager im selben Moment verlassen haben mußten und dieselbe Richtung eingeschlagen hatten. Von nun an gingen sie gemeinsam. Gegen Morgen erreichten sie den Fuß der Berge, die das Tal einschlossen, und eine Zeitlang kletterten sie über ihre Ausläufer. In dem Augenblick, als die Sonne aufging, betraten sie eine enge

Felsrinne. Steil ragten links und rechts die Wände empor, und auf halber Höhe gähnte ein schwarzes Loch: es war der Eingang zu einer Höhle. Kekua ergriff Ionas Hand, als die Yetis die Köpfe einzogen und einer nach dem anderen eintraten. »Dies ist der Ort der Wolkenzeit«, sagte sie. Dann betrat auch sie die Höhle und zog Iona mit sich.
Iona schaute ein letztes Mal zurück und hinauf. Die Sonne war plötzlich verschwunden, dicke graue Wolken verdunkelten den Morgenhimmel, und die ersten Schneeflocken fielen.
Iona verlor jedes Zeitgefühl. Die Kälte und die Dunkelheit in diesem Tunnel sogen alle Empfindungen auf, ihre Sinne waren gelähmt: sie sah nichts, hörte nichts, schmeckte nichts. Ihr Mund war taub geworden – sie konnte sich mit der Zunge über die Lippen fahren und hatte kein Gefühl. Das einzige, was sie von Zeit zu Zeit wahrnahm, war der Druck von Kekuas Hand um ihre eigene, und manchmal stolperte sie: daran erkannte sie, daß sie ging.
Endlose Schwärze. Plötzlich stieß sie gegen Kekua und merkte, daß die Yetis stehengeblieben waren. Einen Augenblick später zog Kekua sie wieder weiter, diesmal langsamer. Nach und nach wich die undurchdringliche Schwärze, an ihre Stelle trat ein nebliges Grau. Iona blinzelte. Als ihre Augen sich an das Zwielicht gewöhnt hatten, sah sie, daß sie in einer riesigen Höhle stand. Das Gewölbe über ihr sah sie nicht, aber von irgendwoher hoch oben drang genug Licht herein, so daß sie ihre unmittelbare Umgebung halbwegs wahrnahm. Sie sah sich um und betrachtete die Höhle. Heller Sand bedeckte den Boden, und an den Wänden zogen sich schlanke Säulen empor, gewunden und gekehlt, Felsen und Eis, und auch dazwischen war Eis; dort erkannte sie dunkle Stellen verschiedener Gestalt und in unregelmäßigen Abständen, manche sah sie funkeln: golden, grün, bronzefarben, – schwache Schimmer nur, doch es sah aus, als steckten Edelsteine im Eis. Iona strengte ihre Augen an, aber das Licht war zu spärlich, als daß sie erkannte, woher dieses matte Funkeln kam.
Sie senkte den Blick. Vier junge Männer hatten Tonemetapu den ganzen Weg auf einer Tragbahre aus Ästen und Zweigen getragen. Sie hatten den alten Seher ans Ende der Höhle gebracht und dort auf eine Steinplatte gelegt, die aus der Wand ragte. Die übrigen Yetis, die Angehörigen beider Stämme, Wanderer und Niedergelassene und ihre Kinder, versammelten sich im Halbkreis um ihn. Sie kauerten sich nieder: die beiden Patriarchen mit ihren Gefährtinnen in vorderster Reihe, die anderen hinter ihnen entsprechend ihrem Rang und Alter.

Iona, die noch immer Kekuas Hand hielt, kam unmittelbar hinter Yerto zu sitzen. An ihrer anderen Seite war Manu. Und nun begann Tonemetapu zu sprechen.
»Der Schnee ist da, also hört gut zu!« sagte er. »Die Vorräte sind gesammelt. Sie warten auf uns, wenn der Sommer zurückkehrt. Dann ruft der Stern ohne Namen die Wolken, damit sie Regen schicken. Der Regen kommt, und alles ist gut für das Volk.«
»Alles ist gut«, wiederholten die Yetis leise.
Es klang wie eine Beschwörung, eine mystische Formel, – Iona fühlte sich schon wieder an die Kirche erinnert: diese gemurmelte Antwort hätte von der versammelten Gemeinde stammen können.
»Die Niedergelassenen und die Wanderer sind zusammengekommen, gemeinsam begeben wir uns jetzt in die Wolkenzeit«, fuhr Tonemetapu fort. »Vieles gibt es diesmal, was wir träumen müssen: das Wild, das von den Bergen verschwunden ist; der Hunger der Wanderer und die Jagd im Tal; die neuen Wege vor allem, die das Schumbi uns gezeigt hat. All dieses müssen wir träumen.«
»All dieses müssen wir träumen«, wiederholten die Yetis.
Tonemetapu hielt inne, und in der Stille flüsterte Iona in Kekuas Ohr: »Was bedeutet das?«
Kekua gab flüsternd zurück: »Wenn die große Kälte kommt und die Wolkenzeit über uns liegt, können wir miteinander reden, ohne zu sprechen. Tonemetapu fängt an, indem er uns die Vergangenheit des Volkes erzählt, von seinem Anfang, dem Stern ohne Namen, durch alle Jahre, die seither vergangen sind, bis zu dem Sommer, der jetzt zu Ende ist. Siehst du nicht die Wärme im Eis?«
Kekua hob die Hand. Unter Wärme verstand sie Licht – das wußte Iona; für die blinde Yeti war es dasselbe.
Kekua zeigte auf das sonderbare Schimmern an den Höhlenwänden. Iona betrachtete die Eissäulen genauer, und jetzt sah sie mit Staunen, daß es Gegenstände waren, die im Eis staken, – sie traute ihren Augen nicht. Manche waren aus Metall: sie erkannte ein Schwert, einen Flügelhelm aus Bronze, einen Trinkbecher; und das war längst nicht alles, es gab zahlreiche andere Gerätschaften, manche schlicht: eine eiserne Sichel war darunter, auch ein Messer; manche prunkvoll: einen juwelenbesetzten Gürtel sah sie; und alle waren unendlich alt.
»Was ist das?« fragte Iona.
»In vergangenen Zeiten sind andere Schumbis durch die Berge gekommen«, sagte Kekua. »Diese Gegenstände haben sie zurückgelassen. Das

Volk hat sie aufgesammelt und als Wolkenzeitgaben dem Stern ohne Namen geschenkt, damit er wieder den Regen schickt. Jedes Geschenk ist ein Sommer unserer Vergangenheit, die Tonemetapu uns wieder erzählen wird – « Sie verstummte.
»Wenn Tonemetapu mit seiner Erzählung am Ende ist«, fuhr Kekua nach einer Weile fort, »träumen wir über ihn miteinander. Unterredungen ohne Sprache sind es. Wenn Zwietracht und Streit herrschen, werden sie ergründet und bereinigt. Wenn Probleme bestehen, denken wir darüber nach, wie wir sie lösen können. Wenn es neue Wege und neue Pläne für den kommenden Sommer gibt, stimmen wir ihnen zu. Wir jagen und sammeln getrennt, aber in der Wolkenzeit sind wir ein Volk. Die Wolkenzeit schafft die Bande zwischen uns.«
Iona bemühte sich, den Sinn von Kekuas Rede zu verstehen, aber es wurde kälter und kälter – mit jedem Augenblick schien die Temperatur tiefer zu sinken. Trotz ihrer vielen Felle zitterte sie und war wie betäubt, sie vermochte kaum einen Gedanken zu fassen. Dann sah sie, wie der Patriarch der Niedergelassenen vor ihr sich erhob, wie kaltes Eisen schimmerte sein grauhaariger Rücken in der Dämmerung. Er drehte sich um und sah auf sie herunter. Iona starrte ihn verschreckt an.
»Er bittet um ein Geschenk für den Stern ohne Namen«, flüsterte Kekua. »Die Führer beider Stämme müssen ihm etwas schenken. Er fragt dich, weil du von den Niedergelassenen gefunden wurdest.«
»Was soll ich ihm bloß geben?« fragte Iona aufgeregt.
»Nur du kannst ermessen, welchen Wert der Stern dir hat«, antwortete Kekua leise.
Regungslos, ein wenig schräg ragte der massige Körper Yertos über ihr auf: stumm, dunkel, wartend. Iona versuchte zu denken.
Manu hatte sie aus dem Fluß gerettet. Wenn er und die Leopardin sie nicht gefunden hätten, wäre sie gestorben. Danach hatten die Niedergelassenen sich um sie gekümmert, hatten ihr Wärme und Obdach und Essen gegeben. Sie war zu den Gipfeln hinaufgestiegen, und dort hatte Tana sich ihrer angenommen. Sie verdankte den Yetis ihr Leben. Das Volk gehörte dem Stern ohne Namen; doch sie schuldete dem Stern viel mehr – das Wertvollste, das sie besaß, mußte sie ihm geben.
Iona wickelte sich aus den Fellen, kramte ihre Gürteltasche hervor und zog den Reißverschluß auf. Sie holte den angeschlagenen, weitgehend haarlosen Bären hervor und umarmte ihn zum letzten Mal. Dann reichte sie ihn Yerto. Der Patriarch nahm das winzige Pelztier entgegen und

betrachtete es eine Zeitlang. Offensichtlich befriedigt, schritt er zu einer der Eissäulen.

Mit dem Hackstock, den er zum Sammeln benutzte, kratzte Yerto eine kleine Höhlung ins Eis und setzte den Bären hinein; dann ging er zu seinem Platz zurück. Iona blickte zu ihrem Bären hinüber und sah, daß ein schmales Rinnsal an der Säule entlanglief. Bald würde es vollends erstarren: binnen weniger Tage würde der Bär im Eis festgefroren sein wie all die anderen Trophäen in der Höhle.

»Die Niedergelassenen haben gegeben«, sagte Tonemetapu von seinem Sockel herab. »Nun sind die Wanderer an der Reihe.«

Tonemetapus Blick richtete sich auf Gaggau. Grün schimmerte das Moos auf dem weißen Pelz, und im Zwielicht schien der ausgezehrte Körper des Sehers zu leuchten, als umschwirrten ihn Hunderte Glühwürmchen.

Gaggau versuchte aufzustehen, doch es gelang ihm nicht. Das Alter, sein Klumpfuß, die schlecht verheilten Wunden vom Angriff der Odunas, aber vor allem die ständig zunehmende, lähmende Kälte fesselten seinen steifen, schmerzenden Körper an die Erde. Iona sah, daß er sein Geschenk an Kuinko weitergab, damit sie es an seiner Stelle dem Stern anbiete; aber sie erkannte nicht, was es war. Sie sah nur Kuinkos heiße, böse Augen und die verächtliche Geste, mit der sie sein Geschenk beiseite fegte.

Dann war Kuinko auf den Beinen, zitternd vor Wut und Groll, und sie stürzte vor zu Tonemetapu, und sie schrie ihn an und schüttelte die Faust vor seinem Gesicht.

»Ich bringe mein eigenes Geschenk für den Stern!« schrie sie. »Ich werde es ins Eis setzen, damit das Volk jetzt und für immer weiß, daß sich alles geändert hat. Alles! Dieses Schumbi hat nichts als Verderben gebracht – «

Kuinko streckte den Arm gegen Iona aus. »Das Wild ist verschwunden, als das Schumbi gekommen ist. Denselben Hunger wird es ins Tal bringen. Was es euch erzählen will über angebundene Tiere und Früchte, die ihr in die Erde stecken solltet, das ist alles Lug und Trug. Nichts wird das Volk zu essen haben im nächsten Sommer, keiner von uns! Nur Wengen kann uns retten – «

Kuinko hustete und spuckte auf den Höhlenboden. »Es gibt einen Schumbi, der mit den Odunas geht«, fuhr sie fort. »Wengen ist auf dem Weg zu ihm, er wird ihn finden. Er wird ihn herbringen, damit dieses Schumbi hier wegkommt. Wenn es fort ist, wird Wengen die Stämme führen. Beide Stämme! Die Wanderer werden jagen, wo sie wollen, und die Niedergelassenen können sammeln, wo sie etwas finden – « Schwer atmend hielt Kuinko inne. Als sie fortfuhr, hob sie die Stimme noch mehr, bis sie zu einem rachsüchtigen Kreischen anschwoll.

»Jetzt gehört Wengen das Volk! Ich habe ihm bewiesen, daß es so sein muß! Jetzt, in diesem Augenblick, kehrt er ins Tal zurück. Er wird hier sein, bevor der Schnee die Zugänge versperrt! Und Wengen kommt nicht nur mit dem Schumbi und den Odunas – er kommt mit dem Kind des dunklen Sturms!«

Kuinko hob den Gegenstand hoch, den sie in der Hand hielt. Es war ein Stück verkohltes Holz, das offenbar in Gaggaus Pelz hängengeblieben war, als die Odunas ihn mit Flammenspeeren beworfen hatten. In wildem Triumph fuhr der lodernde Blick der Alten über das versammelte Volk hinweg, und sie sprang in die Höhe und rannte zu der Säule und rammte das Holz neben Ionas Bären ins Eis. Dann kehrte sie zurück und hockte sich neben Gaggau. Auf einmal war der flammende Blick aus ihren Augen verschwunden, sie wurden trüb, als hätte sich eine Wolke darübergesenkt.

Iona starrte Kuinko entsetzt an, dann fuhr sie zu Kekua herum – aber der blinden Yeti war der Kopf auf die Brust gesunken.

»Hast du gehört, was sie gesagt hat?« rief Iona. »Wengen ist auf dem Weg hierher. Er bringt ein Schumbi und Feuer mit! Er wird alles vernichten!«

Kekua nahm offensichtlich keine Notiz von ihr. Iona beugte sich zu ihr, packte sie an den Schultern und rüttelte sie mit Gewalt. Aber Kekua rührte sich nicht, und ihre Haut fühlte sich seltsam kalt an, als wäre alles Blut daraus gewichen. In Panik wandte Iona sich zur anderen Seite.

»Manu!« schrie sie.

Auch Manu war der Kopf auf die Brust gesunken, wie Kekua schenkte er ihr keine Beachtung. Iona stieß ihn in die Rippen, aber er reagierte nicht; und sie legte ihm die Hand ins Gesicht und stellte fest, daß er sich wie Eis anfühlte. Sie drehte sich um, blickte rund um sich – und sah, daß alle Yetis zu Stein erstarrt waren. Keiner bewegte sich, allen waren die Köpfe herabgesunken, kaum merklich ging ihr Atem.

Und jetzt wurde ihr klar, daß es noch kälter geworden war, sie zitterte nicht mehr, ja, sie spürte gar nicht mehr, daß sie fror: sie schwebte in einer Spindel aus Eis, die ihr von unten herauf den Körper entlangkroch, Füße und Beine waren bereits gefühllos geworden; jetzt begann die Erstarrung auf den Magen überzugreifen.

Verzweifelt drehte sie den Kopf hin und her in dem schwachen und aussichtslosen Versuch, die Lähmung abzuschütteln, die ihr ins Gehirn gekrochen war, und sie schrie um Hilfe; und sie starrte wieder die Yetis an – und verstummte: jetzt verstand sie.
Sie lagen im Winterschlaf. Eine ferne Erinnerung kam ihr: Onkel Robert, der ihr gesagt hatte, der Winterschlaf sei ein Zustand, den bestimmte Tiere in Jahrmillionen zu erreichen gelernt hätten, um sich gegen den Frost und den dadurch bedingten Nahrungsmangel zu schützen; die Körpertemperatur sinke stark ab, der Stoffwechsel verlangsame sich, bis eine Starre eintrete und der Körper in ein nahezu vollständiges Koma verfalle – ein Schwebezustand zwischen Leben und Tod, in dem keine Nahrung nötig sei. Und im Frühjahr, wenn die Wärme in die Erde zurückkehre, erwachten auch die schlafenden Tiere wieder zum Leben.
Die Yetis hielten Winterschlaf. Sie nannten ihn Wolkenzeit, und sie benutzten die stumme Verständigung, deren sie fähig waren, diese Traumverbindung, die sie miteinander durch die Eisesstarre hinweg eingehen konnte, um sich als Volk zusammenzuhalten. Sie hatten angenommen – Kekua, Manu, Yerto, alle hatten sie geglaubt, dies sei eine Welt, zu der auch Iona, das Schumbi, in Felle gehüllt als Ersatz für den fehlenden Pelz, Zugang hätte, die sie mit ihnen zu teilen vermöchte.
Sie hatten sich geirrt. Sie konnte es nicht.
Ihr Körper unterschied sich von dem ihren. Am Anfang konnte sie der Kälte in der Höhle länger standhalten als die Yetis; deshalb war sie noch immer bei Bewußtsein, während sie bereits in ihren Winterschlaf hinübergeglitten waren. Aber sobald ihr Körper seine Reserven aufgebraucht hatte, mit denen er Herz und Lungen in Gang hielt, blieb ihm nichts mehr. Die Yetis konnten überwintern. Sie konnte nur sterben.
Iona wußte es instinktiv. Um am Leben zu bleiben, mußte sie zuallererst ihren Kreislauf in Gang halten, und sie mußte fort von der Höhle. Sie zwang sich aufzustehen. Sie stampfte mit den Füßen, schwang die Arme und schlug die Hände zusammen, sie hüpfte auf und ab. Dabei drang aus ihrer Tasche ein gedämpftes Klappern.
Nach längerer Zeit wurde ihr klar, daß es die Streichhölzer in der Schachtel waren, die das Klappern verursachten. Sie hielt inne. Mit jedem Augenblick, der verging, arbeitete ihr Verstand langsamer, aber sie begriff, daß dieses Geräusch wichtig war. Sie zog die Schachtel hervor, besah sie lange, dann schaute sie sich um. Manu saß zusammengekrümmt neben ihr, in unveränderter Haltung. Sie starrte auf ihn hin-

unter, und es dämmerte ihr eine Erinnerung, eine Verbindung zwischen Streichholzschachtel und Yeti. Sie grübelte angestrengt; dann bekam sie die Erinnerung zu fassen.
Manu hatte ihr Fleisch gegeben, und sie hatte versucht es zu garen. Dazu brauchte sie Feuer, und Feuer war schmerzhaft – Gaggau war beinahe daran zugrunde gegangen. Wie im Traum riß sie mit zittrigen Händen die Schachtel auf, zündete ein Streichholz an, hob Manus Arm und hielt die Flamme an die weiche, rosige Haut in seiner Achselhöhle. Die eisige Luft füllte sich mit dem Gestank von verbranntem Fleisch. Manu bewegte sich. Er zuckte vor Schmerz und stöhnte. Dann sprang er plötzlich auf und schlug um sich, als verjagte er ein lästiges Insekt; aber er taumelte, er konnte sich kaum auf den Beinen halten, blinzelte und murmelte und wankte, als sei er betrunken.
Iona nahm ihn bei der Hand und zog ihn hinter sich her über den Boden der Höhle.

49

Iona fragte sich später, wie sie es geschafft hatte, den Rückweg zum Eingang der Höhle zu finden.

Im Tunnel herrschte pechschwarze Finsternis, undurchdringlicher als die Schwärze am Fuß ihres Bettes, aus der einst die Ungeheuer gekrochen waren, um ihre Träume zu bevölkern. Sie tastete ihren Weg an den Wänden entlang, erfühlte mit beiden Händen Krümmungen und Biegungen des Tunnels, manchmal aber stieß sie auf ein klaffendes Loch und war entsetzt und verunsichert. Es waren Nebengänge, die seitlich abzweigten.

Zweimal hielt Iona einen solchen Nebengang irrtümlich für den Hauptweg, bog ab und tappte weiter, bis sie am Ende hart gegen eine Felswand stieß. Dann dankte sie Gott, daß er sie ihren Irrtum bald hatte einsehen lassen und den Gang nicht länger gemacht hatte. Und sie kehrte um, folgte ihren Spuren zurück, bis sie den Hauptgang wiederfand, wo ihr, um zu überprüfen, ob die Richtung stimmte, nichts anderes übrigblieb, als wieder ein Streichholz von ihrem rasch schwindenden Vorrat anzuzünden und im spärlichen Licht nach dem schwachen Abdruck ihrer Stiefel auf dem sandigen Boden zu suchen.

Und die ganze Zeit über mußte sie Manu mit sich zerren, der apathisch hinter ihr herstolperte. Wenn sie sich verirrt hatte und nicht mehr weiterwußte, schlug sie auf ihn ein und schüttelte ihn. Einmal geriet sie derart in Wut, daß sie ihn anschrie und nach ihm trat. Ihre Stiefelspitze prallte von den starken Muskeln seines Beins ab, aber von ihm kam keine Reaktion. Steif und starr lehnte er an der Wand, die dünne, eiskalte Luft im Inneren des Berges hatte ihn wieder einfrieren lassen.

Iona fluchte. Sie schrie all die Wörter heraus, die ihre Mutter ihr empört ausgetrieben hatte, – die verbotenen Wörter, einst mit Entzücken aus Mr. Simpsons Mund vernommen, als eine Karnickelplage sein Gemüse heimgesucht hatte, und die gälischen Ausdrücke von Angus, fremdartig und gewalttätig, die er zwischen den Zähnen hervorstieß, wenn das Rotwild im Sommer aus den Wäldern brach und die Weizenfelder seines Dienstherrn verwüstete. So verfluchte sie Manu und wünschte ihn zum Teufel. Dann zog sie ihn weiter.

Und schließlich gelangten sie tatsächlich ans Ende des Tunnels und tra-

ten ins Freie. Ionas Knie gaben nach, aber sie drückte sie durch und blieb aufrecht stehen, und sie schloß die Augen, stand unter dem Winterhimmel und sog gierig die frische Luft in sich ein.
Sie hatte schon eine Zeitlang gewußt, daß sie dem Eingang näherkamen – mit jedem Schritt vorwärts hatte sie gespürt, wie ihre Atemluft reiner wurde. Jetzt strömte der Sauerstoff durch ihre Adern und ihr Gehirn und erfüllte alle Teile ihres Körpers – es kam ihr vor wie ein Wasserfall, der die Starre fortspülte, diese schreckliche Betäubung. Sie schwankte ein wenig und war noch benommen, aber sie lebte! Sie sah sich nach Manu um.
Manu war, als sie aus dem Tunnel getreten waren, vornüber gestürzt und lag mit dem Gesicht im Schnee. Jetzt hob er den Kopf und blinzelte, er öffnete den Mund und atmete tief, füllte seine Lungen mit Luft, wie sie es getan hatte; dann stemmte er sich hoch und stand: schwankend, verwirrt, er starrte rings um sich und schien nichts zu begreifen. Dann erblickte er Iona und runzelte die Stirn, als sehe er sie zum ersten Mal. Nach einer Weile erkannte er sie, und ein Lächeln trat in sein Gesicht. Er schüttelte den Kopf und sein Blick wurde klar, und er tat einen Schritt vorwärts, aber Iona wartete nicht, bis er bei ihr war. Sie stürzte auf ihn zu, schlang beide Arme um seinen Bauch und vergrub ihr Gesicht in den warmen dunklen Haaren. Sie weinte.
Sie wußte nicht, wie lang sie so stand und weinte. Schließlich spürte sie Manus Hände, die ihren Kopf streichelten und ihn dann von seinem Körper wegdrückten. Iona wischte sich die Tränen ab und sah zu ihm hinauf – und plötzlich kam ihr mit jähem Entsetzen alles wieder zu Bewußtsein.
»Manu!« sagte sie. »Wengen kommt!«
Manu sah sie an. »Wengen!« wiederholte er verständnislos.
»Ja!« rief sie. »Weißt du nicht mehr, was Kuinko gesagt hat? Daß Wengen in die Berge jenseits der Jagdgründe gegangen ist? Daß er die Odunas sucht und den Schumbi, der sie anführt, und daß er sie alle ins Tal bringen will – weißt du es nicht mehr?«
Manu schüttelte den Kopf. »Yerto hat Wengen fortgeschickt«, sagte er, »daran erinnere ich mich.«
»Wengen ist auf dem Weg hierher!«
Manu sah sie zweifelnd an.
Iona ballte die Fäuste. In heller Aufregung hämmerte sie gegen Manus Brust, die Schläge bewirkten freilich genausowenig wie die vorherigen Mißhandlungen im Tunnel: zuvor war er wenigstens betäubt gewesen;

jetzt war er wach und bei Sinnen, doch das Ergebnis war dasselbe: Manu sah sie weiterhin abwesend an und verstand nichts. Iona war außer sich. Verzweifelt wandte sie sich ab.
Was in der Wolkenzeit geschehen war, lag eingefroren auf dem Grund seines Bewußtseins. Er hatte keine Erinnerung daran. Von dem Augenblick an, in dem die Yetis den Tunnel betreten hatten, war alles im Eisnebel der Höhle erstarrt und vergessen. Mit leerem Blick schaute Iona hinaus über die Berge.
Es schneite; sie hatte es bis jetzt nicht bemerkt. Dicke Flocken schneite es, und sie fielen immer dichter und schneller, und noch während sie in das Schneegestöber schaute, verschwanden Bäume und Felsen hinter einem wirbelnden grauweißen Mantel. Innerhalb von Minuten war die Landschaft vor ihr verschwunden, und es blieb nur ein weiches Rascheln, ein trübes Zwielicht von derselben Farbe wie die Flügel der überwinternden Gänse und eine schneidende Kälte, rasiermesserscharf wie der Frost, der glitzernd auf dem trockenen Schilf am Flußufer gelegen hatte.
Wie Ions so stand und schaute, drang ein Geräusch an ihr Ohr. Einen Augenblick hielt sie es für Donnern und dachte, es braue sich ein Gewitter zusammen. Sie lauschte und hörte es erneut: ja, es klang wie das tiefe Grollen eines Sturms, der Schnee vor sich hertreibt. Sie drehte sich nach Manu um. Er stand vorgebeugt und lauschte ebenfalls mit gespannter Aufmerksamkeit.
Auf einmal öffnete Manu den Mund. »Babilla!« rief er.
Einen Augenblick später war sie da. Manu hatte die Leopardin zurückgelassen, als er die Höhle betreten hatte. Jetzt sprengte sie im Galopp durch den Schnee. Sie streifte Iona kurz zum Gruß, dann stürzte sie sich auf Manu. Aus dem Donnergrollen wurde ein leises, lustvolles Knurren, ihre Augen waren schmal vor Vergnügen, und sie rieb ihren Kopf an Manus Bein.
Manu lachte und beugte sich zu ihr nieder, um sie zu streicheln. Aber als seine Hand Babillas Fell berührte, geschah etwas Merkwürdiges: es war, als springe ein Funken von der Leopardin auf den Yeti über – Manu erinnerte sich. Er stockte, dann fuhr er auf.
»Wengen kommt«, flüsterte er. »Er bringt die Odunas mit und den Schumbi, der sie ins Tal führt. Kuinko hat es gesagt.«
Iona starrte ihn durch die wirbelnden Schneeflocken an, und sie spürte eine Welle der Erleichterung: Babilla hatte zustande gebracht, was sie nicht geschafft hatte. Irgendwie hatten der Anblick der Leopardin und

die Berührung ihres Fells in Manu eine Erinnerung freigesetzt, die in der Wolkenzeit eingesperrt war, – und sie schoß mit einem so jähen Satz an die Oberfläche seines Bewußtseins wie ein Korken vom Grund eines Sees.

»Das Tal hat keine Nahrung für sie«, sagte er. »Sie müssen abgewiesen werden – « Sein Gesicht war angespannt und besorgt. »Wir müssen ihnen entgegengehen, jetzt gleich«, fuhr er fort. »Ich werde mit Wengen und den Odunas reden. Du mußt mit dem Schumbi sprechen. Wir beide zusammen müssen ihnen klarmachen, daß es nicht geht – daß das Tal sie nicht alle ernähren kann. Wir müssen uns beeilen!«

Manu wollte blindlings losstürzen. Iona hielt ihn am Arm zurück. Sie stemmte sich mit beiden Füßen in den Schnee, der ihr bereits bis an die Knöchel reichte, und zerrte an seinem Arm, bis er sich zu ihr umdrehte.

»Manu«, sagte sie, »so ist es nicht. Der Schumbi braucht das Tal nicht, um zu essen zu haben. Er will etwas anderes. Kuinko sagt, er will mich. Und ich glaube, es geht noch um mehr. Auch Wengen will etwas. Er will Führer beider Stämme werden – «

Iona stockte. »Weißt du nicht mehr, was Kuinko außerdem gesagt hat? Sie kommen nicht, um zu teilen. Sie kommen, um zu töten.«

Entsetzt sah Manu sie an, und jetzt fielen ihm auch die letzten vergessenen Bruchstücke der Wolkenzeit wieder ein; er entsann sich an alles: Wengen kehrte zurück, um auf beide Stämme Anspruch zu erheben, die Niedergelassenen und die Wanderer. Und das konnte er nur, wenn er die Patriarchen umbrachte und jeden anderen, der ihm im Weg stand. Mit Hilfe des Schumbis und der Odunas konnte ihm das gelingen.

»Wie sollen wir sie denn aufhalten?« fragte Manu erbittert.

Ionas Gedanken rasten. Nur mit Gewalt konnte man Wengen und die anderen daran hindern, das Tal zu überfallen. Manu allein war dazu nicht in der Lage, er brauchte Helfer. Und selbst dann – sie hatten es mit einem Schumbi zu tun, einem Menschen, der sicherlich bewaffnet war, und wenn er sein Gewehr benutzte, war es gleichgültig, wie viele sie waren: eine Schußwaffe war das Ende der Yetis.

Die einzige Chance war, sie aus dem Hinterhalt zu überfallen und in die Flucht zu schlagen, bevor der Mensch feuern konnte.

»Manu«, sagte Iona, »du bist ein Jäger. Denke wie ein Jäger. Sieh den Schumbi, wie du eine Jagdbeute siehst. Der Schumbi kann nicht klettern wie das Volk, und deshalb muß Wengen ihn auf einem Weg ins Tal führen, der nicht zu schwierig ist. Wo wird das sein?«

Manu schwieg nachdenklich; dann nickte er, langsam, mehr für sich selbst.
»Beide Male, als die Wanderer die Odunas in den Bergen trafen«, sagte er, »sind die Odunas aus der Richtung der untergehenden Sonne gekommen. Das werden sie auch jetzt wieder tun. Dort gibt es nur einen einzigen Pfad ins Tal hinunter. Viele Tiere benutzen ihn, um zu den tiefer gelegenen Weideplätzen zu gelangen. Auf diesem Pfad werden die Odunas den Schumbi ins Tal führen.«
»Und wenn der Schumbi ein Tier wäre: wo würdest du ihn jagen?«
Manu überlegte wieder. »Nahe dem Talboden wird der Pfad sehr steil«, antwortete er. »Jedes Lebewesen, das dem Pfad folgt, muß an dieser Stelle langsam gehen. Dort würde ich ihn erwarten.«
»Kannst du den Pfad finden?«
»Natürlich«, sagte Manu. Dann sah er Iona mit gefurchter Stirn an. »Um eine einzige Beute zu erlegen, braucht es mehr als einen Jäger. Wengen, der Schumbi, die Odunas: das sind viele. Das sind viel mehr, als ich und Babilla aufhalten können, selbst wenn wir sie überrumpeln.«
»Es werden andere aus deinem Volk bei dir sein«, sagte Iona. »Wir gehen jetzt zurück und holen sie aus der Höhle.«
Manu sah sie entgeistert an. »Das Volk schläft in der Wolkenzeit! Nichts kann sie wecken, bis die Sonne zurückkehrt.«
»Ich habe dich doch geweckt! Ich kann auch sie aufwecken.«
Sie nahm Manu bei der Hand und zog ihn zum Eingang in den Tunnel. Als sie vor dem schwarzen Loch standen, blieb Manu stehen und schaute zurück, durch den Schnee, der mit unverminderter Stetigkeit fiel, ein weicher, weißer, leise raschelnder Baldachin.
»Was ist los?« fragte Iona ungeduldig. Manu witterte; er prüfte die Luft, wie sie es ihn unzählige Male hatte tun sehen.
»Der Paß, über den sie kommen«, sagte er. »Im Sommer könnte ich ihn jederzeit finden, von jedem beliebigen Ort aus, selbst im Schlaf. Ich habe nicht an den Schnee gedacht. Die Gerüche sind fort, die Luft ist tot, und unter dem Schnee sieht auch nichts mehr aus, wie es vorher war. Ich kann nicht mit Sicherheit sagen, wo er ist.« Seine Stimme war rauh und gequält, hoffnugslos.
»Du *mußt* ihn aber finden!« schrie Iona ihn an.
Manu schüttelte stumm den Kopf.
Iona starrte ihn durch die wirbelnden Flocken an. In seinem Gesicht stand derselbe Schmerz, den sie in seinen Worten gehört hatte. Manu war ein Geschöpf der Sonne, er lebte von der Wärme, von Gerüchen, –

der Sommer war sein Element. Die Winterkälte raubte ihm die Orientierung, und wenn es zu schneien begann, schlief er mit den anderen Yetis in der Wolkenzeit, bis das Eis in den Bergen schmolz. Im Winter war Manu verloren.

»Gibt es einen von euch, der den Weg finden kann, auch im Schnee?«

Manu wollte wieder den Kopf schütteln, aber er stockte, und eine Freude glitt über sein Gesicht, und er fuhr zu Iona herum. »Kekua«, sagte er. »Sie kann ihn finden.«

»Kekua!« Iona war verwirrt. »Aber sie ist doch blind! Sie braucht Geräusche und Gerüche noch mehr als du, um ihren Weg zu finden. Und der Schnee schluckt alles, Geräusche, Gerüche, – im Schnee ist sie noch schlechter dran als du!«

»Nein«, sagte Manu. »Kekua kennt das Tal inwendig. Sie hat es vollkommen in ihrem Gedächtnis. Sie braucht nichts, weder Geruch noch Klang, Wind oder Sonne. Sie wird uns hinführen.«

Das Schneetreiben wurde dichter, es nahm Iona die Sicht. Ob Manu recht hatte oder nicht, sie durften nicht länger warten.

»Dann ist Kekua die erste, die wir aufwecken müssen«, sagte sie. »Atme, atme so tief du kannst!«

Sie füllten beide ihre Lungen mit Luft, duckten sich unter den niedrigen Felsbogen und betraten den Gang. In der Jackentasche hielt Iona die Schachtel mit den restlichen Streichhölzern fest umklammert.

Manu führte sie zielsicher und ohne Zögern in die Höhle.

Als sie dort anlangten, hatten Ionas Augen sich bereits halbwegs an die Dunkelheit gewöhnt. Sie sah sich um. Dasselbe graue Zwielicht wie zuvor erfüllte die Höhle, doch sie schien ihr jetzt noch kälter und düsterer. Reglos hockten die Yetis auf dem Boden, steinerne Statuen im Halbkreis. Unterdessen war aber ein dichter, dumpfiger Nebel aus den Steinen hervorgekrochen, hatte sich über den Boden gebreitet und reichte ihnen schon bis an die Schultern – es sah aus, als trieben die Köpfe auf der gekräuselten Oberfläche eines eisigen Sees.

Iona schauderte. Sie hielt Ausschau nach Kekua. Der Nebel aber stieg, langsam, aber stetig, und in dem trüben Licht sahen alle Yetigesichter gleich aus. »Wo ist Kekua?« fragte sie Manu.

Manu hob den Arm und deutete auf einen Kopf, und Iona sah, daß er zitterte. Es war ihr klar, daß sie kaum Zeit hatte – wenn die Starre der Wolkenzeit Manu erneut überfiel, war alles verloren.

Sie ging zwischen den schlafenden Yetis hindurch, mit jedem Schritt

wirbelte sie Nebelwolken auf, die vor ihr zurückwichen; endlich hatte sie Kekua gefunden: zusammengekauert wie die anderen, die Augen geschlossen und den Kopf auf der Brust. Iona zog die Streichhölzer hervor und zündete eines an. Das Zündköpfchen flammte auf, und sie faßte Kekuas Ellenbogen, hob ihren Arm und hielt die Flame an die zarte, haarlose Haut unter der Achsel.
Wieder stieg der Geruch von versengtem Fleisch in die Luft. Kekua fuhr zusammen, stöhnte, versuchte mit jähem Ruck dem Schmerz zu entkommen und riß dabei Iona beinahe um. Iona aber klammerte sich an den Ellenbogen und hielt die Flamme so lange in die Achselhöhle, bis Kekuas Lider zuckten und die Augen sich öffneten. Sie sprang sofort auf. Und sie stand auf unsicheren Beinen und schlug wild um sich, als könnte sie so den Schmerz vertreiben.
»Manu! Komm her und halt sie fest!« rief Iona, und Manu schlurfte zu ihr und ergriff Kekuas Hand. Kekua war im selben Zustand wie er zuvor: aufrecht, aber nicht bei Bewußtsein.
»Wen noch?« fragte Iona.
Manu zeigte auf diesen, auf jenen, er wählte von beiden Stämmen die stärksten jungen Männer, die eine Hälfte von den Wanderern, die andere von den Niedergelassenen. Iona rannte von einem zum anderen, zündete Streichhölzer an, holte die Schlafenden peinvoll zurück aus ihrer Winterstarre und führte sie zu Manu.
Dann blieb sie stehen. Sie keuchte vor Anstrengung und Aufregung, und trotz der Kälte stand ihr der Schweiß auf der Stirn. Sie zählte, wie viele Yetis sie aufgeweckt hatte: mit Kekua und Manu waren es fünfzehn. Sie schaute auf ihre Streichholzschachtel: nur noch zwei waren übrig. Eines mußte sie aufbewahren für den Fall, daß es nötig war, ein Feuer anzuzünden.
Das bedeutete, daß sie nur noch einen Yeti aufwecken konnte.
»Ich hab nur noch eines!« rief sie zu Manu hinüber. »Für wen soll es sein?«
Manu antwortete nicht. Iona sah ihn genauer an und merkte, daß er taumelte und sein Blick starr und glasig war, und sie wußte, daß ihr keine Zeit mehr blieb – sie mußte selbst entscheiden.
Sie ließ ihre Augen über die schlafenden Yetis wandern und suchte fieberhaft nach einem letzten geeigneten Kandidaten. Weiter glitt ihr Blick, stockte, ging zurück und hielt – nicht bei einem Mann, sondern bei Tana. Einen Augenblick lang betrachtete Iona die schlafende junge Frau, dann lief sie zu ihr. Kurz darauf war sie bei Manu, Tana vor sich herschiebend.

»Hinaus!« schrie Iona erregt. »Sofort hinaus!«
Unter Manus Führung machte der schwankende Zug sich auf den Weg und betrat den pechschwarzen Tunnel.

»Kannst du ihn finden?«
»Kleines Schumbi, du kennst mich seit der letzten Schneeschmelze. Hast du in der ganzen Zeit ein einziges Mal erlebt, daß ich mich verirrt hätte?« Kekua lächelte. »Ja, ich kann euch hinbringen.«
Iona schlang die Arme um die blinde Yeti und vergrub ihr Gesicht in dem weichen Pelz.
Eine Stunde war vergangen, seit sie den Tunnel verlassen hatten. Alle Yetimänner, die Iona aufgeweckt hatte, standen draußen vor der Höhle, um Manu geschart im wirbelnden Schneetreiben. Die Frauen, Kekua und Tana und Iona zwischen ihnen, bildeten eine zweite Gruppe, die sich abseits hielt.
Die zweite Durchquerung des Tunnels war noch schlimmer gewesen als die erste mit Manu allein. An der letzten Wegkrümmung, zwanzig Meter vor dem Ende des Gangs, hatte die Wolkenzeitstarre Manu erneut angefallen. Sein Atem wurde flach, er taumelte, strauchelte – dann brach er zusammen. Und gleich darauf erging es allen anderen genauso: sie fingen an zu wanken, stolperten, und innerhalb von Minuten lagen alle vierzehn regungslos auf dem Felsboden.
Iona war hinter Manu, als er zu Boden sank. Sie sah auf ihn hinab. Mit jeder Sekunde, die er dort lag, saugte die Erde die Wärme aus seinem Körper, so daß es immer schwieriger werden würde, ihn ins Leben zurückzuholen. Aufgeregt schaute Iona nach hinten, nach vorn; am Ende des Tunnels sah sie es grau schimmern: dort war die Öffnung, der rettende Ausgang ins Freie; und sie packte Manus Arme und versuchte ihn zu ziehen mit aller Kraft der Verzweiflung.
Ohne Kekua und Tana wäre sie verloren gewesen. Manus regloser Körper war natürlich viel zu schwer für sie. Tränen der Ohnmacht liefen ihr übers Gesicht, und eine tiefe Hoffnungslosigkeit ergriff sie, und sie kauerte sich neben Manu auf den Boden und wollte aufgeben. In diesem Augenblick erschienen die beiden Frauen. Aus irgendeinem Grund vermochten sie der Kälte länger standzuhalten als die Männer. Unbeholfen und starräugig, mit steifen, ruckartigen Bewegungen wie zwei große hölzerne Puppen ergriffen sie Manus Hände und zogen ihn hinaus in die frische Luft.
Zu dritt gingen sie zurück und holten den nächsten Yeti heraus. Unter-

dessen hatte Manu sich wieder erholt und half mit, und bald waren alle Yetis im Freien, und auch sie kamen wieder zu Bewußtsein, als die frische, sauerstoffreiche Gebirgsluft ihre Lungen füllte.
Wach und gespannt war jetzt ihr Blick, in ihren Gesichtern stand ein beunruhigter, aber entschlossener Ausdruck. Wengen kehrte mit den Odunas und einem Schumbi zurück, um das Tal zu überfallen. Wenn es ihm gelang, war es das Ende beider Stämme. Wengen mußte aufgehalten werden.
»Bist du bereit?«
Es war Manu, der die Frage gestellt hatte. Er löste sich aus der Gruppe der Männer und kam herüber zu den Frauen, und Iona dachte zuerst, er habe zu ihr gesprochen. Doch er sah Kekua an: und sie sagte ja.
»Dann gehen wir.« Manu streckte die Hand aus und berührte kurz Kekuas Nase. »Führe uns sicher hin.«
Kekua hielt ihr Gesicht ihm zugewandt, und ihre blinden Augen schienen seinen Blick zu erwidern; sie streckte den Arm aus. Iona sah, daß sie nach Tana suchte, sie fand sie und nahm ihre Hand und hielt sie fest.
»Manu. Ich werde euch sicher hinführen, damit ihr sicher zurückkehren könnt«, antwortete sie ruhig.
Kekuas Augen waren so weiß wie der Schnee ringsum. Iona wußte, daß Kekua im Wintersturm die einzige war, die sie führen konnte, ihr Kompaß. Auch Kekua wußte es; doch ihre Geste bedeutete mehr – Kekua gab Tana in Manus Hand.
»Wir gehen jetzt!« rief Manu schroff.
Schon im Gehen, wandte er sich noch einmal an Iona. »Der Weg ist hart«, sagte er. »Es ist besser, wenn du auf meinen Schultern sitzt.«
Iona schüttelte den Kopf. »Ich gehe mit Kekua.«
Und sie ergriff Kekuas andere Hand. Gemeinsam machten sie sich auf durch den Schnee.

50

»Dort!« Wengen streckte den Arm aus und zeigte nach unten.
Geraint Hughes folgte seinem Blick.
Wenn ihm aus geborstenen Adern das Blut in die Augen strömte, vermochte er oft nicht weiter zu sehen als zwanzig oder dreißig Meter. Das geschah jedesmal, wenn er von den hohen Kämmen in tiefere Gefilde abstieg; auch seine Wahnsinnsanfälle wurden dann schlimmer. Dem höheren Luftdruck im Tiefland hielten weder sein Hirn noch die Augen stand.
Jetzt befand er sich auf einem Sattel in knapp zweitausend Meter Höhe. Der lästige rote Nebel, der ihm die Sicht raubte und ihn um den Verstand brachte, war nur noch eine Erinnerung: heute ging es ihm gut, er fühlte sich ruhig, gelassen, wach, und seine Augen waren klar; er vermochte vernünftig zu denken.
Das Problem war, daß es dort, wohin der Yeti zeigte, nichts zu sehen gab, und das erzürnte ihn. Hier oben auf dem Sattel schien eine kalte Wintersonne, blaß und strahlend, gleißend hell wie die aus der Höhe herabstürzenden Gebirgsbäche, in denen das Licht sich brach. Unten aber lag das Land unter dichten, wallenden Schneewolken. Von der Höhe war vor etlichen Stunden ein Gewittersturm herabgebraust, der die Gipfel und Kämme unter einem leeren, reinen Himmel zurückgelassen hatte, aber darunter tobte er mit unverminderter Gewalt durch Schluchten und Täler und über Hochebenen. Und vom Land war nichts zu sehen.
Hughes fluchte und warf Wengen einen bösen Blick zu. Er spürte, wie der altvertraute Zorn in ihm aufstieg, und zwang ihn nieder. Schließlich war der Sturm nicht die Schuld des Yetis. Zum ersten Mal in vierzig Jahren erlebte er etwas, das viel zu wichtig war, als daß man es durch unbedachte Wut aufs Spiel setzen durfte.
»Das Tal liegt unter den Wolken?« fragte Hughes.
»Ja«, sagte Wengen, »dort ist es.«
Hughes ließ den Blick über die Gipfelkette schweifen, die rund um das grauverhangene Becken aus den Wolken ragten: er kannte jeden einzelnen. Im Lauf der Jahre war er sämtlichen Tierpfaden gefolgt, diesem endlosen Gewebe, das sich wie ein unermeßliches Spinnennetz über

das Gebirge hinzog. Weit in der Ferne auf der anderen Seite des Tals erkannte er den stumpfen Bergrücken, auf dem er die Yetispuren gefunden und der Amerikaner sein Lager gehabt hatte. Was er nicht sah, war das darunter liegende Tal – DAS TAL! –, in das er nie abgestiegen war, über dem jetzt der Sturm tobte.

Das Tal, in dem die Yetis lebten!

»Wie kommen wir dort hinunter?« fragte Hughes.

Wengen hob die Hand ans Gesicht, rieb sich die Nase, versuchte, die Botschaften des Windes zu entziffern, aber die Luft war leer: der Winter war hereingebrochen.

Wengen runzelte mißbilligend die Stirn. Als Niedergelassener war er auf die Sicht und vor allem auf seine Witterung angewiesen, um sich zurechtzufinden und den Weg ins Tal zu erkunden. Vom Frühlingsbeginn bis zum Ende des Sommers hätte er die Sammelgründe der Niedergelassenen mit geschlossenen Augen durchqueren können, unbeirrbar, und wäre kein einziges Mal vom Weg abgekommen. Doch jetzt hatte die Kälte jeden Geruch vernichtet, und über dem Tal wütete ein Schneesturm.

Es gab noch eine Schwierigkeit. Wäre Wengen allein gewesen, dann wäre er einem der steilen Trampelpfade der Moschushirsche ins Tal gefolgt; unten angelangt, hätte er er den Weg zur Insel schon irgendwie gefunden. Aber er war nicht allein, er mußte diesen Schumbi führen, und der Schumbi war alt – in Wengens Augen sogar ein wenig beschädigt, ein halber Krüppel. Niemals würde er den Pfad der Moschushirsche bewältigen, der zwischen mannshohen Felsblöcken senkrecht in die Tiefe fällt.

Es war indes unumgänglich, daß der Schumbi ins Tal hinabgelangte – und zwar unversehrt. Der Schumbi kannte nicht nur das Geheimnis vom Kind des dunklen Sturms, sondern er hatte auch seinen brüllenden Ast bei sich; was es damit auf sich hatte, darüber hatten die Odunas Wengen aufgeklärt.

Die Verbannten, Mischlinge: er hatte nichts als Verachtung für sie. Als Angehörige des Volkes waren sie nicht mehr zu erkennen – klein, zottig, furchtsam und schmutzig, und der Rede kaum noch mächtig. Sie waren nicht mehr imstande, zu jagen und zu sammeln, wie es sich gehört – sie taten es mit der tastenden Unbeholfenheit kleiner Kinder, zu Besserem waren sie nicht fähig. Wengen hielt sich soweit wie möglich von ihnen fern, aber das eine oder andere Mal hatte er sich doch überwunden und sich gezwungen, das Wort an sie zu richten: er wollte mehr über den Schumbi erfahren. Die Odunas empfanden so viel ehrfürchtige Scheu vor dem stattlichen hellfelligen Yeti, daß sie seine Fragen mit wahrem Eifer beantworteten; untereinander brachen sie dann in ein lächerliches Geschnatter aus, das Wengen nicht mehr verstand; Bastardsprache, dachte er.

Vom brüllenden Ast hatte Wengen erfahren, als er zum ersten Mal mit ihnen sprach.

Ja, der Schumbi könne das Kind des dunklen Sturms rufen, berichteten die Odunas. Er könne damit alles tun, was er wolle, aber der Ast sei noch viel mächtiger. Der Schumbi könne damit eine Jagdbeute ausspähen, dann richte er den Ast darauf, und wenn er ihm befehle zu brüllen, falle das Tier tot um.

Es sei jedoch äußerst wichtig, fügten die Odunas hinzu, daß der Schumbi ruhig und gelassen sei, wenn er dem Ast befehle. Denn oft würden seine Augen rot, so rot wie die Blätter der Weiden, wenn sie am Ende des Sommers abfielen; und wenn die Röte über ihn komme, sei der Schumbi verrückt, er beginne zu toben, zu zittern, zu schreien, und der Ast brülle nicht gegen ein Beutetier, sondern nutzlos in den Himmel; ja, und dann mißhandle er auch sie.

Wengen nickte. Er verstand, was sie sagten, Er verstand auch, dachte er, was sie nicht begriffen hatten: woher die Wut des Schumbis kam. Der Schumbi begehrte die Frau im Mond. Deshalb hatte er als Bedingung für den Handel verlangt, vom Volk auf den höchsten aller Gipfel geführt zu werden. Dort oben, glaubte der Schumbi, brauche er nur die Hand auszustrecken und die Mondfrau vom Himmel zu pflücken, um sie in den Armen halten zu können.

Wengen lächelte, als er von den Odunas fortging. Zwischen seinen Träumen von der Sonne und den Wolken hatte der Stern ohne Namen sich nach der Frau im Mond gesehnt. Er hatte sie nie gefunden – erst recht würde der Schumbi sie nicht finden. Die Frau im Mond war außerhalb jeder Reichweite, wie hoch er auch stieg. Aber das würde der Schumbi selbst herausfinden, darüber brauchte er, Wengen, sich keine Gedanken zu machen. Was allein zählte, war, daß der Schumbi ins Tal gelangte: mit seinem Geheimnis und seinem brüllenden Ast und ohne Röte in den Augen.

Der einzige Weg, den er zu bewältigen imstande war, führte durch den Paß.

»Es gibt eine Felsspalte hier in der Nähe«, sagte Wengen. »Früher, denke ich, ist dort ein Fluß geflossen. Den Fluß gibt es jetzt nicht mehr. Die Hirsche benutzen die Rinne, um zu den Weidegründen im Tal zu gelangen. Der Weg hinunter ist nicht einfach, aber er ist besser als die anderen Pfade von den Bergen.«

»Also dann, worauf warten wir!« fuhr Hughes ihn an.

So machten sie sich auf den Weg: mit äußerster Vorsicht, Wengen, der Führer, voran, dann der unbeholfene Schumbi und die Odunas als Nachhut hinterher.

51

»Hier ist es!« rief Kekua. Sie zeigte nach oben.

Iona, die hinter ihr durch den Tiefschnee stolperte, merkte im ersten Augenblick nicht, daß Kekua gesprochen hatte. Manu faßte Iona am Arm und hielt sie fest. Erst als sie stand, drang ihr Kekuas Stimme ins Bewußtsein. Erschöpft hob das Kind den Kopf.

Sie wußte nicht, wie lange sie schon bergauf stiegen; in dem endlosen Schnee und der Dunkelheit kam es ihr vor, als wären es Tage. Trotz ihrer anfänglichen Entschlossenheit, auf eigenen Füßen zu gehen, hatte Manu sie den größten Teil der Strecke getragen; und sie ließ sich auf seinen Schultern durchschütteln, hatte die Augen voller Schnee und keine Ahnung, wohin sie gingen; selbst die Himmelsrichtung hatte sie längst verloren. Auch Manu und die anderen Yetis, die ihm in einem langen Zug folgten, wußten es nicht. Die bittere Kälte hatte alle Gerüche aus der Luft getilgt, das Land lag unter einer dicken Schneedecke, und der Weg, den sie gingen, war keinem von ihnen vertraut.

Ohne Kekua hätten sie sich bereits in der ersten Stunde hoffnungslos verirrt – die Blinde aber ging unbeirrt und zögerte nicht ein einziges Mal. Nachdem sie von Geburt an blind war, hatte sie die Insel, ihre Heimat, zum Bestandteil ihres inneren Wegweisers gemacht, und sie diente ihr als Fundament, auf dem sie sich jede Botschaft, jede noch so geringfügige Mitteilung über die Landschaft, die über die Nase, die Ohren, die Haut in ihr Bewußtsein drang und die sie seit frühester Kindheit dort verwahrte, ins Gedächtnis rufen und einordnen konnte.

Noch das schwächste Licht, zurückgeworfen von einer Bergwand in der Ferne, erreichte ihr Gesicht als ein winziger Wärmeimpuls. In langer Erfahrung hatte sie gelernt, die Höhe der Lichtquelle und ihre Entfernung von der Insel mit äußerster Genauigkeit zu berechnen; dasselbe vermochte sie mit Windströmungen, mit Regen, Vogelrufen, dem Röhren eines Hirsches, dem Duft der Himalayaprimeln, mit Myriaden anderer Bezugspunkte, die von einem Sommer zum anderen wechselten, oft von Stunde zu Stunde.

Kekua tat es instinktiv, ohne einen bewußten Gedanken; und sie vergrößerte mit jedem Tag das unermeßliche Wissen, das sie in sich trug: mit den Jahren hatte es sich zu einer räumlichen und zeitlichen Land-

karte des Tals und der umliegenden Berge angehäuft, die so umfassend, so messerscharf, so vollständig war, daß nicht nur Umriß und Gestalt jedes Gipfels, jeder Schlucht, jedes Sattels darin vermerkt waren, sondern selbst die Lage einzelner Felsblöcke und der Standort von Bäumen. Und diese Landkarte war gegen Sturm und Schnee gefeit, gegen den Verlust von Geruch oder Geräusch. Sie war unabhängig von allen Witterungseinflüssen und sonstigen Umständen, denn sie lag unauslöschlich in Kekuas Gehirn eingegraben – so lange sie am Leben war. Kekua hatte sich von ihr leiten lassen, seit sie die Wolkenzeithöhle verlassen hatten. Sie hatte sie durch gewundene Furchen in die Höhe geführt, über Schneefelder und langgezogene Moränen, durch Senken und Schlünde, über Bäche, die mit dem Wintereinbruch zu frieren begannen, abwärts durch nahezu unpassierbare, geröllübersäte Felsspalten und wieder aufwärts durch Pinien- und Rhododendrendickicht.
Kekua hatte ein gnadenloses Tempo angeschlagen. Sie wußte, wohin sie wollte, und sie kannte den Weg dorthin. Jetzt waren sie am Ziel.
Manu ließ Ionas Hand los und ging zur Spitze des Zuges, zu Kekua.
»Auf diesem Weg kommen die Moschushirsche«, sagte Kekua. »Vielleicht gibt es Grasland unten auf der anderen Seite der Kämme, wo sie im Sommer äsen, – das weiß ich nicht. Ich weiß aber, daß sie am Ende des Sommers zu den Kämmen hinaufsteigen und den Berghängen folgen. Und hier biegen sie ab und steigen ins Tal hinunter – «
Sie wandte den Kopf und zeigte mit dem Arm in die Richtung, aus der sie kamen. »Von hier aus führen viele Pfade nach unten. Wir sind auf einem gekommen, aber es gibt noch viele andere. Jeder, der ins Tal hinunter will, muß zuerst diesen Paß überqueren, um einen Weg zu finden.«
»Wird Wengen hier vorüberkommen?« fragte Manu.
»Ja«, sagte Kekua, »er muß. Mit dem Schumbi hat er keine andere Wahl.«
Manu schaute zum Himmel.
Der Sturm hatte nachgelassen; es schneite noch, aber die Wolkendecke wurde dünner, und von Zeit zu Zeit riß eine Windbö sie auf und ließ einen hellen Nachthimmel sehen und manchmal den Mond zwischen Wolkenfetzen. Im Mondlicht erblickte Manu eine enge Schlucht, die über ihm in die Höhe stieg: von unten betrachtet, sah sie nahezu senkrecht aus. Es mußte einst eine Wasserrinne gewesen sein, durch die im Frühjahr das Schmelzwasser von den Bergen ins Tal hinabgestürzt war; dann hatten die Wasser- und Eismassen, die von oben kamen, unter Druck ihre Richtung geändert; jetzt brach der Schnee sich anderswo

Bahn, und die wasserlose Schlucht führte jäh in eine schwindelnde Höhe hinauf; gewaltige Felsblöcke darin bildeten eine Art natürlicher Trittsteine.
Suchend glitt Manus Blick von links nach rechts. Soweit sein Auge reichte, sah er auf beiden Seiten des Schlundes nur zerklüftete Klippen, in der Höhe gezackt und schrundig, tief eingekerbt durch Ströme von Schmelzwasser, die sich in Jahrhunderten einen Weg in den felsigen Grund geschnitten hatten, bevor sie sich in die Talebene ergossen; diese Klippen waren für jedes Lebewesen vollkommen unpassierbar. Kekua hatte recht: auf keinem anderen Weg konnte man ins Tal gelangen als durch die Schlucht, die vor ihnen lag.
Manu betrachtete sie erneut, diesmal mit dem Auge des Jägers, der die Fährte der Moschushirsche aufnimmt. Die so augenfälligen Trittsteine hatten sie vermieden, denn an der schattigen Nordseite des Tals waren die Felsblöcke glitschig von feuchten Flechten und Moos, selbst im Hochsommer; und jetzt, da der Winter begonnen hatte, waren sie von einer Reifschicht überzogen und noch heimtückischer. Statt dessen hatten die Hirsche einen Pfad in die angeschwemmte Erde zwischen den Felsblöcken getreten, der in Zickzacklinien in die Tiefe führte, einmal in die eine, dann in die andere Richtung und anscheinend aufs Geratewohl, aber in stetigen Windungen abwärts, bis er am Ende auf die Felsplatte mündete, auf der Manu stand. Von hier aus führte, wie Kekua sagte, mindestens ein Dutzend Pfade weiter abwärts ins Tal.
Manu dachte nach. Er versuchte seine Gedanken zu ordnen; unsicher war er und stand unter Zeitdruck, und er suchte nach einer Gesetzmäßigkeit, einem Muster, das brauchbar war für einen Jäger, das ihm zeigen würde, wie er vorgehen sollte.
Wengen, die Odunas und der Schumbi: das waren die Gegebenheiten, mit denen er zu rechnen hatte. Manu wußte wenig über die Odunas und nichts über den Schumbi. Wie Geister spukten sie an den dunkelsten, fernsten Rändern seiner Vorstellungskraft; Manu tilgte sie aus seinem Bewußtsein. Wengen hingegen, den kannte er.
Wengen war ein Sammler; stark war er, schlau und gerissen, aber sicher wußte er noch nicht, daß die Wolkenzeit begonnen hatte. Nicht Schnee und Eis, nur die Bewegung der Schmetterlinge konnte es ihm mitteilen; aber weit jenseits der Kämme, wo er, wie Manu annahm, nach dem Schumbi gesucht hatte, war Wengen die Schläfrigkeit der sonnengeflügelten Insekten vermutlich entgangen.
Wengen hatte die Insel verlassen, als die Stämme noch getrennt waren,

die Niedergelassenen auf der Lichtung lebten und die Wanderer in ihrem Lager. Er konnte nicht wissen, daß sie unterdessen aufgebrochen waren. Und wegen des Schumbigeruchs brauchte er sich keine Sorgen zu machen, denn der Schneesturm hatte alle Gerüche des Tals ausgemerzt, auch den des Schumbis: es gab für ihn keinen Grund zur Vorsicht. Wengen würde den Schumbi geradewegs durch die Steilschlucht abwärts führen, in der Gewißheit, daß sie viele Stunden vor sich hatten, bevor sie in die Nähe des Volkes kamen.

Weiter kam Manu in seinen Überlegungen nicht. Hinter ihm erklang Kekuas Stimme.

»Sie kommen«, sagte Kekua leise. »Sie sind am oberen Ende der Schlucht und klettern abwärts.«

Lange bevor Manu und die anderen in der Lage waren, auch nur einen Laut zu vernehmen, hatten Kekuas Körperhaare, empfindlich wie die Fühler einer Motte, Schwingungen wahrgenommen und verkündeten ihr, daß jemand sich näherte.

Manu fuhr herum. Es blieb keine Zeit, um einen Plan zu ersinnen, nicht einmal zum Nachdenken blieb ihm Zeit. Er konnte nur den anderen seine Anweisungen zuflüstern, wie er es früher so oft getan hatte, wenn er auf den Kämmen eine Truppe Jäger anführte und unversehens Wild witterte.

Die Yetis zogen sich zurück und duckten sich tief in den Schnee. Mit einer heftigen Gebärde befahl Manu Kekua und Iona zu verschwinden und knurrte Babilla leise einen Befehl zu; woraufhin die Leopardin zu Iona hinübertrabte und sich neben ihr niederließ. Manu sah sich nach Tana um, aber sie war bereits fort.

Manu warf einen letzten Blick hinauf in den Felsenkamin, in das weiße Wirbeln der Flocken; dann kauerte auch er sich in den Schnee und wartete.

52

Vor dem Einstieg in die Schlucht blieb Wengen stehen.
Es schneite noch immer in dichten Flocken, aber der Sturm zog jetzt von den Bergkämmen in Richtung Norden weiter. Immer längere Pausen folgten zwischen den Schneeschauern; manchmal kam sogar der Mond hinter den Wolken hervor: dann lag ein silbernes Licht über dem weißverschneiten Land, und der Blick reichte weit.
Der Wind kam von hinten und trieb die Schneewolken vor sich her, fort von ihm: Wengen sog witternd die Luft in die Nase und suchte nach einem Geruch, den vielleicht ein Windstoß aufgewirbelt hatte, wenn er durch die Schluchten fegte, – aber da war nichts, es war zu kalt; der Frost hatte selbst die geringste Fährte ausgelöscht. Also war er allein auf seine Augen angewiesen, und das war nicht gut.
Er spähte in die Tiefe, ins Tal hinab. Aus irgendeinem unerklärlichen Grund war er auf einmal mißtrauisch.
Er konnte weder den Fluß noch die Insel sehen; die Entfernung war zu groß – selbst bei Tageslicht wäre es schwierig gewesen, sie zwischen den endlosen Wiesen und Steppen des Tals zu erkennen. Auch die Höhlen der Wanderer, die fast genauso weit entfernt waren, konnte er nicht sehen: von hier aus versperrte ihm ein vorgeschobenes Bergmassiv die Sicht. Er schaute hinüber zu der Felsspalte, durch die er geklettert war, als er das Tal verlassen hatte, dann hinunter zu dem kleinen schneebedeckten Hochplateau, von dem aus der Pfad durch die Spalte anstieg, und schließlich durch die Schlucht, die vor ihm lag und steil in die Tiefe fiel. Alles lag still und leer, nichts regte sich.
Dennoch war Wengen wachsam und argwöhnisch. Im Schnee gab es keinerlei Spuren, aber er spürte, daß dort etwas war. Sehr sorgfältig prüfte er den Schnee vor seinen Füßen, aber er konnte nichts feststellen: wenn dort ein Lebewesen vorübergegangen war, hatte der Wind alsbald seine Spuren verweht, der Schnee hatte sie zugedeckt; und er sah nichts als eine glänzende weiße, unberührte Fläche, die das Mondlicht zurückwarf.
Unsicher geworden, hob Wengen den Kopf und sah hinter sich.
Der Schumbi, Ma-na-kakua, wie die Odunas ihn nannten, war ihm gefolgt; jetzt kam er auf ihn zu. Die Odunas, die immer zusammenhingen

und sich nur im Pulk fortbewegten, waren zurückgeblieben, und der Schumbi war wieder von seinem Augenleiden befallen. Er ging steif, manchmal verlor er das Gleichgewicht und stürzte in die Schneewehen seitlich des Pfades, den Wengen gewählt hatte. Den Odunas machte der Weg keinerlei Mühe; doch Wengen hatte nur Verachtung für sie.
In den drei Tagen, die sie seit ihrem Aufbruch vom Lager des Schumbis unterwegs waren, hatte Wengen sie beobachtet, und es fiel ihm schwer zu glauben, daß ihre Vorfahren einmal dem Volk angehört hatten. Dabei waren sie stark: unter Anleitung des Schumbis hatten sie Bäume umgehauen und Brücken über die Flüsse geschlagen, die sie überqueren mußten. Untereinander waren sie furchtsam und laut: sie redeten ohne Unterlaß und immer durcheinander – ein anhaltendes, eintöniges Geschnatter; sie bildeten ein unzertrennliches Rudel, und wenn Wengen oder der Schumbi zu ihnen trat, fuhren sie ängstlich zusammen.
Wengen sah ihre schattenhaften Gestalten, die im Mondlicht auf ihn zukamen, und er spuckte auf den Boden. Er verachtete sie.
Der Schumbi war zuerst bei ihm.
»Ist das der Paß, der ins Tal hinunterführt?« fragte er.
»Ja«, antwortete Wengen.
»Wo ist das kleine Schumbi?«
Wengen zeigte hinunter, und Hughes folgte der Richtung, die der ausgestreckte Arm ihm wies. Er sah nichts – nur Schwärze, ein weites, dunkles Becken, über das gelegentlich ein Schneeschauer hinwegfegte.
»Der Fluß und die Insel liegen unter uns in der Mitte der Ebene«, sagte Wengen. »Sie sind zu weit fort, du kannst sie nicht sehen, aber sie sind dort. Dort ist auch das Schumbi.«
Hughes starrte in die Finsternis; er sah noch immer nichts. Auf dem frischen Schnee glitzerte das Mondlicht und blendete seine kranken Augen; sie brannten und tränten. Er senkte den Kopf und rieb sich das Gesicht; dann sah er wieder den Yeti an.
»Bist du sicher?«
Wengen antwortete nicht sofort. »Ja«, sagte er dann.
Hughes war das kurze Zögern nicht entgangen. »Was ist los?« fragte er erbost. »Ist das Kind dort oder nicht? So red schon!«
Er packte den Yeti an der Brust, seine Fäuste krallten sich mit Klammergriff in Wengens Haut, bis die Knöchel weiß wurden und ihm das Fell zwischen den verkrampften Fingern hervorstand. Wengen war starr vor Staunen. Er überragte den Schumbi um Haupteslänge und wog be-

stimmt doppelt so viel, und doch wurde er gebeutelt, als wäre er eine Ratte in den Fängen einer Raubkatze.

Endlich gelang es Wengen sich loszureißen. Er keuchte ein wenig. Er sah auf den tobenden kleinen Schumbi hinunter und begriff endlich, weshalb die Odunas in Angst und Schrecken vor ihm waren: blutrot glotzten die Schumbiaugen, und aus den Mundwinkeln troff ihm ein flüssiger Schaum – dieser Schneemann übertraf alle Gefahren des Tals und der Berge, eine Gestalt aus den schlimmsten Träumen war er, den Alpträumen, die auch Wengen, wie alle Yetis, im Schlaf gelegentlich heimsuchten. Dieses rasende Bündel von Wut und Gewalt, dieser Schumbi war ein Ungeheuer.

»Es wird dort sein«, sagte Wengen. »Aber wenn der Schnee ins Tal kommt, zieht das Volk sich in die Höhle zurück. Dann ist Wolkenzeit.«

»Wolkenzeit?« schrie Hughes. »Was ist das? Und wo zum Teufel ist die Höhle?«

Wengens Blick strich noch einmal über das Tal. Der Fluß und die Insel waren nach wie vor nicht zu sehen, doch der Schnee fiel mit jedem Augenblick spärlicher, und der Sturm verzog sich rasch.

Er drehte sich wieder zu dem Schumbi um. Aus seinen Unterredungen mit den Odunas wußte er, daß sie in jener fernen Vergangenheit, als ihre Ahnen aus dem Tal verbannt worden waren, auch die Wolkenzeit verloren hatten; jetzt hatten sie kaum noch einen Begriff davon, was das überhaupt sei. Wengen versuchte es dem Schumbi zu erklären:

»Wolkenzeit ist, wenn das Volk für den Winter zusammenkommt«, sagte er. »Die Höhle ist der Ort, an dem sie sich treffen. Ich habe zuerst gedacht, sie hätten sich schon versammelt, aber das war ein Irrtum; der Schnee hat mich verwirrt. Dies ist nur der erste Wintersturm. Das Volk wartet auf den Schnee, bevor es von der Insel aufbricht. Erst wenn die Tiere sich zurückziehen, wenn die Schmetterlinge die Bäume verlassen und die letzte Pflanze stirbt, dann machen sie sich auf den Weg... Das kleine Schumbi wird dort sein, wie ich dir sagte«, fügte er nach einer Pause hinzu. »Aber wir müssen uns beeilen, um es zu finden.«

Wengen sah, wie der Schumbi ihn aus schmalen, mißtrauischen Augen musterte. An einem Lederriemen über der Schulter trug er den brüllenden Ast, den er auf dem Weg hierher mehrmals benutzt hatte: gegen einen Keiler, eine Bergziege hatte er ihn gerichtet und auf den gekrümmten Zweig am unteren Ende des Astes gedrückt – Wengen hatte gesehen, wie der Knöchel des Schumbifingers weiß wurde; ein entsetzliches Gebrüll folgte, ein blendendes Licht, und das Tier fiel um.

Die Odunas hatten Wengen vor dem Ast gewarnt; dennoch hatte er sich, als er das Gebrüll zum ersten Mal vernahm, auf den Boden geworfen; und als er danach den Kopf hob, sah er, daß die Odunas sich um einen Hirsch scharten, der offensichtlich tot war. Wengen stand auf und trat zu ihnen, stieß die Odunas beiseite und starrte ungläubig auf das Tier: es war tatsächlich tot – die Odunas hatten bereits mit der Schlachtung begonnen.
Wenn er es jetzt vernahm, sandte das Gebrüll zwar noch immer Wellen von Furcht durch seinen Magen, aber er mußte sich nicht mehr auf den Boden werfen. Er konnte sich nicht denken, was es mit diesem Ast auf sich hatte, auf welche Weise der Schumbi die Kraft, die in ihm steckte, gegen das Wild lenkte; er wußte nur, daß die Kraft tödlich war. Sie verschaffte ihnen Nahrung ohne Mühe – sie hatten zu essen, ohne sammeln oder jagen zu müssen. Und sie verlieh ihrem Herrn, dem Meister des Astes, eine erschreckende Macht.
Jetzt nahm der Schumbi den Ast in die Hand und schüttelte den Lederriemen ab. Angriffslustig beugte er sich vor, warf ihn einige Male mit beiden Händen in die Luft, dann stieß er ihn unvermittelt Wengen vor die Brust. »Faß an!« befahl er.
Wengen gehorchte verblüfft; die wilden Schumbiaugen waren fest auf ihn geheftet. Er legte vorsichtig die Hand auf den blauschwarzen Stab, der aus dem hölzernen Schaft ragte und mit eisgrauem Frost überzogen war, – und zuckte zusammen. Dieser Stab war das Kälteste, was er je berührt hatte, viel kälter als Eis; und er haftete an ihm, hielt ihn fest und wollte sich durch seine Haut fressen. Ein Wehlaut entfuhr ihm. Er sprang zurück und steckte die Finger in den Mund.
Der Schumbi lachte hämisch. »Das beißt, ja? Es tötet alles, weißt du das? – euereins genauso wie Tiere.« Er hängte sich den Ast wieder über die Schulter. »Wir steigen jetzt hinunter. Denk dran: ich bin bei jedem Schritt hinter dir.«
Wengen nahm die Finger wieder aus dem Mund; seine Hand brannte, und er warf dem Schneemann einen bösen Blick zu.
»Die Felsen sind auch gefährlich«, sagte er. »Wir nehmen den Pfad der Hirsche, dort, wo er zwischen den Felsen hindurchführt. Ich gehe zuerst und stoße den Schnee fort. Wenn du die Hochebene dort unten erreicht hast, kannst du sicher weitergehen, aber bis dahin ist es nicht einfach. Du solltest zwei von den Odunas mitnehmen, damit sie dir helfen.«
Hughes warf einen Blick in die Schlucht und nickte. Er wandte sich um und schlug mit der Hand an das untere Ende seines brüllenden Astes:

sogleich kam ein halbes Dutzend Odunas angerannt. Hughes wählte zwei aus und schickte die anderen wieder zurück. Er gab ihnen einen barschen Befehl, woraufhin sie rechts und links von ihm Stellung bezogen.

»Ich bin bereit«, sagte Hughes.

Wengen warf dem Schumbi einen letzten Blick zu. »Laß mir Zeit, den Pfad vom Schnee zu befreien«, sagte Wengen. »Folge mir dann, wenn du siehst, wohin du trittst.«

Und er stieg in den engen, steil abfallenden Felskorridor hinein, bei jedem Schritt schaufelte er mit den Füßen den Schnee beiseite. Erst als er fünfzig Fußbreit tiefer war, hörte er, wie der Schumbi über ihm ebenfalls mit dem Abstieg begann. Wengen blieb stehen und lauschte.

Er hörte zornige Schumbirufe und das weiche, fast lautlose Auftreten der Odunas, die ihn führten. Wengen verspürte noch immer ein Unbehagen und konnte sich nicht erklären, weshalb. Wieder prüfte er witternd die Luft, aber er fand nichts, keine Spur eines Geruchs. Mit den Augen suchte er den Boden ab, soweit seine Sicht reichte: auch dort war nichts außer frischgefallenem Schnee.

Ein Stein, vom Schumbi oder einem Oduna losgetreten, schoß an ihm vorbei und verfehlte ihn knapp. Er landete auf einem Felsen, prallte ab und flog lautlos in die Tiefe. Hinter ihm kamen die Schritte der drei näher, und Wengen machte sich wieder auf den Weg.

Als er nur noch wenige Schritte von der Hochebene entfernt war, sah er Manu.

Manu kauerte im Schatten eines Felsblocks am Fuß der Schlucht und hatte Wengens Abstieg beobachtet.

Er hatte auch den Wortwechsel zwischen Wengen und dem Schumbi am oberen Ende der Schlucht gehört, durch den Felsentrichter drang jedes Wort mit einer Klarheit zu ihm herab, als stünden sie neben ihm. Wengens Stimme erkannte er sofort; die Schumbistimme klang ihm fremd und ungewohnt in den Ohren.

Manu hatte aufmerksam gelauscht. Der Schumbi sprach in der Tat die Sprache des Volkes, aber unbeholfen und abgehackt und häufig falsch. Als er Wengen bedrohte, entfiel Manu der Sinn seiner Rede, aber aus den Lauten, die der Schumbi hervorstieß, hörte er den drohenden Ton heraus. Als Wengen antwortete, konnte Manu wieder mühelos folgen. Sie wollten also durch die Schlucht absteigen, Wengen als Führer voraus, der Schumbi mit zwei Odunas, die ihm halfen, ihm nach.

Manu wartete, hinter dem Felsblock verborgen. Der Sturm hatte sich beinahe völlig gelegt, hoch stand der Mond über den Gipfeln und warf ein eisiges, klares Licht auf den glitzernden Schnee, die Verwehungen, die der Wind rund um die Felsen aufgehäuft hatte: bläulich leuchtende Flächen; jedesmal, wenn Wengen den Schnee beiseite trat, schimmerte es in einem anderen Muster und Winkel.
Wengen kam näher. Als die Schlucht sich zum Hochplateau hin erweiterte, fiel sein Schatten auf den Boden, dicht gefolgt von dem der drei anderen. Vier Schattengestalten tanzten über den Schnee, verflossen ineinander, trennten sich, kamen erneut zusammen. Mit jedem Augenblick kamen sie näher und wurden schärfer. Manu holte unhörbar Luft. Jetzt erschienen weitere zuckende Schatten – die übrigen Odunas, die ihrem Anführer folgten. Manu richtete seine ganze Aufmerksamkeit auf die scharfen schwarzen Umrisse von Wengen und dem Schumbi.
Als Wengen den letzten Felsblock über dem Plateau umrundete, stand Manu auf.
Wengen sah ihn sofort. Ebenso der Schumbi und die Odunas: die zukkenden Schatten erstarrten. Manu trat näher, bis er ihnen am Fuß der Schlucht gegenüberstand.
»Wengen: Geh zurück!« sagte Manu. »Für dich ist kein Platz mehr im Volk, und für die, die bei dir sind, hat das Tal keine Nahrung.«
Er sprach ruhig, leise, aber in der Stille hallten seine Worte durch die Schlucht, als hätte er laut gerufen. Wengen starrte auf ihn hinunter, wie immer mit undurchdringlichem Blick, mit ausdrucksloser Miene; er rührte sich nicht. Nach einer Weile hob er den Kopf, sein Blick glitt suchend über die Felsplatte, dann zurück zu Manu.
»Wer ist bei dir?« fragte Wengen.
Die einzigen Spuren im Schnee stammten von Manu. Wengen wußte nicht, wie es kam, daß der Bergyeti hier am Fuß der Schlucht stand und auf ihn wartete, aber eins war sicher: er war nicht allein gekommen.
»Die jungen Männer beider Stämme sind bei mir«, antwortete Manu. »Wir sind viele. Wir sind hier, um euch zurückzuweisen, sowohl aus dem Tal wie von den Bergen.«
Wengen nickte. Natürlich, Manu war ein Jäger und war es gewohnt, im Hinterhalt zu lauern; deshalb hielten sich seine Begleiter zweifellos hinter vereinzelten Felsen und Bäumen auf der Ebene versteckt; deshalb konnte Wengen keine Spur von ihnen sehen.
»Wo ist das kleine Schumbi?« fragte Wengen.
»Es ist in Sicherheit.«

»Hol es her«, sagte Wengen. »Gib es uns. Wenn du tust, was wir wollen, gehen wir und überlassen euch das Tal. Wenn nicht, kommen wir herunter und holen es uns.«
Manu starrte zu ihm hinauf. Wengen log, das war deutlich. Er war gewiß nicht Ionas wegen aus der Verbannung zurückgekehrt: er war gekommen, um sich sowohl das Tal als auch die Berge anzueignen. Aber selbst wenn er die Wahrheit gesprochen hätte, würde sich nichts daran ändern, daß weder er, Manu, das Recht hatte, Iona herzugeben, noch Wengen sie einfach an sich nehmen konnte. Iona gehörte dem Schnee, der sie ins Tal gesandt hatte.
»Ich bin Manu, also höre gut zu!« Zorn wallte in ihm auf, der nicht allein durch Wengens Lügen ausgelöst war, sondern auch durch seinen Dünkel und seine Machtanmaßung; und er hob die Stimme.
»Das Schumbi hat einen Namen. Sie heißt Iona und ist eine Angehörige des Volkes geworden. Sie hat sich entschieden, bei uns zu bleiben. Wenn du versuchst, sie dir zu nehmen, dann auf deine Gefahr. Geh zurück!«
Ein Lächeln glitt über Wengens Gesicht, und Manu spürte, wie seine Haare sich sträubten.
Jetzt veränderte sich Wengens Gesicht – neben den herabgezogenen Mundwinkeln entstanden böse, grausame Linien, und aus allen Poren troff ihm die Gier. Seine bleichen Augen waren nicht länger schmale, undurchdringliche Schlitze, sondern sie funkelten hell vor Haß und – ja, auch Siegesgewißheit.
Wengen hob den Arm. Einen Augenblick hielt er ihn hoch über dem Kopf – dann ließ er ihn fallen. Hinter ihm blitzte ein Licht, eine Rauchwolke stieg auf, und es erscholl das lauteste, das schrecklichste Geräusch, das Manu jemals gehört hatte. Verschwommen wurde ihm bewußt, daß es von dem Schumbi herrührte, aus dem Inneren der Schlucht, und der Lärm dort gefangen war und von den Felswänden widerhallte mit dem Gebrüll einer Lawine. Im selben Augenblick zischte etwas an Manus Kopf vorbei, schnell und giftig wie eine zuschlagende Schlange.
Jeder Instinkt in Manu befahl ihm, fortzulaufen und sich zu verstecken, hinter den Felsblöcken, wo die anderen waren. Er tat es nicht; er rührte sich nicht von der Stelle. Ein Luftstoß kam wie eine Welle und traf ihn ins Gesicht, und Wengen setzte zum Sprung an.
Manu, den der Lärm aus der Fassung gebracht hatte, versäumte es, seitlich auszuweichen. Er hatte gerade noch Zeit, die Hände abwehrend

vor die Brust zu heben, als Wengen sich auf ihn warf. Der Inselyeti war schwerer als Manu, und er stürzte sich aus einer Höhe von wenigstens sechs Fußbreit herab: unter dem Aufprall verlor Manu das Gleichgewicht. Er stolperte rückwärts und fiel. Sein Gesicht war voller Schnee, und er spürte Wengens Hände, die seine Kehle umklammerten.

Der Kampf um Tana hatte auf freiem Gelände, auf trockenem, festem Boden stattgefunden. Manu war schneller, geschickter, beweglicher als Wengen; doch selbst unter den damaligen Umständen hatte er erbittert kämpfen müssen, um zu siegen. Dieser Kampf war völlig anders.

Wengen hatte ihn begonnen; Wengen war es, der seinen Verlauf bestimmte. Er war schwerer als Manu, stärker, und sie kämpften im Schnee, wo Manu keinen festen Halt fand. Hinter Wengen stand dieser Schumbi mit seinem Lichtblitz, seinem Rauch, dem verheerenden Gebrüll des Astes in seinen Händen. Und vor allem ging es nicht mehr um eine Frau, wie böse und tödlich der Kampf damals auch gewesen war. Jetzt kämpften sie um das Tal. Sie kämpften um ihr Leben; und um das Leben des ganzen Volkes.

Manu versuchte mit aller Kraft, Wengen abzuwerfen. Er wußte, daß dieser Kampf nur mit dem Tod des einen oder des anderen enden konnte.

Iona beobachtete die Kämpfenden von ihrem Versteck aus, zwanzig Schritte entfernt; entsetzt, hilflos und gebannt sah sie zu.

Als sie auf dem Hochplateau angelangt waren, hatte Manu ihr ein Versteck ausgesucht: eine Ansammlung von Steinblöcken, hundert Schritte von der Stelle entfernt, an der die Schlucht sich auf die Felsplatte öffnete. Er hatte ihr dargelegt, was seiner Ansicht nach geschehen mußte: Wengen, der Schumbi und die Odunas standen am oberen Ende der Schlucht und würden herunterkommen, angeführt von Wengen: denn der kannte das Tal und die Wege, die hinabführten.

Manu wollte am Fuß der Schlucht warten. Er wollte Wengen befehlen zu verschwinden. Wenn die Begegnung so ablief, wie Manu hoffte, dann würde Wengen umkehren. Falls er sich weigerte und Manu die anderen zu Hilfe rufen mußte, um ihn in die Flucht zu schlagen, dann wollte er Iona zumindest aus dem Weg haben, möglichst weit fort.

Iona schüttelte eigensinnig den Kopf.

Sie war der Preis, der Grund, dessentwegen Wengen mit dem Schumbi ins Tal zurückkehrte. Wenn Manu seine Gegner zum Kampf fordern mußte, dann wollte Iona ihm wenigstens so nah wie möglich sein. Sie wußte nicht, weshalb – es war ein Gefühl, das sie bewog, keine verstandesgemäße Entscheidung. Sie suchte sich selbst eine Stelle aus: einen Felsen, der nur wenige Meter von Manus Versteck entfernt stand, und ließ sich durch nichts davon abbringen, so daß Manu wohl oder übel zustimmen mußte. Und Iona fegte den Schnee beiseite und ließ sich nieder, um zu warten.

Es schneite wieder. Der Schnee deckte die Spuren aller zu – von Manu, der vor ihr kauerte, von Kekua, die sich rechts von ihr hinter einem anderen Felsen verbarg, von den übrigen Yetis, die sich überall auf dem Plateau verteilt hatten, unsichtbar hinter Bäumen und Felsen. Als Wengen hoch über ihnen am Rand der Schlucht auftauchte, konnte Iona alles sehen.

Sie sah Wengen mit dem Schumbi sprechen, sah sie in Begleitung der beiden Odunas gemeinsam absteigen, während die übrigen Wesen in einigem Abstand hinterherhuschten. Sie sah, wie Manu aufstand und Wengen entgegentrat, hörte den ohrenbetäubenden Lärm des Gewehrschusses, und sie sah, wie Wengen sich auf Manu stürzte.

Iona stockte der Atem. Mit schreckensweiten Augen beobachtete sie die beiden Yetis, die sich im Zweikampf auf dem Boden wälzten; über ihren ringenden Leibern stob der Schnee auf und spritzte wie Gischt. Zweimal gelang es Manu, Wengen abzuwerfen, aber jedesmal, wenn er aufzustehen versuchte, rutschte er aus und verlor den Halt – und wieder fiel Wengen über ihn her: er war schwerer und massiver, und vor allem war er von einer rasenden Wildheit erfaßt, wie Iona sie nie, bei keinem Lebewesen je gesehen hatte, und so drückte er Manu immer wieder zu Boden.

Er fauchte und knurrte, mit den Zähnen suchte er Manus Hals, und er stieß ihm den Daumen ins Auge. Manu schlug mit Armen und Beinen um sich und warf ihn noch einmal ab, und zum dritten Mal versuchte er aufzustehen. Aber in der bitteren Kälte gefror der niedergetretene Schnee auf dem Kampfplatz zu Eis, und wieder rutschten ihm die Füße weg; er strauchelte und fiel schwer auf die Seite.

Wengen kniete über ihm. Seine Hände, die Manus Gesicht zerkratzt hatten, waren blutbeschmiert. Er wischte sich die Finger an seinem Pelz ab und lachte.

»Ich bin gekommen, um mir das Tal zu nehmen!« schrie er. »Jetzt gehört es mir!«

Als Wengen sich wieder auf ihn stürzte, grub Manu mit einem Fuß nach dem Boden und fand ihn unter dem Schnee, stemmte die Ferse dagegen und warf sich zur Seite, um Wengens letztem Angriff zu entkommen. Aber die Ferse hielt der Kraft nicht stand, der Knöchel knickte, und ein messerscharfer Schmerz lief ihm das Bein entlang; er mußte sich eine Sehne gerissen haben. Und so lag er halb lahm und hilflos im aufgewühlten Schnee.

Wengen lag jetzt auf Manu, die Beine rechts und links gespreizt und in den Schnee gerammt, und mit gefletschten Zähnen suchte er wieder nach dem Hals seines Gegners. Und er fand die zarte Haut an Manus Kehle und biß hinein und preßte die Kiefer zusammen, fester und fester, bis ihm das Blut ins Gesicht spritzte.

Iona schrie auf. Sie sprang aus der Bodensenke auf, in der sie gelegen hatte und warf sich nach vorn. Aber ihre Beine waren steif vor Kälte und der Boden glatt, und sie kam mit der entsetzlichen Langsamkeit voran, wie sie sonst in Alpträumen vorkommt. Sie trieb sich an, wirbelte Schneewolken vor ihren stolpernden Beinen auf wie ein Boot, das in sturmgepeitschter See mit dem Bug voran in eine Welle eintaucht, – und dann merkte sie, daß noch jemand lief.

Iona wandte den Kopf. Es war Kekua. Kaum hatte Iona sie erkannt, rutschte sie aus und fiel. Sie rappelte sich wieder auf, wischte sich den Schnee aus dem Gesicht und starrte.

Kekua rannte nicht eigentlich – sie schien vielmehr zu gleiten: blind war sie, und doch schwebte sie über die Schneewehen mit der Geschwindigkeit und der Anmut eines Blattes im Wind. Sie überholte das Kind und erreichte die Kämpfenden, und sie stürzte sich auf Wengen. Zielsicher fanden ihre Arme seinen gesenkten Kopf, der in Manus Kehle verbissen war, und packten ihn.

Wengen hatte Kekua nicht kommen gehört. Er gab ein überraschtes Grunzen von sich und ließ Manus Hals fahren, und er wollte aufschauen, aber sein Kopf war zwischen Kekuas Armen verkeilt. Halb gelang es ihm, sich umzuwenden, und da erblickte er Kekuas Gesicht. Er spürte, wie ihr Brust sich hob und senkte, er fühlte ihren Atem auf seinem Pelz, er sah ihre Augen, milchweiß und frostig und unbarmherzig wie der Schnee. Und am deutlichsten sah er ihren Gesichtsausdruck: eiskalt und gnadenlos.

Mit Entsetzen begriff Wengen, daß sie ihn töten würde.

Er machte einen verzweifelten Versuch zu entkommen. Er trat um sich und wand sich und bäumte sich auf, aber Kekua war über ihm, und ihre Kraft schien grenzenlos. Sie hielt ihn nieder; ihre Augen waren nicht auf Wengen gerichtet, sondern starrten zum Himmel hinauf. Sie schien sich

die Sterne anzusehen, während Wengen unter ihr um sein Leben kämpfte. Und plötzlich machte sie Wengens Gezappel ein Ende.
»Es ist vorbei«, sagte sie.
Sie riß Wengens Kopf zurück, drehte ihn rasch zur Seite und biß ihm die Kehle durch. Schlaff fiel Wengen in den Schnee. Kekua stand auf.
Iona steckte nur ein paar Meter entfernt in einer tiefen Schneewehe fest. Sie keuchte, sie starrte Kekua an. Betäubt, geschockt, verwirrt, begriff sie kaum, was geschehen war. Kekua sah zu ihr her, ihr Gesicht war traurig, aber es lag ein seltsam frohlockender Ausdruck darin; dann wandte sie sich ab und blickte auf Manu hinunter.
Ja, sie blickte. Für einen Augenblick löste die milchige Trübung sich auf, die ihre Augen umwölkte, und es war, als hätte sie auf einmal die Sehkraft erlangt. Sie bückte sich und befühlte mit der Hand die Wunden in Manus Kehle. Iona sah, wie sie das zerrissene Fleisch zärtlich berührte und versuchte, den Blutstrom aufzuhalten; sie sah, wie das Blut über Kekuas Hände floß, bevor es starr und dunkel wurde. Und wie Kekua so stand, über Manu gebeugt, erfolgte auf dem Abhang über ihnen ein zweiter, ohrenbetäubender Knall. Kekua wurde herumgeschleudert, als hätte jemand sie in den Rücken getreten, ihre Beine spreizten sich und sie taumelte von einer Seite zur anderen. Sie zitterte und hustete und rang nach Atem – und sie langte in die Luft, als könnte sie dort einen Halt finden.
Schneeflocken bekam sie zwischen die Finger, sonst nichts. Kekua brach zusammen; leblos lag sie über Manus Körper.
In Ionas Kehle saß ein Schrei; aber er drang nicht hinaus: über sich hörte sie ein metallisches Klicken und eine menschliche Stimme; sie schrie etwas: in einem Befehlston, der keinen Ausweg ließ.
»Rühr dich nicht von der Stelle, du! Bleib, wo du bist, oder du wirst auch erschossen. Ich komm runter und hol dich! Ich seh, daß du gesund und munter bist, Mädel, ich hol dich und bring dich heim.«
Und dann kam der Schumbi, der Mann, Hals über Kopf, rutschend und stolpernd den Pfad herab, der sich zwischen den Felsen schlängelte. Iona stand erstarrt vor Grauen und sah ihm entgegen. Sogar im Mondlicht sah sie, daß seine Augen blutunterlaufen waren und sein Blick irr. Hinter ihm folgte eine Meute hagerer Gestalten, zuckend, wuselnd, gehetzt: Iona sah ihre Augen in der Dunkelheit leuchten, nicht golden wie Manus Augen oder durchscheinend blaugrau wie die der Inselbewohner, sondern es glomm ein düsteres, hungriges Licht darin.
Wie festgewurzelt stand Iona und vermochte sich nicht zu rühren. Der

Mann kam ihr vor wie ein wahnsinniger Rattenfänger mit einer Horde riesiger, gieriger Ratten im Schlepptau: wie eine unaufhaltsame Flut kam es auf sie zu. Es war schlimmer als alle ihre nächtlichen Ungeheuer – dieser Mann wollte sie haben, mehr als irgend etwas sonst. Er kam näher. Sein Fuß stieß gegen einen Felsen, und Iona sah, wie unter dem genagelten Stiefel ein Funke aufstob und der Lauf seines Gewehrs im Mondlicht blitzte.

Sie schloß die Augen. Plötzlich prallte etwas gegen ihre Rippen und schleuderte sie zur Seite, so daß sie mit dem Gesicht voraus in den Schnee fiel. Hustend und nach Atem ringend kam sie wieder auf die Beine, wischte sich von neuem den Schnee aus den Augen und schaute auf. Es war Babilla.

Iona hatte nicht gemerkt, daß die Leopardin die ganze Zeit bei ihr gewesen war, selbst nachdem der donnernde Schuß ertönt war und Kekua getötet hatte. Doch auf einmal war das Tier in die Höhe geschnellt und hatte sie im Sprung umgeworfen. Iona sah, wie Babilla in gestrecktem Galopp über das Plateau und ein Stück die Schlucht hinaufraste – dorthin, wo noch ein kleines Rauchwölkchen in der Luft hing.

Iona sah, wie der Mann das Gewehr hob und anlegte, den Finger auf dem Abzug. Doch bevor er feuern konnte, war Babilla bei ihm. Iona sah die Leopardin springen: ein gewaltiger, gespannter Bogen. Sie sah ihre Fänge im Mondlicht aufblitzen, als Babilla das Maul aufriß und brüllte. Sie sah den rosagefleckten weißen Pelz wie eine Welle aufbranden und sah die ausgestreckten Klauen.

Sie ließ sich fallen und schlug die Hände vors Gesicht.

Später, sie wußte nicht, wieviel später, spürte sie etwas an ihr Bein stoßen und schaute auf. Babilla war es. Die Leopardin lag neben ihr im Schnee, den Kopf auf den Pfoten, und stieß sie freundschaftlich mit der Schnauze an. In ihrem Gesicht waren Blutspuren, und sie ließ ein kleines, befriedigtes Knurren hören.

Zitternd stand Iona auf. Sie sah sich um, ließ den Blick über das Plateau schweifen und die Schlucht hinauf. Als sie zuletzt dorthin gesehen hatte, war die Felsspalte von den zuckenden Schattengestalten der Odunas erfüllt – jetzt war sie leer. Anscheinend waren die Odunas geflüchtet, als Babilla den Mann mit dem Gewehr umgebracht hatte… Sie sah seine hingebreitete Leiche. Arme und Beine hatte er von sich gestreckt und lag wie ein toter, ausgetrockneter Seestern im Schnee.

Unterdessen waren die Yetis aus ihren Verstecken hervorgekommen – sie schienen auf einmal überall zu sein; Iona sah, daß einer die anderen kommandierte, und als sie genauer hinsah, stellte sie fest, daß es Tana war, die schöne junge Frau. Auf Tanas Anweisung hin hoben mehrere junge Männer Manu auf und schickten sich an, ihn ins Tal zu tragen; eine zweite Gruppe folgte ihnen mit Kekuas Leiche. Wengen und den Schumbi ließen sie liegen.

Die Träger kamen an Iona vorbei, Tana folgte ihnen. Iona versuchte, Manus Gesicht zu sehen: er hatte die Augen geschlossen, und auf seinem Pelz glitzerte Blut. Iona brach in Tränen aus. Zitternd und schluchzend stand sie in der Dunkelheit, und auf einmal spürte sie einen Arm um ihre Schulter.

»Weine nicht, kleines Schumbi. Manu ist schwer verwundet, aber ich werde ihn pflegen. Er wird wieder gesund.«

Es war Tanas Stimme. Iona wischte sich die Tränen aus dem Gesicht und schaute auf.

Tana war eine andere geworden. In nicht einmal einer Stunde hatte sie sich verändert, waren die Unsicherheit, die Scheu aus ihrem Gesicht gewichen: sie sah ruhig und stark aus. Es war, als wären mit Wengens Tod die Wunden seiner brutalen Vergewaltigung verheilt. Sie hatte jetzt einen Gefährten, den sie selbst wollte, einen verletzten Gefährten, um den sie sich kümmern mußte. Tana war froh über ihre neue Aufgabe.

»Iona«, fuhr sie fort, »du mußt dich ausruhen. Ich werde dich tragen.«

Sie streckte die Arme aus und hob Iona hoch. Iona wollte protestieren, aber sie war so erschöpft, daß sie sich kaum noch auf den Beinen halten konnte, und fühlte sich leer: nur noch einen Wunsch hatte sie, zu schlafen. Und sie schmiegte sich an Tanas Brust und begann wieder zu weinen.

53

Iona schrie im Schlaf.

Der Klang ihrer Stimme weckte sie. Sie fuhr auf und sah sich entsetzt um. Das letzte Mal war es ihr – außer in jener Sturmnacht auf dem Berg – zu Hause in London geschehen: daß sie an ihrem eigenen Schrei erwachte; damals hatte sie befürchtet, die scharfzüngige Zofe ihrer Mutter könnte sie gehört haben.

Das Entsetzen schwand. Diesmal gab es keine Zofe, die ein Stockwerk tiefer vor dem Fernseher saß, es gab keine zugigen Korridore, die zu Ionas Schlafzimmertür führten, keine Finsternis hinter ihrem Bett, aus der Ungeheuer hervorkrochen. Statt dessen stellte Iona fest, daß sie unter freiem Himmel, in ein Bärenfell gewickelt, auf einem Bett aus Moos lag.

Und als sie blinzelte und sich zu erinnern versuchte, wie sie hierhergekommen war, hörte sie eine Stimme fragen: »Was ist los?«

Es war Tana.

Jetzt fiel ihr alles wieder ein. Sie wickelte das schwere Bärenfell fester um sich und stand auf, ein wenig mühsam. Noch war es Nacht, aber der Tag war nicht mehr fern – im ersten Licht des Morgens verbreitete der frische Schnee ein mattes Leuchten. Iona sah, daß sie auf einer Waldschneise war. Es mußte Tana gewesen sein, die sie vom Paß herunter und hierhergebracht, ihr ein Lager aus Moos bereitet und sie gegen die Kälte in das Fell gewickelt hatte. Dem Stand der Sterne nach hatte Iona sechs Stunden geschlafen.

»Wie geht es Manu?« fragte sie beklommen.

»Ich habe seine Wunden mit Lehm und Blättern verbunden. Er ist müde und schwach, aber es geht ihm besser. Gleich kannst du mit ihm reden – « Tana hielt inne und sah das Kind forschend an. »Du hast vor Angst geschrien«, sagte sie. »Warum?«

Iona sah sie an.

Es war ein Alptraum gewesen. Wie alle Alpträume war er Sekunden nach dem Erwachen in die fernsten, fast vergessenen Nischen ihres Bewußtsein entwichen. Er würde wiederkommen, wenn sie das nächstemal schlief; mit Alpträumen war das immer so. Aber dieser Traum war anders gewesen als die früheren – und sie erinnerte sich auf einmal wie-

der: nicht von Ungeheuern hatte sie geträumt, sondern von einem Mann mit Gewehr.
Im Traum hatte Iona gesehen, wie er das Gewehr hob und den Schuß abfeuerte, der Kekua getötet hatte. Sie sah Kekua taumeln und zu Boden stürzen, aber der Alptraum war an dieser Stelle nicht zu Ende. Der Mann hatte neu geladen und auf Manu angelegt; und es gab keine Babilla, um den Yeti zu retten, die Leopardin war verschwunden, und der Mann zielte. Sein Gesicht konnte Iona nicht sehen, aber sie sah, wie sein Finger am Abzug sich krümmte.
Deshalb hatte sie geschrien: um Manu zu warnen, damit er floh und sich versteckte.
Iona schloß die Augen. Alles war anders geworden, es hatte sich alles ins Gegenteil verkehrt. In den Londoner Alpträumen war die Gefahr von den Ungeheuern ausgegangen, und Iona, allein in ihrem Bett in der nächtlichen Dunkelheit, hatte sich an Menschen geklammert und bei ihnen Schutz gesucht – den Eltern, Mr. Simpson, wem auch immer; selbst die mondgesichtige Kate war vergleichsweise sicher. Und jetzt war es umgekehrt. Jetzt waren die Yetis in Gefahr, und es waren die Menschen, die sie angriffen.
Solange Iona bei den Yetis im Tal blieb, würden immer wieder Menschen wie der Wahnsinnige mit dem Gewehr kommen und die Yetis überfallen.
»Bring mich zu Manu«, sagte sie unvermittelt.
Tana führte sie zwischen Bäumen hindurch zu einem zweiten Lager aus Moos, wie sie es für Iona bereitet hatte; dort lag Manu. Um den Hals hatte er einen dicken Verband aus trockenen, aber noch biegsamen Orchideenblättern, mit Dornen aneinandergeheftet. Der feuchte Lehm, mit dem Tana seine Kehle bestrichen hatte, sickerte unter den Blättern hervor und rann ihm über Brust und Schultern und die anderen Wunden, die Wengens Zähne an seinem Körper hinterlassen hatte.
Manu mußte sehr viel Blut verloren haben. Seine Wangen waren eingesunken, der Atem ging flach, doch seine Augen waren offen, und er erkannte Iona sofort. Er versuchte die Hand zum Nasengruß zu heben, aber sein Arm verweigerte ihm den Dienst. Ärgerlich verzog er das Gesicht. Iona lächelte; sie beugte sich nieder und begrüßte ihn ihrerseits; dann stand sie auf und wandte sich an Tana. »Ich möchte mit Manu allein sprechen«, sagte sie.
Tana sah sie eine Weile an, dann drehte sie sich um. Von den jungen Männern hatten sich beim Erscheinen des Schumbis etliche um Manus

Lager versammelt; Tana winkte sie zu sich und ging mit ihnen davon.
»Tana sagt, du wirst wieder gesund«, sagte Iona.
»Ich werde gesund. Ich werde wieder jagen.« Manus Stimme war heiser und dünn, das Sprechen machte ihm sichtlich Mühe.
»Wengen ist tot, der Schumbi ist tot, die Odunas sind geflohen«, sagte Iona. Sie versuchte zu lächeln. »Du hast das Tal geschützt und dem Volk erhalten – « Sie verstummte und sah Manu in die Augen. Sie holte tief Luft und behielt sie in der Lunge, bis sich ihr der Kopf drehte. Dann atmete sie langsam aus.
»Manu. Ich gehe fort aus dem Tal«, sagte sie.
Manu schien zuerst nicht zu begreifen, was sie sagte. Er sah sie eine Weile verwirrt an; dann versuchte er sich aufzurichten.
»Du kannst uns nicht verlassen!« Es war ein mühsames, aufgeregtes Krächzen, was aus seinem Mund kam. »Du gehörst jetzt zu uns. Du hast Churinga und ihr Kind gerettet. Du hast geholfen, Frieden zwischen den Stämmen zu schließen. Du bringst uns bei, auf eine Weise zu sammeln und zu jagen, die wir früher nicht kannten. Iona: du gehörst doch hierher!«
Die Anstrengung einer so langen Rede war zuviel für ihn. Er hustete, spuckte Blut; er ließ sich seitlich auf das Mooslager zurückfallen.
Iona sagte nichts; das Schweigen hielt an. Manu betrachtete prüfend ihr Gesicht, und er sah, daß sie Tränen in den Augen hatte. Ihr Ausdruck war unglücklich, aber auch entschlossen; und er begriff, daß sie sich entschieden hatte und nichts sie umzustimmen vermochte.
»Warum?« fragte er endlich.
»Solange ich hier bin, gibt es keine Sicherheit für das Volk«, antwortete Iona. »Der Schumbi, der mich holen wollte, ist tot, aber es werden noch mehr Schumbis kommen und nach mir suchen. Vielleicht kommen sie nicht wie er mit Ästen, die töten, aber sie werden auf jeden Fall kommen und das Tal finden, und sie lassen dem Volk nichts übrig, gar nichts. Es gibt nur einen Weg, um sie aufzuhalten. Ich muß gehen.«
Nun war es Manu, der schwieg, lange Zeit war er stumm. Er bedachte Ionas Worte, und er sah, daß sie die Wahrheit erkannt und klar ausgesprochen hatte. Wenn einer der Stämme ein Kind verliert, dachte er, tut das Volk dasselbe: läßt alles stehen und liegen und sucht, bis das Kind gefunden ist, wie lang es auch dauert, ob lebendig oder tot; und die Schumbis halten es ähnlich mit ihren Kindern – nur eins ist anders: wenn sie suchen, folgen Tod und Zerstörung.
Manu drehte sich auf den Rücken und schaute zu den Sternen hinauf.

Der Himmel war jetzt klar, aber er spürte, daß von den Bergen noch mehr Schneewolken kamen.
»Wenn du gehst, mußt du schnell gehen«, sagte er. »Der Schumbi ist gewiß von einer der Hütten deines Volkes gekommen. Bestimmt führen seine Spuren und die Spuren von Wengen und den Odunas hierher ins Tal. Zwei von den Männern bringen dich über den Paß, danach mußt du allein gehen. Folge den Spuren, bevor es wieder schneit, dann bist du in Sicherheit.«
Seine Stimme klang ergeben, resigniert; eine unendliche Traurigkeit schwang darin.
Zuerst empfand Iona nur Dankbarkeit. Manu hatte ihr keine Fragen gestellt, hatte nicht versucht, sie umzustimmen oder ihr zu widersprechen. Krank und verwundet, wie er war, hatte er ihren Entschluß ruhig und vernünftig bedacht und hatte ihn hingenommen, ohne ihn in Frage zu stellen. Er machte sich nur Gedanken darüber, wie sie am besten und einfachsten aus dem Tal fort und zu den Ihren gelangte.
Dann verschwand die Dankbarkeit. Die Tränen in ihren Augen flossen über und rannen ihr über die Backen, und sie fiel schluchzend neben seinem Lager zusammen und weinte auf seine Hand. »Manu, ich will nicht gehen«, stieß sie hervor. »Ich will bei dir bleiben.«
»Wenn einer aus dem Volk zu den Sternen geht, trauern wir«, sagte Manu. »Aber die Trauer geht bald vorbei. Es ist wie mit den geernteten Früchten: sie wachsen wieder neu. Genauso ist es, wenn einer von uns zu den Sternen hinaufsteigt. Wir wissen, daß er, der gegangen ist, dort oben wächst und wir wieder zusammenkommen – «
Manu richtete sich auf den Ellenbogen auf. »Kleines Schumbi, du gehst nicht zu den Sternen. Du gehst zu deinem Volk, zu deiner eigenen Hütte. Aber du hast jetzt eine andere Heimat, hier im Tal. Du kannst immer hierher zurückkommen.«
Kraftlos sank er zurück. Seine Lider zuckten, er sah bleich und erschöpft aus. Iona wußte wohl, wieviel Anstrengung ihn das Sprechen kostete; es hatte ihm beinahe alle Kraft ausgesogen. Je länger sie blieb, desto schwächer würde er werden.
Sie streckte die Hand aus und kratzte zum letzten Mal seine Nase. Sie stand auf und wandte sich zum Gehen; dann hörte sie noch einmal seine Stimme.
»In der Höhle ist dir noch ein Feuerstab geblieben«, flüsterte Manu. »Du hast mich gefragt, wen du aufwecken solltest. Ich war kältestarr und konnte dir nicht antworten. Du hast Tana gewählt. Warum?«

Iona sah ihn stumm an.
Sie sah seinen muskulösen Körper, den dichten, glänzenden Pelz unter dem Verband; sie sah ihn vor sich, wie er jagte und Babilla ihm vorausrannte; sie dachte an seine hellen, mutigen Augen, wenn sie Ausschau hielten, an seine raschen, zielsicheren Bewegungen, wenn Babilla eine Jagdbeute aufgespürt hatte; sie sah ihn lachen und dachte daran, wie er sich um sie gekümmert hatte, immer, seitdem er sie damals am Flußufer gefunden hatte.
Sie erinnerte sich, wie oft er mit ihr auf den Schultern über den Fluß geschwommen war und sie sich an ihn geklammert hatte; wie er sich zwischen sie und Kuinko gestellt hatte, als die Alte ihr an die Kehle springen wollte. Sie dachte an die Tage ergebnislosen Jagens in den Bergen und seine beständige gute Laune trotz ihres Versagens.
Iona weinte wieder. »Ich wollte für dich sorgen«, sagte sie. »Ich hab aber gewußt, daß Tana es besser kann.« Sie schluchzte, und ihre Stimme war kaum noch zu vernehmen.
Manu griff nach seiner Jagdtasche, die er am Riemen um die Hüfte trug. Er nahm etwas heraus und hielt es ihr hin. »Nimm das von mir«, sagte er. »Ich habe es von meiner Mutter Burra aus dem Eis der Wolkenzeit bekommen. Sie sagte, es stammt vom ersten Tier, das der Stern ohne Namen erlegt hat. Sie sagte: Wer es besitzt, wird immer sicher und erfolgreich jagen.«
Iona sah nicht, was es war, die Tränen nahmen ihr die Sicht. Sie griff nach dem Ding in Manus Hand und steckte es in die Tasche. Dann drehte sie sich um und rannte davon.

54

Iona entdeckte sie, lang bevor sie selbst gesehen wurde.
Sie wußte nicht, wie viele Stunden sie gewandert war, seit sie Manu verlassen hatte. Zwei junge Yetis hatten sie die beinahe senkrechte Schlucht hinaufgebracht. Oben angelangt, hatten sie sich von ihr verabschiedet und waren entsprechend Manus Anweisungen ins Tal zurückgekehrt. Von da an war sie allein marschiert, mindestens sechsunddreißig Stunden, vielleicht mehr.
Zuerst, als sie vom Tal fortging, war es sie unendlich hart angekommen: der schwerste Gang ihres Lebens, obwohl sie nach den vielen Monaten, die sie hier verbracht hatte, stark und abgehärtet war. Mehrere Male war sie am Verzweifeln – wenn sie vor einem gefrorenen Wasserfall stand oder auf einem windgepeitschten Berggrat durch Schnee waten mußte, der ihr bis an die Hüfte reichte; aber immer, selbst in den schlimmsten Augenblicken, hatten Manus Anweisungen ihr weitergeholfen.
»Wengen hat den Schumbi und die Odunas zum Paß geführt«, hatte er gesagt. »Auf demselben Weg kommst du zurück: ihre Spuren führen dich. Aber was auch geschieht, du darfst nicht stehenbleiben. Wenn es wieder zu schneien anfängt, bevor du dein Volk gefunden hast, bist du verloren. Als Schumbi in den Bergen kann nichts dich retten.«
Kilometerweit zogen sich die Fußspuren von Wengen, dem Schumbi, den Odunas: ein endloser Pfad lag vor ihr, wüst, unwegsam, abschüssig. Iona folgte den Spuren und quälte sich aufwärts durch den Schnee. Endlich erreichte sie den Kamm des höchsten Berges, den sie je erklommen hatte. Benommen und atemlos wollte sie ein paar Minuten im Windschatten eines eisüberzogenen Felsblocks rasten; aber wie sie sich an den Felsen lehnte, kroch ihr eine lähmende, tödliche Kälte in Muskeln und Knochen.
Iona schüttelte sich. Sie stemmte sich hoch und zwang sich weiterzugehen.
Später war es leichter. Die Felskamine waren so steil wie zuvor, aber jetzt ging es abwärts. Zweimal verlor sie den Halt und rutschte ab und riß sich im Fallen die Haut auf. Die Schnitte bluteten, und es schmerzte, als das Blut in der Kälte gefror, aber sie gab nicht auf. Noch später wurde

es flacher, fiel das Land weniger steil ab, und sie kam schneller voran. Tana hatte ihr einen Beutel mit Wolkenzeitvorräten mitgegeben, getrocknetem Fleisch und Nüssen, die sie in kluger Vorausschau von der Höhle mitgenommen hatte. Alle paar Stunden überfiel Iona der Hunger, und sie blieb stehen und aß. Dann kämpfte sie sich weiter voran. Im Gehen prüfte sie immer wieder den Himmel. Der Morgen war wolkenlos gewesen, doch im Lauf des Vormittags hatte sich der Himmel bewölkt. Jetzt mußte es früher Nachmittag sein, und von allen Seiten zogen die Wolken heran, dick, grau, bedrohlich: sie brachten neue Schneemassen. Wenn es erst anfing zu schneien, würden die Spuren binnen Minuten verschwunden sein.

Iona bekam Angst und beeilte sich. Der Schnee blieb jedoch aus; die Nacht ging vorüber, und der neue Tag kam mit einer wäßrigen Sonne und einer Eiseskälte, die noch schärfer, noch beißender war als während der Nachtstunden. Endlich, gerade als die Abenddämmerung zum zweiten Mal hereinbrach, fand Iona, wonach sie suchte.

Sie sah ein Funkeln. Es war zu tief und zu weit entfernt, als daß sie hätte erkennen können, woher es kam, was es war; ein dunkles, metallisches Glitzern jedenfalls, deutlich zu unterscheiden im Weiß von Eis und Schnee, und es war etwas, das von Menschenhand stammte. Iona ging schneller. Eine halbe Stunde später blieb sie stehen und spähte hinab. Jetzt konnte sie alles deutlich sehen.

Etwa achthundert Meter vor ihr lag ein kleines offenes Becken, eine Talsenke zwischen Bergen. Holzhäuser standen in der Mitte des Tals und zogen sich auch den gegenüberliegenden Hang hinauf: ein nepalesisches Dorf. Abseits von den Häusern standen auf einer leeren Fläche mehrere Hubschrauber – von dort war das Licht gekommen, das sie aus der Ferne hatte blitzen sehen. Vor einem größeren Haus, das aussah wie ein Gasthof, stand eine Gruppe von Menschen.

Iona war noch immer zu weit entfernt, um ihre Gesichter zu erkennen, aber sie sah, daß etliche von ihnen europäisch gekleidet waren. Auf einmal löste sich eine Gestalt aus der Gruppe; sie war kleiner als die anderen und schien weiblich; und ein letzter Strahl Abendsonne brach durch die Wolken und beleuchtete ihren Kopf.

Die Frau hatte goldblondes Haar.

Iona klopfte das Herz bis in den Hals, sie bekam keine Luft; dann stürzten ihr die Tränen aus den Augen, und sie sah nichts mehr. Alles verschwamm; sie schwankte und wäre fast gefallen, aber sie griff nach einer jungen Tanne und klammerte sich daran fest. Dort stand sie und

schluchzte. Sie weinte ziemlich lang, aber am Ende riß sie sich von ihrem Baum los und ging weiter.
»Iona – «
Die Mutter war es, die sie zuerst entdeckte.
Dorelia Howard schrie und fing an zu laufen. Hinter ihr ertönte weiteres Geschrei, und mehr Menschen liefen los, und Iona lief auch, und dann wurde sie von allen Seiten erdrückt. Sie spürte die Arme der Mutter, die sie umfingen, und die Tränen der Mutter auf ihrem Gesicht, sie hörte die Stimme ihres Vaters aus anderen Stimmen heraus, die heftig durcheinanderredeten, manche auf Englisch, manche in Gurkhali.
»Liebes, ist alles in Ordnung? Laß mich dich anschauen – «
In der Konfusion und dem Aufruhr ringsum merkte Iona, daß die Mutter sie von sich fortschob und anstarrte.
»Mein Gott, bist du dünn und braun! Was haben sie mit dir gemacht. Haben sie dich – ?« Die Mutter verstummte, in ihrem Gesicht standen schlimme Befürchtungen.
»Nein, Mama, alles in Ordnung«, sagte Iona. »Niemand hat mir was getan, mir geht's gut.«
»Mein Gott! – « Dorelia weinte und riß sie wieder an sich, und nun fing auch Iona zu weinen an, und so standen sie eine ganze Weile, aneinandergeklammert und schluchzend.
Die folgende Stunde verschwamm im Nebel. Iona entsann sich, daß sie den Gasthof betrat und ein amerikanischer Arzt sie in einem der oberen Räume untersuchte, und sie hörte ihn zu ihrer Mutter sagen, was Dorelia bereits wußte: Iona sei sehr dünn, aber offensichtlich bei guter Gesundheit. Dann brachte man sie wieder nach unten.
Dort waren unterdessen alle versammelt, und der große, niedrige Raum war voller aufgeregter Menschen: es herrschte ein unbeschreiblicher Lärm. Draußen wurde es dunkel, man hatte Kerzen und ein Feuer angezündet. Iona wurde an einen Tisch gesetzt, und jemand stellte eine große Schüssel mit Essen vor sie hin. Tanas Vorräte hatte sie schon vor langer Zeit aufgegessen, mindestens zwölf Stunden war es her, aber sie war zu erschöpft und zu benommen, um Hunger zu verspüren. Sie aß ein paar Löffel, dann schob sie die Schüssel von sich. Aber den Becher mit heißem Tee, den man ihr reichte, nahm sie gern an.
»Liebling.« Das war wieder die Stimme der Mutter. »Du erinnerst dich doch an Sean, nicht wahr – ?«
Iona sah sich um und erblickte ihre Mutter an der Seite der massigen, breitschultrigen Gestalt Sean Ryans.

»Sean ist Schriftsteller, wie du weißt, mein Liebes«, fuhr ihre Mutter fort. »Er möchte mit dir reden. Er möchte alles über diese Wesen wissen, deine ganze außerordentliche Geschichte will er hören, solang deine Erinnerung daran noch frisch ist und unmittelbar... Erzähl ihm von den Yetis.«

Iona sah Sean an – und erstarrte. Eine kalte Furcht packte sie, und ihr Magen krampfte sich zusammen, wie sie seinen Blick auf sich spürte. Verschlagen, bleich, berechnend: dieselben Augen wie Wengen. Und wie bei Wengen hatte seine ganze Erscheinung etwas Gewalttätiges und Einschüchterndes an sich. Es kam ihr vor, als bedrohte er sie, – und sie erlebte dasselbe noch einmal: es war ganz genauso wie damals, als der dicke, mächtige Yeti sie über die Lichtung hinweg so feindselig angestarrt hatte, als er in dumpfem Brüten und regungslos im Schilfgras auf dem Hügel über ihr gehockt war und sie beobachtet hatte.

»Was ist, Liebes?« sagte Dorelia ungeduldig. »Du kannst mit Sean und mit mir gleichzeitig reden. Wir wollen alles wissen, nicht wahr, und dein Vater und überhaupt jeder hier.« Mit einer ausladenden Geste deutete die Mutter auf den Rest der Versammlung.

Iona blieb stumm. Verzweifelt glitt ihr Blick durch den Raum; sie zögerte, blickte wieder zurück ins Gedränge – zum ersten Mal bemerkte sie, daß auch Onkel Robert hier war, halb verborgen im Schatten; und sie merkte auch, daß er sie ansah. Im Kerzenlicht wirkte sein Gesicht tiefer gefurcht als sonst.

Iona heftete den Blick auf ihn. Wenn es irgend jemanden gab, der ihr helfen konnte, dann er. Ratlos, verwirrt, schickte sie ihm stumm eine flehentliche Bitte. Aber er reagierte nicht. Er starrte sie nur weiter an mit seinem ernsten, unergründlichen Blick. Iona sank das Herz, und schon wieder stiegen ihr die Tränen in die Augen. Gequält wandte sie sich ab.

»Dorelia – «

Iona fuhr zusammen, schaute auf: Onkel Robert war an den Tisch getreten. Er sprach zu ihrer Mutter gewandt, aber was er sagte, galt jedem Anwesenden.

»Für Iona hat diese ganze Sache ja mit mir angefangen«, sagte Cabot. »Ich denke, es wäre gut, wenn sie und ich zuerst unter vier Augen miteinander reden.«

Seine Stimme klang genau wie immer, leise und schleppend, unverändert war sein »Yankee-Akzent«; aber er sprach in einem unmißverständlichen Ton, der jede Widerrede ausschloß. Ionas Mutter sah ihn erstaunt an, dann, unsicher geworden, blickte sie auf ihre Tochter. Dann stand sie auf.

»In Ordnung, Robert«, sagte sie, ergriff Sean Ryans Hand und entschwand. Kurz darauf hatten auch alle anderen den Raum verlassen. Durch die geschlossene Tür hörte Iona ein gedämpftes Murmeln vieler Stimmen, doch sie und Cabot waren allein.

»Schnee – «

Cabot grunzte. Er nahm nicht weiter Notiz von Iona, sondern ging durch den Raum, trat ans Fenster und spähte hinaus. »Istasa-na-mi. Das ewige Hochzeitskleid der Berge. So sagen die Nepalesen dazu. Es schneit, seitdem du von dort oben heruntergekommen bist. Du weißt das sicher – « Cabot zögerte kurz. »Vielleicht hast du ein anderes Wort dafür gelernt.«

Über die Schulter sah er sie an. Groß, fern und einschüchternd war er: genau so, wie Iona ihn zum ersten Mal erlebt hatte. Aber auch das Lächeln war genau wie früher, freundlich, ein wenig spöttisch, herzlich. Iona stand auf und ging zu ihm. Nebeneinander standen sie am Fenster und schauten in die Dunkelheit hinaus. Wie eine weiße Wand trieb der Schnee in dichten Flocken gegen die Fensterscheiben; die Fußspuren der vielen Menschen vor dem Haus waren schon längst unter einer dikken Neuschneedecke verborgen.

»Das Volk nennt den Schnee ›Anuit‹«, sagte Iona. »So heißen auch die Brustfedern von Adlerjungen. Die Federn halten die kleinen Vögel warm. Wenn die Daunen ausfallen, sind sie flügge. Und so hält der Schnee das Tal warm. Wenn er schmilzt, fängt das Tal zu wachsen an.«

»Du nennst sie das Volk. Sind sie dieselben, die wir Yetis nennen?«

Iona nickte.

»Und dort warst du, bei ihnen?«

»Ja.«

»Wie sind sie?«

Iona zögerte. Sie dachte an Manu, Kekua, Churinga, Tana, an die beiden alten Patriarchen und ihre Gefährtinnen, an alle anderen, die Kinder, die Alten... Man kann sie nicht beschreiben, dachte sie, es gibt keine Worte dafür.

»Ich hab zuerst gedacht, es sind Monster«, sagte sie. »Aber das stimmt nicht. Es sind Leute wie wir, nur anders, das ist alles. Sie haben mich gefunden, das heißt, Manu hat mich gefunden – er ist einer von ihnen. Sie haben sich um mich gekümmert. Sie haben mir geholfen, zurückzukommen.«

Iona verstummte. Sie weinte. Cabot starrte aus dem Fenster. Nach einer langen Zeit fragte er: »Aber du willst deiner Mutter nicht von ihnen erzählen, wie?«
Iona hob den Kopf. Onkel Robert war so groß, daß sie den Kopf in den Nacken legen mußte, um sein Gesicht zu sehen. Er hatte sich nicht gerührt, reglos stand er am Fenster und sah hinaus. Er war ihre letzte Hoffnung – ihre einzige Hoffnung. Wenn sie ihn überzeugen konnte, war er vielleicht imstande, die anderen zurückzuhalten. Alles hing davon ab. Es war das Wichtigste, was sie zu tun hatte. Sie nahm seine Hand.
»Onkel Robert. Erinnerst du dich, wie wir diese Blumen gefunden haben?«
»Die Orchideen?« Cabot nickte. »Orchidaceae, soweit ich mich entsinne.«
»Du hast gesagt, wir sollen es niemand erzählen, daß wir sie gefunden haben. Der Ort muß unser Geheimnis bleiben, hast du gesagt. Wenn die Leute es erfahren und kommen, ist von den Blumen bald nichts mehr da.«
Cabot lächelte. Seine Bemerkung damals war zum Teil scherzhaft gemeint – der Ort, an dem sie die Tridentulata gefunden hatten, war derart abgelegen, daß ihn mit hoher Wahrscheinlichkeit kein zweiter Mensch finden würde. Aber Iona hatte ja recht – seine Worte enthielten auch eine Wahrheit, die er nach wie vor vertrat.
»Mit den Yetis ist es dasselbe«, fuhr Iona fort. »Die Menschen rücken ihnen immer näher, die ganze Zeit. Sie sind bereits in Gefahr. Wenn jetzt auch noch Menschen ins Tal kommen, dann ist es das Ende der Yetis, dann werden sie vernichtet. Einer wie Mamas Freund, dieser Sean, der wäre der Schlimmste – «
Sie holte tief Luft. »Ich würde eher sterben, als Sean dorthin zu lassen … Ich werd dir von ihnen erzählen, ja? – und wie's mir bei ihnen ergangen ist.«
Als sie am Ende angelangt war, sahen sie einander an. Ionas Wangen waren bleich, aber ihr Blick war fest, unbeirrbar. In ihrem Gesicht lag ein Ausdruck von solcher Entschlossenheit, wie er ihn bei keinem Menschen, Mann, Frau, Kind, je gesehen hatte. Sie sah unerbittlich aus. Eine Zeitlang sagte Cabot nichts.
Er hatte wohl gespürt, daß das Mädchen eine außergewöhnliche Erfahrung gemacht hatte, aber nichts konnte so außergewöhnlich sein wie das, was sie ihm erzählt hatte. Er versuchte, sich klarzumachen, was es bedeutete. Vier Monate lang hatte Iona unter Wesen gelebt, die

der Rest der Welt für einen Mythos hielt. Wenn irgendein anderer ihm diese Geschichte aufgetischt hätte, wenn die Umstände auch nur geringfügig anders gewesen wären, hätte Cabot sie als Hirngespinst abgetan.

Es war kein Hirngespinst. Cabot kannte seine Nichte. Iona war zu direkt, zu offen, zu freimütig, um derlei zu erfinden. Von den Worten aus der Yetisprache, die sie erwähnt hatte, bis zu ihrer Beschreibung des Tals und seiner Topographie klang alles, was sie sagte, jedes Detail, jeder Vorfall, wahr. Und Cabot kannte die Umstände, von denen sie sprach. Kein europäisches Kind hätte vier Monate allein im Himalaya überleben können. Iona hatte Hilfe gebraucht, Nahrung, Pflege und Obdach; das alles hatte sie offensichtlich bekommen.

Aber im Helambu gab es niemanden, der sich um sie hätte kümmern können – außer den Yetis: sofern sie existierten. Der wahnsinnige Waliser hatte darauf geschworen – zum Beweis ihrer Existenz hatte er ihm ihre Spurem gezeigt. Der rotäugige Hughes hatte nicht gelogen.

»Der Yeti, den du Manu nennst«, sagte Cabot schließlich, »der dir geholfen hat, aus dem Tal wegzukommen und uns zu finden – woher hat er gewußt, daß wir hier sind?«

Ionas Miene verdüsterte sich. Ihr Bericht hatte mit der Wolkenzeit aufgehört; die Ereignisse auf dem Paß hatte sie nicht erwähnt. Sie hatte wieder Tränen in den Augen, und ihre Lippen wurden schmal.

»Ein Mann ist ins Tal gekommen, mit den Odunas – «

»Odunas?« fiel Cabot ihr ins Wort. »Was ist das?«

»Die Yetis nennen sie so«, erwiderte Iona. »Die Odunas waren einmal selber Yetis, aber sie sind aus dem Tal vertrieben worden und haben sich mit Menschen verpaart, mit Mädchen aus den Gebirgsdörfern. Jetzt sind sie Aasfresser. Ein paar von ihnen sind dem Mann mit dem Gewehr gefolgt – «

»Was ist geschehen?«

Iona sah verstört aus. »Es gab einen schrecklichen Kampf. Manu hat mit Wengen gekämpft. Kekua hat ihn gerettet und Wengen getötet, aber der Mann hat sie erschossen. Danach wurde der Mann von Manus Leopardin umgebracht. Die Odunas sind geflohen – « Ihre Stimme wurde rauh, sie brach ab. Ein gequälter Ausdruck lag auf ihrem Gesicht.

»Ich weiß, daß der Mann mit den Odunas mich gesucht hat; er hat es gesagt. Solang ich ihm Tal geblieben wäre, hätten immer wieder Menschen nach mir gesucht. Ich habe Manu gesagt, daß ich gehen muß, und

er hat es verstanden. Er sagte, ich sollte den Spuren des Mannes folgen, dann würde ich zu euch kommen. Und das hab ich getan.«
Cabot schaute wieder durchs Fenster in die Dunkelheit hinaus.
Wenn es weiterer Überzeugung noch bedurft hätte, dann wäre mit Ionas letzten Worten jeder vielleicht noch vorhandene Zweifel restlos ausgeräumt worden. Geraint Hughes, seine Fußspuren und seine Geschichte von den wilden Wesen im Tal, die Freunde, von denen er gesprochen hatte, – das alles paßte haargenau zusammen.
Cabot drückte die Hand des Mädchens. »Schau«, sagte er, »es schneit noch immer.«
Iona starrte in die Dunkelheit.
Ein Schneesturm war es nicht; dafür war der Wind viel zu schwach. Aber der Schnee fiel vom Himmel wie ein großer schimmernder Teppich aus weichen weißen Flocken, so dicht, daß auf dem Fensterbrett schon eine hohe Schicht lag, die zusehends wuchs.
»Glaubst du, daß irgend jemand imstande ist, eine Spur unter soviel Schnee zu finden?« fragte Cabot.
Iona schüttelte den Kopf.
»Ich auch nicht. Also ist das Tal bis zum Frühling effektiv von der Welt abgeschnitten. Womit uns genug Zeit bleibt, um uns ein paar Geschichten auszudenken und ein paar Lügen zu erzählen.«
Verdutzt sah Iona zu ihm hinauf.
»Du lieber Himmel, schau mich nicht so an!« Cabot grinste. »Ich bin ein Wissenschaftler, und du bist – wenn du verzeihst – ein Kind. Uns beiden geht es um die Wahrheit, was freilich heißt, daß wir uns auch mit der Kehrseite der Medaille auskennen. Ich meine, man kann ein bißchen schwindeln... Komm her – «
Er legte ihr den Arm um die Schulter und zog sie an sich.
»Wir werden ein paar Geschichten erfinden«, fuhr er fort. »Zuerst einen Gebirgsstamm. Menschlich, aber langweilig. Ein Nebenzweig des Gurkhali-Volkes, für den sich kein Mensch je interessiert hat und, so Gott will, auch in Zukunft nicht interessieren wird. Eine Gruppe Nomaden, die dich gefunden und aufgenommen und freundlicherweise vor Wintereinbruch der Zivilisation zurückgegeben haben. Sie haben eine Zeitlang in dem Tal gelebt, aber jetzt nicht mehr. Sie sind weitergezogen Richtung Tibet. Wie findest du das?«
Iona sah ihren Paten mit großen Augen an: »Das willst du sagen?«
Er nickte. »Wieso nicht? Klingt es nicht plausibel?«
»Und nichts über die Yetis?« fragte sie zögernd.

»Freilich nicht!« antwortete Cabot forsch. »Es gibt keine Yetis. Wenn es sie gäbe, wären sie Ungeheuer. Und wir alle wissen, daß Ungeheuer nicht existieren.«
»Und was ist mit dem Mann, der mit den Odunas gekommen ist und mich holen wollte?«
Cabot lächelte kläglich. »Ich fürchte, an dem bin ich schuld.«
»Du?!« rief Iona verblüfft.
»Ja, leider. Es war offensichtlich ein Fehler, aber das konnte ich nicht wissen. Er hieß Hughes, aber er sagte, er sei allgemein als ›der Schneemensch‹ bekannt. Er war ziemlich verrückt, halb wahnsinnig – höhenkrank, nehme ich an. Er sagte, du seist bei den Yetis, und er hat mich überzeugt, daß er die Wahrheit sagte. Er sagte auch, er könnte dich zurückbringen, und das war das einzige, worauf es mir ankam. Ich habe ihm angeboten, er könnte alles dafür haben, was er wollte.«
»Aber er ist tot!« sagte Iona. »Babilla hat ihn umgebracht.«
»Ich denke, das kriegen wir hin«, antwortete Cabot. »Ich bin ein Yankee aus Neuengland, und wir sind bekanntlich so schlau wie die Füchse, aber manchmal kauft selbst der ausgefuchsteste Yankee eine Katze im Sack. Das ist mir mit Hughes passiert. Ich hab ihm seine Story abgekauft, er hat das Geld kassiert und sich aus dem Staub gemacht. Jedenfalls werde ich das den anderen erzählen.«
»Und das glauben sie?«
»Der Schneemensch ist weg, Spuren gibt es nicht, das Tal ist völlig unzugänglich. Und vor allem: du bist wieder da, und es fehlt dir nichts. Was will man mehr? – Sie werden's schon glauben.«
Iona schwieg. Die beiden Stämme, dachte sie, werden in Sicherheit sein – wenigstens bis zum Frühling. Angesichts der Schneeflocken, die in der Dunkelheit dort draußen immer dichter fielen, schien der Frühling eine Ewigkeit entfernt.
Iona schlang die Arme um Cabot, verbarg ihr Gesicht in seiner Jacke und weinte. Cabot ließ sie eine Zeitlang weinen, dann schob er sie sanft von sich.
»Fassen Sie sich, mein Fräulein«, sagte er, halb im Scherz, halb zum Trost. »Es gibt viel zu tun. Wir haben eine Menge Arbeit vor uns und einen Haufen Lügen zu erzählen. Lügen sind immer glaubwürdiger, wenn sie mit Überzeugung und trockenen Augen vorgetragen werden.«
Iona wischte sich das Gesicht ab. Cabot lächelte ihr zu, sie lächelte zurück. Dann fiel ihr etwas ein.

Sie zog den Reißverschluß ihrer Gürteltasche auf und holte Manus Geschenk heraus. Sie war noch nicht dazu gekommen, es anzusehen. Als sie es jetzt näher betrachtete, hielt sie es für ein Stück Knochen. Es war das einzige, was sie aus dem Tal mitgebracht hatte; jetzt fand sie, ihr Pate sollte es haben: zum Zeichen ihrer Dankbarkeit für das, was er für die Yetis tat – und für sie.
»Manu hat es mir zum Abschied gegeben«, sagte sie. »Ich weiß nicht, ich glaube es ist ein Stück von einem Knochen. Ich möchte, daß du es als Geschenk von mir annimmst.«
Cabot nahm den Gegenstand in die Hand und betrachtete ihn von allen Seiten. Es war kein Stück Knochen. Es war der Zahn eines großen fleischfressenden Tiers. Cabot war kein Paläontologe, aber hatte sich lang genug mit Fossilien befaßt, um zu wissen, daß dieser Zahn von einem Exemplar aus der Familie der Säbelzahntiger stammte: die seit Jahrtausenden ausgestorben sind. Manchmal, sehr selten, werden solche Zähne in fossilen Grabungsstätten gefunden, und die Fundstücke sind meist beschädigt, porös geworden, zerbrochen im Lauf einer unvorstellbar langen Zeit.
Dieser Zahn aber schimmerte hell und glatt und gelb. Cabots erster Eindruck war, daß er von einem Tier stammen mußte, das vor kurzem umgekommen war. Er suchte nach seiner Brille und studierte ihn genauer. Es war etwas hineingeritzt, wahrscheinlich mit einem Steinmesser – ein Leopard.
Die Gestalt war unverkennbar, aber mit der Art der Zeichnung war Cabot nicht vertraut. Sie erinnerte ihn an die Felsenmalereien der San, Jägern und Sammlern in der afrikanischen Kalahari, oder an die Tierbilder in den Höhlen von Lascaux. Aber die Zeichnung dieses Leoparden war einfacher und zugleich schwungvoller, sie war abstrakter und doch lebendiger.
Cabot besah sich das Kunstwerk lange. Dann sah er Iona über den Rand seiner Brille an. »Weißt du, woher dein Freund Manu das hat?«
Sie nickte. »Er hat es von seiner Mutter bekommen. Burra hieß sie. Sie war die größte Jägerin der Wanderer. Sie sagte ihm, daß jeder, der es besitzt, immer sicher und erfolgreich jagen wird.«
Cabot wandte sich ab und starrte wieder hinaus in die Dunkelheit. Es hatte aufgehört zu schneien. Das nächste Schneetreiben, die nächsten dichten Flockenspiralen würden nicht lang auf sich warten lassen; aber im Augenblick war der Himmel klar. Ein weißer Teppich lag über das Land gebreitet, der bläulich leuchtete im Licht des Mondes. Auf den

unebenen Fensterscheiben lagen spinnwebdünne Eisfäden, und die Lichtstrahlen von einer Milliarde Sterne fielen auf die Erde.
Im Stall brüllte ein Yak. Von einem Dungfeuer stob ein Funkenregen in die Höhe, eine Rauchwolke stieg in die Äste der Bäume empor. Ein alter Mann, ein Tibeter, angestellt zum Holzsammeln, wagte sich hinaus in den Lichtschein, den die Kerzen durch die Gasthoffenster warfen; aber er brummte ärgerlich, zog den Mantel fester um sich und verschwand wieder im Haus: bis zum Morgen würde das Brennholz schon reichen.
In einer sternenhellen Nacht wie dieser waren die drei Weisen durch einen Schnee wie diesen geritten, zu einem Stall in Bethlehem. Dort wurde in einer Krippe die Neuzeit geboren. Und es spielte nicht die geringste Rolle, daß Bethlehem in jener Nacht in der Hitze eines palästinensischen Sommers schmorte oder daß Jahreszeiten, Rituale, Feste verändert und angepaßt wurden, um den politischen Erfordernissen der folgenden Jahrhunderte zu genügen.
Es spielte nicht einmal eine Rolle, ob Bethlehem überhaupt existiert hatte. Auf Cabots gewölbter Handfläche lag der Fang eines Säbelzahntigers, in den die Zeichnung eines Leoparden eingeritzt war. Was immer in Bethlehem begonnen hatte: er hielt etwas in der Hand, das unendlich viel älter war, das lange vor Christus, Buddha, Muhammad als Talisman betrachtet und verehrt und in ungebrochener Linie seit Beginn der Menschheitsgeschichte von einer Hand zur anderen weitergereicht worden war. Älter als Mekka, älter als das Kreuz, älter als die Pyramiden und die Tempel im Industal, wurde es noch heute verehrt von den Lebewesen, die es dem Kind geschenkt hatten.
»Danke«, sagte Cabot. »Das ist ein schönes Geschenk. Ich bin froh, daß ich es ein paar Augenblicke in der Hand halten durfte. Aber es ist dir geschenkt worden, und ich werde es dir zurückgeben.«
Er griff nach Ionas Hand, legte ihr den Zahn auf die Handfläche und schloß ihre Finger darüber.
»Hüte dich vor den Alten«, sagte er nach einer Weile. »Sie sehen nur noch sich selber. Ihre Zeit ist vorbei. Sie kümmern sich ausschließlich um ihre eigenen Interessen, und es kratzt sie herzlich wenig, wenn sie dem Rest der Welt Schaden zufügen. Aber wenn ich alt bin, und damit meine ich: verdammt viel älter, als ich jetzt bin, wenn ich keinen Schaden mehr anrichten kann, dann komm und besuch mich. Erzähl mir von Manu. Erzähl mir von dem Volk. Erzähl mir, woher wir Menschen kommen. Versprochen?«

Iona sah ihn an, verwirrt, ein wenig verwundert; sie begriff nicht wirklich, was er ihr sagte, aber sie nickte. »Versprochen.«
»Gut.« Cabot ließ ihre Hand los.
In den vergangenen vier Monaten hatte sich in der Welt außerhalb des Tals einiges ereignet, was Ionas Leben tiefgreifend verändern würde. Sie wußte nichts von der Scheidung ihrer Eltern, und Cabot überlegte kurz, ob er ihr die Neuigkeit jetzt eröffnen sollte; doch er entschied sich dagegen – darum sollte Dorelia sich kümmern. Im Augenblick hatte Iona genug mit dem zu tun, was sie selbst erlebt hatte; nichtsdestoweniger, dachte Cabot, würden im Lauf der Jahre noch einige Scherben zutage kommen, die er dann zu kitten hatte.
Bevor sie die anderen wieder hereinließen, mußte er noch eine Antwort auf die eine Frage haben, die ihn seit jenem Morgen auf dem Bergrücken, an dem er Ionas Fehlen festgestellt hatte, nicht mehr losließ.
»Sag mir eins: Warum bist du in der Nacht in den Schneesturm hinausgelaufen?« fragte er.
Iona antwortete nicht. Stumm stand sie vor ihm, den Blick gesenkt, die Brauen zusammengezogen. Dann wurde sie rot und sah auf; sie lächelte verlegen.
»Ich dachte, es sind Monster im Zelt«, sagte sie. »Aber es gibt doch eigentlich gar keine Monster, oder?« Sie warf Cabot einen bangen Blick zu.
Cabot sah sie eine Weile an, ohne zu antworten. Dann schüttelte er entschieden den Kopf.
»Nein«, sagte er. »Nur wenn du Angst vor ihnen hast. Und du hast bestimmt keine Angst, kleines Fräulein. Und wenn du sie je hattest, dann ist das jetzt für immer vorbei: du wirst dich nie mehr vor irgendwas fürchten. Großes Yankee-Ehrenwort – «
Er lächelte sie an; es war eines dieser so seltenen, unendlich tröstlichen Lächeln, und Iona wurde es warm ums Herz. Dann nahm er ihre Hand.
»Komm, jetzt bringen wir's hinter uns, wir klären sie auf: keine Yetis, keine Monster, kein Schneemensch, nicht einmal ein Manu oder eine Kekua.« Er drückte ihre Hand. »Denk an die eiserne Regel der Pokerspieler, die in den Wildwestsaloons gearbeitet haben: Wir können alles behaupten über die Karten, die wir angeblich haben, solang wir nur alle dasselbe behaupten. Alles klar?«
Iona erwiderte seinen Händedruck; sie lächelte und nickte.
Gemeinsam gingen sie zur Tür.

55

»Mr. Simpson!« Iona rannte quer über die Wiese und schlang ihm die Arme um den Hals.

Sie sollte so etwas nicht tun, das wußte sie wohl; sie war zu alt dafür. Nur vier Monate waren vergangen, aber es hätten genausogut vier Jahre sein können: diese Zeit hatte sie bis zur Unkenntlichkeit verändert, körperlich und seelisch; aus dem Kind war eine Frau geworden. Eine junge Frau, gewiß, eine sehr junge Frau; aber trotzdem.

Frauen sollten ihre Angestellten nicht umarmen, vor allem nicht, wenn sie alt genug waren, um ihr Großvater zu sein. Iona war es gleichgültig. Sie sah den alten Gärtner in einem Bogen der Eibenhecke stehen, und eine Welle von Glück überschwemmte sie, gegen die sie machtlos war. Deshalb stand sie jetzt hier und drückte ihn an sich.

»Um Gottes willen, Kind, was ist denn in dich gefahren – «

Konfus, höchst verlegen, aber rot vor Freude, befreite Mr. Simpson sich aus ihrer Umarmung.

»Laß dich anschauen.« Er trat zurück und musterte sie prüfend. »Eins ist sicher: du bist anständig gewachsen. Aufgeschossen wie eine Bohne an der Stange. Und braun bist du! – wie eine Haselnuß. Das kommt von dieser ausländischen Sonne, kein Zweifel.«

»Noch was?« fragte Iona.

Simpson kniff die Augen zusammen. »Ein bißchen mehr ist an dir dran, aber das ist ja nicht das Schlechteste. Du bist immer so dünn gewesen wie ein Strich. Abgesehen davon – « Er legte den Kopf schief, betrachtete sie von oben bis unten, dann sagte er: »Nein, sonst nix. Bist noch immer ein hübsches Mädel, Iona. Oder Miß Iona, sollte ich jetzt vielleicht sagen.«

»Miß Iona!« spottete sie. »Seh ich vielleicht aus wie ein Fräulein?«

Simpson lachte, aber er gab keine Antwort.

»Wenn Sie mich je wieder so nennen«, fuhr sie fort, »werd ich Sie entlassen und mir einen neuen Gärtner suchen. Ich will aber keinen neuen Gärtner. Verstehen Sie?«

Simpson zog eine Grimasse und schnaubte.

Sie nahm seine Hand, wie früher. Früher hatte sie es getan, weil es auf dem Besitz von Mainwarden merkwürdig wilde Orte gab, die ihr angst machten, und die starke Hand des alten Mannes war für sie wie ein Rettungsseil, das ihr Sicherheit gab. Jetzt hielt sie seine Hand aus Vertrautheit und Wiedersehensfreude. Sie gingen durch den Bogen in der Eibenhecke und schritten die Obstbaumallee entlang, die zum Gemüsegarten führte.

Simpson zog sein rot-weiß kariertes Taschentuch heraus und hustete. »Tut mir leid, daß deine Eltern sich getrennt haben«, sagte er.

Iona antwortete nicht. Sie nickte nur; sie war ihm dankbar für seine Anteilnahme. Es klang auch eine Mißbilligung in seinem Ton; aber damit hatte sie gerechnet. Sie wußte, daß es etwas war, das er sagen mußte; es war damit erledigt. Sie ließ seine Bemerkung stehen, bis ihr Gewicht sich auflöste in der klaren Morgenluft.

»Aber soweit ich weiß, hat das keine Folgen für Mainwarden«, setzte er hinzu.

»Nein«, sagte sie. »Papa hat Mainwarden geerbt, die Mama hat es hergerichtet, wie es jetzt ist. Papa hat das Haus seines Bruders in Schottland übernommen, und Mama will nach New York zurück. Deshalb haben sie Mainwarden mir gegeben.«

Iona hatte im Grunde noch nicht vollkommen erfaßt, was geschehen war. Auf dem Rückflug nach London hatte die Mutter es ihr erklären wollen; aber Feinfühligkeit war nicht eine der Stärken von Dorelia Howard, und so war die Eröffnung grob, beinahe brutal herausgekommen. Während Iona »fortgewesen« sei, hätten sie und der Vater beschlossen, sich zu trennen; sie hätten sich schon das ganze vergangene Jahr mit dem Gedanken daran getragen, obwohl Iona natürlich nichts davon bemerkt habe.

Sie trennten sich, sagte sie, mit großem Bedauern, aber sie wüßten, daß es das Beste für sie beide sei und nicht zuletzt auch für Iona. Sie, Dorelia, wolle das Haus in London zwar behalten, aber von nun an vorwiegend in New York leben, mit Sean. Außerdem sei Onkel Harry gestorben, und Ionas Vater habe den Besitz in Schottland übernommen.

Das hieß, Mainwarden stand leer.

Sie hätten zunächst daran gedacht, es zu verkaufen; aber nachdem sie wüßten, wieviel es Iona bedeute und überdies Charles Lefanu ihnen vor Augen gehalten habe, welche erheblichen Vorteile die Alternativlösung mit sich brächte, hätten sie beschlossen, Mainwarden ihrer Tochter zu vermachen.

»So ist das also«, schloß Dorelia heiter und dankbar. »Natürlich lebst du in Wirklichkeit immer noch bei mir und natürlich jetzt auch Sean. Aber

du kannst Papa in Schottland besuchen, sooft du willst. Und du hast ein eigenes Haus. Offen gestanden, ich persönlich finde Mainwarden ein bißchen kühl und zugig, aber ich weiß ja, wie sehr du es magst, und jetzt gehört's dir. Das Personal weiß es bereits, sie scheinen's ganz zufrieden. Was sagst du? Freust du dich? Ist es nicht aufregend?«
Iona antwortete nicht; sie schaute aus dem Fenster. Draußen ballten sich milchweiße Wolken, hier und dort vom Sturm in Fetzen gerissen. Genauso hatte es an dem Morgen ausgesehen, als sie aus dem Tal fortgegangen war. Über den Wolken ragten die Gipfel des Himalaya in die untergehende Sonne.
»Also dann – « sagte Mr. Simpson, als sie am Ende des Gemüsegartens angelangt waren.
Sie hatten gemeinsam das Herbstgemüse begutachtet, hatten eine Runde durch die Glashäuser gedreht und das späte Obst betrachtet, das an den Zweigen reifte, Äpfel und Birnen. Sie hatten einen Blick auf die Komposthaufen geworfen, die im Frühjahr gute schwarze Erde geben würden. Von den Blumenbeeten hatten sie Sträuße roter und weißer Chrysanthemen geschnitten.
»Wünschen Sie noch etwas zu sehen, Miß?«
»Ja«, sagte sie, »einen neuen Gärtner.«
Iona hielt die Blumen im Arm. Sie grinste ihn spitzbübisch an. Mr. Simpson errötete und schluckte.
»Abgesehen davon – Iona?«
»Das Gorillahaus«, sagte sie.
Mr. Simpson sah sie an, er wollte etwas sagen, aber irgend etwas in Ionas Gesichtsausdruck hielt ihn davon ab. So wandte er sich wortlos ab und schlug den von Dornengestrüpp überwucherten Pfad ein, der in den Wald führte. Bis zum Pavillon ging er ihr voraus. Dort angelangt, wühlte er in seiner Hosentasche und zog endlich den Schlüssel hervor.
Er wollte ihn ins Schloß stecken, aber Iona hielt seine Hand fest. »Bitte, Mr. Simpson«, sagte sie, »ich möchte allein gehen.«
»Allein!« Der alte Gärtner sah sie schief an. »Du willst also wieder allein mit den Ungeheuern sein. Hast du nicht noch vom letzten Mal genug davon?«
Iona schüttelte den Kopf. »Ich hab keine Angst mehr, bestimmt nicht.« Sie lächelte. »Außerdem sind es nicht wirklich Ungeheuer. Ich finde, es sind eher Freunde. Das haben Sie doch auch gesagt, oder?«
Widerwillig händigte Simpson ihr den Schlüssel aus. »Ich warte drau-

ßen auf dich«, sagte er. »Ich hab hier in der Nähe ein paar Sachen zu tun, bis du fertig bist.«
»Nein, Mr. Simpson«, sagte Iona. »Warten Sie nicht auf mich. Sie haben bestimmt Wichtigeres in Ihrem Garten zu erledigen. Ich komme ins Haus zurück und gebe Ihnen dort den Schlüssel, wenn ich soweit bin, ja?« Sie schloß die Tür auf, stockte; dann holte sie tief Luft und fügte hinzu: »Ich möchte einen eigenen Schlüssel haben. Dann haben wir beide einen. Und nachdem ich wahrscheinlich ziemlich oft hierherkomme, wär's toll, wenn Sie den Weg freimachen.«
Iona spürte ihr Herz klopfen. Noch nie hatte sie jemandem eine Anweisung gegeben. Es war auch, dachte sie, ihre erste Entscheidung als neue Herrin von Mainwarden.
Simpson starrte auf sie hinunter – es kam ihr vor wie eine Ewigkeit, und sie fühlte sich zunehmend unbehaglich. Sein Gesicht war knorrig und runzlig, wettergegerbt wie altes Leder, und seine steingrauen Augen, jetzt hell und wäßrig vom Alter, blickten unergründlich. Auf einmal lächelte er.
»Ich kann nicht behaupten, daß ich das gut finde«, sagte er. »Das ist kein Ort, an dem ein kleines Mädchen ohne Begleitung kommen und gehen sollte, wie es lustig ist. Aber die Herrschaft hat die Entscheidungen zu treffen, und ich bin's zufrieden mit einer Herrschaft, die ihren eigenen Kopf hat. Ich werde also tun, wie Sie befehlen, Miß.«
Und er drehte sich um und wandte sich zum Gehen, aber Iona rief ihm nach: »Bitte, Mr. Simpson, Sie sollen mich nicht siezen!«
Der Gärtner drehte sich wieder um. »Herrschaft ist Herrschaft, du kannst sie verkleiden, wie du willst«, sagte er. »Aber bitte. Ich laß dir einen Schlüssel machen, und ich schneide das Gestrüpp. Es wird so geschehen, wie du willst, Iona.«
Iona betrat den Pavillon.
Sie wollte schon die Tür schließen, als sie draußen ein Miauen hörte – sie hatte Misty vergessen. Sie ließ die Katze herein: Misty strich ihr um die Beine und schnurrte; dann trabte sie bis zur Mitte des Raums und betrachtete nacheinander die riesigen stummen Gestalten. Endlich entschied sie sich für den Ort, den sie seit jeher bevorzugt hatte: sie sprang auf den großen Gorilla mit dem Silberrücken, kletterte seinen Körper hinauf und ließ sich auf seiner Schulter nieder. Aus ihrem einzelnen blauen Auge warf sie Iona noch einen letzten Blick zu, dann legte sie sich zum Schlafen zurecht. Iona setzte sich mit gekreuzten Beinen auf den Boden.

Sie betrachtete die Gorillas in Ruhe, ihr Blick ging von einem zum anderen. Es waren keine Ungeheuer, es waren Leute, sie konnte ihnen Namen geben, die keiner je erfahren würde. Ihre Augen verharrten auf dem Jungtier, das soviel kleiner war als die anderen, – es war weiblich. Der Präparator, von dem sie ausgenommen und ausgestopft worden war, hatte ihr helle, wache Augen gemacht und eine unternehmungslustige Haltung verliehen, ein wenig vorgebeugt, eifrig. Man hätte meinen können, sie sei unterwegs zu ihrem ersten Ausflug in die Sammelgründe.

Iona betrachtete sie lange. Dann entschied sie sich: das kleine Weibchen sollte Tumba heißen, wie Churinga ihr Kind genannt hatte, dem Iona ans Licht geholfen hatte. Sie dachte an die ersten Schreie des Babys, an den Ausdruck grenzenloser Erleichterung in Churingas gequältem, erschöpftem Gesicht, und sie flüsterte leise den Namen: Tumba. Iona lächelte. Dann benannte sie die anderen.

Über ihr schlief Misty reglos und ruhig wie Babilla auf der Uferböschung über dem Fluß.

Hanny Alders

Der Schatz der Templer

Roman

Aus dem Niederländischen von
Konrad Dietzfelbinger
Band 11484

In diesem Roman wird die Geschichte vom Untergang des Templerordens erzählt. Die dramatische, lebensvolle Handlung spannt sich von der ersten Verhaftungsaktion gegen die französischen Templer im Jahre 1305 in Paris bis zum Autodafé des Großmeisters Jacques de Molay 1314. Im Mittelpunkt steht der junge englische Tempelritter Richard, ein illegitimer Sohn König Edwards II., der in Frankreich und England unter abenteuerlichen Umständen vergeblich den Widerstand gegen den Untergang des Ordens zu organisieren versucht. Natürlich fließen die bekannten historischen Hintergründe in den Roman ein: Die gnadenlose Entschlossenheit des französischen Königtums, die wirtschaftliche und politische Konkurrenz der geheimnisumwitterten Templer auszuschalten; die Schwäche der Amtskirche mit Papst Clemens V. und die Grausamkeit der dominikanischen Inquisition. Als innere Entwicklung lernt Richard bei diesem jahrelangen Kampf den wahren Schatz der Templer kennen, ihr spirituelles Erbe – das Streben nach geistiger Freiheit als Voraussetzung zur Erkenntnis der Wahrheit.

Fischer Taschenbuch Verlag

fi 1137 / 3

Ken McClure

Requiem
Roman
Aus dem Englischen von Werner Peterich
Band 11782

Das College-Hospital in Newcastle gilt als Vorzeige-Krankenhaus eines überaus erfolgreichen Pilotprojekts des britischen Gesundheitswesens. Die Kosteneinsparungen sind enorm, die Presse überschlägt sich vor Begeisterung. Aber es gibt auch Problemfälle: Aids-Kranke, Drogensüchtige, ein mongoloides Kind, Behinderte, alte Menschen – sie alle sterben verdächtig schnell. Ein Londoner Zeitungsreporter ermittelt und kommt zu erschreckenden Erkenntnissen.

Der Schwarze Tod
Roman
Aus dem Englischen von Werner Peterich
Band 11675

In einem Krankenhaus in England bricht eine rätselhafte Krankheit aus. Dr. James Saracen, ein junger Arzt, schöpft frühzeitig Verdacht. Aber auch er erkennt die Zusammenhänge erst, als es eigentlich schon zu spät ist.

Virusjagd
Roman
Aus dem Englischen von Werner Peterich
Band 12242

Drei junge Männer sterben überraschend schnell einen abscheulichen Tod an einer rätselhaften Gehirnerkrankung. Man kennt die Symptome bisher nur als Viruskrankheit bei Schafen, die ähnlich wie Rinderwahnsinn endet. Die drei Toten hatten auf Schaffarmen in Schottland gearbeitet. Die Regierung in London setzt einen der besten Experten auf diesem Gebiet in Marsch. Aber Dr. Bannerman stößt in Schottland auf eine Mauer der Ablehnung.

Ulrich Knellwolf

Roma Termini

Kriminalroman

Band 11796

Ein heißer Sommernachmittag im Tessin. Renato Bernhard und seine Freundin Maria Carmen liegen im Garten eines Hauses oberhalb des Luganer Sees. Plötzlich steht ein Unbekannter vor ihnen: Monsignore Domingo Federico Guzman y Oliveira, Zweiter Sekretär der Päpstlichen Kommission für Lateinamerika, angereist im Auftrag des Vatikans und des protestantischen Weltkirchenrates in Genf. Renato Bernhard, ehemaliger römisch-katholischer Priester und reformierter Pfarrer, ist für Rom und Genf kein unbeschriebenes Blatt. Seine aussichtsreiche theologische Karriere scheiterte vor zwanzig Jahren an einem römischen Grafen, dessen Tochter sich in den jungen Kleriker verliebt hatte. Renato fand sich eines Tages als Vikar in einem langweiligen Dorf in der Ostschweiz wieder. Bald aber ließ er sich als Missionar auf einem Amazonas-Schiff anheuern, ohne zu ahnen, welch heiße Ware sich an Bord befand... Nun wird er für eine heikle Mission ausgewählt: Er soll in einem zwischen Drogenkartell und Befreiungsfront zerrissenen südamerikanischen Land als Sekretär eines charismatischen, aber politisch unerfahrenen Erzbischofs der Kirche als Ordnungsmacht Geltung verschaffen. Und dies ausdrücklich auch mit dem Segen des Genfer Weltkirchenrates.

Fischer Taschenbuch Verlag

fi 1920 / 2